인간의 굴레 I

S·몸

일신서적출판사

머 리 말

  이 소설은 매우 긴 것이기 때문에 스스로 머리말을 써서 그것을 더욱 길게 만든다는 것은 참으로 떳떳한 일이 아니라고 생각된다. 작자(作者)라는 것은 아마 자기 자신의 작품에 대해서는 절대로 적절한 평을 할 수 없는 인간일 것이다. 이 점에 관해서는 저명한 프랑스의 소설가 로제 마르땡 뒤 가르가 마르셀 프루스트에 관해서 말한 유익한 이야기가 있다. 프루스트는 프랑스의 어느 잡지에 자기의 위대한 소설에 대한 중요한 논문이 실리기를 바라고 있었으나 그것을 쓰는 데 가장 적절한 사람은 자기 이외에는 없다고 생각하고 책상 앞에 앉아서 손수 그것을 썼던 것이다. 그리고 그는 친구인 젊은 문학가에게 그 친구의 이름으로 그 논문을 편집자에게 부쳐달라고 부탁했다. 청년은 그의 청대로 해주었는데 이삼 일 후에 편집자에게 불려갔다.
  "당신의 논문은 거절해야 되겠습니다."
하고 편집자는 그에게 말했다.
  "그분의 작품에 대해서 이렇게 평범하고 냉담한 비평을 싣는다면 마르셀 프루스트는 결코 저를 용서하지 않을 테니까요."
  저자들은 대부분 자기 작품에 대해 신경과민이어서 호의적이 아닌 비평에 대해서는 화를 내기 일쑤지만 또한 좀처럼 자기 만족 같은 것을 느끼지 못하는 법이다. 엄청난 시간과 노고를 쏟은 작품이 얼마만큼 자기 구상에 맞지 않는다는 것을 분명히 알고 있으며, 그것을 생각하면 스스로도 만족하고 있는 몇 가지 문장에 기뻐하기는커녕 최초의 구상대로 완전히 표현되지 않았다는 데 대해 매우 고심하는 것이다. 그들의 목표는 완전이며 그들은 거기 도달할 수 없었다는 것을 비참하게도 분명히 납득하지 않을 수 없는 것이다.

4

  그래서 나는 자신의 책 자체에 대해서는 아무 말도 하지 않고 다만 이 머리말을 읽는 분에게, 소설로서는 상당히 오랜 생명을 유지해온 이 작품이 도대체 어떻게 해서 씌어진 것인가 하는 경위를 이야기하는 것만으로 만족하고 싶으며 만일에 그것이 독자의 흥미를 끌지 못했다면 용서를 비는 수밖에 없다. 이 소설은 내가 성 토머스 병원에서 오 년을 보내고 스물세 살에 의사 면허증을 받은 다음 작가로서 독립할 것을 결심하고 세빌리아로 갔을 때 처음으로 쓴 것이다. 그때 쓴 이 책의 원고가 아직도 남아 있으나 타이핑한 것을 교정하고 난 뒤 한 번도 그것을 들여다본 적이 없으며 그것이 매우 미숙한 것이라는 데 대해서도 나는 조금의 의혹도 품고 있지 않다. 나는 그것을 나의 최초의 책을 출판해준 피셔 안빈에게 보냈는데(아직 의과 대학의 학생이었을 때 나는 《램버스의 라이저》라는 소설을 써서 얼마간의 성공을 거둔 적이 있다) 그는 그 인세(印稅)로서 내가 원하고 있던 백 파운드의 돈을 내놓기를 거절했을 뿐 아니라, 그 뒤 원고를 보낸 다른 출판사들도 모조리 어떤 값에도 받아주려고 하지 않았었다. 그 당시의 나는 이에 낙심했으나 이제 와서 생각해보면 내가 운이 좋았다는 것을 알 수 있다. 만약에 어떤 출판사가 내 책을 받아주었다면(그때는 《스티븐 캐리의 예술적 기질》이라는 표제였다) 나는 아직 젊어서 적절하게 다룰 줄 몰랐던 하나의 주제를 잃게 되고 말았을 것이다. 스스로 구상한 사건이 일어난 지 얼마 되지 않아서 그것을 교묘하게 이용할 수도 없었을 뿐 아니라 마침내는 완성을 보게 된 책을 풍요한 것으로 만든 약간의 인생 경험도 아직은 쌓지 않았었다. 또한 모르는 것에 대해서 쓰기보다는 알고 있는 것에 대해 쓰는 편이 쉽다는 것도 나는 아직 모르고 있었던 것이다. 이를테면 나는 주인공으로 하여금 독일어 공부를 하러 자기가 산 적이 있는 하이델베르크에 보내는 대신 프랑스어를 배우러 단지 가끔 방문한 정도의 지식밖에 없는 루앙으로 보내거나 했던 것이다.

  이렇게 처음부터 좌절감을 느꼈으므로 나는 그 원고를 궤짝 속에 집어넣고 말았다. 그 후 나는 몇몇 다른 소설을 써서 출판에 성공하고 희곡도 썼다. 곧 나는 상당히 성공한 극작가가 되었고 생애를 연극에 바치려고 결심하기에 이르렀다. 그러나 나는 자기 결심을 헛되이 만들어버리는 자기 속의 어떤 힘을 고려하지 않고 있었던 것이다. 나는 행복하고 경기가 좋았으며 분주했다. 머릿속에는 쓰고 싶은 희곡으로 가득 차 있었다. 성공을 거두어도 예기했던 결과를 얻을 수 없었기 때문인지, 아니면 성공에 대한 자연적인 반동 때문이었는지 모르지만 그 당시로서는 최고의 인기 작가라는 지위를 확보하자마자 나는 다시 수많은 지난날의 추억에 사로잡히기 시작했다. 꿈속에서나 산책하는 도중이나 또는 파티 석상에서 나를 덮어누르듯이 추억이 되살아났으므로, 나는 거기서 해방되는 길은 그 추억을 모조리 종이에 쓰는 것이라고 생각했다. 몇 년 동안 숨돌릴 사이도 없이 연극에 몸을 바쳐온 뒤여서 소설이 갖는 폭넓은 자유가 무척 그리웠던 것이다. 마음속에 그리고 있던 것이 긴 책이 되리라는 것을 알고 있었고 아무런 방해도 없이 일이 하고 싶었으므로 나는 매니저들이 열심히 제안하고 있던 계약을 거절하고 당분간 극단에서 물러섰다. 서른일곱 살 때였다.

직업적인 작가가 되고부터 오랫동안 나는 창작을 배우기 위해 많은 시간을 들였고 문체를 닦으려고 스스로 무척 괴로운 훈련을 하고 있었다. 그러나 자신의 희곡이 상연되기 시작한 무렵에는 그러한 노력을 포기했고 다시 소설을 쓰기 시작했을 때는 나의 목적은 다른 데에 있었다. 나는 이제는 주옥 같은 산문과 부드러운 문체를 위해 헛된 노력을 되풀이하지 않게 되었다. 뿐만 아니라 나는 알기 쉽고 단순한 문장을 모토로 삼았던 것이다. 적절하게 제한된 범위 내에서 말하고 싶은 것은 산더미만큼 있었으므로 말을 낭비할 여유 같은 것이 없음을 깨달은 나는 의미를 분명하게 하기에 필요한 말만 쓰자는 생각으로 일을 시작했다. 꾸밀 필요는 전혀 없었다. 그뿐 아니라 극장에서의 경험에서 간결(簡潔)의 가치를 깨닫고 있었다. 나는 이 년 동안 쉬지 않고 썼다. 자기 책에 어떠한 표제(表題)를 붙여야 좋을지 몰라서 여기저기서 자세히 찾아본 뒤에 '재에서 탄생한 아름다움'이라는 《이사야 서(書)》의 구절을 발견하고 이것이 꼭 어울린다고 생각했으나, 이 표제는 이미 최근에 씌어진 적이 있다는 것을 알았으므로 다른 것을 찾아야만 했다. 결국 스피노자의 《윤리학(倫理學)》 중의 한 권의 표제를 골라서 나의 소설을 《인간의 굴레》라고 이름지은 것이다. 처음에 생각해낸 표제를 붙일 수 없었던 것이 또한 행운이었다고 나는 생각하고 있다.

《인간의 굴레》는 자서전이 아니라 자서전적인 소설이다. 사실과 허구가 혼연일체가 되어 있다. 감정은 나 자신의 것이지만 사건은 완전히 일어났던 대로 이야기되어 있지는 않으며, 어떤 것은 나 자신의 생활에서가 아니라 친한 사람들의 생활에서 주인공에게로 바꿔놓은 것이다. 이 책은 내가 바라던 결과를 가져다주었고, 세상에 나오자 (당시는 무서운 전쟁으로 고통을 당하며 자신의 고뇌와 공포에 마음을 빼앗긴 나머지 소설 중의 인물의 모험 따위에는 관심을 둘 여유도 없는 세상이었으나) 나는 자신을 괴롭히고 있던 고통과 불행한 추억에서 완전히 해방되었다. 반향(反響)은 매우 좋아서 데오더 드라이저가 〈뉴 리퍼블릭〉지에 긴 비평을 보내와서 그가 쓴 모든 문장을 돋보이게 하고 있는 저 총명함과 동정으로 그것을 다루어주었으나, 아무래도 이 작품 역시 많은 다른 소설과 같은 평범한 길을 더듬어 햇빛을 본 지 두서너 달만 지나면 영구히 잊혀지고 말 것이라고 생각되었다. 그런데 어떤 우연인지는 모르지만 어쩌다 몇 년이 지난 뒤 미국의 몇몇 저명한 작가들의 주목을 끌고 그들이 신문과 잡지에서 늘 이 책에 대해 언급해준 덕분에 차츰 일반 독자의 주의를 끌게 된 것이다. 이 책이 이렇게 수명을 연장할 수 있었던 것은 이들 작가의 덕분이며, 세월이 흐름에 따라 그것이 차차 커다란 성공을 거두게 된 데 대해 나는 그들에게 감사를 하지 않을 수 없다.

W. 서머셋 몸

1

어두운 잿빛 하늘에 먼동이 텄다. 구름이 나직이 끼고 몹시 쌀쌀해서 곧 눈이라도 내릴 것 같았다. 어린 아기가 자고 있는 방에 유모가 들어가 커튼을 젖혔다. 유모는 현관이 붙은 맞은편 회벽(灰壁) 집을 기계적으로 흘긋 보고는 곧장 아기가 자는 침대로 다가갔다.

"자 그만 일어나요, 필립."

이렇게 말하며 이불을 들치고 아기를 안아올리고 아래층으로 내려갔다. 아기는 아직도 잠이 덜 깨어 있다.

"엄마가 오라고 하셔요."

아래층 방문을 열고 한 여인이 누워 있는 침대로 그를 데리고 갔다. 아기의 어머니였다. 여인은 두 팔을 벌렸다. 아기는 여인의 옆자리로 파고들어갔다. 왜 깨웠느냐고 묻지도 않았다. 여인은 그의 눈에 키스를 하고 조그맣고 여윈 손으로 흰 플란넬 잠옷 위로 그의 따뜻한 몸을 어루만졌다. 그리고 꼭 껴안았다.

"졸리니, 아가?"

몹시 힘없는 목소리, 어딘지 먼 세상에서라도 들려오는 것 같은 목소리였다. 아기는 대답도 없이 그저 좋아서 생긋 웃어보였다. 큼직하고 따뜻한 침대, 그리고 부드러운 팔에 안겨 무척 행복했다. 엄마에게로 파고들면서 바싹 몸을 오그렸다. 그리고 꿈결 속에 뽀뽀를 했으나 다음 순간에는 벌써 눈을 감고 깊은 잠에 빠져버렸다. 의사가 들어와 침대 곁에 섰다.

"아, 제발 아기를 데려가지 말아주세요."

괴로운 듯이 그녀는 말했다.

의사는 그 말에는 대답하지 않고 심각한 얼굴로 여인의 얼굴을 바라보고 있다. 이제 더 이상 아기를 곁에 둘 수 없다는 것을 알자 그녀는 다시 한 번 아기에게 키스를 했다. 그리고 한손으로 아들의 몸뚱이를 발목까지 더듬어 내려갔다. 오른쪽 발을 잡고 조그만 다섯 발가락을 만지다가 천천히 왼발로 손을 옮기고 그녀는 갑자기 흐느껴 울기 시작했다.

"왜 이러시죠?" 의사가 말했다. "피로하신가 보군요."

기력이 없어 말은 못 하고 그녀는 고개를 저었다. 눈물이 볼을 타고 흘렀다. 의사가 허리를 굽히며 말했다.

"아기는 제가 맡지요."

저항할 만한 기력이 없었다. 그녀는 힘없이 아기를 건네주었다. 의사는 뒤에 있던 유모에게 아기를 넘겨주면서,

"제 침대에 갖다 뉘이도록 하시죠."

"네."

잠들어 있는 채 아기는 안겨 가버렸다. 그 순간 어머니는 숨이 넘어갈 듯이 흐느껴 울었다.

"가엽게시리, 저 아기는 어떻게 될까?"

시중 드는 간호사가 그녀를 위로했다. 그러다가 얼마 안 있어 울다 지쳐서 울음은 멎었다. 의사는 방 저편 테이블로 다가갔다. 테이블 위에는 타월로 덮인 사산(死產)된 아기가 놓여져 있었다. 그는 타월을 들치고 바라보았다. 그의 모습은 칸막이에 가리어 침대에서는 보이지 않았지만 그가 무엇을 하고 있는지 여인은 알고 있었다.

"계집애였어요, 아니면 사내 아기?" 나직이 작은 소리로 간호사에게 물었다.

"또 아들 아기였어요."

여인은 대답하지 않았다. 잠시 후 유모가 돌아와 침대 곁으로 왔

다.

"도련님은 깨지도 않고 아주 잘 잡니다."

잠시 침묵이 흐른 뒤 의사는 다시 한 번 환자의 맥을 짚었다.

"지금 당장은 더 할 일이 없을 것 같으니 아침을 먹고 다시 오겠습니다."

"그럼 제가 모셔다 드리겠어요." 하고 유모가 말했다.

두 사람은 말없이 계단을 내려갔다. 현관에서 의사는 발을 멈추었다.

"아기의 큰아버지에게 오시라고 기별은 하셨겠지요?"

"네."

"언제쯤 오시게 될까요?"

"글쎄요, 실은 전보를 기다리고 있는 중이에요."

"그리고 어린 아기는 어떻게 하시려는지? 어디다 맡기는 편이 좋을 것 같은데요."

"미스 윗킨이 데려간다는 말이 있습니다만."

"그분이 누군데요?"

"아기의 대모(代母)예요. 그런데 어떨까요, 마님은 회복되실 가망이 있을까요?"

의사는 고개를 가로저었다.

2

한 주일 뒤의 일이었다. 필립은 온슬로 가든즈에 있는 미스 윗킨네 집의 객실 마룻바닥에 앉아 있었다. 그는 외아들이었기 때문에 혼자 노는 데는 익숙해 있었다. 방 안은 큼직한 가구들로 가득 차 있고, 소파마다 큼직한 쿠션이 셋씩 얹혀 있다. 안락의자에도 각각 쿠션이 하나씩 놓여 있다. 그것들을 죄다 모으고 거기다 가볍고 움직이기 쉬운 도금한 야회용(夜會用) 의자까지 끌어다가 그는 정성스럽게 동굴을 만들었다. 커튼 뒤에 숨어 있으리라 상상되는 아메리칸 인디언들로부터 몸을 숨긴다는 것이 그의 속셈이었다. 마룻바닥에 귀를 대고 초원(草原)을 달리는 물소 떼의 발자국 소리에 귀를 기울였다. 이윽고 문이 열리자 들키지 않게끔 가만히 숨을 죽였다. 그때 누군가의 손이 난폭하게 의자 하나를 확 잡아당기자 의자는 와르르 무너졌다.

"어머나 도련님, 이러면 윗킨 아주머니한테 야단맞아요."

"아아, 엠마였구나!"

유모는 몸을 구부려 키스를 해주었다. 그리고 쿠션을 털어 제자리에 갖다놓았다.

"벌써 집으로 가는 거야?"

"그럼요, 난 도련님을 데리러 온 거예요."

"엠마 새 옷 입었구나."

1885년의 일이다. 그녀는 아직도 스커트에 허리받이를 대고 있었다. 윗도리는 까만 빌로드인데 소매는 착 달라붙고 어깨는 날씬했다. 스커트에는 큼직한 주름 장식이 세 단 달려 있다. 그리고 빌로드 끈이 달린 까만 모자를 쓰고 있었다. 그녀는 잠시 망설였다. 필립이 의당 물으리라고 생각했던 것은 묻지 않아 미리 준비해두었던 대답을 할 수가 없었기 때문이었다.

"도련님은 엄마가 어떠신지 알고 싶지 않아요?" 마침내 그녀 쪽에서 말을 꺼냈다.

"아, 깜박 잊었어. 엄마는 어때?"

끝내 말할 때가 왔다.

"엄마는 이제 아주 행복하게 되셨어요."

"그래? 잘 됐구나."

"엄마는 이제 가버리셨어요, 다시는 엄마를 만나지 못해요."

필립은 그녀의 말뜻을 잘 알 수가 없었다.

"왜 못 만나?"

"엄마는 이제 천국에 가 계시니까요."

그녀는 울음을 터뜨렸다. 필립은 무슨 영문인지도 모르면서 덩달아 울었다. 유모인 엠마는 키가 크고 금발이며 뼈대가 굵고 생김새가 모두 큰 여자였다. 데본셔 태생으로, 오랫동안 런던에서 일을 하고 있었으나 그 사투리는 조금도 고쳐지지 않았다. 울면 감정도 격해지는지 힘껏 그를 껴안았다. 이 세상에 남겨진 오직 하나밖에 없는 순수한 애정까지 빼앗겨버린 이 아이에 대한 측은함이 그녀의 가슴에 치밀어오르는 것이었다. 알지도 못하는 낯선 사람의 손에 넘겨질 것을 생각하니 견딜 수가 없었던 것이다. 그러나 잠시 후 정신을 가다듬고,

"윌리엄 큰아버지가 오셔서 기다리고 계셔요. 자, 윗킨 아주머니에게 인사하고 와요, 같이 가게요."

"인사 같은 거 하기 싫어." 어쩐지 본능적으로 눈물을 감추고 싶었던 것이다.

"그럼 안 해도 좋으니까 이층에 가서 모자를 갖고 와요."

그는 모자를 가지고 왔다. 내려오니 엠마는 현관에서 기다리고 있었다. 식당 뒤 서재에서 사람들 목소리가 났다. 그는 잠시 발을 멈추었다. 미스 윗킨 자매가 친구들과 이야기를 하고 있는 것이다. 지금 들어가면 모두들 틀림없이 동정해줄 것이다. 왠지 모르게――그때 아홉 살이었다――그런 생각이 들었던 것이었다.

"나 가서 윗킨 아줌마께 인사하고 올까?"

"그래요, 그러는 게 좋아요."

"그럼 엠마가 먼저 들어가서 내가 들어간다고 일러줘."

어떻게든지 이런 기회를 놓치고 싶지 않았다. 엠마는 노크를 하고 안으로 들어갔다. 엠마의 말소리가 들려온다.

"필립이 작별 인사를 하겠답니다."

갑자기 이야기 소리가 그쳤다. 필립은 절뚝거리며 방 안으로 들어갔다. 헨리에타 윗킨은 불그레한 얼굴에 머리를 물들인 억세게 생긴 여인이었다. 그때만 하더라도 머리를 물들이거나 하면 모두들 숙덕숙덕 흥보는 시대였다. 필립은 그의 대모 윗킨 아주머니가 머리를 물들였을 때 집안 사람들이 여러 가지로 수군거리는 것을 들은 일이 있었다. 미스 윗킨은 늙어가는 대로 몸을 내맡기고 체념하고 있는 그녀의 언니와 함께 살고 있었다. 그 서재에는 또 다른 알지 못하는 부인이 두 사람 와 있었다. 그녀들은 호기심에 가득 찬 눈으로 필립을 바라보았다.

"아이, 가엾어라!" 하며 미스 윗킨은 두 팔을 벌렸다.

그녀는 울기 시작했다. 필립은 그제서야 윗킨 아주머니가 왜 점심 시간에 보이지 않았으며 검은 옷을 입고 있는지 그 까닭을 알았다. 그녀는 더 이상 말을 못 했다. 마침내 필립이 입을 열었다.

"나 집에 돌아가야겠어요."

그는 미스 윗킨의 팔에서 빠져나왔다. 그녀는 필립에게 또 한 번 키스해주었다. 필립은 그녀의 언니에게도 작별 인사를 했다. 낯선 부인 중의 하나가 그에게 키스해도 좋으냐고 물었을 때 필립은 의젓한 표정으로 승낙하였다. 그는 자기로 말미암은 좌중의 이 기분을 은근히 만족스럽게 생각하였다. 그래서 그는 사람들이 모두 자기를 동정해주는 이곳에 있고 싶었다. 그러나 모두들 돌아가기를 바라는 것 같이 보이므로 엠마가 기다린다고 말하고 밖으로 나왔다. 엠마는 지하실에 내려가 어떤 사람과 이야기를 하고 있었다. 그는 층계 옆에서 기다리고 있었다. 헨리에타 윗킨의 말소리가 들려왔다.

"그 애 어머니와 나는 아주 친한 사이였어. 난 그 애 어머니가 죽었다는 걸 생각하면 정말 견딜 수가 없어."

"헨리에타, 너는 그 장례식에 가지 않았어야 했어. 마음만 더 상할 줄 알고 있었지." 하고 헨리에타의 언니는 말했다.

이때 손님 중의 한 부인이 입을 열었다.

"가엾기도 하지! 그 애가 세상에 외톨이로 남았다는 것을 생각하면 정말 안타까워. 게다가 다리까지 절더구만."

"그래, 그 애는 다리를 절어요. 그게 그 애 어머니의 큰 걱정거리였는데."

이때 엠마가 돌아와서 마차를 불러 마부에게 갈 곳을 일러주었다.

3

그들이 집에 이르렀을 때는 이미 캐리 부인의 장례를 치른 뒤였다. 그 집은 켄싱튼의 노팅 힐 게이트와 하이 스트리트 사이의 쓸쓸한 거리에 자리잡고 있었다. 엠마는 필립을 응접실로 데리고 들어갔다.

필립의 큰아버지는 장례식 때 보내온 화환에 대한 감사장을 쓰고 있었다. 장례식이 끝난 뒤에 도착한 화환 하나가 마분지 상자에 든 채 큼직한 테이블 위에 아직도 놓여 있었다.

"필립 도련님이 왔습니다." 엠마가 말했다.

캐리 씨는 천천히 몸을 일으켜 이 조그마한 조카 아이의 손을 잡고 악수를 하였다. 그리고는 잠시 있다가 무슨 생각을 했는지 다시 허리를 굽혀 그의 앞이마에 키스를 해주었다. 그는 보통 키보다 약간 작은 편이었으며 몸집은 뚱뚱하고 대머리를 감추기 위해 기다란 몇 개의 머리카락을 얇게 펴서 빗질하고 있었다. 수염은 없었다. 그의 단정하게 균형 잡힌 용모는 젊은 시절에는 미남이었으리라 생각된다. 그의 시계줄에는 황금 십자가가 달려 있었다.

"필립, 넌 이제부터 나하고 같이 살게 된다. 어때, 좋겠니?" 캐리 씨는 물었다.

이 년 전, 수두(水痘)를 치른 뒤에 필립은 백부의 목사관에 가서 지낸 일이 있었다. 그러나 그의 머리에 남은 것은 백부나 백모보다도 오히려 다락방과 넓은 정원에 대한 기억뿐이었다.

"네."

"큰아버지와 큰어머니를 친어머니, 친아버지로 알아야 한다."

아이의 입술이 조금 떨리고 얼굴이 상기됐으나 대답은 없었다.

"어머니가 너를 내게 맡기셨단다."

캐리 씨는 이 말을 하기가 퍽 힘이 들었다. 하기야 제수가 죽어간다는 전갈을 받고 곧 서둘러서 런던으로 떠나기는 했지만 오면서 내내, 제수가 죽고 그 아들을 맡아 키우게 된다면 생활이 얼마나 시끄러워질 것인가 하고 그 생각만 하였던 것이다. 그는 이미 오십 고개를 훨씬 넘었고 결혼한 지 삼십 년이 되었지만 아내는 이제까지 아기를 낳지 못했다. 이런 집에 원지도 않는 사내 아이 하나가 들어와 버릇없이 굴 것을 생각하면 썩 유쾌할 수는 없었다. 더욱이 그는 일찍이 제수에게 호감을 가져보지 못했다.

"내일 너를 블랙스테이블로 데리고 가야겠다."

"엠마도 함께 가나요?"

필립은 엠마의 손을 살그머니 끌어당겼다. 엠마는 그의 손을 꼭 쥐어주었다.

"아니야, 엠마는 집으로 돌아가야 해."

"싫어요, 난 엠마와 같이 갈래요."

필립은 느껴 울기 시작했다. 엠마도 울음을 참을 길이 없었다. 캐리 씨는 난처한 표정으로 두 사람을 바라보고 있었다.

"필립과 단 둘이 있고 싶으니 잠깐 좀 나가줄 수 없겠소?"

"네, 그렇게 하겠어요."

필립이 매달렸지만 엠마는 상냥스럽게 떼어놓았다. 캐리 씨는 필립을 두 팔로 안아 무릎 위에 앉혔다.

"울면 못 쓴다. 넌 이제 유모가 필요없어. 이젠 학교에 갈 것도 생각해야지." 하고 그는 달래듯이 말했다.

"난 엠마와 같이 가고 싶어요." 아이는 또 되풀이하였다.

"돈이 너무 많이 들어, 필립. 너의 아버지가 남기고 간 돈은 조금밖에 안 돼. 그것도 앞으로 어떻게 되는지 몰라. 그러니까 이제부터는 한 푼이라도 함부로 써선 안 된다."

캐리 씨는 이틀 전에 단골 변호사를 찾아갔었다. 그의 아우인 필립의 아버지는 경험도 많고 이름난 외과 의사였으며 완비된 병원 설비로 미루어 그의 경제적 기반은 확고할 것으로 짐작되었다. 그러나 그가 패혈증(敗血症)으로 갑자기 죽고 난 뒤 그 자신의 생명 보험료와 세놓을 수 있는 브루튼 거리의 집 외에는 거의 한 푼도 미망인에게 물려준 돈이 없다는 사실은 놀라운 일이 아닐 수 없었다. 이것은 불과 여섯 달 전의 일이었다. 그때 이미 몸이 허약해진데다가 아기까지 가졌다는 것을 알게 된 제수는 낭패한 나머지 정신 차릴 겨를도 없이 저택을 세 얻겠다는 사람이 나타나자 놓칠세라 하고 응낙해버렸다. 부인은 가구를 창고에 넣어두고 어떻든 아기를 낳을 때까지 불편이 없도록 하기 위해, 별도로 비싼 집세를 주고 가구가 딸린 작은 집을 일 년 기한으로 빌렸다. 그녀는 금전을 다루는 데 익숙하지 못했으므로 돌변한 환경에 맞추어 그 생활비를 조절할 수가 없었다. 그리하여 가졌던 돈도 이럭저럭 다 써버리고 죽고 말았던 것이다. 그래서 모든 비용을 청산하고 나니 조카 필립이 성장해서 생계를 유지할 수 있을 때까지의 양육비로 남은 것은 겨우 이천 파운드에 지나지 않았지만 그렇다고 해서 이 모든 사정을 어린 필립에게 이야기해본들 별 도리도 없는 노릇이다. 그는 아직도 훌쩍훌쩍 울고만 있었다.

"그럼 엠마한테 가보려무나." 캐리 씨는 엠마가 그 누구보다도 쉽게 이 아이를 달랠 수 있으리라고 생각했던 것이다.

아무 말 없이 필립은 백부의 무릎에서 미끄러져 내려왔다. 그러나 백부는 다시 그를 불러세웠다.

"다음 주일날 설교를 준비해야 하기 때문에 우리는 내일 떠나야 한다. 그러니 엠마에게 네 짐을 오늘 모두 꾸려놓도록 이야기해야 해. 장난감은 모두 가져가도 좋아. 그리고 네가 원한다면 아버지와 어머니를 기념할 물건을 한 가지씩 가져가도 좋다. 다른 것은 모두 팔아버릴 거야."

필립은 말없이 밖으로 나갔다. 캐리 씨는 사무적인 일에 대해서는 익숙하지 못했으므로 화가 났으나 감사장을 계속해서 쓰기 시작했다. 책상 한쪽에는 청구서 뭉치가 쌓여 있었다. 이것을 보았을 때 그는 더욱 화가 치밀었다. 그 중의 한 장은 엄청나게 비싼 값을 요구하는 청구서였다. 캐리 부인이 운명하자 곧 엠마는 시체가 안치된 방을 장식한다고 꽃집에서 흰 꽃을 많이 주문해 들였던 것이다. 그것은 정말 쓸데없는 낭비였다. 엠마는 그렇게 시키지도 않은 짓을 제멋대로 나서서 하는 여자였다. 경제적인 문제가 아니더라도 그는 엠마 같은 여자는 집에 두고 싶지 않았다.

그러나 필립은 엠마에게로 가서 그녀의 품안에 얼굴을 묻고 가슴이 터져라고 울어대었다. 엠마는 필립을 자기 친자식처럼 여겼으므로——그녀는 필립을 생후 일 개월 되던 때부터 돌보고 있었다——상냥스러운 말도 날래는 것이었다. 자주 가서 그를 만나주고 영영 잊지 않겠노라고 약속하는가 하면, 필립이 가게 될 시골에 대한 이야기와 데본셔에 있는 그녀 자신의 집에 대해서도 이야기해주었다. 그녀의 아버지는 익세터로 통하는 국도에서 통행세를 받는 관원이며 외양간에는 돼지도 있고 소도 있고 얼마 전에는 송아지를 낳았다는 둥 여러 가지 이야기를 하는 동안에 필립은 눈물을 거두고 내일 떠날 일을 생각하고 흥분하기 시작했다. 엠마에게는 아직 할 일이 많았다. 그녀는 그를 무릎에서 내려놓았다. 그리고 그의 옷을 침대 위에 늘어놓고 챙기기 시작하자 필립도 같이 거들었다. 다음에는 장난감을 모아오라고 아이 방으로 보냈는데 그는 거기서 재미있게 놀고 있었다.

그러나 마침내 혼자 놀기에도 싫증이 나서 침실로 돌아와보니 엠마는 그의 물건을 커다란 함석 궤짝에 담고 있었다. 그때 그는 아버지와 어머니의 기념될 만한 유품을 하나씩 가져가도 좋다고 한 백부의 말이 생각났다. 필립은 무엇을 가져가는 것이 좋겠느냐고 엠마에게 물어보았다.

"응접실에 가서 마음에 드는 물건을 골라 와요."

"윌리엄 큰아버지가 계신걸!"

"상관 없어요. 거기 있는 건 이제 다 도련님 것이니까요."

필립이 살그머니 아래층으로 내려가보니 문은 열린 채로 있었다. 캐리 씨는 방 안에 없었다. 필립은 이리저리 다니며 살펴보았다. 이 집에 산 지 얼마 되지 않았기 때문에 그의 흥미를 끌 만한 것은 없었다. 남의 방이나 다름없이 필립의 마음에 드는 것은 아무것도 눈에 띄지 않았다. 그러나 어느 것이 어머니의 것이며 어느 것이 집주인의 것인가를 잘 알고 있었기 때문에 전에 어머니가 좋다고 말한 것을 들은 일이 있는 조그마한 탁상 시계를 선택하기로 했다. 그는 시계를 가지고 우울한 기분으로 이층으로 올라갔다. 필립은 어머니가 계시던 침실 문 밖까지 와서는 발을 멈추고 귀를 기울여보았다. 아무도 그 방에 들어가서는 안 된다고 하지는 않았지만 어쩐지 그렇게 해서는 안 될 것 같은 마음이 든다. 그는 은근히 무서워졌다. 가슴은 불안하게 설레었다. 동시에 그 손잡이를 돌려보고 싶은 마음이 일어났다. 마치 방 안에 있는 사람들에게 들킬까봐 조심스럽게 소리없이 손잡이를 돌리고, 그리고 천천히 문을 밀었다. 한참 동안 문지방에 멈춰서서 마음을 가다듬고 겨우 들어갈 용기를 얻었다. 이젠 무서운 마음은 없어졌으나 야릇한 느낌이었다. 안에 들어서자 문을 닫았다. 덧문은 닫혀 있었고, 정월 오후의 차가운 광선이 비치는 방 안은 어두

컴컴하였다. 화장대에는 어머니가 쓰시던 머리솔과 손거울이 놓여 있었고 조그마한 접시에는 머리핀이 들어 있었다. 벽난로 위에는 필립 자신의 사진과 아버지의 사진이 놓여 있었다. 그 전에도 어머니가 계시지 않을 때에는 가끔 이 방에 혼자 들어와본 일이 있는데 지금은 그때와 달라보였다. 의자 놓임새도 그때와 달라진 것 같았다. 침대는 마치 누가 오늘 밤 자기나 할 것같이 잘 매만져 있었고 베갯머리에 있는 상자 속에는 잠옷이 들어 있었다.

필립은 옷들이 가득 들어 있는 커다란 상자를 열고 그 속에 있는 옷을 한아름 안고 얼굴을 파묻었다. 그 옷에선 어머니가 쓰던 향내가 그윽이 풍겼다. 그는 또 어머니의 물건이 들어 있는 서랍을 열고 들여다보았다. 리넨 옷갈피에 넣어둔 라벤더 향주머니가 말할 수 없는 향기를 풍기고 있었다. 이제 그가 처음 방 안에서 느꼈던 이상한 기분은 사라지고 어머니가 방금 밖으로 산책나간 것 같은 느낌이 들었다. 곧 돌아와서 그와 함께 차를 마시러 위층으로 올라올 것같이 생각되었다. 그는 문득 그의 입술에 어머니의 따뜻한 키스를 느꼈다.

어머니를 다시는 만날 수 없다니, 거짓말이다. 그럴 리가 없다. 틀림없이 거짓말이다. 그는 침대에 기어올라가 베개를 베었다. 그대로 그는 가만히 누워 있었다.

4

필립은 눈물로 유모 엠마와 헤어졌다. 그러나 블랙스테이블로 가는 여행은 아주 즐거웠고 거기에 도착했을 때엔 모든 것을 잊어버리고 기운을 되찾았다. 블랙스테이블은 런던에서 육십 마일 떨어진 곳이었다. 짐을 짐꾼에게 맡기고 캐리 씨는 필립을 데리고 목사관을 향하여 걸어갔다. 목사관까지는 오 분 남짓 걸렸다. 거기 이르렀을 때 필립은 그 정문을 보자 갑자기 옛날 일이 생각났다. 그 문은 붉은 칠을 한 다섯 개의 창살로 된 문이었다. 안팎으로 열고 닫을 수 있는 돌쩌귀가 달려 있었다. 그래서 그 문에 매달려 앞뒤로 흔들며 그네를 탈 수도 있었으나 어른들은 언제나 타지 못하게 말리는 것이었다. 그들은 정원을 지나서 현관으로 갔다. 이 현관은 방문객이 있을 때나 일요일, 그리고 목사가 런던에 왕래할 때 같은 특별한 경우에만 쓰는 문이었다. 보통 때는 옆문을 사용했고, 이 밖에 원예사나 걸인, 방랑자를 위한 뒷문도 따로 있었다. 이 집은 약 이십오 년 전에 교회식으로 지은 누런 벽돌벽에 붉은 지붕으로 된 제법 큰 건물이었다. 입구는 교회 현관처럼 만들어졌고 응접실 창문은 고딕 식이었다.

캐리 부인은 그들이 몇 시 차로 올 것인가를 미리 알고 있었으므로 응접실에 앉아 대문 소리에 귀를 기울이고 있었다. 대문 소리를 듣자 부인은 현관으로 마중나왔다. 캐리 씨는 부인을 보자,

"저기 큰엄마가 나오신다. 뛰어가서 키스하렴." 하였다.

필립은 절름거리는 다리를 끌고 볼썽사납게 달려가다가 이윽고 서 버렸다. 캐리 부인은 키가 작고 퍽 늙어보였으나, 사실은 그녀의 남편과 동갑이었다. 그녀의 얼굴엔 유난히 깊은 주름살이 잡히고 눈은 푸르스름했다. 흰 머리칼이 섞인 머리는 처녀시절에 유행하던 머리 모양 그대로 곱슬곱슬하게 빗겨져 있었다. 검은 드레스를 입은 그녀의 유일한 장식품은 십자가가 달린 금목걸이였다. 부인의 태도는 점잖고 목소리도 부드러웠다.

"윌리엄, 걸어오셨군요?" 하고 남편에게 키스하면서 거의 나무라듯 말한다.

"그것까진 미처 생각 못했어." 캐리 씨는 조카를 힐끗 보면서 대답했다.

"걸어오느라고 힘들었겠구나, 필립."

"괜찮아요. 전 언제든지 걸어다니는걸요."

캐리 씨는 이들이 주고받는 말을 듣고 내심 놀라지 않을 수 없었다. 루이자 백모는 필립에게 어서 안으로 들어오라고 말했다. 그들은 현관으로 들어갔다. 바닥에는 빨갛고 노란 타일이 깔려 있었다. 그리고 그 사이 사이에 그리스 식 십자가와 그리스도의 상이 무늬 놓여 있었다. 방 밖으로 통하는 큰 계단은 특유한 향내가 나는 소나무를 잘 다듬어 만든 것이었다. 그것은 교회의 좌석을 늘릴 때 마침 재목이 많이 남아서 그것으로 만든 것이었다. 난간에는 사복음서 저자들

을 나타내는 상징적 무늬가 아로새겨져 있었다.

"돌아오시면 추우실까봐 난로를 피워놓았어요." 캐리 부인은 말했다.

방 한가운데 크고 검은 난로가 놓여 있었다. 이 난로는 날씨가 몹시 춥다든지 목사가 감기에 걸렸다든지 할 때만 피우는 것이었다. 그러나 캐리 부인이 감기에 걸렸을 때에는 피우지 않았다. 그것은 석탄값이 비싼 탓도 있었지만 하녀 메어리 앤이 여러 곳에 불 피우기를 그리 달갑게 생각하지 않기 때문이다. 난로마다 불을 피우려면 하녀 하나가 더 필요했다. 겨울이 되면 캐리 씨 부부는 난로 하나만 사용하기 위해 식당을 거처로 삼았다. 이것이 버릇이 되어 여름에도 식당 생활에서 벗어나지 못하고 응접실은 다만 일요일 오후에 캐리 씨가 낮잠을 잘 때만 사용되었다. 그러나 토요일에는 설교문을 쓰기 위하여 으레 서재에도 불을 피웠다.

루이자 백모는 필립을 위층으로 데리고 올라가 길이 내다보이는 조그마한 침실로 안내하였다. 창문 앞에는 커다란 나무가 서 있었다. 그 나뭇가지는 매우 낮게 뻗쳐 있어 그것을 타고 높이 올라가 놀던 생각이 불현듯 필립의 머리에 떠올랐다.

"네게는 작은 방이 알맞을 거야. 혼자 자도 무섭지 않겠지?"

"네, 안 무서워요."

필립이 처음 이곳에 왔을 때는 유모가 함께 왔었기 때문에 캐리 부인은 거의 소년과 접촉을 갖지 않았다. 그러나 지금은 조금 걱정스러운 듯이 그를 바라보며,

"손은 혼자 씻을 수 있겠지? 내가 대신 씻겨줄까?"

"혼자 씻을 수 있어요." 필립은 자신있게 말했다.

"그럼 차 마시러 내려오면 내가 보아주지."

그녀는 어린 아이에 대해 아무것도 아는 것이 없었다. 필립이 이곳 블랙스테이블로 오기로 결정되었을 때 캐리 부인은 그를 어떻게 다룰 것인가 하고 여러 가지로 생각해보았다. 그녀는 백모로서의 의무를 다하려고 마음먹었다. 그러나 막상 만나고 보니 필립이 백모에게 그러하듯이 그녀도 서먹함을 느끼지 않을 수가 없었다. 남편이 거칠

고 시끄러운 애들은 싫어한다는 것을 생각할 때 필립은 그러지 않기를 바랐다. 부인은 볼일이 있다고 내려가더니 곧 다시 돌아와 방문을 노크하고 밖에 서서 혼자 수돗물을 틀 수 있겠느냐고 물었다. 그리고 아래층으로 내려가 차 시간을 알리는 벨을 울렸다.

넓고 잘 조화된 식당은 양쪽에 창문이 있고 붉고 묵직한 커튼이 드리워져 있었다. 한가운데에는 식탁이 있고 방 한쪽에는 큰 거울이 달리고 값져보이는 마호가니 찬장이 놓여 있었다. 한쪽 구석에는 풍금이 놓여 있다. 벽난로 양옆에는 의자가 두 개 놓여 있는데 그것은 모두 덮개가 씌워져 있었다. 그 중 팔걸이가 달린 안락의자는 '서방님'이라고 불리어지고 팔걸이가 없는 다른 하나는 '마님'이라고 불리어졌다. 부인은 너무 편한 의자는 좋아하지 않는다고 말했다. 사실 그녀는 늘 좀 분주하였는데 만일 그녀가 안락의자에 앉게 되면 좀처럼 거기서 떠날 생각이 나지 않을 것이기 때문이었다.

필립이 들어왔을 때 캐리 씨는 불을 피우고 있었다. 그는 두 개의 화젓가락을 조카에게 보여주었다. 하나는 크고 윤이 나는 새것인데 '목사'라는 이름이고, 또 하나는 작고 자주 불에 들어갔던 것으로 '목사보'라는 이름이 붙여져 있었다.

"무엇을 기다리는 거요?"

"메어리 앤더러 달걀 요리를 하라고 했어요. 여행 뒤에는 시장하실 것 같아서요."

캐리 부인은 그녀 자신이 별로 여행을 한 경험은 없었지만 런던에서 블랙스테이블까지의 여행은 퍽 힘들 것이라고 생각했다. 목사의 봉급은 일 년에 겨우 삼백 파운드밖에 되지 않았다. 그래서 남편이 휴가 여행을 떠날 때에도 둘이 함께 갈 돈의 여유가 없어 목사 혼자만 가게 되는 것이었다. 남편은 교파 대회(敎派大會)에 참석하는 것을 매우 즐겨해서 보통 일 년에 한 번씩은 런던에 갔고 박람회 관람차로 파리에도 한 번 다녀왔으며 스위스에도 두세 번 간 일이 있었다. 메어리 앤이 달걀을 가져왔으므로 모두 식탁에 둘러앉았다. 의자가 필립에게는 너무 낮아 한참 동안 캐리 씨도 부인도 어떻게 해야 좋을지 몰랐었다.

“책을 의자 위에 놓아주어야겠어요.” 메어리 앤이 말했다.

그녀는 오르간 위에서 커다란 성경책과 목사가 늘 읽는 기도서를 집어 필립이 앉을 의자에 놓았다.

“저것 봐요, 윌리엄! 성경책 위에 앉힐 순 없어요. 서재에서 다른 책을 가져오도록 하세요.” 놀란 목소리로 캐리 부인이 말했다.

캐리 씨는 이 말을 듣고 잠시 생각하더니,

“메어리 앤, 한 번쯤은 기도서 위에 앉혀도 괜찮을 거야, 기도서는 우리 같은 사람이 만든 거니까. 그건 하느님께서 만드신 것은 아니니까.” 하고 그는 말했다.

“아, 난 그 생각은 미처 못 했어요.” 부인이 말했다.

필립은 그 책 위에 앉았고 목사는 기도를 드린 다음 달걀 윗부분을 도려냈다.

“자, 먹고 싶으면 이걸 먹어도 좋아.” 하고 필립에게 그것을 주면서 말하였다.

필립은 달걀 하나를 통째로 주기를 바랐으나 주지 않았으므로 어쨌든 그것이라도 받았다.

“나 없는 동안에 닭이 알을 잘 낳았소?” 하고 목사가 물었다.

“아뇨, 아주 좋지 못했어요, 하루 한두 개가 고작이었어요.”

“필립, 그 달걀 맛 어떠냐?” 백부가 물었다.

“아주 맛있어요, 고맙습니다.”

“주일날 오후에 또 하나 줄게.”

캐리 씨는 언제나 일요일 차 시간이면 저녁 예배 때 기운을 내기 위해 삶은 달걀을 하나씩 먹는 것이었다.

5

필립은 앞으로 함께 살아갈 사람들에 대해 차차 알게 되고, 애당초 자기에게 들려주기 위한 것은 아니더라도 그들이 나누는 이런저런 이야기 속에서 자기 자신에 대해, 또 돌아가신 양친에 대해 많은 것을 알게 되었다. 필립의 아버지는 블랙스테이블의 목사인 큰아버지

보다도 훨씬 나이가 적었다. 성 누가 병원 과정을 우수하게 마친 다음 정식 의사가 된 그는 상당히 많은 돈도 벌어들이게 되었으나, 번 만큼 활달하게 그 돈을 썼다. 목사인 형이 교회의 재건을 계획하고 그에게 기부를 청탁했을 때도 이백 파운드의 거금을 보내주어 오히려 이편을 놀라게 한 일도 있었다. 원래가 인색한 데다가 당장의 경제적 사정으로 절약을 일삼아오던 캐리 씨로서는 퍽 복잡한 심정으로 그 돈을 받아들게 되었다. 그만한 금액의 돈을 내놓을 수 있는 아우의 처지가 부럽기도 하고 또 교회를 위해서도 그지없이 즐거운 일임에는 틀림없었으나, 생색이나 내는 듯한 그의 대범한 행위에는 어쩐지 막연한 반감조차 느꼈다. 그리고 아우는 자기의 환자 중의 한 사람——미인이고 훌륭한 가문 출신이기는 했으나 무일푼인 데다가 당장 몸 붙일 친척도 제대로 없는 고아인 한 처녀와 결혼하고 말았다. 그 결혼식에는 쟁쟁한 인사들이 모여들었다. 목사 자신도 런던으로 나오면 으레 그녀를 찾기는 했으나 내심은 서먹한 마음이었다. 공연히 조심성스러울 뿐만 아니라 은연중에 그 화려한 미모에 어떤 반감 같은 것을 느끼곤 하였다. 어떻든 바쁜 외과 의사의 아내로서는 그녀가 입고 있는 옷은 지나칠 정도로 사치스러웠다. 눈부신 가구류나 겨울철에도 꽃에 파묻혀 산다는 것은 아무리 보아도 개탄하지 않을 수 없는 지나친 사치임에 틀림없었다. 그녀가 초대받는 연회에 대한 이야기도 들었다. 집에 돌아와 그가 아내에게 말한 것이지만 초대를 받았으면 그만한 인사가 뒤따르는 게 아닐까! 식당에는 줄잡아 한 파운드에 팔 실링은 주어야 살 수 있는 값진 포도주가 있고 점심 때에는 아스파라거스가 나오기도 했는데 그것은 목사관 정원에서 재배되는 것보다도 두 달이나 이른 것들이었다. 한데 그가 미리부터 걱정해오던 사태가 오고 만 것이다. 목사는 자기의 충고를 받아들이려 하지 않은 도시가 불과 유황에 타고 있는 것을 바라보는 예언자의 만족감을 맛보았던 것이다. 가엾게도 필립은 무일푼이나 다름없는 처지이다. 죽은 어머니의 훌륭했던 친구들이 지금에 와서 무슨 소용이 있단 말인가. 죽은 아버지의 낭비가 사실 엄청난 것이었다는 뒷공론도 들었다. 어쨌든 이 아이의 사랑하는 어머니를 하느님께서 그 팔에 받아들이기를 응낙하신 것은 실로 하늘의 자비라고 할 수밖에 없다. 그녀는 금전 문제에 대해서는 어린아이보다도 생각이 못 한 여자였으니까.

필립이 블랙스테이블에 도착한 지 꼭 일주일 되던 날, 백부를 몹시 불안스럽게 만든 일이 일어나고 말았다. 어느날 아침 식탁 위에 조그마한 소포 한 개가 놓여 있었다. 그것은 런던에 있는 돌아가신 어머니가 사시던 집에서 부쳐온 것인데 수신인이 어머니로 되어 있었다. 뜯어보니 그 속에서 열두 장의 어머니 사진이 나왔다. 머리에서 어깨까지의 상반신 사진이었는데 머리를 앞이마에 늘어뜨리고 여느 때보다 수수하게 손질하였기 때문에 평상시의 그녀와는 달라 보였다. 얼굴은 여위고 초췌하였으나 어떤 질병도 그녀의 아름다움을 해칠 수는 없었던 모양이었다. 그녀의 크고 검은 눈에는 필립도 미처 생각해낼 수 없었던 슬픔이 어려 있었다. 캐리 씨는 이 죽은 제수의 사진을 보자 다소 놀라운 감정을 금할 수 없었지만 감정은 곧 의아심으로 변하고 말았다. 대체 누가 이 사진을 주문했는지 알 수가 없었던 것이다.

"필립, 너 이 사진에 대해 무슨 말을 들은 적이 있니?"

"그러고 보니 어머니가 사진 찍었다고 하시는 것을 들은 것 같아요. 그래서 윗킨 아주머니에게 꾸중을 들었어요. 제가 자란 뒤에 무언가 기념이 될 만한 물건을 남기고 싶다고 하셨어요."

캐리 씨는 순간 필립을 힐끗 바라보았다. 어린 아이는 높고 맑은 목소리로 지껄이고 있었다. 어머니의 말을 기억하고는 있었지만 그 말의 뜻을 알 도리가 없었다.

"한 장만 네가 갖도록 해라. 나머지는 내가 간직해둘 테니까."

그는 그 중 한 장을 미스 윗킨에게로 보냈다. 얼마 안 있어 그녀로부터 편지가 와서 사진을 찍은 당시의 사정을 알아낼 수가 있었다.

어느날 캐리 부인은 침대에 누워 있었는데, 여느 때보다 기분이 좋았다. 의사의 태도도 그날은 한결 희망적인 것같이 보였다. 엠마는 아이를 데리고 나간 것 같고 하녀들은 지하실에 내려가고 없었다. 갑자기 캐리 부인은 절망적인 고독감에 사로잡혔다. 분만 예정일은 앞으로 두 주일로 박두했는데, 혹시나 회복하지 못하지나 않을까 하는 무서운 예감이 그녀를 엄습하였다. 아들의 나이는 이제 겨우 아홉 살, 그 나이로 어떻게 나를 기억해내겠는가. 성장한 뒤 자기를 잊어버릴 것이고, 그것도 완전히 잊게 된다면 어떻게 된단 말인가. 생각만 해도 몸서리쳐지는 일이었다. 연약하고 불구이기 때문에, 아니 내 아들이기 때문에 뜨겁게 사랑해왔던 것이다. 결혼한 뒤로 사진이라고는 한번도 찍어본 적이 없었다. 그것은 이미 십 년이 지난 먼 옛날의 일이 아닌가. 그녀는 자신의 마지막 모습이나마 어린 아이에게 남기고 싶었다. 그러면 아이도 엄마를 잊어버리지 않을 것이다. 아니 완전히 잊어버리지는 않을 것이 아니겠는가. 그러나 하녀를 불러 일어난다고 하면 못 일어나게 하고 의사를 불러댈 것이 틀림없다. 그녀와 지금 다툰다든가 입씨름을 한다든가 할 기력이 그녀에게는 없었다. 그녀는 침대에서 몸을 일으켜 옷을 갈아입기 시작하였다. 그녀는 병석에 너무 오래 누워 있었기 때문에 다리에 힘이 빠져 부들부들 떨리기만 하였고, 발바닥이 저려서 마룻바닥을 밟기조차도 힘들 지경이었다. 그러나 단념하지 않았다. 제 손으로 머리 손질을 해 본 일이 없었기 때문에 두 팔을 높이 쳐들어 머리를 빗자 현기증 같은 것을 느꼈다. 하녀의 솜씨를 도저히 따를 수는 없다. 그것은 몹시 가늘고 짙고 풍부한 금빛을 띤 아름다운 머리칼이었다. 곧고도 검은 눈썹, 스커트는 검은 것을 고르고 보디스는 그녀가 제일 아끼던 야회복으로 하였다. 그 당시 한창 유행하던 흰빛의 다마스크[紋織]로 만든 바로 그 보디스였다. 거울에 비친 자신의 모습을 물끄러미 들여다보았다. 얼굴빛은 창백하였으나 살결은 아름다웠다. 언제나 창백한 얼굴빛이었기에 입술의 붉은 빛깔은 더욱 돋보이고 있었다. 그녀는 복받쳐오르는 울음을 누를 길이 없었다. 이제는 슬픔을 억제할 여유도 없다. 벌써 지칠대로 지쳤다. 지난해 크리스마스에 헨리가 선물로 준 모피 외투——그녀의 크나큰 자랑이고 또한 그 시절은 얼마나 행복하기만 했었는가——를 두르고 가슴을 죄면서 살짝 계단을 내려왔다. 무사히 집을 빠져나와 사진관으로 마차를 달렸다. 사진 열두 장 값을 치렀다. 촬영 시간을 못 견뎌 물을 한 컵 얻어마셔야 할 형편이었다. 조수는 병세가 대단한 것을 알고 훗날 다시 찍도록 권했으나 그녀는 그냥 찍겠다고 고집을 부렸다. 사진관에서 나와 그 조그마하고 음침한 켄싱튼의 집으로 돌아왔으나 그녀는 그 집이 진정으로 싫어져 보였다. 이 집에서 죽는다고 생각하니 몸이 오싹해졌다.

집으로 돌아오니 현관문이 열려져 있었다. 그녀의 마차가 가까이 이르자 엠마와 하녀가 층계에서 달려내려와 그녀를 부축했다. 방이 텅 빈 것을 본 그들은 몹시 당황했던 모양이다. 처음엔 미스 웟킨의 집으로 갔나 해서 요리사를 찾으러 보내기도 했다. 미스 웟킨은 그 요리사와 함께 달려와 걱정하면서 응접실에서 기다리고 있다가 마차에서 내리는 것을 보자 야단을 쳤다. 그렇지 않아도 심한 긴장이 환자의 체력을 몹시 소모시키고 있었던 것인데 긴장이 풀리자 그녀는 그만 정신을 잃고 말았다. 엠마의 팔에 몸을 내맡긴 채 이층으로 운반되었다. 그녀는 한동안 의식을 잃고 있었다. 급히 의사를 부르러 보냈으나 의사는 이내 오지 않았다. 그 이튿날 겨우 좀 회복되었을 때 비로소 웟킨은 자초지종을 물어보았다.

필립은 그때 어머니 병실에서 놀고 있었으나 두 여인은 그의 존재를 의식하지 못했다. 그녀들이 주고받은 이야기는 막연하게나마 이해되었으나, 다음과 같은 말을 왜 지금도 또렷이 기억하고 있는지 자기 자신도 이해가 가지 않았다.

"저 애가 큰 뒤에 나를 기억할 만한 것을 남겨주고 싶었어요."

캐리 씨는 다음과 같이 자기 의견을 말했다. "왜 열두 장씩이나 주문했는지 도무지 이해가 가질 않아. 두 장이면 충분했을 텐데."

6

목사관에서는 날마다 단조로운 생활이 계속되었다. 아침 식사가 끝나면 곧 메어리 앤이 〈타임스〉를 가지고 왔다. 캐리 씨는 이웃 몇 집과 어울려 구독하고 있었다. 열 시부터 한 시까지 그가 읽고 나면 정원사가 라임스의 미스터 엘리스에게 넘겨주는데, 그는 일곱 시까지 읽고, 그 다음에는 영주의 저택에 살고 있는 미스 부룩스에게 전달했다. 제일 늦게 읽는 대신 그녀에게는 신문을 자기가 갖는다는 특전이 부여되어 있었다. 여름철에 캐리 부인이 잼을 만들 때면 곧잘 찾아가 항아리에 덮기 위해 한 장만 줄 수 없느냐고 얻어올 때도 있었다. 캐리 씨가 정신없이 읽고 있는 동안 백모는 보닛 모자를 쓰고 쇼핑을 나갔다. 그때마다 필립이 동행하게 마련이었다. 블랙스테이블은 보잘것 없는 어촌이다. 이 마을 큰 길가에는 상점, 은행, 병원, 그리고 석탄선 소유주들이 살고 있었다. 항만 기슭에는 보잘것 없는 길이 몇 개 뻗어 있었고 거기에 어부와 빈민들이 모여 살고 있었다. 그러나 그들은 거의 비국교도(非國敎徒)였으므로 관심 외였다. 만일 한 길에서 비국교 교회파 사람들과 마주치게 되면 캐리 부인은 일부러 딴 방향으로 몸을 피하거나 그럴 여유조차 없을 때는 땅바닥만을 내려다보고 걷는 것이었다. 거리에는 이런 비국교파 교회당이 셋이나 있었는데 캐리 씨는 도저히 용납못할 수치라 하며 공격을 아끼지 않았다. 이런 비국교 교회당은 법이 개입하여 그 설립을 방지하는 일이 옳다고 생각하는 것이었다. 블랙스테이블에서는 쇼핑도 그리 수월한 일이 아니었다. 왜냐하면 교구 교회가 마을에서 두 마일이나 떨어져 있었기 때문에 비국교 교회파가 상당히 판을 치고 있는 실정이었다. 그리고 물건을 사들인다 하더라도 반드시 교회에 나오는 사람들의 가게에서 사야 할 필요가 있었다. 캐리 부인은 목사님 단골 가게라는 사실이 그 상인들의 신앙에 중대한 관계가 있다는 사실을 너무나 잘 알고 있었다. 교회에 나오는 푸주한이 두 사람 있었다. 그들은 목사님이 한꺼번에 두 집을 단골로 삼을 수 없다는 사정을 이해하려 들지 않았다. 더구나 반 년은 이쪽 가게와 나머지 반 년은 저쪽 가게와 거래한다는 캐리 씨의 고충 어린 계획에도 만족하지 않았다. 교회에 고기를 납품 못 하는 쪽은 으레 교회에 나오지 않겠다는 위협적 태도로 나오므로 때에 따라서는 목사 자신도 본의 아닌 위협을 가하지 않을 수 없는 형편이었다. 교회에 나오지 않겠다는 것은 말도 안 되는 소리다. 만약 당신이 죄를 뉘우칠 줄 모르고 정말로 비국교파 교회당에 다닌다면 당신의 푸주 고기가 아무리 좋다고 해도 영영 거래가 끊어지고 말 것이라는 식으로 캐리 부인은 은행에 자주 들러

성가대장 겸 경리이고 이 지방의 교구 위원인 조사이어 그레이브스 씨에게 전언하는 때가 많았다. 그의 코는 긴 편이고 혈색이 좋지 못하며 후리후리한 키에 여윈 몸집이었다. 머리가 백발이어서 필립의 눈에는 몹시 늙은 것같이 보였다. 교회의 회계를 도맡아 보고 성가대나 학교의 소풍을 계획하기도 했다. 교구 교회에는 비록 파이프 오르간은 없었지만 그가 지도하는 성가대는 켄트 지방에서는 제일이라는 정평이 나 있었다. 견신례에 주교가 온다든가, 추수 감사절에 지방교회 감사가 온다든가 하는 따위의 모든 행사 때 필요한 준비 절차는 그의 손을 거쳐서 이루어졌다. 그와 같은 입장이었으므로 목사와 형식적으로 상의하는 일 없이 만사를 제멋대로 처리해버려 노력을 덜어주기는 했으나, 목사는 이 교구 위원의 지나친 독선에는 못내 아니꼬움을 느껴오는 터였다. 자기가 이 교구에서 제일가는 인물이라고 자처하고 있는 모양이다. 캐리 씨는 조사이어 그레이브스가 조심하지 않고 이대로 계속해나간다면 틈을 보아 한 번 톡톡히 혼을 내주어야겠다고 여러 차례 자기 부인에게 말을 해왔다. 그러나 부인은 참아야 한다고 늘 남편에게 충고해 왔었다. 그가 악의로 그러는 것이 아니고, 신사는 못 된다 할지라도 그 사람만의 잘못이겠느냐고 입버릇처럼 말해왔다. 목사는 기독교도로서의 덕행을 쌓는 일에 보람을 찾고 있었으므로 참고 견디기는 하였으나 뒤에서는 그를 비스마르크라는 별명으로 불러 울분을 풀고 있었던 것이다.

한번은 두 사람 사이에 큰 싸움이 벌어진 일이 있었는데 캐리 부인은 지금도 그때 일을 생각하면 몸이 떨렸다. 어느날 보수당 입후보자 한 사람이 블랙스테이블에서 연설회를 갖겠다고 하자 조사이어 그레이브스 씨는 회장(會場)을 ‘미션 홀’로 정한 다음 캐리 씨를 찾아와 그날 몇 마디 인사를 해달라고 부탁하였다. 그런데 아무래도 강연자가 조사이어 그레이브스에게 사회해달라는 부탁이 있었던 모양이었다. 일이 이렇게 되고 보니 목사로서는 도저히 참을 수가 없었다. 성직자의 사회적 지위라는 점에 있어서는 확고한 신념을 가지고 있었으며, 적어도 목사가 임석한 집회에서 교구 위원이 사회를 맡다니 너무나 우스꽝스러운 일이다. 그는 그레이브스에게 목사(퍼슨)는 어디까지나 주요 인물(퍼슨)을 뜻한다. 즉, 교구에서는 제일인자에 틀림없다는 것을 역설하였다. 조사이어도 이에 맞서 말하기를 교회의 권위는 어디까지나 인정하는 바이나 이번 문제는 정치적 문제가 아니냐, 또 전능하신 구세주는 시저의 것은 시저에게 돌리라고 하지 않았느냐고 오히려 역습해왔다. 이 말에 지고 있을 목사가 아니었다. 악마가 자의로 성경 구절을 인용하는 수가 있지 않겠느냐고 반박하면서, '미션홀'의 전관리권은 자기 소관임무이니 사회역(司會役)이 아닐바에야 차라리 정치적 집회로 사용하는 것을 단호히 거절한다고까지 하였다. 조사이어 그레이브스는 마침내 그렇다면 좋을대로 하라고 하면서 웨즐리 교파 예배당을 정치적 집회에 사용하면 그만이 아니겠느냐고 맞섰다. 하지만 캐리 씨에게도 할말은 있었다. 만일 한 걸음이라도 사교도(邪敎徒)의 사원이나 다름없는 그곳에 들어가는 날이면 그때는 이미 그리스도 교회의 위원을 맡아볼 자격은 없어지고 말 것이라고. 그리하여 마침내 조사이어 그레이브스는 그의 모든 직분을 사직하고 그날 밤 사람을 시켜 법의를 돌려보내고 말았다. 한편 집안 일을 맡아보는 그의 누이동생 미스 그레이브스 또한 어머니회의 서기직을 사임해버렸다. 이제는 내 세상이 되었다고 캐리 씨는 말했지만 얼마 안 가 자기로서는 처리하기 어려운 여러 가지의 잡무를 도맡아 보게 되었다는 사실을 알게 되었다. 한편 조사이어 그레이브스도 처음의 흥분이 가라앉자 무언가 인생에 있어서의 가장 큰 흥미거리를 잃어버리고 만 느낌이 들게 되었다. 캐리 부인과 미스 그레이브스는 이 싸움에 크게 상심하여 몇 차례 편지를 주고 받은 다음 두 사람이 만나 사태를 수습하기로 결심했다. 이리하여 한 사람은 남편을, 한 사람은 오빠를 아침부터 밤까지 설득했는데 사실 두 신사는 한결같이 내심으로 바라던 것을 설득당했으므로 세 주일의 불화 끝에 화해가 이루어졌다. 그것은 두 사람의 이익과 들어맞는 일이었으나 그들은 '구주 예수에 대한 공통된 사랑으로 인하여'라고 붙였다. 연설회는 물론 '미션 홀'에서 거행되었고 사회는 그 마을의 의사가 맡았으며, 캐리 씨와 그레이브스 씨는 두 사람 다 한 차례 연설을 하였다.

캐리 부인은 은행가 조사이어 그레이브스와의 용건을 끝마치면 언제나 이층으로 올라가 그의 누이동생과 잡담했는데, 두 여인이 나누는 화제는 교구 문제와 목사보에 관한 것 아니면 윌슨 부인의 새로 산 모자——윌슨 씨는 블랙스테이블에서는 제일가는 부자이고 일 년 수입이 오백 파운드나 되는데, 부인이란 사람은 바로 그 집의 요리사였었다——에 관한 이야기 따위를 주고받는 동안 필립은 손님이 있을 때만 사용하는 딱딱한 분위기의 응접실에 얌전하게 앉아 쉬지 않고 헤엄치며 돌아다니는 어항 속의 금붕어만 열심히 들여다보고 있었다. 창문은 아침에 환기할 때 몇 분간만 열어놓는다. 숨막힐 듯한 냄새가 풍겼는데, 필립에게는 그것이 마치 은행업과 어떤 신비한 관계를 갖고 있는 것같이 생각되었다.

그때 캐리 부인은 갑자기 식료 잡화상에 갈 일이 생각나서 두 사람은 다시 걸었다. 쇼핑이 끝나면 그들은 작은 목조건물들이 쭉 늘어서 있는 골목길로 들어선다. 거기는 어부들이 사는 지역인데, 문앞 층계에 어부들이 앉아 그물 손질을 하고 있고 문에는 어망을 펴놓아 말린다. 이 골목길을 지나면 좁다란 해안으로 나오게 되는데, 양편에 창고가 가득 차 있었으나 바다는 바라볼 수가 있었다. 캐리 부인은 한참 동안 우뚝 서서 바다를 내려다봤다. 혼탁한 누런 빛깔의 바다였다(도대체 무슨 생각이 캐리 부인의 가슴속에 오가고 있는지). 필립은 납작한 돌을 물에다 던져 튀기며 놀았다. 그리고 두 사람은 천천히 걸음을 옮긴다. 정확한 시간을 알아보기 위해 우체국 안을 들여다보고, 창가에서 뜨개질하는 위그램 부인에게 인사를 하고 집으로 돌아온다.

점심은 한 시로 되어 있었다. 월, 화, 수요일에는 구운 쇠고기, 다진 고기 요리, 얇게 썬 고기 요리가 나오고 목, 금, 토요일에는 양고기가 나왔다. 일요일에는 집에서 기르는 닭을 잡았다. 오후는 필립의 공부 시간으로 정해져 있어 라틴어와 수학을 백부에게 배웠는데 사실 백부 자신도 이 두 과목에는 자신이 없었다. 불어와 피아노는 큰어머니의 지도를 받았다. 백모도 불어는 잘 몰랐지만 피아노는 그녀가 과거 삼십 년간 불러온 노래의 반주 정도는 할 수 있었다. 백부 말에 따르면 그가 목사보 시절에 백모가 노래를 열두 가지쯤 욀 수 있어서 청하기만 하면 그 자리에서 부를 수 있었다고 한다. 지금도 목사관에서 티 파티가 열릴 때는 곧잘 불렀다. 목사 부부가 초청할 만한 사람은 별로 많지 않아 회합에 참석하는 사람은 언제나 목사보 조사이어 그레이브스 오누이, 마을 의사, 위그램 내외로 정해져 있다시피 하였다. 티 파티가 끝나고 미스 그레이브스가 멘델스존의 〈가사 없는 노래〉 중에서 한두 곡 연주하면, 캐리 부인이 〈제비가 고향으로 떠나는 계절〉이 아니면 〈달려라, 망아지야〉 따위의 노래를 불렀다.

캐리 씨 부부는 티 파티를 자주 갖지 않았다. 준비만 하는데도 정신을 못차릴 정도로 힘드는 일이었기 때문에 손님들이 돌아간 후면 두 사람이 다 함께 지쳐버리고 말았다. 대개 둘이서만 차를 마시고 차가 끝나면 같이 주사위 놀이를 하였다. 부인은 남편이 이기도록 마음을 썼다. 왜냐하면 남편은 승부에 지는 것을 아주 싫어했기 때문이다. 여덟 시에 냉육(冷肉)으로 저녁 식사를 한다. 메어리 앤은 차 시간 뒤에는 움직이기를 싫어하여 찌꺼기 음식을 먹었고 캐리 부인이 설거지까지 도와주었다. 캐리 부인은 여느 때의 식사로 버터 바른 빵 한 조각과 익힌 과일을 조금 먹고, 백부는 냉육을 한 조각 먹는다. 저녁 식사가 끝나면 캐리 부인은 기도 시간을 알리는 벨을 울리고 이윽고 필립은 침실로 간다. 그는 메어리 앤이 옷을 벗겨주는 것이 싫어서 마침내 자기 옷을 벗고 입는 것은 자신이 하도록 습관을 들였다. 아홉 시에 메어리 앤이 달걀을 바구니에 넣어가지고 들어온다. 캐리 부인은 달걀 하나하나에 날짜를 쓰고 장부에 기입해둔다. 그리고 그녀는 바구니를 팔에 끼고 이층으로 올라간다. 캐리 씨는 그냥 눌러앉아 한동안 오래된 책을 읽고 시계가 열 시를 알리면 램프 불을 끄고 아내의 뒤를 따라 침실로 간다.

필립이 처음 왔을 때, 어느날 밤에 목욕시키는가를 결정하는 일로 한참 옥신각신하였다. 보일러가 잘 돌지 않아 충분한 물을 데우기가 쉽지 않았다. 따라서 하루에 두 사람씩이나 목욕탕에 들어간다는 것은 거의 불가능한 일이었다. 블랙스테이블에서는 윌슨 씨 집에만 목욕탕이 있는데, 이것으로도 그는 허영심이 많다는 뒷공론을 들었다.

메어리 앤은 주방에서 월요일날 저녁에 목욕하는데 그것은 한 주일을 깨끗한 몸으로 시작한다는 생각에서였다. 윌리엄 백부는 토요일에 목욕할 수는 없었다. 벅찬 일이 내일로 닥쳐 있고 목욕한 뒤에는 지친다는 것이다. 그래서 금요일에 하기로 작정했다. 그와 똑같은 이유로 캐리 부인은 목요일로 정했다. 그래서 자연 토요일은 필립으로 결정될 것으로 알았는데 뜻밖에 메어리 앤으로부터 불평이 나왔다. 토요일 밤에 계속 불을 피워야 한다는 것도 귀찮은 일이지만 일요일에 필요한 파이 같은 요리도 만들어야 하니 도저히 도련님 목욕물 시중까지 할 수 없다는 것이었다. 더구나 필립은 혼자서 목욕할 수가 없었다. 캐리 부인은 사내아이를 목욕시키기는 겸연쩍다고 하고, 목사 자신은 설교 준비가 있는 실정이고 보니, 필립을 돌보아줄 사람이라고는 아무도 없었다. 그래도 주님의 날을 맞기 위해 필립의 몸만은 깨끗하게 해야 한다고 캐리 씨는 강경하게 주장했다. 메어리 앤은 다시 이 이상 더 일이 불어난다면 차라리 그만두겠다고 했다.

십팔 년이나 일해온 이 마당에 새 일이 또 생기리라고는 꿈에도 생각하지 못했다. 일하는 사람의 처지도 좀 알아달라는 것이다. 그러자 필립은 혼자서 목욕할 수 있으니 아무도 상관 말라고 잘라 말했다. 이래서 일은 끝났다. 그런데 메어리 앤이 다시 말하기를 도련님이 제대로 목욕할 줄 모를 터이니 도련님이 더럽게 하고 있는 것보다는 차라리 자기 몸이 피곤해지는 한이 있더라도 토요일도 상관없으니 필립을 돌보겠다고 나섰던 것이다.

7

일요일은 여러 가지 일로 온종일 바쁘게 지내야 하는 날이었다. 캐리 씨는 교구에서 일수일에 이레 동안 사무반 보는 사람은 자기밖에 없을 것이라고 푸념했다. 식구들은 여느 날보다 반 시간 일찍 일어난다. 가난뱅이 목사는 휴일에도 아침 잠 한번 제대로 못자나! 정각 여덟 시에 메어리 앤이 노크하면 이렇게 투덜거렸다. 옷을 갈아입는 시간이 오래 걸리는 캐리 부인은 아홉 시에야 겨우 아침 식사를 하러 내려왔다. 가볍게 숨을 몰아쉬면서 남편보다 조금 먼저 들어서는 것이다. 캐리 씨의 장화가 난로 앞에 세워져 있는 것은 따뜻하게 하기 위해서였다. 아침 기도가 어느 때보다 길고 식사도 실속있게 분량이 많다. 조반이 끝나면 목사는 성찬용 빵을 얇게 썬다. 뻣뻣하게 굳어진 빵 껍데기를 잘라내는 것은 언제나 필립의 의무였다. 끝나면 서재에 가서 대리석 문진(文鎭)을 가지고 온다. 캐리 씨는 그것으로 빵을 꼭 누르고, 얇게 밀어 다시 작은 네모꼴로 썰어놓는다. 분량은 날씨에 따라 달라졌다. 날씨가 나쁘면 교회에 나오는 사람의 수가 엄청나게 줄어들게 마련이고, 날씨가 썩 좋은 날은 사람들이 많이 모이기는 하지만 성찬 시간까지 남아 있는 사람은 별로 많지 않았다. 교회로 오는 길이 알맞게 건조하여 걷기에 알맞고, 그러면서도 급히 서둘러 집으로 돌아가고 싶을 정도로 좋은 날씨가 아닌 날에 가장 사람 수가 많았다.

이윽고 캐리 부인이 식기실의 찬장에서 성찬용 큰 쟁반을 꺼내오면 주인이 그것을 영양(羚羊)가죽으로 닦았다. 열 시가 되면 전세 마차가 왔다. 캐리 씨는 장화를 신는다. 캐리 부인이 보닛 모자를 쓰는 데 시간이 오륙 분은 걸리게 되므로 그 동안 캐리 씨는 헐렁헐렁한 겉옷을 입고 현관에서 대기했다. 초기의 그리스도교 순교자가 막 투기장으로 끌려나가기 직전의 그런 광경이었다. 결혼해서 삼십 년이나 되는 데도 일요일 아침에 그의 아내가 시간에 맞춰 준비하지 못한다는 것은 실로 어처구니없는 일이다. 이윽고 검은 공단 차림의 부인이 나타난다. 캐리 씨는 언제 어디서든 목사의 아내가 빛깔이 난한 옷을 입는다는 사실이 마음에 들지 않았지만 일요일만은 반드시 검은 색을 입기로 작정해두었다. 가끔 미스 그레이브스와 짜고 보닛 모자에 흰 깃털 장식을 달거나 핑크빛 장미라도 한 송이 달게 되면 목사는 당장에 떼어버리라고 야단이 난다. '홍의(紅衣)의 여인'과 함께 교회에 가는 일은 절대 있을 수 없다는 것이 그의 한결같은 주장이었다. 캐리 부인도 여자이기 때문에 한숨지었으나 아내로서는 복종하였다. 마차에 몸을 싣고 막 떠나려는 순간 뒤늦게 목사는 아무도 그에게 달걀을 주지 않았다는 사실을 깨닫게 된다. 목소리를 좋게 하기 위해 달걀을 먹여야 한다는 일쯤은 식구가 다 알고 있으면서, 게다가 여자가 둘이나 있는 집에서 아무도 그를 생각하는 사람이 없었다니. 백모는 메어리 앤을 꾸짖고, 메어리 앤은 자기가 신이 아닌 이상 어떻게 하나에서 열까지 다 정신차리겠느냐고 대꾸한다. 그녀는 만사를 젖혀놓고 황급히 달걀을 가지러 뛰어간다. 세리용 술잔에 달걀을 깨뜨려 백부는 그것을 쭉 들이켠다. 성찬용 큰 쟁반이 마차에 실렸다. 자, 이제는 출발이다.

마차는 '레드 라이온' 점포에서 빌어온 전세 마차인데, 일종의 독특한 썩은 짚 냄새가 심했다. 목사가 감기에 들지 않도록 양쪽 창문을 꼭 닫은 채 달려간다. 교회의 잡역부가 현관에서 성찬이 든 큰 쟁반을 받아든다. 목사가 법의실에 들어가 있는 동안 캐리 부인과 필립은 가족석에 앉았다. 캐리 부인은 자기앞에 육 펜스짜리 은화를 내놓는다. 언제나 쟁반에 넣는 헌금이었다. 같은 용도로 쓰일 삼 펜스짜리 은화 한 개를 필립에게 준다. 사람들이 차차 모여들기 시작하면 곧 예배가 시작되는 것이다.

설교 도중에 필립은 싫증이 나게 마련이다. 조금이라도 안절부절하는 기색이 보이면 백모는 그의 팔을 상냥스레 만지면서 그러면 못쓴다는 듯이 노려본다. 그러나 마지막 찬송가가 시작되고 쟁반을 가지고 돌아다닐 무렵이면 그는 다시 흥미를 되찾는다.

사람들이 모두 돌아가버리면 캐리 부인은 미스 그레이브스의 가족석으로 가서 남자들이 나올 때까지 잡담을 나눈다. 그 동안 필립은 법의실에 가본다. 백부와 목사보와 그레이브스 씨도 법의를 입은 채로 있다가 그에게 남은 빵을 주면서 먹어도 좋다고 말한다. 버린다는 것은 하느님께 죄스러운 마음이 들어 자기가 먹어 왔었는데, 요즘은 필립의 왕성한 식욕 덕분에 그런 일에서 벗어날 수 있었다. 헌금 셈이 시작된다. 일 페니짜리 동화, 육 펜스의 은화에 삼 펜스의 은화가 뒤섞여져 있다. 그런데 그 속에는 언제나 일 실링짜리 은화 두 개가 섞여 있는데 한 개는 캐리 씨가, 또 한 개는 그레이브스 씨가 넣은 것이다. 그 밖에 때로는 프로린 은화가 섞여 있는 경우도 있다. 그레이브스 씨는 누가 넣었는가를 목사에게 보고한다. 언제나 이 고장 사람은 아니어서, 대체 어떤 사람일까 하고 의아스럽게 생각해본다. 그러나 그레이브스 부인은 그 재빠른 행위를 주목한 끝에 돈을 헌납한 사람은 런던 출신으로 결혼하여 아이들이 있다는 사실을 캐리 부인에게 알린다. 마차로 돌아오는 길에 캐리 부인이 그 정보를 전하자 캐리 씨는 한번 방문하여 목사보 연합회에의 기부를 청할 것을 결심한다. 다음 캐리 씨는 필립이 오늘 얌전했었는가를 물어보고, 캐리 부인은 위그램 부인이 새 외투를 입고 왔다는 일, 콕스 씨가 예배에 결석하였고 미스 필립이 약혼했다고 알려주는 사람이 있었다는 일 따위를 이야기한다. 이윽고 목사관에 도착했을 때는 모두가 넉넉한 오찬을 먹을 권리가 있는 것 같은 마음이 들었다. 점심이 끝나면 캐리 부인은 방으로 들어가 푹 쉬고 캐리 씨도 응접실 안락의자에 누워 한동안 낮잠을 잔다. 다섯 시에 차를 마시고 저녁 예배를 위해 달걀 한 개를 또 먹는다. 메어리 앤을 대신 보내고 부인은 집에 있게 되지만 그 대신 기도서를 읽고 찬송가를 부르는 일만은 잊지 않는다. 밤에는 백부도 걸어서 교회로 간다. 필립도 절뚝거리면서 그와 나란히 걸어간다. 밤의 시골길은 그에게 형용할 수 없는 깊은 인상을 안겨주며, 등불을 환히 켜놓은 교회의 건물이 멀리 보이다가 차차 가까워지면 여간 정다운 마음이 드는 것이 아니었다. 처음에는 백부와 함께 가는 일이 부끄러운 듯했으나 차차 익숙해지자 이제는 백부의 손을 꼭 잡고 느긋한 마음으로 걸을 수 있게 되었다.

　귀가하면 곧 저녁 식사를 하게 된다. 난로 앞의 발판 위에는 백부의 슬리퍼가 놓여 있었고, 바로 곁에 필립의 것도 놓여 있다. 한 짝은 아주 작은 어린아이 신발이고 또 한 짝은 보기 흉하게 일그러져 있었다. 필립은 잠자리에 들 무렵이면 아주 지쳐 메어리 앤이 옷을 벗겨도 마다하지 않았다. 그녀는 그를 담요에 감싸고 살며시 키스를 해주었다. 그는 메어리 앤이 조금씩 좋아지기 시작했다.

8

필립은 언제나 외톨이로 고독한 생활을 해왔기 때문에 목사관에서의 쓸쓸한 것이 어머니가 살았을 때와 그다지 다르지 않았다. 그는 메어리 앤을 친구같이 사귀게 되었다. 메어리 앤의 나이는 서른다섯 살이었으며 뚱뚱하고 키가 작았다. 그녀는 어부의 딸로, 열여덟 살 되던 해에 이 목사관에 오게 되었다. 이곳이 그녀가 처음으로 가진 일자리며 또한 그녀는 이곳을 떠날 생각도 하지 않았다. 그런데 때때로 결혼 이야기를 꺼내어 겁 많은 주인 부부를 놀라게 하였다. 그녀의 아버지 어머니는 항구 밖에 있는 조그마한 집에 살고 있었는데 밤에는 집으로 가기도 하였다. 그녀가 들려주는 바다 이야기는 필립의 공상의 날개를 마음껏 펴게 하였고 항구의 좁은 골목들은 어린 공상이 낳는 로맨스로 물들여졌다. 어느날 밤 필립은 메어리 앤과 함께 그녀의 집에 놀러가도 좋으냐고 물었으나 백모는 그가 어떤 점잖지 못한 것을 배우지 않을까 염려했으며 백부도 잘못된 교제가 선량한 품행을 그르칠까 염려하여 반대했다. 그는 성질이 거칠고 사나우며 비국교파 교회당에 다니는 어부들을 몹시 싫어하였다. 그러나 필립은 식당에 있을 때보다는 부엌에 있는 편이 더 마음 편했다. 그는 여가만 있으면 장난감을 가지고 부엌으로 갔다. 백모도 그것을 나쁘게 생각지는 않았다. 부인은 난잡한 것을 좋아하지는 않았지만 사내아이가 있으면 으레 집안이 지저분해진다고 생각했으므로 어차피 그럴 바엔 차라리 부엌에서 노는 편이 나으리라고 생각했던 것이다.

필립이 소란을 피우면 백부는 곧 마음이 초조해져서 필립이 학교에 갈 나이가 넘었다는 것을 이야기하는 것이었다. 그러나 캐리 부인은 필립이 학교에 가기에는 아직 어리다고 생각했다. 그녀의 마음은 이 부모를 잃은 어린 아이에게로 쏠렸으나 그의 애정을 획득하려는 그녀의 방법은 너무나 서툴러서 수줍은 이 어린 아이는 백모의 그런 사랑에 늘 무뚝뚝하게 대했다. 그래서 그녀는 또 마음을 상하게 됐다. 때로 부인이 부엌에서 들려오는 필립의 유쾌한 듯한 웃음소리에 이끌려 그리로 가면 필립은 별안간 웃음을 뚝 그치고, 메어리 앤이 필립이 웃은 까닭을 설명하면 그는 겸연쩍은 듯 낯을 붉히곤 했다. 캐리 부인은 무엇이 우스운지 알지도 못하면서 억지 웃음을 지을 수밖에 없었다.

"여보, 필립은 우리와 함께 있는 것보다 메어리 앤과 같이 있는 것이 더 즐거운 모양이죠?" 바느질감을 붙잡으며 그녀는 남편에게 말했다.

"그 아이는 가정 교육을 잘못 받았어. 교육을 단단히 받을 필요가 있어."

필립이 이곳에 와서 두 번째 되는 일요일, 조그만 사고가 일어났다. 캐리 씨는 평소와 같이 점심을 먹고 낮잠을 자러 응접실로 갔으나 기분이 좋지 않아 도무지 잠을 이룰 수가 없었다. 그날 아침 조사이어 그레이브스 씨는 캐리 씨가 성단을 장식해놓은 촛대에 대해 강경하게 반대했던 것이다. 그 중고품 촛대는 그가 터켄베리에서 사온 것인데 썩 볼품있는 것으로 생각되었다. 한데 조사이어 그레이브스는 그 촛대가 가톨릭적 취미라고 하지 않는가! 이런 식의 비난은 캐리 씨에게는 견딜 수 없는 것이었다. 그는 에드워드 매닝의 영국 국교로부터의 분리로 종결을 맺은 종교운동이 일어났을 때 옥스퍼드 대학에 있었으며 로마 교회에 대해서도 어느 정도 호감을 가지고 있었다. 또한 블랙스테이블의 일반 교회 교구에서 흔히 하고 있는 것보다 좀더 예배장식을 찬란하게 하고 싶었으며 은근히 로마 가톨릭 교회의 성가 행렬이나 촛불 장식을 동경했던 것이다. 다만 향불을 피우는 것만은 반대해왔다. 그리고 그는 프로테스탄트라는 말을 싫어하여 그 자신을 가톨릭교도라고 부르기까지 했다. 그는 가톨릭교도에는 또 하나의 형용사를 덧붙여 로마 가톨릭교도라고 불러야 한다는 것이었다. 하지만 영국 국교는 더할 나위 없이 완전하고 가장 고귀한 뜻에서의 가톨릭교라고 말해왔었다. 그는 깨끗이 면도한 자기 얼굴이 사제다운 풍모를 갖췄다고 생각하고는 기뻐했으며 또 그가 젊었을 때 가졌던 금욕주의적 풍채가 아직도 남아 있는 것을 좋아하였다. 한번은 그가 휴가를 받고 절약하기 위해 부인을 동반하지 않고 프랑스의 블로뉴에 간 일이 있었다. 어느날 가톨릭 교회에 앉아 있으려니까 사제가 와서 설교를 청했다. 그 사제는 캐리 씨도 사제인 줄 알았던 것이었다. 캐리 씨는 이 이야기를 가끔 자랑삼아 하였다. 그는 부목사가 결혼하게 되면 해임시켜버렸다. 아직 수록(受祿)이 없는 성직자는 모두 독신이어야 한다는 견해를 고집했던 것이다. 그러면서도 언젠가 선거 때에 자유당원들이 그의 정원 울타리에 푸른 글씨로 커다랗게 '이 길은 로마로 통한다'라고 써놓았을 때, 그는 크게 노하여 블랙스테이블의 자유당 지도자들을 제소하겠다고 날뛰었다. 그는 조사이어 그레이브스가 무어라고 지껄이든지 간에 절대로 그 촛대를 성단에서 치워버리지 않으리라고 단단히 결심하였다. 그리고 그는 성난 듯이 한두 번 중얼거렸다.

그때 별안간 시끄러운 소리가 들려왔다. 얼굴에 덮었던 손수건을 벗고 누워 있던 소파에서 벌떡 일어난 그는 식당으로 갔다. 필립이 식탁에 올라앉아 있었고 사면에 장난감 토막더미가 흩어져 있었다. 어마어마하게 큰 성을 쌓았는데 토대가 잘못되어 성이 굉장한 소리를 내며 무너져버렸던 것이다.

"나무토막을 갖고 뭘 하는 거냐, 필립? 주일날에 장난을 해서는 안 된다는 것쯤 알고 있지?"

필립은 겁먹은 눈초리로 백부를 쳐다보며 언제나 그렇듯이 얼굴이 새빨개졌다.

"난 집에서는 주일날도 늘 놀았는데요." 그는 대답하였다.

"아니다, 너의 엄마가 이렇게 나쁜 짓을 하도록 내버려두었을 리가 없다."

필립은 그것이 나쁜 일이란 것을 알지 못했으나 만일 그렇다면 엄마가 그런 나쁜 일을 하도록 내버려두었다고 인정받기는 싫었다. 그는 고개를 푹 숙인 채 아무 대답도 하지 않았다.

"넌 주일날에 장난하는 것이 아주 나쁜 일이라는 것을 모르고 있구나. 왜 안식일이라 부르는지 아니? 오늘 저녁엔 교회에 가야 하지 않아? 넌 오후에 하느님의 율법을 어기고 어떻게 저녁에 하느님 앞에 나갈 수 있겠니?"

캐리 씨는 당장에 나무토막을 죄다 치워버리라고 호령하고는 필립이 그것을 치우고 있는 동안 가만히 서서 지켜보고 있었다.

"넌 아주 장난꾸러기로구나. 천당에 계신 엄마가 슬퍼하실 것을 생각해봐라."

필립은 울고 싶었으나 원래 남에게 눈물을 보이기 싫어하는 성질이었으므로 쏟아져 나오려는 눈물을 억지로 참았다. 캐리 씨는 안락의자에 앉아 책장을 넘기기 시작했다. 필립은 창가에 서 있었다. 목사관은 터켄베리로 가는 한길을 등지고 있었는데 식당에서 반원형의 조그마한 잔디밭이 내다보였다. 그 너머로 지평선 저쪽까지 푸른 들판을 바라볼 수 있었다. 들판에서는 양떼들이 풀을 뜯고 있었다. 하늘은 쓸쓸한 잿빛이다. 필립은 끝없는 불행을 느꼈다.

이때 메어리 앤이 차를 가지고 들어왔다. 루이자 백모도 이층에서 내려왔다.

"한잠 주무셨어요?" 하고 그녀는 물었다.

"아니, 필립이 어떻게 시끄럽게 떠들어대는지 조금도 못 잤어." 하고 목사는 대답하였다.

그는 자기 자신의 생각 때문에 잠을 이루지 못했으므로 이 말이 정확하다고는 할 수 없었다. 필립은 침울한 표정으로 듣고 있었다. 그는 단지 한 번 시끄러운 소리를 내었을 뿐인데 왜 소리나기 전에도 그 후에도 잠을 이루지 못했을까 하고 생각해봤으나 그 이유를 알 수가 없었다. 캐리 부인이 이유를 묻자 목사는 사실을 말했다.

"글쎄, 그러고도 잘못했다는 말 한 마디 하지 않는구려." 그는 이렇게 말끝을 맺었다.

"어머 필립, 넌 잘못했다고 생각지 않니?" 캐리 부인은 필립이 그의 백부에게 필요 이상으로 나쁘게 보일까 걱정하며 말했다.

필립은 아무런 대답도 하지 않았다. 다만 버터 바른 빵을 우물우물 먹기만 했다. 왜 잘못했다는 말이 하기 싫었는지 그 자신도 알 수가 없었다. 귀가 윙윙거리고 울고 싶은 마음이었으나 말은 한 마디도 나오지 않았다.

"그렇게 얼굴을 찌푸리고 기분 나빠 할 건 없다." 캐리 씨가 말했다.

모두 입을 다문 채 차를 마셨다. 캐리 부인은 가끔 힐끗 필립을 훔쳐보았으나 목사는 애써 그를 무시하였다. 백부가 교회에 갈 준비를 하려고 위층으로 올라가자 필립도 현관으로 나가 모자를 쓰고 코트를 입었다. 백부가 내려와서 그를 보고 이렇게 말했다.

"오늘 밤은 가지 않아도 좋다. 넌 하느님의 집에 발을 들여놓을 만한 마음의 준비가 되어 있지 않아."

필립은 아무 말도 하지 않았다. 크나큰 굴욕을 느꼈다. 얼굴이 새빨개졌다. 가만히 서서 백부가 챙 넓은 모자를 쓰고 커다란 외투를 입는 모양을 보고 있었다. 캐리 부인은 다른 때와 같이 남편을 문앞까지 배웅하러 나갔다. 그리고 필립을 향해 말했다.

"필립, 걱정 마라. 다음부턴 다시 장난하지 마라. 그러면 큰아버지가 밤에 교회에 데리고 가실 게다."

그녀는 필립의 모자와 외투를 벗기고 식당으로 데리고 갔다.

"나와 둘이서 기도문을 읽고 오르간에 맞춰 찬송가를 부르자. 어때, 좋지?"

필립은 단호하게 머리를 가로저었다. 캐리 부인은 놀랐다. 저녁 예배를 함께 드리는 것조차 싫다고 하다니 대체 어떻게 해야 좋다는 말인가?

"그럼 큰아버지가 돌아오실 때까지 뭘 할까?"

겨우 필립이 입을 열었다.

"혼자 있고 싶어요."

"필립, 넌 왜 그런 심한 말을 함부로 하니? 큰아버지도 나도 모두 너 하나만을 위해 준다는 걸 넌 모르니? 내가 싫으냐?"

"싫어요! 죽어버렸으면 좋겠어요!"

캐리 부인은 순간 거의 숨이 막혔다. 멈칫할 만큼 그것은 심한 말투였다. 더 할 말이 없었다. 그녀는 남편 의자에 주저앉았다. 그녀는 아이를 못 낳는 여자였다. 그것이 틀림없는 신의 뜻이라는 것을 알고 있으면서도 그녀의 마음은 때로 귀여운 어린아이의 얼굴을 대하면 마음이 저려 왔다──그러니만큼 이 올 데 갈 데 없는 절름발이 필립을 애써 사랑하려는 마음, 그리고 또 그도 애정을 갈망하고 있는 듯한 마음을 생각하니 그만 눈물이 복받쳐 이윽고 한 방울 한 방울 뺨을 타고 흐르기 시작하였다. 필립은 넋을 놓고 바라봤다. 그녀는 손수건을 꺼내더니 더 참지 못하고 울음을 터뜨렸다. 돌연, 그는 순간 알아차렸다. 백모님은 내 말 때문에 울고 있다. 그렇게 생각하니 미안한 마음이 들었다. 잠자코 다가가 살그머니 키스했다. 그가 마음이 내켜서 한 첫 키스였다. 그러자 머리를 묘하게 들어 올리고 검정 공단으로 휘감은 원래가 몸집이 작은 백모가 지금은 한결 더 작아 보이고 얼굴빛마저 파리해져서 그를 꼭 껴안고 숨이 끊어질 듯이 흐느껴 우는 것이었다. 그러나 그 눈물은 어쩌면 행복의 눈물이기도 하였다. 둘 사이의 스스러움이 단번에 사라진 것 같은 기쁨이었다. 오늘날까지 괴로워해왔다는 그 까닭으로 해서 이제 오히려 새로운 애정으로 사랑할 수 있었다.

9

　다음 일요일날 캐리 씨는 언제나 하는 것처럼 낮잠을 자려고 응접실로 갈 채비를 하고 있었고——그의 생활은 만사가 규칙적으로 되어 있었다——캐리 부인도 이층으로 올라가려고 할 때였다. 필립이 별안간 물어왔다.

　"놀면 안 되니까 나 뭘 할까요?"

　"단 하루도 가만히 앉아 있을 수 없겠니?"

　"차 시간까지 가만히 앉아 있을 수가 있어야죠."

　캐리 씨는 창 너머로 밖을 내다보았다. 바깥은 쌀쌀하고 차가웠으므로 차마 밖으로 나가라고까지는 할 수 없었다.

　"음, 좋은 수가 있다. 오늘의 기도문을 외어라." 하고 말하면서 그는 기도할 때 쓰는 기도서를 오르간 위에서 가져다가 책장을 넘겨 필요한 대목을 찾아냈다.

　"길지는 않다. 차마시는 시간까지 만약 안 틀리고 외면 달걀을 주마."

캐리 부인은 필립의 의자를 식당 테이블 앞에 갖다놓고——그때는 이미 필립에게 높은 의자를 사주었다——필립 앞에 기도서를 놓았다.

"빈둥거리는 사람에겐 악마가 일을 찾아 주게 마련이거든." 하고 캐리 씨가 말하였다.

그리고 뒤에 차 시간이 됐을 때에 기분 좋게 타오르도록 난로에 석탄을 더 넣고서 응접실로 들어가버렸다. 칼라를 풀어 젖히고 쿠션을 늘어놓고 소파에 편안하게 드러누웠다. 백모는 응접실이 다소 춥겠다고 생각했는지 홀에서 담요를 가져다가 그의 다리를 덮고 발까지 곱게 감싸주었다. 그리고 태양 광선이 눈에 닿지 않도록 커튼을 쳤는데 그때는 남편이 이미 눈을 감고 있었으므로 그대로 살그머니 까치발로 걸어나왔다. 캐리 씨도 오늘만은 마음의 평정을 얻었던 터라 십 분 후에는 깊은 잠이 들게 되었다. 코고는 소리가 조용하게 들려왔다.

주현절(主顯節)로부터 여섯 주일째의 주일날이었다.

그날의 기도문은 다음과 같은 말로 시작되었다.

"아버지시여, 당신의 아드님을 이 세상에 보내사 악마의 헛된 장난을 쳐부수게 하시옵고 영원토록 생명의 후사(後嗣)되게 하시니, 아버지시여."

필립은 이 기도문을 한 번 쭉 훑어보았지만 뜻을 전혀 알 수 없었다. 그는 소리를 내어 읽어보았다. 낱말들이 거의 낯설 뿐만 아니라 구문 자체도 이상하게 생각되었다. 두 줄도 못 읽어 그만 막혀버렸다. 그리고 주의는 흩어져버렸다. 목사관 담에는 손질을 잘 한 과일나무가 늘어서 있었는데 가끔 그 긴 나뭇가지가 유리창을 때렸다. 정원 저쪽 들판에서는 양떼들이 풀을 뜯고 있었다. 머릿속에는 응어리라도 생긴 것 같은 기분이었다. 도저히 차 시간까지 외지 못할 것 같다고 생각하니 갑자기 두려워졌다. 빠르고 나직한 목소리로 몇 번이나 계속해서 외어보았다. 그 뜻을 이해하려고는 하지도 않았다. 그냥 앵무새처럼 머릿속에 억지로 집어넣는 것이다.

그날 오후 캐리 부인은 잠을 이루지 못했다. 네 시까지 뜬눈으로 있다가 아래층으로 내려왔다. 제발 필립이 기도문을 다 외어 남편 앞에서 한 마디 실수도 없이 암송해줬으면 얼마나 좋을까 하는 마음이 간절하였다. 그러면 남편은 기뻐할 것이 틀림없다. 그리고 아이의 마음이 비뚤어지지 않았다는 사실도 함께 인정받게 될 수 있는 것이다. 그러나 캐리 부인이 식당 안으로 막 들어서려는 순간 별안간 걸음을 멈추게 할 정도의 요란한 소리가 들려왔다. 깜짝 놀랐다. 발길을 돌려 밖으로 나왔다. 집을 돌아 식당 창문으로 안을 들여다보았다. 아니나 다를까, 필립은 자기가 앉혀놓은 의자에 그대로 앉아 있었으나 머리를 책상에 대고 두 팔에 얼굴을 파묻고 숨이 끊어질 듯이 울고 있었다. 경련을 일으키듯 어깨가 들먹거렸다. 캐리 부인은 가슴이 덜컥 내려앉았다. 그녀가 이제까지 이 아이에 대해 느꼈던 것은 매우 침착한 아이라는 점이었다. 우는 것을 한 번도 보지 못했다. 이제 보니 그의 냉정성은 남에게 감정을 보이기를 부끄러워하는 본능에서 오는 것이었던 것이다. 숨어서 울었을 것이 틀림없다.

갑자기 깨우는 것을 남편이 싫어한다는 것도 잊어버리고 그녀는 응접실로 달려 들어갔다.

"여보, 여보, 아이가 숨이 끊어질 것처럼 울고 있어요."

캐리 씨는 일어나 다리에 걸쳤던 담요를 벗어던졌다.

"무슨 울 일이라도 있었소?"

"잘 모르겠지만, 여보. 그래도 아이를 울게 해서는 안 되잖아요. 우리가 잘못했을까요? 우리에게도 아이가 있다면 다루는 방법을 알 텐데."

캐리 씨는 난처한 듯한 얼굴로 부인을 쳐다보았다. 어쩔 수 없지 않느냐는 듯한 표정이었다.

"설마, 기도문쯤 암송하란다고 해서 우는 건 아닐 테지. 고작 열 줄도 안 되는 건데."

"여보, 그림책이라도 갖다주면 어떻겠어요? 팔레스타인 그림책이 있을 텐데요. 그거라면 나쁘지는 않겠죠?"

"암, 좋아, 좋고말고."

캐리 부인은 서재로 들어갔다. 서적 수집은 캐리 씨의 유일한 도락

이기도 했다. 터켄베리에 들를 때면 으레 한두 시간 고서점에 들르곤
했다. 그리고 돌아올 때는 곰팡내나는 책을 네댓권은 사들고 오는 것
이었다. 그렇다고 다 읽는 것은 결코 아니다. 책 읽는 습관은 이미
오래 전에 버렸다. 삽화라도 들어 있으면 그것을 보고, 그리고 책장
이 떨어지려고 하면 곱게 매만져놓는 일만이 낙이었다. 비가 오는 날
을 가장 좋아했다. 양심의 가책없이 집에 있을 수 있어 오후에는 달
걀 흰자위와 아교 냄비를 가져다가 떨어진 사절 판본의 러시아 가죽
껍질을 수선하면서 소일할 수 있기 때문이었다. 동판화가 들어 있는
오래 된 여행기도 많이 가지고 있었다. 캐리 부인은 팔레스타인을 그
린, 그런 여행기 두 권을 금방 찾아내었다. 문간에 이르러 필립에게
마음을 가다듬을 여유를 주기 위해 일부러 크게 기침하였다. 울고 있
는데 들어가서는 무안하지 않을까 하는 마음에서였다. 그리고 커다
란 소리를 내며 문 손잡이를 돌렸다. 들어가보니 필립은 운 흔적을
보이지 않으려고 두 손으로 눈을 가리면서 열심히 기도서를 읽고 있
었다.
　"기도문은 다 외었니?"
　그는 얼른 대답하지 않았다. 자신이 없어서 아무 소리 못 하는구나
하고 그녀는 생각하였다. 그녀로서도 좀 난처하였다.
　"욀 수가 없어요."라고 마침내 그는 흐느끼듯 말했다.
　"뭐 괜찮아, 괜찮아요. 큰엄마가 그림책 갖고 왔다. 이리 와서 내
무릎에 앉아요, 같이 보게."
　필립은 의자에서 미끄러져 내려와 절뚝거리며 그녀에게로 갔다.
그는 눈길을 내리깔고 눈물 자국을 안 보이려고 애썼다. 그녀는 살며
시 안아주었다.
　"자 봐요, 여기가 예수님께서 태어나신 곳이다."
　그녀는 평평한 지붕이랑 둥그런 회당의 지붕 높은 첨탑이 늘어서
있는 동방의 도시의 그림을 그에게 보여주었다. 전경에는 한 그루의
종려나무가 하늘 높이 솟았고 그 그늘 아래에는 두 아라비아인이 몇
마리의 낙타와 함께 쉬고 있었다. 필립은 그림 속의 집들과 유목민들
이 입은 헐렁한 옷을 마치 직접 손으로 만져보려는 듯이 화면을 손

으로 어루만졌다.

"이것 좀 읽어주세요. 뭐라고 씌어 있어요?"

캐리 부인은 조용한 목소리로 반대편 페이지에 씌어 있는 글을 읽기 시작했다. 그것은 1830년대의 여행가가 엮은 퍽 낭만적인 이야기였다. 저 유명한 바이런이나 샤토브리앙 바로 다음 세대의 사람들 눈엔 동방 세계가 어떻게 비쳤는가, 그것을 연상케 하는 정취가 향기를 뿜어내고 있었다. 그러나 일이 분도 채 못 가서 필립은 얼른 이야기를 가로막았다.

"우리 딴 그림 봐요."

그때 메어리 앤이 들어왔으므로 캐리 부인도 일어나 티 테이블 준비를 거들기 시작하자, 필립은 책을 손에 들고 성급하게 삽화를 찾는 것이었다.

차를 마실 시간이라고 하여 백모가 겨우 책을 내려놓게 하였다. 그는 기도문을 외던 그 무서운 고통을 벌써 씻은 듯이 잊어버렸다. 운일도 잊었다. 다음 날은 비가 왔다. 그는 또 그 책을 보고 싶다고 보챘다. 캐리 부인은 선뜻 건네주었나. 언젠가 한 번 그의 장래에 대하여 남편과 상의한 일이 있었는데, 약속이나 한 듯이 내외가 똑같이 성직자가 되어주기를 바라고 있다는 사실을 알게 되었다.

따라서 지금 이 예수의 출생으로 말미암아 성지가 된 지방의 그림 책을 이다지도 그가 열심히 보고 싶어한다는 것은 참으로 좋은 징조처럼 생각되었다. 아이의 마음이 천성적으로 신앙의 길과 들어맞는 것같이도 보였다. 한데 하루 이틀 지나자 그는 다른 책을 좀 보여달라고 하였다. 캐리 씨는 그를 서재로 데리고 가서 삽화가 든 책이 꽂힌 책장을 보여주고, 로마에 대해서 쓴 책 한 권을 그에게 골라주었다. 필립은 홀린 듯 읽어나갔다. 그림을 보는 일이 새로운 즐거움이 되었다. 판화가 있는 바로 앞페이지나 바로 뒤페이지를 읽고 그것이 무슨 그림인가를 해득할 수 있게 됨에 따라 장난감에 대한 그의 흥미는 거의 없어졌다.

아무도 없을 때는 스스로 책을 꺼내게끔 되었다. 그리고 아마도 그에게 첫인상을 준 것이 동방의 도시 그림이었기 때문인진 모르나 가장 흥미를 가진 것은 레반트 지방에 대해 씌어진 책이었다. 회교 사원이나 아름다운 궁전 등을 그린 그림을 보면 그의 마음은 흥분으로 울렁거렸다. 특히 그 중에서도 콘스탄티노플에 관한 이야기를 쓴 것으로, 한없이 그의 상상을 자극한 책이 한 권 있었다. 《만주랑기(萬柱廊記)》라는 제목의 책으로, 만주랑이란 요컨대 비잔틴의 하수구를 말한 것인데, 사람들의 공상이 터무니없이 거대한 것인 것처럼 만들어놓아버렸던 것이다. 그리고 그가 읽은 전설은 그 어귀에는 언제나 작은 배 한 척이 매어져 있어 얼빠진 인간을 유혹해갔다. 한 번 암흑 속으로 들어간 길손들 중에는 두 번 다시 돌아온 사람이 없다는 것이었다. 필립은 기이하게 생각하였다. 주열(柱列)의 수로에서 수로로 영원히 노저어 가고 있는 것일까, 아니면 나중에는 그 어떤 불가사의한 궁전에라도 가 닿는 것일까 하고.

어느날 그는 행운을 만났다. 레인이 번역한 《아라비안 나이트》를 발견한 것이었다.

처음에는 그 삽화에 매혹당하고, 다음에는 마법을 다룬 이야기에, 그리고 그 다음은——하는 식으로 다음에서 다음으로 읽어나갔다. 마음에 드는 대목은 몇 번이나 되읽었다. 하루의 일과조차 잊어버렸다. 식사 시간에도 두세 번 부르지 않으면 절대로 오지 않았다. 모르는 사이에 인생 지상의 습관, 즉 독서의 습관을 몸에 지녔던 것이다. 그렇게 해서 모든 삶의 괴로움에서 벗어나는 도피처를 만든다는 따위의 일은 물론 알지 못했으며, 또 이렇게 비현실적인 세계를 만들어냄으로써 거꾸로 날마다의 현실 세계를 더욱더 쓰라린 환멸로 이끌어간다는 사실도 물론 알지 못하였다.

그러는 동안에 그는 다른 것도 읽기 시작하였다. 그의 머리는 조숙한 편이었다. 백부와 백모는 그가 책에 열중하여 장난도 않고 떠들지도 않는 것을 보고 그에 대해 더 이상 걱정하지 않았다. 캐리 씨는 장서 수가 너무 많아 그 자신도 모르는 책이 있을 뿐만 아니라 실제로 읽는 일은 거의 없었으므로 때로 싸다는 이유만으로 사둔 허섭쓰레기 책 따위는 완전히 잊어버리고 있었다. 설교집이나 여행기, 성도, 교부 등의 전기나 교회사 사이에 섞여서 때로는 옛날 소설책 등도 나왔다. 필립은 끝내 그것을 찾아내었던 것이다. 우선 제목을 보고 골랐다. 맨 처음 읽은 것이 《랭카셔의 요마(妖魔)》였고 다음은 《홀륭한 크라이튼》, 그 밖에도 숱하게 읽었다. 우선 첫 머리가 험준한 산골짜기를 따라서 고독한 나그네 두 사람이 말을 타고 간다는 이런 식의 정경으로 시작돼 있으면 틀림없이 재미있다는 것이 그의 경험이었다.

여름이 왔다. 선원이었던 늙은 정원사는 그에게 해먹을 만들어 수양버들 가지에 매달아주었다. 거기서 그 누구의 훼방도 받지 않고 그는 몇 시간이나 몇 시간이나 그야말로 홀린 듯이 읽었다. 날이 흘러 칠월이 되었고 팔월이 왔다. 주일날 교회에는 낯선 사람이 부쩍 늘어났고, 헌금액수가 이 파운드로 오르는 일도 가끔 있었다. 이 기간에는 백부도 백모도 거의 바깥 출입은 하지 않았다. 모르는 사람의 얼굴을 대하기가 싫었기 때문이었다. 더욱 런던에서 온 피서객들에 대해서는 혐오의 눈길을 보내고 있었다. 바로 맞은편 집에는 여섯 주일 간의 계약으로 사내아이 둘을 거느린 피서객이 묵게 되었는데, 그 집에서 필립도 와서 함께 놀지 않겠느냐고 초청해왔으나 캐리 부인은 정중하게 거절하였다. 런던 아이들의 영향으로 필립이 나빠지지 않을까 그것이 걱정되었기 때문이다. 장차 성직자가 될 아이다, 악습에 물들게 해서는 안 된다. 그녀는 필립에게서 소년 사무엘을 보고자 하였던 것이다.

10

캐리 씨 부부는 필립을 터켄베리의 왕립학교에 보내기로 결정했다. 근처 성직자들은 모두 자녀들을 여기 넣었던 것이다. 오랜 전통을 가진 이 학교는 영국 대사원과 연관되어 있으며 교장은 대사원 명예회원이었고 전 교장에는 대집사였던 인물도 있다. 아이들은 여기서 성직자를 지망하도록 지도하였고 선량한 소년들로 하여금 일생을 하느님께 봉사하도록 교육시켰다. 이 학교에는 또 예비교가 부설되어 있었는데 필립도 여기에 들어가게 되었다. 구월도 다 간 어느 오후의 일이다. 캐리 씨는 그를 데리고 터켄베리로 갔다. 그날 온종일 필립은 흥분했다기보다 차라리 겁에 질려 있었다. 그는 〈소년 신문〉에서 읽은 이야기밖에는 학교 생활에 대해 거의 아무것도 몰랐다. 그리고 《엘릭 이야기》도 읽은 일이 있었다.

터켄베리에서 기차를 내렸을 때 필립은 걱정스러워서 속이 두근거렸다. 차를 몰아 거리로 가는 동안 파랗게 질려 말없이 앉아 있었다. 학교 정면에 있는 높은 담은 마치 감옥 같은 인상을 주었다. 담에 조그만 문이 있어 초인종을 누르자 문이 열렸다. 키가 작고 협수룩한 사나이가 나와 필립의 트렁크와 물건을 넣은 상자를 받아들었다. 필립과 그의 백부는 응접실로 안내되었다. 방 안에는 크고 보기 흉한 가구들이 빽빽하게 들어차 있고 똑같은 의자들이 위엄있게 놓여져 있었다. 그들은 교장이 나타나기를 기다렸다.

"윗슨 교장 선생님은 어떤 사람인가요?" 한참 뒤에 필립이 물었다.

"만나보면 알아."

다시 잠깐 침묵이 흘렀다. 캐리 씨는 왜 교장이 나타나지 않을까 하고 이상스럽게 생각하였다. 이윽고 필립은 큰맘 먹고 다시 입을 열었다.

"제가 다리 병신이라는 것 말씀 드려야죠."

백부가 미처 대답을 하기도 전에 문이 열리더니 윗슨 교장이 방 안으로 들어섰다. 필립에게는 그가 무서운 거인처럼 보였다. 넉넉히 육 피트 이상은 됨직하고 게다가 어깨가 넓고 커다란 손과 붉은 턱수염을 기른 당당한 남자였다. 쾌활하게 우렁찬 목소리로 이야기했는데 그 압도하는 듯한 쾌활성은 오히려 필립의 마음을 떨게 했다. 그는 캐리 씨와 악수하고 다음에 필립의 조그마한 손을 잡았다.

"너 이 학교에 오니까 기쁘지?" 마치 고함치듯 큰소리로 말했다. 필립은 새빨개졌다. 어떻게 대답할지를 몰랐던 것이다.

"몇 살?"

"아홉 살."

"아홉 살이에요라고 해야지." 하고 백부가 주의를 준다.

"공부할 것이 아주 많다." 교장은 큰 목소리로 호탕하게 말했다.

필립에게 안도감을 주기 위해서인지 그는 그 우악스러운 손가락으로 필립을 간지렀다. 필립은 부끄럽고 거북하여 몸을 움츠렸다.

"당분간 공동 숙사에 넣기로 합시다. 어때, 좋지? 뭐 공동이래도 여덟 명 뿐이니까. 별로 낯설 것도 없을 거야." 하고 그는 필립에게 말했다.

그때 문이 열리고 윗슨 부인이 들어왔다. 검은 머리를 한가운데서 곱게 갈라 빗고 얼굴이 가무스레한 여자였다. 기이할 정도로 입술이 두텁고 조그맣고 둥근 코를 가지고 있었다. 눈은 크고 검다. 보기만 해도 묘한 차가움을 느끼게 하는 여인이었다. 말하는 일이 거의 없고 더구나 웃는 일은 전혀 없다. 교장은 먼저 캐리 씨를 소개하고 다음에 필립을 가만히 그녀에게로 밀었다.

"헬렌, 이 아이가 이번에 새로 들어온 학생인데 이름은 필립 캐리." 말없이 그녀는 필립의 손을 잡고 조용히 의자에 앉았다. 한편 교장은 캐리 씨에게 필립은 얼마나 공부했으며 또 어떤 책을 읽어 왔는가를 차례로 물었다. 캐리 씨는 윗슨 씨가 너무 떠들썩하게 서두는 바람에 당황하여 곧 자리에서 일어섰다.

"이제 필립은 선생님께 맡기고 저는 가봐야겠습니다."

"염려 마십시오. 우리에게 맡기고 가시면 걱정 없으실 겝니다. 잘 다뤄가면서 공부를 하게 할 테니까요. 그렇지, 필립?"

필립이 대답할 사이도 없이 그는 너털웃음을 터뜨렸다. 캐리 씨는 필립의 이마에 키스하고 돌아갔다.

"자, 날 따라와, 공부방을 보여줄 테니." 윗슨 씨는 우렁찬 소리로 말했다.

그가 뚜벅뚜벅 응접실에서 걸어나가자 필립은 절뚝거리며 황급히 따라갔다. 마침내 그는 기다랗고 살풍경한 방으로 안내되었다. 이쪽 구석에서 저쪽 구석까지 닿는 긴 책상이 두 개 놓여 있고 그 양편에 나무 벤치가 놓여 있었다.

"아직 아무도 없구먼. 자, 다음은 운동장. 나머지는 네 맘대로 보는 게 좋겠지." 하고 윗슨 씨가 말했다.

그가 앞장을 섰다. 이윽고 삼면이 높은 벽돌 담으로 둘러싸인 널따란 운동장으로 나왔다. 남은 한쪽은 철책인데 철책 너머로 넓은 잔디밭이 보이고 그 저쪽으로 왕립학교 건물의 일부가 보였다. 조그마한 소년 하나가 자갈을 차면서 시름없이 걷고 있었다.

"얘, 베닝, 너 언제 돌아왔니?" 하고 교장이 큰소리로 소년에게 물었다.

소년은 가까이 와서 교장과 악수하였다.

"새 동무가 하나 생겼다. 너보다 나이도 많고 키도 크니까 놀려서는 안 돼."

교장은 두 아이를 귀엽다는 듯이 번갈아 보라보았다. 그러나 그의 큰 목소리는 그들을 두렵게 할 뿐이었다. 그리고 한바탕 껄껄 웃고 가버렸다.

"네 이름은 뭐니?"

"캐리야."

"아버지는?"

"죽었어."

"흐음, 그럼 엄마가 몸을 씻어주니?"

"엄마도 죽었어."

이렇게 하면 말을 붙일 수가 없어 상대방이 난처하리라고 생각했으나 그 정도로 장난질을 그만둘 베닝은 아니었다.

"그럼 그 전엔 엄마가 씻어줬겠구나!"

"응."

필립은 약간 화가 나서 아무렇게나 대꾸하였다.

"그럼 너의 엄만 세탁부였구나?"

"아니야, 세탁부가 아니야."

"그럼 뭘 씻었다지?"

소년은 자기의 궤변이 성공했다는 기쁨으로 의기양양해졌다. 이윽고 그는 필립의 다리에 시선이 갔던 모양인지,

"너 다리가 왜 그러니?"

필립은 본능적으로 그 다리를 감추려고 성한 다리 뒤로 숨겼다.

"난 절름발이야."

"왜 그렇게 됐니?"

"처음부터 그래."

"좀 보여 줘."

"싫어."

"그럼 좋아."

그렇게 말하면서 그 소년은 느닷없이 필립의 정강이를 힘껏 걷어 찼다. 전혀 예기치 않았기 때문에 미처 막아낼 틈도 없었다. 아픔이 너무 심해 숨이 막힐 것 같았다. 그러나 아픔보다 더한 것은 놀라움 이었다. 그는 베닝이 왜 그렇게 찼는지 도무지 알 수가 없었다. 그렇 다고 상대방의 눈등을 꺼멓게 멍들게 해줄 마음의 여유도 없었다. 게 다가 그는 필립보다 작았다. 〈소년 신문〉에서 읽은 바로는 자기보 다 어린아이를 때린다는 것은 비겁하다는 것이다. 필립이 아픈 정강 이를 어루만지고 있을 때 또 한 소년이 나타나자 필립을 괴롭힌 베 닝은 그 자리를 떠났다.

한동안 그들 두 소년은 필립에 대한 이야기를 하는 모양이었다. 그 리고 자기 다리만 보는 것 같았다. 얼굴이 달아오르고 불쾌하기 짝이 없었다. 얼마 안 있어 다른 아이들도 왔다. 모두 열 명 남짓, 아니 그 이상 모여들었다. 그리고 각기 방학 중의 생활, 어디로 갔었다든가, 얼마나 재미있게 크리켓을 했나 하는 따위의 이야기를 늘어놓았다. 신입생도 몇 사람 왔다. 어느 사이엔가 필립은 이 신입생들과 이야기 하고 있었다. 도무지 주눅이 들어 눈치만 보고 있었다. 어떻게 좀 재 미있는 이야기를 해보고 싶었으나 무슨 말을 해야 할지 영 생각이 나지 않았다. 여러 아이가 많은 질문을 해왔는데 그는 진심으로 기꺼 이 대답해주었다. 하나가 크리켓을 할 줄 아느냐고 물었다.

"할 줄 몰라, 절름발이라서."

상대방은 갑자기 얼굴을 숙이고 새빨개졌다. 아픈 데를 건드려서 미안하게 여긴다는 것을 알 수 있었다. 마음이 약해서 사과하지도 못 하는 모양으로 안됐다는 듯이 필립의 얼굴을 보았다.

11

　이튿날 아침, 필립은 기상을 알리는 종소리에 잠을 깨어 깜짝 놀라 그의 침실을 둘러보았다. 그때 노랫소리가 들려와서 비로소 거기가 어디인가를 생각해내었다.
　"싱거, 일어났니?"
　침실은 미끄러운 송판으로 칸막이를 하고 정면에는 녹색 커튼이 쳐져 있었다. 그 당시만 하더라도 통풍이라는 것을 거의 고려하지 않았으므로 창문은 열어놓지 않았다. 아침에 기숙사 전체를 환기시킬 때 잠깐 열 뿐이었다.
　필립은 일어나자 무릎을 꿇고 기도드렸다. 추운 아침이어서 몸이 제법 떨렸다. 그러나 일찍이 백부에게서 아침 기도는 옷을 갈아입고 하기보다 잠옷을 입은 채 하는 것이 주님의 뜻에 합당한 것이라고 배웠다. 그러므로 그다지 놀라지 않았다. 자기는 하느님의 아들이요, 더욱이 하느님은 기도하는 자의 아픔이나 괴로움을 반드시 알아주시는 하느님이라는 것을 차차 깨닫기 시작하였기 때문이었다. 그러고 나서 세수를 했다. 오십 명의 사생(舍生)에게 두 개의 목욕탕이 있었는데 목욕은 각자 일주일에 한 번 꼴이었다. 여느 때는 세면대의 조그만 대야에서 하게 되는데 침대와 의자를 합친 이 세 가지가 각 침실의 전재산이었다. 소년들은 옷을 갈아입으면서 떠들썩하게 이야기를 주고받았다. 필립은 열심히 귀를 기울였다. 종이 울리자 전원이 아래층으로 내려갔다. 그들은 교실에 있는 두 개의 긴 책상 양편에 놓여 있는 걸상에 앉았다. 이윽고 윗슨 교장이 부인과 심부름꾼들을 거느리고 들어와 함께 앉았다. 이어 자못 감동적인 태도로 아침 기도를 올리는데 낭랑한 큰 목소리로 읽어나가는 기도문은 마치 소년들 하나 하나에게 직접 들려주는 위협 비슷하게 들렸다. 필립은 불안스러운 마음으로 듣고 있었다. 성서의 낭독이 끝나면 심부름꾼들은 떼를 지어 밖으로 나간다. 그리 단정치 못한 젊은이 하나가 커다란 차 항아리를 나르고, 다음 차례로 버터 바른 빵을 굉장히 커다란 쟁반에 담아 가져왔다.

필립은 음식에는 여간 까다롭지 않아 싸구려 버터를 마구 두껍게 바른 그 빵은 보기만 해도 메스꺼웠다. 다른 아이들을 보니 모두가 버터를 긁어내고 있는 모양이므로 그도 그렇게 하였다. 애들은 모두 고기 통조림 따위를 통에 넣어 가지고 왔으며, 그 중에는 '특별 회계'로 달걀이나 베이컨을 사 먹는 아이도 있었다. 결국 이것이 그대로 윗슨 교장의 수입이 되는 것이다. 필립에 대해서도 그는 아이의 버릇이 나빠져서는 안 된다고 잘라 말했었다. 윗슨 교장은 완전히 같은 의견이라고 말하고 자기도 한창 자라는 아이들에게는 버터 바른 빵 이상으로 좋은 것이 없다고 생각하는데 세상에는 아이들의 어리광을 그대로 받아주는 부모들이 있어 그와 같은 요구를 해오므로 하는 수 없이 한다고 말했다.

그러나 필립은 아무래도 이 '특별 회계' 여부로 소년들에 대한 대우에 상당한 차이가 있다는 것을 알게 되었으므로 루이자 백모에게 편지를 낼 때 부탁해보기로 하였다.

아침 식사가 끝나면 학생들은 운동장으로 나갔다. 그러느라면 통학생들이 모여들기 시작했다. 근처에 사는 성직자, 연대 본부의 장교들, 아니면 이 오랜 거리의 공장주, 실업가들의 자제였다. 이윽고 종이 울리면 모두 줄지어 교실로 들어갔다. 교실은 긴 방과 그것에 붙은 작은 방으로 되어 있었는데 큰 교실은 두 사람의 평교사가 각기 양쪽 끝을 사용하게 되어 있었으며 이것이 이학년과 일학년이었다. 작은 교실은 윗슨 교장 자신이 사용했는데 그는 삼학년을 가르쳤다. 본교에 부속된 예비학교였으므로 졸업식이나 공문 보고서에는 그 호칭을 각기 초등 상급, 초등 중급, 초등 하급, 이런 식으로 정해놓았다. 필립이 입학한 것은 바로 끝 반인 초등 하급반이었다. 유쾌한 목소리와 붉은 얼굴빛의 선생님의 이름은 라이스 선생이었다. 가르치는 방법이 대단히 재미있어 아이들은 시간 가는 줄도 모를 정도였다. 열한 시 십오 분 전에 일동이 십 분간의 휴식 시간으로 밖으로 나가게 되었을 때 필립은 놀라서 눈이 휘둥그래졌다.

학생들은 우르르 몰려 운동장으로 나갔다. 신입생을 한가운데에 모여 서게 하고 다른 학생들은 각기 양편 담 가에 늘어섰다.

'돼지잡기 놀이'를 시작할 참이었다. 상급생들이 담에서 담으로 달리면 그것을 신입생들이 붙잡았다. 만약 붙잡히면——하나, 둘, 셋, 자아, 나는 돼지다——라는 기묘한 말을 외고 잡힌 아이가 술래가 되어 공수(攻守)의 순서를 바꿔 아직 잡히지 않은 사람을 잡는 일을 돕게 된다. 필립은 순간 한 소년이 자기 옆을 달려가는 것을 보고 잡아보려고 애를 썼으나 다리 병신의 손끝에는 잡힐 리가 없었다. 이것을 기화로 아이들은 필립이 맡은 구역으로 우르르 몰려들었다. 바로 그때였다. 한 소년이 기발한 생각이라도 한 듯 필립의 흉한 걸음걸이를 흉내내기 시작했다. 소년들은 와아, 하고 웃음을 터뜨렸다. 그리고 이번에는 모두 일제히 그 소년의 흉내를 내면서 필립의 주위를 깔깔대고 까불면서 흉물스럽게 절름절름 뒤따랐다. 이 새로운 못된 장난으로 그들은 좋아서 어쩔 줄 모르고 숨이 막힐 정도로 흥겨워하였다. 그때 그 중의 하나가 필립의 다리를 걸어 쓰러뜨렸다. 그는 언제나 그렇듯이 엉덩방아를 찧으며 나자빠져서 무릎을 다쳤다. 그가 일어나자 그들은 더한층 소리 높이 웃어댔다. 누군가가 뒤에서 밀었다. 만약 다른 하나가 잡아주지 않았더라면 그는 영락없이 쓰러졌을 것이다. 필립의 병신 다리를 놀리느라고 놀이고 뭐고 완전히 잊어버린 꼴이었다. 다시 한 아이가 이상스럽게 몸을 뒤흔들면서 절름발이 흉내를 내는데, 그 모양이 어떻게나 우스웠던지 끝내 몇 소년은 땅 위에 뒹굴면서 숨넘어가는 소리로 웃었다. 필립은 완전히 기가 질렸다. 왜 모두들 자기를 놀리는지 알 수 없었다. 심장은 고동이 멎을 정도로 뛰었다. 이토록 놀라보기는 평생 처음이었다. 흉내를 내고 웃어대며 모두가 주위를 달려다니는 동안 그는 바보처럼 서 있었다. 어서 잡아보라고 저마다 소리를 질러도 그는 움직이지 않았다. 이 이상 더 달리는 모양을 보이기가 싫었다. 울지 않으려고 죽을 힘을 다해서 참았다.

돌연 종이 울렸다. 모두 줄을 지어 교실로 들어갔다. 필립의 무릎은 피가 어리고, 옷은 먼지투성이 수세미가 되었다. 이 새롭고 신기한 놀이에 모두가 흥분하여 한참은 라이스 선생도 반을 수습할 수가 없었다. 필립은 아직도 한두 소년이 다리를 보고 있는 것을 알아차리고 얼른 걸상 아래로 들여놓았다.

오후에는 전학급이 축구를 하러 갔다. 그러나 윗슨 교장은 점심 뒤에 문 어귀에서 필립을 부르더니,

"캐리, 넌 축구를 못 하겠지?" 하고 물었다.

필립은 머뭇거리며 얼굴이 새빨개졌다.

"네, 선생님."

"그렇겠지. 하지만 역시 운동장에 나가는 것이 좋겠다. 그 정도는 걸을 수 있겠지?"

필립은 운동장이 어디 있는지 그것도 몰랐다. 그럼에도 불구하고 이렇게 대답해버렸다.

"네, 선생님."

소년들은 라이스 선생을 따라갔다. 라이스 선생은 필립이 운동복으로 갈아입지 않은 것을 보고 왜 하지 않느냐고 물었다.

"교장 선생님이 하지 않아도 좋다고 말씀하셨어요."

"왜?"

이미 소년들이 에워싸고 이상스러운 듯이 그를 바라보고 있었다. 필립은 수치감으로 가슴이 터질 것만 같아 아무 말 없이 아래만 내려다보고 있었다. 대신 다른 소년들이 대답하였다.

"절름발이에요, 선생님."

"음, 그래?"

라이스 선생은 아직 젊었다. 겨우 일 년 전에 교사가 된 사람이었다. 그는 순간 당황하고 말았다. 본능적으로 사과를 해야 한다고 생각했으나 멈칫거리다가 때를 놓쳤다. 그래서 유독 통명스러운 말씨가 되었다.

"자, 너희들 뭘 기다리고 있어? 출발이다, 출발."

그 중에는 이미 떠난 아이들도 있었다. 남은 아이들도 둘셋 짝을 지어 걷기 시작하였다.

"너도 같이 가는 것이 좋을 텐데. 길을 모르지?"

필립은 뒤늦게야 선생의 친절을 깨닫고 울음이 복받쳤다.

“하지만 선생님, 전 빨리 걷지 못해요.”

“그럼, 선생님도 천천히 걸을 테니 같이 가요.”

라이스 선생은 빙그레 웃으면서 말했다. 불그레한 얼굴이 극히 평범한 청년이었지만 상냥한 말을 걸어준 이 선생에게 필립은 저도 모르게 마음이 끌렸다. 갑자기 구원받은 듯한 느낌이 들었다.

그런데 밤에 취침 시간이 되어 모두들 잠옷으로 갈아입고 있는데, 싱거라고 불리는 소년이 침실에서 나와 느닷없이 코 앞에 얼굴을 들이대고 말했다.

“애 필립, 네 다리 좀 보여 줘.”

“싫어.” 하고 필립은 대답하였다.

“싫다면 통하는 줄 알아? 메이슨, 너도 이리 와.” 하고 싱거가 고함을 쳤다.

옆 침실 소년이 머리를 내밀고 들여다보다가 이 말을 듣자 얼른 들어왔다. 그리고 둘이서 필립에게로 다가오더니 다짜고짜 그의 담요를 벗기려 들었다. 그는 꽉 붙잡고 놓지 않았다.

“너희들 왜 날 못살게 구니?”

싱거는 거기에 있던 브러시 등으로 담요를 잡고 있던 그의 손을 후려쳤다. 마침내 필립은 울음을 터뜨리고 말았다.

“왜 잠자코 다릴 보여주지 못해?”

“싫어, 싫어.”

결사적이라고나 할까, 필립은 주먹을 불끈 쥐고 상대편 얼굴을 마구 내리쳤다. 그러나 필립이 지고 말았다. 상대방은 그의 팔을 잡고 비틀기 시작했다.

“아야, 잘못했어, 잘못했어, 팔이 부러져.”

“그럼 잠자코 다리를 내놔 봐.”

필립은 목을 놓아 울었다. 상대방은 한 번 더 세게 비틀었다. 견딜 수 없이 아팠다.

“보여줄게.”

그렇게 말하고 그는 다리를 내밀었다. 싱거는 필립의 손목을 잡은 채 신기한 듯이 병신 다리를 들여다보고 있었다.

"징그럽다, 애!" 하고 메이슨이 말했다. 또 다른 아이가 들어와서 들여다보았다.

"웩!" 구역질을 하는 듯한 소리를 냈다.

"괴상하게 생겼구나." 얼굴을 찡그리면서 싱거가 말했다.

"단단할까?"

말하면서 그는 마치 어떤 생물이라도 보는 것처럼 집게손가락 끝으로 살짝 만져보았다. 바로 이때 웟슨 교장 선생의 무거운 발소리가 층계에서 들려왔다. 그들은 담요를 먼저대로 덮어주고 토끼처럼 날쎄게 자기들 침실로 돌아갔다. 웟슨 교장이 들어왔다. 발돋움하면 녹색 커튼을 매단 가로 막대 위로 안이 들여다보이게 되어 있다. 그는 침대를 들여다보았다. 소년들은 조용하게 침대에 누워 있었다. 그는 불을 끄고 나가버렸다.

싱거가 다시 말을 붙여왔으나 필립은 대답하지 않았다. 흐느낌이 새지 않도록 베개를 꽉 물고 있었다. 그러나 운 것은 아픔 때문도 아니고 다리를 보였던 굴욕감 때문도 아니었다. 고문을 이기지 못하고 스스로 다리를 내밀었던 일, 그것이 그로서는 견딜 수 없었던 것이다.

그러자 그는 처참할 수밖에 없는 자신의 앞날이 생각되어 더욱 비감한 심정이 되었다. 이 불행은 아마도 영원히 계속될 것이라고 어린 가슴에도 느껴졌다. 그는 문득 어느 추운 날 아침, 엠마가 침대에서 안아일으켜 엄마 곁에 뉘어주던 때의 일이 생각났다. 그 뒤로 그 일은 한 번도 생각난 적이 없었는데 웬일인지 갑자기 생생하게 느껴지고 꼬옥 가슴에 안겨 있는 것 같은 느낌마저 들었다. 어머니의 죽음도 목사관에서의 생활도 그리고 이 학교에 있어서의 비참했던 이틀간도 어쩌면 모두 꿈이 아닐까? 내일 아침 잠이 깨면 집에 돌아가 있을지도 모른다. 그런 생각을 하고 있으려니까 어느새 눈물이 말랐다. 그렇더라도 너무나 불행하다. 모두가 다 꿈일 것이다. 어머니도 살아 있고, 이제 엠마가 오면 자러 간다——그는 깊은 잠에 떨어졌다.

그러나 이튿날 아침 잠을 깨운 것은 역시 그 종소리였고, 맨 처음

눈에 비쳐든 것은 역시 침실의 녹색 커튼이었다.

12

　시일이 흐름에 따라 필립의 불구는 이제 흥미를 끌지 않게 되었다. 갑(甲)의 붉은 머리나 을(乙)의 지독한 뚱뚱보라는 사실이나 마찬가지로 당연하게 여겨지게 되었다. 그런데 그 사이에 그는 무섭게 신경 과민이 되었다. 절뚝거리는 것이 덜 표가 나도록 될 수 있는 대로 뛰지 않았다. 걸음도 독특한 걸음걸이로 걸었다. 다른 아이들의 주의를 끌지 않도록 성한 발 뒤에 병신 발을 숨기고 되도록 가만히 서 있었으며 언제나 남이 그 병신 다리의 흉을 보지나 않나 하고 눈치를 살폈다. 다른 아이들이 하는 놀이에는 전혀 낄 수도 없었으므로 그들의 생활은 모두가 남의 일이었다. 다만 그들이 하는 일에 흥미를 가지는 데 지나지 않았다. 그들과의 사이에는 어떤 장벽이라도 서 있는 것 같은 느낌이었다. 때때로 아이들은 필립이 축구를 하지 못하는 것은 그의 허물이라고 생각하는 것 같았으나 그렇지 않다는 것을 그들에게 이해시킬 수도 없었다. 언제나 외톨이였다. 원래 그는 수다스러웠지만 차차 말이 적어졌다. 다른 아이들과 자기는 전혀 다른 인간이라고 생각하게 되었다.

　기숙사에서 제일 덩치 큰 아이는 싱거였는데 바로 그가 필립을 제일 미워하여, 나이에 비해 작은 편이었던 필립은 심한 학대를 참아나가지 않으면 안 되었다. 학기 중간쯤 해서 ‘펜촉놀음’이라고 불리는 놀이가 온 학교를 휩쓸었다. 책상이나 걸상에서 두 사람이 펜촉을 갖고 하는 놀이였다. 손가락 끝으로 펜촉을 퉁겨서 그 끝이 상대편 펜촉 위에 올라타게 하면 상대방도 자기 나름대로 그것을 교묘히 피해 가면서 거꾸로 자기 펜촉을 적의 펜촉에 올려놓으려고 한다. 그런데 뜻대로 올려놓기에 성공하면 다음에는 엄지손가락 밑부분의 불룩한 곳에 입김을 확 불어서 두 개의 펜촉이 위에서 꼭 눌려서 안 떨어지고 붙어 올라오면 두 개 다 자기 것이 된다. 얼마 안 있어 어디서고 이 놀이를 안 하는 아이는 하나도 없게 되고 잘 하는 아이는 엄청나게 많은 펜촉을 끌어들였다. 그러나 윗슨 교장은 명백한 도박의 일종이라고 하여 단연 금지하는 동시에 아이들이 가졌던 펜촉까지도 모조리 몰수하고 말았다. 필립은 이 놀이의 명수였다. 마지못해 딴 것을 내놓기는 하였으나 늘 손가락 끝이 근질거렸다. 며칠 뒤의 일이었는데 축구 경기장에 가는 도중 그는 어떤 가게에 들어가서 펜 한 세니 분을 샀다. 풀어서 호주머니 속에 넣고 은근히 그 촉감을 즐겼다. 그러자 싱거가 그것을 눈치챘다. 물론 그도 몰수당해버렸지만 꼭 한 개 '점보'라고 불리는 거의 무적의 지독히 큰 것을 숨겨두고 어떻게 해서든지 피립의 J펜촉을 빼앗고 싶어 견디지 못했다. 필립의 것은 작은 펜촉이어서 불리하다는 것을 잘 알고 있었지만 의외로 배짱이 세서 어디 해보자고 도전에 응했다. 하기야 싫다고 해도 어차피 들어주지 않을 것이라는 점도 고려에 넣었던 것이다. 어쨌든 한주일 동안 한 번도 하지 않았던 터라 스릴에 가까운 흥미를 느끼며 그는 시작하였다. 순식간에 필립이 두 개를 잃었다. 싱거는 여간 좋아하지 않았지만 어떻게 된 셈인지 세 번째 놀이에서 문제의 점보가 미끄러지고, 반대로 필립은 그의 J펜을 재치있게 그 위에 비스듬히 올려놓고 말았다. 그는 승리의 환호성을 올렸다. 바로 이때 윗슨 교장이 들어왔다.

"뭣들 하는 거냐?"

싱거와 필립의 얼굴을 번갈아 쳐다보았다. 두 아이는 모두 대답하지 않았다.

"이런 바보 짓은 하지 말라고 그랬지! 잊어버렸니?"

필립의 심장은 마구 뛰었다. 다음에 어떻게 될 것인가를 너무도 잘 알고 있었기 때문에 겁을 먹고 떨었으나 동시에 거기에는 어느 정도의 기쁨도 섞여 있었다. 그는 이제까지 맞아 본 일이 한 번도 없었다. 아픈 건 틀림없겠지만 나중에는 자랑거리가 된다.

"내 서재로 따라와."

교장은 홱 발길을 돌렸다. 두 아이는 나란히 따라갔다. 싱거가 나직한 소리로 속삭였다. "이젠 다 틀린 모양이구나."

윗슨 교장은 싱거를 손가락으로 가리키며 "엎드려!" 하고 말했다.

회초리가 닿을 때마다 싱거의 몸뚱이가 떨리는 것을 필립은 새파래져서 보고 있었다. 싱거는 세 번째부터 울기 시작했다. 교장은 그 뒤로도 세 번 더 때리고 나서 말했다.

"됐어, 일어나."

싱거는 일어섰다. 눈물이 줄줄 흘러내리고 있었다. 그 다음 필립이 앞으로 나섰다. 그러나 윗슨 교장은 흘끗 그의 얼굴을 쳐다보더니,

"넌 매맞지 않아도 돼, 신입생이니까. 더욱이 절름발이를 때릴 수는 없어. 자, 돌아가도 좋다. 다신 그런 장난 치면 못써."

교실에 돌아오니 한 떼의 학생들이 어디서 어떻게 소문을 들었는지 두 사람을 기다리고 있었다. 그 즉시 싱거는 질문의 화살을 받게 되었다. 그는 매맞은 곳이 아파서 아직도 볼이 빨갛게 상기되어 있었고, 얼굴에는 눈물 자국이 그대로 남아 있었다. 그러나 질문 하나 하나에 또박또박 대답하였다. 그리고 바로 뒤에 서 있는 필립을 턱으로 가리키며 "요 자식은 절름발이라 매를 안 맞았지 뭐야." 하고 심술이 나서 말했다.

필립은 입을 다문 채 얼굴을 붉히고 서 있었다. 그들이 멸시의 눈초리로 보고 있는 것같아 견딜 수가 없었다.

"그래 몇 대 맞았니?" 하고 한 소년이 싱거에게 물었다.

그는 그 물음에는 대답하지 않았다. 고통을 받은 것을 생각하니 가슴이 떨려서 견딜 수 없었기 때문이었다.

"알겠니, 앞으론 다시 펜촉 놀이를 하자고 하지 말란 말야. 너야 재미있었겠지, 매맞을 걱정이 없으니까." 하고 싱거는 필립에게 말하였다.

"내가 먼저 하자고 그랬니?"

"뭐가 어째?"

싱거는 재빨리 한쪽 다리를 뻗어 필립의 다리에 걸었다. 필립은 언제나 다리의 안정이 나쁜 편이어서 곧 쿵 하고 힘없이 나가 떨어졌다.

"이 병신 자식이 그냥!" 하고 싱거가 말하였다.

그 일이 있은 뒤로 학기 중 내내 그는 필립을 잔인스럽게 굶려주

었다. 필립은 애써 그의 옆에는 가지 않으려 하였으나 워낙 학교가 작기 때문에 뜻대로 되지 않았다. 때로는 일부러 정다운 체하기도 하였다. 칼을 사서 선물을 하는 둥 속이 들여다보이는 재간도 부려보았으나 그는 선물만 받을 뿐 태도는 끝내 달라지지 않았다. 한두 번 참다 못해 그 몸집 큰 소년에게 덤벼들기도 했으나 워낙 상대가 힘이 세어 필립으로서는 당해낼 도리가 없었다. 겨뤄보다가 혼이 난 뒤에야 결국 사과하는 수밖에 없었다. 이것이 다시없는 큰 굴욕이었다. 고통에 못이겨 할 수 없이 사과한다는 이 굴욕감은 아무리 생각해보아도 안타까운 일이 아닐 수 없었다. 게다가 더 비참한 것은 이 상태가 당분간 계속될 것이라는 사실이었다. 싱거는 겨우 열한 살, 열세 살이 되어야 본교로 진학하게 된다. 그렇다면 앞으로도 이 년이라는 세월을 이 가해자와 함께 지내야 된다. 도저히 달아날 길은 없다. 공부시간과 자는 시간만이 행복하였다. 그러면 또다시 저 기묘한 감정, 불행에 가득 찬 이 생활은 모두가 꿈이어서 내일 아침 잠이 깨면 틀림없이 런던의 그 작은 침대에 누워 있을 것이라는 생각이 다시금 되살아나는 것이었다.

13

두 해가 지났다. 필립은 이제 만 열두 살이 되었다. 그는 초급반에서 상급반으로 진급하였고, 그 반에서의 석차도 이삼 등 안에 들었다. 크리스마스가 지나 몇몇 학생이 본교에 진학하게 되면 그때는 최우등생이 될 것이다. 벌써 몇 차례나 많은 상을 받았다. 상이라고는 하나 조잡한 종이에 인쇄한 너절한 책들로 다만 학교 휘장이 찍혀 있고 굉장한 장정을 했다는 것 뿐이었다. 그리하여 아이들은 그를 놀리지 않게 되었고, 그도 그다지 불행을 느끼지 않게 되었다. 한편 그의 동무들은 그의 그러한 성공을 병신 탓으로 돌려 시기하지도 않았다.

요컨대, "그 놈은 쉽게 상을 탈 수밖에, 공부밖에 할 게 없거든." 하고 그들은 말했다. 윗슨 교장도 처음같이 두렵지 않았다. 그는 윗슨 씨의 큰 목소리에도 익숙해졌으며 그의 묵직한 손이 어깨에 놓일 때면 막연한 애정마저 느낄 정도였다. 필립은 기억력이 좋았고, 따라서 그것은 지적 능력이라기보다도 학자적인 학문에 더 적합하였다. 윗슨 교장도 그가 장학금을 받고 예비교를 졸업할 것을 기대하는 모양이었다. 그것은 필립도 짐작하고 있었다.

그러나 한편 필립에게는 이미 충분한 자의식이 싹트고 있었다. 갓난아기는 자기 몸이 주위 사물에 속한 것이 아니라 자기 자신의 것이라는 것을 깨닫지 못한다. 그리하여 아기는 자기의 발이 곁에 있는 장난감 방울과 달라서 자기 몸의 한 부분이라는 것을 알지 못하고 발가락을 주무르며 노는 것이다. 뚜렷이 자신의 육체를 의식하는 것은 지극히 서서히 고통을 통해서만 느끼는 것이다. 인간이 자기를 의식하게 되는 과정에서도 이와 똑같은 경험이 필요하다. 다만 이 경우 하나의 상위점은, 육체가 하나의 완전한 독립된 개체라는 사실은 누구나가 다 깨닫는 바이나 자신을 완전 독립한 개성으로 의식하는 과정은 반드시 만인이 한결같지 않다는 그 점이다. 자기와 남을 별개의 것으로 구별하는 것은 사춘기 때부터지만 이러한 감정이 반드시 자기와 남과의 차이점을 깨달을 수 있을 정도까지 발달된다고는 할 수 없다. 이 세상에서는 마치 벌집 속에 있는 꿀벌같이 자신을 거의 의식하지 못하는 인간이 가장 행복하다. 다시 말해서 그들에게는 행복을 포착할 좋은 기회가 많기 때문이다. 왜냐하면 그가 하고 있는 일은 곧 다른 사람들도 하고 있는 일이며 그들의 기쁨은 바로 만인과 더불어 기뻐할 수 있음으로써 기쁨이 되는 것이다. 독자들은 아마 그와 같은 인간을 성탄 강림제 다음 날인 월요일, 함스테드 히드에서 춤추는 남녀와 축구 구경을 하면서 아우성치는 군중이나 또는 팰맬 클럽 창문으로 임금님 행차에 환호성을 보내는 사람들에게서 볼 수 있을 것이다. 인산이 사교적 동물이라고 하는 것도 필립은 그 까닭에 지나지 않는다고 생각했다.

필립은 그의 병신 다리가 빚어낸 비웃음으로 인하여 이제 무심한 어린아이의 영역을 벗어나 고뇌에 가득 찬 자의식을 가진 인간으로 성장하였다. 그의 경우는 사정이 특별하였으므로 인생 일반에 통용하는 기성 척도는 하나도 도움이 되지 않았다. 싫어도 자기 혼자 생각할 수밖에 없었다. 이제까지 읽은 많은 책으로 그의 머리는 꽉 들어찼으나 그 사상들이 어중간했기 때문에 오히려 이제 와서는 그것이 한층 더 상상력을 자극해줬다. 더할 나위 없이 고통스러운 수줍음 아래서 무엇인가가 차차로 성상하고 어렴풋하게나미 자신의 개성에 눈떴던 것이다. 한데 가끔 그것은 기이하게 그를 놀라게 하고 또 이렇다 할 까닭도 없이 무엇인가 해버린 뒤에 돌이켜보면 뭐가 뭔지 모르는 일도 있었다.

루아드라는 소년이 있는데 필립과 사이 좋게 지내고 있었다. 어느 날 둘이 교실에서 놀고 있으려니까 그가 불쑥 필립의 흑단(黑檀) 펜대를 만지작거리기 시작하였다.

"만지지 마라." 필립이 말했다. "부서져."

"괜찮아."

그런데 그 말이 끝나기도 전에 펜대는 두 동강으로 부러져버렸다. 루아드는 어쩔 줄 몰라하며 필립을 쳐다보았다.

"아아 미안해, 내가 잘못했어."

눈물이 필립의 뺨을 타고 흘렀다. 하나 한 마디도 하지 않았다.

"왜 그래, 응 ?" 루아드는 놀라서 말했다. "내 똑같은 걸 사줄게."

"아냐, 펜대가 아니야." 하고 필립은 떨리는 목소리로 말했다.

"이거 엄마가 죽기 전에 준 거라서그래."

"아 그래? 잘못했다, 정말!"

"괜찮아, 네가 잘못한 게 아냐."

필립은 부러진 펜대를 들고 물끄러미 바라보았다. 억지로 눈물을 참았다. 공연히 슬펐던 것이다. 그러면서도 왜 그런지는 몰랐다. 문제의 그 펜대는 먼젓번 휴일에 블랙스테이블에서 일 실링 이 펜스에 자신이 산 것이었다. 그러한 사실을 물론 자신도 너무나 잘 알고 있다. 한데 왜 그런 슬픈 거짓말을 만들어내었을까? 도무지 그 이유를 알 수가 없었다. 그러면서도 생각해볼수록 마치 정말이기나 한 것처럼 말할 수 없이 슬펐다. 목사관에서의 경건한 분위기, 거기다가 학교에 있어서의 종교적인 기풍, 이런 것들이 그의 양심을 극도로 민감하게 만들었던 것이다. 끊임없이 악마가 불사(不死)의 영혼을 앗아가려고 노리고 있다는 그러한 주위의 감정을 자기도 모르는 사이에 빨아들이고 있었던 것이다. 그가 다른 소년들에 비해 훨씬 정직하다고는 할 수 없었지만 그래도 거짓말을 하면 그 순간 반드시 후회하였다. 그리하여 이 일만 하더라도 여간 괴로운 것이 아니었다. 루아드에게 자기가 한 말이 거짓말이었다고 해야 한다. 굴욕이라는 것을 무엇보다도 두려워하는 그였으나 덕분에 이삼 일 동안은 하느님의 영광 앞에 꿇어 엎드린다는, 고통스럽기는 하지만 황홀한 기쁨에 잠겼던 것이다. 그러나 그 이상으로 진전되지는 않았다. 다만 뉘우침을 하느님 앞에 고백한다는, 말하자면 자위적 방법만으로 양심을 달랬던 것이다. 그런데 자기가 만들어낸 거짓말에 왜 그다지도 감동했었는지 그 자신도 몰랐다. 그렇지만 자기 뺨을 타고 흘러내린 눈물은 진실한 눈물이었다. 한데 문득 어떤 계기로 일어난 연상인지, 엠마가 어머니의 죽음을 알려주던 장면이라든가, 또 눈물 때문에 말도 못하면서 오직 슬픔을 보여줌으로써 동정을 받으려는 마음에서 윗킨 아주머니들에게 작별 인사를 한다고 억지를 부렸던 일들이 이상하게 머리에 떠오르는 것이었다.

14

　그즈음이었다. 일종의 광신이 온 학교를 휩쓸었다. 품위없는 말씨는 싹 없어지고, 소년들의 사소한 비행조차 용서되지 않았다. 소년들은 중세의 봉건 귀족들처럼 완력으로라도 약한 자를 덕행으로 이끌어가려고 하였다. 안정이 없는 그리고 무엇이거나 새것이라면 덤벼드는 필립의 마음은 당장에 열중해버렸다. 얼마 뒤에 성서협회에 가입할 수 있다는 말을 듣고 곧 런던으로 안내서를 청구하는 편지를 보냈다. 입회 규정은 지원자의 이름과 연령, 학교 등을 기입한 입회 신청서와 일년 동안 매일 저녁 지정된 성경 구절을 읽겠다는 선서에 서명해서 보낼 것과 반 크라운의 입회금을 내기만 하면 되었다. 이 마지막의 입회금에 대해서는 첫째로는 연맹 회원이 되고자 하는 회망자의 열의를 증명하기 위함이고 둘째로는 회무 비용으로 충당한다는 설명이 붙어 있었다. 필립은 지체없이 지원서와 돈을 보내고 대신 매일 읽을 성경 구절을 인쇄한 고작 한 페니 정도의 캘린더와 한 쪽에 착한 목자이신 그리스도와 양의 그림이 그려져 있고 다른 한 쪽에는 매일 성경을 읽기 전에 욀 짧은 기도문이 인쇄된 붉은 줄로 테두리한 종이 한 장을 받았다. 그는 저녁마다 가스등이 꺼지기 전에 약속된 일과를 마칠 수 있도록 재빨리 잠옷을 갈아입었다. 그의 독서는 언제나 그랬었지만 별다른 비판도 없이 성경에 있는 잔학 행위, 사기, 배은망덕, 부정, 비열한 간지에 관한 이야기를 차례로 열심히 읽었다. 만약 그것이 그의 생활 주변에서 일어난다면 아마도 공포에 몸을 떨었을 것이나 활자로 읽는 것만으로는 아무런 비평도 없이 그의 마음을 지나갔다. 즉, 그 모든 죄악은 하느님의 직접적인 영감 아래서 이루어진다고 생각되었기 때문이다. 구약 성서와 신약 성서를 번갈아 읽는 것이 성서협회의 방침이었다. 어느날 밤에 그는 다음과 같은 그리스도의 말씀에 부딪쳤다.

"만일 너희가 믿음이 있어 의심하지 아니하면 이 무화과나무에 이루어진 일과 같은 일을 이룰 것이며, 산을 들어 옮겨 바다에 들라고 하여도 되리니, 너희가 기도할 때 무엇이든지 믿고 구하면 다 얻으리라."

그때는 별다른 감동을 주지 않았으나 이삼 일 뒤의 일요일에 목사가 설교할 성구로 이 성경 구절을 택하게 되었던 것이다. 왕립학교 학생들은 성가대석에 앉아 있었고, 설교단은 한구석에 있었으므로 설교자는 그들과 거의 등지고 있었다. 그러므로 필립이 설교를 들으려고 애써도 소용없는 일이었다. 설교단까지의 거리는 꽤 떨어져 있었으므로 목소리가 성가대까지 들리도록 하려면 잘 울리는 목소리와 게다가 발성법의 지식이 필요하였다. 더욱이 오랜 관례로 터켄베리의 목사는 큰 교회 운영의 재능보다는 오히려 학문이나 견식에 따라 선발되는 것이 통례였다. 그러나 이 성경 구절만은 바로 이삼 일 전에 읽었던 탓인지는 모르나 필립의 귀에 뚜렷이 들려와 별안간 이것은 나를 두고 하는 이야기로구나 하는 마음이 들었다. 설교가 계속되는 동안 그는 이 구절에 대해 골똘히 생각하고 있었다. 그리고 그날 밤 침대에 들었을 때, 곧 복음서의 책장을 넘겨 다시 그 성구를 찾아내었다.

대체로 그는 책에서 읽은 것은 모두 맹목적으로 믿는 습관이었는데 다만 성경 기술이라는 것은 겉에 나타난 말과 그것이 포함한 신비한 뜻이 완전히 다른 경우도 있다는 것을 그도 이미 대강은 알고 있었다. 그러나 학교에서는 아무에게도 물어보기가 싫었기 때문에 이 의문은 크리스마스 방학 때까지 미뤄두었다. 그런데 마침 어느 날 기회를 얻었다. 저녁 식사와 기도가 끝난 바로 뒤였는데 캐리 부인은 언제나 그러하듯이 메어리 앤이 가져온 달걀을 세어 날짜를 적고 있었다.

필립은 테이블 앞에서 무심히 성경을 뒤적거리는 체하다가 마치 우연히 그 구절을 발견한 것처럼 손가락으로 그 구절을 가리키며 물었다.

"저, 큰아버지, 여기 이런 구절이 있는데 정말 이 말씀대로예요?"

캐리 씨는 안경 너머로 바라보았다. 마침 난로 앞에서 〈블랙스테이블 타임스〉를 펼쳐놓고 있었다. 저녁때 신문사에서 잉크가 채 마르기도 전에 배달했으므로 백부는 언제나 읽기 전에 한 십 분쯤 난로 불에 말리는 버릇이 있었다.

"어떤 구절 말이냐?" 하고 그가 되물었다.

"믿음이 있으면 산도 옮긴다는 이 구절 말이에요."

"성경에 그렇게 써 있으면 그대로겠지." 하고 캐리 부인이 접시 담는 광주리를 들어올리며 조용히 말했다. 하나 필립은 대답을 청하는 듯이 백부의 얼굴을 바라보았다.

"그건 믿음 문제다."

"그렇다면 큰아버지, 믿음이 있으면 그대로 할 수 있단 말씀인가요?"

"그렇지, 주님의 도우심을 받아서 말이지."

"자, 그만 큰아버지께 인사드리고 가서 자거라. 오늘 저녁 당장에 산을 움직일 것은 아닐 테니까." 하고 루이자 백모가 말하였다.

필립은 캐리 씨가 앞이마에 키스해주자 캐리 부인 앞에 서서 이층으로 올라갔다. 듣고 싶은 것은 다 들었다. 필립의 작은 방은 얼음처럼 냉랭하여 옷을 갈아입을 때 온몸이 떨렸다. 그러나 기도는 불편과 부자유를 참고 견디는 상태에서 함으로써 더욱 하느님을 기쁘게 해드리는 것이라고 믿었다. 차가운 손과 발은 말하자면 전능하신 하느님께 바치는 제물인 것이다. 오늘 밤도 그는 무릎을 꿇고 두 손에 얼굴을 파묻고 병신 다리를 낫게 해주십시오, 하고 열심히 기도드렸다. 병신 다리 따위는 산을 옮기는 데 비하면 아무것도 아니다. 하느님의 뜻이라면 반드시 나을 것이다. 또 그와 같은 그의 신앙에는 한 점의 의심도 없었다. 이튿날 아침, 다시금 같은 소망을 기도드리고 나서 그는 그 기적이 일어날 기한까지 정했다.

"오——하느님, 당신의 사랑과 인자하심을 베푸사 만일 당신의 뜻이옵거든 제가 학교로 돌아가기까지 이 다리를 고쳐주시옵소서."

그는 자기의 이 간절한 소원을 기도문으로 만들어놓았다. 그 뒤로는 식당에서 백부가 기도를 마치고 일어날 때까지의 잠깐 사이에도 반드시 입 속으로 외었다. 또 저녁에도 침대에 들기 전에 잠옷바람으로 떨면서 거듭 똑같은 기도를 드렸다. 그는 믿었던 것이다.

이번만은 방학이 끝나기를 목을 길게 늘이고 고대하였다. 층계를 한 번에 세 단씩 뛰어내려가면 큰아버지가 얼마나 놀랄까! 조반 뒤에는 큰어머니와 같이 새 구두를 사러 달려가야 하겠지? 그런 일을 차례로 생각하고 있으려니까 저절로 웃음이 나왔다. 학교에서도 모두 깜짝 놀랄걸.

"야, 캐리, 네 다리 웬일이야?"

"응, 인제 다 나았어." 마치 아주 당연한 일인 것처럼 천연스럽게 대답해주는 것이다.

축구도 할 수 있겠지. 그는 다른 누구보다도 더 빨리 뛰는 자기 모습을 눈 앞에 그려보고 가슴이 두근거리는 것을 느꼈다. 부활절 학기 말에는 운동회가 있을 것이다. 아마 그때는 경주에도 참가할 수 있을 것이다. 아니, 그것만이 아니라 장애물 경주도 할 수 있으리라. 다른 아이들과 똑같이 되면 아아, 얼마나 신나는 일일까? 그렇게 되면 그가 절름발이라는 것을 모르는 신입생들의 이상한 눈초리도 받지 않게 되리라. 여름에 해수욕할 때, 다리가 물에 감춰지기까지 옷을 벗는 동안에도 얼마나 신경을 써야 했던가. 아아 그와 같은 신경을 쓸 필요도 없게 되는 것이다.

그는 정성을 다해 기도하였다. 의심은 조금도 없었다. 진심으로 하느님의 말씀을 믿고 있었다. 마침내 학교로 돌아가는 전날 밤이 되었다. 그는 흥분으로 떨리는 가슴을 안고 자리에 들었다. 땅에는 눈이 쌓이고 백모님도 이날만은 여느 때와 달리 침실에 불을 피우게 했다. 그러나 필립의 방은 이날도 몹시 추웠다. 손이 곱아 칼라를 풀 수 없을 정도였다. 이빨이 딱딱 마주쳤다. 하느님의 주의를 끌기 위해서는 무엇인가 특출한 일을 해야 한다. 그리하여 침대 앞의 양탄자를 걷고 마룻바닥에 무릎을 꿇었다. 다음에는 잠옷으로 입은 속옷 한 벌, 이것도 몸뚱이를 아끼는 어리광이라 하여 하느님을 기쁘게 하지 못하리라. 끝내 잠옷마저 벗어버리고 알몸으로 기도드렸다. 침대에 들어갔을 때는 몸이 너무나 얼어 한참 동안은 잠을 이루지 못했으나 일단 잠이 들자 깊은 잠에 빠져 이튿날 아침에 메어리 앤이 더운 물을 가지고 들어왔을 때에도 마구 흔들어 깨우지 않으면 안 되었다. 커튼을 젖혀놓으면서 그녀는 말을 걸었다. 그러나 그는 대꾸하지 않았다. 드디어 기적이 일어날 아침이라는 것을 곧 생각해내었기 때문이었다. 그는 기쁨과 감사로 가득 찼다. 맨 먼저 본능적으로 생각한 것은 살그머니 팔을 뻗어 완전히 나아버린 발목을 만져보는 일이었다. 그러나 한편으로는 그렇게 하는 것조차도 하느님의 사랑을 의심하는 것같이 느껴졌다. 틀림없이 다리는 나아 있다. 마침내 결심하고 바른편 발가락으로 왼발을 건드려보았다. 그리고 이번에는 손을 뻗쳐 만져보았다.

메어리 앤이 기도하러 식당으로 들어가려고 했을 때, 필립은 절뚝거리며 층계를 내려와 아침 식탁에 앉았다.

"필립, 굉장히 얌전한데, 오늘 아침엔."

한참 뒤에 백모가 말했다.

"그 애는 내일부터 다시 먹어야 할 학교의 아침 식사 생각을 하고 있겠지.” 하고 백부가 말했다.

필립은 가끔 엉뚱한 대꾸를 잘 하여 백부를 화나게 하곤 했다. 백부는 정신을 딴 데다 판 나쁜 버릇이라고 늘 일렀는데 지금 필립은 또 엉뚱한 말을 꺼내었다.

“저 말이죠, 큰아버지. 하느님께 어떤 일을 해주십시오, 하고 기도드릴 때 가령 산을 움직이는 일 같은 것 말이에요, 정말 그것이 이루어질 것을 굳게 믿었는데 원하던 대로 이루어지지 않는 것은 무엇 때문일까요?”

“참, 이상한 애로군. 요전에도 산을 움직이느니 뭐니 하고 묻더니.” 하고 백모가 말했다.

“그건 네 믿음이 부족하다는 것을 뜻하는 거야.” 하고 백부는 말했다.

필립은 이 설명으로 납득하였다. 하느님이 다리를 고쳐주시지 않은 것은 그의 믿음이 진실하지 않았기 때문이다. 그러나 어떻게 그 이상의 믿음을 가질 수 있단 말인가? 그는 알 수가 없었다. 아마 하느님께 충분한 시간적 여유를 드리지 않았던 탓인가보다. 그는 고작 열아흐레 동안 하느님께 기도했던 것이다. 이번에는 부활절까지로 하고 하루 이틀 뒤에 다시 기도를 시작했다. 하느님의 아들인 예수님의 영광된 부활의 날이다. 하느님도 틀림없이 자비로운 마음이 되시리라고 여겨졌다. 그러나 이번에는 필립도 그의 소원을 이루는 데 지금까지와는 다른 새로운 방법을 사용하였다. 즉, 초승달이나 얼룩말을 보면 다리를 낫게 해달라고 빌었고 또 열심히 유성을 찾으려고 애썼다.

외박 허가를 맡고 집에 돌아오면 언제나 병아리를 한 마리 잡아주었는데 그는 백모와 같이 연기골(緣起骨)을 뜯어가며 다리가 낫도록 빌었다. 자기도 모르는 사이에 이스라엘의 신보다 더 오래된 민족의 신에게 호소하고 있었던 것이다. 생각만 나면 하루에도 몇 번씩이나 똑같은 말로 전능하신 하느님께 열심히 기도드렸다. 몇 번이고 같은 말로 기도드리는 것이 중요하다고 생각되었기 때문이다. 그러나 또 이번에도 믿음이 부족하지나 않을까 하는 의심이 생기기 시작하는 것을 막을 수가 없었다. 자기만의 경험을 그대로 일반 원칙으로 삼는 것이다.

"충분한 신앙을 가진 사람은 결국 한 사람도 없는 것이 아닌가?"

그것은 마치 전에 유모가 들려주던 소금 이야기——소금을 새 꼬리 위에 올려놓으면 어떤 새라도 잡을 수 있다는 이야기와 같았다. 한번은 정말 그는 조그만 주머니를 가지고 켄싱튼 공원으로 갔었다. 한데 끝내 새 꼬리에 소금을 놓을 수 있을 만큼 가까이 가지 못했다. 부활절을 기다릴 것도 없이 그는 기도를 그만두었다. 필립은 자기를 속인 큰아버지에 대하여 분한 마음을 금할 수 없었다. 산을 움직인다는 성구 자체도 결국 그 표현된 말과는 다른 뜻을 가진 이야기의 하나에 지나지 않는 것이라고 생각하였다. 어쩐지 백부에게 희롱당한 것 같은 마음이 들었다.

<h2 style="text-align:center">15</h2>

필립은 열세 살이 되자 터켄베리의 왕립학교에 진학했다. 오랜 전통을 자랑하는 학교. 기원은 멀리 노르만 정복 이전으로 거슬러 올라간다. 수도원 부속 학숙(學塾)이었는데 이 당시 어거스틴파 수도사들이 학문의 기초를 가르쳤다. 대개 이런 종류의 학숙이 그랬듯이 수도원 해체와 더불어 헨리 8세 시대의 관리들에 의해 재조직되어 왕립학교라는 이름이 붙었다. 그 뒤로 극히 꾸준한 발전을 거듭하여 근처의 상류 계급과 켄트 주의 자유 직업자 자제들의 교육을 맡아왔었다. 이 학교 출신 중에는 세익스피어 못지 않다는 시인을 비롯하여 필립을 포함한 이 세대를 위해 그들의 인생관에 심각한 영향력을 끼친 산문가에 이르기까지 한두 사람의 문인을 배출했으며, 뛰어난 법률가와(원래 뛰어난 법률가는 세상에 낳은 법이지만) 훌륭한 군인도 더러 있었다. 그러나 수도원과 분리된 뒤로 힘들여 양성한 것은 성직자, 즉 감독, 부감독, 신부, 그리고 그 중에서도 목사들이었다. 그래서 재학중의 학생 중에는 아버지, 할아버지, 증조 할아버지에 이르기까지 모두 이 학교에서 교육을 받고, 모두가 터켄베리 감독 관구(監督

官區)의 각 교구에서 제각기 목사직을 맡아보았다는 사람도 있었다. 그들은 입학 당시부터 이미 성직자가 되겠다는 결심을 가지고 들어왔다. 그러나 한편 여기에서도 어떤 변화가 일어나고 있었다. 어떤 자는 집에서 들은 말을 그대로 옮겨 교회도 이미 옛날과 달라졌다는 등 함부로 지껄였다. 금전 문제보나도 입학생이 소속한 사회층이 달라진 것이다. 한두 사람의 학생들은 그 아버지가 상인었다는 부목사에 대해서도 알고 있었다. 그들은 신사도 아닌 사람 밑에서 부목사가 되기보다는 차라리 식민지에라도 가겠다는 것이었다. 블랙스테이블의 목사관에서도 그랬었지만 이 왕립학교에서도 상인이라면 운이 나빠 토지를 못 얻은 사람이거나 아니면 당연히 신사의 직업이어야 할 네 직업(종교, 법학, 의학, 교육의 네 가지) 중의 어느 것도 붙잡지 못한 인간이라는 식으로 결정지어놓는 것이다. 따라서 통학생은 거의 지방 신사 계급과 연대 본부 재임 중인 군인들의 자제로서 약 백오십 명 가량이나 되는데 그들 사이에서는 아버지가 상업에 종사한다고 하면 공연히 열등감 같은 것을 느끼게 되었다.

선생님들은 때때로 〈타임스〉나 〈가디언〉 지에서 읽을 수 있는 교육계의 새로운 사조를 절대로 용납하지 않았으며, 이 왕립학교의 오랜 전통만은 어떤 일이 있어도 굳게 지켜나가야 한다고 강경하게 주장하였다. 그리스, 라틴어 등 사어(死語)도 너무나 철저히 가르쳤기 때문에 졸업생들은 뒷날, 호머나 버질의 이름만 들어도 진저리가 날 지경이라고 하였다. 휴게실에서 점심식사를 하면서 대담한 선생 한두 사람은 수학이 점점 중요한 학문으로 되어가고 있다고 주장했으나 선생들 전체의 생각은 역시 고전이 수학보다 더 고상한 학문이었다. 독일어나 화학은 전혀 가르치지 않았다. 다만 프랑스어를 담임 선생이 틈틈이 가르칠 뿐이었다. 외국인 교사보다 그들의 통솔력이 더 뛰어나다는 것이며 문법도 프랑스 사람 못지 않게 잘 알고 있다. 가령 블로뉴의 레스토랑에 들어가 조금이라도 영어를 아는 사환이 없어서 커피 한 잔도 제대로 시킬 수 없다고 해도 아무래도 좋다고 생각하는 모양이었다. 지리 시간에는 주로 학생들에게 지도를 그리게 하였는데 이 방법은 특히 산악지대가 대부분인 나라를 다루는 데는 안성맞춤이었다. 안데스 산맥이나 아페닌 산맥을 그리는 것만으로도 많은 시간이 걸린다. 선생님들은 옥스퍼드나 케임브리지 졸업생으로 모두 성직을 갖고 있고 독신자였다. 만약 결혼하고 싶다고 하면, 목사단 권한으로 처리할 수 있는 아주 낮은 보수의 성직으로 만족하지 않으면 우선 불가능하였다. 현재 실제 문제로서 오랜 동안 세련된 터켄베리의 사교계——기병 연대가 있기 때문에 단순한 교회색뿐만이 아니라 군인색도 크게 넘쳐흐르지만 일부러 그 상류사회를 버리고 시골 교사의 단조로운 생활을 택하려는 인간은 하나도 없었다. 그래서 모두 이미 중년이 되어 있었다.

그러나 교장 선생님은 싫어도 결혼하여야 된다. 그리고 정년에 이르기까지 학교의 경영과 지도를 맡아줘야 했다. 그 대신 퇴직하면 평교사는 쳐다보지도 못할 정도의 높은 사록을 받게 되고 다시 명예의 본산인 참사회원의 칭호도 얻게 되는 것이다.

그런데 필립이 입학하기 일 년 전에 여기도 마침내 일대 변화가 일어났다. 그것은 얼마 전부터 거의 반 세기에 걸쳐 교장이었던 플레밍 박사가 마침내 귀가 멀어지고 더 이상 현직에 머물러 하느님의 영광을 나타낼 수 없다는 사실이 명백해진 일이었다. 마침 변두리에 연수 육백 파운드의 한 교구가 비었으므로 즉시 목사단에서는 은퇴할 알맞은 시기라는 암시를 주고 그 땅을 그에게 주었다. 이만한 수입이면 노후의 정양도 할 수 있을 것이다. 하기야 진작에 승진을 희망하던 두셋의 부목사들은 젊고 건강하고 정력적인 청년을 필요로 하는 교구를, 교구의 일이라고는 별로 아는 것이 없는 그리고 이미 재산도 마련해놓았을 늙은이에게 맡긴다는 것은 괘씸한 일이라고 아내들에게 푸념하였다지만 그들의 불평 따위는 본산의 목사단 귀에 들어갈 리가 없다. 게다가 교구의 주민들이란 누구 하나 이런 문제에 이견이 있을 턱도 없고 따라서 그 의향을 물으려고도 하지 않았다. 게다가 메소디스트파나 침례교파는 각기 마을에 자기네의 교회당을 가지고 있었다.

그런데 이렇게 플레밍 박사의 문제가 처리되고 보니 후계자를 물색해야 하게 되었다. 그렇다고 평교사 중에서 뽑는다는 것은 학교의 전통에 어긋나는 일이었다. 교직원 회의에서는 예비학교의 교장인 윗슨 씨가 선출되기를 원한다는 의견의 일치를 보았다. 윗슨 씨는 왕립학교 본과 선생이라고는 할 수 없었으나 그들 모두가 이십여 년 전부터 아는 처지여서 그라면 새 교장으로 들어와도 자기네들을 괴롭힌다든가 하는 염려는 없으리라고 생각되었기 때문이다. 한데 목사회의 결정은 그들을 깜짝 놀라게 했다. 즉, 퍼킨스라는 사람을 선출했던 것이다. 처음에는 퍼킨스가 어떤 사람인지 알지 못했으며 첫째 이름부터가 인상이 좋지 않았다. 그러나 그 놀라움도 웬만큼 가실 무렵, 퍼킨스가 바로 포목상 퍼킨스 씨의 아들이라는 것이 알려졌다. 플레밍 박사는 점심 시간 직전에 선생들에게 이 사실을 발표했는데 그 자신도 몹시 당황한 표정이었다. 선생들도 같은 기분으로 말없이 점심을 먹으며 사환들이 물러갈 때까지 아무도 이 문제를 꺼내는 사람이 없었다. 그 자리에 모인 선생들의 이름은 아무래도 좋지만, 그 뒤 오래도록 학생들이 전하는 바로는 '한숨' '콜탈' '눈깜박이' '물딱총' '어깨 두들기기' 등의 별명으로 알려진 선생들이었다.

모두 톰 퍼킨스는 알고 있었다. 우선 논의가 된 것은 그가 신사가 아니라는 점이었다. 키가 작고 가무잡잡하며 헝클어진 검은 머리카락에 눈이 큰 소년이었고 마치 집시처럼 생긴 아이였다. 통학생이었으나 이 학교가 재학생에게 줄 수 있는 최고의 장학금을 받았기 때문에 자기 돈은 한푼도 들이지 않고 공부하였다. 물론 그는 우수한 학생이었다. 졸업식 때면 으레 많은 상품을 탔던 것이다. 그는 이 학교의 자랑거리였으며 그가 행여 어딘가 더 큰 사립학교의 장학금을 받고 가버리지나 않을까 하고 걱정한 일이 있다. 일부러 플레밍 박사가 아이의 아버지인 포목점 주인을 친히 찾아가서——그들은 캐더린 가에 있는 퍼킨스 쿠퍼 상점을 잘 기억하고 있었다——톰 퍼킨스가 옥스퍼드 대학에 갈 때까지는 이 학교에 그대로 두어주기 바란다고 청탁한 일조차 있었다. 학교는 퍼킨스 쿠퍼 상점의 첫손가락 꼽히는 거래처였으므로 퍼킨스 씨는 쾌히 승낙했었다. 퍼킨스는 계속해서 우등을 했으며 플레밍 박사가 기억하고 있는 제자 중에는 가장 우수한 고전어 학자가 되었다. 졸업할 때는 이 학교에서 낼 수 있는 한의 최고의 장학금을 받고 모들린 대학에서도 또 하나 받았으며 대학에서는 더욱 찬란한 재질을 발휘하였다. 교지는 해마다 그가 획득한 숱한 명예에 대해 보도하였고 과목 최우수상을 받았을 때는 플레밍 박사가 친히 붓을 들어 권두에 찬사를 썼을 정도였다. 그즈음 퍼킨스 쿠퍼 상점은 불경기에 빠졌으므로 그의 이러한 성공은 더 한층 환영을 받았다. 쿠퍼 씨는 술고래였는데 톰 퍼킨스가 학사 학위를 얻기 직전에 그들은 드디어 파산 선언을 하였다.

그 뒤 톰 퍼킨스는 성직에 들어가 그의 처지에 맞는 직업을 갖게 되었던 것이다. 먼저 웰링튼 학교의 조교사로 있다가 뒤에 럭비 학교로 옮겼다. 그런데 다른 학교에서의 그의 성공을 기뻐하는 것과 막상 자기 학교가 그의 영도 하에 들어가게 된다는 것과는 이야기가 다르다. 일찍이 '콜탈'은 그에게 가끔 벌을 준 일이 있으며 '물딱총'은 그의 따귀를 때린 일도 있었다. 어떻게 목사회가 이같은 과오를 저질렀는지 그들은 알 수가 없었다. 아무도 그가 파산한 포목상의 아들이라는 것을 잊어버리지 않았고, 더구나 쿠퍼 씨의 주벽이 더 한층 심사를 사납게 한 모양이었다. 그의 부임을 부감독이 열렬히 지지했다는데 그렇다면 부감독은 틀림없이 톰 퍼킨스를 만찬에 초대할 것이다. 한데 톰 퍼킨스가 식탁에 끼게 된다면 언제나 즐거운 교내 만찬회와 마찬가지로 과연 즐거울 것인가? 또 그 지방 주둔 부대에서는 그를 어떻게 대할 것인가? 톰 퍼킨스가 장교와 유지들 사이에 버젓이 낄 수 있으리라고 기대할 수는 없는 것이다. 그렇다면 학교로서도 여간 불리한 것이 아니다. 학부모들도 불만이 클 것이며 자제들의 일제 퇴학이라는 사태가 일어난다고 해도 이상할 것이 없지 않은가! 그를 퍼킨스 교장 선생이라고 부르다니! 선생들은 항의의 수단으로 총사직이라는 것도 생각했으나 두말없이 사표가 받아들여질지도 모른다는 두려움 때문에 보류하였다. 이십오 년간이나 거의 비길 데 없는 무능 무재주로 오학년을 담임해온 '한숨'은, "별 수 없지. 새로 부임된 교장을 맞아들일 준비를 하는 수밖에." 하고 한숨지었다.

마침내 그가 부임해 왔을 때도 그들은 마음을 놓지 못했다. 플레밍 박사는 전직원을 점심에 초대하여 그와 상면시켰다. 키가 크고 여위고 벌써 서른두 살이나 되었지만 외양은 어릴 때와 조금도 다를바 없이 초라한 꼴이었다. 값싼 옷을 아무렇게나 걸쳤다. 옛날 그대로의 검은 장발이며 빗질이라고는 배워보지도 못한 모양이었다. 몸을 움직일 때마다 앞이마에 머리가 내리덮었고, 그것을 또 허둥지둥 위로 치켜올리곤 했다. 검은 코밑 수염에 짙은 턱수염, 그것이 광대뼈 언저리까지 차지하고 있었다. 선생님들에게는 마치 한두 주일 전에 헤어졌던 것처럼 거리낌없이 이야기를 건넸다. 확실히 재회를 기뻐하는 것 같았다. 그는 사태가 이상한 것 따위는 전혀 알지 못하는 모양이며 퍼킨스 교장 선생이라고 부르는 그들의 어색한 태도도 알아차리지 못하는 것 같았다.

드디어 돌아갈 시간이 되었을 때 교사 하나가 그래도 한 마디 말이 없을 수 없다고 생각했던지, "아직 기차 시간은 충분합니다." 하고 말했다.

"아니, 가게에 좀 들러보려구요." 하고 그는 웃음지었다. 좌중에는 역력히 당황한 빛이 감돌았다. 어떻게 좀 재치있는 대답이 없었을까 하는 기색이었다. 게다가 더욱 난처한 것은 플레밍 박사가 이 말을 듣지 못한 일이었다. 그것을 또 이 부인이 큰소리로 말했다.

"돌아가서 아버님의 가게를 구경하시겠대요."

그런데 온 좌중이 느끼는 어색함을 느끼지 않는 것은 바로 당사자인 톰 퍼킨스뿐이었다. 플레밍 부인을 돌아다보며 그가 말했다.

"요즘은 누가 갖고 있는지요?"

그녀는 거의 할 말이 없었다. 공연히 화가 났다.

"역시 포목점이에요. 그로브란 사람인데요. 하기는 우리들과는 거래가 없지만." 그녀는 내뱉듯이 말했다.

"집 안을 보여줄까요?"

"그럴 거예요, 선생님이 누구시라고 말씀하신다면."

모두들 마음에는 있으면서도 못 하다가 다시 그의 일이 집회실에서 화제가 된 것은 겨우 그날 밤 식사가 끝난 뒤였다. '한숨'이,

"여러분 어때요, 이번 교장이?"

그들은 일제히 점심때의 대화를 생각해보았다. 그것은 대화라고

부르기 곤란한 독백이었다. 퍼킨스만이 끊임없이 지껄였는데 말씨가 빨라서 물 흐르듯이 입 밖으로 튀어나왔다. 나지막하고 잘 울리는 목소리였다. 가끔 기묘한 웃음을 흘렸는데 그럴 때마다 흰 이빨이 드러났다. 화제에서 화제로, 때로는 그들이 미처 알아들을 수 없을 정도의 연상으로 비약하여 따라가기 어려웠다. 교수법에 대한 이야기도 하였다. 당연한 일이기는 했지만 도이치의 근대 교육 이론에 대한 일가견도 가지고 있었는데 그들로서는 귀에 새로운 이론이어서 그만큼 약간의 불안감으로 듣게 되었다. 고전에 대한 말도 많이 했는데 전에 그는 그리스에 유학한 적도 있는 터이라 도도한 이론이었다. 또 고고학에 대해서도 말을 많이 했다. 어느 겨울에는 발굴에 종사한 일도 있었다는데, 과연 그것이 시험합격을 위한 교육에 얼마만큼의 효과가 있었는지 교사들로서는 의심스러웠다. 정치도 논했다. 비컨스필드 경(卿)과 알키비아디스를 비교해서 이야기하는 것이 그들 귀에는 오직 기이할 뿐이었다. 글래드스톤과 아일랜드 자치문제도 화제에 올랐다. 그들은 그가 자유당 지지자라는 것을 알았을 때 몹시 마음이 무거웠다. 독일 철학, 프랑스 문학도 화제의 하나였다. 이렇게도 여러 방면으로 많은 흥미를 가진 인간을 그들은 도저히 깊은 인간이라고는 생각할 수가 없었다.

그런데 그의 인상을 종합적으로 총정리하여 결정적이라고 해도 좋을 만큼 지독한 한 마디로 집약한 사람은 바로 '눈깜박이'였다. '눈깜박이'는 상급반 삼학년의 담임이었는데, 다리에는 힘이 없고 눈꺼풀은 축 늘어졌다. 체력에 비해 너무 키가 컸기 때문에 동작은 아주 느렸다. 보기에도 무기력하여 완전히 들어맞는 별명이었다.

"말하자면 지독한 몽상가라 이 말이죠." 하고 '눈깜박이'가 말했다. 몽상가라는 것은 원래가 가정 교육이 나빴다는 말이다. 몽상은 적어도 신사가 하는 일은 못 되고 무엇보다도 구세군의 소란한 나팔과 고적(鼓笛)을 연상시켰다. 몽상은 또한 변화를 뜻하기도 한다. 그들은 숱한 즐거운 습관들이 지금 곧 뒤엎어진다고 생각하니 몸이 오싹해지는 것이었다. 미래를 관망한다는 그런 용기는 그들에게는 없었다.

"그러고 보니 어딘지 집시와 비슷한 점도 있단 말야." 하고 잠시 후에 누군가가 한마디하였다.

"그건 그렇고 그 사나이를 택했을 때 부감독이나 목사단은 그 사나이가 급진파란 사실을 알고나 있었는지?" 하고 내뱉듯이 또 한 사람이 말을 이었다. 그러나 내화는 거기시 끊이졌다. 걱정으로 말도 나오지 않았다.

그로부터 일주일 뒤 졸업식날, '콜탈'과 '한숨'이 목사관을 향해 걷고 있다가 독설가인 '콜탈'이 문득 동반자를 보며 말했다.

"이제까지 졸업식을 많이 치렀지만 아무래도 이번이 마지막일 것 같군."

'한숨' 역시 전에 없이 우울한 말투로 말했다.

"어디 녹(祿)이라도 제대로 준다는 데가 있다면 그만둬도 좋으련만."

16

일 년이 지났다. 필립이 입학했을 때는 오래된 선생들이 모두 그대로 있었으나 변화는 그들의 완강한 저항에도 불구하고 여러 가지로 일어나고 있었다. 저항이라야 어차피 표면으로는 새 교장의 의견에 동조하는 체하면서 슬그머니 뒤에서 하는 데 지나지 않았으나 그렇다고 해서 결코 무시할 수는 없는 것이었다. 하급 학년에서는 여전히 담임선생이 프랑스어를 가르치고 있었지만 상급 학년에서는 하이델베르크 대학에서 언어학 학위를 받고 프랑스의 관립 학교에서 삼 년간 교편을 잡은 경험이 있는 새 선생이 부임해와 불어와 또 희랍어 대신 독어를 배우겠다는 학생에게는 독어를 가르쳤다. 그 밖에도 가장 체계적으로 수학을 가르친다는 교사가 역시 또 한 사람 들어왔다. 두 사람 모두 성직자가 아니었다. 이것은 확실히 혁신이었으며 그 두 교사가 새로 부임했을 때는 오래된 교사들은 모두 의혹의 눈으로 바라보았다. 실험실이 생기고 교련반이 창설되었다. 학교 자체의 성격이 변해간다고 모두들 말했다. 앞으로 퍼킨스 씨가 그의 헝클어진 머

릿속에서 또 어떤 계획을 생각해낼지 아무도 몰랐다. 사립학교로서
는 그다지 큰 학교는 아니었다. 기숙사생은 이백 명을 넘지 못했고
학교는 교회 건물에 붙어 질서없이 세워져 이 이상의 증축은 곤란하
였다. 구내는 교사들이 사는 한 동을 빼놓고는 모두 교회 관계 성직
자들이 살고 있고 증축할 여지도 없었다. 한데 퍼킨스 씨는 고심한
끝에 한 가지 계획을 생각해내었다. 교사를 두 배로 늘릴 만큼의 공
간을 만들려는 것이다. 그로선 런던에서도 학생을 오게 하고 싶었다.
퍼킨스 씨 말을 빌면 그들이 켄트 주의 시골 아이들과 접촉하는 것
은 그들 도회지 소년들에게 좋고 한편 시골 아이들의 머리도 조금은
닦여질 것이라는 것이었다. 퍼킨스 씨가 이 계획을 '한숨'에게 이야
기하자 그는 한 마디로 말했다.
  "허지만 그것은 본교의 전통과는 어긋나는 일입니다. 즉, 우리는
일부러 런던 아이들과의 접촉을 피하는 방향으로 해왔으니까요."
  "어리석은 소리요, 그건!"
  아직까지 교사의 말에 대해서 어리석은 생각이라고 한 교장은 하
나도 없었다. 이 말을 들은 '한숨'은 한 마디 신랄한 응수——즉, 틈
을 보아 슬그머니 포목상 아들이라는 것을 꼬집으려고 했지만 적당
한 말을 생각하는 동안에 교장 편에서 역습해왔다.
  "바로 구내에 있는 교사 주택 말입니다. 당신이 결혼만 하신다면
제가 목사단에 건의해서 이층을 올리도록 말해보죠. 그렇게 되면 기
숙사도 자습실도 만들 수 있습니다. 그리고 부인께서는 선생을 도우
실 테고."
  나잇살이나 먹은 '한숨'도 어안이 벙벙하여 말도 나오지 않았다.
결혼한다고 생각해보니 이미 오십하고도 일곱이다. 쉰일곱이나 되어
결혼을 하다니, 천만의 말씀! 이제 새삼스럽게 식구를 거느릴 수는
없다. 결혼하든가 아니면 어느 시골 목사로 가든가 하라면 물론 기꺼
이 시작하겠다. 이제 그의 소망은 평화와 안정 그것뿐이었다.
  "결혼이라니요, 그런 건 생각해본 적도 없습니다." 퍼킨스 씨는 검
고 맑은 눈을 들어 상대방을 쏘아보았다. 그의 눈에는 번쩍 빛나는
것이 있었으나 '한숨'에게는 보이지 않았다.

“거 유감스럽군요. 나를 위해서도 결혼할 수 없단 말인가요? 선생께서 계시는 그 건물을 개축해달라시면 부감독이나 목사단에 대해서도 체면이 서게 될 텐데요.”

그런데 퍼킨스 씨의 그런 여러 가지 계획 중에서도 가장 선생들이 싫어한 것은 때때로 그가 다른 선생의 학급을 대신 맡아 가르친나는 일이었다. 호의로 하는 것이라고 그는 말하지만 결국 이 호의는 절대로 거절할 수 없는 호의이니만큼 ‘콜탈’ 선생인 터너 씨도 말했던 것처럼 관계자 전원에게 있어서는 더할 나위 없는 모멸이었다. 예고도 없이 아침 기도가 끝나자마자 느닷없이 교사 중의 누군가를 붙잡고 말하는 것이었다.

“오늘은 열한 시부터 육반을 맡아주셔야겠는데 어떨는지요. 앞으로 가끔 서로 바꾸기로 합시다.”라는 식이었다.

다른 학교에서는 흔히 있는 일일는지 모른다. 하지만 적어도 터켄베리에서는 이제까지 한 번도 없었다. 결과는 지극히 기묘하게 되었다. 터너 선생(그가 처음 희생자였다)은 오늘은 교장 선생님이 대신 라틴어를 맡는다는 말을 반에 알리고, 이어 너희들도 너무 바보로 보여서는 안 될 테니 어디 잘 모르는 건 물어보아라, 하고 말했다. 그리하여 그는 역사 시간의 마지막 십오 분을 할애하여 그날 예정이었던 리비의 한 구절을 일부러 해석해주었다. 그런데 뒤에 다시 반에 나가 퍼킨스 씨가 채점한 표를 보고 놀랐다. 언제나 톱을 하는 두 학생은 너무나 점수가 나쁜 반면 여느 때는 도무지 신통치 않았던 축들이 어엿이 만점을 받고 있었다. 대체 어떻게 된 일이냐고 제일 잘하는 엘드리쥐에게 물어보았다. 그는 볼멘 소리로 “교장 선생님은 해석 같은 건 한 줄도 하지 않으셔요. 저더러는 고든 장군이 누구냐고 그렇게만 물어보셨어요.”

터너 씨는 놀라서 그를 보았다. 학생들은 모두 부당한 취급을 당했다는 모양이었고 그 역시 그들의 무언의 불만에 동감하지 않을 수 없었다. 고든 장군과 리비가 어떤 관계에 있는지 그 역시 몰랐다. 뒤에 용기를 내어 물었다.

“교장 선생님, 엘드리쥐는 고든 장군이 누구냐는 질문을 받고 혼이 났었다더군요.” 하고 일부러 키득키득 웃어가며 물어보았다.

퍼킨스 씨도 웃었다.

“그 카이우스 그라커쿠의 농지법(農地法)에 대한 것이 나왔길래, 어디 혹시 아일랜드의 농업문제에 대해서도 다소 뭣좀 아는가 하고 잠깐 생각했을 뿐이지요. 그런데 아일랜드에 관한 지식이래야 고작 더블린 시는 리페이 강가에 있다는 것밖에 모르더군요. 그래서 고든 장군에 관한 이야기를 들은 적이 있느냐고 물어보았죠.”

여기서 하나의 놀라운 사실, 즉 새 교장은 이른바 지식광이라는 사실이 알려지게 되었다. 그는 필요에 따라 그때그때 주입된 학과시험은 아무런 가치가 없다고 생각하였다. 그는 보편적인 상식을 원했다. ‘한숨’은 날이 갈수록 더욱더 근심에 쌓이게 되었다. 이러다가는 언제 어느 때 결혼 날짜를 작정하라고 할는지 모른다는 걱정이 늘 머리에서 떠나지 않고, 게다가 교장의 고전 문학에 대한 태도도 도무지 마음에 들지 않았다. 과연 훌륭한 학자임에는 틀림이 없었고 현재 저작하고 있는 논문도 정통적인 것이었다. 즉, 라틴문학에 나타난 나무들이라는 논문인데 다만 그 일을 그는 수월하게 마치 아무것도 아닌 소일거리, 가령 심심풀이는 될지라도 설마하니 그것을 인생의 대사로 생각하는 자는 없겠지, 하고 마치 당구 이야기처럼 말하는 것이었다. 삼학년 중급 담임 ‘물딱총’도 날로 우울해졌다.

필립이 입학하여 처음 들어간 반이 ‘물딱총’ 반이었다. 고든 목사는 원래 성격이 교사로는 적합하지 않은 사나이였다. 조급하고 화를 잘 내었다. 어떻든 상대가 모두 어린아이들이어서 누구 하나 건드리는 인간이 없었으므로 자제력이라는 것은 완전히 잃어버리고 말았다. 수업은 분노로 시작하여 격정으로 끝났다. 중키에 살이 찐 사나이였다. 희어져가는 잿빛 머리를 뭉툭하게 깎아올리고 코 밑에는 억센 수염이 듬성하나. 얼굴은 크시만 윤곽이 뚜렷하지 못하다. 푸르고 작은 눈, 원래가 뻘건 얼굴이 화가 치밀면 언제나 자줏빛이 됐다. 손톱은 거의 살까지 물어뜯겨 있었다. 그것은 이를테면 학생이 일어서서 떨면서 해석할 때 그는 화가 치밀어 책상에 앉아 손가락을 물어뜯기 때문이다. 과장도 있겠지만 그의 폭력에 대한 많은 이야기가 있었다. 이 년 전에 어느 학생의 아버지가 더 참지 못해 고소를 결심했다는 소문이 돌았을 때는 학교에서도 적잖이 긴장하였다. 월터즈라는 소년의 귀를 책으로 때렸는데, 그것으로 인해 귀가 멀어 학교를 다니지 못하게 되었다. 그 애의 아버지는 터켄베리에 살고 있었는데 시에서는 꽤 큰 소동거리가 되어 지방 신문들도 떠들어내었다. 그러나 월터즈는 일개 양조장 주인에 불과했었으므로 여론은 완전히 두 갈래로 나뉘었다.

당사자 아닌 다른 학생들은 '물딱총'을 좋아하지는 않았지만 그——이유는 그들이 잘 아는 터이지만——문제에 관한 한 선생 편을 들었다. 교내에서 일어난 일을 학교 밖에서 처리했다는 것이 불만이라는 것으로 그 화풀이를 아직 학교에 다니고 있는 월터즈의 동생에게로 돌렸다. 즉, 사사건건 오금을 박는 것이었다. 고든 씨는 겨우 시골행을 면했는데 그 뒤로는 때리는 버릇만은 없어졌다. 그리고 그 다음부터 학생의 손을 회초리로 갈긴다는 교사의 권리는 박탈당하고 따라서 '물딱총'도 이제는 책상을 매로 쾅쾅 두들기며 분노를 과시할 수가 없게 되었다. 기껏해야 학생의 어깨를 움켜잡고 마구 흔드는 정도였다. 그래도 휘어잡기 어려운 개구쟁이를 십 분이나 반 시간 가량 팔을 들고 서 있게 하는 벌 정도는 여전히 주었고 독설도 여전했다.

필립처럼 수줍은 아이를 가르치는 데 아마 이 선생만큼 부적당한 교사도 없었을 것이다. 물론 그는 처음 웟슨 씨가 교장으로 있는 예과에 들어갔을 때만큼은 겁내지 않았다. 예과 시절에 알던 아이들도 많았고 기분도 제법 어른스러워졌으며 게다가 본능적이라고 할 수 있겠지만, 사람 수가 많으면 그만큼 자기의 불구도 눈에 잘 띄지 않는다는 것을 알았다. 그러나 첫날부터 고든 씨는 그의 가슴에 공포심을 일으키게 했다. 더욱이 자기를 두려워하는 학생을 찾는 데 재주가 있는 고든 씨라 필립을 유달리 미워하는 것같이 보였다. 필립은 겨우 공부에 재미를 붙였으나 그 후부터 다시 학교에서 지내는 시간이 지옥같이 생각되었다. 섣불리 틀린 대답을 하여 야단을 맞느니 차라리 바보처럼 가만히 앉아 있는 것이 낫다. 일어서서 읽을 차례가 다가 오면 가슴이 쓰리고 두려움으로 새파래졌다. 즐거운 시간이라고는 퍼킨스 씨가 대신 수업을 맡을 때뿐이었다. 무엇보다도 교장 선생님의 백과 사전적 지식, 그것에 대한 필립의 맹렬한 호기심을 그는 마음껏 충족시켜주기 때문이었다. 이제까지도 그는 나이에 비해 여러 가지 종류의 책을 읽어왔다. 수업 중에 가끔 교장 선생님이 모두들에게 질문을 돌려가며 하다가 필립 앞에 와서 미소지으며(그것만으로 그는 무한히 기뻤다) 말했다.

"캐리, 네가 좀 말해봐." 한다.

그럴 때마다 올라가는 그의 좋은 성적이 고든 씨의 분노에 불을 질렀다. 어느날 필립이 해석할 차례가 되자 그는 필립을 무섭게 쏘아보며 미친 듯 엄지손가락을 물어뜯었다. 대단한 기세였다. 필립은 기어드는 소리로 시작하였다.

"더 큰소리로!" 무서운 고함 소리가 울려퍼졌다.

"어서, 어서 빨리 해!"

고함 소리는 점점 높아갔다. 결과는 알던 것도 날려보냈을 뿐이었다. 필립은 멍하니 활자만 바라보고 있었다. 고든 씨의 숨결이 거칠어졌다.

"모르면 왜 모른다고 말 안 해? 아는 거냐 모르는 거냐? 전 시간에 똑똑히 해석해주지 않았어? 딴전 부리느라고 듣지 않았지? 왜 말 못해, 이 바보같으니!"

그는 마치 필립에게 달려가려는 것을 억제하려는 듯 의자의 팔걸이를 꽉 붙들고 있었다.

전에는 걸핏하면 아이들의 멱살을 움켜잡아 숨이 막힐 지경으로 졸랐던 것이다. 앞이마에는 핏줄이 퍼렇게 서고 얼굴은 무서운 형상으로 변했다. 제정신을 가진 사람같지 않았다. 필립은 어제는 잘 알고 있었는데 지금은 하나도 생각나지 않았다.

"모르겠습니다." 허덕이듯 그는 말했다.

"왜 몰라? 자, 하나 하나 말해봐. 아는지 모르는지 금방 알아낼 테니까."

필립은 말없이 고개를 푹 숙이고 하얗게 질린 채 떨면서 서 있었다. 고든 씨의 숨결은 거칠대로 거칠어졌다.

"교장 말로는 네가 잘 한다는데, 뭐 모르겠다구? 어디다 대고 그런 말을 해! 하하하핫. 그게 박식(博識)이란 게로구나! 너 같은 놈이 어떻게 이 학급에 들어왔는지 알다가도 모르겠구나, 이 돌대가리야!"

꽤나 이 말이 마음에 든 모양이었다. 그는 한껏 큰소리로 또 다시 뇌었다.

"돌대가리! 돌대가리! 이 다리 병신, 돌대가리!"

이렇게 고함을 지르고 난 선생은 약간 화가 풀린 모양이었다. 순간 필립의 얼굴은 새빨개졌다. 선생은 필립에게 징계자 명부를 가져오라고 하였다. 필립은 들고 있던 교과서 〈시저〉를 내려놓고 잠자코 밖으로 나갔다. 징계자 명부는 잘못을 저지른 학생들의 이름이 죽 적혀 있는 검은 표지의 장부로, 세 번 적히면 매를 맞게 되어 있었다. 필립은 교장 선생님 방 문을 노크하였다. 퍼킨스 씨는 책상 앞에 앉아 있었다.

"교장 선생님, 징계자 명부를 좀 내주세요."

"거기 있다." 하고 그는 턱으로 가리키며 말했다.

"뭐 잘못이라도 저질렀니?"

"잘 모르겠습니다."

교장은 필립을 힐끗 바라보더니 아무 말 없이 일을 계속하였다. 필립은 명부를 가지고 물러나왔다. 수업이 끝나자 그는 교장 선생님에게 명부를 도로 가져갔다.

"어디 좀 보자. 고든 선생이지? '태도 극히 불순'이라, 흐음, 무슨 짓을 했니?" 교장 선생님이 물었다.

"잘 모르겠어요, 선생님은 다리 병신 돌대가리라고 하셨어요."

퍼킨스 교장은 그를 다시 한 번 훑어보았다. 어쩌면 이 대답이 빈정거림이 아닌가 하였으나 그런 태도치고는 어딘지 몹시 겁을 먹은 것 같았다. 얼굴은 창백하고 눈은 분명히 공포의 빛을 띠었다. 그는 일어나서 책을 내려놓았다. 그리고 대여섯 장의 사진을 집어들며 조용한 목소리로 말했다.

"친구가 오늘 아침에 아테네의 멋진 사진을 보내왔어. 이것봐, 이게 아크로폴리스."

한 장 한 장 설명해주었다. 그의 설명에 따라 폐허의 모습이 생생하게 떠올랐다. 디오니소스의 극장 자리를 보여주면서 어떤 모양으로 관객이 앉았으며, 또 극장 저쪽으로 보이는 것은 에게 해(海)라는 것도 설명해주었다. 그러다가 갑자기 그는,

"그래 이제 생각이 난다만 나도 예전에 고든 선생님 반이었을 때 언제나 이 집시 심부름꾼 녀석이, 집시 심부름꾼 녀석! 이런 소릴 들었었지."

그리고 사진에 열중한 필립이 그 말 뜻을 미처 생각할 겨를도 없이 벌써 교장은 사라미스의 사진을 보여주면서 손톱 가장자리가 꺼멓게 된 손가락으로 그리스 함대는 이쪽, 페르샤 함대는 저쪽 해가며 쌍방의 포진 상황을 설명해주고 있었다.

17

그 뒤 이 년 동안은 단조롭기는 하나 즐거웠다. 놀림을 받는 일도 같은 또래 아이들보다 더 받거나 하지도 않았다. 절름발이여서 경기에 참가하지 못했으므로 완전히 무시당했으나 차라리 그 편이 다행한 일이었다. 인기도 없고 그야말로 고독하였다. 삼학년 상급에서는 '눈깜박이' 밑에서 두 학기를 보냈다. 그는 권태에 짓눌린 듯한 사나이였다. 수업은 하지만 전혀 의욕이 없어보였다. 상냥스럽고 친절하고 그리고 우둔했다. 어린이의 인격을 존중하여 어린이로 하여금 거짓말을 하지 못하게 하려면 우선 무엇보다도 우리들 어른이, 어린이는 거짓말을 한다는 생각을 당장에 머리에서 추방할 것, 그것이 제일이라는 것이 그의 굳은 신념이었다. 그는 자주 다음과 같은 말을 인용하였다. '많은 것을 원하는 자는 많은 것을 얻으리라'고.

상급반 삼학년의 수업은 비교적 힘들지 않은 편이었다. 해석 시간만 하더라도 어느 줄이 차례로 돌아올지 곧 알 수 있었다. 더욱이 교실을 한 바퀴 돌아오는 컨닝 페이퍼로 이 분도 채 안 되어 필요한 해답을 얻을 수 있다. 질문이 돌아가는 사이에 무릎 위에 라틴어 문

법책을 살짝 펴놓고 읽을 수도 있었다. 생각할 수조차 없는 똑같은 실수가 여러 번 다른 연습 문제에서 거듭되어도 도무지 그는 이상스럽다고 느끼지 못했다. 그는 시험 따위는 별반 신용하지 않았다. 평상시보다 성적이 나쁘다는 것을 알고 있었기 때문이었다. 낙심 천만의 이야기지만 그러나 그런 것쯤 대단할 것은 없다. 굳이 진실을 비뚤어지게 만들고 좋아하는 뻔뻔스러움 외에는 거의 아무것도 배우는 것 없이 저절로 모두 상급으로 올라갔다. 아마도 이 적당주의가 뒤에 실생활에서는 라틴어 따위를 선 자리에서 억지로 읽을 수 있는 능력보다 훨씬 유리할 것으로 생각되기 때문이다.

다음에는 '콜탈'이 담임이 되었다. 이름은 터너였는데 노교사들 중에는 가장 원기가 있었다. 배가 나온 키 작은 사나이로 검은 수염은 이제 희끗희끗하고 살갗은 가무스름했다. 목사복을 입은 모양은 사실 어딘지 콜탈 통을 연상케 한다. 따라서 만약 학생들이 별명을 부르거나 하면, 그는 벌칙을 세워 반드시 백 줄의 필사를 시켰는데 그러면서도 교내 만찬회 같은 데에서는 곧잘 이 별명에 대해 농담을 벌이는 일도 있다. 교사들 중에서 첫손 꼽히는 세속적인 사람이었다. 누구보다도 외식을 많이 하고 교제 대상도 성직자만으로 한정되어 있지 않았다. 학생들은 오히려 그를 시시한 인간으로 알았다. 휴가만 되면 법의를 벗어버리고 화려한 트위드 양복 따위를 걸치고 스위스 등지로 돌아다닌다. 그는 포도주와 미식을 좋아하여 한 번은 카페 르와얄에서 꽤 친분이 있는 듯한 여성을 동반한 장면을 들킨 일이 있는데 그 뒤로 학생들은 그가 때로는 어떤 종류의 방탕——그 구체적 사실에 대해서는 결국 그 원죄적 인간악이라는 것을 무조건 믿을 수밖에 없지만——을 즐기는 것이라고 제멋대로들 결정하였다.

삼학년 상급에서 온 학생들을 어느 정도 길들이자면 적어도 한 학기는 걸린다는 것이 터너 씨의 계산이었다. 그리하여 가끔, 너희들 먼저 학급에서 어떤 짓을 했었는지 모조리 알고 있다는 것을 은연중에 비치는 것이었다. 하기는 크게 걱정하는 터는 아니다. 원래 그의 학생관은 요컨대 그들은 개구쟁이라는 것이고 그들로 하여금 거짓말을 하지 않게 하려면 거짓말은 반드시 탄로난다는 것을 알리는 게 제일이다. 그들의 염치라는 것은 그들만의 독특한 것이며 교사와 학생과의 관계에 적용할 수 있는 것은 아니다. 소득이 없다는 것을 알았을 때 비로소 정신을 차린다는 것이었다. 그는 자기 반을 크게 자랑으로 삼으며 쉰다섯인 지금도 차라리 처음 부임해왔을 때와 마찬가지로 제발 시험은 다른 어느 반보다 잘 치러 달라고 하는 열성파였다. 그는 화내기도 쉽지만 식는 것도 빨라 아이들도 입이야 사납지만 마음은 제법 친절하다는 것을 곧 알아차렸다. 바보, 천치에 대해서는 그야말로 용서 없었으나 버릇이 없거나 고집센 것은 일단 쓸만하다고 보기만 하면 자진하여 정성껏 보살펴줬다. 학생들을 차에 초대하는 일을 몹시 즐겼는데 그들은, 뭐 우리가 과자나 머핀에 눈이 어두운 것은 아니니까(즉, 그의 비만증은 맹렬한 식욕 때문이며 또 그 무서운 식욕은 촌충 때문이라는 것이 통설이었다) 하면서도 모두 초대에는 기꺼이 응했다.

이제 필립은 훨씬 재미있고 즐거웠다. 그 이유는 장소가 너무나 비좁아 상급 클래스에서는 전체가 학생의 자습실로 되었기 때문이었다. 이제까지는 커다란 홀에서 한데 거처하면서 거기서 모두 식사도 하고 하급생들과 같이 예습도 하게 되어 있어서 어쩐지 그것이 그는 여간 싫은 것이 아니었다. 가끔 사람들과 같이 있으면 견딜 수 없이 불안해지고 몹시 고독이 그리워지는 일도 있었다. 그럴 때 그는 혼자 교외로 산보 나갔는데, 거기는 푸르른 들에 시냇물이 한 줄기 흐르고 있었고 양편에는 다듬어진 나무들이 늘어서 있었다. 둑을 걷고 있으면 왠지 모르지만 그는 행복하였다. 피로해지면 풀 위에 엎드려 멀거니 피라미와 올챙이가 꼬리치는 모양을 바라보았다. 교정을 이리저리 거니는 것도 정말 즐거웠다. 교정 한가운데 있는 풀밭에서 여름 한철에는 네트 연습을 하는 때도 있었지만 다른 계절은 조용하기 그지 없었다. 간혹 학생들이 팔짱을 끼고 걸어다닐 때도 있었고, 공부하기 좋아하는 학생이 무엇인가 암송 숙제를 입 속으로 외며 방심한 듯 천천히 거니는 일도 있었다. 느릅나무 고목에는 한 떼의 까마귀가 몰려와 주위에 구슬픈 울음소리를 퍼뜨리고 있었다. 한편쪽으로는 중앙에 큰 탑이 있는 교회가 있어서 아직까지 미에 대해 아무것도 모르는 필립도 그것을 바라보았을 때는 무엇인지 자기로서도 알 수 없는 가슴 아픈 듯한 환희를 느꼈다. 학습실을 할당받았을 때 제일 먼저 사온 것은 거기서 바라보았던 교회의 사진이었는데 핀으로 책상에 눌러 꽂아놓았다. 그 다음에 그는 또다시 사학년 교실 창문에서 내다보는 경치에 마침내 흥미를 갖기 시작했다. 그것은 손질이 살된 해묵은 잔디밭과 울창한 숲을 내려다보고 있었다. 그는 어떤 기묘한 감정을 느꼈다. 더욱이 그것은 고통인지 쾌감인지를 알 수 없는 야릇한 감정이었다. 심미적 감정에의 첫 일깨움이었던 것이다. 또 다른 변화도 함께 일어났다. 목소리가 변했다. 자기로서도 어쩔 수가 없었다.

그때부터 그는 차 시간이 끝나면 곧 교장 선생님 서재에서 열리는 견신례 준비반에 참석하기 시작하였다. 어차피 필립의 신앙은 시간의 시련에서 견디어낼 성질의 것도 못 되었고 매일 저녁 성서를 읽는 습관은 이미 오래 전에 없어지고 말았다. 그러나 요즘 와서 첫째로 교장 선생님의 감화도 받고, 둘째로 최근 그를 불안하게 한 육체적 조건에 관한 일도 있어서 다시 지난 날의 감정이 되살아나 그 자신의 타락을 맹렬히 자책하게 되었다. 지옥의 겁화(劫火)가 그의 상상 속에서 무섭게 타오르고 있었다. 거의 이교도와 다름없는 이 모양으로 만일 죽기라도 한다면 지옥행은 의심할 여지도 없다. 암묵(暗默) 속에 영원한 겁고(劫苦)를 믿고 있었다. 영원한 행복 이상으로 굳게 믿고 있었다. 그리고 오늘날까지 지나온 위험을 생각하면 몸서리쳐졌다.

그로서는 견딜 수 없는 예의 그 굴욕에 허덕이고 있을 때 뜻하지 않게 퍼킨스 교장 선생님이 들려준 자애로운 말씀은 그로 하여금 교장 선생에 대한 지극한 존경심을 자아내게 해서 어떻게 해서든지 그의 마음에 들려고 애를 썼다. 어쩌다 한 번이라도 칭찬을 받으면 아무리 사소한 말이라도 소중하게 마음속에 간직하였다. 그래서 교장 사택에서의 이 작은 집회에 나가게 되었을 때도 처음부터 전적으로 순종할 각오였다. 눈 한번 깜짝하지 않고 뚫어지게 그의 번쩍이는 눈을 쳐다보고 입은 반쯤 벌어진 채 머리를 앞으로 내미는 듯한 자세로 한 마디라도 놓칠세라 열심히 들었다. 주위가 변화없는 사회니만큼 그들이 다루는 문제는 더욱 감동 깊게 느껴지며 교장 선생님 자신도 논제의 신비성에 도취되어 책을 밀어놓고 마치 심장의 고동이라도 진정시키듯 두 손을 가슴에 얹고 신앙의 신비성을 차근히 설파하는 것이었다. 때로는 이해가 안 가는 대목도 있었으나 굳이 알려고도 하지 않았다. 다만 막연히 느끼기만 하면 된다고 생각하였다. 그럴 때는 검고 듬성한 머리의 창백한 얼굴빛의 교장 선생님의 모습이 저 왕을 규탄한 이스라엘의 예언자같이도 보였으며, 또 구세주 예수를 머리에 그리면 그 환영은 으레 검은 눈의 그리고 혈색 나쁜 교장 선생님의 얼굴과 겹쳐지는 것이엇다. 퍼킨스 교장은 그의 이 일을 대단히 진지하게 생각하였다. 원래가 유머를 잘 하는 사람이어서 그로 인하여 교사들이 불성실하다고도 하지만 그것조차 이 시간에는 전혀 없었다. 바쁜 중에서도 견신례를 준비하는 소년들을 따로 접견하고 십오 분이나 이십 분간 지도하는 것이었다. 견신례가 그들의 삶에 있어서 최초의 가장 소중한 자각적 행위라는 것을 충분히 인식시키고 싶었던 것이다. 그들의 영혼 깊이 파고들어가 그 자신의 강렬한 신앙을 그들 마음속에 그대로 불어넣고 싶었던 것이다. 그리고 필립에게서 자기와 똑같은 정열의 가능성을 보았던 것이다. 그의 성질은 교장의 눈에는 본질적으로 종교적인 것으로 비쳤다. 어느날, 하던 이야기를 갑자기 중단하고 그가 말했다.

"너는 장차 무엇이 될까 하고 생각해본 적이 있니?"

"큰아버님은 성직자가 되라고 하셔요."

"네 생각은?"

필립은 눈길을 돌렸다. 자기는 도저히 성직자 자격이 없다고 말해버리기가 부끄러웠다.

"그렇지, 우리들 성직자 생활만큼 행복한 생활도 없을 것이니까. 얼마나 근사한 특권인가를 너도 알게 됐으면 싶구나. 사람은 모든 분야에서 각기 하느님께 봉사할 수는 있다. 그러나 우리 생활은 더 한층 하느님과 가깝다. 내가 네 마음을 어떻게 하려는 것은 아니다. 그러나 만일 네 마음만 결정된다면 지금 당장에라도 영원한 기쁨과 마음의 안정을 얻을 수 있을 것이다."

필립은 아무 대답도 하지 않았다. 그러나 교장은 방금 자기가 한 말을 필립이 잘 이해하고 있다는 것을 그의 눈빛으로 알 수 있었다.

"네가 이대로 계속하면 얼마 안 가서 전교 최우등생이 될 것이다. 졸업할 때 장학금을 받게 된다는 것은 틀림없다고 믿어도 돼. 그런데 네 재산은 얼마나 되지?"

"큰아버님 말씀이 제가 스물한 살이 되면 한 해에 백 파운드는 받을 수 있다던데요."

"그럼 부자구나. 난 한푼도 없었어."

교장은 한동안 머뭇거리다가 앞에 놓인 압지에 연필로 선을 그으면서 말을 이었다.

"직업 선택이라는 문제에 있어 뭐니해도 너는 제한이 되어 있어. 첫째 신체적인 활동을 요구하는 직업은 택할 수 없을 테니까."

자기의 불구에 대한 말이 나올 때마다 언제나 그렇듯이 필립은 머리끝까지 빨개졌다. 퍼킨스 씨는 엄숙한 표정으로 그를 바라보았다.

"너는 너의 불행에 대해서 너무 신경을 쓰는 것 같구나. 그것 때문에 오히려 하느님께 감사한다는 생각은 없었니?"

필립은 번쩍 눈을 들었다. 그리고 입술을 꼭 깨물었다. 전에 자기가 남의 말을 곧이 듣고 하느님께서 그 옛날 문둥이와 맹인을 고쳐주신 것처럼 자기 다리도 고쳐주시리라고 몇 달이나 애써 기도한 일을 생각해내었기 때문이었다.

"불행을 반항적으로 받아들인다면 그것은 너에게 부끄러움이 될 수밖에 없지만 그러나 만일 네가 그것을 하느님의 은총의 표시로 받아들이고, 그것을 충분히 짊어지고 나갈 수 있겠기에 네게 주신 십자가로 생각한다면 그것은 비참한 불행이기보다는 오히려 큰 행복의 원천이 될 것이다."

자신의 불행에 대해 이야기하는 것을 필립이 싫어한다는 것을 알고 그날은 그대로 돌려보냈다.

필립은 교장 선생님의 말을 몇 번이나 되생각해보았다. 그리고 이윽고 다가올 견신례에 온 정신이 쏠리게 되자 그 어떤 신비적 법열에 사로잡혔다. 그의 정신은 육체의 멍에에서 해방되고 무엇인가 새로운 삶을 사는 것같이 생각되었다. 온갖 정열을 기울여 완전해지기를 열망하였다. 모든 것을 내던져 하느님께 봉사하고 싶었다. 그리고 성직자가 될 것을 굳게 결심하였다. 마침내 그날이 되자 그의 마음은 그때까지의 모든 준비, 가령 공부한 서적, 아니 그보다도 특히 압도하는 듯한 교장의 감화력에 감동되어 기쁨과 불안으로 거의 가만히 있을 수가 없었다. 다만 하나, 마음을 괴롭히는 것이 있었다. 그것은 성단 앞을 홀로 걸어가야 할 일이었다. 식에 참례한 전교 학생들 뿐만 아니라 일반 시민들과 자녀의 견신례를 보러온 어버이들에게까지 자기의 병신 다리를 여지없이 보여주어야 할 일이 불안하였다. 그러나 막상 그 시간이 되었을 때 그는 그 굴욕도 즐거이 받아들이겠다는 결심이 솟아올랐다. 그리하여 그 높다란 사원의 둥근 천장 아래를 조그맣고 초라하게, 마치 겨자씨처럼 성단을 향해 걸어가면서 그는 뚜렷이 의식하고 자신의 불구를 그를 사랑하시는 하느님께 바치는 제물로 삼았던 것이다.

18

그러나 필립은 산정의 맑은 대기 속에 오래 살지는 못했다. 언젠가 처음으로 신앙의 열정에 사로잡혔을 때 일어났던 일이 이제 또 일어난 것이다. 그는 신앙의 아름다움을 너무나 강렬하게 느꼈고, 자기 희생에의 열망이 마치 보석과 같은 빛을 내면서 그의 가슴속에서 불타오르면 오를수록 그 소망에 대한 자신의 힘의 부족을 뼈아프게 느꼈다. 격한 정열에 지쳐버린 것이다. 그의 영혼은 갑자기 기이한 목마름으로 가득 찼다. 그를 에워싸고 늘 같이 계시던 하느님의 존재가 점차 잊혀지기 시작했다. 그리고 모든 종교적 일과도 빠짐없이 지키기는 했으나 형식적인 것이 되고 말았다. 그래도 처음에는 이 마음의 변화에 대해 스스로 책하고 지옥의 불에 대한 공포가 다시금 정열을 깨워주었으나 정열 그 자체가 사라져갔으므로 점차 다른 일에 대한 관심이 마음을 어지럽게 하였다.

친구도 거의 없었다. 독서하는 습성이 그로 하여금 사람을 멀리하게 만들었던 것이다. 어떻든 독서가 그에게는 절실히 필요했기 때문에 얼마동안 친구들과 같이 있게 되면 곧 지쳐서 초조해지는 것이었다. 더욱이 독서에서 얻은 광범위한 지식 때문에 우쭐해서 마음은 언제나 긴장해 있었다. 친구들의 어리석음에 대한 경멸을 감추는 재간조차 없었던 것이다. 자만심이라고 모두들 비난하였다. 더욱이 그의 뛰어난 점이라는 것이 그들의 눈에는 실로 하찮은 것이어서 대체 무엇이 그다지도 자랑스러우냐고 그들은 비웃음조로 묻기도 했다. 마침 그때 그에게는 일종의 해학이라고 할까, 그런 버릇이 생겨나 상대방의 아픈 데를 찌르는 비상한 재주를 갖게 된 듯하였다. 그것이 남의 마음을 얼마나 상하게 하는지는 생각하지도 않고 다만 자신이 재미있으므로 흔히 했던 것이다. 그러면서도 피해를 받은 상대방이 자기를 미워한다는 사실을 알게 되면 그는 몹시 화를 내었다. 처음 학교에 왔을 때 받은 숱한 굴욕이 자기도 모르는 사이에 친구들에 대한 일종의 공포심을 품게 하였고 그것을 끝내 이겨내지 못하고 소극적이고 말없는 성격이 되어버렸다. 그는 동무들의 인기를 마음속으로 동경하면서도 언제나 호감을 사지 못할 일만 하고 다녔다. 개중에는 이와 같은 인기라는 것을 수월하게 얻는 소년도 있었다. 그것을 또 그는 멀리서 바라보고 감탄해마지 않았다. 그와 같은 축들에 대해 굳이 밉상을 부리고 빈정대면서 약올리면서도 다른 한편으로는 만약 바꿀 수 있다면 어떤 대가를 치러도 좋다는 마음도 드는 것이었다. 그뿐 아니라 팔다리만 멀쩡하다면 학교에서 제일 머리가 우둔한 아이하고라도 서슴없이 바꾸리라 생각했다. 그에게는 묘한 습관이 생겨났다. 가령 누구라도 자기 마음에 드는 아이가 있으면 그는 어느 틈에 그 아이가 된 것처럼 상상해버리는 것이었다. 다시 말하면 자신의 영혼을 그 아이 속에 던져버리고 그의 목소리로 말하고 그의 웃음으로 웃는 것이었다. 그 아이가 하는 일은 그대로 모두 자기가 하고 있다고 상상했다. 더욱이 그것이 기이할 정도로 선명하여 순간적으로나마 이렇게 하여 실로 자주 기괴한 행복감에 잠기는 일도 있었다. 견신례가 끝나고 겨울 학기로 접어들자 그의 학습실이 변경되었다. 이번에 같은 방에 있게 된 학생 중에 로즈라는 아이가 있었다. 필립과 같은 학급 아이였는데 언제나 그가 부러움에 가까운 찬탄으로 바라보아오던 미소년은 아니었다. 큰 손과 건장한 뼈대는 장차 거한이 될 것같이 보였으나 미끈한 체격은 아니었다. 다만 그 눈만은 자못 매력적이어서 웃을 때면(언제나 웃는 얼굴이었다) 얼굴 전체가 눈을 중심으로 하여 잔주름이 물결처럼 일어나 보는 사람의 마음에 한결같은 호감을 안겨주었다. 특별히 머리가 좋은 편은 아니었지만 둔한 편도 아니었다. 중간 정도의 성적이었는데 운동 경기면이 뛰어났다. 선생들과 학생들 사이에 인기가 대단했고 그 역시 누구에게나 차별없이 호의를 보였다.

필립이 새로 입실하니 지난 세 학기 동안 함께 있어 온 고참 학생들의 환영 태도가 몹시 냉담하다는 것을 느끼게 되었다. 어쩐지 침입자 같은 마음이 들어 불안스러웠으나 그는 이미 자기의 감정을 감추는 일쯤은 몸에 배어 있는 터이라, 아이들은 그를 조용하고 조심성스러운 사람으로 보는 모양이었다. 로즈에 대해서는 그도 역시 다른 아이들과 마찬가지로 끌렸으나 오히려 그 앞에서는 무뚝뚝한 태도를 취했다. 그리고 이 때문인지(왜냐하면 필립은 그것이 결국 그가 지니고 있는 일종의 매력이라는 것을 알고 있었고 무의식적으로 그것을 쓰는 것이었지만) 혹은 그저 친절한 마음에서인지는 모르겠지만 하여튼 그를 친구의 한 사람으로 맞아들인 사람이 바로 로즈였다. 그가 어느날, 갑자기 축구장에 가자고 말을 건네왔다.

"난 빨리 못 걸어."

"쓸데없는 데 신경 쓰지 말고 가자."

막 출발하려고 할 때 한 아이가 문을 열고 로즈에게 같이 가자고 말했다.

"안 돼, 캐리와 같이 가기로 했는걸." 하고 그는 대답했다.

"난 괜찮아."

필립은 당황하여 입을 열었다.

"난 괜찮대두."

"쓸데없는 소리 마."

그는 언제나 호감을 주는 그 눈웃음을 지으면서 그를 보며 웃었다. 그 순간 필립은 그 어떤 형용하기 어려운 기묘한 마음의 설렘을 느꼈다.

두 사람의 우정은 그 순간에 아이들다운 속도로 성장하여 떼려야 뗄 수 없는 것이 되어버렸다. 다른 아이들은 이들이 너무나 갑작스레 친한 것을 보고 놀라면서 그 아이의 어디가 좋으냐고 로즈에게 물었다.

"글쎄 그건 모르지만 어쨌든 나쁜 아이는 아니야." 하고 그는 대답했다.

얼마 안 가서 두 사람이 팔짱을 끼고 교회로 가거나 이야기를 나누며 교정을 거니는 모습에 그들은 익숙해졌으며, 두 사람은 마치 수레의 양쪽 바퀴처럼 같이 다녔다. 끝내는 일종의 소유권 비슷한 것을 인정하게 되어 로즈에게 볼 일이 있는 아이는 필립에게 쪽지를 전할 정도였다. 처음에 필립은 소극적이었다. 자랑스러움을 가슴 가득히 느끼면서도 그것에 빠져버리는 일은 없었다. 그러나 그의 운명에의 불신감도 마침내 이 벅찬 행복감에 지고 말았다. 로즈야말로 이제까지 만난 사람 중 가장 멋있는 사람이라고 생각했다. 책 같은 것은 이제 중요한 존재가 못 되었다. 그를 끄는 무한히 중대한 관심사가 따로 생겼기 때문이다. 로즈의 친구들은 자주 차 시간에 모이고 또 달리 할 일이 없으면 그대로 앉아 놀다가 가는데 로즈는 함께 모여서 떠드는 것이 좋았던 모양이다. 그들도 모두 필립을 좋은 친구라고 생각하였다. 그는 행복하였다.

학기말이 되자 두 사람은 어느 기차로 돌아올 것인가를 미리 약속해두었다. 정거장에서 만나 학교에 들어가기 전에 시내에서 잠깐 차를 마시자는 것이다. 필립은 내키지 않는 기분으로 귀성하였다. 방학 중에도 내내 로즈 생각에 잠겨 있었으며 새학기에는 둘이서 무얼 하고 지낼까 하는 따위의 공상만 하였다. 목사관은 이제 싫증이 났다. 백부는 방학도 끝나게 되면, 하고 농담조로 늘 하는 질문을 하였다.

"어때, 학교에 돌아가는 것이 즐겁지?"

"물론이죠." 하고 필립은 기쁜 듯이 대답했다.

정거장에서 어김없이 만날 수 있도록 그는 여느 때보다 하나 앞선 기차로 출발하여 플랫폼에서 한 시간이나 기다렸다. 로즈가 도중에서 갈아탄 파버샴에서 오는 기차가 도착하자 설레는 가슴을 안고 차창 밖을 보며 달렸다. 한데 로즈가 타고 있지 않았다. 포터에게 다음 기차의 도착 시간을 확인한 다음 그대로 기다렸다. 그러나 또 실망이었다. 춥고 배도 고팠다. 할 수 없이 골목길과 빈민가를 빠져 지름길로 학교로 돌아왔다. 학습실로 뛰어들어가자 로즈가 있었다. 난로에 발을 뻗고 아무 데나 마구 걸터앉은 육칠 명의 아이들을 상대로 하여 열심히 지껄이고 있었다. 반가운 듯이 필립의 손을 잡았다. 그러나 필립은 풀이 죽었다. 약속을 까맣게 잊어버렸다는 것을 알았기 때문이다.

"왜 이렇게 늦었니? 난 네가 안 오는 줄만 알았어." 하고 로즈가 말했다.

"그렇지만 넌 네 시 반에 정거장에 있었잖니?" 하고 또 한 아이가 말했다. "난 도착했을 때 널 봤어."

필립은 낯이 붉어졌다. 기다리고 있었다는 것을 로즈에게 알리기가 싫어서였다.

"우리 집과 잘 아는 사람을 전송나갔었어." 슬쩍 말을 꾸며댔다.

그러나 역시 실망은 그의 마음을 어둡게 했다. 묵묵히 앉아 묻는 말에 마지못해 대답할 뿐이었다. 로즈와 둘이 되면 물어보리라 마음먹었다. 딴 아이들이 다 가버리자 로즈는 금방 다가와 그가 앉은 의자 팔걸이에 걸터앉았다.

"좀 좋아, 이번 학기에도 같이 있게 됐으니." 필립과 다시 만나 정말로 기쁜 모양이었다. 그렇게 생각하니 필립의 마음은 풀어졌다. 잠시도 헤어져 있지 않았던 것처럼 두 사람은 끊임없이 여러 가지 이야기에 열중하였다.

19

처음에 필립은 로즈의 우정에 감사했을 뿐 그로서는 아무런 요구도 하지 않았다. 다만 있는 그대로를 받아들이고 그것만으로 충분히 행복하였다. 그러나 얼마 안 가 로즈의 팔방미인적인 태도에 화가 나기 시작했다. 보다 독자적인 우정이 아쉬웠다. 이제까지는 다만 은혜로 받아들이던 것을 이번에는 권리로 요구하게 되었다. 로즈와 딴 아이들의 교제를 그는 질투의 눈으로 보았다. 그리고 무리한 일이라고 생각하면서도 때로는 로즈에게 심한 말을 한 적도 있었다. 로즈가 남의 방에서 한 시간씩이나 부질없이 떠들고 오기라도 하면 공연히 화가 나서 심술을 부렸다. 온종일 부어 있을 때도 있었다. 그러나 로즈는 그의 기분을 모르는지 아니면 알면서도 일부러 그러는지 필립의 애만 더욱 애태울 뿐이었다. 흔히 그는 어리석은 줄 알면서도 일부러 싸움을 걸어 이틀 사흘 서로 말을 안 한 때가 있었다. 그러나 그는 도저히 오랫동안 화를 내고 있을 수가 없어서 자기가 정당하다는 확신이 있을 때조차 결국은 굽히고 들어갔다. 그리하여 한 주일은 그 전대로 친해진다. 그러나 우정의 전성기는 지나갔다. 로즈로서는 단순한 습관에서가 아니면, 화를 내면 성가시다는 생각에서 함께 거닐어준다는 것을 필립도 알 수 있었다. 처음 만났을 때같이 자주 이야기하지도 않았으며 지루해했다. 나의 절름발이가 마침내 로즈의 눈에 거슬리게 되었구나 하고 필립은 느꼈다.

학기가 끝날 무렵에 두어 명의 학생이 성홍열에 걸려 전교생들의 전염을 막기 위해 전학생을 귀성시키자는 이야기가 나왔다. 그러나 병자는 격리 수용되고 그 뒤 새로운 환자가 나오지 않아 일단 전염병은 그친 것으로 생각되었다. 그런데 그 환자 중의 하나가 필립이었다. 봄 방학은 내내 병원에서 지냈고 여름 학기초에 정양을 해야 한다고 해서 목사관으로 돌아왔다. 의사가 이제는 전염의 우려는 전혀 없다고 했음에도 불구하고 캐리 씨는 매우 경계하면서 그를 맞아들였다. 의사가 회복기에는 바닷가에서 요양을 하라고 했기 때문에 다른 데는 보낼 만한 곳이 없었으므로 하는 수 없이 맞아들이기로 동의한 데 지나지 않았다.

필립은 학기 도중에 학교로 돌아왔다. 로즈와 다툰 일은 다 잊어버리고 그가 둘도 없는 친한 벗이라는 사실만 기억하고 있었다. 자기가 어리석었던 것이다. 앞으로는 좀더 현명해져야겠다고 마음먹었다. 정양 중에도 로즈는 두 번 짧은 글을 보냈는데 끝은 반드시 '빨리 나아서 돌아오라'는 말로 끝맺고 있었다. 필립은 로즈도 자기와 마찬가지로 어서 만나고 싶어 못 견뎌하고 있는 줄 알고 있었다.

학교에 돌아와보니 육학년 학생 하나가 성홍열로 죽었기 때문에 다소 학습실 편성에 변화가 생겨 로즈는 다른 방으로 옮겨가고 없었다. 실망이 컸다. 도착하자마자 그의 방으로 뛰어갔다. 마침 로즈는 한터라는 아이와 같이 책상 앞에서 공부하고 있다가 그가 들어서자 사뭇 못마땅하다는 듯이 돌아보았다.

"누구야, 대체?" 하고 고함쳤으나 필립이라는 것을 알자, "아아, 너니?" 하였다.

필립은 어리둥절하여 그 자리에 섰다.

"뭘 하나 들러본 거야."

"공부하고 있었어."

그러자 한터가 옆에서 물었다.

"언제 왔니?"

"오 분밖에 안 돼."

두 아이는 필립을 방해자나 되는 듯이 바라보았다. 어서 나가달라는 얼굴이었다. 필립은 얼굴이 화끈 달아올랐다.

"그럼 난 가겠어, 끝나거든 들러."

그가 로즈에게 말했다.

"그렇게 하지."

필립은 문을 닫고 절룩거리며 자기 방으로 돌아갔다. 무섭게 화가 났다. 로즈 녀석 반가워하기는커녕 싫은 얼굴을 하다니, 그리고 보면 처음부터 단순한 학우 이상의 아무것도 아니었는지 모른다. 그래도 행여 로즈가 오면 어쩌나 하고 방 밖으로 한 발짝도 나가지 않고 기다리고 있었으나 끝내 나타나지 않았다. 그 이튿날 아침 기도 시간에 나갔더니 로즈와 한터가 팔짱을 끼고 걸어오고 있는 것이 아닌가. 그 밖에 목격하지 못한 일들은 딴 아이들이 알려주었다.

초 중등학교 생활에서 삼 개월이라면 지극히 오랜 시간이라는 것 .

을, 그리고 또 필립이야말로 외톨이로 지내왔으나 로즈는 넓은 세상에서 살았다는 것을 그는 잊고 있었던 것이다.

말하자면 빈 자리는 한터가 알뜰히 메우고 있었던 것이다.

은연중에 로즈가 자기를 피한다는 것을 알았다. 그러나 필립은 잠자코 사태를 용납하는 인간은 아니었다. 로즈가 혼자 있을 때 그의 방으로 갔다.

"들어가도 괜찮아?"

로즈는 난처하다는 표정으로 그를 보았다.

"들어오고 싶거든 들어오려무나."

"그거 고마운데."

필립도 빈정대듯 말했다.

"무슨 볼일이야?"

"너, 내가 돌아온 뒤로 어쩌면 사람이 그렇게 변했니?"

"무슨 바보 같은 소릴."

"한터의 어디가 그렇게 좋지? 난 모르겠구나."

"무슨 상관이야?"

필립은 눈길을 떨어뜨렸다. 가슴에 가득한 것이 아무래도 입 밖에 나오지 않았다. 어쩐지 스스로 품격을 떨어뜨리는 느낌이었다. 로즈는 자리에서 일어났다.

"난 체육관에 가야 해."

그가 문을 나서려고 할 때 필립은 과단성있게 말했다.

"로즈, 너, 너무 인정없이 굴지 마."

"쳇, 바보 같은!"

로즈는 문을 쾅 닫고 밖으로 나가버렸다. 혼자 남은 필립은 노여움으로 몸이 부들부들 떨렸다. 자기 방으로 돌아와 그들이 나눈 대화를 되씹어보았다. 이제는 로즈가 미웠다. 어떻게 해서든지 골탕 먹일 걸 그랬구나 싶었다. 이렇게 말해주었으면 좋았을걸, 하고 생각되는 뼈아픈 말들이 연달아 머릿속에 떠올랐다. 우정도 이제 마지막인가 생각하니 슬펐다. 그리고 보니 온 학교에 소문이 퍼져 웃음거리가 된 모양 같았다. 필립은 신경이 곤두서서 자기 일 같은 건 염두에 없는 터인데도 소년들의 일거수 일투족이 모두 자신에 대한 조소나 비평으로밖에 생각되지 않았다. 그들의 주고받는 말투까지 상상하였다.

"결국 오래 갈 게 아니었어. 캐리 녀석을 지금까지 참아온 것만 해도 장하단 말야."

그는 또 아무렇지도 않다는 것을 과시하기 위해 미워하고 멸시해온 샤프라는 학생과 갑자기 무섭게 친해졌다. 샤프는 런던 출신으로 침울하고 몸맵시가 너저분하였다. 코 밑에 수염이 나기 시작하고 송충이 같은 눈썹이 미간을 잇고 있다. 손은 부드럽고 나이에 어울리지 않게 몸가짐이 차분했다. 말투에는 약간 런던 사투리가 섞여 있었다. 역시 둔해서 운동경기를 못 했는데 무엇이거나 강제적인 일이라면 교묘하게 피하는 그야말로 핑계 잘하는 천재였다. 그는 급우들이나 선생들로부터 막연하게 미움을 받았는데 지금 필립이 특히 그에게 접근한 것은 순전히 어떤 오만에서였다. 두어 학기 지나면 그는 일 년쯤 독일에 가게 되어 있었다. 그는 도무지 학교라는 게 싫었다. 그것은 기껏해야 사람이 성장해서 세상에 나갈 때까지 어떻든 참아나가야 하는 일종의 굴욕 정도로밖에 여겨지지 않는 것이었다. 좋아하는 것은 런던뿐이었다. 그리고 방학 중 거기에서 일어난 여러 가지 일을 재미있게 이야기해주었다. 그의 이야기——부드럽고 나직한 목소리로 말하였다——를 들으면 런던의 밤거리의 공기를 막연하게나마 느낄 수 있었다. 필립은 빨려드는 것 같은 동시에 반발하는 듯한 미묘한 느낌으로 솔깃해서 이야기를 들었다. 극장 주변에 몰려든 인파와 싸구려 식당의 번쩍이는 전등불, 그리고 술집에서 엉망으로 취한 사나이들이 높다란 의자에 걸터앉아 여급들과 수작을 하는 광경, 그런가 하면 가로등 아래 환락을 찾아 헤매는 군중의 신비로운 물결 등을 그는 역력히 보는 것 같았다. 샤프는 홀리웰 로우에서 나오는 싸구려 소설책을 곧잘 빌려주기도 했다. 필립은 그것을 침실에서 야릇한 불안감을 느끼며 읽었다.

꼭 한 번 로즈가 화해를 제의해왔었다. 마음씨 좋은 소년이라 적을 만들기 싫었던 것이다.

"이봐 캐리, 넌 왜 그렇게도 바보 같은 생각만 하고 있니? 날 그렇게 억지로 피해서 속이 시원할 게 뭐가 있니?"
"네 말 잘 알아듣지 못하겠어."
필립이 대꾸하였다.
"말하자면 말야, 서로 얘기라도 하고 지내잔 말야."
"너란 인간이 싫단 말야."
"흥 아무렴!"
로즈는 어깨를 으쓱해보이고 가버렸다.

강한 충격을 받으면 언제나 그랬지만 필립은 얼굴이 창백해지고 심장이 마구 뛰었다. 로즈가 나가버리자 별안간 견딜 수 없이 서글펐다. 왜 그렇게 대답하고 말았단 말인가, 로즈와 다시 친해지기 위해서는 어떤 짓을 해도 좋다고조차 생각했었는데, 어떻든 그와 그렇게 싸운 것은 서투른 일이었다. 그에게 고통을 주었다고 생각하니 슬펐다. 하지만 그때는 어떻게도 할 수 없었다. 악마에 사로잡혔다고나 할까. 자진하여 악수를 청하고 먼저 화해를 빌었어야 했는데 자기도 모르게 그만 심한 소리를 해버리고 말았다. 확실히 한 마디 뼈아픈 말을 해주고 싶은 마음은 있었다. 자기가 받은 고통과 굴욕에 대해 어떻게 해서든지 복수해주고 싶은 마음은 있었다. 자존심이다. 그것은 동시에 어리석은 생각이기도 하였다. 왜냐하면 그 자신은 혼자서 약이 올라 괴로워하였으나 로즈는 전혀 아무렇지 않게 생각하고 있었다는 것을 알았기 때문이다. 오히려 이편에서 로즈에게 가서 "내가 나빴다. 그런 몹쓸 말을 다 하고, 하지만 어쩔 수 없었어. 내 꼭 보상은 할 거야."라고 말해주고 싶은 마음도 들었다.

그러나 그런 짓은 도저히 해낼 수 없다는 것을 잘 알고 있었다. 그것은 로즈의 비웃음을 살 것이 틀림없다고 생각하니 자신에 대해 화가 나서 견딜 수 없었다. 그리고 얼마 후 샤프가 들어오자 그를 상대로 싸움을 시작했다. 필립이라는 아이는 남의 약점이나 급소를 꼬집어내는 데는 악마적인 본능을 갖추고 있었다. 따라서 그것이 들어맞는 만큼 더욱 상대방에게 고통을 줄 만한 신랄한 말을 하는 데 있어서도 다시없는 명수였었다. 그러나 이 경우 정통을 찌른 것은 샤프였다.

“방금, 로즈가 메일러에게 네 얘기를 하는 걸 들었어. 메일러가 하는 말이, 왜 한 번 보기 좋게 차주지 않았어? 그렇게 하면 버릇이 좀 고쳐질 텐데, 라는 거야. 그러니까 로즈가, 그 따위 절름발이는 차서 무엇해, 하지 않겠니?”

필립은 순간 얼굴이 새빨개졌다. 대꾸하려 해도 말이 나오지 않았다. 목이 메어 거의 말조차 할 수 없는 상태가 되어버렸다.

20

필립은 육학년으로 진급했다. 그러나 이제 그는 진심으로 학교를 미워하게 되었다. 야심을 잃고 보니 성적이 좋아지든 나빠지든 통 관심이 없었다. 아침에 깨어나 또 지루한 하루를 보낼 생각을 하면 맥이 탁 풀렸다. 모든 제한과 속박이 싫어졌다. 그 제한과 속박이 부조리하므로 싫은 것이 아니라 제한과 속박이기 때문에 견딜 수가 없었던 것이다.

자유가 그리웠다. 이미 알고 있는 일을 되풀이한다든지 머리 나쁜 놈을 위해 미리부터 아는 사실을 다시 배우는 데는 정말 견딜 수가 없었다.

퍼킨스 씨의 강의는 듣고 싶은 사람은 듣고 듣기 싫은 사람은 안 들어도 그만이었다. 그는 열심인가 하면 한편 또 될 대로 되라는 식이기도 했다. 육학년 교실은 예전 수도원을 개수한 건물의 일부로서 창문 같은 것도 고딕식이었다.

필립은 싫증이 날 때면 몇 번이고 거듭 이 창문을 그리며 시간을 보냈다. 또 때로는 전혀 상상만으로 터켄베리 사원 탑이라든가 구내로 통하는 문을 그려보기도 했다. 그에게는 그림 재주가 있었다. 루이자 백모는 젊었을 때 수채화를 그렸던 모양으로 교회나 오래된 다리, 아름다운 집들을 사생한 앨범을 지금도 몇 권 갖고 있어서 가끔 목사관에서 열리는 티 파티에 자주 그것이 나왔다. 언젠가 백모는 필립에게 크리스마스 선물로 그림 물감을 선사한 일이 있었다. 그래서 그는 백모의 그림을 본보기로 그림 그리기를 시작하였다. 예상 외로 그림이 훌륭했고 얼마 안 있어 혼자서 조그만 그림을 그릴 수 있게 되었다. 백모도 그를 격려해주었다. 장난을 못 하게 하는 데는 썩 좋은 방법이고 또 뒤에 그가 그린 그림이 자선회에서 한몫 볼는지도 모를 일이다. 그 중의 두어 장은 액자에 넣어져 그의 침실에 걸려 있다.

어느날 오전 수업이 끝나고 밖으로 절뚝절뚝 걸어나가고 있을 때 퍼킨스 씨가 그를 불렀다.

"캐리, 네게 잠깐 할 말이 있어."

필립은 서서 기다렸다. 교장 선생은 여윈 손가락으로 턱수염을 어루만지며 필립을 내려다보았다. 무엇인지 하고자 하는 말을 이리저리 되생각하는 모양이었다.

"캐리, 너 요즘 웬일이냐?"

그는 불쑥 이렇게 말을 꺼냈다.

필립은 새빨개지며 얼른 고개를 들어 그를 쳐다보았다. 하지만 이제는 그의 사람됨을 잘 알고 있기 때문에 대답도 하지 않고 잠자코 다음 말을 기다렸다.

"요즘 네게 여러 가지 하고 싶은 말이 있다. 게으름만 피우고 말야. 공부에 흥미를 잃은 모양이지? 아주 해이해지고, 안 돼요."

"죄송합니다."

"하고 싶은 말은 그것뿐이냐?"

필립은 침울한 표정으로 고개를 숙였다. 그러나 지긋지긋할 만큼 권태를 느끼고 있다는 말을 어떻게 감히 입 밖에 낼 수 있단 말인가.

"알았나, 이번 학기는 낙제다. 진급은 말도 안 돼. 나로서는 좋은 성적을 줄 수가 없어."

필립의 성적표가 목사관에서 어떤 취급을 받는가를 그대로 이야기한다면 퍼킨스 씨는 무어라 할 것인가를 생각해보았다. 먼젓번에도 성적표가 조반 때 도착하자 캐리 씨는 한 번 흘긋 보고는 필립에게 넘겨주었다.

"자 성적표다, 잘 봐두어."

헌 책방의 서적 목록이 들어 있는 봉투를 뜯으며 백부는 말했다.

필립이 들여다보는 것을 보고 백모가 묻는다.

"성적이 좋으냐?"

"더 좋아져야 할 텐데 이상스러운데요." 하고 웃으면서 대답하고 백모에게 넘긴다.

"나중에 안경을 쓰고 봐야지."

백모의 말이다.

그러나 조반 후에 메어리 앤이 들어와 '푸주 주인이 왔습니다.' 하고 말한다. 그렇게 되면 백모는 웬만한 일은 잊어버리고 만다.

퍼킨스 씨는 말을 계속했다.

"나는 네게 실망했어. 도무지 알 수가 없구나. 너는 하려고만 하면 무엇이든지 할 수 있다. 한데 지금에 와서 아무것도 하기 싫어진 모양이니 어찌된 셈이냐. 다음 학기엔 학생회장을 시킬까 하고 생각했는데 아무래도 두고 봐야겠는걸."

필립은 얼굴을 붉혔다. 경원되었다고 생각하니 기분이 유쾌하지 못했다. 입술을 꽉 깨물었다.

"할 말이 또 있다. 장학금에 대한 것도 이제 생각해볼 때가 왔어. 좀더 열심히 공부하지 않으면 아무것도 하지 못해요."

필립은 교장의 이런 훈계가 귀찮았다. 교장이 그리고 자신이 한없이 미웠다.

"옥스퍼드에는 안 갈 생각입니다."

"그건 또 왜? 너는 성직자가 되길 원하는 줄 알았는데."

"생각을 바꾸었습니다."

"왜?"

필립은 대답하지 않았다. 퍼킨스 교장은 늘 하는 버릇대로 마치 페루지노의 그림에 나오는 사람처럼 이상한 몸가짐으로 무슨 생각에 잠긴 듯 터수염을 손가락으로 매만졌다. 마치 필립의 마음을 더듬는 듯이 지그시 얼굴을 바라보다가 이윽고 가도 좋다고 말했다.

아무래도 납득이 가지 않았던 모양이었다. 한 주일이 지난 어느날 밤, 필립은 서류를 가지고 교장 선생의 서재에 가지 않으면 안 되었다. 그는 거기서 또 그 이야기를 꺼냈다. 다만 이번에는 완전히 태도가 달라졌다. 교사 대 학생이 아니라 인간 대 인간으로 상대해왔다. 이제 새삼스럽게 필립의 성적이 나쁘다든지 옥스퍼드 대학 진학에 필요한 장학금을 저마다 얻으려는 심한 경쟁에서 필립의 입장이 불리하다든지 하는 따위는 큰 문제가 아닌 것 같았다. 문제는 장래의 방침에 관한 필립의 마음이 변했다는 그 점이었다. 교장은 성직에 대한 필립의 열의가 다시 한 번 타오르도록 하기 위해 설득을 했다. 우선 실로 교묘하게 감정에 호소해왔다. 이 점은 교장 자신의 감정이 이미 진실하게 감동되어 있었으므로 지극히 순조로웠다. 너의 변심은 너무나 아깝다, 장차 무엇이 될 셈인지는 모를 일이나 인생의 행복에의 기회를 일부러 버리는 것이나 마찬가지라고 생각하는데, 하는 이것은 확실히 설득적인 어조였다. 필립이라는 사나이는 겉으로는 매우 냉정해보이지만——그는 원래 타고난 체질이기는 하지만 학교에서의 습관도 있어 갑자기 확 얼굴을 붉히는 외에는 별로 자기 감정을 나타내는 일이 없었다——사실은 대단히 감정적이어서 남의 감정에 따라 쉽사리 움직이는 경향이 있었으므로 이때도 곧 교장 선생의 말에 감동하였다.

　교장 선생이 그만큼 자기를 생각해준다는 것을 생각할 때 너무나 고마웠으며 자기의 행동이 그다지도 교장을 슬프게 했는가 생각하니 양심의 가책을 느꼈다. 학교 전체의 일을 돌봐야 할 바쁜 교장 선생이 자기의 일을 이렇게 염려해주는 것을 생각할 때 약간 자랑스럽기도 했으나, 그러면서도 한편으로는 "난 싫어, 죽어도 싫어!" 하며 필사적으로 저항하는 마음이 있었다. 점차 결심이 무뎌져오는 것을 느꼈다. 마음속에 솟아오르는 약한 마음을 이겨내기에는 완전히 무력했다. 그것은 마치 물그릇에 담긴 빈 병 속으로 들어가는 물과도 같은 것이었다. 그는 이를 악물고 되풀이했다.

　"난 싫어, 죽어도 싫어."

　이윽고 퍼킨스 교장은 필립의 어깨에 손을 얹고 말했다.

　"나는 너의 마음을 억지로 바꾸려는 것이 아니다. 결정하는 것은 네 자신이다. 다만 하느님의 인도와 도우심을 기구하여라."

　교장 선생 사택에서 나오자 가랑비가 내리고 있었다. 그는 구내로

통하는 아치 길 아래를 걸어갔다. 아무도 없었다. 느릅나무에 깃든 까마귀도 우짖음을 그쳤다. 천천히 거닐었다. 온몸이 달아오르던 참이라 비가 차라리 상쾌하였다. 그 강렬한 감정의 소용돌이에서 풀려나 그는 다시 한 번 교장 선생의 말을 되새겨보았다. 역시 항복하지 않은 것을 다행하게 생각하였다.

어둠 속에 커다란 교회의 그림자가 희미하게 보일 뿐이었다. 그는 교회가 싫었다. 강제적으로 끌어내는 그 길고 지루한 예배 때문에 이제는 교회 자체가 싫었다. 언제 끝날지도 모르는 찬송가였다. 게다가 그것이 이어지는 동안에는 어쩔 수 없이 서있어야만 했다. 단순한 설교 소리는 잘 들리지도 않았다. 움직이고 싶은 것을 억지로 참고 앉아 있으려면 더욱더 몸뚱이가 뒤틀린다. 문득 그는 블랙스테이블에서 주일날이면 두 번씩 보던 예배 생각이 났다. 블랙스테이블 교회 안은 몹시 을씨년스럽고 추웠다. 그리고 머리 기름 냄새와 옷에 먹인 풀냄새로 가득 차 있었다. 설교는 부목사와 백부가 한 번씩 번갈아가며 했다. 필립은 점차 커가면서 백부의 사람됨을 알게 되었다. 필립은 솔직하고 마음이 좁았다. 따라서 인간으로서 실행하지 않는 일일지라도 목사로서는 진심으로 설교할 수도 있는 것이다 하는 따위의 말을 도저히 그로서는 이해할 수가 없었다. 그래서 그 거짓말이 대단히 그를 노엽게 하였다. 요컨대 백부는 약하고 이기적인 인간일 뿐이고 번거로운 일은 피하고 싶다는 것이 그의 가장 큰 소원이었던 것이다.

퍼킨스 씨는 하느님에게 봉사하는 생활이 얼마나 아름다운 일인가를 그에게 일러주었다. 그러나 필립은 그의 고향인 동(東) 앙글리아의 한구석에서 실제로 목사들이 어떠한 생활을 하고 있는가를 너무나 잘 알고 있었다. 블랙스테이블에서 조금 떨어진 화이트스톤 교구 목사는 독신자였는데 부업으로 최근에 와서 농장을 시작하였다. 그런데 지방 신문은 그가 지방 법정에 제기한 이 사람 저 사람 상대의 소송 사건에 대한 기사를 매일 실었다. 그것도 품삯 지불을 요구하는 노동자나 또는 그를 사기로 모든 상인들을 상대로 하는 소송 사건이었다. 그 밖에도 소를 굶겨죽였다는 소문이 떠돌았고 또 얼마 안 가서 그에 대한 커다란 배척 운동이 있으리라는 등 여러 가지 소문이 자자하게 떠돌고 있었다. 그리고 편 교구의 목사는 턱수염을 기르고 인물이 훤하게 생긴 사람이었는데 아내는 그의 학대에 못이겨 도망쳤다는 것이다. 그리고 그의 아내의 입을 통해 그의 타락한 사생활이 근처에 퍼지게 되었던 것이다. 다음 바닷가의 조그만 마을 설 교구의 목사는 저녁마다 목사관 바로 앞에 있는 선술집에 나타난다고 한다. 언젠가 그곳 집사들이 캐리 씨에게 의견을 물으러 온 일이 있었다. 생각해보면 그런 마을에서는 가난한 농부들이나 어부들 외에는 이야기 상대가 없다. 기나긴 겨울밤에 벌거벗은 나무 끝을 스치는 바람 소리가 처량하고, 아무리 둘러보아도 보이는 것은 단조롭기 그지없는 벌거벗은 경작지뿐, 오직 가난이 있고 이렇다 할 일거리라고는 찾아볼 수도 없다. 성격상의 온갖 비뚤어진 요소가 그야말로 완전히 해방되고 제약하는 아무것도 없다. 인간은 편협해지고 괴벽해진다. 필립은 이러한 모든 사실을 알고 있었다. 그러나 그의 어리고 고지식한 마음으로 그것을 변명이라고는 생각하지 않았다. 이와 같은 생활을 보내야 한다고 생각하면 몸서리쳐졌다. 어떻든 넓은 세상으로 나가고 싶었다.

<h2 style="text-align:center">21</h2>

퍼킨스 씨는 얼마 안 가서 그의 충고가 아무런 효과도 없었다는 것을 알게 되었다. 그리고 그 뒤로 학기가 끝날 때까지 필립은 완전히 무시되었다. 성적표는 엉망이었다. 그것이 도착하여 백모가 성적이 어떠냐고 물었을 때 필립은 태연히 대답했다.

"형편없어요."

"뭐? 내가 한 번 봐야겠군."

백부가 말했다.

"큰아버지, 제가 터켄베리에 이 이상 더 머물러 있을 필요가 있을까요? 저는 얼마동안 독일에라도 다녀왔으면 싶은데요."

"넌 또 무슨 생각에서 그런 말을 하니?" 하고 백모가 물었다.

"좋은 생각이라고 생각하지 않으세요?"

샤프는 이미 왕립학교를 떠나 하노버에서 편지를 보내왔다. 그야말로 본격적으로 인생과 마주 대하게 된 것이다. 그렇게 생각하면 그는 가만히 있을 수 없었다. 앞으로 일 년 더 그 지긋지긋한 생활을 해야 한다는 것은 생각만 해도 견딜 수가 없었다.

"그렇게 되면 장학금을 못 타지 않니?"

"어차피 장학금을 타기는 다 틀렸어요. 더욱이 옥스퍼드에는 가고 싶지도 않고요."

"넌 먼젓번에 성직자가 된다고 하잖았니?" 백모가 놀라서 외쳤다.

"그런 생각은 벌써 옛날에 버렸어요."

백모는 어안이 벙벙하여 필립을 바라보았으나 자신을 누르는 것이 습관처럼 된 그녀는 조용히 남편 찻잔에 차를 따랐다. 무거운 침묵이 흘렀다. 필립은 백모의 두 뺨에서 눈물이 주르르 흘러내리는 것을 보았다. 이처럼 백모를 괴롭혔는가 생각하니 갑자기 가슴이 아팠다. 거리의 재봉사가 만든 몸에 꼭 맞는 검은 드레스, 주름잡힌 얼굴에 피로해보이는 파란 눈, 그리고 젊었을 때와 똑같은 모양의 반백의 야릇한 모양의 고수머리——이런 것들이 모두 우스꽝스럽게 보였으나 한편 이상하게도 서글픈 모습이기도 하였다.

필립은 처음으로 그것을 느꼈다. 얼마 후 백부가 목사와 같이 서재로 들어가버리자 그는 백모를 안으며 말했다.

"큰어머니, 큰어머니를 괴롭혀드려서 정말 죄송합니다. 그렇지만 참다운 하느님의 부르심이 아니라면 성직자가 되더라도 아무런 소용도 없을 거예요."

"필립, 나는 정말 실망했다. 그래도 큰 희망을 걸고 있었는데 네가 큰아버지의 부목사가 되고 때가 오면——결국 사람은 영원히 살 수 없으니까 네기 뒤를 이을 것으로 생각했었지."

필립은 몸서리가 쳐졌다. 몹시 허둥대었다. 그물에 걸린 비둘기가 죽을 힘을 다해 퍼덕이듯 심장이 뛰놀았다. 백모는 그의 어깨에 머리를 기대고 소리없이 울고 있었다.

"큰어머니, 제가 터켄베리를 떠나도록 큰아버지께 말씀드려주세요.

전 학교가 아주 싫어요."

그러나 캐리 씨는 한 번 결정한 일을 쉽게 변경하려 들지 않았다. 필립은 열여덟 살까지는 왕립학교에 다녀야 하고, 다음에는 옥스퍼드로 진학한다. 이것은 처음부터 이미 작정된 사실이다. 어떤 일이 있더라도 지금 당장 그만둔다는 데에는 찬성할 수 없다. 왜냐하면 현재 아무런 예고도 없을 뿐더러 이번 학기의 수업료는 어차피 납부해야 하기 때문이라는 것이다.

"그럼 이번 크리스마스까지만 다니고 그만두기로 하자고 말씀드려 주세요." 길고, 때로는 맹렬한 응수 끝에 마침내 필립이 말했다.

"그럼 교장 선생님께 편지를 띄워 의견을 물어봐야겠다."

"아, 빨리 스물한 살이 되었으면. 남이 하라는 대로만 해야 하니 정말 싫어."

"필립, 큰아버지 들으시는데 그런 말 하면 못써요." 하고 백모는 부드럽게 타일렀다.

"하지만 교장 선생님은 퇴학하라고 하시지 않을 거예요. 안 그래요? 학생들에게서 다 얼마씩 돈을 받으니까요."

"왜 너는 옥스퍼드에 가기 싫다는 거냐?"

"교회에 안 들어갈 바에야 무슨 소용이 있겠어요?"

"아니, 이미 교회 안에 있는데 그게 무슨 소리냐?"

"그럼 제가 성직자라는 말씀인가요?" 하고 필립은 성급히 말했다.

"그럼 도대체 넌 무엇이 되고 싶니?" 하고 백모가 한 마디하였다.

"글쎄요, 아직 잘 모르겠어요. 뭐가 되든 외국어를 배워두는 것이 좋겠죠. 그런 지겨운 곳에 있기보다는 독일에서 일 년쯤 지내는 것이 훨씬 더 수확이 있을 거예요."

옥스퍼드로 가는 것은 거의 현재의 연장이 아니냐는 말까지 할 생각은 없었다. 하지만 어떻든 독립된 인간이 되고 싶은 것이다. 더욱이 옥스퍼드 대학에 가면 옛 학우들이 있을 것이고 그렇게 되면 아는 사람이 있을 것이다. 그로서는 우선 그런 인간들로부터 도피하고 싶었던 것이다. 지금까지의 학교 생활은 실패였다. 어떻게든지 새 출발을 하고 싶다는 것이 그의 소망이었다.

도이치에 가고 싶다는 그의 희망은 그즈음에 가끔 블렉스테이블에서 논의된 어떤 사상과 관계가 있었다. 마을 의사의 집에는 친구들이 가끔 찾아와 머물며 바깥 세계의 소식을 전해주었다. 그리고 이곳 바닷가에서 팔월을 지내는 피서객들도 제각기 독자적 의견을 피력하였다. 캐리 씨도 구식 교육 따위는 크게 유용하지 않다는 것과 현대어라는 것이 젊은 시대와는 달리 장차 중요성을 띠게 되리라는 것을 들어서 알고 있었다. 그러나 그는 마음의 갈피를 잡을 수가 없었다. 그것은 그의 아우가 일찍이 시험에 떨어져 도이치로 건너간 전례가 있기는 하지만 그 아우는 장질부사에 걸려서 그대로 거기서 죽어버렸기 때문이다. 그런 일도 있어서 그로서는 아무래도 위험한 실험이라고밖에 생각되지 않았다. 여러 가지로 의논한 결과 필립은 한 학기 동안만 더 터켄베리로 돌아가 있다가 크리스마스때 학교를 그만두기로 했다. 필립도 이 결정이 그리 불만스럽지는 않았다. 그런데 학교로 돌아와 며칠이 지나자 교장 선생이 이렇게 말했다.

"큰아버지한테서 편지가 왔다. 네가 도이치에 가고 싶어하는데 어떻게 생각하느냐고 물으셨어."

필립은 깜짝 놀랐다. 백부가 약속을 깨뜨린 일이 분했다.

"이미 결정된 사실이라고 생각하는데요."

그는 말했다.

"어림도 없지, 퇴학이라니 어림도 없는 생각이라고 답장을 보낼 참이다."

필립은 바로 책상에 앉아 백부를 공박하는 편지를 썼다. 온당한 용어고 뭐고 아무것도 없었다. 화가 나서 그날 밤은 늦도록 잠을 이룰 수 없었다. 그리고 아침에 일어나 그들의 이제까지의 처사를 생각하고 애태웠다. 그는 초조하게 답장을 기다렸다. 답장은 이삼 일 후에 왔다. 그것은 눈물을 흘리며 쓴 백모의 부드러우면서도 괴로운 듯한 편지였다. 큰아버지에게 그런 편지를 쓰는 것이 아니다. 대단히 슬퍼하고 계시다. 네 행위는 너무나 황당하여 크리스천답지 못하다. 우리로서는 최선을 다하고 있다, 우리가 너보다 나이가 많아서 어떻게 하는 것이 네게 더 이로운지 더 잘 아는 터이다. 그 정도는 너도 알아주어야 하지 않겠느냐는 뜻의 편지였다.

필립은 주먹을 불끈 쥐었다. 이따위 이야기는 귀가 아프도록 들어왔다. 그러나 그것이 어째서 옳은 말인지 도무지 알 수 없다. 그들이 현재의 형편을 잘 알지도 못하면서 나이를 더 먹었다고 그만큼 현명하다고 자부하니 무슨 까닭일까? 편지는 퍼킨스 씨에게 보낸 퇴학 예고를 일단 취소했다는 말로 끝을 맺었다.

필립은 그 다음 반공일까지 화가 가라앉지 않았다. 토요일 오후에는 교회 예배에 참석해야 하기 때문에 반공일은 화요일과 목요일로 되어 있었다. 육학년 학생들이 모두 가고 난 뒤에도 필립은 남아 있었다.

"아니 너, 어쩐 일이니?"

백부가 말했다.

그의 얼굴을 보고 달갑게 생각하지 않는다는 것을 당장에 알 수 있었다. 불안스러운 것 같기도 하였다.

"퇴학 문제로 큰아버지를 뵈야겠다고 생각했어요. 저와의 약속과 한 주일 뒤에 하시는 일이 전혀 다르니 어떻게 된 일인지요?"

필립은 자기의 대담성에 스스로 놀랐다. 하지만 할 말은 이미 다 생각해놓았다. 가슴이 몹시 울렁거렸으나 용기를 내어 말해버렸던 것이다.

"허가 맡고 왔니?"

"아니에요. 교장 선생님께 말씀드렸으나 거절하셨어요. 오늘 왔다 갔다고 말씀하십시오. 죽도록 혼이 나겠죠."

백모는 뜨개질하면서 두 손을 떨었다. 이런 논쟁에 익숙하지 못한 부인은 큰 충격을 받았던 것이다.

"크게 혼을 내주어야 마땅해."

"비겁한 짓이 하고 싶거든 얼마든지 하세요. 그런 편지를 교장 선생님께 내신 큰아버님이시니 얼마든지 하실 수 있겠지요."

이렇게까지 말을 한 것은 필립의 실수였다. 말 잘 했다는 듯이 목사가 반격 태세로 나왔다.

"그런 무례한 말을 하는 놈과 더 이상 상대할 수 없어."

그는 위엄있게 말하였다. 그리고 벌떡 일어나 빠른 걸음으로 방을 나가더니 서재로 들어갔다. 문이 닫히고 자물쇠 잠그는 소리를 필립은 들었다.

"아, 어서 스물한 살이 되었으면! 이렇게 매어 살다니 진저리가 나."

루이자 백모는 소리없이 울기 시작했다.

"필립, 큰아버지 앞에서 그런 말을 해서야 되겠니? 가서 잘못했다고 빌어라."

"조금도 잘못한 게 없어요. 큰아버님은 정말 비겁해요. 물론 절 이 이상 학교에 두어야 금전의 낭비밖에 안 돼요. 하지만 그러시는 게 아니에요. 큰아버님 돈도 아니면서. 아무것도 모르는 사람들에게 나를 맡기다니, 비참한 일이에요, 정말."

"뭣이라고 필립!"

홧김에 열이 나서 지껄이던 그는 백모의 목소리에 멈칫하였다. 숨이 끊어질 듯한 목소리였다. 어떤 지독한 말을 했는지 자신도 잘 알지 못했던 것이다.

"필립, 어떻게 넌 그런 지독한 말을 할 수 있니? 우리는 오직 너를 위해 최선을 다하고 있단다. 하기야 우리는 아무 경험도 없어. 자식을 길러본 사람처럼 하지는 못할 거야. 그렇기 때문에 교장 선생님께 의논도 드린 것 아니냐? 그래도 나는 친엄마처럼 하려고 했다. 나는 너를 친자식처럼 사랑했었는데."

끝내 그녀는 목을 놓아 울었다. 키가 작고 가냘픈 어딘가 노처녀 같은 애절한 그녀의 모습은 필립의 마음을 감동시켰다. 목구멍에 갑자기 무엇인가 큰 덩어리가 치밀고 눈물이 앞을 가렸다.

"큰어머님, 잘못했어요. 그런 말씀드릴 생각이 아니었어요."

필립은 백모 옆에 무릎을 꿇자 두 팔로 그녀를 껴안고 눈물에 젖은 탄력없는 뺨에 키스했다. 그녀는 마구 흐느꼈다. 헛되이 평생을 살아온 이 여인, 그는 문득 가엾은 생각이 들었다. 이다지도 격한 감정을 나타낸 일은 아직 없었다.

"필립, 하기야 마음먹은 것만큼 해주지는 못했을 거야. 그러나 그건 어떻게 해야 할지 몰랐기 때문이란다. 내게 자식이 없다는 것은 네게 엄마가 없는 것과 마찬가지로 무서운 일이었구나."

필립은 자기의 분노도 자신도 모두 잊어버렸다. 서투른 말과 보기에도 어색한 위무로 그녀를 위로하는 데 열중하였다. 시계치는 소리가 들려왔다. 그는 점호까지 티켄베리로 돌아갈 수 있는 마지막 기차를 타기 위해 곧 뛰어나가야만 했다. 기차 한구석에 앉아서 생각하니 결국 아무것도 아니었다는 것을 알았다. 의지가 약한 자기 자신을 생각하니 은근히 화가 났다. 백부의 위세나 백모의 눈물 따위로 자기의 결심을 굽히다니 너무나 한심스런 인간이구나 싶었다. 그러나 그 뒤에 백부나 백모 사이에 어떠한 이야기가 있었는지는 모르나 교장에게 편지 한 장이 왔다. 교장은 그 편지를 읽으면서 괘씸하다는 듯이 어깨를 으쓱했다. 그는 필립에게도 편지를 보여주었다. 편지 사연은 다음과 같았다.

　친애하는 퍼킨스 교장 선생님

　소생의 조카 일로 하여 심려를 끼쳐드려 죄송스러운 마음 한량없습니다. 저희들 부부는 아이에 대해 몹시 염려하고 있습니다. 필립은 귀교를 퇴학하고자 원하옵고 그의 백모도 그의 불행한 현재의 심정에 동정하고 있습니다. 우리는 그의 친부모가 아니기 때문에 어떻게 해야 좋을지 몹시 곤란한 처지에 있습니다. 아이 자신은 성적이 나빠지는 것도 염두에 없으며 학교에 이 이상 더 머물러 있는 것은 금전의 낭비라고까지 말하고 있습니다. 아무쪼록 그 애의 이야기를 들어보셔서 도저히 그의 마음에 변함이 없다면 처음 제가 말씀드린 대로 크리스마스를 기하여 퇴학할 수 있도록 허가해주시면 감사하겠습니다. 이만 줄입니다.

윌리엄 캐리

필립은 편지를 교장에게 돌려주었다. 그는 자기의 승리에 대해 어떤 자랑을 느꼈다. 마침내 뜻을 관철하였다. 만족스러웠다. 어쨌든 그의 의지가 다른 사람의 의지를 꺾은 것이다.

"편지 한 장으로 마음을 바꾸는 너의 백부에게 내가 시간을 없애가며 답장을 쓴대야 아무 소용이 없겠지."

교장은 노한 듯이 말했다. 필립은 한 마디도 대답하지 않았다. 얼굴 표정은 아주 평온했으나 눈빛만은 숨길 수가 없었다. 퍼킨스 씨는 흘긋 바라보고 웃으며 말했다.

"그래 네가 이겼다는 거냐?"

필립은 그만 웃어버렸다. 기쁨을 감출 수가 없었던 것이다.

"너 정말 그만두고 싶으냐?"

"네, 선생님."

"여기서는 불행하단 말이지?"

필립은 얼굴을 붉혔다. 무엇이거나 감정의 내부를 더듬으려 드는 것에는 본능적으로 반발하였다.

"글쎄요."

퍼킨스 씨는 턱수염을 어루만지며 생각에 잠긴 듯이 그를 내려다보았다. 그리고 거의 혼잣말하듯이 말했다.

"물론 학교라는 것은 원래 보통 인간을 위해 만들어진 거야. 구멍은 말이다, 모두 둥글게 마련이다. 마개는 형태가 어떤 것이든 구멍에 맞춰야 한다. 특별한 인간에게 언제까지나 신경 쓸 겨를은 없으니까." 여기서 갑자기 생각난 듯이 필립을 향해 말했다. "한데 한 가지 꼭 이야기할 게 있어. 이제 금방 학기말이다. 한 학기 더 있는다고 해서 큰 탈이 나지는 않을 거야. 도이치에 간다면 크리스마스 바로 뒤보다는 부활절 뒤에 떠나는 것이 좋을 게다. 아무래도 한겨울보다는 봄철이 더 좋을 테니까. 다음 학기를 마치고 간다면 나도 더 말리지 않겠다. 어떠냐?"

"감사합니다."

필립은 마지막 석달을 얻은 것만으로도 크게 민족스러워 남은 한 학기쯤은 아무래도 좋았다. 부활절만 되면 영원히 자유로워질 것을 생각하니 이젠 학교도 그 전처럼 감옥같이 보이지 않았다.

가슴이 뛰었다. 그날 밤, 예배당에서 각기 순서대로 작정된 자리에 앉아 있는 학생들을 바라보면서 이제는 이녀석하고도 작별이라 생각하니 만족스러운 웃음이 새어나왔다. 또한 친밀감에 가까운 감정마저 솟아올랐다. 문득 로즈에게로 시선이 갔다. 의젓하게 반장 자리를 지키고 앉아 있었다. 자기 딴엔 전교의 모범학생으로 자처하고 있는 모양이었다. 그날 밤은 그가 일과를 읽을 차례였다. 참으로 훌륭하게 읽었다. 그러나 그 녀석과도 영원한 이별이다. 그리고 반 년만 지나면 그가 거대하든 사지가 미끈하든 이제 자기에게는 관심 밖의 일이 되고 마는 것이다. 반장이면 어떻고 축구부 주장이면 어떻단 말이냐, 생각하니 저절로 미소가 감돈다. 가운을 입은 선생님들을 훑어보았다. 고든 선생은 이 년 전에 뇌일혈로 돌아가셨지만 그 밖의 선생들은 그대로 있다. 이제 비로소 깨달았다. 어쩌면 저렇게도 모두가 구질구질한 친구들인가. 터너만은 예외로, 그에게는 다소 인간다운 점도 없지 않았다. 한데 이런 친구들에게 억눌려 살았다니 원통한 일이 아닐 수 없다. 그것도 앞으로 육개월, 그들도 자기 앞에서 영영 자취를 감추고 말 것이다. 칭찬을 들어봤자 이제 와서 무슨 소용이 있겠으며, 꾸중을 들어봤자 어깨를 으쓱해보이면서 콧방귀만 뀌면 그만이 아니겠는가.

필립은 모든 감정을 외부에 나타내지 않는 방법을 터득하고 있는데다가 아직도 수줍어하는 버릇이 남아 조금 괴롭기는 했으나 대체로 기분이 좋았다. 얼핏 보기에는 말없이 조심하는 듯했으나 마음속으로는 큰소리로 고함을 치고 싶을 정도였다. 걸음걸이도 훨씬 가벼워지는 것 같았다. 숱한 생각이 머릿속을 스쳐가고 제멋대로의 공상들이 쉴새없이 달리는 것을 어떻게도 할 수가 없었다. 그것들이 떠오르고 사라지는 그것만으로도 그의 마음은 흥분에 들떴다. 이리하여 이제는 즐거운 마음으로 공부에 열중할 수도 있었다. 이제까지 내동댕이쳤던 공부를 남은 학기 동안에 돌이키려 들었다. 머리는 더 활발하게 돌아가고 지력의 활동에 큰 즐거움을 느끼게 되었다. 학기말 시험은 매우 성적이 좋았다. 이에 대하여 교장은 오직 한 마디 말했을 뿐이었다. 필립이 쓴 논문 이야기가 나왔을 때 일인데 그는 언제나 하듯이 논문 비평 뒤에 말했다.

"그래 어리석은 흉내는 그만 내기로 한 모양이군, 으음?"

그리고 아름다운 이빨을 드러내보이며 웃었다. 필립은 고개를 떨어뜨린 채 어색한 웃음을 지었다.

여름 학기말에 나오는 여러 가지 상을 자기들끼리만 나눠가질 것으로 알았던 여섯 학생은 벌써 오래 전부터 필립을 경쟁 상대로 여기지 않았었는데 이제 와서는 다시금 그를 불안한 눈초리로 바라보게 되었다.

부활절에는 학교를 떠나게 되고, 따라서 어떤 면으로도 그들과 경쟁 상대가 안 된다는 것을 필립은 아무에게도 알리지 않고 오히려 그들이 불안해하는 대로 내버려두었다. 방학을 이용해서 프랑스에 다녀온 까닭으로 로즈가 불어에는 다소 자신이 있다는 것을 그는 알고 있었다. 또한 로즈는 영어 논문으로 부감독상을 노리고 있었다. 그런데 두 가지 모두 필립이 훨씬 좋은 성적을 땄던 것이다. 그것을 알았을 때의 로즈의 낭패하는 모양을 보자 그는 약간 우쭐한 기분이었다.

또 한 사람 노튼이라는 학생이 있었는데 학교에서 주는 장학금을 못 타면 옥스퍼드에 못 갈 형편이었다. 그가 필립에게 장학금 신청을 하느냐고 물었다.

"안 되니, 내가 타면?"

다른 사람의 장래를 자기 손아귀에 쥐고 있다고 생각하자 필립은 유쾌하였다. 또 이 여러 가지 상들을 일단은 손아귀에 넣었다가 이런 것 따위는 필요 없어, 하고 놈들에게 주어버리면 어떨까? 확실히 낭만적인 생각이었다. 마침내 종업일이 되었다. 그는 작별인사를 하려고 교장 선생에게로 갔다.

"정말 그만두려는 건 아니겠지?"

교장 선생이 깜짝 놀라는 것을 보자 필립은 고개를 숙였다.

"말리지 않겠다고 말씀하시지 않았습니까?"

"어차피 일시적인 변덕이라고만 생각했었지. 네가 원래 고집이 세고 남의 말을 잘 안 듣는다는 건 나도 알고 있어. 그러나 도대체 왜 지금 학교를 그만두려는 거냐? 어떻든 지금 남은 건 한 학기뿐이 아니냐? 넌 모들린 대학의 장학금을 타는 것도 어렵지 않을 거야. 더구나 학교에서 주는 상의 절반은 네가 탈 텐데.”

필립은 화난 얼굴로 교장을 쳐다보았다. 보기 좋게 속아넘어간 모양이군. 그러나 이미 굳게 약속해놓은 바다. 아무리 교장이라도 약속을 어길 수는 없겠지.

“옥스퍼드 생활은 참 재미있다. 장래 무엇이 될 것인가를 지금 당장 결정할 필요는 없어. 머리만 좋으면 옥스퍼드에서의 생활이 얼마나 재미있는가를 너는 아직 잘 모를 거다.”

“그렇지만 전 이미 도이치에 갈 준비를 해놓았는데요.” 하고 필립은 말했다.

“그런 것쯤이야 변경할 수도 있지!” 하고 특유한 익살스러운 웃음을 지으면서 말을 이었다. “어떻든 너를 잃는다는 것은 매우 유감스러운 일이다. 학교에서는 착실히 공부하는 둔재가 게으름부리는 머리 좋은 녀석보다 성적이 좋은 수가 있다. 그러나 총명한 아이가 한번 공부하기 시작하면——그래 이번 학기의 네 성적이 그거야.”

필립은 어리둥절하여 얼굴을 붉혔다. 칭찬에는 익숙지 못한 필립이었다. 교장은 그의 어깨에 손을 얹었다.

“너도 알겠지만 아둔한 아이에게 무엇을 억지로 가르치기란 정말 재미없는 일이거든. 그러나 이쪽에서 채 말도 끝내기 전에 척 알아듣는 학생이 있지. 그렇게 되면 벌써 가르친다는 일이 즐겁고 유쾌한 일거리가 된다.”

필립은 이 친절이 눈물겨웠다. 그가 떠나거나 말거나 퍼킨스 씨에게 있어서 문제되리라고는 꿈에도 생각지 않았다. 가슴이 뿌듯하고 더할 나위 없이 기분이 좋았다. 훌륭한 성적으로 졸업하고 옥스퍼드에 간다면 얼마나 즐거울까.

OB패들의 교환시합을 마치고 온 학생들에게서 들은 이야기랑 언젠가 학습실에서 읽어주던 옥스퍼드 통신에 쓰인 대학생활이 번개처럼 떠올랐다. 그러나 역시 부끄러웠다. 여기서 지면 자신이 얼마나 어리석은 존재로 보일 것인가. 백부는 백부대로 교장의 책략이 들어맞은 것을 은근히 좋아하며 회심의 미소를 띨 것이고, 또 그 상이라는 것을 독차지해놓았다가 이런 것 따위는 필요없다고 되돌려주는 극적 장면과 비교하면 이것은 다만 평범한 수상이라는 결과가 되어 버린다. 그리하여 만약 교장이 좀더 강력하게 그의 면목을 세울 만한 조건으로 설득했다면 아마도 그는 교장이 원하는 어떤 일이든지 했을 것이다. 그러나 그의 얼굴에는 이런 마음의 갈등이 조금도 나타나지 않고 여전히 침착하고 무표정했다.

"아무래도 그만두겠습니다."

자신의 감화력으로 사물을 처리하려는 사람들이 흔히 그런 것처럼 퍼킨스 씨도 또한 그의 힘이 당장에 효과를 나타내지 못하게 되자 다소 짜증이 났다. 할 일이 얼마든지 있다. 지각없이 고집 부리는 이런 아이에게 더 이상 얽매일 수는 없다.

"그럼 좋아. 정말 가고 싶다면 보내주겠다고 확실히 약속하지. 나는 약속을 지킨다. 언제 도이치로 갈 작정이냐?"

필립의 가슴은 두근거렸다. 그는 승리한 것이었다. 그러나 오히려 패배한 것이 더 좋지 않았을까 하는 생각도 들었다.

"오월 초순입니다."

"돌아오면 찾아오너라."

그는 손을 내밀었다. 만일 한 번만 더 기회를 주었더라면 필립은 마음을 바꾸었을지도 모른다. 교장은 이미 그 일이 결정되어버린 것으로 생각하고 있는 듯했다. 필립은 교장 사택을 나왔다. 마침내 학교 생활이 끝나고 자유로운 몸이 되었다. 그러나 그 순간에 느낄 것으로 예기했던 미칠 것 같은 환희는 전혀 느껴지지 않았다. 그는 천천히 교정을 거닐었다. 깊은 우수가 마음을 사로잡았다. 자기가 저지른 일이 어리석은 일이나 아니었으면 좋겠다고 생각했다. 가고 싶지도 않았다. 그렇지만 이제 다시 교장 앞에 가서 학교에 머무르겠노라고 말할 수도 없다. 그것은 견딜 수 없는 굴욕이기 때문이다. 그는 자기가 올바른 행동을 했는가 반성해보았다. 자기 자신과 또 모든 사정에 대해서도 어쩐지 불만스러웠다. 도대체 사람이라는 것은 고집을 세우고 나면 언제나 꼭 후회하는 것일까 하고 혼자 뇌까려보았다.

22

캐리 씨에게는 미스 윌킨슨이라는 베를린에 사는 오랜 친지 한 사람이 있었다. 윌킨슨은 목사의 딸로서 그녀의 부친은 링컨샤이어에 있는 어떤 마을 목사였다. 캐리 씨는 거기서 부목사의 마지막 임기를 지냈던 것이다. 부친이 죽은 뒤로 그녀는 자신의 생계를 유지하기 위해 프랑스와 도이치로 다니면서 가정교사 노릇을 했다.

캐리 부인과는 쭉 서신 왕래가 있었고 두세 번 이곳 블랙스테이블에 와서 휴가를 보낸 일도 있는데 그때마다 드물게 오는 이 집 손님들의 관례에 따라 조금이나마 식비를 치렀다. 필립이 하고 싶어하는 것을 반대하는 것보다는 오히려 들어주는 편이 덜 시끄러울 것이라고 생각한 캐리 부인은 미스 윌킨슨에게 편지하여 그녀의 의견을 물었던 것이다. 그런데 그녀는 그 답장에 독일어를 배우는 데는 하이델베르크가 제일 좋고 또 에를린 교수 부인 집이 안성맞춤이다, 한 주일에 삼십 마르크면 하숙비는 충분할 것이고 그 집 선생님은 고등학교 선생님이니까 가르쳐줄 것이다라고 써서 보냈다. 이월 어느 날 아침 필립은 하이델베르크에 도착했다. 짐은 손수레에 싣고 역구내 짐꾼을 따라 정거장을 나섰다. 하늘은 푸르고 거리 양옆의 가로수는 무성하였다.

대기 속에서도 청신한 그 무엇이 느껴졌다. 드디어 새로운 생활을 시작하기 위하여 알지 못하는 외국 사람들 속으로 뛰어들어간다는 불안한 마음도 있었으나 한편 한없이 즐거운 흥분도 느꼈다.

아무도 마중나오지 않은 것은 역시 서글픈 일이었고 짐꾼이 어떤 커다란 집 문 앞에 그를 남기고 가버렸을 때는 더욱 마음이 구슬퍼졌다. 너절한 옷차림의 젊은이가 그를 응접실로 안내해주었다. 녹색의 빌로드로 덮인 가구가 가득 차 있었으며 방 한가운데는 둥근 테이블이 하나 놓여 있었다. 그 위에는 주름잡힌 종이로 단단히 묶은 꽃다발이 화병에 꽂혀 있고 방 주위에는 가죽으로 싼 책들이 깨끗이 정돈되어 있었다. 곰팡이 냄새가 풍기는 듯하였다.

　이윽고 음식 냄새를 풍기며 여주인인 교수 부인이 들어왔다. 머리를 모양있게 빗어올리고 붉은 얼굴에 키가 자그마한 다부지게 생긴 여자였다. 구슬처럼 반짝이는 작은 눈에 애교있는 몸가짐을 하고 있었다. 그녀는 필립의 두 손을 잡고 미스 윌킨슨의 소식을 물었다. 두어 번 이곳에서 몇 주일인가 머무른 일이 있다는 것이었다. 그녀는 독일어와 서투른 영어를 섞어 말했으나 필립은 자기가 미스 윌킨슨을 알지 못한다는 것을 그녀에게 이해시킬 수가 없었다.

　마침 그때 그녀의 두 딸이 나타났다. 그다지 젊어 보이지는 않았지만 아마 둘 다 스물다섯을 넘지 않았으리라 생각되었다. 언니인 테클라는 어머니를 닮아 키가 작고, 또 마찬가지로 침착하지 못한 태도였으나 얼굴은 매우 예뻤으며 머리털은 검고 길었다. 동생인 안나는 키가 크고 미인은 아니었으나 퍽 애교있는 얼굴이어서 필립은 당장에 이 동생에게 호감을 갖게 되었다. 얼마동안 초면의 인사를 주고받은 다음 여주인은 그가 있을 방으로 안내해주고 가버렸다. 필립의 방은 유원지의 숲이 내려다보이는 조그만 탑 안의 방이었다. 침대는 벽이 우묵 들어간 곳에 놓여 있어 책상에라도 앉아 있으면 조금도 침실로 보이지 않았다. 짐을 풀고 책을 꺼냈다. 마침내 아무런 간섭도 없는 독립된 인간이 된 것이다.

　한 시에 벨이 울려 점심을 먹으러 내려가자 여주인의 이른바 ‘손님’들이 모두 응접실에 모여 있었다. 그는 먼저 주인에게 소개되었다. 그는 키가 후리후리한 중년으로 약간 큰 금발의 머리는 잿빛이 되어가는 중이며 착할 듯한 푸른 눈이 빛나고 있었다.

　그는 상당히 정확한 영어로 필립과 이야기했다. 그러나 그의 영어는 회화에서 배운 것이라기보다 영국 고전 연구에서 익힌 옛날식 영어였다. 필립은 셰익스피어 희곡에서나 볼 수 있었던 말들을 일상회화에서 들으니 어쩐지 기이한 느낌이었다. 에를린 부인은 자기의 집을 가정이라 부르면서 하숙이 아니라고 애써 설명하였으나 그 차이가 어디 있는가를 알기 위해서는 형이상학자라도 모셔다가 들어볼 수밖에 없었다. 응접실에 잇닿은 길고 어두운 방에 있는 식탁에 둘러앉았을 때 필립은 몹시 수줍어하면서도 거기에 앉은 사람들이 모두 열여섯 명이라는 걸 알 수 있었다. 부인은 한쪽 끝에 앉아 요리를 나눴다. 처음 필립에게 문을 열어주던 그 촌뜨기 젊은이가 식사를 나르는 데 여간 시끄럽게 접시 소리를 내는 것이 아니었다. 꽤 재빨리 손을 놀렸으나 그래도 먼저 음식을 받은 사람들은 나중 사람들이 아직 몫을 받기도 전에 다 먹어 치워버리는 형편이었다. 부인은 독일어만 써야 한다고 하였다. 따라서 부끄럼쟁이 필립으로서는 말을 하고 싶어도 잠자코 있을 수밖에 없었다. 그는 이제부터 이 하숙집에서 함께 생활해나갈 사람들을 둘러보았다. 여주인 옆에는 나이가 지긋한 부인들이 서넛 앉아 있었으나 필립은 그들에게는 별로 관심이 없었다. 그 밖에 소녀가 둘 있었는데 둘 다 금발이고 그 중 한 소녀는 퍽 예쁘게 보였다. 필립은 그녀들이 프로일라인 헤드비히와 프로일라인 체질리에라고 불리어진다는 것을 알게 되었다. 체질리에는 머리를 뒤로 기다랗게 땋아늘이고 있었다. 둘이 나란히 앉아 무엇인가 이야기하다가 웃음을 참느라고 애썼다. 가끔 필립 쪽을 슬쩍슬쩍 보다가 하나가 낮은 목소리로 무어라고 하면 둘이 같이 킥킥거렸다. 조롱하는 것같이 생각되어 그는 얼굴이 빨개졌다. 그녀들 가까이에 누르스름한 얼굴에 너그러운 웃음을 짓고 있는 중국인이 하나 있었는데, 그는 대학에서 서구사회 사정(西歐社會事情)을 연구하고 있다는 것이었다.

그는 아주 특징있는 빠른 말투로, 게다가 기묘한 액센트로 말하기 때문에 소녀들은 더러 잘 알아듣지 못하는 모양으로 그때마다 와아, 하고 웃음을 터뜨렸다. 그러면 그도 함께 재미있다는 듯이 덩달아 웃어 그렇잖아도 편도(扁桃) 같은 눈이 거의 없어져버리는 것이었다. 미국인도 두셋 있었다. 이들은 검은 옷을 입고 누런 빛에 가까운 거친 피부를 가지고 있었다. 신학생인 모양인데 서투른 독일어 사이사이로 뉴잉글랜드 사투리가 뛰어나왔다. 필립은 가벼운 경계심을 안고 바라보았다. 왜냐하면 미국인은 모두가 극성스러운 야만인들이라는 이야기를 들었기 때문이다.

식후에 응접실의 딱딱한 녹색 빌로드 의자에 앉아 한참 동안 이야기하고 있는데 갑자기 프로일라인 안나가 모두 같이 산책나가지 않겠느냐고 필립에게 물었다.

　필립은 이에 응하였다. 일행은 한 떼를 이루었다. 주인의 두 딸과 그 밖에 다른 소녀가 둘, 미국인 학생이 하나, 그리고 필립이었다. 그는 프로일라인 안나와 프로일라인 헤드비히와 나란히 서서 걸었다. 가슴이 약간 두근거렸다. 이제까지 여자 동무가 없었던 것이다. 블랙스테이블에는 농부의 딸이나 장사꾼의 딸밖에 없다. 이름과 얼굴은 모두 알고 있었으나 수줍은 데다가 병신이라고 놀려대리라고 혼자 짐작하였다. 백부 내외가 자기들과 농부들 사이에 뚜렷이 금을 긋고 차별하던 신분상의 차이를 그도 기꺼이 받아들이고 있었다.

　마을의 의사 집에는 딸이 둘 있었는데 모두가 필립보다 나이가 훨씬 위였고 그가 아직 어렸을 때 연달아 부목사들에게 시집갔다. 왕립 학교에서는 얌전하다기보다는 차라리 뻔뻔스러운 계집아이가 두셋 있어서 그들과 친히 지내는 남학생도 있었다. 아마도 남학생들의 상상이었겠지만 그녀들의 연애 사건에 대해 터무니없는 소문도 떠돌고 있었다. 필립은 항상 도도한 채 무관심한 태도를 취했으나 솔직히 말하면 그녀들이 두려웠다.

　상상이나 읽은 책의 영향으로 그는 일종의 바이런적인 태도를 동경해 왔는데, 그 까닭에서인지 그의 마음은 병적 자의식과 또 한편으로는 여자에 대해서는 기사적이어야 한다는 신념 사이에서 어찌해야 좋을지 몰라 고민하게 되었다. 그러나 이제부턴 유쾌하고 재미있게 해나갈 참이었다. 그런데 그렇게 되니 머릿속이 텅 비어 있는 것 같아 이야깃거리 하나 생각해낼 수가 없었다. 주인의 딸 프로일라인 안나는 일종의 의무감에서 자주 그에게 이야기를 걸었으나 그녀의 언니는 거의 입을 열지 않았다. 안나는 때때로 그 반짝이는 눈동자로 필립을 바라보다가 또 갑자기 키들키들 웃음을 터뜨려 그를 어리둥절하게 했다. 이건 아주 우습게 보는 모양인가! 그들은 언덕 중턱의 소나무 숲 사이를 거닐었다. 소나무에서 풍기는 싱그러운 솔 내음이 필립을 즐겁게 하였다. 따뜻하고 구름 한 점 없는 날씨였다. 햇빛을 듬뿍 받은 라인 강 유역이 눈 앞에 펼쳐졌다. 황금빛으로 빛나는 드넓은 기름진 들판이었는데 멀리 여기저기 촌락이 몇 개 보였다. 그리고 그 사이를 은빛 강물이 띠처럼 굽이쳐 흐르고 있는 것이다. 필립이 알고 있는 켄트 주의 시골에서는 장대한 자연이라는 것은 그리 흔하지 않아 단지 바다가 넓은 수평선을 보여줄 뿐이었다. 이제 그의 눈 앞에 펼쳐진 웅대한 조망은 무어라 말할 수 없는 독특한 스릴을 느끼게 했다. 그는 갑자기 의기양양한 마음이 되었다. 자각하지는 못했으나 필립이 그야말로 순진 무구한 아무런 불순물도 섞이지 않은 진정한 미적 감각을 경험한 것은 이것이 처음이었다. 다른 사람은 모두 가버리고 그들 세 사람만이 벤치에 앉았다. 소녀들은 무엇인지 빠른 도이치 말로 쉴새없이 재잘거리고 있었으나 필립은 그들이 곁에 있다는 것도 잊어버리고 마음껏 눈 앞의 경치를 즐겼다.

"아, 나는 행복하다." 하고 그는 자기도 모르게 중얼거렸다.

23

필립은 가끔 터킨베리의 왕립 학교를 생각했다. 지금쯤은 무엇들을 하고 있을까 하는 생각을 하면 저절로 웃음이 나왔다. 그는 자기가 아직도 거기 있는 것 같은 꿈을 꾸기도 했다. 잠이 깨면 끄떡도 없이 탑 속의 이 작은 방에 있는 것을 확인하고 비로소 안심하는 일조차 있었다. 침대에 누운 채 푸른 하늘에 떠 있는 뭉게구름을 바라볼 수도 있었다. 그는 현재의 자유에 완전히 도취되었다. 자고 싶으면 자고 일어나고 싶으면 일어났다. 명령할 사람은 아무도 없다. 아무런 거짓말도 할 필요가 없는 것이다.

에를린 선생은 라틴어와 독일어를 가르치고 프랑스어는 매일 프랑스 사람이 와서 가르쳤다. 그리고 수학은, 현재 대학에서 언어학 학위를 목표로 공부 중인 어느 영국 사람을 교수 부인이 소개해주었다. 워튼이라는 사나이로 필립은 아침마다 그에게 가기로 하였다. 그는 어떤 초라한 집의 다락방에서 살았는데 방은 더럽고 난잡한 데다가 여러 가지 냄새가 한데 섞인 악취가 물씬 풍겼다. 열 시에 가도 대개는 잠자리에 들어 있었으며 깨우면 벌떡 일어나 너저분한 옷을 걸쳐입고 펠트슬리퍼를 신고, 가르치면서 간단한 아침 식사를 한다는 식이었다. 짙은 수염과 길고 텁수룩한 머리의 키 작은 사나이로 맥주를 과음한 탓인지 뚱뚱하게 살쪘다. 도이치에 온 지 이제 오 년이라는데 완전히 독일적이다. 케임브리지 출신인데도 그 학교 이야기는 몹시 경멸하는 듯한 투로 말하고 하이델베르크에서 박사 학위를 받으면 응당 영국에 돌아가 교직 생활을 해야겠지만 그럴 생각을 하면 온몸에 소름이 끼친다고도 하였다. 행복한 자유와 즐거운 교우 관계라는 점에서 도이치 대학생활을 극구 찬양하였다. 그는 부르셴샤프트의 회원이며, 필립에게 꼭 한 번 학생 클럽에 데리고 가겠다고 약속했다. 그는 지독하게 가난했다. 필립의 개인 교수도 요컨대 저녁식사때 고기를 먹을 수 있느냐, 아니면 빵과 치즈만으로 때우느냐, 하는 것의 갈림길이라고 솔직하게 자기의 입장을 밝혔다. 때때로 밤에 과음이라도 한 다음 날 아침에는 두통이 심해 커피도 제대로 마실 수 없는 형편으로 레슨도 하기가 힘든 것 같았다. 그런 때를 위해 그는 언제나 침대 밑에 맥주를 너댓 병 놓아두고 있었다. 그 맥주 한 병과 파이프 담배가 겨우 그의 시름을 잊게 하는 모양이었다.

거품이 끓어올라 가라앉기를 기다려야 하는 일이 없도록 그는 천천히 맥주를 따르면서, "해장술이야, 이게." 하고 언제나 변명하였다.

다음 그의 화제는 하이델베르크 대학에 관한 일, 대립하여 싸움판을 벌이는 학생회 이야기, 결투에 관한 이야기, 나중에는 교수들의 인물평에까지 이른다. 필립은 그에게서 수학보다는 오히려 인생에 관해 많은 것을 배웠다. 때때로 그는 고쳐앉으며 크게 웃은 다음 이렇게 말하는 것이었다.

"오늘은 이거 아무것도 안 했군그래."

"아니, 그런 거 상관없어요." 하고 필립은 대답했다.

참으로 새로운 유쾌한 경험이었다. 그는 끝까지 이해 못 했던 삼각함수보다는 차라리 이런 것이 훨씬 중요한 것같이 생각되었다. 말하자면 문득 그가 엿본 인생에의 창문과도 같아 그는 격렬하게 두근거리는 가슴을 안고 바라보았던 것이다.

"아냐, 부정한 돈이야, 넣어두어." 워튼이 말한다.

"하지만 저녁 식사는 어떻게 하시고요?" 선생의 재정 상태가 어떤 형편인가를 너무나 잘 알고 있는 필립은 웃으며 묻는다. 한번은 하루이 실링의 사례금을 간단하게 매달 지불하지 말고 매주마다 지불해달라고 요구한 적이 있는 그였기 때문이다.

"뭐 저녁 걱정할 것 없어. 맥주 한 병으로 끼니를 때운 적이 여러 번 있었으니까. 그렇게 하는 편이 머리가 훨씬 깨끗해서 좋단 말이야."

그는 그 말이 채 떨어지기가 무섭게 침대(시트는 세탁을 안 했기 때문에 쥐색으로 변한 지 오래다) 밑으로 기어들어가 또 한 병 꺼내왔다. 필립은 아직 어려서 인생의 재미를 알 수 없었기에 대작하기를 사양하면 그는 혼자 자작하는 것이었다.

"언제까지 여기 있을 거야?"

스승이나 제자나 수학 같은 것은 염두에도 없이 만사태평이다.

"잘은 모르지만 고작해야 일 년이 되지 않을까요. 다음에는 옥스퍼드에 가라고 해요."

워튼은 경멸이나 하듯이 어깨를 으쓱해 보였다. 이 세상에는 학문의 본고장을 경원해버리는 사람도 있다는 사실이 필립에게는 또 하나의 경험이었다.

"뭣하러 그런 곳엘 가나? 자네가 뽐내봤자 아직은 햇병아리 학생에 불과하단 말이야. 자넨 왜 이 학교에 입학하질 않나? 일 년 가지곤 안 돼. 오 년은 있어야 해. 알겠나? 인생에는 두 가지 좋은 것이 있어. 즉, 사상의 자유와 행동의 자유, 그것이야. 프랑스에선 행동의 자유가 있지. 무슨 짓을 해도 간섭할 사람은 없어, 그러나 멋대로의 사상만은 허락되지 않아. 도이치에선 행동의 자유는 없어. 그러나 생각하는 것은 무엇을 생각해도 자유야. 이 두 가지는 다 좋은 것이지. 나 자신 같으면 사상의 자유를 택하겠어. 그러나 영국이란 나라에는 이 두 가지 중 한 가지도 없거든. 그저 인습인가 뭔가로 멍이 들어버렸단 말이야. 마음대로 생각할 수도 없고 생각대로 행동할 수도 없어. 왜냐? 민주주의 나라이기 때문이야. 미국은 더 나쁠 것이고."

그는 조심하여 의자 등에 기대었다. 의자 다리가 망가진 것을 알기 때문이었다. 그러나 조심했음에도 불구하고 그가 돌연 꽈당 하고 마룻바닥에 나둥그러지는 바람에 모처럼의 그의 웅변이 중단된 것은 딱한 일이었다.

"올핸 꼭 영국으로 돌아가야겠는데 이럭저럭 끼니라도 이어나갈 수 있다면 글쎄 일 년쯤 더 있어 볼까. 그 뒤는 도리없이 돌아가야지. 이것들을 남기고 말이야." 하고 팔을 내두르며 너저분한 방 꼴이며 일어난 채로 내버려둔 침대, 마룻바닥에 내동댕이친 옷가지, 벽가에 널려진 빈 맥주병, 사방에 흩어져 있는 헌 책들을 가리키면서, "시골 대학에 가서 언어학 강좌라도 맡아야지. 테니스도 하고 티 파티에도 나가고." 헌데 갑자기 말을 멈추더니 단정한 의복에 깨끗한 칼라를 달고 머리를 잘 빗은 필립의 얼굴을 야릇한 얼굴로 바라보면서, "아하, 나도 세수해야지." 하고 내뱉듯이 말했다. 마치 자기의 단정한 매무새가 비난받는 것 같은 느낌이 들어 필립은 낯이 붉어졌다. 그는 확실히 이 근래 몸맵시에 신경을 많이 쓰게 되었고, 도이치로 올 때만 하더라고 일부러 멋진 넥타이만 골라 가지고 왔을 정도였으니까.

여름이 마치 정복자처럼 군림해왔다. 날마다 날씨는 쾌청했다. 하늘은 끝없이 푸르렀고 마치 박차처럼 신경을 자극했다. 산책길의 가로수는 일제히 강렬한 푸르름을 띠고, 집들은 태양빛을 받아 눈이 아플 정도로 하얗게 반사했다. 가끔 워튼 씨 집에서 돌아오는 길에 필립은 산책길 나무 그늘에 놓인 벤치에 걸터앉아 더위를 피하면서 나무 사이를 빠져나온 햇볕이 땅 위에 그려놓는 그림자를 물끄러미 바라보았다. 그의 마음도 햇빛 못지않게 밝았고 사뭇 즐거웠다. 공부 시간을 틈낸 이 안일한 몇 분간의 휴식, 그것이 무엇보다도 기분 좋은 일이었다. 때로는 옛 도시의 거리를 거닐기도 했다. 붉은 뺨에 칼자국이 있고 화려한 빛깔의 모자를 쓰고, 가슴을 내밀고 걸어가는 학생회의 대학생들을 그는 두려운 눈빛으로 바라보았다. 오후에는 하숙집 딸들과 언덕을 거닐기도 하고 때로는 강을 거슬러 올라가 나무 그늘의 맥주집에서 차를 마시기도 했다. 밤은 밤대로 거리의 공원을 돌아다니며 악단의 연주를 듣기도 했다.

얼마 안 가서 필립은 이 가정의 여러 가지 사정을 알게 되었다. 언니인 프로일라인 테클라는 역시 이 집에서 도이치어를 배우기 위해 하숙했던 어느 영국인과 약혼하였고 금년말에는 정식 결혼까지 하게 되었는데 얼마 전에 그 청년에게서 편지가 와서 슬라우에 거주하는 고무 상인인 그의 아버지가 이 결혼을 허락하지 않는다는 소식을 전해왔었다. 테클라는 가끔 잘 울었다. 가끔 모녀 두 사람이 입술을 한 일자로 다물고 토끼 눈을 뜨고서 이 미적지근한 애인으로부터 온 편지를 읽고 있는 것을 볼 수 있었다. 테클라는 수채화를 곧잘 그렸다. 간혹 필립과 함께 또는 다른 처녀 하나를 더 데리고 야외로 나가 사생을 한 일도 있다.

아름다운 프로일라인 헤드비히에게도 연애 문제가 있었다. 그녀는 베를린의 어느 상인의 딸이었는데 훌륭한 경기병, 뭣하면 폰이라는 존칭을 붙여도 좋을 만한 가문의 청년과 연애하게 되었는데, 이 연애 역시 상대방 남자의 부모가 신분 관계로 결혼을 반대하여 그것을 잊게 하기 위해 아버지가 하이델베르크로 보냈던 것이다.

그러나 그녀로서는 그렇게 쉽사리 단념할 수 없었다. 늘 편지를 주고받고 있으며 남자도 어떻게든지 아버지의 마음을 돌리려고 갖은 힘을 다하고 있었다. 고운 한숨과 홍조 띤 얼굴로 그녀는 이야기를 모두 털어놓았다. 그리고 멋있는 중위의 사진까지 보여주었다. 하숙집 처녀들 중에서는 헤드비히가 가장 마음에 들어 그는 산책할 때는 언제나 그녀와 함께 거닐었다. 그렇게 하는 것을 농담삼아 사람들이 놀려주면 그는 얼굴이 새빨개지며 어쩔 줄을 몰라했다. 그 무렵 그는 평생 처음 사랑의 고백이라는 것을 했는데 그 상대가 바로 이 헤드비히였다. 그것은 극히 우연한 일로서 사정은 대강 다음과 같았다. 언제나 외출하지 않는 밤에는 여자들은 모두 그 녹색 응접실에 모여 노래를 불렀다. 프로일라인 안나가 반주를 맡았다. 무엇에나 재간이 있는 그녀는 마다하지 않고 연주하였다. 프로일라인 헤드비히가 잘 부르는 노래는 〈나는 그대를 사랑하오〉였는데 어느날 밤, 노래가 끝난 뒤에 필립은 그녀와 같이 베란다에서 별빛을 바라보다가 갑자기 무언가 한 마디 해야 할 것 같은 마음이 들었다. "나는 그대를 사랑하오." 그러나 유감스럽게도 그의 도이치어는 유창하지 못했다. 적당한 다음 말을 찾는 동안에 시간은 한없이 지체되었다. 말을 이을 겨를도 없이 그녀가 먼저 입을 열었다.

"아아, 캐리, 날더러 그대라고 부르면 안 돼요."

필립은 온몸이 새빨개졌다. 물론 그런 따위의 말을 하려던 것이 아니었고 다만 다음 말을 어떻게 이어나갈지를 몰랐던 것이다. 그렇다고 새삼스럽게 그 말은 내것이 아니라 노래의 제목을 말했을 뿐이라고 하기도 난처하였다.

"미안해요." 하고 그는 말했다.

"뭘요." 하고 나직한 소리로 그녀도 속삭이듯 말하고 생긋 웃었다. 그리고 그의 손을 더듬어 꼭 잡아주고는 응접실 쪽으로 가버렸다.

이튿날은 아무래도 쑥스러워서 말을 걸어볼 용기가 나지 않았다. 어떻게나 부끄러웠던지 그녀를 피하느라고 애썼다. 늘 하는 산책도 그녀가 청했을 때 공부를 이유로 거절했다. 그러나 그녀는 단둘이 있는 기회를 잡아 말을 꺼내었다.

"왜 그렇게 피하시죠?" 하고 다정스럽게 말을 건네었다.

"간밤에 한 말씀 나 조금도 화나지 않았어요. 좋아서 좋다는데 뭐 잘못인가요? 나 기뻐요. 그렇지만 나 헤르만하고 정식 약혼은 하지 않았지만 딴 남성을 사랑해서는 역시 안 되겠죠. 그분의 아내가 될 생각이니까요."

다시금 필립은 낯이 화끈거렸다. 그러나 그는 결국 거절당한 애인의 표정을 지어보이면서 대답하였다.

"그럼 당신의 행복을 빌겠어요."

24

에를린 선생은 닐바나 필립의 레슨을 보아주었다. 나중에는 《파우스트》를 읽기까지 읽어두어야 할 책의 목록을 만들어주었고, 한편 매우 교묘한 방법이었지만 이미 필립이 배운 세익스피어의 희곡 하나를 독역(獨譯)시키기도 하였다. 도이치에서는 괴테의 전성 시대였다. 애국심에 대해서는 차라리 초연한 태도를 취하던 그가 국민 시인으로 존경받고 더욱이 보불 전쟁 뒤로는 국민적 통일의 가장 빛나는 영예나 다름없는 대우를 받고 있었다. 가장 열광적인 사람들은 그 〈발푸르기의 밤〉의 광연(狂宴) 속에서조차 그라베로테에 있어서의 포성(砲聲)을 들을 수 있는 것같이 보였다. 대체로 한 작가의 위대성은 그것을 읽는 사람마다 각기 다른 감명을 받는다는 일이기도 한 것이다. 프로이센인을 몹시 싫어하는 에를린 선생은 마치 올림푸스 산과도 같이 정연하고 부동적인 괴테의 작품만이 현대의 광포한 공격에 대한 적어도 정상인을 위한 유일한 피난처라고 열렬하게 찬미하였다.

이 무렵 하이델베르크에서 크게 화제가 되고 있는 극작가가 있었다. 지난 겨울에도 작품 하나가 상연되어 지지자들로부터 갈채를 받았으나 소위 양가 출신들에게는 맹렬한 공격을 받았다. 하숙집의 큰 테이블에서도 그것이 논의가 되는 것을 필립은 들은 일이 있는데 그럴 때의 에를린 선생은 평상시의 냉정을 완전히 잃어버리고 있었다. 탁자를 치며 낭랑한 저음으로 일체의 반대 의견을 누르는 것이었다. 그런 것은 넌센스에 불과하다, 오직 음탕스러운 넌센스다. 자기도 끝까지 참아왔으나 이제 지루해졌다고 할까, 구토증이 난다고 할까, 나도 모르겠다. 그런 것이 앞으로의 연극이라면 차라리 경찰의 손을 빌어서라도 극장은 일체 폐쇄해야 한다. 자기는 도학자(道學者)는 아니다. 가령 빨레 르와알의 소극(笑劇)이 있다. 그 기지에 넘치는 외잡성(猥雜性)이라면 나도 한바탕 웃어주겠다. 하나 이것은 도대체 무어란 말인가. 오직 불결, 추악, 바로 그것이다. 그는 더 이상 견디기 힘들다는 듯이 코를 잡고 휘익 휘파람 소리를 내었다. 가정의 황폐, 도덕의 근절, 도이치의 파괴, 바로 그것이라는 의미였다.

"여보, 그만 좀." 하고 테이블 저쪽 끝에서 부인이 외쳤다.

"좀 조용히 하세요."

그런데 이번에는 부인을 향해 주먹을 휘두른다. 원래는 온화한 사나이로 무엇이나 부인과 의논을 한다는 일은 절대로 없었던 그가 말이다.

"농담이 아냐, 헬레네." 하고 고함을 지른다. "나는 그 뻔뻔스럽고 수치심없는 놈의 연극 따위를 우리 집 딸들이 관람한다면 차라리 이 자리에서 죽어버리는 것이 나을 거라고 생각해."

연극은 바로 〈인형의 집〉이었고 작자는 헨릭 입센이었다.

에를린 선생은 놈은 리하르트 바그너와 동류의 인간이라고 하였다. 하기는 바그너에 대해서는 별반 화는 내지 않았다. 그저 재미있어 하며 조소할 뿐이었다. 고작해야 사기꾼, 성공한 사기꾼에 지나지 않는다. 그러므로 그런 뜻에서 희극이라는 점만으로 본다면 그런대로 재미있다는 것이었다.

"뭐, 미친 놈이야, 미친 놈." 하고 그는 말했다.

필립은 〈로엔그린〉을 본 일이 있다. 한데 이 작품은 합격이었다. 지루하기는 했어도 그 이상 큰 결점은 없었다. 그러나 〈지그프리트〉는 어떤가! 악극 이야기를 했을 때 에를린 교수는 웃음을 터뜨렸다. 도대체가 처음부터 끝까지 멜로디는 찾아볼 수도 없다. 아마 바그너란 놈은 박스에 앉아 청중들이 모두 열심히 듣고 있는 광경을 보고서 배가 아프도록 웃었을 것이 틀림없다. 어떻든 19세기 제일의 거짓말쟁이, 사기꾼이다. 에를린 선생은 맥주잔을 들어 입술에 대고 단숨에 쭈욱 들이켰다. 그리고 손등으로 입을 닦으며 말했다.

"젊은이들에게 말해두겠는데 19세기가 끝나기까지는 바그너라는 것 따위는 완전히 잊혀지고 말 것이 틀림없어, 바그너! 흥, 내가 할 수만 있다면 그놈의 오페라 같은 건 한 묶음으로 만들어 도니제티의 단 하나의 작품과 맞바꿔도 좋을 거야."

25

필립의 교사들 중에서 제일 괴짜인 프랑스어 선생인 무슈 뒤끌로는 제네바 시민이있는네 키가 큰 노인이었다. 얼굴은 흙빛이고 뺨은 움푹 꺼지고 긴 반백의 머리는 숱이 적었다. 초라한 검은 옷의 팔꿈치는 구멍이 뚫리고 바지는 다 낡아빠졌다. 속옷이 또 여간 더럽지 않다. 깨끗한 칼라를 단 것을 한 번도 본 일이 없었다. 말이 적고 교수법은 매우 양심적이었으나 열의는 거의 없었다. 시간이 되면 꼭 오고 돌아가는 시간도 일 분도 안 틀렸다. 사례금은 퍽 싼 편이었다. 전혀 말이 없어 그에 관해서 필립이 안 것은 모두 그 이외의 사람들에게서 얻어 들은 것이었다. 일찍이 가리발디와 더불어 로마 교황을 상대로 싸운 일도 있는 모양인데, 그 자유를 위한 일체의 노력——그로서는 공화국 건설을 의미했지만——그것도 결국은 단순히 굴레를 바꾸는 데 지나지 않는다는 것이 거의 확실해지자 갑자기 싫어져서 이탈리아를 떠났다. 제네바에서의 상세한 이야기는 모르겠으나 어떻든 정치범으로 추방당한 모양이었다. 필립은 처음에 그를 보고 얼른 판단을 내리지 못했다. 필립이 생각하는 혁명가라는 개념과는 너무나도 동떨어진 것이었다. 나직한 목소리로 말을 하고 예절도 바른 노인이었다. 권하기 전에는 의자에도 앉으려 하지 않았고 드문 일이기는 하나 거리에서 만나면 정중하게 모자까지 벗고 인사를 했다.

소리를 내어 웃는 일도 없었고 미소조차 띠지 않는다. 만일 필립이 보다 뛰어난 상상력을 가진 사람이었다면 그에게서 희망에 넘치는 하나의 청년상을 그려내었을 것이다. 왜냐하면 그가 성년이 되었을 때가 바로 1848년 경이었을 것이고 그 시기야말로 제국의 국왕들이 프랑스의 황제를 생각하고 몸서리치던 시기였고 또 전유럽을 휩쓴 자유에의 정열, 1789년의 혁명 후의 반동기(反動期)와 때를 같이하여 머리를 쳐든 절대주의와 압제의 전체를 일거에 소탕해버리는가 싶었던 자유에의 정열이 이 한 시기만큼 사람들의 가슴을 불태웠던 때는 없었기 때문이다. 그도 또한 인류의 평등 인권이라는 사상에 선동되어 토론하고 논쟁하고 혹은 또 바리케이드를 방패로 투쟁하고, 또는 밀라노에서 오스트리아 기병의 말굽에 짓밟혔다. 여기서는 투옥, 저기서는 추방, 그러면서도 어디까지나 저 마법과도 같은 '자유'라는 한 마디에 오직 희망을 걸고 의지하였을는지 모른다. 그러나 마침내는 병마와 기아와 늙음에 지쳐 이제는 겨우 가난한 학생들의 개인교수로 얻는 보수 이외에는 목숨을 이어갈 한푼의 저축도 없이, 이 아름다운 조그마한 거리에서 생활이라는 어떤 의미에서 그것은 그 어떤 유럽의 압제보다도 더 무서운 압제 밑에서 신음하고 있는지도 모른다. 어쩌면 그의 침묵은 그의 청년 시절에 가졌던 그 큰 꿈, 그것을 버리고 헛되이 나태와 안일 속에서 전전(轉轉)하는 전인류에의 깊은 모멸을 간직한 것일까. 아니면 또 과거 삼십 년간의 혁명 운동이 인류란 자유를 누릴 가치조차 없다는 교훈을 그에게 가르친 것일까. 그리고 그것을 생각하면 자기는 전혀 발견할 가치조차 없는 것을 보람없이 찾아 헤매다가 일생을 망쳤다고나 생각하는 것이 아닐까. 아니 아마도 너무나 지쳐 오직 무관심하게 죽음으로 인한 해방을 기다리고 있는지도 모를 일이다.

어느날 필립은 젊은 마음에 버릇없이 가리발디와 더불어 싸운 것이 사실이냐고 물어보았다. 그러나 노인은 대수롭지 않게 언제나와 다름없는 나직하고 조용한 음성으로 대답하였다.

"오, 그렇소."

"그리고 빠리 코민에도 참가하셨다고 들었는데요."

"그렇게들 말하오? 자, 공부나 시작합시다."

그렇게 말하고 책을 펼쳤다. 필립도 기가 질려 예습한 대목의 역독에 착수하였다.

어느날 무슈 뒤끌로는 몹시 몸이 괴로워보였다. 필립의 방까지의 긴 충계를 어렵게 올라온 모양이었는데 들어오자마자 의자에 털썩 앉아 이마에서 구슬 같은 땀을 흘렸다. 누런 얼굴은 괴로운 듯이 일그러지고 정신을 차리려고 안간힘을 쓰고 있었다.

"어디 불편하신 모양이시군요."

"아니, 괜찮소."

그러나 아무리 보아도 몹시 괴로운 듯했다. 공부가 끝나자 필립은 회복할 때까지 잠시 공부를 중단하면 어떻겠느냐고 물어보았다.

"아니, 괜찮소. 할 수 있는 데까지 해봅시다." 하고 전과 다름없는 나직하고 조용한 목소리로 대답했다.

돈 이야기를 끼내야 한다고 생각하니 필립은 마음이 괴로워지며 얼굴이 달아올랐다.

"선생님에겐 아무런 지장이 없으시도록 저어 물론 사례금은 전과 다름없이 드리겠습니다. 괜찮으시다면 다음 주일 것까지 미리 드리겠습니다만."

　무슈 뒤끌로의 사례금은 한 시간에 십팔 페니였다. 필립은 호주머니에서 십 마르크짜리 금화를 꺼내어 머뭇거리며 책상 위에 놓았다. 상대가 거지이기나 한 것처럼 직접 손에 건네줄 마음이 나지 않았다.

　"그렇다면 좀 나을 때까지 쉬도록 할까요." 그는 금화를 집어들고 언제나 돌아갈 때에 하듯이 정중한 인사말을 님기고 가버렸다.

　필립은 뭔지 모르게 막연한 실망감 같은 것을 느꼈다. 크게 선심을 썼다고 생각했기 때문에 상대편에서 난처할 정도로 머리를 조아리며 인사할 것이 아닌가 하고 미리 짐작하였었다. 그랬던 만큼 마치 당연하다는 듯이 받아들고 가는 것을 보았을 때는 어안이 벙벙하지 않을 수 없었다. 아직 젊었기 때문에 은혜에 대한 마음은 받는 쪽보다는 베푸는 쪽이 오히려 더 느낀다는 사실을 몰랐던 것이다. 무슈 뒤끌로는 대엿새가 지나서 다시 나타났다. 몹시 비틀거렸고 한결 더 쇠약해 보였으나 이럭저럭 발작에서 오는 고통을 참아내는 모양이었다. 전보다 더욱 말이 없었다. 어딘가 불가사의할 정도로 초연한 데가 있었고 또 여전히 더러웠다. 학습이 끝날 때까지 병에 대한 것은 한 마디도 하지 않았으나, 돌아갈 때 문을 열더니 잠시 멈춰서서 마치 말하기조차 힘겨운 듯이 망설이다가 말했다.

　"돈을 주지 않았더라면 굶어 죽었을 겁니다. 그 밖에는 한푼도 없었으니까요."

　그리고 지나치게 정중한 마치 아첨하는 듯한 인사를 하고 돌아갔다. 필립은 목이 메는 것을 느꼈다. 일체의 희망이 사라져버린 노인의 생활고의 참담성, 그리고 그에게는 즐거운 인생이지만 이 노인에게는 얼마나 괴로운 것인가 하는 것을 그는 어느 정도 알 수 있을 것 같았다.

26

　하이델베르크에 온 지 석 달이 지난 어느날 아침, 여주인은 헤이워드라는 영국인이 하숙하러 오게 된다고 말했다. 바로 그날 저녁 식사 때에 식구들은 그 낯선 청년을 볼 수 있었다. 바로 그 며칠 동안은 온 집안이 흥분 속에 지내왔다. 간청을 했는지 아니면 위협을 했는지는 알 수 없으나 어떻든 프로일라인 테클라의 약혼자의 부모가 그녀를 영국으로 초대했다는 것이다. 그녀는 자기의 교양을 자랑하기 위해 수채화 책과 또 상대방 청년이 얼마나 자기에게 열중했었는가 하는 증거를 보여주기 위해 청년이 보내온 한 묶음의 편지를 가지고 떠났다.

한 주일이 지나자 이번에는 프로일라인 헤드비히가 생글생글 웃으면서 이야기를 했다. 그 애인의 부모는 아들의 줄기찬 설득에 지고, 또 프로일라인 헤드비히의 부친이 말한 결혼 지참금에 마음이 움직인 모양으로 며느리가 될 본인을 만나보고자 하이델베르크로 온다는 것이다. 만나본 결과는 아주 만족스러운 것이었다. 프로일라인 헤드비히도 공원에서 이 집 온 식구들에게 애인을 소개해줄 수 있는 기회를 가져 크게 만족하고 있었다. 여주인 가까이, 즉 식탁의 상석에 앉은 늙은 부인네들도 공연히 들뜬 것 같은 기색이었다. 그리고 프로일라인 헤드비히가 곧 집으로 돌아가 정식으로 약혼식을 올릴 것이라고 이야기하자 에를린 부인은 비용에 상관없이 마이보올레를 대접하겠노라고 말했다. 에를린 선생은 이 달콤한 술을 만드는 자기의 능란한 솜씨를 매우 자랑스럽게 생각하는 터였다. 저녁식사가 끝나자 백포도주에 탄산수를 섞고, 향초(香草)를 띄우고 산딸기를 넣은 이 음료가 큰 그릇에 담겨져 응접실의 둥근 테이블 위에 놓여졌다. 프로일라인 안나가 필립에게, 사랑하는 여자와 헤어지게 되어 안 됐다는 둥 하며 놀렸기 때문에 그는 불쾌하기도 하고 또 슬프기도 했다. 프로일라인 헤드비히는 몇 곡의 노래를 부르고 프로일라인 안나는 웨딩 마치를 연주했다. 에를린 선생까지 〈라인의 파수꾼〉을 불렀다. 이와같은 소동으로 새로 하숙하게 된 손님은 필립의 주의를 끌지 못했다. 필립은 식사때 그 사람과 마주 앉았으나 쉴새없이 프로일라인 헤드비히하고만 이야기했으며, 그 새로 온 손님은 독일어를 모르기 때문에 그저 잠자코 먹기만 하였다. 보니 그가 엷은 청색 넥타이를 매고 있었으므로 공연히 필립은 그가 싫어졌다. 나이는 스물여섯, 해맑은 얼굴에 물결진 긴 머리를 가끔 아무렇게나 쓸어 넘겼다. 크고 푸른 빛 도는 눈동자, 그것이 또 너무나 엷어 피곤한 듯이 보였다. 수염은 없고 입술은 얇았으나 모양은 제법 좋았다. 프로일라인 안나는 골상학에 취미를 갖고 있어 나중에 필립에게 말하기를, 머리 모양은 아주 훌륭하다, 반면에 얼굴 아랫부분의 지독한 궁상을 보았느냐고 했다. 그의 머리는 사색인의 머리지만 턱에는 개성이 진혀 없다는 것이다. 크고 모양없이 생긴 코에 광대뼈가 툭 튀어나와 아예 노처녀의 운명을 지녔다고 체념하는 안나였기에 개성미라는 것을 특히 중요시하는 것이었다. 안나와 필립이 이런 이야기를 하고 있을 동안 청년은 조금 떨어진 곳에 서서 떠들썩한 이 파티를 약간 거만하기는 하나 싱그레 웃는 얼굴로 바라보고 있었다. 키가 크고 미끈했으나 의식적으로 점잔을 빼는 느낌이었다. 그가 혼자 동떨어져 서 있는 것을 보고 미국인 신학생 위크스가 다가가 말을 걸었다. 이 두 사람은 기묘한 대조를 이루었다. 미국인 학생은 검은 윗도리에 희고 검은 점이 있는 바지를 입었는데 마르고 윤기없는 그의 모습에는 이미 목사 티가 나는 것 같았다. 반대로 영국 청년은 스코치로 만든 헐거운 옷을 입은 데다가 손발이 크고 동작도 지극히 느렸다.

필립은 그 이튿날까지 이 새로운 청년과 이야기하지 못했다. 그런데 마침 그날 점심을 먹기 전에 그들은 응접실 발코니에 나란히 앉게 되었다. 헤이워드가 먼저 말을 걸었다.

"당신, 영국 사람이죠?"

"그렇습니다."

"식사는 어제 저녁처럼 늘 그렇게 지독한가요?"

"그저 그 정도죠."

"형편없군요. 안 그래요?"

"그렇죠, 형편없죠."

필립은 별반 식사가 나쁘다고는 생각지 않았다. 오히려 맛있게 먹고 있었다. 그러나 그는 다른 사람이 형편없다는 식사를 굳이 좋다고 하며 맛을 모르는 사람으로 인정되기는 싫었던 것이다.

프로일라인 테클라가 영국으로 떠나버린 뒤로 동생 안나는 집에서 해야 할 일이 늘어서 전처럼 긴 산책을 즐길 여유가 없었다. 들창코에 조그만 얼굴의 금발을 길게 땋아늘인 프로일라인 체칠리에도 요즘 어쩐 일인지 사람을 꺼렸다. 헤드비히는 가버리고 항상 그들과 함께 산책을 하던 미국인 위크스는 남 도이치로 여행을 가버렸으므로 필립은 대개 혼자 있었다. 헤이워드가 그에게 접근해왔으나 수줍음을 타는 습성 탓인지, 아니면 동굴 생활을 하던 조상으로부터의 격세 유전 탓인지는 몰라도 그는 언제든지 처음 만난 사람을 좋아하지 않았다. 첫인상이 사라질 무렵에야 비로소 사귀게 되는 것이었다. 이런 습성이 그로 하여금 사람들과의 교제를 어렵게 했다. 따라서 헤이워드의 접근도 그다지 마음에 내키지 않았다. 그가 어느날 같이 산책하자고 청해왔을 때에도 예의에 벗어나지 않는 적당한 변명을 찾지 못해 하는 수 없이 응했던 것이다. 걸핏하면 얼굴이 붉어지는 버릇을 스스로도 못마땅하게 생각하여 되도록이면 웃어넘기려 했으나 늘 하는 변명을 늘어놓는 것이었다.

"나는 도무지 빨리 걸을 수가 없어서요."

"원, 별말씀을. 걷기 시합을 하는 것도 아닌데. 천천히 거니는 것이 좋잖아요! 〈마리우스〉에서 페이터가 한 말 생각나세요? 조용한 산보는 대화의 가장 좋은 자극제라는 그 말 ?"

필립은 말을 하기보다 듣기를 좋아했다. 가끔 근사한 말을 생각해내기도 했지만 대개 그것은 기회를 놓쳐버리게 마련이었다. 그러나 반대로 헤이워드는 이야기의 명수인데 필립보다 조금 더 인생 경험이 있는 사람이라면 아하, 저 작자는 자기 말에 자기가 도취하고 있구나라고 생각할 것이다. 오만 불손한 태도가 필립에게는 인상적이었다. 필립은 자기가 거의 신성시하는 사물에 대해 노골적은 아니나마 경멸할 수 있는 인간에게 그는 두려움을 느끼면서도 역시 감탄하지 않을 수 없었다. 운동 경기열 따위의 미신은 완전히 경멸하고 여러 가지 운동경기에 열중하는 인간들을 벌레라는 욕설로 비난했다. 대신 그 자신이 교양병이라는 다른 종류의 미신을 섬기고 있다는 것까지는 아직 필립은 깨닫지 못했다.

그들은 천천히 성으로 올라가 거리가 한눈에 내려다보이는 고대(高臺)에 앉았다. 거리는 유유히 흐르는 네카 강가의 낮은 지대에 아늑하게 자리잡고 굴뚝에서 내뿜는 연기는 담청색 안개가 되어 흐르고 있었다. 높은 지붕과 교회의 첨탑들은 중세의 도시를 방불케 하여 마음을 흐뭇하게 해주는 정취가 있었다. 헤이워드는 《리처드 페베렐》과 《보바리부인》 또 베를레느, 단테, 매슈 아놀드 등의 이야기를 해주었다. 그즈음 피츠제럴드가 번역한 《오마 카얌》은 소수의 특수한 사람에게만 알려져 있었으나 헤이워드는 그것을 몇 번이나 낭송해주었다. 시 낭송을 즐겨하여 자작시나 다른 사람들의 시를 단조롭게 억양없는 가락으로 외어보곤 했다. 집에 돌아갈 무렵에는 필립의 그에 대한 이제까지의 불신은 거꾸로 열광적인 감탄으로 변해버렸다.

그 뒤로는 그들은 날마다 오후에 함께 산보하게 되었고, 필립은 얼마 안 가서 헤이워드의 경력에 대한 것도 알게 되었다. 그는 시골 판사의 아들로 얼마 전에 아버지가 죽고 연수(年收) 삼백 파운드의 유산을 받았다. 차터 하우스에서의 성직이 너무나 뛰어나 케임브리지로 진학했던 때에는 트리니티 홀의 학장이 자기 대학에 온다니 감사하다고 특히 만족의 뜻을 표했을 정도였다. 그 자신도 장래의 출세를 생각하여 열심히 공부하였다. 애써 가장 지적(知的)인 친구와 사귀고 브라우닝의 시에 열중했으나 테니슨은 별반 관심을 갖지 않았다. 셸리가 전처 해리엣에 대하여 취한 행패 같은 것도 실로 자세히 알고 있었으며 미술사도 조금 건드려본 모양이었다(그의 방에는 와츠와 번 존스나 보티첼리의 복제품이 걸려 있었다). 시는 어둡고 염세적인 것을 썼으나 실력은 상당했다. 친구들 사이에서도 그가 뛰어난 천부의 재능을 가진 사람이라는 평판이 높았으며 친구들이 그의 장래의 성공을 예언하면 그는 즐겨 귀를 기울였다. 이윽고 그는 미술과 문학에 대해서는 권위자가 되었다. 뉴먼의 《아폴로지어(자서전)》에 영향을 받아 로마 가톨릭 제식(祭式)의 화려함이 그의 심미감에 강한 영향력을 끼쳤다. 매콜리를 읽는 편협한 사상을 가진 그의 부친의 노여움을 산다는 걱정만 없었더라고 벌써 개종해버렸을지도 모른다. 그런 그가 겨우 보통 성적으로 진급했을 때 동무들은 뜻밖의 일이라 모두 놀랐으나, 그는 어깨를 추켜 올리며 자기는 시험관의 노리개감은 아니니까라고 가볍게 응수했다는 것이다. 그는 언젠가 구두 시험

치르던 일을 재미있게 이야기한 일이 있다. 보기 흉한 칼라를 단 선생이 논리학 질문을 했는데 어떻게 지루했는지 못 견딜 지경이었다. 그때 언뜻 눈에 뜨인 것이 선생이 신은 장화였다. 그것은 목이 긴 고무장화였다. 어떻든 기괴하고도 우스꽝스러운 시험이었다. 그래서 그는 잠자코 킹스 예배당의 고딕건축의 아름다움을 생각하고 있었다는 것이다. 그러나 케임브리지 시절에는 때로 즐거운 날도 있었다. 어느 누구보다도 호화로운 만찬회를 베풀기도 하고 또 그의 방에서의 대화는 정말로 잊을 수 없는 즐거운 것이었다. 그는 필립에게 다음과 같은 경구(警句)를 들려준 일이 있다.

'헤라클레이투스여, 그대는 이미 죽었다는 말을 들었다.'

그리하여 지금도 그 시험관과 고무장화의 우스꽝스러운 이야기를 하고 크게 웃으며,

"물론 어리석은 일이었어. 하지만 이 어리석은 이야기 속에도 무언가 조금은 쓸만한 대목이 있지 않을까?"라고 하였다.

필립은 은근한 스릴을 느끼면서 깊이깊이 감탄했다.

다음에 헤이워드는 변호사 공부를 하러 런던으로 갔다. 그는 클레멘츠 인 호텔에서 판벽(板壁) 장식이 되어 있는 화려한 방을 빌어 그 방을 트리니티 홀의 방처럼 꾸몄다. 막연하나마 정치계에 대한 야심도 있었고, 민권당원이라 자칭하여 자유당계의 신사 취미가 농후한 클럽에 추천되기도 하였다. 그의 계획은 변호사 개업을 하고(다소 인간적인 면이 있다 하여 대법원 쪽을 선택했다) 그리고 약속된 여러 가지 소망이 성취되는 것을 기다려 적당한 선거구에서 의회에 진출하려는 것이었다. 한편 오페라 구경도 끊이지 않았으며 그와 취미를 같이 하는 소수의 훌륭한 친구들과도 사귀게 되었다. 더욱이 전(全), 선(善), 미(美)를 표방하는 어느 만찬 클럽에도 가입하였다. 그는 켄싱튼 수퀘어에 사는 자기보다 나이가 많은 부인과 플라토닉한 우정관계도 맺었으며 날마다 오후에 희미한 촛불 아래에서 그녀와 함께 차를 마시며 조지 매레디스나 월터 페이터에 대한 이야기를 나눴다. 법조 협회의 시험이라는 것은 어떤 바보라도 합격한다는 소문은 널리 알려진 사실이어서 공부는 지극히 여유있게 했었는데 그런 만큼

최종시험에 낙제했을 때는 마치 개인적인 모욕이라도 받은 것 같은 마음이었다. 켄싱톤 스퀘어의 부인은 남편이 인도에서 휴가를 받아 돌아온다, 여러 가지 점으로 믿음직한 인물이었지만 마음은 그야말로 속물이어서 도저히 젊은 남자의 방문 같은 것은 이해하지 못할 것이라는 것이었다. 이 얼마나 추악한 인생인가. 헤이워드는 그런 마음이 들었다. 이제 새삼스럽게 시험관들의 냉소와 맞선다는 것은 생각만 해도 몸서리쳐지는 일이고, 그러느니 차라리 결심하고 발 앞의 공을 걷어차버리는 편이 사나이다운 일인지도 모른다. 게다가 상당한 빚도 졌다. 연(年) 삼백 파운드 정도로 런던에서 신사 생활을 한다는 것은 무리였다. 그의 마음은 존 러스킨이 그렇게 고혹적으로 묘사한 베니스나 플로렌스를 동경하게 되었다. 그는 변호사라는 속되고 번잡한 직업이 자기에게는 알맞지 않다는 것을 알게 되었다. 문짝에 이름을 내거는 것만으로 소송사건이 날아들어오는 것이 아니라는 것을 잘 알았기 때문이다. 그렇기는 하나 지금의 정치라는 것도 어딘지 모르게 고귀성이 결핍되었다고 생각했다. 그는 어디까지나 시인을 자처했다. 그리하여 클레멘츠 인 호텔의 방을 정리하고 이탈리아로 떠났다. 한겨울은 플로렌스에서, 한겨울은 로마에서 지냈으나 이제 그 두 번째 여름을, 이 괴테를 원문으로 읽고자 독일에서 보낸다는 것이다.

헤이워드는 아주 훌륭한 천분을 가지고 있었다. 그것은 정말로 문학을 이해한다는 것이다. 게다가 그 정열을 웅변으로 표현할 수 있다는 것이다. 먼저 작가 안에 자신을 투입하고 대상 중의 가장 좋은 것을 남김없이 파악하여 그 작가를 깊이 이해함으로써 그를 이야기할 수 있었던 것이다. 필립도 책은 많이 읽었으나 그것은 차라리 난독이어서 아무런 분별없이 읽은 것이다. 이제 그의 감상력을 인도해줄 만한 안내자를 만나게 된 것은 그를 위해 여간 다행한 일이 아니었다. 그는 거리의 조그마한 책집에서 책을 빌었다. 헤이워드가 이야기한 훌륭한 책들을 하나도 남기지 않고 읽기 시작했다. 모두가 흥미있는 책들은 아니었으나 끈기있게 읽어나갔다. 자기 향상에 열중하였다. 자신의 무식을 뼈아프게 느끼며 오직 겸허한 몸가짐을 가지는 것이었다. 팔월도 다 가서 위크스가 독일 남부를 여행하고 돌아왔을 무렵에는 필립은 완전히 헤이워드의 영향 아래 있었다. 헤이워드는 위크스를 좋아하지 않았다. 우선 위크스의 검은 옷과 서릿발같이 희끗희끗한 무늬의 바지가 싫었고, 게다가 뉴잉글랜드 식 양심에 대해서도 가차없이 비웃는 것이었다.

처음에 친절을 베풀어 준, 말하자면 은인 위크스에 대한 비난이었으나 필립은 만족스러운 듯이 귀를 기울였다. 반대로 위크스가 헤이워드에 대해 조금이라도 나쁘게 말하면 마구 화를 내었다.

"자네 새 친구는 아마 시인인 모양이지?" 입가에 쓴웃음을 띠고 위크스가 말했다.

"그래요, 그는 시인이에요."

"자기가 그렇다고 하던가? 미국에서는 글쎄, 얼간이들의 표본이 아닐까?"

"하지만 여기는 미국이 아니니까요." 필립은 쌀쌀하게 대답했다.

"몇 살이지? 스물다섯? 하숙에 처박혀서 시만 쓰고 있는 것 아냐?"

"당신 따위가 뭘 안다고." 필립은 화를 내며 쏘아댔다.

"모르긴 왜 몰라. 그런 작자는 벌써 백사십칠 명이나 봐왔는걸."

위크스의 눈이 장난스럽게 깜박거렸다. 그러나 미국인 기질을 전혀 이해하지 못하는 필립은 입을 내밀고 눈을 부릅떴다. 위크스가 필립에게는 꽤 의젓한 신사로 보였으나 나이는 고작 서른이었다. 후리후리하게 여윈 몸뚱이에 학자에게서 흔히 볼 수 있는 새우등이다. 크고 모양없는 머리, 꺼실꺼실한 머리털이 드문드문 나고 살갗은 아예 흙빛이었다. 얇은 입술, 길고 꺼진 코, 게다가 불거진 앞이마 등이 실로 기이한 풍모를 만들어내고 있다. 차고 깔끔하고 정열도 아무것도 없는 냉혈 동물 같은 인간이었다. 그러면서도 어떤 기묘한 경박성도 있어 그것이 그가 본능적으로 접촉하게 되는 진실한 사람들 사이에서 자칫하면 말썽을 빚어내는 일이 있다. 하이델베르크에서는 신학을 공부하고 있는데 같은 미국인 신학생들조차 다소 의혹의 눈으로 그를 보고 있었다. 즉, 몹시 정통에서 벗어난 데가 있어 그들을 놀라게 하고, 또 지독히 변덕이 심해 그들의 비난을 샀던 것이다.

"백사십칠 명을 안다니 어떻게 알 수 있어요?" 필립은 정색하고 물었다.

"뭘, 파리의 라틴 구에서도 만났고 베를린이나 뮌헨의 하숙집에서도 만났지. 페루기아나 아시시의 싸구려 호텔에도 있어. 플로렌스로 가보라구. 보티첼리 앞에 수십 명이 떼를 지어서 있고 로마에서는 시스틴 예배당 벤치에 의젓하게 앉아 있지. 이탈리아에서는 포도주를 퍼마시고 이곳 독일에서는 엄청난 맥주를 과음하지. 놈들은 무엇이든지 좋은 것은 어김없이 칭찬해. 그것이 무엇이든 말이야. 그러면서 차차로 훌륭한 책이 백사십칠 명의 훌륭한 선생님들의 가슴속에서 잠자고 있다는 것을. 그런데 한 가지 슬픈 일은 이 숱한 훌륭한 책이 실제 한 권도 씌어질 성싶지 않다는 사실이지. 그래도 역시 세계는 활발하게 움직여."

위크스는 사뭇 열중해서 이야기했다. 그러나 그 장광설 끝에 그의 잿빛 눈알이 반짝 하고 깜박거렸다. 필립은 어쩐지 이 미국인에게 조롱당하는 것 같아서 얼굴이 빨개졌다.

"쓸데없는 소리 그만 해요." 하고 퉁명스럽게 뱉었다.

27

위크스는 에를린 부인의 하숙집 뒤채의 작은 방 두 개를 빌어쓰고 있었다. 그 하나를 깨끗이 응접실로 꾸며 자주 사람들을 초대했다. 저녁 식사가 끝나면 케임브리지의 친구들까지도 손들었다는 그 짓궂은 장난기에서였겠지만, 곧잘 필립과 헤이워드를 놀러오라고 청했다. 맞아들이는 태도가 엄청나게 정중하여 두 개밖에 없는 낡은 안락의자를 그들에게 권한다. 그 자신은 전혀 술을 하지 않으면서도(그것을 필립은 일종의 야유로 보았다) 헤이워드 옆에는 맥주 두 병이 놓여 있다. 그리고 아무리 토론이 고조되었어도 헤이워드의 파이프가 꺼지면 당장에 그는 손수 불을 붙여주겠다고 고집하는 것이었다. 처음에는 어떻든 케임브리지라는 유명 대학 출신자로서 헤이워드는 하버

드 출신인 위크스에 대해 오히려 위로하는 듯한 태도조차 취하는 것
이었다. 한번은 희랍 비극 시인이 화제에 올랐는데, 헤이워드로서는
이것이야말로 권위를 갖고 말할 수 있는 제목이라고 생각했으니 가
관이 아닐 수 없었다. 견해의 응수 따위는 차라리 가소롭다, 내가 가
르쳐주겠다고 하는 듯한 태도로 나왔다. 위크스는 싱글거리며 잠자
코 듣고 있다가 이윽고 그의 이야기가 끝나자 한두 가지 대단히 심
술궂은 질문을 하였다. 하기는 그 태도가 너무나 태연했으므로 헤이
워드로서는 어떤 궁지에 빠질 것인지도 모르고 그만 우쭐해가지고
대답을 해버렸던 것이다. 그러면 위크스는 먼저 차분히 반대의 뜻을
밝히고 서서히 사실의 잘못을 정정하고 별반 사람들이 잘 모르는 라
틴 주석가의 주석까지 들춰냈다. 나아가서는 권위있는 독일 학자의
견해까지 쳐드는 바람에 완전히 그가 학자임을 알았다. 싹싹하게 싱
글거리며 게다가 일일이 양해를 구하면서 헤이워드의 발언을 여지없
이 반박했을 뿐더러 실로 정중하게, 은근하게 헤이워드의 미숙한 학
문을 보기 좋게 폭로시키고 말았다. 익살조의 야유도 어디까지나 부
드럽기만 하였다. 곁에서 보아도 헤이워드의 바보스러움은 어지간했
는데 당사자는 그래도 입을 다물지 않았다. 자신만만이라고 할까, 더
욱더 흥분하여 토론을 걸고 나섰다. 그의 이론은 점점 더 엉망으로
되어갔지만 그것을 또 위크스는 일일이 차분하게 정정해나갔다. 그
의 추리의 잘못을 위크스는 완전히 입증시키는 것이었다. 그리고 나
중에 사실은 하버드에서 희랍 문학을 가르쳤다고 털어놓았다. 그래
도 헤이워드는 흥 하고 코웃음을 치면서 말했다.
  "짐작했었지. 즉, 자네가 희랍어를 읽는 방법은 선생 식이야. 나는
시인으로서 읽지만."
  "그렇다면 뜻 같은 것도 제대로 모르는 것이 시적이란 말이군! 나
는 또 오역 덕분에 그 뜻을 알게 되는 것은 계시 종교의 경우뿐인
줄 알았었는데."
  마침내 맥주를 다 마시고 그는 흥분하여 어지러운 모습으로 위크
스의 방에서 나왔다. 그리고 화가 나서 필립에게 말했다.
  "요컨대 그는 현학(衒學)의 무리에 지나지 않아. 미에 대한 진정한

감각 따위는 전혀 없어. 정확성이란 기록에서나 필요하겠지. 우리가 구하는 것은 그리스 정신이야. 위크스란 자는 가령 루벤스타인을 들으러 가서 약간의 실수가 있었다고 트집을 잡으려 드는 놈과 같지. 연주의 실수! 그것이 어떻다는 거야! 연주, 그 자체가 훌륭하면 그만이 아니겠느냐 말이다."

필립은 얼마나 많은 얼치기 연주자들이 이런 실수에 위안을 찾고 있는지도 모르고 크게 이 말에 감동되었다.

위크스는 이 회합에서 납작해진 헤이워드의 면목을 어떻게 한 번 회복시켜주려는 흥미에서인지 자주 초청했는데 그렇게 되면 또 헤이워드는 딱 거절하지 못하는 것이었다. 더욱이 위크스라는 사나이는 다시금 그를 가볍게 토론으로 이끌어가는 것이다. 헤이워드로서는 그의 학식이 이 미국 사람에 비해 얼마나 빈약한가를 잘 알고 있었으나 영국인 특유의 고집, 또 상처받은 자부심(그것은 결국 마찬가지겠지만)으로 해서도 그대로 물러설 수는 없었다. 마치 그는 자신의 무지, 자긍, 완고성을 드러내놓는 일에 기쁨을 느끼고 있는 것처럼 보였다. 그가 비논리적인 말을 하면 즉시 위크스는 몇 마디의 말로 그의 출론의 오류를 지적하고 잠시 승리감에 잠기는 듯 숨을 돌리려는가 싶으면 갑자기 또 다른 화제로 옮겨갔는데 그것은 그리스도교적 사랑이라고나 할까, 패배한 적의 뒤는 쫓지 않는다는 그런 생각에서였던 모양이다. 때로는 보다못해 필립이 거들고 나서면 그다지 아프게는 아니지만 한 대 여지없이 얻어맞고 물러선다. 그러나 그것이 헤이워드에게와는 달리 매우 은근하였기 때문에 섬세한 점에 있어서는 남에게 지지 않는 필립이었으나 조금도 피해를 입은 것 같은 마음이 들지 않았다. 더러는 헤이워드조차 더욱 바보스럽게 되어가는 자신이 견딜 수 없어 욕설이 나오는 때도 있었지만, 그럴 때도 싸움이 되지 않은 것은 이 미국 사람의 웃음을 잃지 않는 정중한 태도 덕분이었다. 그럴 때 헤이워드는 위크스의 방에서 나오면서,

"제기랄! 그까짓 양키놈이!"

화가 나서 이렇게 지껄였다. 이야기는 이것으로 끝장이다. 다시 말하여 도저히 이겨내지 못할 논쟁에 대해 확실히 이것은 완전한 대답

이었기 때문이다.

위크스의 방에서의 토론은 처음 동안은 가지각색으로 다양했으나 결국 귀착하는 데는 종교론이었다. 신학생인 위크스가 직업적인 흥미를 갖게 되는 것은 극히 당연한 일이었고 헤이워드도 이런 엄격한 사실에 의해 괴로움을 당할 필요가 없는 화제는 언제나 대환영이었다. 감정이 척도가 되는 화제에서는 자연히 논리는 도외시되고 그것이 또 논리에 약한 축들에게는 실로 안성맞춤이었던 것이다. 헤이워드는 거침없는 웅변으로 자기의 신조를 설명했는데, 그것에 따르면 그도 또한 법으로 작정된 국교회에서 자라난 인간이라는 것이 확실했다(그리고 이것은 필립이 신봉하는 자연의 질서관과 완전히 합치하고 있었다). 이제는 개종의 의사를 포기해버리기는 했지만 그래도 로마 교회 그 자체에 대해서는 깊은 공포감을 가지고 있었다. 여러 가지 그럴 만한 점을 발견했는데, 가령 로마 교회의 호화로운 제식과 그와 비교하여 영국 교회의 간소한 예배를 견주어보더라도 그는 확실히 전자에 호감을 갖고 있었다. 그는 또 필립에게 뉴먼의 〈자서전〉을 읽기를 권했다. 필립은 싫증이 나서 못 견딜 지경이었으나 어떻든 끝까지 읽기는 하였다.

"아니, 그 스타일을 읽으라는 거야, 내용이 아니야." 하고 헤이워드는 말했다.

그는 또 오라토리 파(派)의 음악에 관해 열정을 깃들여 논하고 분향과 신앙의 관계에 대해서도 참으로 아름다운 말로 표현하였다. 위크스는 전과 다름없이 싸늘한 미소를 띠고 가만히 듣는다.

"그렇다면, 자네 생각은 결국에 가선 존 헨리 뉴먼이 훌륭한 영어를 썼다, 또 추기경 매닝의 모습이 대단히 아름답다는 것──이것이 바로 가톨릭 교회의 진리를 입증하는 것이라는 말인가?"

헤이워드는 자신도 또한 여러 가지 영혼의 고뇌를 겪어왔다, 일 년이라는 긴 나날을 암흑의 바다에서 표류했었다는 이야기를 은연중에 비쳤다. 그리고 세상을 전부 다 준다 해도 다시 그와 같은 심적 고뇌를 되풀이하기는 싫다, 겨우 고요한 바다에 다다랐으니까, 라고 늘 하는 버릇으로 물결진 금발을 쓸어 올리며 말하는 것이었다.

"그럼 대체 무얼 믿나요?" 하고 필립이 묻는다. 막연한 말만으로는 이해가 가지 않았다.

"물론 전(全), 선(善), 미(美)를 신봉하고 있지."

이렇게 잘라 말했을 때의 헤이워드는 탄력이 없는 큼직한 신체, 그리고 잘 생긴 머리의 모양과 더불어 지극히 아름다웠다. 더욱이 그는 자신있게 말하는 것이다.

"그렇다면 자네는 인구 조사용 종교란에도 그렇게 쓰겠군."

언제나처럼 위크스가 조용하게 되물었다.

"난 귀찮은 정의 따윈 아예 싫어. 그런 건 오히려 추태나 다름없어. 굳이 쓰라면 나는 웰링턴 공의 교회, 글래드스턴 교회를 믿는다고 해도 좋아."

"바로 그것이 영국 교회예요." 하고 필립은 말했다.

"하, 그것 봐라, 제법!"

헤이워드가 웃으며 대꾸하자 필립은 자기도 모르게 얼굴을 붉혔다. 상대방이 그럴 듯하게 주석식으로 말한 것을 그가 당돌하게 말해 버렸다고 생각하니 죄스러웠다.

"그야 물론 나도 국교회의 회원임에 틀림없지. 그러나 로마 교회 사제들이 몸에 휘감은 금빛, 은빛의 법의, 그것이 마음에 들어. 그리고 그 독신 생활, 고해, 연옥, 모두 좋아. 향연이 자욱한 어딘가 신비적인 이탈리아의 대교회의 어둠 속에 앉아 나는 마음속 깊이 미사의 비적을 믿게 되었어. 베니스에서 본 일인데 어부의 아낙네 하나가 맨발로 들어오더니 고기 광주리를 내던지고 그 자리에 무릎 꿇고 성모에게 기도드리는 거야. 나는 생각했지. 이것이 바로 진정한 신앙이라고. 나도 그녀와 같이 기도드리고 믿었네. 하기야 나는 동시에 아프로디테와 아폴로를 그리고 또 위대한 저 제우스 신도 믿지만."

그는 아름다운 목소리의 소유자였다. 말할 때는 조심해서 말을 선택하고 그리고 그것을 거의 율동적이라 해도 좋을 만큼의 유쾌한 투로 말했다. 아직도 더 계속될 것이었는데 마침 위크스가 두 병째 맥주를 따고, "자, 조금 마셔요." 하였다.

헤이워드는 어른스러운 몸짓으로 필립을 돌아보면서(그것이 아직 어린 필립에게는 대단히 인상적이었다) 말했다.

"어때, 알아듣겠나?"

필립은 한참 머뭇거리다가 할 수 없이 알았다고 대답했다.

"그런데 불교에 대해서도 다소 듣고 싶었는데 낙심 천만이군." 하고 위크스가 말했다. "솔직히 말해서 난 마호멧에도 어떤 공감을 갖고 있네. 그걸 자네가 전혀 무시했다니, 애석한데."

헤이워드는 웃었다. 왜냐하면 그날 밤 그는 기분이 몹시 유쾌했으며 더욱이 자기가 한 말이 아직도 귓전에서 기분 좋게 들려왔기 때문이다. 쭈욱 맥주를 들이켜고 말했다.

"자네가 그것을 알아주니 고맙군. 보편적으로 미국 사람들의 지혜란 비판적 태도로밖엔 볼 수 없다는 말일세. 에머슨을 위시해서 모두 그런 부류의 사람들이야. 도대체 비판이란 무엇인가? 한 마디로 말해서 파괴야. 그런데 파괴는 누구나 할 수 있지만 건설은 그렇지 못하지. 바로 말해서 자넨 현학자야. 아닌가? 중요한 것은 바로 이 건설이야. 난 건설자야, 시인이야."

위크스는 어디까지나 진지한 듯한 그리고 동시에 밝은 웃음이 깃든 눈으로 그를 바라보았다.

"자네 술에 좀 취한 것 같군."

"그런 소리 말게. 아직도 자넬 몰아세울 수는 있네. 그건 그렇고 나는 내 심경을 털어놓았어. 이번엔 자네 차례야. 자네 신앙을 들어보기로 하세."

위크스는 마치 나뭇가지에 앉은 참새처럼 고개를 갸웃거렸다.

"나는 늘 그것을 모색해왔지만 아무래도 유니테어리언이라고 하는 편이 옳겠지."

"하지만 그렇다면 분리파가 아닌가요?" 하고 필립이 반문했다.

그런데 그때 두 사람이 동시에 헤이워드는 큰소리로 그리고 위크스는 소리없이 픽 웃었는데 필립은 그 까닭을 알 수 없었다.

"그러면 영국에서는 분리파 사람은 신사가 못 된다는 건가?" 하고 위크스가 물었다.

"그렇다고 해야겠죠. 그렇게 물어온다면." 필립은 뾰로퉁해서 대꾸했다. 웃음거리가 된다는 것은 대단히 불쾌한 일이다. 그들은 또 웃었다.

"그렇다면 묻겠는데 신사란 대체 뭔가?" 하고 위크스가 물었다.

"글쎄, 나는 잘 모르지만 다들 알고 있을 텐데요."

"그럼 자네도 신산가?"

필립은 아직까지 이 문제로 의혹을 품은 일은 한 번도 없었다. 그러나 스스로 말할 문제는 아니라고 생각했다.

"결국 스스로 신사라고 자부하는 인간은 틀림없이 거짓말쟁이죠."

"그럼 나는 어때?" 위크스가 다그쳤다.

정직한 필립은 어떻게 대답해야 좋을지 몰랐다. 그러나 그런 점에서는 성품이 좋은 그인 만큼,

"아, 당신은 달라요. 미국 사람이니까."

"그러면 어떻게 되나? 신사는 영국 사람에 국한된다고?" 위크스는 정색하며 물었다.

필립은 굳이 반대하지 않았다.

"좀더 자세히 말해줄 수 없나?"

필립은 새빨개졌다. 그러나 점차 화가 치밀어옴에 따라 상대방이 자기를 비웃거나 말거나 상관하지 않았다.

"얼마든지 말하죠." 그러고 보니 늘 백부가 신사가 되려면 삼 대가 걸린다고 하던 말이 머리에 떠올랐다. 오이밭에 가지가 열릴까? 라는 따위와 비슷한 내용의 것이었다.

"무엇보다도 먼저 부모가 역시 신사일 것, 다음은 퍼블릭 스쿨을 나와 옥스퍼드나 케임브리지로 진학할 것."

"에딘버러로는 안 되겠지, 물론?" 다시 따지는 위크스다.

"그리고 신사다운 영어를 사용할 것, 복장이 단정할 것, 또 자신이 신사라면 남이 신사인지 아닌지도 똑똑히 알아야 할 것."

말을 하며 필립은 좀 서투르다는 생각이 들었지만 새삼스레 어떻게 할 수도 없다. 그 자신이 그렇게 알고 있고 또 그가 아는 한 남들도 그렇게 믿고 있으니까.

"그렇다면 내가 신사가 아니라는 것을 나도 알았네." 하고 위크스

는 말을 이었다. "그런데 자네는 내가 비국교회파라는 것에 대단히 놀란 모양인데 그 이유를 나는 모르겠어."

"나도 유니테어리언이 무언지 사실은 몰라요."

위크스는 다시 아까처럼 기묘하게 고개를 갸우뚱했다. 금방이라도 날개짓을 할 것 같은 모양이었다.

"유니테어리언이란 모든 다른 사람들이 믿는 것을 거의 전부 믿지 않는다, 진심으로 말이다. 그러면서도 자기도 잘 모르는 일을 실로 끈기 있게, 자신 있게 믿고 있다."

"당신은 왜 날 놀려요? 난 진지하게 묻는데요." 하고 필립이 말했다.

"아니 뭐, 놀리다니? 지금 내가 한 말은 다년간 연구해서 괴롭고 필사적인 탐구 끝에 얻은 정의란 말야."

필립과 헤이워드가 돌아가려고 하자 그는 필립에게 조그마한 책을 한 권 주었다.

"자네, 이제 불어를 꽤 읽을 수 있겠지, 이 책 재미있을 거야."

필립은 고맙다고 하면서 책을 받아들고 표제를 보았다. 르낭의 《예수전》이었다.

28

지루한 밤에 심심풀이로 나눈 대화가 그 뒤 오래도록 필립의 머릿속에서 되새겨질 줄은 헤이워드도 위크스도 꿈에도 생각지 못했다. 필립으로서는 종교가 토론의 대상이 될 수 있다고는 꿈에도 생각한 일이 없었다. 그로서는 종교는 곧 영국 국교회를 뜻했다. 따라서 그 교의를 믿지 않는다는 일은 현세에서든 내세에서든 벌을 면할 수 없는 아집이라고밖에 생각할 수 없었다. 하기는 불신자에 대한 징벌이라는 데 대해서도 그는 약간의 의문을 품고 있었다. 가령 심판자가 자비로워서 지옥의 겁화는 오로지 회교도나 불교도 등, 이단자를 위해 남겨놓은 것이므로 비국교회파 신도나 로마 가톨릭교도들은 특별 대우를 받고 있는지도 모른다. 그렇게 되면 그들이 잘못을 깨달을 때에도 오직 속죄에 힘쓴다는 일은 전혀 없어질는지도 모르지만 또 이 것도 신의 자비가 끝내 진리를 배울 기회를 얻지 못했던 사람들(실제로는 선교 사회의 활동이 활발해서 이런 실례는 결코 많지는 않지만 다만 이치로는 충분히 있을 수 있기 때문이다)에 대해서는 관용하다는 일도 있을 수 있을 것이다. 그러나 기회가 있으면서 오히려 그것을 무시한 것이라면(로마 가톨릭이나 비국교회파는 확실히 그것에 해당한다) 벌은 더 의심할 여지도 없고 또 당연하기도 했다. 이단자가 대단한 위험에 놓였다는 것은 명백한 일이었다. 아마 필립은 별로 귀가 따갑도록 설교를 들은 것은 아니지만 어떻든 인상을 말한다면 영원한 지복(至福)을 누릴 수 있는 자는 오직 영국 국교회 신도뿐이라고 느끼고 있었다.

다만 이제까지 뚜렷이 들어온 것은 믿음이 없는 사람, 즉 중한 악인이라는 것이다. 그런데 위크스라는 사나이는 필립이 믿고 있는 것은 아무것도 믿지 않는 주제에 생활은 엄연히 그리스도교적 순결, 바로 그것이었다. 이제까지 남의 친절 같은 것은 거의 받은 일이 없는 필립인만큼 애써 그를 도와주려고 하는 위크스의 친절에는 진심으로 감동되었다. 언젠가 감기로 사흘 동안 누워 있었을 때는 마치 어머니처럼 간호해주었다. 남을 해치고자 하는 마음은 조금도 없었다. 있는 것은 오직 성의와 친절, 그것뿐이었다. 그러고 보면 덕이 있으면서도 믿음이 없는 사람도 확실히 있을 수 있는 일이다.

그리고 필립은 사람이 이단을 고집하는 것은 오로지 억지와 사욕 때문이라고 들어왔다. 마음으로는 거짓이라고 알면서도 애써 남을 속이려는 것이다. 그런데 필립은 독일어 때문에 언제나 일요일 아침에는 루터 교회의 예배에 나갔었는데 헤이워드가 온 뒤로는 그와 같이 미사에 참석하기 시작했다. 거기서 그가 알게 된 것은 신교 교회에는 참석자도 적고 회중도 또한 지극히 열의가 없는 데 반해서 천주교회에는 회랑도 만원이고 예배자의 태도도 진지하다는 것이다. 위선자라는 따위의 느낌은 없었다. 이 대조적인 현상에 필립은 놀랐다. 그것은 신앙이라는 점에서는 로마 교회보다도 루터 교회 편이 영국 국교회에 가까운 이상 진리에 대해서도 보다 가까운 것이라고만 생각했기 때문이다. 남자신도의 대부분——원래가 남자가 대단히 많은 모임이었다——은 남부 독일 사람이었는데 자신도 이런 형편 아래서 만약 남부 독일에 태어났더라면 틀림없이 로마 가톨릭교도가 되었을 것이다. 그러고 보면 그도 영국에 태어난 것과 같이 어딘가 불쑥 로마 가톨릭교국에 태어났을지도 모르는 것이며, 또 같은 영국이라도 다행히 그는 국교회파 신도의 가정에 태어났으나 이것 또한 마찬가지로 웨즐리파, 침례파, 메소디스트파 등의 가정에 우연한 기회에 태어났을는지도 모른다. 그렇게 생각하니 그가 저질러온 위험이 생각나 아찔해졌다. 그는 날마다 두 번, 같이 식탁에 앉는 왜소한 중국인과 친해졌다. 숭이라고 하는데 언제나 명랑하고 웃기를 잘했다. 이 숭이 다만 중국인이라는 이유만으로 지옥 불에 떨어져야 한다면 이것은 확실히 우스꽝스러운 일이다. 그렇다고 어떤 신앙을 믿어도 구원받는다고 한다면, 특히 영국 국교회의 신도라는 의미는 완전히 없어진다는 말이 된다.

필립은 미처 느끼지 못하던 곤혹을 안고 위크스에게 부딪쳐보았다. 그러나 우롱당하는 것을 몹시 꺼려하는 그였던 만큼 여간 신중성이 필요하지 않았다. 게다가 평소에 그가 영국 국교회에 대해 품고 있는 신랄한 의견을 생각하면 필립의 마음은 더욱 불안했다. 그리고 사실 부딪쳐 본 결과는 더 알쏭달쏭할 뿐이었다. 위크스의 의견은 이랬다. 그 천주교회에서 보는 남부 독일인, 그들이 로마 가톨릭 교회의 진리를 신봉하는 확률은 필립이 영국 국교회의 그것을 믿는 정도와 조금도 다름이 없다. 그렇다면 회교도도 불교도도 각기 종교에 대한 확신은 같다고 보아야 한다는 것이다. 필립도 할 수 없이 수긍했다. 모두 저마다가 옳다고 생각하고 있으니까, 라는 말투였다. 위크스로서는 별반 이 소년의 신앙을 뒤엎어보려는 따위의 저의는 없고, 다만 종교에 대해 크게 관심을 갖고 있으며 한 번 그 이야기가 나오면 모든 것을 잊어버리고 열중한다는 것뿐이었다. 나는 다른 인간이 믿는 것은 거의 아무것도 진심으로 믿지 않는다고 그가 말한 일이 있는데 어쩌면 그것은 그의 속마음을 가장 정확하게 표현한 것인지도 모른다. 어느 땐가 필립이 물은 적이 있다. 언젠가 목사관에서 마침

이야기가 당시 신문지상에서 떠들썩하게 문제되던 어느 온건한 합리주의론을 쓴 책에 미쳤을 때 캐리 씨가 던진 질문이기도 하였다.

"하지만 당신이 옳고 성 안젤롬이나 성 어거스틴 등의 위인들이 틀렸다니, 과연 그럴까요?"

"다시 말해서 이런 거겠지. 그런 사람들은 대단히 현명하고 학식이 깊다. 그러나 나는 어쩐지 몹시 의심스럽다. 그 말이겠지?" 오히려 위크스에게서 역습당했다.

"그렇다고 할 수 있겠죠." 스스로도 한심스러운 대답이었다. 그렇게 말하고 보니 자기의 질문이 적절하지 못한 것처럼 느껴졌기 때문이었다.

"그런데 성 어거스틴은 지구는 평평하고 태양이 그 둘레를 돌고 있다고 믿고 있네."

"잘 모르겠는데 그게 무슨 소리예요?"

"뭐, 말하자면 인간은 모두 그 시대 나름으로 믿는 수밖에 없다는 뜻이지. 자네가 말하는 그 성도들은 요컨대 신앙의 시대에 살고 있었던 거야. 오늘날의 우리로서는 믿을래야 믿을 수 없는 일을 그들은 의심하는 일조차 할 수가 없었으니까."

"그렇다면 우리가 진리를 파악하고 있다는 것을 당신은 어떻게 알아요?"

"알기는 뭘 알아?"

필립은 잠깐 생각에 잠겼다가 다시,

"하지만 그들이 과거에 믿었던 것들이 과오였던 것과 마찬가지로 현재 우리가 절대라고 믿고 있는 일이 역시 틀리지 않았다고는 보증할 수 없지 않아요!"

"물론 그렇지."

"그러면 어떻게 사물을 믿을 수 있지요?"

"모르겠는걸."

그럼 헤이워드의 신앙은 어떻게 생각하느냐고 물어보았다.

"인간이란 건 각기 자기 나름대로 신을 만들어내는 모양이다. 놈은 다만 그림자처럼 아름다운 것을 믿고 있을 뿐이지."

필립은 다시 입을 다물었다가 이윽고,

"왜 인간은 신을 믿어야 하는지 나는 모르겠군요."

그러나 필립은 이 말을 입 밖에 내자마자 사실은 이미 오래 전부터 신을 믿지 않고 있다는 것을 깨달았다. 마치 찬 물 속에 뛰어든 것처럼 순간 숨이 막히는 것을 느꼈다. 깜짝 놀란 듯한 눈으로 위크스를 바라보았다. 갑자기 두려워졌다. 되도록 빠른 걸음으로 위크스의 방에서 뛰쳐나왔다. 혼자 있고 싶어서였다. 일찍이 겪지 못한 놀라운 경험이었다. 어떻게든 규명해보려고 노력했다. 어떻든 그의 전 생애에 관한 일일뿐더러 자칫 실수하면 영원한 멸망으로 다다를지도 모르는 문제이니만큼 도저히 평온할 수가 없었다. 그러나 생각을 거듭할수록 그의 확신은 굳어질 뿐이었다. 그로부터 이삼 주일 동안은 그는 서적, 그것도 회의론 입문 따위의 책들만 열심히 읽었지만 요컨대 그것은 본능적으로 그가 느꼈던 것의 확증에 지나지 않았다. 즉, 특별한 이유가 있어서 신앙심을 잃은 것이 아니라 다만 그의 신앙심이 모자랐기 때문이라는 것에 지나지 않았다. 환경과 본보기의 문제였다. 그러므로 새로운 환경과 새로운 본보기는 즉각적으로 그에게 자기 발견의 기회를 주었다. 그리하여 필요가 없는 외투를 벗어던지듯 홀가분하게 어린 시절의 신앙을 벗어던진 데 지나지 않는다. 확실히 처음에는 의식하지 못했지만 이제까지 마음의 지주가 되어 온 신앙을 잃고 보니 야릇하고 또 허전하였다. 마치 지팡이에 의지해오던 사람이 갑자기 혼자 걷게 되는 그런 느낌이었다. 그러나 그는 오직 흥분 하나만 의지해서 살았다. 마치 인생이 한층 스릴에 가득한 모험처럼 느껴졌다. 그리고 차차로 내동댕이친 지팡이나 벗어던진 외투가 오히려 견딜 수 없는 무거운 짐으로 느껴져 잘도 벗어버렸구나 하는 생각이 들기 시작하였던 것이다. 오랫동안 강제적으로 종교적 훈련을 받아왔는데, 그것은 그에게 있어서 종교의 아주 작은 한 부분에 지나지 않는 것이었다. 외기를 강요했던 기도문이나 사도 서간(使徒書簡)에 대한 것, 또 가만히 앉아 있기가 괴로워 온몸이 뒤틀리던 그 긴 예배——이런 것들을 회상했다. 또 밤에 블랙스테이블로 내왕했던 흙탕길, 그리고 그 살풍경한 건물의 썰렁함. 발은 얼어붙고 손은 곱아서 감각조차 없었다. 온통 들어찬 메스꺼운 포마드의 악취. 아아, 생각만 해도 지긋지긋한 무료함! 이제는 그것들에서 해방되었다고 생각하니 그의 가슴은 마구 뛰었다.

이다지도 쉽사리 신앙심이 사라진 데 대해 그는 자기 일이지만 스스로 놀랐다. 그리고 그 해방감이 사실은 자신의 깊디깊은 본성의 작용에서 오는 것인 줄은 모르고 다만 그 자신의 총명에서 온 것인 줄 알았다. 우스꽝스러울 정도의 자만심이었다. 자신의 태도 외에는 어떤 태도도 이해하려 들지 않는 청년 특유의 오만함에서 위크스나 헤이워드마저도 경멸했다. 이유는 지금도 그들이 신(神)이라는 애매한 정서에 만족하고 더 나아가 그 자신에게는 너무나 자명한 결단조차 취하지 않으려 한다는 데 있었다.

하루는 혼자서 산에 올랐다. 정상에서의 조망은 언제나 그에게 가슴 가득한 희열을 느끼게 했다. 벌써 가을이었다. 하늘은 구름 한점 없이 맑게 개고 햇빛은 한결같이 찬란하기만 했다. 마치 자연 자신이 얼마 남지 않은 좋은 날씨를 아껴 더한층 화려함을 보태는 듯했다. 그는 햇빛에 일렁이는 한없이 펼쳐진 들판을 바라보았다. 저 멀리 만하임 시가의 지붕이 보이고 그 너머 저쪽으로는 아련히 보름스 시가가 있다. 군데군데 눈부시게 반짝이는 것은 라인 강이었다. 널찍하게 파인 강은 온통 눈부신 황금빛으로 빛났다. 정상에 서서 그의 마음은 오직 기쁨으로 가득 찼다. 그리고 그 옛날, 사탄이 예수와 함께 높은 산꼭대기에 올라 멀리 지상의 여러 왕국을 보았다는 한 구절이 생각났다. 눈 앞에 펼쳐진 자연의 아름다움에 매혹된 필립은 눈 앞의 그것이 바로 전세계이기나 한 것처럼 느껴졌고 당장에라도 내려가 내 것으로 만들고 싶은 충동에 사로잡혔다. 인간을 비굴하게 하는 불안 그리고 편견에서는 완전히 해방되었다. 저 지긋지긋한 지옥의 겁화에의 공포 따위는 일체 사라지고 이제는 오로지 내 길을 가는 것이다. 한데 그 순간, 그는 갑자기 책임감이라는 무거운 짐, 즉 그것으로 말미암아 그의 일체의 행동이 그대로 중대한 결과를 초래한다고 생각하던 그 책임감이 홀연 사라지고 말았다는 것을 깨닫게 되었다. 이제는 한결 상쾌한 공기 속에서 한결 자유로이 호흡하게 되었다. 자신의 행위에 관해 책임이 있는 것은 오직 자신에 대해서뿐이다. 자유! 마침내 자주 독립의 인간이 된 것이다. 오랜 습관 탓인지 이제는 믿지 않게 된 신에 대해 모르는 사이에 감사를 드렸다. 그 자신의 지성과 대담성에 무한한 자랑을 느끼면서 그는 새로운 인생을 출발했다. 그러나 신앙 상실에서 오는 결과는 그의 실제 행동에 있어서 그가 예기한 만큼 큰 변화는 없었다. 즉 기독교 교의는 버렸지만 기독교 윤리를 비판하려고 하지는 않았다. 기독교적 덕행은 그대로 받아들여 오히려 일체의 상벌관념을 떠나 보다 순수하게 실천하는 일, 그것은 훌륭한 일이라고 생각했다. 에를린 부인의 하숙집에서는 물론 영웅주의 같은 것을 발휘할 기회가 거의 없었으나, 전보다 성실성을 보이게 되고 가끔 이야기 상대가 되어주는 아둔한 중년 여자들에 대해서도 눈에 띄게 정중해졌다. 어느 의미에서는 영어의 특징이기도 하고, 이제까지는 남성다운 표현으로서 수련해온 가벼운 욕설이나 지독한 형용사 등도 애써 삼가게 되었다.

이렇게 모든 것이 만족스럽게 해결을 보게 되자 이번에는 일체 그것을 잊어버리려고 했다. 그러나 그것은 말로는 쉬우나 실행은 여간 어려운 것이 아니었다. 때로는 후회가 되살아나기도 하고 가슴의 불안을 지울 수가 없어 몹시 괴로워하는 일도 있었다. 아직 젊고, 친구도 거의 없었으므로 영혼의 불멸 따위에는 그다지 흥미가 없었다. 따라서 그 신앙을 버리는 일은 힘들지 않았다. 그러나 단 하나 몹시 슬픈 일이 있었다. 그럴 이유가 없다고 자기 자신도 생각하고 그와 같은 감상은 웃어버리려고 애썼지만 다만 아름다운 어머니, 그 어머니에 대한 그의 애정만은 해를 거듭함에 따라 더욱더 소중한 것이 되어왔는데 그 어머니를 두 번 다시 만나지 못한다고 생각하니 부지중에 눈물이 솟아오르는 것이었다. 그리고 때로는 경건하고 독실했던 선조들의 영향이 모르는 사이에 그의 내부에서 작용하는지 갑자기 견디기 어려운 불안에 쫓기는 일이 있었다. 역시 모든 것이 사실인 것이다. 저 푸른 하늘 저쪽에는 질투심 강한 신이 있어 틀림없이 무신론자는 영원한 겁화 속에 던져지고 말 것이다. 그런 생각이 떠오를 때는 이성 같은 것은 아무런 도움도 되지 않았다. 영원히 지속될 육체적 가책의 고통이 눈 앞에 역력히 보이는 듯하고, 불안과 공포로 온몸이 땀에 젖어버리고 마는 것이었다. 마침내 그는 절망적으로 중얼거렸다.

"하지만 내 죄는 아냐. 누가 뭐래도 억지로 믿을 수는 없어. 만약 참으로 하느님이 계시어 내가 안 믿는다고 벌을 주신다면 어쩔 수 없는 일이지."

29

겨울이 되었다. 위크스는 파울센의 강의를 들으러 베를린으로 가버렸고 헤이워드는 남부 독일행을 생각하기 시작했다. 지방 극장이 개막되었다. 필립과 헤이워드는 도이치어 숙달이라는 구실 밑에 일주일에 두세 번은 구경을 갔다. 그리고 필립은 그것이 설교를 듣기보다는 훨씬 즐거운 어학 숙달법이라는 것을 알게 되었다. 마침 그 당시는 연극부흥의 전성기였다. 겨울철 레퍼터리에는 입센의 작품도 몇 편 들었고 그 밖에 주데르만의 〈명예〉가 신작으로 나와 이 조용한 대학 도시에서도 그 상연은 큰 물의를 자아내고 있었다. 극구 찬양하는 자가 있는가 하면 맹렬하게 헐뜯는 자도 있었다. 그 밖에 근대적 영향을 받은 극작가들의 신작이 속속 나타나 필립은 인간의 추악성을 폭로한 작품을 몇 갠가 보았다. 이제까지 연극이라는 것을 한 번도 못 보았지만(보잘것없는 뜨내기 연극이 블랙스테이블 공회당에서 상연되는 일은 있었으나 캐리 씨는 첫째로 직업적인 견지에서, 둘째로 내용이 신통치 못하다는 이유로 단 한 번도 보러 가게 하지 않았다) 연극열이 돌연 그를 사로잡아버렸다. 어둠침침한 소극장에 들어서기만 하면 그는 스릴을 느꼈다. 얼마 안 가서 작은 극단의 특색을 낱낱이 알게 되어 배역진만 보아도 누가 어떤 역을 맡으리라는 것쯤 정확하게 맞힐 정도가 되었다. 그에게 연극은 어디까지나 인생 그것이었다. 기묘한, 어두운, 일그러진 인생이었다. 거기서는 사람들이 그들의 가슴속 깊이 간직한 악을 용서없는 작가의 눈 앞에 남김없이 드러내고 있었다. 아름다운 얼굴이 사악한 마음을 숨기고 있으며 군자가 그 감춰진 악을 덮는 가면으로 덕을 이용하는가 하면, 보기에는 억센 인간이 마음속으로는 그 나약성으로 인해 탄식한다. 정직한 자기 패덕한(悖德漢)인가 하면 정숙한 여자가 더할 나위 없는 음란한 여자였다. 마치 간밤에 법석을 떨고 난 이튿날 아침의 방 같았다. 아침이 되었는데도 창문은 닫힌 채이고, 공기는 마시다 남은 맥주의 찌꺼기와 자욱한 담배 연기와 메스꺼운 냄새로 가득 차 있었다. 밝은 웃음 따위는 없었다 고작해야 위선자나 우둔한 자를 비웃는 코웃음이 있다고나 할까! 등장 인물들은 치욕과 고뇌 끝에 마치 가슴속에서 짜내는 듯한 잔인한 말로써 그들의 사상을 이야기한다.

그는 연극이 지닌 강렬한 불결성에 넋을 잃었다. 흡사 세계를 새로운 눈으로 다시 보는 듯한 느낌이었다. 그리고 이 세계의 일도 절실히 알고 싶어졌다. 연극이 끝나면 술집에 들러 헤이워드와 함께 명랑한 흥분 속에서 샌드위치를 먹고 맥주를 마셨다. 주위에는 학생들이 몇 사람 짝을 지어 떠들썩하게 담소하고 또 여기저기에 양친과 아들딸이 어울린 단란한 가족이 있고, 때로 딸이 무언가 신랄한 말을 하면 아버지는 의자에 기대 앉아 호탕하게 웃는다. 즐겁고 순진스러운 풍경이었다. 공기 전체에 친밀감이 감돌았다. 그러나 필립은 그런 것에는 무관심했다. 그의 마음은 방금 보고 온 연극 위를 방황하고 있었다.

“이거야말로 인생이 아닐까요?” 그는 흥분하여 말했다. “난 이 이상 더 이런 곳에서 우물쭈물할 때가 아니라고 생각해요. 런던으로 돌아가 인생의 새 출발을 하고 싶어요. 온갖 것을 경험해보고 싶어요. 인생을 위한 준비는 이젠 지겨워요. 이제야말로 살아보고 싶어요.”

가끔 헤이워드는 필립을 혼자 내버려두고 돌아가는 일도 있었다. 필립의 열성적인 질문에 그는 결코 진지하게 대답하려 하지 않았다. 다만 넝당하고 차라리 바보스러운 웃음을 터뜨리며 낭만적인 정사 따위를 은근히 비칠 뿐이었다. 로제티에서 몇 줄 인용하는가 하면 또 어떤 때는 트루드라는 젊은 여성을 주제로 한 정열과 호화, 염세와 애상, 이런 것들을 한데 묶은 한편의 소네트를 보여주기도 했다. 그는 자신의 불결, 천한 여자와의 관계를 교묘히 시의 정열로 분석하고, 가령 연모의 대상 하나를 묘사함에 있어서도 애써 솔직 적절한 영어의 어휘를 피해서 그리스의 헤타이라[娼]라는 말을 썼다. 그렇게 말함으로써 멀리 페리클레스나 페이디아스와 어깨를 견주기나 하듯 뽐내는 것이었다. 낮에 필립은 호기심에 이끌려 낡은 다리께 희고 깨끗한 집과 푸른 덧문이 늘어선 좁은 골목길을 지나간 일이 있다. 헤이워드 말로는 프로일라인 트루드는 거기 살고 있다는 것이었다. 그러나 문간에 서서 큰소리로 부르는 짐승 같은 얼굴, 허옇게 칠한 뺨의 여인들은 완전히 그를 겁나게 하였다. 그를 잡으려고 대드는 거친 손에서 간신히 벗어나 도망쳐 왔다. 그는 무엇보다도 경험을 얻으려고 했다. 모든 소설들이 이것이야말로 인생의 큰일이라고 가르쳐주는 단 한 가지의 일을 이 나이가 되도록 모른다고 생각하니 어쩐지 쑥스러웠으나, 그러면서도 그는 불행하게도 사물을 오직 있는 그대로 보는 나쁜 버릇이 있었다. 그리고 주어진 현실은 언제나 그가 꿈꾸는 이상과는 너무나 동떨어진 것이었다.

인생의 나그네가 현실을 현실로 받아들이게 되기까지에는 얼마나 넓은 볼모의 나라, 험준한 산을 넘어야 하는가를 그는 아직 잘 모르고 있었다. 청춘을 행복이라고 말하는 것은 하나의 미망, 그것도 이미 청춘을 잃어버린 축들의 미망인 것이다. 게다가 청년들의 머릿속에는 선불리 주입된 그릇된 이상이 가득 차 있기 때문에 자신의 불행이라고 체념하고, 실제 현실과 접촉할 때마다 패배하고 상처를 입는다. 다시 말해서 음모의 희생 같은 것이었다. 왜냐하면 선택상의 필요에서 자연히 이상적인 것으로 흐르게 마련인 그들의 독서, 거기 보태어 어른들의 이야기, 이것이 또 그 모두가 장미빛 안개를 통해서 과거를 보는 것이므로 양자가 서로 어울려 오로지 그들의 꿈과 같은 세계로 이끌어가는 것이었다, 그들의 독서, 그들이 듣는 이야기, 이것들이 모조리 거짓, 거짓, 거짓이라는 것은 결국 각자가 스스로 깨달을 수밖에 없다. 그리고 그 발견은 인생의 십자가에 걸린 육체에 박힐 새로운 못이 되는 것이었다. 한데 기묘하게도 이 통렬한 환멸을 경험한 한 사람 한 사람이 이번엔 그 자신, 자기로서는 어떻게도 되지 않는 그 어떤 강한 힘의 작용으로 점차 환멸의 깊이를 더해가는 것이었다. 헤이워드와의 교제는 필립에게 최악의 것이었다. 다시 말해서 그는 결코 자기의 눈으로 사물을 보지 않는 사나이, 오직 문학이라는 분위기를 통해서만 사물을 보는 사나이였다. 그러면서도 스스로는 성실하다고 확신하고 있는 데에 위험이 있었다. 단순한 호색을 낭만적 감정으로, 우유부단을 예술적 자질로, 그리고 나태를 철학적 정관으로 오인하고 있었다. 그의 마음은 섬세함을 희구하는 속된 취미에서 모든 사물을 감상성이라는 황금색의 안개를 통하여 실제 이상으로 확대시켜, 말하자면 윤곽이 흐릿한 형태로 보는 것이었다. 그는 거짓말을 하였다. 게다가 거짓말이라고는 절대로 생각하지 않았고 지적당하면 거짓말이야말로 아름다운 것이라고 우겼다. 그는 몽상가였던 것이다.

30

필립은 무언가 불만을 느끼고 불안스러웠다. 헤이워드의 시적 암시는 그의 상상을 자극시켜줄 뿐이고 마음은 오직 로맨스를 갈구했다. 적어도 그 자신은 그렇게 생각하고 있었다.

바로 그즈음 에를린 부인의 하숙에서 필립의 성적 관심을 자극하는 어느 사건이 일어났다. 언덕길을 산책하는 도중에 그는 두세 번 혼자 걷고 있는 프로일라인 체칠리에를 만난 적이 있다. 가볍게 목례만으로 지나치곤 했으나 문득 보니 몇 야드 앞에 그 중국인이 있었다. 그때는 아무렇지도 않게 생각했으나 어느날 밤, 꽤 어두웠는데 돌아오는 길에 두 남녀가 꼭 붙어 걸어오는 것과 마주쳤다. 그런데 그의 발자국 소리를 듣자 그들은 얼른 떨어졌다. 밤이어서 잘 보이지는 않았으나 아무래도 프로일라인 체칠리에와 승임에 틀림없었다. 급히 떨어지는 것을 보니 팔쌍을 끼고 걷고 있었던 모양이다. 필립은 당황하기도 했으나 놀라기도 했다. 이제까지 그는 프로일라인 체칠리에에게는 거의 관심이 없었다. 네모진 얼굴, 둔해보이는 용모, 아무리 보아도 미인은 아니었다. 금발을 길게 땋아늘이고 있었으니까 나이는 아직 열여섯을 넘지 않았겠지. 그날 밤 식사때 그녀를 곰곰이 바라보았는데 요즘에는 식사때 거의 입을 열지 않던 그녀가 갑자기 그에게 말을 걸었다.

"헬 캐리, 오늘은 어딜 산책하셨나요?"

"케니히슈투르 쪽으로 갔었습니다."

"오늘 난 머리가 아파서 나가지 못했어요." 하고 그녀는 묻지도 않는 말을 꺼냈다.

그러자 곁에 앉았던 숭이 돌아앉으면서,

"그거 안 됐군요. 이제 괜찮으세요?"

프로일라인 체칠리에는 확실히 어딘지 불안스러워 보였다. 다시금 필립에게,

"도중에서 사람들 많이 만나셨어요?"

"아뇨, 아무도 만나지 않았어요."

필립은 새빨간 거짓말을 했다. 얼굴이 화끈 달아올랐다.

어쩐지 안심했다는 듯한 표정이 그녀의 눈을 스친 것 같았다.

그러나 얼마 안 가서 두 사람 사이에 무엇이 있다는 것은 의심할 여지가 없게 되었다. 두 사람이 어두운 곳에 숨어 있는 것을 하숙집 사람들이 본 것이다. 이제는 추문임에 틀림없는 이 사건을 우선 식탁의 윗자리에 앉는 중년 여인들이 문제삼기 시작했다. 에를린 부인은 화가 나기도 하고 난처하기도 했다. 그러나 되도록이면 못 본 체해 두고 싶었다. 겨울이 다가와서 여름처럼 방을 채우기가 수월하지 않았다. 게다가 숭은 이 집에서 첫째가는 상객이기도 했다. 아래층에 방 두 개를 빌고, 식사때마다 모젤 주를 한 병씩 비웠다. 에를린 부인은 한 병에 삼 마르크 받고 있었는데 이것은 큰 벌이였다. 다른 하숙생들 중에는 포도주를 마시는 사람은 하나도 없고, 맥주조차 마시지 않는 사람도 있었다. 한편 프로일라인 체칠리에도 에를린 부인으로서는 놓치고 싶지 않았다. 그녀의 부모는 남미에서 장사를 하고 있었는데, 어머니 대신 돌보아주는 에를린 부인에게는 상당한 사례를 치르고 있었다. 만일 이런 사연을 베를린에 있는 그녀의 백부에게 알리는 날이면 당장에 데리러 올 것이 뻔했다. 할 수 없다. 그냥 식사 때에 두 사람에게 무서운 표정을 지어보이는 것으로 참을 수밖에 없

다. 그리고 숭에게는 도저히 실례되는 말을 할 용기가 나지 않아 오직 체칠리에에게만 눈총을 줌으로써 겨우 화풀이를 하는 형편이었다. 그런데 세 중년 여자들은 잠자코 있지 않았다. 둘은 미망인이었고 나머지 한 사람은 네덜란드 사람이었는데 남자같이 생긴 노처녀였다. 하숙비는 제일 적게 내면서도 말썽은 많았지만 만년 하숙생이어서 그대로 참을 수밖에 없었다. 그런데 이 세 사람이 에를린 부인을 찾아와서 무슨 조치를 취해야 한다, 망측스런 일이고 게다가 하숙으로서의 체면 문제도 되는 것이라고 하였다. 에를린 부인은 화를 내기도 하고 울기도 하면서 달래보았으나 결국은 세 여인의 기세에 눌려 별안간 도덕적 의분이라도 느낀 것 같은 표정을 지으면서 좋습니다, 당장에 쫓아내겠소, 하고 큰소리를 쳤다.

점심이 끝나자 그녀는 체칠리에를 침실로 데리고 가서 사뭇 엄숙한 태도로 말을 꺼냈다. 그러나 놀랍게도 상대방은 너무나 뻔뻔스러웠다. 나다니는 것은 본인의 자유이고, 설령 숭과 산보를 했기로서니 부당하게 남의 간섭을 받을 까닭은 없다는 투였다. 부인은 그렇다면 백부에게 편지를 내겠다고 협박했다.

"그렇게 하면 큰아버지는 겨울 동안 베를린에 와서 지내라고 하시겠죠, 뭐. 난 그편이 더 좋아요. 그리고 숭 씨도 베를린으로 올 것이라니까."

부인은 마침내 울기 시작했다. 빨갛고 품위없이 살진 뺨을 타고 눈물이 흘러내렸다. 그러나 체칠리에는 그것을 비웃듯이,

"그렇게 되면 겨우내 방이 세 개나 비겠네요."

그래서 부인은 또 다른 안을 생각해냈다. 즉 프로일라인 체칠리에의 다른 한 면에 호소해보려는 것이었다. 원래는 지극히 친절하고 이해성도 있는 너그러운 여자였다. 부인은 어린 아이로서 다루지 않고 어엿한 여인으로서 호소해보았다. 뭐 그리 나쁜 일은 아니지만 그 상대가 중국인, 누런 살결엘 납작한 코, 작고 돼지 같은 눈의 중국인이기 때문이다, 그 점이 곤란하다, 생각만 해도 몸이 오싹해진다. 이런 식으로 설득해보았다. 그러나 갑자기 체칠리에는 숨을 들이쉬더니,

"아아, 그만둬요. 그분의 험담 같은 건 듣기 싫어요. 안됐지만요."

"하지만 중대한 문제가 아냐, 이건?"

"전 그분이 좋아요, 좋아요, 좋단 말예요."

"어머, 기가 막혀!"

부인은 멍하니 넋을 잃고 그녀의 얼굴을 쳐다보았다. 틀림없이 여자 쪽에서 장난기를 낸 것 뿐이라 지극히 단순한 불장난 징도로 생각하고 있었는데, 지금 나온 한 마디에 깃든 정열, 그것만으로 모든 것은 밝혀졌다. 체칠리에도 순간 이글이글 타는 눈으로 부인을 바라보더니 어깨를 으쓱하고 나서 방을 나가버렸다.

이 회담의 전말에 대해서는 부인도 일체 언급을 피한 채 한 이틀 뒤에는 식탁의 석차를 완전히 바꿔보았다. 숭에게 오늘부터는 이쪽 끝에 앉아달라고 말했는데 그는 늘 그렇듯이 싱글싱글 웃으며 말없이 응했다. 체칠리에도 별로 신경을 쓰는 것 같지 않았다. 그런데 한 가지 난처한 일은 두 사람의 관계가 온 집안에 알려진 것이 차라리 그들을 염치없이 만들었는지 그 뒤로는 두 사람 모두 같이 산책하는 것쯤은 숨기려고도 하지 않았다. 날마다 저녁이 되면 공공연하게 언덕으로 산책을 나가는 것이었다. 이미 남의 이목은 두렵지 않다는 태도였다. 온후한 에를린 교수도 끝내 화가 났던지 부인더러 숭 씨에게 좀 충고하라고 성화였다. 그래서 이번에는 부인이 숭을 불러 충고해보았다. 이대로 나간다면 처녀의 소문도 형편없이 될 것이고 우리로선 여간 난처한 것이 아니다, 당신이 하고 있는 일이 얼마나 잘못된 일인지 한 번 생각해주어야겠다, 하고 말했다. 그러나 그는 여전히 웃으면서 그런 일은 절대로 없다고 부인했다. 아주머니 말씀은 자기로서는 영 이해가 안 간다, 프로일라인 체칠리에에게 접근한 기억은 꿈에도 없으며 함께 산보한 일도 없다, 공연한 헛소문이라고 주장하였다.

"어머나, 숭 씨, 어쩌면 그렇게 천연스럽게! 벌써 몇 차례나 사람들이 보았단 말예요!"

"천만의 말씀을. 아주머니, 오해예요, 오해예요."

쪽 고른 새하얀 이빨을 드러내고 여전히 웃으면서 그녀의 얼굴을 바라본다. 너무나 의젓했다. 철두철미 부인했다. 정중하기는 했으나 실로 안하무인의 태도였다. 끝내는 부인도 화가 치솟아 체칠리에는 벌써 다 고백했어요, 당신을 사랑한다고, 라고 털어놓았다. 그래도 눈썹 하나 까딱하지 않는다. 싱글싱글 웃으면서,

"헛소문이에요, 헛소문. 모두 거짓말입니다." 하고 말했다.

결국 그에게서는 아무것도 끌어낼 수가 없었다. 날씨가 점점 나빠지더니 눈이 오고 서리가 내렸다. 눈내리는 철이 지나자 이번에는 날마다 음산한 날씨가 계속되는 긴 해빙기에 접어들어 산책은 거의 할 수 없었다. 어느날 밤, 필립이 에를린 교수의 독일어 레슨을 마치고 잠시 부인과 응접실에서 이야기를 나누고 있는데 느닷없이 안나가 들어왔다.

"체칠리에는 어디 갔죠?"

"방에 없디?"

"불이 꺼져 있는걸요."

부인은 깜짝 놀라 소리치며 딸을 바라보았다. 안나가 생각하고 있는 것을 순간 그녀도 느꼈기 때문이다.

"에밀을 불러요. 벨을 눌러."

에밀은 식탁 심부름도 하고 집안 일을 거드는 아둔한 젊은이였다. 그가 들어왔다.

"에밀, 아래층에 있는 숭 씨 방에 가서 말이지, 노크하지 말고 들어가봐요. 누가 있거든 난롯불을 보러왔다고 말해."

둔해보이는 에밀의 얼굴에는 별반 놀라는 빛도 나타나지 않았다.

그는 천천히 층계를 내려갔다. 부인과 안나는 문을 열어놓은 채 귀를 기울이고 있다. 이윽고 다시 에밀이 올라오는 발소리를 듣고 두 사람은 물어보았다.

"누가 있어?" 부인이 물었다.

"네, 숭 씨가 있이요."

"혼자?"

능청스러운 웃음이 입가를 스쳤다.

"아뇨, 프로일라인 체칠리에와 같이 있어요."

"저런 망측한!" 하고 부인이 외쳤다.

에밀은 짓궂게 웃으면서,

"프로일라인 체칠리에는 매일 밤 그 방에 갑니다. 몇 시간이나 거기 있어요."

부인은 두 손을 마주 비볐다.

"아이구, 망측스런! 왜 내게 말 안 했지?"

"제가 참견할 일이 아니라서요, 뭐."

에밀은 어깨를 움츠리며 말했다.

"돈이라도 톡톡히 받아먹은 게로구나. 나가, 썩 나가!"

그는 어정어정 문 쪽으로 걸어갔다.

"내보내세요, 엄마." 하고 안나가 말했다.

"방세를 누가 치러주니, 세금 낼 때도 다가왔는데. 나가라고 말로 하는 거야 간단하지만 그 사람들이 나가버리면 엄마는 무엇으로 매달의 경비를 치러나가지?" 그리고 눈물을 뚝뚝 흘리면서 말했다. "이봐요. 캐리 씨, 제발 아무에게도 이런 말 하지 말아주어요. 이 말이 프로일라인 푀르스트의 귀에라도 들어가면 그 사람도 당장에 나가고 말 거예요. 다들 나가면 우리 집은 문을 닫아야 할 게 아녜요?"

"제가 무슨 말을 하겠습니까?"

"나도 그 사람들이 그냥 있어도 그런 말 하지 않을게."

안나도 말했다.

그날 밤 식사때는 프로일라인 체칠리에는 여느 때보다도 한결 얼굴이 빨갛고 심술스러운 표정이면서도 시간에 꼭 맞춰 자리에 앉았다. 그러나 숭은 나타나지 않았다. 놈이 이 자리를 피할 속셈이구나, 하고 필립은 생각했다. 그러나 얼마 뒤에 그가 나타났다. 여전히 싱글거리면서 늦어진 데 대한 변명을 늘어놓았다. 조그마한 눈은 마치 춤추듯 빛났다. 모젤주를 한 잔 부인에게 권하는가 하면 프로일라인 푀르스트에게까지도 잔을 권했다. 방 안은 하루 종일 스토브를 피우고 문을 꽉 닫아놓았기 때문에 찌는 듯했다. 에밀은 여전히 실수만 저지르고 있었으나 그런대로 이럭저럭 상을 고루 차려놓았다. 세 아주머니들은 못마땅한 얼굴로 묵묵히 먹고 있다. 부인은 눈물 자국이 아직도 지워지지 않았고 교수는 퉁명스러운 표정이라 대화도 끊어지기가 일쑤였다. 언제나 같이 먹는 이 모임에 오늘은 심상치 않은 기운이 감돌았다. 천장에 매달린 두 개의 램프빛을 받은 사람들의 얼굴이 여느 때와 달라보였다. 어쩐지 불안스러웠다. 한 번 얼핏 프로일라인 체칠리에와 시선이 마주쳤는데 그녀의 얼굴은 증오와 모멸에 차 있었다. 숨이 막힐 듯한 공기였다. 마치 두 사람의 불결한 치정 사건이 온 집안을 휘젓는 것 같았다. 동양적 타락이라고 할 추한 것조차 느끼게 했다. 그윽한 분향 내음, 감춰진 악의 신비, 이러한 것들이 그들을 숨막히게 하는 것 같았다. 필립은 앞이마의 혈관이 거칠게 뛰는 것을 느꼈다. 그를 어리둥절케 하는 기묘한 감정, 그것은 그 자신도 이해가 가지 않았다. 무언가 무한히 끌리는 듯한 것을 느끼는가 하면 한편으로는 또 강렬한 공포와도 같은 반발을 느낀다.

며칠 동안 그런 상태가 계속되었다. 모두가 주위에서 느끼는 너무나 어색한 감정으로 공기마저 어둡고 병적이어서 이 작은 집에 모여 사는 사람들의 신경은 나날이 눈에 띄게 날카로워져갔다. 아무렇지도 않은 사람은 숭뿐이었다. 그만은 여전히 상냥하고 정중했다. 이른바 문명의 승리라고 할지 아니면 정복된 서구에 대해 동양인이 갖는 모멸감의 표현이라고 할지 종잡을 수 없는 점이 있었다. 프로일라인 체칠리에는 또한 오만하고 비꼬기를 잘 했다. 마침내는 부인도 견딜 수가 없다고 불평하기 시작했다. 갑자기 서둘러댔다. 이렇게 그들의 정사가 공공연히 알려진 이상 어떤 결과가 올 것인지에 대해 남편으로부터 심히 노골적인 말을 들었기 때문이었다. 하이델베르크에서의 그녀의 이름, 또 그녀의 집에 대한 평판이 언젠가는 퍼지고 말 이 추문 덕분에 완전히 땅에 떨어지는 것을 눈 앞에 보는 것 같았다. 이제까지는 돈벌이라는 일념에서 그런 걱정은 해본 일이 없었다. 그런데 지금은 무서운 불안감에 마음이 혼란해져서 이제는 당장 나가달라고 말할 수밖에 없다고 들고 나섰다. 그런 형세 속에서 베를린의 백부 앞으로 편지를 내어 체칠리에를 데려가 달라고 기별하게 한 것은 오로지 안나의 분별 덕분이었다.

드디어 동시에 두 하숙생을 잃어도 할 수 없다고 마음을 작정하고 보니 부인으로서는 아무래도 이제까지 누르고 눌러 온 불만, 그것을 한 번쯤은 터뜨리고 싶었다. 이제는 어떤 말이라도 할 수 있다! "체칠리에, 큰아버지에게 지금 당장 데리고 가라고 편지 띄웠어. 너 같은 사람은 어서 나가줘야겠어." 체칠리에의 얼굴에 핏기가 싹 가시는 것을 본 그녀의 작고 둥근 눈은 반짝반짝 빛났다. 그리고 말을 이어 "염치도 없이, 몰염치한." 어쨌거나 듣기 거북한 악다구니였다. "그래 아주머니, 큰아버님께 어떻게 써보냈어요?" 그 방약무인한 억센 콧대가 완전히 납작해졌다. "큰아버지가 뭐라고 하시나 직접 듣지 뭘그래. 내일이라도 답장이 올 텐데." 이튿날, 많은 사람들 앞에서 망신을 주고 싶어서 부인은 식탁 너머로 체칠리에에게 말을 건넸다. "체칠리에, 큰아버지 답장이 왔어. 저녁에 짐을 다 꾸려야겠구먼, 내일 아침 차에 태워줄 테니까 베를린에서는 큰아버지께서 직접 정거장으로 마중 나오신다고 하셨어."

"알았어요, 아주머니."

숭은 부인의 눈을 쳐다보면서 싱글거리고 있었다. 그리고 그녀가 거절하는데도 연방 포도주를 따라 권하는 것이었다. 저녁밥이 퍽 맛있었다. 그러나 비로소 알게 됐지만 그것은 실로 서투른 승리였다. 잠자리에 들기 전에 그녀는 에밀을 불렀다.

"에말, 프로일라인 체칠리에의 짐이 다 꾸려졌거든 오늘 밤에라도 아래층에 갖다두도록 해요. 내일 아침 조반 전에 짐꾼이 가지러 올 테니까."

에밀은 나가더니 이내 돌아왔다.

"프로일라인 체칠리에가 안 보여요. 손가방도 없고요."

느닷없이 소리를 지르며 부인은 뛰어갔다. 짐은 끈으로 묶어 자물쇠를 채워 마룻바닥에 놓아두었으나 손가방도 모자도 외투도 보이지 않았다. 화장대에는 아무것도 없다. 숨을 몰아쉬면서 층계를 뛰어내려 중국인 방으로 갔다. 이십 년 이래 이렇게 빨리 달려본 적이 없었다. 넘어진다고 에밀이 뒤에서 소리를 쳤을 정도였다. 노크할 것도 없이 뛰어들었다. 방 안은 텅 비어 있었다. 짐은 온데간데 없는데 마당으로 통하는 문이 열려 있는 것으로 보아 어떻게 끌어내었는지는 한눈에 알 수 있었다. 탁자 위에는 그 달 치의 식비와 과외로 먹은 음료값이 계산되어 봉투에 넣어 놓여 있었다. 아차! 하는 후회가 왈칵 몰려와 그녀는 신음하며 뚱뚱한 몸을 소파에 던졌다. 의심할 여지가 없다. 같이 도망친 것이다. 에밀은 넋을 잃고 멍하니 서 있었다.

31

헤이워드가 내일은 유럽 여행을 떠나야지, 내일은 떠나야지 하면서도 막상 짐꾸리기와 여행의 지루함을 생각하고 망설이는 동안에 어느덧 한 달이 지나갔다. 그러다가 크리스마스 직전이 되어 마치 그 준비의 분주스러움에 쫓기듯 떠나갔다.

독일 식의 축제 소동을 생각하면 견딜 수가 없었던 것이다. 이 계절의 설렘을 생각하면 그것만으로 오싹 소름이 끼쳤다. 속들여다보이는 꼴을 피하고 싶은 마음에서 겨우 크리스마스 전야에야 여행할 결심이 섰던 것이다.

필립은 그를 떠나 보내는 일이 슬프지는 않았다. 필립은 직선적인 인간이어서 우물쭈물하는 인간을 보면 화가 나는 것이었다. 헤이워드의 감화를 많이 받기는 했으나 우유부단이 그대로 섬세한 감수성을 뜻한다고는 도저히 믿을 수 없었다. 그리고 그의 솔직성을 헤이워드가 늘 은근히 비웃는 것이 여간 불유쾌한 것이 아니었다. 둘 사이에 편지 내왕은 있었다. 원래 헤이워드라는 사나이는 편지를 잘 쓰는 사람이며 그 자신의 재능을 알고 있기 때문인지 쓸 때에는 문장에 꽤 신경을 썼다. 게다가 천성이 모든 아름다운 것에 대해서는 뛰어나게 민감하여 로마에서 보낸 편지에는 이탈리아의 향기를 듬뿍 담은 듯했다. 로마도 제국의 몰락기에만 의의를 인정하느니만큼 고대 로마인의 로마에는 차라리 조잡, 비속이라는 느낌밖에 갖지 않았다. 그에 반해 敎皇의 로마는 까닭없이 그의 마음을 끌었다. 그리고 그 훌륭한 선택된 예찬의 말에는 그 어떤 로코코적인 아름다움이 나타나 있었다. 고대 교회 음악에 대한 것, 알반 힐에 대한 것, 나아가서는 분향의 우수, 밤거리의 아름다움, 특히 비오는 밤비에 젖은 포도, 그리고 신비롭게 깜박이는 가로등의 아름다움 등을 그는 차례로 써보내 왔다. 아마 이런 훌륭한 편지를 그는 다른 여러 친구에게도 써보냈을 것이다.

　그러나 그것이 얼마나 필립의 마음을 산란하게 만들었는지 그는 몰랐다. 지금의 생활이 더욱 재미없는 것으로 생각되었다. 봄이 되자 헤이워드의 편지는 더욱더 열광적이 되었다. 필립에게 이탈리아로 오도록 권했다. 자네는 하이델베르크에서 공연히 인생을 낭비하고 있을 뿐이다, 독일인은 어차피 조잡한 인간뿐이어서 생활도 또한 지극히 평범하고 쓸모가 없다, 그렇게 옹색한 환경 속에서 어떻게 마음의 자유가 있을 수 있겠는가, 여기 터스카니에서는 봄이 들판 가득히 꽃을 뿌리고 있다, 자네도 벌써 열아홉 살이다, 와서 움부리아의 산과 마을을 같이 소요하지 않겠는가, 라고 하는 것이었다. 그 이름들은 필립의 가슴속에서 오래 기억되었다. 그러고 보니 체칠리에도 애인과 같이 이탈리아로 갔을 것이다. 그 두 사람을 생각하니 필립은 마음이 초조해졌다. 돈이 없어 여행도 못 하는 자기의 운명을 그는 저주하였다. 백부가 약속한 십오 파운드 이상은 보내주지 않으리라고 생각되었다. 게다가 그는 그 돈조차 요령있게 쓸 줄 몰랐다. 하숙비와 수업료를 치르고 나면 몇 푼 남지 않았다. 그런데 헤이워드와 같이 여행한다면 비용이 많이 들 것이다. 전에도 필립은 돈이 다 떨어졌는데 헤이워드는 여행을 가자느니 연극을 구경하자느니 또는 술을 마시자느니 했던 것이다. 그럴 때 필립은 돈이 떨어져 그런 호사는 할 수 없다는 말을 감히 꺼내지 못했다.

　다행히 헤이워드의 편지는 그다지 자주 오지는 않아 그 사이 사이에 필립은 마음을 가라앉혀 공부했다. 대학에도 입학하여 두어 강의를 듣기도 했다. 마침 쿠노 피셔의 명성이 있었던 시기였는데 겨울학기에는 쇼펜하워에 관한 훌륭한 강의를 하고 있었다. 그것은 필립으로서는 철학에의 첫걸음이었다. 원래 실제적인 성격의 소유자로서 추상적 문제에 자신을 갖지 못했으나 이 형이상학 연구에는 예기치 않았던 매력을 느끼게 되었던 것이다. 거의 숨도 쉬지 않고 귀를 기울였다. 그것은 마치 줄타기 광대가 심연 위에서 위험한 곡예를 부리는 것을 숨을 죽이고 바라보는 것 같은 느낌이었다. 어쨌든 감동은 깊었다. 쇼펜하워의 염세주의가 그의 젊은 마음을 매료했다. 이제 그가 막 등장하려는 세계는 냉혹한 비애의 세계, 암흑의 세계라고밖에 생각되지 않았다. 그렇다고 해서 등장에의 열의가 식은 것은 아니다. 얼마 뒤에 언제나 백부의 대변자 역할을 하는 백모에게서 이제 슬슬 집으로 돌아올 때가 아니냐고 하는 편지가 왔을 때 그는 기꺼이 동의하였다. 장차 무엇을 할 것인지 그것도 결정하지 않으면 안 된다. 칠월 하순에 하이델베르크를 떠난다면 팔월 한 달 동안 천천히 의논할 수 있다. 장래를 준비할 좋은 기회가 될는지 모르겠다. 출발 날짜도 결정되었다. 그런데 캐리 부인에게서 또 편지가 왔다. 하이델베르크의 에를린 부인 집에 그를 소개해준 미스 윌킨슨에 대한 이야기가 써 있고, 그녀가 블랙스테이블에 와서 두어 주일 머물게 되었다는 것이다. 아무 아무날 프라싱에서 배를 타게 될 것이므로 만약 필립이 그녀와 같은 배로 돌아오게 된다면 도중에 여러 가지로 시중도 들어줄 수 있고 블랙스테이블에도 함께 도착할 수 있을 것이라는 것이었다. 부끄럼 타는 필립은 그녀보다 하루 이틀 늦게야 출발할 수 있겠노라고 바로 답장을 보냈다. "미스 윌킨슨입니까?" 하고 물어볼 때의 그 자신의 쩔쩔매는 꼴(자칫하면 사람을 잘못 보고 핀잔을 당할지도 모른다) 더욱이 기찻간에서 그녀와 이야기를 해야 할지 아니면 전혀 무시하고 책만 읽고 있어도 좋을지 그것조차 분별하지 못하는 바보스러운 꼴, 그런 광경이 차례로 눈 앞에 떠올랐다.

그러나 마침내 하이델베르크를 떠났다. 석 달 동안을 그는 다만 장래 일만을 생각해왔기 때문에 아무런 미련없이 떠날 수 있었다. 하이델베르크에서의 생활이 행복한 것이었다고는 생각되지 않았다. 안나가 《제킨겐의 나팔》을 그에게 선사했으므로 필립은 그 답례로 윌리엄 모리스의 책을 한 권 주었다. 다행스럽게도 두 사람 다 서로의 선물을 아직 읽지 않았다.

32

필립은 백부 내외를 보고 놀랐다. 그들이 이렇게 노인이라고는 한

166

번도 생각한 일이 없었다. 늘 그렇듯 목사는 냉정하지 않을 정도의 무관심한 태도로 맞아주었다. 전보다 조금 더 뚱뚱해졌고 대머리는 더 까져 있었고 흰 머리도 늘어났다. 탄력없는 부석부석한 얼굴, 너무나 궁상스러운 사나이로 보였다. 백모는 그를 얼싸안고 키스했다. 뺨에는 기쁨의 눈물이 흐르고 있었다. 필립도 기쁘기는 했으나 또 한편 쑥스러웠다. 백모가 이토록 절실한 애정으로 자기를 생각해주고 있다고는 한 번도 생각한 일이 없었다.

"아, 필립, 네가 떠난 뒤로 얼마나 보고 싶었는지!" 하고 울음 섞인 목소리로 말하면서 그의 두 손을 어루만지고 기쁨이 담긴 눈으로 그의 얼굴을 들여다보았다.

"많이 컸다. 이젠 어른이 다 됐구나."

하긴 그러고 보니 그의 코 밑에는 듬성듬성 수염이 나 있었다. 면도칼을 사서 가끔 조심스럽게 매끈한 턱의 솜털을 밀었던 것이다.

"네가 없으니까 집이 어찌나 쓸쓸한지." 그리고 갑자기 소리를 낮추더니, "집으로 돌아오니 기쁘지? 그렇지?" 하고 물었다.

"네, 물론이지요."

백모는 뼈가 드러나 보일 만큼 여위어 있었다. 그의 목을 안은 두 팔은 병아리의 뼈를 연상시킬 정도로 가늘고, 찌그러진 얼굴은 완전히 주름투성이었다. 젊은 시절과 똑같은 모양으로 빗은 흰 고수머리는 차라리 기이할 정도로 애처로운 인상을 주었다. 시들어빠진 백모의 가냘픈 몸은 고목의 낙엽을 연상케 했다. 바람이라도 한 번 불면 그대로 날아가버릴 것같이 보였다. 조용한 두 사람, 두 사람 모두의 인생은 끝나버렸다. 이제는 다만 과거의 인간으로서 참을성있게, 아니 차라리 어리석게 죽음을 기다리고 있을 뿐이다. 이 무슨 낭비일까. 아직 젊음과 정력에 넘치고 오직 자극과 모험을 찾아 헤매는 그의 눈으로 볼 때 그것은 다만 놀라움의 한 마디로 표현되었다. 두 사람 다 아무것도 한 일이 없다. 이대로 죽어버리면 그야말로 존재하지 않았던 것과 같겠지. 그는 백모가 여간 가엾게 보이지 않았다. 그리고 이처럼 자기를 사랑해준다고 생각하니 갑자기 깊은 애정이 샘솟았다. 그때 미스 윌킨슨이 들어왔다. 노부부가 조카의 귀향을 맞을 동안 일부러 자리를 피하고 있었던 것이다.

"필립, 이분이 미스 윌킨슨이다." 캐리 부인이 소개했다.

"탕아가 돌아왔군요." 하고 손을 내밀어, "나도 탕아의 단춧구멍에 꽃을 장미꽃을 갖고 왔어요."라고 말했다. 그녀는 밝게 웃으면서 마당에서 꺾어온 꽃을 필립의 상의에 꽂아주었다. 그는 공연히 빨개졌다. 몹시 쑥스러운 느낌이었다. 미스 윌킨슨이 백부가 마지막으로 섬긴 목사의 딸이라는 것은 들어서 알고 있다. 성직자의 딸들은 그도 많이 알고 있지만 그녀들은 모두 볼썽사나운 옷을 입고 투박하게 지은 신을 신고 있다. 거의가 검은 옷이었다. 왜냐하면 필립이 블랙스테이블에 있었던 소년시절에는 아직 홈스펀은 이스트 앙글리아 지방까지는 들어오지 않았고 게다가 성직자 가정의 자녀들은 무색 옷을 좋아하지 않았기 때문이다. 머리도 아무렇게나 빗어올리고 풀 먹인 속옷 냄새가 강하게 코를 찔렀다. 여자다운 옷차림을 싫어해서 젊은이나 늙은이나 그의 눈에는 매한가지였다. 자기들의 신앙을 더없는 자랑으로 알고 교회와의 깊은 관계를 방패로 삼아 다른 인간에 대해서는 어딘가 독재자 비슷한 태도를 취하는 것이었다.

그 점에 있어서 윌킨슨은 아주 달랐다. 화려한 꽃 무늬의 흰 모슬린 상의를 입고 끝이 뾰족한 하이힐, 게다가 투명한 양말을 신고 있었다. 세상 물정에 어두운 필립의 눈에도 그것은 굉장히 훌륭한 옷으로 보이고 상의도 결코 싸구려로 보이지 않았다. 머리 빗음새도 꽤 공들인 것으로 앞이마 중간쯤에 아주 멋있는 컬을 한 개 늘어뜨리고 있다. 반짝반짝 윤기 흐르는 머리, 그것은 전혀 헝클어진 일이 없는 것같이 보였다. 커다랗고 검은 눈, 코는 약간 유태인 같고 옆 얼굴은 어딘가 맹금을 생각케 하는 점이 있었으나 앞 모습은 오히려 귀여운 얼굴이었다. 잘 웃었다. 입이 커서 웃을 때는 누르스름하고 큰 이빨을 연방 감추려고 한다. 그러나 가장 필립을 난처하게 하는 것은 그녀가 지독하게 짙은 화장을 한 점이다. 여자의 행실에 관해 그는 대단히 까다로운 견해를 갖고 있어 숙녀가 짙은 화장을 한다는 것은 생각조차 해보지도 않았다. 게다가 물론 미스 윌킨슨은 숙녀이다. 의젓한 성직자의 딸이며 그리고 성직자는 신사이니까.

그런 여자를 필립은 철저하게 싫어하기로 했다. 그녀의 말투에는 희미하게 프랑스어 억양이 있었는데 영국 한복판에서 낳아 자란 그녀가 왜 그런 말투를 쓰는지 필립은 이상스럽게 여겼다. 아무래도 그녀의 웃음에는 조작성이 있다. 그리고 가장한 쾌활함이 몹시 그를 불안스럽게 했다. 이삼 일 동안은 말 한마디 않고 적의를 보였으나 여자 편에서는 전혀 눈치도 채지 못하는 형편이었다. 거의 그에게만 이야기를 걸었는데 줄곧 그의 온건한 판단에 호소하는 태도는 확실히 그로서도 싫지는 않았다. 또 그를 곧잘 웃겼는데 필립은 자기를 즐겁게 해주는 인간에게는 그만 맥을 못추었다. 게다가 그에게는 때때로 멋있는 말을 하는 재간이 있었는데 그것을 알아듣는 사람이 있다는 것은 반가운 일이었다. 백부 내외 역시 완전히 유머를 이해하지 못해서 그가 어떤 말을 하거나 결코 웃는 일이 없었다. 차차로 미스 윌킨슨과 익숙해지고 스스러움도 없어지자 점점 그녀가 좋아졌다. 프랑스어 억양도 여간 듣기 좋은 것이 아니고 또 그 의사가 주관한 원유회에서의 그녀의 복장은 그야말로 뛰어나게 빛나고 있었다. 커다란 물방울 무늬의 푸른 빛 얇은 비단 드레스를 입었는데 좌중에 일으킨 반향을 보고 있으려니까 필립도 어쩐지 기뻤다.

"어쩌면 당신을 말이죠, 모두가 좋지 못한 여자라고 생각할지도 몰라요." 웃으면서 그는 말했다.

"그렇지만 그런 게 내 평생의 꿈인걸요, 되지 못한 바람둥이 계집애로 뵈는 것이."

어느날, 그녀가 방에 들어가 있어 자리에 없을 때 그는 백모에게 그 사람 대체 몇 살이나 되느냐고 물어본 일이 있다.

"어머, 여자의 나이를 물어 보는 게 아니에요. 그렇지만 도저히 네 결혼 상대는 될 수 없을 만큼 할머니라는 것만은 확실해."

백부는 살찐 얼굴에 빙긋 웃음을 띠며,

"그래 그래, 이제 어린애가 아니지, 루이자. 우리가 링컨샤이어에 있었을 때 벌써 처녀 티가 났으니까. 그것이 그렇군, 이십 년 전이다. 그때는 아직 머릴 길게 땋아늘였었지."

"하지만 열 살은 안 됐었겠죠?" 하고 필립이 한 마디.

“더 먹었어.”라고 대답하는 백모님.

“오히려 스물에 가깝지 않았을까, 여보?”

“웬걸요, 고작 열여섯, 일곱이었을 거예요.”

“그럼 아무래도 서른은 훨씬 넘었다는 얘긴가요?” 하고 필립이 물었다.

마침 그때 미스 윌킨슨이 벵자망 고다르의 노래를 부르며 층계를 달려내려왔다. 필립과 같이 산책하러 가기로 약속해서 모자를 쓰고 있었다. 손을 내밀고 그더러 장갑 단추를 끼워달라고 했다. 그는 서투른 솜씨로 끼워주었다. 매우 쑥스럽기는 했으나 여자에게 친절을 베푼다는 것은 기분 좋은 일이었다. 이제는 벌써 두 사람은 서로 스스럼없이 이야기하게 되었으므로 거닐면서 주고받는 이야기는 갖가지 화제에 걸쳐 전개되었다.

그녀는 베를린에서의 이야기를 하고 그는 하이델베르크에서의 생활을 털어놓았다. 이야기를 주고받자 아무것도 아닌 것 같은 화제마저 새로운 흥미를 자아내는 것이었다. 그는 에를린 부인집의 하숙생들의 이야기도 했는데 그 헤이워드와 위크스의 토론도 그 당시에는 굉장한 중대 토론같이 생각되었으나 지금 그것을 약간 윤색해서 이야기해보니 더할 나위 없이 우스꽝스럽게 들리는 것이었다. 그리고 그것을 또 미스 윌킨슨이 웃어주기라도 하면 그는 그것으로 코가 우뚝해졌다.

“놀랐는데요, 정말. 당신도 상당한 독설가군요.” 하고 감탄하는 체하면서 다음에는 또 하이델베르크에서 연애 같은 걸 해보았느냐고 장난스럽게 물어왔다. 별반 깊이 생각지도 않고 그는 다만 솔직하게 그런 것은 없었다고 대답하자 그녀 편에서는 그런 바보 같은 소리가 어디 있느냐는 식으로 나왔다.

“몹시 비밀주의자시군요. 당신 정도의 나이에 그런 일이 없을 수 있을까요?”

그는 얼굴이 새빨개지면서 웃었다.

“당신은 또 쓸데없는 것까지 알고 싶어하는군요.”

“아아, 그럴는지도 모르죠.”라고 그녀는 깔깔 웃었다. “어머, 얼굴이 새빨개졌네요."

그녀가 자기를 불량 청년 취급을 하는 것이 과히 싫지는 않았다. 그래서 제법 숱한 낭만적 정사라도 감추고 있는 체 일부러 화제를 다른 데로 돌렸다. 사실은 아무것도 없는 것이 오히려 화가 나는 것이었다. 정말 그럴 만한 기회가 없었다.

미스 윌킨슨은 자신의 처지에 대해 대단한 불만을 갖고 있었다. 첫째 자활해나가야 한다는 일이 큰 불만이었다. 그렇게 된 까닭은 어머니의 오빠, 즉 외삼촌이 당연히 그녀에게 유산을 물려주게 되어 있었으나 여자 요리사와 결혼하여 유언장을 다시 써버렸기 때문이라는 이야기를 장황하게 늘어놓았다. 그 다음에 다시 그녀의 집의 사치스러운 살림 형편을 말하고, 말과 마차가 몇 마리나 몇 대나 있었다는 링컨샤이어에서의 생활을 이야기했다. 그리고 그것과 비교해서 남의 신세를 지고 사는 오늘날의 생활을 서글퍼하기도 했다. 그런데 필립은 뒤에 이 이야기를 들은 그대로 백모에게 했는데 뭔가 알쏭달쏭했다. 왜냐하면 백모의 말로는 백모가 알고 있었던 윌킨슨 일가는 겨우 망아지 한 마리와 이륜 마차 한 대가 있었을 뿐이었고, 그 부자라는 아저씨 이야기를 듣기는 했지만 그 사람에게는 아내가 있었고, 에밀리(미스 윌킨슨)가 태어나기 전에 아이도 몇씩이나 낳았기 때문에 어떻든 그 재산을 그녀가 물려받을 계제는 아니었다는 내용이었다. 그녀는 현재 자기가 근무하고 있는 베를린에 대해서는 좋게 말하지 않았다. 독일인의 생활의 저속성을 불평하고 과거 몇 년간 살았다는 파리의 호화로움과 비교하여 굉장히 비하해서 말했다. 파리에서 몇 년이나 지냈는지 그것은 말하지 않았으나 어느 인기있는 초상 화가의 집에 가정교사로 들어간 일이 있었다는 것이다. 그 화가의 아내는 재산이 많은 유태인이고, 그녀는 이 집에서 많은 유명한 인물들을 만났다고 했다. 그녀가 말하는 이름만 들어도 필립은 황홀해졌다. 꼬메디 프랑세즈의 배우들도 자주 왔었고, 어느날은 만찬회 석상에서 꼬끌랭이 자기 옆에 앉더니 당신처럼 완전한 불어를 말하는 외국인은 처음 보았다고 말했다고 자랑했다. 알퐁스 도데도 온 적이 있었다. 그리고 그의 소설 《사포》를 한 권 주더라는 것이다. 헌정의 말을 써주겠다고 약속까지 했으나 그에게 재촉하는 것을 깜박 잊어버렸다고 덧붙여 말했다. 그러나 그 책을 지금도 잘 보존하고 있어 언젠가는 그에게 빌려주겠다고 했다. 그 다음은 모파상 차례였다. 깔깔깔, 마치 잔물결과도 같은 웃음소리를 내더니 그녀는 의미심장하게 필립을 바라보았다. 정말 밉살스러운 인간! 하지만 작가로서는 너무나 훌륭한 남자 모파상에 관해서는 헤이워드가 자주 이야기했었으므로 그의 명성은 필립도 전혀 모르는 바는 아니었다.

"그래 그 모파상이 당신께 구애라도 했단 말입니까?"

이 말은 목에 걸려 잘 나오지 않았지만 그는 용기를 내어 물어보았다. 지금은 윌킨슨이 그리 밉지 않았으며 더욱이 그녀의 이야기는 가장 즐거운 것의 하나였지만 다만 사나이의 연정을 불러일으킬 만한 여자라고는 생각지 않았기 때문이다.

"싫어요, 그런 말을 물으면. 그 사람은요, 만나는 여자마다 사랑하는 사람이에요. 어쩔 수 없는 천성이겠죠." 이렇게 말하면서 그녀는 나직하게 한숨지었다. 그립게 과거라도 회상하고 있는 것 같았다.

"그래도 정말 멋진 사람이었어요." 하고 중얼거리듯이 말했다.

필립보다 좀더 세상 경험이 많은 사람이라면 이 정도의 말만 들어도 대강 회견의 분위기를 짐작했을 것이다. 저명한 작가가 가족만의 오찬회에 초대되어 온다. 여자 가정교사가 키 큰 두 소녀 제자를 데리고 조용히 나타난다. 그 다음이 소개의 순서다.

"영어 선생이에요."

"처음 뵙겠습니다."

오찬이 시작되자 영어 선생은 다만 묵묵히 앉아 있고 손님은 주로 주인 부부와 이야기를 나눈다.

그러나 필립으로서는 그녀의 말이 훨씬 더 낭만적이라 할까, 그런 공상을 자아내는 것이었다.

"죄다 말해주세요, 그 모파상 이야기." 하고 흥분하여 재촉한다.

"더 할 이야기가 없어요. 그렇게 자꾸 물으면 곤란해요."

그 말은 옳았으나 말투는 마치 이 짜릿한 경험은 세 권의 책으로도 다 담지 못할 것이라는 듯한 투였다. 파리의 이야기를 시작했다.

그녀는 그 넓은 블로뉴의 숲이 마음에 들었다. 어느 거리에는 매력이 넘쳐흘렀고 샹젤리제의 가로수에는 다른 어느 숲에서도 볼 수 없는 특이한 멋이 있었다. 바로 그때 두 사람은 길 옆의 층계에 앉아서 이야기하고 있었는데, 미스 윌킨슨은 그들의 눈 앞의 거창한 느릅나무 숲을 경멸하듯이 바라보았다. 다음은 극장이다. 상연되는 극이 훌륭하고 연기도 또 비길 데 없이 좋았다. 그녀는 주인인 마담 포아이요가 새 드레스로 첫 나들이할 때 흔히 따라갔다.

"정말 진저리 나요, 가난하다는 건! 아아, 그 아름다운 옷! 파리뿐이야, 정말 위복의 멋을 아는 곳은. 그런데 그런 옷을 못 사게 되다니! 글쎄 부인의 몸맵시가 또 문제였거든요. 그래서 가끔 양장점 주인이 날더러 아가씨, 부인이 당신만한 몸매라도 가져주었으면 하는 거예요."

그래서 필립은 그녀가 자기의 건장한 몸집, 더구나 그것을 자랑으로 삼고 있다는 것을 알게 되었다.

"영국 남성들은 대개가 바보예요. 얼굴밖에 생각 않거든요. 그런 점에서는 역시 여인의 나라 프랑스가 제일이야. 몸맵시가 얼마나 중요한지를 잘 알거든요."

물론 필립은 한 번도 그런 것을 생각해본 일이 없다. 이제 비로소 그녀의 발목이 보기 흉할 정도로 굵다는 것을 알게 되었다. 그는 허둥지둥 눈길을 돌렸다.

"당신도 프랑스에 가야 해요, 한 일 년쯤. 프랑스어도 늘게 될 것이고 그래야 좀 데니에제(세상을 알게 된다는 뜻)될 것이고요."

"무슨 뜻이죠, 그건?"

그녀는 장난스럽게 웃었다.

"사전 찾아보세요. 영국 사람들이란 여자 다룰 줄도 몰라, 정말. 부끄럼을 타다니 정말 바보스러워! 여자 하나 어떻게 못 하다니. 여자보고 아름답다는 말 한 마디도 제대로 못 하거든요."

필립의 입장은 자기가 생각해도 좀 묘했다. 틀림없이 그녀는 그에게서 어떤 다른 태도를 기다리고 있는 것이다. 어떻게 그도 멋있는, 여자가 녹을 만한 말을 해줬으면 좋겠는데 적절한 말이 얼른 머리에 떠오르지 않는다. 더욱이 막상 떠올랐을 때는 어쩐지 놀림감이 되는 것 같은 마음이 들어 결국 말이 되어 나오지 않는다.

"아아, 파리는 좋았어. 그러나 난 베를린으로 가야만 했어요. 따님들이 결혼할 때까지 포아이요 댁에 있었지만 그 뒤로 일자리가 있어야죠. 마침 그때 베를린의 지금 자리가 났지 뭐예요. 포아이요 부인과 친척 관계가 된다길래 받아들였죠, 뭐. 전 브레다 거리에 조그마한 아파트를 빌렸어요. 오층에. 그런데 그것이 난처하더란 말이에요. 당신도 브레다 거리에 대해서 알고 계실걸요. 저 거리의 여인들 말이에요."

필립은 고개를 끄덕여보였다. 잘은 몰랐지만 대강은 알 것 같았고 너무나 철부지라는 소리를 듣기가 싫어서였다.

"그러나 제겐 아무렇지도 않았어요. 전 자유로운 사람이에요."

그녀는 불어로 말하기를 좋아했는데 그 불어는 정말 훌륭하였다.

"한번은 그것 때문에 아주 재미있는 일이 일어나지 않았겠어요?"

잠시 말을 끊었는데 필립은 계속 말해달라고 졸랐다.

"당신은 한 번도 하이델베르크 이야기를 안 해주시면서."

"제 일은 정말 아무것도 아니었으니까요."

"그건 그렇고, 우리 두 사람이 이런 얘길 주고받는 것을 아주머니께서 아시면 어떡하지요?"

"제가 왜 그런 말을 합니까?"

"정말이지요?"

그가 약속을 하자 그제서야 그녀는 바로 자기 방 위층에 사는 어떤 미술과 학생 한 사람이——하고 이야기를 꺼내다가 문득 말을 끊으며,

"당신은 왜 그림 공부를 안 하세요? 소질이 많으시던데."

"뭐 별로 없습니다."

"판단하는 것은 남이 더 잘 해요. 전 알고 있어요. 당신에겐 훌륭한 화가가 될 소질이 풍부하다는 것을."

"만약 제가 지금 당장 파리에 가서 그림 공부 하겠다고 하면 큰아버지가 어떤 표정을 지으실지 아시겠어요?"

"이제 당신은 완전히 독립된 사람이 아니에요?"

"딴전을 부려 절 속이려 드시면 안 돼요. 아까 하던 얘기 끝이나 맺읍시다."

미스 윌킨슨은 웃더니 이야기를 계속해나갔다. 문제의 그 학생은 계단에서 여러 차례 스친 적이 있지만 그녀 편에서는 별다른 관심을 가진 일이 없었다. 아름다운 눈동자를 가진 청년으로 지극히 정중하게 모자를 벗고 목례를 했다. 그런데 하루는 편지 한 장이 방문 밑에 놓여진 것을 우연히 발견했다. 물론 발신인은 그 학생이었다. 몇 달 전부터 깊이 존경을 하고 있으며 언제나 계단에서 그녀가 지나가기를 기다렸다는 사연이었다. 얼마나 아름다운 사연이었던가! 회답을 내지는 않았지만 그런 편지를 받고 즐겁지 않을 여자가 세상에 어디 있을 것인가? 다음날 또 한 장의 편지가 왔다. 그 편지는 신비롭고 정열적이고 감동적인 내용이었다. 그 다음에 계단에서 마주쳤을 때는 어디로 눈을 돌려야 할지 몰랐다. 매일같이 편지가 왔다. 그리고 끝내 꼭 만나달라는 것이었다. 오늘 저녁 아홉 시 전에 그녀의 방으로 찾아오겠다는 것이었다. 이제는 어찌할 줄을 몰랐다. 물론 그럴 수는 없었다. 아무리 요란하게 벨을 누르더라도 결코 문만은 열지 않을 것이다. 그런데 막상 온몸의 신경을 곤두세우고 벨 소리가 나기를 기다리고 있노라니까 어느새 그가 바로 자기 앞에 서 있는 것이 아닌가. 그녀는 들어오다가 미처 문 잠그는 일을 잊어버리고 만 것이었다.

"C'est une fatalité. (역시 운명이었나 봐요.)"

"그래서 어떻게 됐어요?"

"그저 그뿐이었죠." 하고 다시 한 번 잔잔한 웃음을 웃었다.

필립은 잠시 침묵에 잠겨버렸다. 심장의 고동이 한결 심해져가고 일종의 형용키 어려운 감정이 느닷없이 가슴속에서 솟아오르기 시작했다. 컴컴한 계단과 우연한 해후가 눈 앞에 선명히 펼쳐진다. 그러한 편지를 내는 대담성, 그런 것은 자기에게는 없다. 그리고 쓰윽 방안으로 들어서는 신비로운 행동, 그는 그저 감탄할 수밖에 없었다. 이것이 바로 로맨스의 정화(精華)라는 생각마저 들었다.

"어떤 남자였나요, 그 미술과 학생이란 사람은?"

"그 사람은 정말 미남이었지요."

"지금도 알고 지내세요?"

그렇게 물었을 때 필립은 희미하게나마 어떤 초조함을 느꼈다.

"그런데 그 사람이 제게 너무 심하게 굴었답니다. 남자란 다 같겠지만 당신네들은 모두 인정머리 없는 분들이니까요."

"그런 건 잘 모르겠는데요." 하고 필립은 다소 당황하면서 말했다.

"이젠 집으로 돌아가세요." 미스 윌킨슨이 말했다.

33

필립은 미스 윌킨슨의 이야기를 잊을 수가 없었다. 도중에 중단해 버리기는 했지만 무슨 이야기를 하려는 것인가는 잘 알 수 있었다. 그런 만큼 다소 놀랐다. 그런 것은 결혼한 여자라면 능히 있을 수 있는 일이었다. 그는 프랑스 소설도 꽤 많이 읽었기 때문에 프랑스에서는 그런 일은 당연하다는 것도 알고 있었다. 그러나 미스 윌킨슨은 영국인이고 또 미혼이며, 더구나 그녀의 부친은 성직자라고 한다. 그러고 보면 아마 그 미술과 학생이라는 것도 그녀의 일생을 통하여 단 한 사람의 애인이라고는 할 수 없을는지도 모른다. 필립은 숨이 가쁜 것처럼 숨을 쉬었다. 지금까지 한 번도 그녀를 그런 여자라고 생각해본 적은 없었다. 그녀에게 구애를 해오는 남성이 있었으리라고는 도저히 믿어지지 않았다. 그의 정직한 천성으로, 책으로 읽은 것은 그대로 믿어지는 것처럼 그녀의 이야기도 거의 의심하지 않았다. 그리고 그런 신기한 이야기가 자기에게만은 일어나지 않는 것이 무척 화가 났다. 가령 그녀가 하이델베르크에서의 로맨스를 굳이 이야기하라고 강요한다면 그에게는 사실 이야기할 재료가 아무것도 없었다. 그것을 생각하면 몹시 부끄러웠다. 물론 그에게도 창작의 재능은 있었다. 그러나 과연 그것만으로 마치 자기가 실지로 방탕과 타락에 빠져 있었던 것처럼 믿게 할 수가 있을 것인가. 자신이 없었다. 책에서 읽은 바로는 여자란 직감력이 있는 것 같았다. 그러고 보면 자기가 서투르게 꾸며댄 거짓말 따위는 당장 폭로되고 말 것이 아니겠는가. 뒤에서 몰래 웃을 것을 생각하니 필립은 부끄러워서 얼굴이 빨개졌다.

미스 윌킨슨은 피아노를 칠 뿐 아니라 노래도 불렀다. 지친 것 같은 노곤한 목소리였다. 그러나 마스네나 벵자망 고다르나 어거스터 올메의 노래는 필립은 처음 들었다. 두 사람은 곧잘 몇 시간이고 피아노 곁에서 함께 지냈다. 어느날 그녀는 당신도 노래를 부를 수 있지 않겠느냐, 부디 한 곡 불러보라고 우기기 시작했다. 무척 아름다운 바리톤이라고 칭찬하면서 레슨을 해주겠다고까지 했다. 버릇대로 처음에는 머뭇거리면서 거절했으나 상대가 너무나 우겼기 때문에 마침내 매일 아침 식사 후에 적당한 때를 골라서 한 시간쯤 레슨을 받기로 했다. 그녀는 교사의 재질을 타고 났는지 아무튼 가정교사로서 일류임에는 틀림없었다. 제법 일정한 교수법도 알고 있었고 특히 엄격했다. 그녀가 곧잘 쓰는 프랑스 말투만은 여전하였지만 나긋나긋한 말씨며 태도는 일단 선생이 되면 온데간데 없어지고 적당히 해치우는 일은 일체 허용되지 않았고, 목소리마저 다소 강압적이 되어 거의 본능적으로 필립의 부주의를 나무라고 태만을 바로잡았다. 자기가 해야 할 바를 제법 알고 있었다고 할까. 필립에게도 음계 연습을 단단히 시켜나가는 것이었다.

그러나 레슨이 끝나면 극히 자연스럽게 본래의 매혹적인 웃는 얼굴로 돌아가 목소리도 도로 상냥하고 녹아드는 것 같은 목소리로 되돌아가는 것이었으나 다만 필립은 그렇게 간단하게, 즉 그녀가 교사의 입장을 던져버리는 것처럼 그렇게 학생의 처신을 잊을 수는 없었다. 이럴 때의 그녀의 인상은 그녀의 이야기에서 받은 것과는 아주 달랐다. 그는 더욱 세심하게 그녀를 관찰하였다. 그 결과 아침에는 잔주름도 눈에 띄게 많아보이고, 목덜미의 살결도 좀 거친 편이었다. 살짝 가려주었으면 싶었지만 워낙 날씨가 더운 탓으로 목둘레가 많이 패인 블라우스를 입고 있었다. 새하얀 빛깔을 무척 좋아하는 모양이지만 낮에는 도무지 어울리지 않는다. 그러나 한편 밤에는 매우 매력이 있고, 거의 야외복처럼 만든 웃옷을 입고 목에는 석류석 목걸이를 하고 있었다. 가슴 둘레며 팔굽 언저리의 레이스 장식이 전체의 느낌에 한결 부드러움을 주었고 또 향수는 어지러울 정도로 이국적이었다. 사실 그런 때는 놀랄 만큼 젊어보였다.

그녀의 나이를 알아맞히는 데에 필립은 무척 애를 먹었다. 스물에다가 열일곱을 보태봐도 납득이 가는 숫자는 아니었다. 다시 루이자 백모님에게 어째서 서른일곱이라고 생각하느냐고 물어보았다. 아무리 보아도 서른 이상으로는 보이지 않았다. 누구나가 다 아는 것처럼 외국인은 영국인보다 더 빨리 늙는 편이다. 미스 윌킨슨은 이미 외국에서 오래 살아왔기 때문에 사실상 외국인으로 보인대도 할 수 없었다. 적어도 필립의 눈에는 스물여섯 이상으로는 도저히 보이지 않았다.

"아냐, 더 됐을 거야." 백모는 대답했다.

그래도 필립에게는 백부 내외분의 계산이 정확하다고 믿어지지가 않았다. 두 분이 명확하게 기억하고 있다는 것은 다만 마지막에 링컨 샤이어에서 보았을 적에 그녀가 아직 머리를 땋지 않았었다는 것뿐이었다. 그렇다고 하면 그때 혹 열두 살이었을지도 모른다. 워낙 오래된 일이었고 게다가 백부 내외분의 기억은 언제나 극히 믿을 수 없는 것이었다. 그리고 두 분께선 입을 모아 이십 년이라고 하지만 일반적으로 사람은 대강 계산하는 것이 보통이고 따라서 실제로는 십팔 년 또는 십칠 년일 수도 있는 일이었다. 그래서 열일곱에 열둘을 더하면 스물아홉밖에는 안 된다. 그러고 보면 아직 퍽 젊은 편이 아닌가. 안토니오가 클레오파트라 때문에 온 세계를 버렸을 때 그녀의 나이는 무려 마흔여덟 살이었던 것이다.

맑게 갠 여름철이었다. 날이면 날마다 구름 한 점 없는 무더위였으나 바다가 가까운 덕분에 더위는 얼마만큼 누그러지고 게다가 상쾌한 기분마저 감돌고 있었기 때문에 사람들은 팔월의 뙤약볕인데도 흥분을 느낄망정 압박감을 느끼는 일은 없었다. 정원에는 연못이 있어 분수가 높이 솟고 있었다. 수련이 무성하고 수면에는 금붕어가 조용히 햇볕을 쬐고 있었다. 점심 식사가 끝나면 필립과 미스 윌킨슨은 곧잘 깔개와 쿠션을 들고 나가 높은 장미 울타리를 그늘삼아 풀밭에 드러눕곤 했다. 오후에는 이야기를 하기도 하고 책을 읽기도 했다. 집 안에서는 백부가 허락하지 않기 때문에 여기서 두 사람은 담배를 피우기도 했다. 캐리 씨는 담배를 피우는 것을 사갈(蛇蝎)처럼 싫어해서 인간이 습관의 노예가 된다는 것은 무엇보다도 부끄럽게 여겨야 한다고 말하곤 했다. 그러나 그 자신이 오후의 차의 노예가 되어 있다는 사실은 까맣게 잊고 있다.

어느날 미스 윌킨슨은 필립에게 《보헤미안의 생활》을 빌려주었다. 백부의 서재에서 장서를 뒤적거리다가 우연히 발견했다는 것이었다. 아마 그것은 백부가 좋아하는 책을 한꺼번에 사들이다가 섞여 들어온 것이 분명했으나 그대로 십 년간 아무도 모르게 파묻혀 있었던 것이었다.

그는 즉시 뮈르레의 졸렬하고 우스꽝스러우면서도 어딘지 모르게 매혹적인 걸작을 읽기 시작했으나 곧 그 책의 포로가 되어버리고 말았다. 굶주림으로 허덕이면서도 마음을 쓰는 일 없는 쾌활함, 불결한 것까지도 몹시 아름다운 것으로 보였고 불결한 연애마저도 무척 낭만적으로 생각되고, 또 낡고 진부한 표현도 마치 감동적으로 보이는 가지가지의 묘사에 그의 마음은 한없이 뛰놀았다. 루돌프와 미미, 뮈레트와 쇼나르! 루이 필립 왕조풍의 기묘한 복장으로 단장하고 라틴 구의 그 회색의 거리를 방황하면서 그들은 울기도 하고 웃기도 하면서 한가하고 마음 편하게 오늘은 이 집 다락방, 내일은 저 집 다락방으로 한 때의 잠자리를 찾아 돌아다니는 것이었다. 그것은 더할 수 없는 매력이었다. 그들의 쾌락이 얼마나 천하고 그들의 마음이 얼마나 비속한가를 깨닫고, 그리고 이 쾌활한 사람들이 예술가나 인간으로서 얼마나 보잘것없는 것인가를 느끼게 되는 것은 뭐니뭐니해도 독자들이 좀더 건전한 판단력을 가지고 다시 한 번 이 책을 읽게 되는 경우이다. 필립의 경우는 완전히 그 매혹에 사로잡히고 말았다.

"런던보다는 파리에 가보고 싶지 않아요?"

그의 열성을 알아챈 미스 윌킨슨이 웃으면서 물었다.

"하지만 지금부터 간다면 너무 늦지 않았을까요?"

독일에서 돌아온 후 두 주일 동안 그와 백부 사이에는 그의 장래에 대해서 진지한 토론이 벌어졌다. 옥스퍼드의 진학은 딱 잘라서 거절했었다. 더구나 장학금을 탈 가망이 이미 사라진 지금에 와서는 캐리 씨라 할지라도 제 힘으로는 할 수 없으니까 단념하는 수밖에 없다는 결론에 도달하고 말았다. 그의 장래 문제만 하더라도 그것은 겨우 이천 파운드의 돈에 달려 있는 셈이었다. 하기야 일 년에 오부 이자라는 유리한 공채로 돌려놓았지만 도저히 이자만으로는 공부할 수가 없었다. 이제는 원금도 다소 써버렸다. 대학에 진학하면 일 년에 최소한 이백 파운드는 필요할 것이고 그것을 삼 년간 옥스퍼드에서 소비하는 것은 바보스러운 짓이다. 어차피 그것만으로는 그 후의 자활을 할 수 있는 가망성은 없기 때문이다. 그는 곧장 런던으로 나가고 싶었다. 캐리 부인의 말에 의하면 신사가 가질 직업은 네 가지밖에 없다. 육군, 해군, 법률, 아니면 성직자가 그것이라는 것이다. 더군다나 근년에 와서 시동생이 종사하고 있었기 때문에 의사도 그것에 추가했지만 적어도 자기가 젊었을 때에는 아무도 의사를 신사라고 생각하는 사람은 없었다는 사실을 그녀는 잊고 있지 않았다. 그러나 필립의 경우 처음의 두 가지는 전혀 문제도 되지 않았고 성직도 거절할 생각이었다. 그러고 보면 법률만이 남게 된다. 언젠가 이곳에서 개업하고 있는 의사가 요즘엔 기술 방면으로 나가는 신사도 부쩍 늘어났다는 말을 했었지만 백모는 즉석에서 반대하고 나섰다.

"난 상인 따위가 되어달라고는 않겠어." 하고 캐리 부인이 말했다.

"그렇지, 아무튼 뭣이든 자유 직업이어야 해."

이것은 캐리 씨의 의견이었다.

"그럼 아버지도 그랬으니까 의사가 좋지 않겠어요?"

"하지만 그건 제가 싫거든요." 이번에는 필립이 입을 열었다. 캐리 부인은 여기에 대해선 실망하지 않았다. 옥스퍼드에 진학하지 않는 이상 법조계 쪽은 문제될 수도 없는 일이었다. 왜냐하면 캐리 부부는 법조계에서 성공하려면 반드시 학위가 필요하다고 굳게 믿고 있었기 때문이었다. 결국은 변호사 사무소에 견습생으로 들여보내면 어떻겠느냐고 했다. 그래서 집의 고문 변호사로서 전에 헨리 캐리의 유산 처리에 캐리 씨와 함께 공동 집행인이 되어준 일이 있던 앨버트 닉슨에게 편지를 내어서 필립을 받아들여줄 수 없겠는가 하고 부탁했다.

이틀쯤 지나서 답장이 왔는데 그에 의하면 마침 자리도 없을 뿐더러 계획 전체에 대해서도 반대한다는 것이었다. 변호사도 지금은 사람이 남아도는 형편이어서 돈이나 연고 관계라도 없으면 서기 이상이 될 가망은 우선 없다는 것이었다. 그것보다도 차라리 공인회계사가 되면 어떻겠느냐는 의견이었다. 캐리 씨 내외는 공인회계사에 대해서는 전혀 아는 것이 없었고 필립도 그런 직업을 가진 사람이 있다는 말은 들어본 적도 없었다.

그러나 이윽고 닉슨에게서 다시 편지가 왔다. 그의 설명에 의하면 근래 상업이 발전하고 회사가 증가됨에 따라 의뢰인의 요구에 의해서 그들의 장부를 점검하고 그 경리면을 종래의 구식 방법에는 전혀 없었던 방법으로 깨끗이 정리하는 소위 '회계사 조합'이 몇 개 생겼다는 것이고, 수년 전부터 국가에서 면허까지 주게 된 후로는 해를 거듭할수록 직업의 품위도 생기고 돈벌이도 좋아서 점점 중요한 직업이 되어가고 있다는 것이었다. 그리고 닉슨 씨가 과거 삼십 년간이나 써오던 공인 회계사 조합에 지금이라면 마침 견습생 자리가 하나 비어 있으니 삼백 파운드만 내면 필립을 맡아도 좋다는 사연이었다. 그 삼백 파운드도 계약 기간 오 년 동안에 반은 봉급으로 대체할 수 있다는 것이었다. 전망이 썩 좋은 편은 못 되었으나 필립으로서는 이번에 장래에 대한 어떤 결정을 내려야 할 판국이었고, 더욱이 덕분에 런던 생활을 할 수 있다는 점이 조금 망설여지는 마음을 내키게 만들었다. 캐리 씨는 다시 편지를 내어서 정말 신사에게 적합한 직업인가를 다짐했다. 답장에는 면허장이 나오게 된 뒤부터는 퍼블릭 스쿨이나 대학 출신자들도 쏟아져들어오는 형편이고, 만약 필립이 싫다고 해서 일 년 정도로 그만두는 일이 있더라도 허버트 카터(회계사의 이름)는 계약금의 반액을 돌려주어도 좋다고 한다는 것이었다. 이리하여 만사가 해결되어 9월 19일부터 견습생으로 들어가기로 결정을 보았다.

"앞으로 넉넉히 한 달 남았군요." 하고 필립이 말을 꺼냈다.

"그럼 그것으로 당신은 자유롭게 되고 저는 또다시 노예처럼 거북한 생활로 돌아가게 되겠군요." 하고 미스 윌킨슨은 대답했다.

그녀의 휴가는 여섯 주일 동안이었다. 그러니까 필립이 떠나기 이삼 일 전에 그녀는 떠나게 되어 있었다.

"또다시 뵐 수 있을지 모르겠군요?" 하고 그녀가 말했다.

"그야 만나게 되겠지요. 만나지 못한다는 법은 없을 테니까요."

"어머나, 어쩌면 당신은 그렇게 멋없는 말을 하시죠? 당신처럼 메마른 사람은 처음 봤어요."

필립은 얼굴이 빨개졌다. 그녀로부터 졸장부라는 말을 듣지나 않을까 하고 걱정이 되었다. 뭐니뭐니해도 그녀는 아직 젊었고 때로는 아름답게도 보였고 필립의 나이도 올해 스물이었다. 미술이나 문학 이야기만 한다는 것은 싱거운 일이다. 이렇게 되고 보면 연애 이야기라도 한바탕 벌여보아야 할 것 같았다. 연애 이야기는 전에도 많이 했었다. 브레다 거리에 살던 미술과 학생의 이야기도 나왔었고, 또 그녀가 파리에서 오랫동안 머물러 있었던 집의 그 화가의 이야기도 했다. 그가 한 번은 모델이 되어달라고 부탁해온 일도 있었는데 그것이 그녀에 대한 열렬한 구애가 되기 시작했기 때문에 부득이 구실을 만들어서 두 번 다시 모델로 나서지 않게 되었다고 말했다. 그런 수작에 대해서 미스 윌킨슨은 이미 익숙해 있었다는 것은 너무나도 명백한 일이었다.

그날도 그녀는 커다란 밀짚모자를 쓰고 있었으며 매우 아름답게 보였다. 무더운 오후, 아마 두 사람이 알게 된 이후 가장 더운 오후였다. 구슬 같은 땀방울이 그녀의 윗입술 위에 한 줄로 내뿜고 있었다. 문득 그는 프로일라인 체칠리에와 숭과의 사건을 회상했다. 그는 과거에 한 번도 체칠리에에게 연정 같은 것을 느껴본 적이 없다. 그토록 못생긴 여인이었다. 그러면서도 지금 다시 생각해보니 그 사건이 퍽 낭만적인 것처럼 느껴졌다. 지금 그에게도 바야흐로 로맨스의 기회가 주어져 있는 것이다. 미스 윌킨슨은 프랑스 사람과 조금도 다름없었다. 그 사실이 정사를 상상하는 데 한층 흥미를 더해주었다. 밤에 침대 속에서 그 일을 생각하거나 혹은 정원에서 혼자 책을 읽을 때에 무의식중에 그것을 생각하면 일종의 스릴이 느껴졌으나 막상 그녀와 얼굴을 마주치면 묘하게 무미건조해지는 것이었다. 그러나 아무튼 그런 이야기까지 털어놓은 이 마당에 그 편에서 사랑의 고백을 했다고 해서 그다지 놀라지는 않을 것이다. 오히려 이편에서 눈치조차 보이지 않은 것을 이상하게 생각하고 있을지도 모른다는 그런 생각도 들었다. 아마도 자신의 혼잣 생각에 불과할지 몰라도 요 며칠 사이에 그녀의 눈에 한두 번 희미하게나마 경멸의 빛이 어려 있는 것 같았다.

"무엇을 그렇게 멍하니 생각하고 계세요?" 하고 뱅글뱅글 웃으면서 필립의 얼굴을 바라보며 말했다.

"당신에게 말할 것이 못 됩니다." 하고 그는 대꾸했다.

사실 그는 지금이야말로 그녀에게 키스하지 않으면 안 된다고 생각하고 있었다. 그러나 과연 그녀 쪽에서도 그것을 기대하고 있을까. 또 가령 한다고 하더라도 사전에 어떤 예비적 행위라도 없고서는 어떻게 별안간 성공할 수가 있겠는가. 미친 사람이 아닌가 하고 생각할지도 모를 일이고 또는 보기 좋게 뺨이라도 한 대 얻어맞는지도 모른다. 그리고 아마 백부에게 이를지도 모른다. 도대체 숭은 어떻게 체칠리에에게 수작을 걸었을까? 백부에게 알리기만 하면 일은 다 틀려지고 만다. 자기는 백부의 인품을 누구보다도 잘 알고 있다. 틀림없이 의사에게도 말할 것이고 조사이어 그레이브스에게도 말할 것이 분명하다. 그렇게 되면 자기는 그야말로 꼴 좋게 되고 말 것이다. 백모는 여전히 미스 윌킨슨이 서른일곱이라고 우겨대고 있었다. 그렇다면 주위 사람들의 웃음거리가 되고도 남을 것이라고 생각하자 그는 오싹했다. 마치 어머니 같은 여자가 아니냐고 사람들은 말할 것이다.

"저어, 뭘 멍하니 생각하고 계시는 거예요?"

미스 윌킨슨은 여전히 웃고 있었다.

"당신 생각을 하고 있었습니다."

그는 대담하게 말해버렸다.

이 정도의 말이라면 어쨌든 말꼬리가 잡힐 것까지는 없지 않겠는가.

"나에 대해 무엇을 생각하고 있었다는 거죠?"

"참으로 당신은 호기심이 많은데요."

"장난꾸러기군요, 정말."

그녀의 입에서 또 이런 말이 나오고 말았다. 간신히 여기까지 끌고 왔는가 했더니 그녀의 입에서는 또다시 가정 교사를 생각케 하는 말투를 써버리곤 한다. 언젠가 연습 과제의 노래를 잘 부르지 못했을 때에도 농담이기는 했지만 역시 장난꾸러기라는 말을 한 적이 있었다. 그러나 이번에는 그는 뾰로통해서 말했다.

"정말 이젠 절 어린애 다루듯이 하지 말았으면 싶군요."

"화났어요?"

"몹시."

"화나게 만들 생각은 없었어요."

그녀는 한 손을 내밀었다. 그는 가볍게 그 손을 잡았다. 기분 탓이었을까? 요즘 한두 번 밤에 악수했을 때 살그머니 힘을 주는 듯한 느낌이 들었었다. 그러나 오늘 밤에는 의심할 여지가 없었다. 그러나 그 다음 어떻게 말해야 좋을지 몰랐다. 드디어 내게도 사랑의 모험을 할 찬스가 온 것이다. 이 기회를 잡지 못하면 바보인 것이다. 그러나 약간 평범한 것 같았다. 그가 바라고 있는 것은 좀더 매혹적인 것이었던 것이다. 여러 가지 연애의 묘사는 책에서 읽은 적이 있지만 아무래도 지금의 경우엔 소설가들이 쓴 것 같은 그러한 감정의 용솟음은 일어나지 않는 것이다. 잇달아 솟아오르는 격정의 파도에 휩쓸리는 그런 기색이 전혀 일어나지 않는 것이다. 그리고 미스 윌킨슨은 결코 자기가 늘 그려보던 이상형의 여성은 아니었다. 종종 그가 공상으로 그려본 것은 아름다운 소녀의 커다란 짙은 제비꽃 빛과 같은 설화석고(雪化石膏)처럼 새하얀 살갗이었다.

가끔 그러한 소녀의 물결치듯 나부끼는 금발 속에 얼굴을 파묻고 있는 자신의 모습을 마음속에 그려본 일은 있다. 그러나 미스 윌킨슨의 머리카락 속에 얼굴을 파묻고 있는 자신을 상상할 수는 없었다. 언제 보아도 어딘지 모르게 끈적끈적한 느낌이 드는 머리였다. 그러나 그렇다고는 해도 정사를 생각하면 그것만으로도 크게 만족스러울 것이다. 당연히 정복에 따를 쾌감과 자랑을 생각하면 짐짓 가슴이 두근거렸다. 그렇다면 어떻게 해서든지 설득시켜야 하겠다. 키스만은 해놓고 볼 일이라고 단단히 마음먹었다. 그러나 밝은 대낮엔 안 된다. 밤이어야 한다. 어두운 편이 마음이 편할 것이다. 키스만 하면 그 다음은 자연히 어떻게 될 것이다. 오늘 밤 단행하고 말겠다. 그는 마음속으로 가만히 다짐했다. 그는 우선 계획을 세웠다. 저녁식사가 끝나자 정원을 함께 산책하자고 꾀어 내었다. 미스 윌킨슨은 즉석에서 응낙했다. 두 사람은 나란히 거닐었다. 필립은 몹시 흥분하고 있었다. 어쩐 일인지 대화가 제대로 되지를 않았다. 그는 먼저 그녀의 허리를 살며시 껴안을 계획이었으나 그녀가 다음주에 열릴 보트 레이스에 대한 이야기에 정신이 팔려 있어서 별안간 껴안을 수도 없었다. 그는 교묘하게 그녀를 정원에서 제일 어두운 곳으로 이끌어갔다. 막상 와 보니 이번에는 용기가 제대로 나지 않았다. 두 사람은 벤치에 걸터앉았다. 바로 이때가 찬스다 하고 마음을 단단히 먹는 찰나 그녀가 여기에는 틀림없이 집게벌레가 있을 테니 딴 곳으로 옮기자고 했다. 그들은 다시 한 번 정원을 한 바퀴 돌았다. 이번에 다시 그 벤치에 올 때까지는 반드시 단행하고야 말겠다고 굳게 마음먹었으나 공교롭게도 집 앞을 지나려니까 문턱에 캐리 부인이 서 있는 것이 보였다.

"이젠 두 사람 다 안으로 들어오는 것이 좋지 않을까? 밤 공긴 몸에 해로워."

"들어가는 게 좋겠군요. 감기라도 들면 큰일이니까요." 하고 필립은 말해버렸다. 그 말을 하고 나자 그는 큰 짐이라도 내려놓은 것처럼 한숨을 쉬었다. 그날 밤에는 그 이상 아무런 행동도 취할 수가 없었다. 그러나 나중에 자기 방에 혼자 앉아서 곰곰이 생각하니 자기 자신에게 화가 치밀어서 견딜 수가 없었다. 어쩌면 이다지도 못났단 말인가. 여자 쪽에서는 키스를 기다리고 있었을 게 뻔했다. 그렇지 않다면 정원까지 잠자코 따라왔을 리가 없지 않은가. 여자를 다룰 줄 아는 사람은 프랑스 사람뿐이라고 그녀는 늘 말했었고, 프랑스 소설이라면 필립도 꽤 많이 읽은 셈이다. 만약 자기가 프랑스 사람이라면 미상불 그녀를 양팔로 껴안고 당신을 얼마나 사랑하는지 모른다든가 하는 말을 열정적으로 속삭였을 것이고, 그리고 그녀의 목덜미에 불 같은 키스쯤은 하고도 남았을 것이다. 프랑스 사람들은 왜 그렇게 언제나 여자의 목덜미에 키스를 하는지 필립은 그 이유를 알 수가 없었다. 자기로서는 여자의 목덜미에 그다지 매력을 느끼지 않았었다. 물론 프랑스 사람들에게는 이렇게 하는 편이 훨씬 수월했는지도 모르는 일이다. 거기에는 프랑스 말 자체가 크게 도움이 된다. 사랑의 속삭임에 영어처럼 어울리지 않는 말은 없을 것이다. 이제 와서 보니 미스 윌킨슨을 공략할 것은 애당초 생각하지 않았던 편이 나았을 것 같기도 하다. 처음 두 주일 동안은 참으로 즐겁기만 했다. 그와 반대로 현재의 비참한 꼴이란 또 어떠한가. 그러나 여기서 마음을 약하게 가져서는 안 된다고 다시 생각했다. 여기에서 주저앉아버린다면 자신에게 정이 떨어져버릴 것이다. 그는 다시 한 번 마음속에 단호한 결심을 했다. 내일 밤에는 반드시 키스를 해보리라고.

이튿날 일어나 보니 비가 내리고 있었다. 얼핏 생각하기에는 이 상태로는 밤에 정원에 나갈 수는 없겠다는 것이었다. 아침 식사때의 필립은 전에 없이 원기 왕성했다. 미스 윌킨슨은 메어리 앤을 통해서 두통이 심해서 그냥 누워 있고 싶다는 전갈을 해왔다. 끝내 차 마실 시간까지 나타나지 않다가 실내 옷을 입고 내려왔을 때에는 얼굴빛이 창백했다. 그러나 저녁 식사 때까지 완전히 회복되어서 식사 시간이 매우 즐거웠다. 저녁 기도가 끝나자 그녀는 오늘 밤에는 곧 잠자리에 들겠다면서 캐리 부인에게 키스했다. 그리고는 문득 생각난 듯이 필립 쪽을 향하더니,

"아이 참! 당신에게도 키스해드릴 것을 그랬군요." 하고 그녀는 큰 소리로 말했다.

"왜 안 해주시죠?"

그녀는 웃으면서 손을 내밀었다. 그 손은 분명히 그의 손을 힘차게 잡아주었다.

이튿날은 구름 한 점 없이 맑았고 비 온 뒤의 정원은 말할 수 없이 상쾌했다. 필립은 해수욕에 다녀오자 식욕이 매우 왕성해져서 맛

있게 점심을 먹었다. 오후에는 목사관에서 테니스회가 있을 예정이어서 미스 윌킨슨은 단벌뿐인 나들이 옷을 입고 있었다. 확실히 맵시 있게 옷을 입을 줄 아는 여인이었다. 부목사의 부인과 출가한 의사의 딸들과 나란히 서 있으니까 필립에게는 눈에 띄게 세련되어 보였다. 허리띠에는 장미꽃 두 송이를 장식으로 달고 있었다. 빨간 파라솔을 받치고 잔디밭 옆에 놓인 의자에 앉아 있었다. 햇빛에 반사되어 그녀의 얼굴은 한층 더 아름다웠다. 필립은 테니스를 좋아했다. 서브는 잘 하지만 잘 뛰지 못했기 때문에 시종 네트 가까이에서만 공을 쳤다. 절름발이임에도 불구하고 동작이 매우 민첩했기 때문에 그의 좌우로 공을 빼는 일은 매우 어려웠다. 세트마다 다 이겨서 그는 매우 기분이 좋았다. 차 시간에는 더워서 숨을 헐떡거리면서 미스 윌킨슨의 발치에 누워 있었다. 그녀가 불쑥 말을 꺼냈다.

"운동복이 참 잘 어울리시네요. 오늘 오후 당신은 참 멋있었어요."

그는 기뻐서 얼굴이 달아올랐다.

"칭찬을 받았으니 저도 답례를 해야겠군요. 당신도 오늘은 정말 황홀할 만큼 아름답더군요."

그녀는 가볍게 웃어보이면서 검은 눈으로 언제까지나 그를 지켜보고 있었다.

저녁 식사가 끝나자 그는 다시 밖으로 나가자고 꼬였다.

"오늘은 운동을 충분히 하셨을 텐데요."

"그래도 오늘 밤은 유달리 정원이 아름다울 테니까요. 넓은 하늘에 별들이 총총히 빛날 것이구요."

그는 기분이 매우 좋았다.

"당신 때문에 백모님께 꾸중 들은 일 알고 계세요?"

뒷마당을 빠져나오면서 미스 윌킨슨이 갑자기 말했다.

"당신과 너무 다정하게 지내면 못쓴다고 하시더군요."

"언제 그렇게 다정하게 해주셨던가요? 전 아직 전혀 알지 못했는데요."

"아녜요. 백모님이 농담으로 그러셨을 거예요."

"하지만 어제 저녁 끝내 키스해주시지 않으시다니 정말 매정한 분이에요.”

“하지만 내가 그 말을 했을 때 큰아버님께서 어떤 표정을 지으셨는지 보셨더라면 아셨을 것을.”

“키스하지 않은 것이 단지 그 때문이었나요?”

“하지만 키스할 때 남들이 보면 전 싫어요.”

“그럼 지금은 아무도 보는 사람이 없는데.”

필립은 그녀의 허리에 팔을 돌리고 그녀의 입술에 자기 입술을 포개었다. 그녀는 조금 웃었을 뿐 피하려고는 하지 않았다. 극히 자연스러운 키스였다. 필립은 제법 의기양양했다. 결심했던 대로 실행한 셈이었다. 무척 수월한 일이었다. 이런 줄 알았으면 진작 해치웠을 것을. 그는 다시 한 번 입술을 포개었다.

“아아, 이젠 그만.”

“왜 안 된다는 거죠?”

“너무 좋으니까요.” 하고 그녀는 웃어보였다.

34

이튿날 점심 식사를 마친 뒤 두 사람은 깔개와 쿠션과 책을 가지고 분수가 있는 곳으로 갔다. 물론 독서할 분위기는 아니었다. 미스 윌킨슨은 사뭇 편안한 자세를 취하고는 붉은 양산을 펴서 받쳤다.

이제는 필립도 완전히 부끄러움을 잊었으나 그녀는 처음에는 도무지 키스를 허락하지 않았다.

“어젯밤엔 제가 잘못했었다고 생각해요. 좀처럼 잠을 자지 못했어요. 뭔지 나쁜 짓을 한 것만 같아서요.”

“그럴 수가! 푸욱 주무실 수 있었을 텐데요.”

“하지만 큰아버지께서 아시면 뭐라시겠어요?”

“아실 리가 없지 않아요?”

그는 그녀에게 몸을 기대듯이 하여 다가앉았다. 심장이 심하게 고동쳤다.

“왜 그렇게 키스하고 싶으시죠?”

여기에선 한 마디 '사랑하기 때문이죠.'라고 대답해주어야 한다는 것은 알았지만 아무래도 그 소리가 입 밖에 나오지 않았다.

"왜 그럴 거라고 생각하세요?" 하고 되물었다.

그녀는 웃으면서 그를 들여다보다가 손가락을 살그머니 그의 얼굴에 갖다대더니,

"얼굴이 참 보드랍군요." 하고 중얼거리듯 말했다.

"웬걸요. 자주 면도질을 안 해서……." 어째서 이렇게도 낭만적인 말투를 못쓰는지 자기 자신도 놀랄 뿐이었다.

말을 하는 것보다는 차라리 아예 잠자코 있는 편이 낫겠다는 것을 깨달았다. 입을 다물고 있으면 무언가 표현하기 어려운 신비로운 존재처럼 보일 것이다. 미스 윌킨슨은 한숨을 쉬었다.

"정말 제가 좋으세요?"

"그럼요, 무척."

또 한 번 키스하려 하자 이번에는 그녀도 거절하지 않았다. 그는 실제 이상으로 훨씬 격렬하고 정열적인 연기를 해보인 셈이었다. 가까스로 자신의 눈에도 그다지 우습지 않을 만큼 연극에 성공한 것 같았다.

"전 어쩐지 당신이란 사람이 무서워졌어요." 하고 미스 윌킨슨이 말했다.

"저녁 식사가 끝나면 또 나와주시겠죠?"

필립은 마치 애원이라도 하는 것처럼 말했다.

"네, 하지만 얌전하게 있겠다고 약속하신다면."

"그야 하죠, 어떤 약속이라도."

다소 연극을 해보인 정열의 불길에 그 자신이 부채질 당하고 만것 같은 형편이었다. 필립은 차 시간에는 시끄러울 만큼 쾌활했다. 미스 윌킨슨은 불안한 눈으로 그를 바라보고 있었다.

"그렇게 눈을 반짝거리는 게 아녜요. 큰어머님께서 어떻게 생각하실지 모르잖아요." 나중에 그녀는 필립에게 타이르듯이 말했다.

"백모님이 어떻게 생각하시든 알 바 아니에요."

미스 윌킨슨은 재미있다는 듯이 웃어댔다. 저녁 식사가 끝나자 곧

그는,

"담배 한 대 피우고 싶은데 함께 안 나가시겠어요?" 하고 그녀에게 물었다.

"미스 윌킨슨은 좀 쉬게 내버려두어라." 캐리 부인이 말참견을 했다. "애, 미스 윌킨슨은 너처럼 어린애가 아니란다."

그러나 미스 윌킨슨 쪽에서 오히려 짓궂은 어조로,

"아녜요, 저도 지금 막 나가려던 참이었어요."

"점심 후엔 산책하고 저녁 후엔 쉬는 법이란다." 하고 캐리 씨도 빙 돌려서 못을 박았다.

두 사람이 문을 닫고 나오자 미스 윌킨슨이 이내 입을 열었다.

"아주 좋은 아주머니지만 때로는 무척 화가 날 때도 있어요."

필립은 조금 전에 막 불을 붙인 담배를 집어던지고 느닷없이 두 팔을 벌려 그녀에게 덤벼들었다.

"점잖게 하시겠다고 약속하셨잖아요?"

"그런 약속을 지킬 리가 없으리란 것을 알았을 텐데."

"안 돼요, 이렇게 집 가까운 데선. 누가 오면 어떡하려고 이러세요?"

그는 사람이 별로 다니지 않는 채소밭 쪽으로 앞장서서 성큼성큼 걸어갔다. 미스 윌킨슨도 오늘은 집게벌레 이야기를 꺼내지 않았다. 숨이 막힐 것 같은 키스를 했다. 아침에는 별로 매력을 느끼지 않았는데 오후에는 좀더 나아지고, 그것이 일단 밤이 되면 무슨 조화인지 그녀의 손에 닿기만 해도 흡사 전율 같은 쾌감을 느끼게 되었다. 그는 도무지 그 이유를 알 수 없었다. 아무리 생각해도 차마 말할 수 없는 말을 태연하게 입 밖에 내곤 했다. 한낮에는 도저히 상상도 못할 말이었다. 그는 자기도 모르게 어떤 신비감과 만족감으로 자신의 밀에 귀를 기울이고 있었다.

"아주 멋있게 유인하는군요." 하고 그녀도 감탄을 아끼지 않았다.

자기 스스로도 정말 그렇다고 생각했다.

"아! 가슴에 타오르는 이 모든 것을 온통 내쏟아 말해버릴 수 있다면." 숨찬 듯이 중얼거렸다.

멋진 성공이었다. 지금까지 경험한 어떤 놀이보다도 신나는 놀이였다. 더욱이 놀란 것은 자기가 입 밖에 내는 그 말이 거의 그대로 자기의 감정이 되어버리는 것이었다. 다소 말이 과장되어 있다는 것만 다를 뿐이었다. 그 말의 효과가 그대로 여자에게 나타나는 것을 보았을 때 그는 깊은 흥미와 흥분을 느꼈다. 그러나 드디어 그녀는 굳게 결심한 듯 집으로 들어가자고 졸랐다.

"아아! 가다려요. 가지 말아요." 그는 외쳤다.

"아녜요. 안 돼요, 전 어쩐지 무서워졌어요."

그녀는 속삭이듯이 나직한 목소리로 중얼거렸다. 갑자기 그는 이런 경우 어떻게 하는 것이 가장 좋은가를 본능처럼 직감했다.

"그래도 난 못 들어가겠어요. 잠시 여기서 생각 좀 해보겠어요. 얼굴이 화끈거려서 찬 바람을 쐬겠어요. 그럼 안녕히 주무세요."

그는 엄숙한 표정으로 손을 내밀었다. 그녀는 묵묵히 그 손을 잡았다. 어쩐지 그녀가 울음을 참으려고 입술을 깨물고 있는 것처럼 느껴졌다. 오! 얼마나 황홀한 일인가! 그는 혼자 캄캄한 정원에 남아서 오히려 할 일이 없어서 심심했으나 한참만에 집에 들어가보니 미스 월킨슨은 이미 잠자리에 들어갔는지 보이지 않았다.

그 후부터 두 사람의 관계는 변해버리고 말았다. 다음날, 또 그 다음날도 필립은 열렬한 애인처럼 행동했다. 미스 월킨슨도 자기를 사랑한다는 것을 알고 난 후부터는 그는 마음이 흐뭇했다. 그녀는 불어로도 그렇게 말했고 영어로도 그렇게 말했다. 여러 가지로 그에게 찬사를 보내기도 했다. 그의 눈이 매혹적이고 육감적인 입술을 가졌다고 말해준 사람도 미스 월킨슨이었다. 지금까지는 용모에 대해서 그다지 큰 관심을 갖지 않았었지만 요즘엔 틈만 있으면 거울에 얼굴을 비쳐보며 흐뭇해했다. 키스를 할 때마다 자기의 정열이 그녀의 마음을 뒤흔들어버리고 마는 것을 느낀다는 것은 더할 수 없는 즐거움이었다. 키스도 자주 했다. 그는 상대가 기대하고 있는 말을 직감적으로 알아차려서 그런 것을 말하는 것보다는 키스하는 편이 훨씬 수월했기 때문이었다. 아무리 뭣해도 그녀를 나의 여신이라는 등 찬양하기는 아직도 쑥스러웠기 때문이었다. 누구든 자기의 그 일을 자랑할 상대라도 있었으면 싶었다. 그러면 그가 한 행동에 대해서도 좀더 많이 자세하게 이야기해주었을 것이다.

이따금 그녀는 수수께끼 같은 말을 해서 그를 어리둥절하게 만들곤 했는데 그럴 때에 그는 헤이워드 같은 친구가 있어주었으면, 그것이 어떤 의미인지 또 이쪽에서는 어떻게 행동하면 좋을지를 물어볼 수도 있으련만, 하고 생각했다. 이대로 일을 서둘러야 할지, 아니면 더 기다려야 할지, 그는 마음을 정할 수가 없었다. 앞으로 삼 주일밖에 남지 않았다.

"그 일만 생각하면 전 견딜 수가 없어요. 가슴이 찢어지는 것만 같아요. 우리는 앞으로 다시는 만날 수 없겠죠?"

"나를 조금이라도 생각해주신다면 그렇게 매정스러운 말은 말아주십시오."

필립은 소곤거리듯이 말했다.

"만사는 될 대로 되는 법이에요. 왜 그 정도로 만족하실 수 없나요? 남자들이란 언제나 똑같군요. 절대로 만족이라는 것을 모르거든요."

그래도 필립이 굳이 졸라대자 그녀는 말했다.

"글쎄 그건 불가능하잖아요. 어떻게 여기서 그럴 수가 있겠어요?" 하고 그녀는 말했다.

필립은 여러 가지로 생각해낼 수 있는 안을 말해보았으나 그녀는 조금도 귀담아 들으려 하지 않았다.

"그런 위험한 일을 어떻게 해요. 당신 큰어머니께서 아시기라도 해보세요. 큰일 난단 말이에요."

며칠 뒤 필립은 기막힌 꾀를 생각해냈다.

"이것 봐요, 다음 일요일 저녁에 말이지요, 당신은 머리가 아프니 집이나 지키겠냐고 말하세요. 그러면 필시 큰어머니께서 교회에 가실 테니까요."

일요일 밤이면 보통 메어리 앤을 교회에 보내기 위해서 캐리 부인은 집에 남곤 했었다. 그러나 물론 저녁 예배에 참석할 수만 있다면 백모는 무척 기뻐하고 그렇게 할 것이다.

그가 독일에서 공부할 때 기독교에 대한 자기 견해와 변화를 친척들에게 이야기할 생각은 별로 없었다. 어차피 이해해주지 않을 것이 뻔했다. 그보다는 잠자코 교회에 나가는 편이 덜 귀찮았다. 그러나 그는 아침 예배에만 참석했다. 그렇게 하는 것이 세상 사람들의 편견에 대한 일종의 타협이요, 그 대신 저녁 예배에는 절대로 참석하지 않는 것을 무신론자의 당연한 주장이라고 생각했다.

그래서 그가 그 방안을 제안하자 미스 윌킨슨은 잠시 묵묵히 생각하더니 머리를 살래살래 흔들며,

"아뇨, 안 돼요." 하고 그녀는 대답했다.

그러나 일요일 저녁에 차를 마실 때 그녀는 갑자기 필립을 놀라게 했다.

"전 오늘 저녁에 교회에 못 나가겠어요. 웬일인지 머리가 무척 아파요." 하고 말을 꺼내지 않는가.

캐리 부인은 매우 걱정하면서 자기가 복용하는 물약을 마시지 않겠느냐고 했다. 미스 윌킨슨은 감사하다고만 말할 뿐 자기 방에 가서 자겠다고 했다.

"무엇 먹고 싶은 건 없어요?" 하고 자못 걱정스러운 듯이 캐리 부인이 물었다.

"아뇨, 아무것도 없어요. 고맙습니다."

"그럼, 시중 들 일이 없으면 오늘 저녁엔 오래간만에 교회에 좀 나가 봤으면 해요. 밤에는 좀처럼 나갈 수가 없으니까 말이에요."

"네, 괜찮아요. 다녀오시죠."

"그렇다면 저도 남아서 집을 보기로 하죠."

필립이 말했다. "만약 윌킨슨 양에게 무슨 일이 있으면 내가 도와드리면 되니까요."

"그럼 응접실의 문을 열어두는 게 좋겠구나. 윌킨슨 양이 벨을 누르면 잘 들리게."

"그러지요."

그렇게 해서 여섯 시가 지나자 집에는 그와 미스 윌킨슨 두 사람만이 남았다. 그는 불안으로 가슴이 가득 찼다. 그런 말을 하지 말

것을 그랬구나 하고 진심으로 후회했다. 그러나 이미 때는 늦었다. 이렇게 된 이상 자신이 만든 기회는 자신이 잡을 수밖에 없는 것이다. 그렇지 않으면 미스 윌킨슨은 자기를 어떻게 생각하겠는가? 그는 홀로 나가서 가만히 귀를 기울였다. 아무 소리도 들리지 않았다. 정말 머리가 아픈 것일까? 아니 그가 한 말을 아마 잊어버렸는지도 모른다. 숨가쁠 만큼 가슴이 뛰었다. 될 수 있는 대로 소리를 죽이고 살며시 계단을 올라갔으나 계단이 삐걱거릴 때마다 멈칫했다. 미스 윌킨슨의 방 앞에 서서 가만히 숨을 죽였다. 손잡이를 살짝 쥐었다. 한동안 그대로 서 있었다. 마음이 정해질 때까지 적어도 오 분은 기다린 것 같았다. 손이 바들바들 떨렸다. 이대로 그냥 돌아가버릴까도 생각했다. 나중에 닥쳐올 후회가 두려웠다. 마치 풀의 다이빙대 가장 높은 곳에라도 올라가는 것 같은 기분이었다. 밑에서 보면 아무것도 아니지만 실제로 올라가서 밑의 물을 내려다보면 갑자기 무서워진다. 그것을 구태여 뛰어내리게 하는 것이 있다면 그것은 다만 지금 올라온 계단을 맥없이 도로 내려간다는 부끄러움밖에는 아무것도 없을 것이다. 그는 필사적으로 용기를 냈다. 손잡이를 살짝 돌리고 방 안으로 들어섰다. 마치 바람에 흔들리는 나뭇잎처럼 떨고 있다는 것을 스스로 느꼈다.

미스 윌킨슨은 문을 등지고 화장대 옆에 서 있었는데 문이 열리는 소리가 나자 홱 돌아섰다.

"아, 당신이었군요. 무슨 일이죠?"

그녀는 스커트와 블라우스를 벗어버리고 페티 코트만 걸치고 서 있었다. 짧은 페티 코트는 반장화 위까지밖에 내려오지 않았다. 위의 절반은 무언지 검게 빛나는 빛깔의 옷감이었고 빨간 주름 장식이 달려 있었다. 소매가 짧은 하얀 캐리코의 화장옷을 입고 있었다. 오히려 괴이하게 보였다. 가만히 보고 있는 동안에 필립은 적이 실망했다. 이다지도 볼품없는 그녀를 본 적이 없었기 때문이다. 그러나 이미 늦은 일이었다. 그는 손을 뒤로 돌려서 문을 닫고 자물쇠를 내렸다.

35

　다음날 아침 필립은 일찍 눈을 떴다. 밤새도록 거의 잠을 이루지 못했으나 양다리를 쭉 뻗고 베니스 식 발 사이로 마루 위에 비치는 햇살을 바라보자 만족스레 한숨을 내쉬었다. 그는 만족하고 있었다. 미스 윌킨슨의 일을 생각하기 시작했다. 그녀는 에밀리라고 불러달라고 했지만 어쩐지 그는 그렇게 부를 수 없었다. 오직 미스 윌킨슨으로만 생각했다. 그러나 그렇게 불렀다가 야단을 맞았기 때문에 그 때부터는 그는 아예 이름을 부르지 않았다. 그가 어렸을 무렵 해군 장교의 미망인이었던 루이자 백모의 여동생이 에밀리 아주머니라고 불리는 것을 들었기 때문에 미스 윌킨슨을 그렇게 부르기가 싫었다. 그렇다고 해서 따로 그보다 더 좋은 이름을 생각해낼 수도 없었다. 아무튼 처음부터 미스 윌킨슨으로 알았었고, 따라서 그녀의 인상에서 이름을 떼어놓기는 어려웠다. 필립은 눈살을 찌푸렸다. 여하튼 그는 그녀의 가장 나쁜 모습을 본 것 같았기 때문이다. 하얀 화장옷과 짧은 페티 코트를 입고 홱 돌아선 그녀를 보았을 때 느꼈던 놀라움을 그는 지금도 잊을 수가 없었다. 그녀의 약간 거친 살결, 목덜미에 잡힌 길게 뻗친 주름살을 뚜렷하게 기억했다. 그의 승리감은 잠시였다. 필립은 다시 그녀의 나이를 곰곰이 헤아려보았으나 마흔 살 아래로는　생각되지 않았다. 그렇다면 매우 어리석은 이야기였다. 결국 미스 윌킨슨은 재주도 없고 게다가 늙은 여자가 아닌가? 금방 필립의 공상은 격에 맞지도 않게 요란하고, 그리고 나이에 어울리지 않게 지나치게 젊어보이도록 만든 옷을 입고 주름투성이인 여자의 짙은 화장을 마음속에 그려내는 것이었다. 소름이 쫙 끼쳤다. 갑자기 다시는 그녀를 만나고 싶지 않다고 생각했다. 더구나 그녀와 다시 키스한다는 것은 생각만 해도 견딜 수가 없었다. 필립은 소름이 끼치도록 진저리가 났다. 이것이 사랑이란 것일까?

　미스 윌킨슨과 얼굴을 마주치는 것을 조금이라도 늦추기 위하여 필립은 될 수 있는 대로 천천히 옷을 갈아입었다. 드디어 식당으로 내려갔을 때에도 그의 마음은 우울했다.

기도가 끝나 그들은 모두 식탁에 둘러앉았다.

"잠꾸러기군요." 하고 미스 윌킨슨이 별안간 점잖지 못하게 소리쳤다.

필립은 그녀를 바라보고 적이 마음을 놓았다. 창을 등지고 앉아 있었는데 퍽 아름답게 보였다. 왜 조금 전에는 그런 생각을 했는지 이상스러웠다. 필립은 다시 흐뭇해졌다.

그는 미스 윌킨슨의 이와 같은 변화에 어리둥절했다. 아침 식사를 마치고 다시 단 둘이 되자 그녀는 감정으로 하여 떨리는 듯한 목소리로 그를 사랑한다고 말했다. 잠시 후 노래의 레슨을 받기 위하여 응접실로 갔을 때 그녀는 피아노 의자에 앉아 있었는데 음계 연습 도중에 갑자기 얼굴을 들더니,

"나를 안아 줘요." 하고 말하는 것이었다.

필립이 허리를 굽히자 그녀는 양팔로 그의 목을 껴안았다. 자세가 거북했기 때문에 그는 괴로워서 견딜 수가 없었다. 그러나 그녀는,

"아아, 난 당신을 사랑해요, 사랑해요. 진정으로 사랑해요!" 하고 강한 프랑스어 액센트로 연방 말했다.

필립은 영어로 말해주는 것이 좋겠다고 생각했다.

"원정(園丁)이 언제 창 앞을 지나갈는지도 모르지 않아요? 그걸 잊어버리면 어떻게 해."

"아녜요, 원정 같은 건 상관 없어요, 상관 없어요. 어떻든 상관 없단 말이에요."

필립은 마치 프랑스 소설과 흡사하다고 생각했다. 그리고 왜 그런지 자기도 잘 알 수 없었지만 좀 싫은 생각이 들었다.

마침내 그는 말했다.

"저, 난 바닷가에 가서 한바탕 헤엄을 치고 돌아올까 하는데요."

"싫어요, 오늘 아침만은 함께 있어주셔야죠. 가지 말아요, 오늘 아침만은!"

필립은 왜 가면 안 되는 건지 알 수가 없었다. 그러나 그런 것은 아무래도 좋았다.

"그럼 여기에 있기를 바래요?" 하고 그는 웃으면서 말했다.

"아아, 필립, 사랑해요! 가셔도 좋아요. 다녀오세요. 전 당신이 파도를 타고 저 넓은 바다 속에서 마음껏 헤엄치는 모습을 공상하고 싶어요."

필립은 모자를 쓰고 어슬렁어슬렁 걸어나갔다.

'여자란 왜 그렇게 쓸데없는 소리를 한담' 그는 혼자 생각했다.

그러나 한편으로는 역시 기뻐서 마음이 울렁거렸다. 분명히 그녀는 자기에게 반해 있는 것이다.

그는 블랙스테이블의 중심가를 절뚝절뚝 걸어가면서 지나가는 사람들을 다소 업신여기는 듯한 눈초리로 바라보며 지나갔다. 아는 사람도 몇 사람 만났다. 그는 점잖게 웃는 얼굴로 인사를 나누면서 아아! 나의 이 행복을 알아준다면 얼마나 좋을까 하고 속으로 생각했다. 아무튼 누구에게라도 알리고 싶었다. 그렇다, 이 일을 헤이워드에게 알리자. 그리고 마음속으로 편지의 글귀를 꾸며보았다. 정원 이야기, 장미꽃, 그리고 그 다음은 사랑스러운 프랑스 여자 가정교사에 관한 일——한떨기 장미꽃 사이에 피어난 향기롭고 앵돌아진 이국적인 꽃——그렇다, 프랑스 사람이라고 해두자. 그토록 오래 프랑스에 살았으니까 거의 프랑스 사람이나 마찬가지였고, 또 너무 곧이곧대로 이야기해버리는 것도 너무 어리석은 짓이다! 우선 첫째로 그 아름다운 모슬린 옷을 입고 있었던 그녀를 처음 만났을 때의 이야기부터 시작해서 다음에는 그녀가 준 꽃의 이야기를 하자. 그는 매우 감미로운 한 편의 목가를 만들어냈다. 햇빛과 바다가 거기에 정열과 마술을 불어넣었고 별들이 시를 덧붙였다. 낡은 목사관의 정원은 잘 어울리는 배경이었다.

어딘가 메러디드의 흥취가 엿보였다. 반드시 루시 페비렐이나 클라라 미들튼이라는 것은 아니지만 어쨌든 말로는 형용할 수 없는 매혹적인 것이었다. 필립의 심장은 한층 더 심하게 뛰었다. 완전히 공상에 빠져서 차가운 물방울이 떨어지는 몸으로 탈의장까지 헤엄쳐오는 동안에도 똑같은 일을 생각했다. 우선 애정의 대상이 되는 여성을 여러모로 그려보았다. 멋있고 조그만 코, 커다란 갈색의 눈——그렇다! 이렇게 헤이워드에게 써보내자──숱이 많고 부드러운 갈색 머리, 그것이야말로 얼굴을 묻기에 어울리는 아름다운 머리다. 게다가 햇빛과도 같고, 상아빛과도 같은 살결, 빨간 장미꽃 같은 뺨, 그런데 그녀의 나이는? 십팔세쯤으로 하자. 이름까지 뮤제트라고 붙였다. 그녀의 웃음소리는 마치 잔잔한 시냇물 같고, 그리고 목소리는 어디까지나 부드럽고 낮고 일찍이 들어본 적이 없을 만큼 아름다운 음악이었다.

"어머나, 무엇을 그렇게 골똘히 생각하시죠?"

필립은 깜짝 놀라서 멈춰섰다. 그는 천천히 집 쪽으로 걸어가던 참이었다.

"아까부터 얼마나 손을 흔들었는지 몰라요. 아주 넋을 잃어버린 사람 같군요."

당황해 하는 그를 보고 웃으면서 미스 윌킨슨이 눈 앞에 서있었다.

"당신 마중하려고요."

"고맙군요."

"놀라셨나요?"

"네, 조금."

마침내 그는 헤이워드에게 편지를 썼다. 여덟 장의 긴 편지였다.

남은 두 주일도 쏜살같이 지나갔다. 밤마다 저녁을 마치고 나서 그들이 정원을 산책할 때면 미스 윌킨슨은 오늘도 또 하루 지났군요, 하고 말했으나 필립은 너무나 유쾌해서 그런 것은 느껴지지도 않는 것 같았다. 어느날 밤 그녀는 만약에 자기도 베를린 대신에 런던에 일자리를 구할 수 있다면 얼마나 좋을까, 하고 말했다. 그렇게만 된다면 서로 끊임없이 자주 만날 수 있을 텐데. 필립도 그것 참 좋겠군요, 하고 대답하기는 했으나 아무리 생각을 해도 도무지 마음이 내키지는 않았다. 그는 런던에서의 멋진 생활을 꿈꾸고 있었다. 그리고 그런 생활에는 쓸데없는 방해 따위는 없는 편이 좋았던 것이다. 다만 자기의 계획을 좀 지나치리만큼 이야기했기 때문에 미스 윌킨슨은 차츰 식어가기 시작한 낌새를 알아차린 것 같았다.

"절 조금이라도 사랑하고 계시다면 어떻게 그런 말씀을 하실 수 있겠어요." 하고 그녀가 외쳤다.

그는 어이가 없어서 아무 말도 할 수 없었다.

"아아, 전 정말 바보 같은 여자였어요." 그녀는 중얼거렸다.

놀랍게도 그녀는 울고 있었다. 원래 마음이 선량한 필립으로서는 어쨌든 남의 불행을 보는 것은 견딜 수 없는 일이었다.

"아아! 정말 미안하군요. 하지만 제가 어쨌다는 거지요? 울지 마세요."

"저 좀 보세요, 필립. 부탁이에요, 버리지 말아주세요. 저에게 당신이 얼마나 소중한 사람인지 모르실 거예요. 전 정말 불행했어요. 그걸 당신이 행복하게 만들어주셨어요."

말없이 그는 여인에게 키스해주었다. 그녀의 말 속에는 어떤 진실 같은 애절한 느낌이 있었다. 그는 적이 놀랐다. 그녀의 말이 그토록 진지하고 필사적인 것일 줄은 미처 생각지 못했었다.

"내가 잘못했어요. 난 당신이 정말 좋아요. 런던에 꼭 오시게 되면 좋겠군요."

"안 된다는 것쯤은 아시잖아요. 일자리도 얻어지지 않을 테고 게다가 저는 영국 생활이 아주 싫어요."

그녀의 슬픔에 휘말려서 자기가 연극을 하고 있다는 사실도 까맣게 잊어버리고 그는 더욱 힘을 주어 그녀를 껴안았다. 그녀의 눈물을 보고 어쩐지 기뻐져서 진정으로 그녀에게 키스했다.

그러나 이틀 후 큰 소동이 일어나고 말았다. 마침 목사관에서 테니스회가 있었는데 최근 블랙스테이블로 이사온 인도연대(印度聯隊)에 근무하던 한 퇴역 소령의 딸 두 사람이 참석했다. 언니는 필립과 동갑이었고 동생은 한두 살 아래였는데 양쪽 모두 굉장한 미인이었다. 젊은 남성들과의 교제에는 익숙했기 때문에(두 사람 다 인도의 산간 주둔지의 이야기를 많이 알고 있었고 마침 러드야드 키플링의 소설을 누구나가 열심히 읽고 있을 때였다) 곧 떠들썩하게 필립을 놀리기 시작했다. 그로서도 처음 겪는 경험——왜냐하면 블랙스테이블에서는 젊은 여인들은 목사의 조카라고 하면 자연히 어떤 점잖은 태도로 대해 왔기 때문에——이 재미있어서 마음껏 떠들어대며 놀았다.

그리고 또한 그의 마음속에 숨어 있던 악마와 같은 것이 그를 충동질했다고나 할까, 그녀들에게 맹렬한 장난을 시작했다. 젊은 남자라곤 그뿐이었기 때문에 처녀들도 기다리고 있었다는 듯이 기꺼이 받아넘겼다. 두 사람 모두 테니스에 능했었고 마침 필립은 미스 윌킨슨을 상대로 하는 서투른 게임에 싫증이 나던 참이어서(사실 미스 윌킨슨은 블랙스테이블에 와서 처음 테니스를 배웠으므로) 차 시간이 끝나고 짝을 지을 때에 그는 미스 윌킨슨에겐 부목사와 짝이 되어서, 부목사의 부인과 상대하게 하고 자기는 나중에 두 자매와 하고 싶다고 제안했던 것이다. 그리고는 언니인 미스 오코어 곁에 앉아서 나직한 목소리로,

"먼저 서투른 패들에겐 사양해 달래서 우리들은 그 다음에 유쾌하게 해봅시다." 하고 속삭였다.

그런데 이 말이 공교롭게도 미스 윌킨슨의 귀에 들린 모양이었다. 그녀는 라켓을 내동댕이치고는 두통이 난다면서 가버렸다. 기분이 상했다는 것은 누구나 알 수 있었다. 그러나 일부러 들으라는 듯이 하는 행동에는 필립도 조금 언짢았다. 그녀를 빼버리고 짝을 지어버렸는데 조금 뒤에 캐리 부인이 그를 불렀다.

"필립, 너 에밀리의 기분을 상하게 했나 보구나. 방에서 울고 있더라."

"무엇 때문에 그럴까요?"

"서투르니 뭐니 그랬던 거 아니냐? 별로 악의가 있어서 그런 것이 아니라고 말해주고 오너라, 내 말 들어요."

"그러지요."

그는 미스 윌킨슨의 방을 노크해보았으나 응답이 없었기 때문에 그냥 방 안으로 들어갔다 그녀는 침대 위에 엎드려서 울고 있었다. 그는 살그머니 어깨에 손을 얹었다.

"이봐요, 도대체 왜 울어요?"

"내버려두어요. 당신 같은 사람하곤 두 번 다시 말도 하고 싶지 않아요."

"내가 어쨌다는 겁니까? 만일 당신 기분을 언짢게 해드렸다면 정

말 미안하군요. 절대로 그러려고 했던 것은 아니었어요, 자아, 일어나세요."

"나처럼 불행한 여자가 또 어디 있겠어요. 당신은 어쩌면 그다지도 매정하실 수가 있어요. 테니스 같은 하잘것없는 것은 난 아주 질색이에요. 다만 당신하고 함께 하고 싶으니까 한것 뿐이었단 말이에요."

그녀는 몸을 일으키더니 화장대 쪽으로 걸어갔다. 그녀는 힐끗 거울을 한 번 쳐다보았을 뿐 그대로 의자에 털썩 주저앉아버렸다. 그리고 손수건을 동그랗게 뭉쳐서 그것으로 눈물을 눌러 닦았다.

"저는 여자로서 남자에게 바칠 수 있는 가장 소중한 것까지 당신에게 바쳐버렸단 말예요. 아아, 얼마나 바보 같은 짓이람. 그런데도 당신은 고맙다는 표정도 없잖아요? 아주 무정한 분이란 말예요. 일부러 그런 천덕스러운 여자들과 시시덕거리면서 마치 저를 구박하는 것처럼 잘도 그러시더군요. 이제 겨우 한 주일밖에 더 됐나요? 그런데 그렇게밖에는 못 해주시나요?"

필립은 시무룩해서 그녀를 내려다보며 서 있었다. 이건 마치 어린아이들의 짓이 아닌가? 두 사람만 있을 때라면 또 모르겠지만 남들 앞에서까지 언짢은 내색을 했다는 것은 아무래도 불쾌해서 화가 치밀었다.

"하지만 아실 거 아니에요. 나는 조금도 그 두 사람에게 무슨 생각이 있는 건 아니에요. 도대체 왜 그렇게 남을 의심하고 억측을 하는 거지요?"

미스 윌킨슨은 손수건을 뗐다. 화장한 얼굴에 눈물 자국이 뚜렷하게 남았고 머리도 다소 헝클어져 있었다. 이젠 흰 옷도 어울리지 않았다. 정열에 타는 굶주린 것 같은 눈으로 빤히 필립을 바라보고 있었다.

"그야 당신은 겨우 스물이고 그 여자들도 그 정도겠죠." 쉰듯한 목소리였다. "그런데 전 할머니란 말이에요."

필립은 얼굴을 붉히고 눈을 돌렸다. 괴로운 듯한 그녀의 음성이 묘하게 그의 마음을 불안하게 했다. 이런 여자와 관계를 맺지 말 걸 그랬다고 마음속으로 후회했다.

"전 처음부터 당신을 불행하게 할 생각은 조금도 없어요." 하고 그는 스스로도 서투르다고 생각하면서 말했다. "자, 그만 내려가서 모든 사람들과 어울리는 것이 좋을 거예요. 모두들 궁금하게 생각할 테니까요."

"네, 가겠어요."

어쨌든 그녀 곁에서 떨어지고 싶었다.

곧 화해는 했지만 그 후 며칠 동안 가끔 필립으로서는 무척 귀찮을 때가 있었다. 그가 이야기하고 싶은 것은 다만 장래의 일뿐이었지만 미스 윌킨슨은 장래의 이야기만 하면 반드시 울기 시작하는 것이다. 처음 몇 번은 울면 가엾어지고 자기가 몹시 나쁜 사람처럼 생각되어서 새삼스럽게 변함없는 사랑을 강조하기도 했지만 지금은 오히려 화가 치밀기만 했다.

나이어린 소녀라면 또 모르겠지만 나이도 지긋한 여자가 우는 것은 바보스러웠다. 걸핏하면 그에게 당신은 무엇으로도 갚을 수 없을 만큼 감사에 대한 빚을 지고 있다고 말하곤 했다. 너무나 강조하기 때문에 그도 할 수 없이 인정하기는 했지만, 그러나 따지고 보면 감사해야 할 것은 자기뿐이 아니다. 그녀도 마찬가지일 것이라고 생각했다. 하여튼 그녀는 감사하는 마음을 유형적(有形的)으로 표시하라고 하지만 그 형식이라는 것이 귀찮은 것이다. 왜냐하면 그는 전부터 어느 정도 혼자 사는 데 익숙해 있었다. 아니, 때로는 절대로 필요하기까지 했다. 그런데 미스 윌킨슨은 항상 자기 옆에 있어주지 않으면 곧 냉담하기 때문이라는 것이다. 한번은 미스 오코너 자매가 그들 두 사람을 차 시간에 초대한 일이 있었다. 필립은 가고 싶었으나 미스 윌킨슨은 앞으로 닷새만 있으면 여기를 떠나야 할 테니까 꼭 둘이서만 있고 싶다는 것이다. 그 말이 흐뭇하기도 했지만 귀찮기도 했다. 그녀는 프랑스 남성은 여성에 대해서 현재의 그와 그녀와의 관계처럼 되었을 경우 얼마나 자상하고 살뜰한가를 실례를 들어가며 이야기해주었다. 그들의 은근함, 그들의 강한 자기 희생애, 그리고 흠잡을 데 없는 사교성에 이르기까지 찬사를 아끼지 않았다. 그녀의 요구는 어지간히 큰 모양이었다.

　적어도 완전한 애인일 것 같으면 반드시 갖추어야 할 조건을 장황하게 늘어놓았으나 필립은 잠자코 들으면서 그녀가 베를린에 있어주어서 퍽 다행스러운 일이라고 진심으로 감사하지 않을 수 없었다.

　"편지 주시겠죠? 매일이에요. 당신이 하시는 일은 하나도 빠뜨리지 않고 알고 싶어요. 어떤 일이든 조금이라도 숨기시면 싫어요."

　"그것 참 굉장히 분주해지겠는걸. 될 수 있는 대로 자주 쓰도록 하지요."

　그녀는 세차게 양팔을 목에다 걸어왔다. 그녀의 사랑의 표현에는 그도 때때로 난처할 때가 있었다. 좀더 삼가주었으면 싶었다. 여자쪽에서 이렇게까지 적극적으로 나서는 데는 그도 좀 놀랐다. 그가 생각하고 있던 여자로서의 조심성과는 전혀 방향이 달랐다.

　마침내 그녀가 떠날 날이 닥쳐왔다. 그녀는 희고 검은 격자무늬의 간편한 여행복을 입고 창백하고 기운이 하나도 없는 표정으로 아침 식사에 내려왔다. 어느 모로 보나 그 모습은 유능한 가정교사같이 보였다. 필립도 잠자코 있었다. 이런 경우에 해야 할 적당한 말을 잘 몰랐기 때문이었다. 게다가 만약 경솔한 말이라도 했다가는 그녀가 백부 앞에서 울음이라도 터뜨려서 난장판을 벌이지 않는다고도 할 수 없었기 때문에 무엇보다도 그것이 두려웠다. 마지막 작별 인사는 어젯밤에 이미 정원에서 했다. 이제는 단 둘이서 만날 기회는 없어지는 것이라고 생각하니 그는 한결 마음이 놓였다. 만약에 또 한 번 미스 윌킨슨이 층계에서 키스해달라고 조를까봐 그는 조반을 마치고 나서도 일부러 식당에 남아 있었다. 그는 중년에 가까워지고 한층 더 입이 험해진 메어리 앤한테 야릇한 장면을 들키기가 싫었다. 메어리 앤은 미스 윌킨슨을 몹시 싫어하여 늙은 고양이라고 불렀다. 캐리 부인은 몸이 편치 않았기 때문에 정거장까지 나오지 못했으므로 캐리 씨와 필립이 미스 윌킨슨을 전송했다. 마침내 기차가 움직이기 시작하자 창에서 몸을 내밀고 캐리 씨에게 키스했다.

　"필립, 당신에게도 키스를."

　"좋아요." 하고 필립은 빨개져서 말했다.

　그가 승강구에 올라서자 그녀는 재빠르게 입술을 갖다댔다. 필립은 도로 내리고 기차는 움직이기 시작했다. 미스 윌킨슨은 좌석 한쪽 구석에 털썩 주저앉자 둑이 허물어진 것처럼 울기 시작했다. 필립은 목사관으로 돌아오면서 다시 한 번 안도의 숨을 내쉬었다.

"그래, 무사히 떠났나요?" 그들이 집에 들어가자 루이자 백모가 물었다.

"응. 하마터면 울 뻔했어. 나하고 필립에게 굳이 키스하겠다지 않아."

"하지만 그만큼 나이를 먹었으니까 위험할 거야 없겠죠." 하더니 식기장 쪽을 가리키면서 "아 참, 필립, 네게 편지가 왔어. 오후 배달로 왔단다."

그것은 헤이워드로부터의 회답이었다.

사연은 다음과 같았다.

자네 편지 보았네. 지체없이 회답을 보내는 걸세. 나는 자네 편지를 어떤 친한 친구에게도 읽어주었네. 그 친구는 나를 가장 잘 이해해주고 여러 모로 신세를 지고 있는 아름다운 여자친구인데, 회화나 문학도 썩 잘 하는 여자일세. 우리 두 사람은 자네 편지가 참으로 멋있다는 데에 의견이 일치되었네. 정말로 진실이 넘치는 편지라고 생각하네만 어느 줄을 보아도 무척 즐거운 순진함이 넘치고 있다는 것, 아마 그 사실은 자네 자신도 잘 모르고 있었을걸세. 사랑하는 탓일 테지. 마치 시인 같은 글이더군. 자네 멋지군그래. 진정 자네 청춘의 사랑의 빛이 그대로 내게 느껴지는 것 같았네. 자네의 산문은 자네 감정의 성실성을 그대로 나타내서 흡사 음악 같았네그려. 자넨 행복한가보이. 틀림없이! 그 마법의 정원을 자네와 그녀가 손을 잡고 마치 다프니스와 클로에처럼 꽃 사이를 헤매고 있을 때 나는 아무도 모르게 그곳에 숨어 있고 싶었다네! 나의 다프니스여, 내 눈에는 부드럽고 황홀하고 불타는 듯한 청춘의 사랑의 빛에 눈을 빛내며 거닐고 있는 자네의 모습이 눈에 보이는 것 같네. 그리고 그 젊고 신선하고 상냥한 자네의 클로에는 자네 앞가슴에 안겨서 자네의 사랑을 집요하게 거절하다가──마침내는 자네에게 지고 말았을 테지. 그녀는 한 떨기의 장미꽃이겠지! 제비꽃, 아니면 인동덩굴이겠지! 아, 벗이여, 나는 자네가 무척 부러우이. 자네의 첫사랑이 순수한 한 편의 시였었다니 참으로 다행이네. 그 몇 순간을 부디 소중하게 간직하게나. 불사의 모든 신들이 말하자면 자네에게 최대의 선물을 주셨으니까 말일세. 그리고 그것은 반드시 자네의 마지막 날까지 감미롭고 슬픈 추억이 될 테니까 말일세. 그러한 지극한 황홀감은 두 번 다시 맛보기 어려울걸세. 첫사랑이야말로 가장 아름다운 사랑이라네. 게다가 그녀는 아름답고 자네는 젊네. 온 세상이 모두 자네의 것일세. 소녀의 긴 머리 속에 얼굴을 깊숙이 파묻고 있는 자네의 모습을 솔직하고 멋있게 써보내준 편지를 읽으면서 나는 가슴이 마구 뛰는 것을 분명히 느꼈다네. 그것은 틀림없이 황금빛이 섞인 멋진 갈색머리였을 테지. 나는 자네들에게 어느 무성한 나무그늘에 나란히 앉아서 《로미오와 줄리엣》을 함께 읽어주기를 부탁하고 싶네. 그리고 대지에 무릎을 꿇고 그녀가 남긴 발자국에 나 대신 키스해주게나. 이것이야말로 그녀의 빛나는 청춘과 그리고 그녀에 대한 자네의 사랑을 위해서 어느 시인이 바치는 경의라고 전해주게나.

영원히 변치 않을 그대의 벗
G. 이더리지 헤이워드

 "무슨 쓸데없는 사설이야." 편지를 다 읽고 나서 필립이 중얼거렸다.
 그러고 보니 공교롭게도 미스 윌킨슨도 함께 《로미오와 줄리엣》을 읽고 싶다고 한 일이 있었다. 그러나 필립은 즉석에서 거절해버렸었다. 그는 편지를 주머니 속에 집어넣자 너무나 차이지는 현실과 이상을 생각하고 무언가 고통과도 같은 슬픔을 느꼈다.

36

 며칠 뒤에 필립은 런던으로 떠났다. 부목사가 반즈에 있는 셋집을 소개해주었기 때문에 필립은 편지를 내서 주당 십사 실링으로 계약을 하였다. 그곳에 도착한 것은 밤이었다. 마르고 주름살투성이인 자그마한 주인 할머니가 그를 방으로 안내하였다. 그리고 고기 요리가 곁들여진 하이 티를 마련해주었다. 거실은 식기장과 테이블이 대부분을 차지하고 있었고 한쪽 벽에는 배스 직으로 싼 소파가 놓여 있었고, 그리고 벽난로 옆에는 그것과 어울리는 팔걸이 의자가 각각 놓여 있었다. 이 의자 곁에는 흰 커버가 씌워져 있었고 스프링이 망가진 의자에는 딱딱한 쿠션이 놓여 있었다.

하이 티를 마시고 나서 필립은 우선 짐을 풀고 책을 정리하고 나서 책을 읽으려 했으나 어쩐지 우울해졌다. 바깥 거리의 정적이 그의 마음을 오히려 들뜨게 하고 고독감이 심하게 몸에 스몄다.

다음날은 일찍 일어났다. 학교에 다닐 때 입던 연미복에 실크 모자를 쓰고 나갔으나 너무 낡았기 때문에 사무소에 가는 도중에 상점에 들러서 새것을 사기로 했다. 그것을 사고 나서도 시간이 많이 남았기 때문에 스트랜드 거리를 산책하기로 했다. 허버트 카터 회사의 사무소는 챈서리 레인 거리에서 들어간 조그마한 옆길에 있어서 그는 찾아가는데 두서너 번 길을 물어야 했다. 모두들 그를 흘끔흘끔 보는 것 같아서 혹시 모자에 정찰이 그대로 붙어 있는 것이나 아닌가 하고 한 번은 일부러 모자를 벗어보았다. 간신히 찾아내서 문을 노크했으나 아무런 대답이 없었다. 시계를 들여다보니 겨우 아홉 시 반이었다. 너무 일렀나 싶었다. 다시 십분쯤 걷다가 돌아와보니 코가 길고 주근깨투성이의 얼굴에 스코틀랜드 사투리를 쓰는 사동 아이가 문을 열어주었다. 필립은 허버트 카터 씨를 찾았으나 아직 출근하지 않았다는 것이었다.

"몇 시쯤 나오시나요?"

"열 시부터 열 시 반 사이에 나오십니다."

"그럼 기다려야겠군요."

"무슨 용건이신데요?" 하고 사동이 물었다.

필립은 약간 기가 죽었으나 일부러 익살스러운 몸짓을 하여 그런 기색을 감추었다.

"여기 취직할까 해서 왔는데요."

"아, 당신이 바로 새로 오시기로 된 분이군요. 그럼 어서 들어오세요. 굿워디 씨가 곧 나오실 겁니다."

필립은 안으로 들어갔다. 들어가면서 그는 나이가 자기와 같아 보이고 그 자신이 하급 서기라고 말하는 그 사동이 그의 다리를 유심히 보고 있는 것을 알았다. 그는 빨개져서 그대로 앉자 얼른 저는 다리를 다른 다리 뒤에 감추었다. 방 안을 둘러보았다. 어둡고 몹시 불결한 방이었다. 천장에 있는 창으로부터 햇살이 들어오고 있었고 방 안에는 책상이 세 줄로 늘어섰고 거기에 맞추어서 높은 걸상이 놓여 있었다. 벽난로 위에는 낡고 더러운 권투 시합의 판화가 한 장 걸려 있었다. 얼마 후 서기들이 하나 둘 출근하기 시작했다. 그들은 필립을 보고는 낮은 목소리로 사동에게 누구냐고 물었다. 나중에 알았지만 그 사동의 이름은 맥두갈이라고 했다. 휘파람 소리가 들리자 맥두갈이 일어섰다.

"굿워디 씨가 나오십니다. 지배인이시죠. 당신이 오셨다고 전해드릴까요?"

"네, 부탁해요." 하고 필립이 말했다.

사동은 방을 나가더니 곧 돌아와서 말했다.

"이쪽으로 오십시오."

필립은 그를 따라서 복도를 가로질러 조그맣고 가구가 거의 없는 방으로 안내되었다. 그 방에는 작고 여윈 남자가 난로를 등지고 서 있었다. 보통 사람보다도 훨씬 작은 키에 큰 머리가 몸뚱이 위에 올려놓은 것 같아서 매우 기묘하고 우스운 꼴이었다. 넓적한 얼굴에 엷고 푸른 눈이 툭 튀어나와 있었다. 희끄무레한 숱이 없는 머리카락은 모래빛이었고 양볼에는 다듬지 않은 구레나룻이 나 있었으나, 정작 털이 나 있어야 할 곳에는 한 오라기도 나 있지 않았다. 살빛은 약간 누르스름하였다. 그는 필립에게 손을 내밀고 벌레먹은 이를 모양없이 드러내보이며 웃었다. 마치 격에 맞지 않는 관록을 애써 만들어보이려는 듯이 말을 했으나 그것이 또 묘하게 겁먹은 것처럼 들렸다. 그는 필립에게 일은 틀림없이 마음에 들게 될 것이며 다소 힘들기도 하겠지만 익숙해지면 재미있을 것이라고 말했다. 게다가 첫째로 돈을 벌 수 있으면 되지 않겠느냐는 등 여러 가지 이야기를 하면서 그는 그 거만스러움과 수줍음이 묘하게 뒤섞인 웃음을 보였다.

"카터 씨도 곧 오실 거요. 월요일 아침에는 가끔 늦소. 오시면 곧 당신을 부르겠지만 그때까지 할 일을 조금 드리기로 할까요? 부기, 즉 장부를 다룰 줄 아시오?"

"모릅니다." 하고 필립은 대답했다.

"그럴 것이라고 짐작했소. 학교란 데서는 일에 써먹을 만한 것은 아무것도 가르치지 않는가 보오." 하고 말하고 잠시 동안 생각하다가, "가만 있자, 무언가 그래도 할 일이 있을 테지." 그렇게 말하고 옆방으로 들어갔다가 잠시 후에 커다란 마분지 상자를 들고 되돌아왔다. 상자 속에는 무척 많은 편지가 마구 처넣어져 있었는데 그는 그것을 추려서 보낸 사람들의 이름을 알파벳 순서로 정리하라고 했다.

"그럼 견습 서기들이 있는 방으로 데려다주리다. 거기에는 아주 재미있는 사람이 한 사람 있소. 이름은 왓슨이라고 하지. 그 양조업자 왓슨 크래그 톰슨이라고 있지 않소? 그 왓슨의 아들이오. 실무를 배우기 위해서 일 년 가량 여기 와 있기로 한 거요."

굿워디 씨는 칠팔 명의 서기들이 사무를 보고 있는 지저분한 방을 지나서 구석진 좁은 방으로 필립을 데리고 갔다. 유리 칸막이로 된 방이었는데 보니까 과연 왓슨은 의자에 몸을 젖히고 앉아서 〈스포츠맨〉이라는 잡지를 읽고 있었다. 몸집이 크고 억세게 생기고 옷차림도 말쑥한 청년이었다. 굿워디 씨가 들어가자 얼굴을 들었다. 그는 지배인을 그저 굿워디라고만 부름으로써 그 자신의 지위를 과시하고 있는 것 같았다. 지배인은 왓슨이 자기와 매우 친한 사이처럼 보이려는 것이 못마땅한 듯이 일부러 왓슨 씨, 하고 말을 되받은 것이었으나 그는 그것을 잔소리라고 듣지 않고 오히려 신사인 자신에 대한 경의라고 생각하는 것 같았다.

굿워디 씨가 나가고 필립과 단 둘이 남게 되자,

"암만 해도 리골레토는 실격된 모양이죠?" 하고 왓슨은 필립에게 말하였다.

"네에, 그래요?" 하고 경마에 대해서 아무것도 모르는 필립은 그저 그렇게만 대답했다.

그는 왓슨의 훌륭한 의복을 외경하는 듯한 눈으로 바라보고 있었다. 연미복은 몸에 꼭 맞아 썩 잘 어울리고 커다란 넥타이 한복판에는 값비싼 듯한 핀이 솜씨 있게 꽂혀 있었다.

벽난로 위에는 실크 모자가 얹혀 있었는데 반짝반짝 빛이 나는 종 모양이었다. 필립은 자신의 몸차림이 너무나 초라하게 느껴졌다. 왓슨은 사냥 이야기를 하기 시작하였다. 이런 게을러빠진 사무실에서 쓸데없이 시간을 낭비한다는 것은 정말 견딜 수 없는 노릇이며, 사냥 갈 수 있는 날은 단지 토요일뿐이라는 이야기와 총 쏘는 이야기를 하였다. 그는 또 여기저기 그럴 듯한 초대를 받았으나 모두 거절하는 수밖에 없었다고도 했다. 이만저만 분한 일이 아니지만 어차피 언제까지 이런 일을 참을 생각은 없는 것이고, 이 구더기 같은 데에 있는 것도 일 년밖에 안 남았기 때문에 그것이 끝나면 곧 자신의 장사를 시작하려 한다고도 했고, 그때에는 일주일에 나흘은 사냥 나가서 마음껏 총을 쏠 작정이라고 말했다.

"그런데 당신은 오 년간 있게 될 거라구요?" 비좁은 방 안에서 팔을 한 번 휘젓고 나서 그는 말했다.

"아마 그럴 겁니다." 하고 필립이 대답했다.

"아마 앞으로는 당신을 자주 만나게 되리라고 생각해요. 우리의 봉급 계산은 카터가 해주죠."

필립은 아직도 젊은 왓슨의 거만스러운 태도에 적이 감정이 상하는 것 같았다.

블랙스테이블에서는 오히려 양조업자들을 경멸의 눈으로 보고 있고 백부도 맥주 귀족이라는 둥 곧잘 가벼운 농을 했었다. 그런 만큼 이렇게도 거만하게 잘난 체하는 왓슨을 보는 것이 필립에게는 놀랄 만한 경험이 아닐 수 없었다.

왓슨은 자기가 윈체스터 학교를 거쳐 옥스퍼드 대학을 나왔다는 사실을 이야기 속에서 귀찮을 만큼 강조했고, 특히 필립이 받은 교육에 대한 이야기를 듣자 그의 태도는 한층 더 거만해졌다.

“물론 공립학교에 가지 못할 바에는 당신이 다닌 그런 학교도 무방하겠죠.”

필립은 사무실에 있는 다른 사람들에게 관해서 물어보았다.

“난 그런 사람들에게는 별로 관심이 없소. 그 중에서 카터라는 남자는 좀 괜찮은 편이오. 그와는 종종 식사도 함께 하지만 다른 사람들은 모두 하찮은 족속들이라서요.” 하고 왓슨은 대답했다.

이윽고 왓슨은 무언가 하던 일로 다시 돌아갔고 필립도 편지들을 분류하기 시작했다. 그때 굿워디 씨가 들어와서 카터 씨가 왔다고 말했다. 그리고 필립을 데리고 그의 방 옆에 있는 넓은 방으로 들어갔다. 커다란 사무용 책상 하나와 한 쌍의 커다란 팔걸이 의자가 있었으며 마루에는 터키 양탄자가 깔려 있었고 벽에는 사냥에 관한 판화들이 걸려 있었다.

카터 씨는 책상에 앉아 있다가 일어나서 필립과 악수했다. 그는 기다란 프록코트를 입고 있고 오히려 군인 같은 풍채였다. 코밑 수염은 기름을 발라서 다듬고 반백의 머리는 짧게 말끔히 깎고 있었다. 곧은 자세로 선 그는 말하는 품이 퍽 패기있고, 엔필드에서 살고 있다고 했다.

사냥에 관한 이야기와 전원 생활의 좋은 점에 대한 이야기에 이르자 그는 매우 열중했다. 그는 허트포드셔의 기마 의용대 장교이며 보수당 협회의 회장까지 겸하고 있었다. 어떤 지방의 고관이 그가 런던의 실업가라고 생각할 사람은 한 사람도 없을 것이라고 평했다는 이야기를 듣고 그는 헛되게 살아온 것은 아니었구나 하고 만족했다는 것이다. 그는 필립에게도 퍽 유쾌하고 격의없이 이야기했다.

“굿워디 씨가 자네를 돌보아줄 걸세. 왓슨은 무척 좋은 친구이고 나무랄 데 없는 신사지. 게다가 훌륭한 수렵가야——필립, 자네는 사냥하나? 안 해보았다고? 그것 참 유감인걸. 사냥이란 신사에게는 유일한 스포츠라네. 하나 요즘은 여가가 없어서 나도 아들에게 물려주고 말았네. 내 아들은 지금 케임브리지 대학에 다니는데 럭비 학교 출신일세. 럭비 학교는 참 좋은 학교라네. 거기는 학생들의 가정이

모두 훌륭해. 한데 우리 아들도 이 년 후에는 견습 서기로 올 예정이
네만 그렇게 되면 필립, 자네를 위해서 마침 좋을걸세. 자네는 틀림
없이 내 아들을 좋아할 거라고 생각하네. 그 애가 사냥을 썩 잘 한다
네. 하여간 자네도 잘 해주게. 일은 꼭 마음에 들걸세. 강의에는 빠지
지 말고 출석하도록 하게. 그 강의는 이 직업에 품위를 높이기 위한
것이니까 말일세. 이 직업에는 역시 신사가 필요하다네. 그렇군 굿워
디가 있으니까 무엇이든 모르는 것이 있으면 그에게 묻게나. 그런데
자네 글씨는 잘 쓰는가? 좋아, 그것도 굿워디에게 봐달라고 하지."
　필립은 카터 씨의 그 점잖은 태도에 압도되었다. 필립의 고향인 잉
글랜드 동남부에서도 신사와 비신사를 엄격하게 구별했지만 신사 자
신은 그런 것을 이야기하는 일이 없었다.

37

　처음에는 일이 신기했기 때문에 필립도 흥미가 있었다. 카터 씨가
부르는 대로 편지를 받았거나 계리 보고(計理報告)를 깨끗이 정서하
는 것이 그의 일이었다.
　카터 씨는 자기의 사무실을 항상 신사적으로 운영한다는 것을 즐
겨 강조했다. 따라서 타이프라이터는 사무를 보는 데 이용하려 하지
않았고 속기 따위도 결코 좋아하는 눈치가 아니었다. 사환은 속기를
할 줄 알았지만 모처럼의 그의 재주를 이용하는 것은 굿워디 씨뿐이
었다. 가끔 필립도 고참 사원을 따라서 회사의 계리 감사에 나가는
일이 있었는데 그러는 사이에 어느 거래처는 정중하게 다루어야 하
며, 어떤 거래처는 불경기라는 것까지 조금씩 알게 되었다. 때로는
숫자를 가득 쓴 기다란 계산표의 덧셈을 명령받을 때도 있었다. 첫
시험을 치르기 위해서 강의에도 나갔다. 처음에는 일이 시시하게 느
껴졌지만 차츰 익숙해질 것이라는 것이 굿워디 씨의 입버릇이었다.
필립은 여섯 시에는 사무실을 나와서 템즈 강을 건너서 워털루 역까
지 걸어가곤 했다. 하숙에 돌아가면 저녁 식사가 준비되어 있었고,
밤에는 책을 읽는 것으로 시간을 보냈다. 토요일 오후에는 국립 미술

관에 갔다. 그 전에 헤이워드로부터 러스킨의 저작에서 뽑아내어 편집한 안내서를 추천받은 일이 있었기 때문에 그것을 들고 부지런히 이 방 저 방으로 보고 돌아다녔다. 우선 어느 그림에 대한 이 비평가의 비평을 정성들여서 읽어본 다음 마치 결심이라도 한 것같이 그 그림들 속에서 그가 비평한 점을 찾아내려고 노력하는 것이었다. 일요일은 하루의 시간을 보내는 데 힘이 들었다. 런던에는 아는 사람이라고는 한 사람도 없어서 하는 수 없이 혼자 지냈다. 한번은 변호사인 닉슨 씨로부터 초대를 받아서 함스테드에 있는 그의 집에서 많은 낯선 사람들과 하루를 즐겁게 보냈다. 그는 마음껏 마시고 먹고 히이드 우거진 들판을 산책했으며 언제든지 마음 내키면 찾아오라는 초대를 받고 돌아왔지만, 어쩐지 폐가 되지는 않았을까 하고 지나치게 걱정해서 결국 정식 초청이 있을 때까지 기다리고 있었다. 그러나 물론 끝내 초대해오지 않았다. 그것은 닉슨 씨 내외로서는 자기들의 친구가 얼마든지 있었는데 특별히 환대할 의무도 없는 과묵하고 고독한 소년에 대한 일 따위는 잊어버리는 것이 당연했기 때문이었다. 따라서 일요일에는 늦게 일어나서 템즈 강변의 배를 끌어주는 길을 산책했는데 반즈 근처는 강물이 흙탕물로 더럽고 조수의 썰물 밀물까지 있어서 도무지 수문 상류와 같은 한적한 아름다움이나 런던 다리 하류의 혼잡한 선박들의 낭만적인 경치 따위는 볼 수가 없었다. 오후에는 공유 방목지(共有放牧地) 근처를 산책하기도 했는데 이곳도 역시 잿빛으로 우중충하며 깨끗하지 못했다. 시골도 아니었고 그렇다고 도회도 아니었다. 시들은 바늘금작화가 우거져 있었고, 모든 것이 이른바 문명의 쓰레기통 같았다. 토요일 밤에는 언제나 연극을 보러 다녔는데, 즐거운 마음으로 한 시간 또는 그 이상이나 일반석 입구에 서서 보곤 했다. 대영박물관의 문이 닫히고 A·B·C(런던 시내에 있는 대중 식당)에서 식사를 할 때까지의 시간은 반즈까지 일부러 놀아갈 만큼 흥미조차 없어서 무료하고 지루했다. 본드 거리를 거닐어보기도 하고, 벌링톤 아케이드를 지나가 보기도 하다가 지치면 하이드 파크의 벤치에 주저앉기도 했다. 또 비내리는 날이면 센트 마틴 골목에 있는 공립 도서관에 들어가보기도 했다.

길가는 사람들을 바라보면서 그는 그 많은 사람들이 모두 친구를 가지고 있을 것을 무척 부럽게 여겼다. 그들의 행복스러운 모습에 비해서 자기 자신의 처량한 꼴을 생각하면 때로는 부러움이 미움으로 바뀔 때도 있었다. 이 거대한 대도시의 한 복판에서 이렇게 고독할 수가 있으리라고는 생각해본 일도 없었다. 일반석 입구에 서 있을 때에도 이따금 이웃 사나이가 말을 걸어오기도 했는데, 시골 사람 특유의 퉁명스러운 말투로 더 이상 말도 할 수 없을 것 같은 대답을 해버리고 마는 것이었다. 연극이 끝나도 서로 감상을 나누어볼 사람이 없었기 때문에 하는 수 없이 터덜터덜 다리를 건너 워털루 역으로 나오는 것이었다. 하숙에 돌아와봐야 경제적으로 궁핍했기 때문에 불도 제대로 피워 있지 않았고 마음만 공연히 침울해지는 것이었다. 너무나 쓸쓸하고 살풍경한 생활이었다. 그러는 동안 이러한 하숙집, 그리고 거기서 지내는 길고 쓸쓸한 매일 밤이 점점 싫어지기 시작했다. 때로는 너무 쓸쓸해서 책도 전혀 손에 잡히지 않았다. 그럴 때에는 도저히 이 이상 참을 수 없을 것같이 비참해서 시간 가는 줄도 모르고 몇 시간씩이나 난롯불만 가만히 들여다보곤 했다.

런던으로 온 지도 어느덧 삼 개월이 지났다. 그러나 단 한 번 함스테드에서 지낸 일요일을 제외하고는 동료 사원 이외의 누구 한 사람하고도 말을 해본 적이 없었다. 어느날 밤 왓슨의 권유로 식당에서 식사를 마치고 함께 뮤직홀에 갔었다. 그러나 그는 묘하게 부끄러워서 마음이 내키지 않았다. 처음부터 끝까지 왓슨은 무언가 재미도 흥미도 없는 말을 줄곧 지껄여대고 있었다. 마음 한편으로는 그를 속물(俗物)이라고 생각하면서도 또 한편으로는 감탄하지 않을 수 없었다. 왓슨이 필립의 교양 같은 것은 전혀 무시하고 드는 것에 은근히 화가 치밀었다. 무슨 일에고 남이 해주는 평가를 어느틈에 그대로 자신의 평가로 생각해버리는 버릇이 있는 필립은 지금까지 높이 평가해오던 자신의 여러 가지 교양이나 지식까지도 차츰 경멸하게 되었다. 처음으로 그는 빈곤에 대한 일종의 굴욕을 느꼈다. 백부는 매달 십사 파운드씩 송금해주었지만 그는 철따라 여러 가지의 의복도 사입어야 했다. 야회복 한 벌 마추는 데 오 기니나 들었다. 그러나 스트랜드

거리에서 산 것이라고 왓슨에게는 끝내 말할 수 없었다. 왓슨이 런던 시내에 양복점다운 곳은 꼭 한 군데밖에 없다고 말했기 때문이었다.

"자네, 춤출 줄 모르겠네그려." 하고 어느날 그의 다리를 바라보며 왓슨이 물었다.

"네, 전혀."

"유감이군그래. 어떤 무도회에서 말일세, 춤을 좀 출줄 아는 남자를 데리고 와달라는 부탁을 받았거든. 예쁜 처녀에게 소개해주려고 했는데 안됐는걸."

한두 번 반즈에 돌아가기가 싫어서 그대로 런던에 남아서 밤늦도록 웨스트엔드를 헤매고 다닌 적이 있었다. 문득 보니 파티를 열고 있는 집이 있었다. 그는 손님을 기다리는 하인들 뒤에 모여 있는 허름한 사람들 틈에 섞여서 계속 모여드는 손님들을 바라보기도 하고 창너머로 흘러나오는 음악에 귀를 기울이기도 했다. 때로는 추운 밤인데도 불구하고 두 남녀가 바람을 쐬러 발코니에 나타날 때도 있었다. 필립에게는 어쩐지 그들이 연인들처럼 생각되어서 부지중에 발길을 돌려 절름거리면서 무거운 마음을 안고 하숙으로 돌아오고 말았다. 나는 도저히 저 사나이 같은 흉내는 낼 수 없다. 내 꼴사나운 불구를 보고 불쾌하게 느끼지 않을 여자는 이 세상에 한 사람도 없을 것이다. 여기서 또 생각나는 것은 미스 윌킨슨뿐이었다. 그러나 그녀를 생각하는 것은 결코 유쾌한 추억은 아니었다. 작별하기 전에 약속하기로는 그가 확실한 주소를 알려줄 때까지는 차링크로스 우체국으로 편지를 내기로 했었다. 가보니까 세 통의 편지가 와 있었다. 편지지에 보라빛 잉크로, 게다가 영어가 아닌 불어로 씌어져 있었다. 어째서 좀더 지각있는 여성들처럼 영어로 쓰지 못하는 것일까 하고 그는 생각했다. 더욱이 다정다감한 편지의 글귀도 모두 공연히 프랑스 소설을 연상케 할 뿐이어서 그의 마음은 조금도 동요되지 않았다. 그가 소식을 전하지 않는 데 대해서 한결같이 책망하고 있었으나 필립은 답장 속에 일이 많아서 편지가 늦어졌다고만 해명해 보냈다. 사실 그는 편지의 첫 머리를 어떻게 시작해야 좋을지를 몰랐던 것이다. 아무리 그렇더라도 Dearest라든가 Darling이라고 쓰기 시작할 마음은 나지 않았고 또 친근감 있게 에밀리라고 부르기도 싫었다. 결국 보통 쓰는 Dear로 시작했다. 그 말로 시작해보니 어딘지 묘하고 쑥스러운 것보다는 오히려 바보스럽게 여겨졌으나 결국 그대로 쓰기로 했다. 아무튼 난생 처음 써보는 연애 편지였지만 연애 편지 치고는 퍽 미지근하다는 것은 자신도 잘 알고 있었다. 좀더 강렬한 문구, 예를 들면 하루종일 잠시도 당신 생각을 잊은 일이 없다든가, 얼마나 당신의 아름다운 손에 키스하고 싶은지 모르겠다든가, 그리고 당신의 빨간 입술을 생각만 해도 마음이 떨린다는 등 하는 투의 문구를 쓰지 않으면 안 될 것이라고 생각은 했지만 어쩐지 자기 자신도 알수 없는 부끄러움이 그것을 막았다. 그 대신 그가 사는 새 방에 관한 이야기며 사물실의 분위기에 대한 이야기들을 써보냈다. 답장이 곧 왔는데 그것은 노여움과 슬픔에 젖은 원망이었다. 어쩌면 당신은 그다지도 냉담할 수가 있느냐? 이토록 당신의 편지를 기다리기에 지친 심정을 모르겠느냐? 더구나 당신에게 여자로서 줄 수 있는 모든 것을 바쳤건만 그에 대한 보답이 기껏 이것뿐이냐? 당신은 벌써 내가 싫어진 것이냐? 하는 따위의 그런 투였다. 그래도 며칠 동안 회답을 하지 않았더니 이번에는 편지로 일제 공격을 퍼부어왔다. 당신의 무정한 처사를 더 이상 참을 수가 없다, 애타게 기다리건만 편지는 오지 않는다, 매일 밤을 눈물을 흘리다가 잠이 들곤 한다, 요즘엔 형편없이 모습이 달라져서 만나는 사람마다 인사 받기가 귀찮을 정도이다, 싫어졌으면 왜 솔직히 말을 안 해주는 거냐, 그리고 다시 맨 나중에는 이미 당신 없이는 살 수 없으니까 차라리 자살이라도 해서 죽어버릴밖에 도리가 없다, 당신이라는 인간은 냉정하기 그지없는 이기주의의 화신처럼 은혜를 모른다는 등, 그러한 문구를 모조리 불어로 써놓은 것이었다. 그것이 일종의 시위라는 것은 빤히 들여다보이는 일이었지만 그러나 어떻든 귀찮은 일임에는 틀림없었다. 그로서는 그녀를 불행하게 만들고 싶은 생각은 조금도 없었다. 얼마 후 다시 편지가 왔는데 더 이상 헤어져 사는 것은 참을 수가 없으니 크리스마스에는 어떻게든지 해서 런던으로 갈 생각이라고 해왔다. 그래서 필립은 답장을 내어 그것은 아주 좋은 생각이긴 하지만, 자기는 이미 친구들과 함께 시골에서 크리스마스를 지내기로 약속을 해버렸고 지금에 와서 그 약속을 깨뜨릴 수는 없는 일이라고 했다. 그랬더니 곧 또 답장이 오기를 물론 자기는 강요할 생각은 없고, 자기를 만나기를 당신이 꺼리고 있는 것도 잘 알고 있으나 자기 마음의 상처가 말할 수 없이 깊고 자기의 친절에 대해서 이토록 냉정할 줄은 꿈에도 몰랐다는 사연이었다. 가슴이 뻐근할 정도로 애절한 편지였다. 종이 위에는 눈물 자국까지 보이는 것 같았다. 그는 끝내 감동되어서 정말 모든 것을 잘못했으니 부디 와달라는 말을 다시 써보냈다. 그에 대해서 그녀로부터는 역시 아무래도 떠날 수가 없게 되었다는 회답이 왔으나 그때에는 솔직히 말해서 마음이 후련해졌다. 그럭저럭하는 동안 그녀의 편지를 받는 일이 마음에 부담이 되어 끝내는 뜯어보지도 않고 그대로 내버려두게 되었다. 내용은 보나마나 뻔할 것이었기 때문이다. 무관심에 대한 욕지거리이든가 애절한 호소로 일관된 것이다. 딴은 그런 편지를 읽어보면 자기 자신도 얼마나 몰인정한 사람인지 짐작되는 것도 같았으나 그렇다고 해서 어떻게 처신해야 좋을지 알 수 없었다. 그는 끝내 회답을 하루 이틀 미루었다. 그러자 또 편지가 왔는데 그녀는 이젠 숫제 병이 들어서 쓸쓸하기만 하고 그저 자신의 불행을 한탄하기만 한다는 것이었다.

"아, 그런 여자와 관계를 맺지 않았더라면 좋았을걸 그랬다." 하고 그는 중얼거렸다.

그는 왓슨의 솜씨에는 감탄할 뿐이었다. 이러한 문제를 쉽게 해결해버리고 마는 것이었다. 그는 어떤 유랑 극단의 여배우와 관계를 맺은 일이 있었는데 그에게서 들은 이야기는 필립에게 거의 선망에 가까운 놀라움을 느끼게 했다. 그러나 얼마 후 왓슨의 마음이 변하게 되어서 그녀와 헤어진 이야기를 다음과 같이 말해주었다.

"이런 일을 언제까지 끙끙 앓아봐야 소용없는 일인걸. 그래서 그여자에게 말해주었지. 이젠 네가 싫증이 났다고 말이지."

"하지만 한바탕 떠들지 않았나요?"

"그야 무사했을 리는 없지. 그러나 나는 말해줬지, 당신이 아무리 그래 봐야 내가 싫다는 데야 별 수 있느냐고 말이야."

"울던가요?"

"울더군. 그런데 난 여자가 우는 건 딱 질색이야. 잠자코 가버리는 것이 좋을 거라고 말해줬지."

필립의 유머를 좋아하는 기질은 나이를 먹을수록 더해져 갔다.

"허어, 그래 바로 가버립디까?" 하고 웃으면서 물었다.

"그럴 수밖에 없잖아?"

어느덧 크리스마스가 다가왔다. 십일월 초순부터 캐리 부인의 건강이 나빠져서 의사는 크리스마스를 전후한 두 주일쯤 건강 회복을 위해서 남편과 함께 코온월 지방에라도 요양을 가면 어떻겠느냐고 권했다. 그렇게 되니 필립은 아무 데도 갈 곳이 없어서 하는 수 없이 하숙집에서 크리스마스를 지내기로 했다. 그것은 전에 헤이워드의 영향을 받아 크리스마스 행사란 대체로 저속하고 야만적인 것이라고 생각하고 있었기 때문에 그날의 일은 일체 문제도 삼지 않을 작정이었으나, 그러나 역시 그날이 되니 주위의 야단스러움이 그의 마음을 묘하게 흔들어버렸다. 주인 부부는 출가한 딸과 함께 그날을 보내기로 되어 있었기 때문에 그는 폐를 끼치지 않으려고 외식을 하겠다고 미리 말해두었다. 정오 전에 런던으로 나가서 캐티 요리점에서 칠면조 한 조각과 크리스마스 푸딩을 먹었으나 그 다음에는 아무것도 할 일이 없어서 웨스트민스터 애비의 오후 예배에 참석했다. 거리에는 사람의 그림자라곤 거의 없었고 가끔 지나가는 사람들도 무언가에 골몰해서 여념이 없는 것 같았다. 하릴없이 어슬렁거리며 돌아다니는 사람은 없었고, 모두가 자기 나름대로의 목적을 가지고 걷고 있었다. 더욱이 혼자서 다니는 사람은 볼 수가 없었다. 필립에게는 누구나가 다 행복스러워 보였다. 오늘처럼 뼈에 사무치는 고독을 느낀 적은 없었다. 그의 계획으로는 낮에는 시내에서 그럭저럭 보내고 저녁 식사는 레스토랑에서 할 작정이었으나 차마 두 번 다시 그 웃음, 떠들썩한 소음, 들떠서 놀고 있는 즐거운 사람들을 볼 마음이 생기지 않았다. 그래서 워털루 역으로 되돌아오는 도중 웨스트민스터 브리지 거리에서 햄과 민스파이 두 조각을 사들고 그대로 반즈로 돌아와버렸다. 쓸쓸하고 조그마한 방에서 식사를 마치고 밤에는 책을 읽으면서 시간을 보냈다. 마음은 거의 견딜 수 없을 만큼 우울해 있었다.

다시 사무소에 나왔을 때에도 왓슨으로부터 짧았던 휴일에 일어난 즐거움을 듣는 것이 무척 괴로웠다. 집에는 즐거운 여자 친구들이 밤샘을 하러 와서 저녁 식사가 끝난 후에는 응접실을 치우고 함께 춤을 추었다는 것이었다.

"새벽 세 시가 지나서야 잠자리에 들었어. 그나마도 어떻게 침대까지 갔는지 전혀 기억이 없는 거야. 아주 곤드레가 되었던 모양이야."

필립은 마침내 굳은 결심이라도 한 것처럼 그에게 물었다.

"런던에선 도대체 어떻게 해야 사람들과 사귈 수 있습니까?"

왓슨은 놀란 표정으로 그의 얼굴을 쳐다보았다. 더욱이 경멸섞인 흥미까지 보이면서,

"그런 걸 내가 알 게 뭐요? 그저 친하게 지내면 되는 거지. 댄스 파티에라도 가보자구. 노는 상대쯤은 얼마든지 금방 생길 테니까."

필립은 왓슨이 몹시 싫었다. 그러나 그와 위치를 바꿀 수 있다면 어떤 희생이라도 달게 참아냈을 것이다. 옛날 학교 시절의 낡은 기분이 되살아나는 것 같았다. 만약 자기가 왓슨이라면 과연 인생은 어떻게 될 것인가 하고, 그런 걸 곰곰이 생각하면서 마음속으로부터 그의 입장이 돼보고 싶다고 생각했다.

38

연말에는 굉장히 바빴다. 필립은 톰슨이라는 서기와 함께 이곳저곳으로 돌아다니면서 단조로운 하루 하루를 보냈다. 필립이 지출 항목을 읽으면 톰슨이 그것을 점검했고 때로는 긴 계산표를 여러 장씩 받아서 계산할 때도 있었다. 필립은 숫자 계산이 아주 질색이었기 때문에 일이 참으로 더디었다. 틀리기까지 했기 때문에 톰슨은 무척 언짢아했다. 그는 키가 크고 여위고 혈색이 좋지 않은 사십대 남자로 새까만 머리와 텁수룩하게 수염이 나 있었다. 볼은 푹 패이고 코 양쪽에는 깊은 주름이 잡혀 있었다. 그는 필립이 견습 서기라는 이유로 아주 싫어하였다. 필립은 삼백 기니나 되는 돈을 내고 어쨌든 오 년

간 있을 수 있기 때문에 그만큼 장래 승진의 희망도 있었지만 톰슨은 경험도 능력도 있는데도 주급 삼십오 실링의 평서기에서 헤어날 가망이 없기 때문이다. 그는 많은 가족을 거느리는 바람에 성질이 퍽 비뚤어져 있었다. 그리고 필립이 거만해보인다고 멋대로 생각하고 혼자 화를 내고 있었다. 자기보다 교육 정도가 높다고 해서 오히려 필립을 조소했고 발음이 이상하다면서 바보 취급을 했다. 또 런던 사투리를 쓰지 못한다면서 괘씸하다고까지 했다. 그래서 필립과 이야기할 때에는 그는 특히 더 특징을 보이느라고 일부러 H를 과장해서 발음하곤 했다. 처음에는 단순히 퉁명스럽게 쏘아붙이기를 잘 했지만 차차 필립이 경리 능력이 전혀 없다는 것을 알게 되자 이번에는 그에게 창피를 주는 것에 즐거움을 느끼기 시작한 것 같았으며, 그의 공격은 어리석고 졸렬하기 이를 데 없었으나 그런 만큼 필립의 마음은 상처를 입었다. 이른바 그것에 대한 자기 방위의 수단으로서 그는 본의 아니게 우쭐해보이는 태도를 취하게 되었다.

"아침에 목욕 갔다 왔나?" 일찍 출근하는 버릇이 어느덧 없어져 버린 필립이 늦게 사무실에 출근했을 때 톰슨이 한 마디 했다.

"그럼요. 그런데 당신은?"

"천만에, 난 신사가 아닌걸. 평서기에 지나지 않으니까 목욕은 토요일 밤에 간다네."

"아하, 알았어요. 그래서 당신은 월요일이면 늘 기분이 좋지 않군요."

"그런데 오늘은 간단한 덧셈을 해줘야겠는데. 라틴어나 그리스어를 아시는 신사에게 이런 걸 부탁해서 참으로 미안하지만 말야."

"하지만 빈정거리는 말 치고는 그다지 신통하지 못한걸요."

그렇기는 하지만 필요성으로는 촌스럽고 월급이 싼 서기들이 훨씬 낫다는 사실을 필립은 인정하지 않을 수 없었다. 굿워디 씨도 필립의 무능함에는 한두 번 참을 수 없다는 듯이,

"자네도 그만하면 좀더 숙달되어야 할 텐데 이건 사동보다도 못하지 않은가." 하고 짜증을 내었다.

필립은 시무룩해져서 듣고 있었다. 그런 꾸지람을 듣는다는 것은

불쾌한 일이었다. 굿워디 씨로부터 경리 보고서의 정서를 부탁받고 그 결과가 만족스럽지 못하다고 해서 다른 서기에게 다시 고쳐 쓰게 하는 것을 볼 때면 역시 필립은 심한 굴욕감을 느꼈다. 자기가 하는 일이 처음에는 호기심이 앞서서 견딜 만도 했지만 도무지 참아낼 수 없는 느낌이었다. 재능이 전혀 없다는 것을 알게 되자 어찌나 싫은지 견딜 수 없게 되어갔다.

마땅히 맡겨진 일을 하고 있어야 할 때에는 그는 곧잘 사무용지에 조그만 그림 따위를 그리면서 시간을 낭비하곤 했다. 그는 왓슨의 모습을 이모저모로 스케치하여 그 교묘한 솜씨로 그에게 퍽 칭찬을 들은 일도 있다. 어느 날 그 그림을 집에 가지고 가서 보이겠다고 하더니 다음날 나와서 가족들이 모두 칭찬하더라고 했다.

"자네는 왜 화가가 되지 않았나? 그야 물론 돈벌이가 안 된다는 이유는 있겠지만 말야."

이삼 일 후에 카터 씨는 왓슨에게 초대되어 식사를 하게 되었는데, 그 자리에서 그는 이 스케치를 그에게 보여주었다.

다음날 아침 카터는 필립을 불렀다. 카터 씨를 직접 대면하는 일이 별로 없었기 때문에 필립은 두려운 마음으로 그의 앞에 섰다.

"이것 봐, 자네가 사무실 방에서라면 어떤 일을 하거나 상관없네. 그러나 나는 자네가 스케치한 걸 보았는데 그건 모두 사무실 용지를 썼더군그래. 게다가 굿워디의 보고로는 자넨 아주 태만하다더군. 좀 더 힘을 다해서 일하지 않으면 도저히 공인 회계사 일을 할 수가 없네. 공인 회계사란 아주 훌륭한 직업이란 말일세. 그렇기 때문에 여기서는 썩 좋은 사람을 쓰려고 하는걸세. 아무튼 이 직업이란 것은——." 여기까지 말하고 그는 한마디로 끝맺고 싶었으나 적당한 말이 미처 떠오르지 않아서 하는 수 없이 다소 미온적이긴 했지만 "정신차려서 일해주지 않으면 안 되겠네." 하고 덧붙이고 말았다. 만약 일이 마음에 들지 않으면 일 년 후에 그만두어도 좋고, 계약금의 반을 돌려준다고 한 약속만 없었더라면 아마 필립도 이대로 눌러 있을지도 모른다. 그러나 그로서는 장부의 계산만 하는 것보다는 좀더 자기에게 무엇이고 적합한 일이 있음직하였고, 더욱이 자기 자신이 스스로 경멸하는 일을 솜씨있게 해치우지 못한다는 데 대해서는 아무래도 굴욕이었다. 톰슨하고의 사소한 말다툼도 확실히 그의 신경을 건드렸다. 삼월이 되자 왓슨은 사무소에서의 그의 연기(年期)를 끝냈다. 필립은 그를 조금도 좋아하지 않았지만 막상 떠나보내려고 하니 어쩐지 서운했다. 다른 사원들은 자기들에 비하여 필립과 왓슨이 다소 높은 계급에 속해 있다고 해서 두 사람을 좋아하지 않았지만 그런 사실이 오히려 필립과 왓슨 사이를 맺어주는 인연이 되었다. 이와 같이 불쾌한 무리들과 아직 사 년 동안이나 함께 지내야 한다는 것을 생각하면 필립의 마음은 우울했다. 그는 런던 생활에서 여러 가지 신기하고 훌륭한 일들을 기대하고 있었으나 얻은 것이라고는 아무것도 없었다. 지금에 이르러서는 런던 생활이 역겨워졌다. 사귄 친구도 한 사람도 없었고 어떻게 하면 사람들과 사귈 수 있는지도 전혀 알 수가 없었다. 혼자서 이곳저곳 돌아다니는 것은 이제 아주 싫증이 났다. 이런 생활을 이 이상 더 오래 견디어낼 수는 없을 것 같았다. 밤이면 침대에 누워서 다시는 그 지저분한 사무실과 거기에 모인 사람들의 얼굴을 보지 않아도 되고 더욱이 이런 재미라곤 조금도 없는 하숙방을 떠나버리게 된다면 좋을까? 하고 그런 것만을 생각했다.

봄이 되자 그에게는 또 커다란 희망이 생겼다. 헤이워드한테서 봄철에 런던으로 오겠다는 편지가 와서 그를 다시 만날 수 있는 기회를 손꼽아 기다리고 있었다.

그는 요즘 독서도 많이 했고 여러 가지 생각한 것도 있었기 때문에 머릿속에는 여러 가지 토론해보고 싶은 마음이 간절했었던 것이다. 더욱이 추상적인 문제에 대하여 흥미를 가져줄 그러한 사람은 한 사람도 알지 못했던 참이었으므로 누구하고라도 만족할 때까지 이야기할 수 있다고 생각하자 그의 마음은 완전히 흥분해버렸다.

그런데 그 후 뜻밖에도 헤이워드가 이번 봄 이탈리아의 날씨가 여태까지 볼 수도 없었을 정도로 너무나 좋아서 아무래도 떠날 마음이 내키지 않는다는 편지가 왔다.

참으로 맥이 탁 풀렸다. 뿐만 아니라 헤이워드는 너야말로 왜 이탈리아로 오지 않느냐고 했다. 세상이 이렇게 아름다운데 사무실 따위에 처박혀서 아깝게 청춘을 낭비해서야 되겠느냐고 했고, 다시 다음과 같은 사연으로 이어졌다.

'자네는 용케도 견딘다고 생각하네. 런던의 플리트 거리 스트리트나 린컨스 인 등을 생각하면 나는 소름이 오싹 끼치네. 인생의 사는 보람은 이 세상에 두 가지밖에 없다네. 즉, 사랑과 예술일세. 자네가 사무실에 앉아서 장부 따위를 뒤적거리고 있을 모습은 나는 상상할 수도 없는 노릇이라네. 자네는 여전히 실크햇을 쓰고 우산과 조그마한 검은 가방을 들고 다니겠군그래? 우리는 인생을 하나의 모험이라고 생각하지 않으면 안 되네. 응축된 보석 같은 불꽃으로 우리의 정열을 태워야 한다고 생각하네. 사람은 모름지기 인생을 걸어야 하고 또 스스로를 위험에 내맡길 필요가 있다고 생각하네.
자네는 어째서 파리에 가서 그림 공부를 하지 않는가? 나는 전부터 자네의 재능을 믿고 있네.'

이러한 권고는 필립이 요즘 때때로 막연하게나마 마음에 그리고 있었던 그의 앞날에 대한 꿈과 완전히 일치했다. 처음에는 그 자신도 놀랐으나 그래도 또한 그렇게 생각하지 않을 수가 없었고 게다가 그런 것을 끊임없이 깊이 생각하는 것만이 현재의 비참한 그의 처지에서 구출되는 유일한 길이었다. 그의 재능은 모든 사람들이 인정해주었고 하이델베르크에서는 수채화 솜씨를 칭찬받았고 미스 윌킨슨도 그의 그림이 대단히 훌륭하다고 거듭 칭찬해주었다. 또 왓슨의 가족처럼 전혀 낯모르는 사람들까지도 그의 스케치에 탐복했다고 한다. 언젠가 읽은 《보헤미안의 생활》이라는 책은 그에게 아주 깊은 감명을 주었다. 그 책은 런던으로 올 때 가져왔는데 우울할 때면 몇 페이지 읽기만 해도 이미 그의 마음은 로돌프나 그 밖의 사람들이 춤추고 사랑하고 노래한 그 멋진 다락방으로 날아가고 있었다. 마치 그 전에 런던을 생각했던 것처럼 지금은 파리를 생각하게 되었다. 그러나 또다시 환멸 같은 것에 대한 두려움도 전혀 없었으며 그는 로맨스와 미와 사랑을 동경하였다. 그는 그림을 워낙 좋아했고 자기가 다른 사람만큼 그리지 못할 이유라고는 없다고 생각했다. 그리하여 그는 미스 윌킨슨에게 편지를 보내서 파리에서는 생활비가 얼마나 들 것인가를 물어보았다. 회답에는 일 년에 팔십 파운드 가량이면 그럭저럭 지낼 수 있을 것이라고 하고 더욱이 그의 계획에는 전적으로 찬성이라고도 했다. 필립이 사무소에 파묻혀버리는 것은 아깝다고도 했다. 훌륭한 화가가 될 수 있는 사람이 서기 나부랭이가 되어야 할 이유가 어디 있겠느냐? 좀더 자신을 가져주기 바란다, 그것이 무엇보다 필요하다고 매우 적극적인 말을 썼다. 그러나 필립은 원래가 신중한 성격이었다. 우수한 증권에서 일 년에 삼백 파운드씩의 수입이 있는 헤이워드가 모험을 이야기하는 것은 있을 법한 일이지만 필립의 전 재산이라야 겨우 칠팔백 파운드를 넘지 않기 때문에 사실 망설이지 않을 수 없었다.

어느날 갑자기 굿워디 씨가 그에게 파리에 같이 가보지 않겠느냐고 물었다. 파리의 포부르 쌩토노레에 있는 어떤 영국인의 호텔의 경리 사무를 그들의 사무소에서 맡아보고 있었는데 해마다 두 번씩 굿워디 씨가 또 한 사람의 서기를 데리고 그곳에 가게 되어 있었다. 그런데 매해 그와 함께 가던 서기는 공교롭게도 앓아 누웠고 다른 서기들은 일이 밀려서 갈 수가 없다는 것이다. 그래서 문득 굿워디 씨가 생각한 것이 필립이었다. 그러면 사무소에 있어도 도움이 되지 않았고 또 한편 그의 연기계약으로 보더라도 필립은 이 직무의 즐거움의 한 면을 조금쯤 향유할 권리가 있을 터이었으므로 그를 택하게 된 것이다. 필립은 기뻐했다.

"낮에는 하루종일 일해야 하는걸세." 굿워디 씨가 말했다.

"하지만 밤에는 완전히 우리들의 자유일세. 뭐니뭐니해도 파리는 역시 파리거든." 하고 굿워디 씨는 잘 알고 있다는 듯 빙그레 웃었다. 호텔의 대우는 융숭하고, 식비도 모두 부담해주니까 비용은 조금도 안 든단 말일세. 그래서 나는 파리에 가는 것을 좋아하지. 이렇게 남의 돈으로 말이지."

그들은 도버 해협을 건너서 칼레 항구에 도착했다. 호들갑스러운 몸짓으로 사람을 부르는 짐꾼들을 바라보았을 때 필립의 가슴은 마구 뛰었다.

"이것이다. 이게 진짜다." 하고 그는 혼자 속으로 생각했다.

기차가 시골길을 달리기 시작하자 그는 눈이 휘둥그래져서 연도의 경치를 바라보았다. 한없이 뻗어 있는 모래언덕이 볼 만했고, 그 빛은 여태까지 보아온 어떠한 빛깔보다도 아름답게 보였다. 철로가의 운하와 끊임없이 이어진 포플러 가로수에도 그의 마음은 흠뻑 빠져버렸다. 파리의 갸르 뒤 노르(北部驛)에서 기차를 내려서 덜커덩거리는 포장마차에 몸을 싣고 돌로 포장한 길을 내달았을 때에는 그는 마치 새로운 공기를 마시고 도취한 사람처럼 하마터면 커다란 소리를 질러댈 뻔했다. 건장한 체구의 쾌활하게 생긴 지배인이 호텔 문 앞에서 맞아주었다. 그 프랑스인은 제법 영어도 하는 것 같았으나 굿워디 씨와는 이미 구면인 것처럼 보여서 아주 상냥하게 두 사람에게 인사했다. 그들은 지배인의 아내와 함께 지배인의 방에서 식사를 했는데 필립은 이때에 내온 감자를 곁들인 비프스테이크처럼 맛있는 것을 먹어본 기억이 없었고, 또 그때의 감미로운 술을 마셔본 적이 없는 것 같았다.

성실한 주의가 있고 의젓한 가장인 굿워디 씨에게도 이 프랑스의 수도는 역시 즐거운 외설의 낙원이었다. 다음날 아침 일어나자 그는 지배인에게 지금 '볼 만한 것'은 어떤 것이 있는가 하고 물었다. 그도 이러한 여행을 진심으로 향락하고 있었고 늙음을 막는 데는 이보다 좋은 더한 것이 없다고 했다. 하루의 일이 끝나고 저녁을 마치고 나면 그는 필립을 데리고 물랭 루즈나 폴리 베르제르에 갔다. 무언가 외설적인 것은 없을까 하고 찾으면서 그의 조그마한 눈은 반짝반짝 빛났고, 얼굴에는 교활하고 호색적인 웃음을 띠고 있었다. 그는 외국인을 위하여 특별히 마련된 장소는 하나도 빼놓지 않고 들어가보고는 그런 것들을 허용하는 국민은 그 장래가 신통치 못할 것이라고 반드시 한마디했다. 레뷔에서 몸에 거의 아무것도 걸치지 않은 여자가 나타나거나 하면 그는 유난히 팔꿈치로 필립을 쿡쿡 찔러대기도 하고 홀을 어정거리는 창녀들 가운데서도 가장 토실토실해보이는 여자를 필립에게 손가락질하여 가리키기도 했다. 그가 필립에게 보여준 것은 파리에서도 가장 저속한 파리였으나 필립은 이른바 환상으로 멀어버린 눈으로 그것들을 보았다. 아침 일찍 그는 호텔을 뛰쳐나와서 샹제리제 거리로 가서는 콩코드 광장에 서보았다. 유월의 파리는 부드러운 대기 속에서 은빛으로 빛나고 있었다. 필립의 마음은 거리를 지나가는 사람들에게로 자꾸만 끌려가는 것 같았다. 마침내 이곳에서 로맨스를 찾아내었다고 그는 생각했다.

그들은 거의 한 주일을 파리에서 지내고 일요일에 그곳을 떠나서 런던으로 돌아왔다. 밤늦게 다시금 반즈의 초라하고 쓸쓸한 하숙방에 되돌아왔을 때 필립의 마음은 이미 결정되어 있었다. 계약을 취소하고 그림 공부를 하기 위하여 파리로 가려는 것이다. 그러나 분별 없는 사람이라는 말을 듣지 않도록 일 년이 될 때까지 그대로 사무실에 머물러 있기로 했다. 팔월 하순에 휴가를 가질 예정이었으나 그때 그는 허버트 카터에게 이대로 다시 돌아올 의사가 없다는 것을 이야기할 셈이었다. 필립은 그럴 작정으로 억지로 사무소에 출근하기는 했지만 거짓으로라도 자기의 일에 흥미를 가지는 체할 수는 없었다. 머릿속에는 미래에의 생각으로 가득 찼다.

칠월 중순도 지나자 할 일도 별로 많지 않았고 특히 그의 경우는 첫 시험을 치르기 위해 강의에 나간다는 구실로 사무소의 시간을 상당히 많이 빠질 수 있었다. 이렇게 해서 얻은 시간은 한결같이 국립 미술관에서 보냈다. 그는 파리에 관한 책과 회화에 관한 책들을 차례대로 읽었다. 그리고 러스킨에 몰두했으며, 바사리가 쓴 화가들의 전기도 대개 다 읽었다. 그는 이탈리아 화가 코레지오의 이야기가 무척 좋았고 그 자신이 어떤 위대한 걸작 앞에 서서,

"나도 그림을 그릴 수 있어!" 하고 부르짖고 있는 모습을 곧잘 상상하기도 했다. 이제는 소극적인 생각은 완전히 사라지고 자기는 확실히 위대한 화가가 될 소질이 있다는 확신을 굳혔다.

"어쨌든 해보는 거다." 하고 그는 마음속으로 생각했다.

"인생에 있어서 가장 중요한 것은 되든 안 되든 결과는 운에 맡기고 여하튼 일을 해보는 것이다."

마침내 팔월 초순이 되었다. 카터 씨는 스코틀랜드로 피서를 갔었

고 사무소 일은 굿워디 씨가 맡아보고 있었다. 파리 여행 후로는 굿워디 씨도 필립에게 퍽 호의를 갖게 된 것 같았고 또 필립도 어차피 자기는 얼마 안 가서 이곳을 떠나는 것이라고 생각하면 이 익살스러운 조그만 사나이에게 훨씬 너그러운 마음으로 대할 수 있었다.

"캐리, 내일부터 휴가지?" 하고 그는 그 전날밤에 말했다.

이 저주스러운 사무소에 처박혀 있는 것도 이것이 마지막이라고 필립은 이날 하루종일 마음속으로 되뇌었다.

"그렇죠. 오늘로 꼭 일 년이 됩니다."

"자네는 아마 성적은 시원찮은 것 같더군. 카터 씨도 몹시 불만인 것 같았네."

"하지만 불만이라면 제가 카터 씨에게 느끼고 있는 불만이 오히려 클 겁니다." 하고 필립은 응수했다.

"그런 말을 하는 게 아닐세."

"아뇨, 저는 다시는 돌아오지 않을 겁니다. 만약 제가 회계사가 되기를 원치 않으면 일 년 후엔 그만둘 수 있고 카터 씨는 계약금의 절반을 반환하시겠다고 약속되어 있습니다."

"그런 것을 조급하게 결정지어버리는 것이 아닐세."

"아뇨, 벌써 십 개월 동안이나 이 일이 싫어서 견딜 수 없었으면 충분하지요. 일도 사무소도 싫어졌고 런던 그 자체까지도 싫어서 견딜 수가 없었습니다. 이런 데서 고통스러운 하루 하루를 지내는 것보다는 숫제 도로의 청소부가 되겠습니다."

"하기는 그래, 사실 나도 그렇게 생각하네만 자네는 경리 일은 전혀 맞지 않아."

"그럼 안녕히 계십시오." 하고 필립은 손을 내밀면서 말했다. "하지만 여태까지 제게 베풀어주신 친절에 대해서는 참으로 고맙게 생각합니다. 만약 제가 괴로움을 끼쳐드렸다면 매우 죄송합니다. 저는 처음부터 이 일에 소질이 없다고 생각했습니다."

"자네가 참말로 그렇게 결심했다면 그럼 이것으로 작별하기로 하세. 앞으로 자네가 무엇을 하려는지는 모르겠지만 만약 이 근처에 오는 일이 있으면 언제든지 놀러오게나."

필립은 빙그레 웃어보였다.

"이렇게 말씀드리면 실례가 될지 모르겠습니다만 저는 이 사무소의 어느 분하고도 다시는 안 만나기로 굳게 마음속으로 작정했습니다."

39

필립이 설명한 계획에 대하여 캐리 백부는 자기는 아무것도 모른다고 했다. 그의 큰 신념이라는 것은 사람이 한 번 시작한 일은 그것이 무엇이든간에 끝까지 해치우지 않으면 안 된다고 하는 것이었다. 의지가 약한 사람이 누구나가 그러하듯이 그도 초지를 관철한다는 것을 굉장히 강조하는 사람이었다.

"너는 네가 좋다고 해서 회계사를 선택하지 않았니?"

"저는 그저 런던으로 갈 수 있는 유일한 기회라는 것만으로 선택했던 겁니다. 그런데 이젠 런던도 싫어지고 그 일에도 싫증이 나서 무어라고 하신대도 두 번 다시 돌아가지 않을 작정입니다."

사실상 백부와 백모는 필립이 화가가 되겠다는 말에는 몹시 놀랐다. 두 사람은 필립의 양친은 점잖은 사람이었다는 것을 절대로 잊어서는 안 된다는 것과 화가라는 것은 결코 정당한 직업이 못 되며 보헤미안적인 불미스럽고 부도덕한 직업이라는 것을 그에게 누누이 말했다. 더구나 파리에 가겠다니!

"이 문제에 대해서 내가 말할 수 있는 건 나로선 네가 파리에 간다는 것을 용납할 수 없다는 것이다." 백부는 딱 잘라 말했다.

파리란 곳은 죄악의 소굴이다. '붉은 옷의 여인'이나 '바벨론의 연인'들이 보란 듯이 그들의 악을 과시하고 있는 곳이고, 소돔과 고모라라고 할지라도 오늘날의 파리처럼 사악이 넘치지는 않았을 게다.

"나는 너를 신사로서 그리고 크리스천으로서 교육을 시켜왔다고 생각하는 만큼 만약에 네가 그런 유혹에 빠지는 것을 잠자코 보고만 있으면 너의 양친하테서 받은 신뢰를 배반하는 게 된다."

"그렇지만 저는 이미 크리스천이 아닙니다. 또 제가 과연 신사인지 아닌지도 의심스럽습니다."

 논쟁은 점점 격심해졌다. 얼마 되지도 않는 재산이긴 하지만 그것을 필립 자신이 완전히 소유하기까지에는 아직도 일 년이 남아 있었고 그때까지는 그 사무소에 그대로 남아 있겠다는 조건이라야만 송금을 계속해주겠다고 백부는 말하는 것이다. 그런데 필립으로서는 이왕 회계사가 될 생각이 없는 바에는 계약금으로 지불했던 돈의 반이라도 돌려받을 수 있을 때에 그만두어야 하지 않겠느냐고 주장하였다.

 그러나 백부는 귀담아 들으려고 하지 않았다. 그래서 필립은 모든 체면도 잊어버리고 백부의 마음을 상하게 하고 화나게 할 말을 해버리고 말았다.

 "하지만 큰아버지께서는 제 돈을 낭비하실 권리가 없으십니다. 결국 그것은 제 돈이 아닙니까? 저는 어린애가 아닙니다. 제가 파리에 갈 것을 결심했다면 큰아버지께서 저를 막으실 권리가 없으실 겁니다. 아무리 말씀하신대도 저는 런던으로 되돌아가지는 않겠습니다."

 백부는 반박하여 이렇게 말했다.

 "하여튼 나로서 할 수 있는 단 한 가지는 내가 적당하다고 인정하는 일을 네가 하지 않겠다면 나는 네게 돈을 못 주겠다는 것뿐이야."

 "좋아요, 그래도 상관없어요, 저는 파리에 가기로 결심했습니다. 저의 옷이며 책이며 아버지께서 주신 보석을 팔면 되니까요."

 루이자 백모는 슬픈 듯이 또 불안한 듯이 시종 말없이 듣고만 있었다. 필립은 지금 제정신이 아니기 때문에 지금 무슨 말을 해보았자 그의 흥분을 부채질해줄 뿐이라고 생각했기 때문이었다. 드디어 마지막에 백부는 이 이상 더 그 이야기를 듣고 싶지는 않다고 말하고는 노기등등해서 그 방을 나가버렸다. 그로부터 사흘 동안은 두 사람 다 한마디도 서로 말을 하지 않았다. 필립은 헤이워드에게 편지를 내어 파리의 형편을 묻고 회답이 오는 대로 곧 출발하리라고 마음먹었다. 그러는 사이에도 백모는 끊임없이 그 문제에 대해서 생각했으나 어쩐지 필립이 백부에 대한 증오 속에 자기까지도 집어넣고 있는 것 같다고 생각하니 말할 수 없이 괴로웠다. 그녀는 필립을 진심으로 사랑하고 있었다. 견디다 못 하여 남편이 나간 틈을 타서 필립에게 말을 걸었다. 그러나 필립은 백모에게 런던 생활에서의 환멸과 미래에의 그의 야심 등을 누누이 터놓고 이야기했다. 백모는 꼼짝도 하지 않고 주의깊게 듣고 있었다.

"그야 저라는 인간은 재주가 없는지 모르겠습니다만 아무튼 이번만 제 소원대로 하게 해주세요. 설사 실패로 돌아간다고 하더라도 생각만 해도 지긋지긋한 견습 서기 생활을 하는 것보다 더 참혹한 실패란 없을 거예요. 그리고 저는 그림이라면 웬만큼 자신이 있습니다. 그림에 소질이 있다는 것을 저 자신 알고 있어요."

이처럼 열심히 원하는 것을 막아버리는 것이 과연 옳은 것인가에 대해서 백모는 남편만큼 자신이 없었다. 위대한 화가들도 처음에는 그들의 양친으로부터 심한 반대를 받았다는 이야기는 그녀도 몇 번 들은 일이었다. 더군다나 그러한 반대가 얼마나 어리석었던가 하는 이야기를 부인은 읽어서 알고 있었다. 게다가 결국 회계사의 경우와 마찬가지로 화가가 되었다고 해서 하느님께 영광을 돌리는 훌륭한 생활을 한평생 보내지 못할 이유는 없다고 생각했다.

"나도 역시 네가 파리에 간다는 것이 무척 걱정스럽구나." 그녀는 서글픈 듯이 말했다. "런던에서 공부하는 건 어떻겠니? 그러면 그처럼 걱정되지는 않겠는데 말이다."

"아뇨, 그림 공부를 한다고 마음 먹은 이상 역시 철저히 해야 합니다. 그리고 정말로 공부할 수 있는 곳은 역시 뭐니뭐니해도 파리뿐이니까요."

그의 말을 듣고 백모는 변호사인 닉슨 씨에게 편지를 썼다. 필립은 런던에서의 일은 도무지 싫다고 하는데 그의 지망을 바꾸는 것을 어떻게 생각하느냐고 물어보았다. 그에게서의 회답은 다음과 같았다.

경애하는 캐리 부인

즉시 허버트 카터 씨를 만나보았습니다. 필립은 아무래도 성적이 좋지 않은 것 같습니다. 그리고 일에 대한 불만도 많은 것 같으므로 이번 기회에 계약을 해약하는 것이 좋을 것 같습니다. 저는 물론 대

단히 유감입니다만 속담에도 있듯이 말을 물가에까지 끌고 갈 수는
있어도 억지로 물을 먹일 수는 없지 않겠습니까? 이만 줄이겠습니다.
앨버트 닉슨

이 편지를 백부에게 보였으나 그것은 그의 고집스러움을 오히려
더 굳혀주었을 뿐이었다. 필립이 어떤 다른 직업, 가령 그의 아버지
의 직업이었던 의사 같은 직업이라도 택했다면 그렇게까지 반대하지
는 않겠지만 파리에 간다면 아예 송금을 않겠노라고 하는 것이었다.
  "파리에 가겠다고 하는 것은 결국 제멋대로 방탕하고 육욕을 원한
다는 것의 변명에 지나지 않는 거야." 하고 그는 말했다.
  "큰아버지께서 다른 사람의 방종을 비난하시는 것을 듣자니까 무
척 재미있군요."
  필립은 날카롭게 빈정거렸다.
  그러나 그때에는 이미 헤이워드에게서 회답이 왔었고 한달에 삼십
프랑만 내면 방을 얻을 수 있다는 호텔의 이름이 적혀 있고 또 어떤
미술 학교의 서무 주임에 대한 소개장까지 들어 있었다.
  필립은 백모에게 그 편지를 읽어주었다. 그리고 구월 초하룻날에
떠날 작정이라고 말했다.
  "그렇지만 너는 돈이 없지 않니?"
  "오늘 오후에 터켄베리에 가서 보석들이라도 팔까 하고 있어요."
  그는 아버지의 유산으로 줄 달린 금시계와 보석 반지 두서너 개와
커프스 단추 몇 개와 핀 두 개를 물려받았었다. 핀 하나는 진주여서
팔면 상당한 돈이 될 것이었다.
  "그래도 물건의 값어치하고 팔리는 가격하고는 다르단다." 하고 루
이자 백모가 말했다.
  필립은 저도 모르게 빙긋 웃었다. 백모의 그 말은 백부가 입버릇처
럼 하던 말이었기 때문이었다.
  "압니다. 그러나 모두 합하면 아무리 못 받아도 백 파운드는 받을
수 있을 거예요. 그러면 그 돈으로 제가 스물한 살이 될 때까지는 그
럭저럭 해나갈 수 있으리라고 생각합니다."

이 말에는 캐리 부인도 아무런 대답을 하지 않고 잠자코 이층으로 올라가서 조그마한 보닛 모자를 쓰고는 은행으로 나갔다.

한 시간쯤 지나서 돌아온 백모는 응접실에서 책을 읽고 있는 필립에게로 와서 봉투 하나를 그에게 내밀었다.

"이건 뭡니까?" 하고 필립은 물었다.

"얼마 되지는 않지만 내가 네게 주는 선물이다." 하고 백모는 약간 부끄러운 듯이 웃으면서 대답했다.

봉투를 뜯어보니 오 파운드짜리 지폐 열한 장과 일 파운드 금화를 가득 넣은 조그만 종이 주머니가 들어 있었다.

"네가 너의 아버지의 보석을 팔겠다니 도저히 그대로 보고 있을 수가 없었다. 이것은 내가 은행에 예금해두었던 돈이다. 거의 백 파운드 가량 될 게다."

필립은 얼굴이 빨개져서 자신도 모르는 사이에 갑자기 눈물이 흘러 나왔다.

"하지만 큰어머니, 전 이런 것을 받을 수가 없어요. 큰어머니의 따뜻한 정은 잘 알겠습니다만 이것은 받을 수가 없어요."

캐리 부인은 결혼할 때 삼백 파운드의 돈을 가지고 왔었는데, 그 돈은 대단히 소중하게 예금해두었다가 예기하지 않았던 비용이나 부득이한 자선이나 그 밖에 남편이나 혹은 필립에게 크리스마스 선물과 생일 선물을 하는 데만 써왔던 것이다.

따라서 해마다 그 돈은 많이 줄어들었지만 그래도 아직 백부가 그것을 늘 농담거리로 할 만큼은 있었다. 그는 늘 부인을 부자라고 부르기도 하고 '씨 암탉'이라고 했던 것이다.

"그러지 말고 어서 받아두어라, 필립. 나도 분별없이 써버려서 지금은 그것밖에는 남지 않았구나. 네가 받아 써준다면 난 정말 기쁘겠다."

"그렇지만 그 돈은 큰어머니께도 필요하잖아요?"

"아니다. 난 필요 없어요. 나보다 너의 큰아버지가 먼저 돌아가실 경우를 생각해서 가지고 있던 거야. 그야 다급할 때 조금이라도 즉시 쓸 수 있는 돈이 있으면 편하겠거니 하고 갖고 있었지만 이젠 나도 살 날이 그리 많이 남은 것 같지 않고 하니——."

"큰어머니, 그런 말씀은 하지 마세요. 큰어머니께선 오래 사실 거예요. 큰어머니께서 안 계시면 저는 어떻게 해야 할지 모르겠는걸요."

"이제 난 죽어도 한이 없어." 백모는 목이 메어서 얼른 두 눈을 가렸으나 곧 눈물을 닦고 웃어보였다. "나는 처음에는 늘 하느님께 기도했단다. 저를 먼저 부르시지 마옵소서, 하구 말이다. 왜냐하면 큰아버지께서 혼자 남으시면 불쌍하지 않겠니? 큰아버지 혼자서 모든 괴로움을 짊어지셔야 하다니 가엾은 일이지. 그런데 어쩐지 그 양반의 생각은 내가 생각하는 것처럼 그렇지는 않다는 걸 차츰 알았단다. 그 양반은 나보다도 더 오래 사시기를 바라고 계셔. 나는 그 양반이 바라시는 그런 아내가 되어 드리지 못했어. 그러니까 만약에 내게 어떠한 일이 생기더라도 너의 큰아버지는 재혼하실 거라구 생각해. 그래서 내가 먼저 죽고 싶은 거란다. 너는 내 생각이 내멋대로라고 하지는 않겠지, 필립? 왜냐하면 만약에 큰아버지가 먼저 가신다면 나는 아무래도 살아갈 수가 없는걸."

필립은 백모의 주름투성이이고 여윈 뺨에 키스했다. 그러나 그렇다 해도 마치 이 압도적인 애정 장면이 어쩐지 그에게 부끄러움을 느끼게 할 뿐이라는 것은 어쩐 일일까? 그는 그렇듯 냉담하고 제멋대로이고 게다가 턱없이 어리석을 만큼 자기 중심적인 남편에 대해서 백모가 그렇게도 깊은 애정을 품고 있다고는 아무래도 생각할 수가 없었다. 그는 그저 왠지 모르게 그렇게 미루어 생각했지만 아마 그녀는 마음속으로는 남편의 냉담과 이기심을 잘 알고 있을 것이다. 그런 것을 알면서도 역시 온순하게 남편을 사랑하고 있었음에 틀림없다.

"그 돈을 빌아주겠시, 빌립?" 그의 손을 쓰다듬으면서 백모가 조용히 말했다.

"허기야 너는 이 돈이 없더라도 훌륭하게 해나가겠지만 그래도 받아주면 나는 기쁘겠다. 나는 늘 너를 위해서 무엇이든지 해주고 싶었단다. 내게는 자식이 없잖니? 그래서 나는 너를 친자식처럼 생각해왔단다. 네가 아직 어렸을 때에는 좋지 않은 생각인 줄 알면서도 네가 병이라도 앓아주었으면 했었구나. 그래야 내가 너를 밤이고 낮이고 붙어앉아서 간호해줄 수 있을 테니까 말이다. 하지만 너는 한 번밖에는 앓은 적이 없었단다. 그것도 학교에 들어가서였지. 하여튼 나는 정말로 널 도와주고 싶었단다. 그러다 보니 이것이 처음이자 마지막 기회인지도 모르겠구나. 장차 네가 위대한 화가가 되더라도 나를 잊지 말아주렴. 내가 너에게 첫 출발을 디디게 해주었다는 것을 기억해다오, 부탁이다."

"큰어머닌 정말로 착하세요. 고맙습니다."

백모의 피로한 눈에는 그야말로 순수하고 때묻지 않은 행복의 미소가 떠올랐다.

"아아, 정말 기쁘구나, 나도."

40

며칠 후 캐리 부인은 필립을 전송하려고 정거장으로 나왔다. 객차의 입구에 서서 그녀는 눈물을 참느라고 무던히 애쓰고 있었다. 필립은 가슴이 마구 설레어서 어쨌든 기차가 떠났으면 했다.

"자아, 한 번 더 키스해주렴." 하고 백모는 말했다.

필립은 차창 밖으로 목을 내어밀고 백모에게 키스했다. 기차는 움직이기 시작하고 백모는 그 조그마한 정거장의 목조 플랫폼에 서서 기차가 보이지 않을 때까지 손수건을 흔들고 있었다. 그녀의 마음은 납덩어리처럼 무거웠다. 목사관까지 이삼백 야드밖에 안 되는 길이 천 리 길처럼 생각되었다. 가고 싶어하는 것도 무리는 아니다. 아직 어린 아이이고 미래가 그를 부르고 있는 것이다, 라고 생각은 했지만 그녀는 금방이라도 울음이 터지려는 것을 이를 악물고 참았다. 그리고는 하느님이 그 아이를 보호하사 유혹으로부터 멀리해주시고 행복과 행운을 그에게 베풀어주십사, 하고 마음속으로 빌었다.

그러나 필립은 좌석에 앉자 금새 백모의 생각을 잊어버리고 말았다. 머릿속은 다만 미래의 일뿐이었다. 헤이워드가 소개해준 서무 주임 미시즈 오터에게는 이미 편지를 해놓았고 그의 호주머니 속에는 내일의 티 파티에 오라는 초대장까지 들어 있었다. 파리에 도착하자 그는 짐을 역마차에 싣고 큰 거리를 지나고 다리를 건너서 라틴구의 좁은 길을 천천히 지나갔다. 몽파르나스 거리에서 옆으로 들어간 더러운 골목에 있는 오뗄데 되제꼴에 보잘것없는 방이 마련되어 있었다. 그곳은 그가 공부하러 다닐 아미뜨라노 미술 학원에 다니기에 편리한 곳이었다. 보이가 짐을 받아들고 육층까지 올라가더니 오랫동안 창문이 닫혀 있어서 곰팡이 냄새가 풍기는 조그마한 방으로 안내했다. 방 안의 대부분은 커다란 나무 침대가 차지하고 있었고 그 위에는 붉은 덮개가 덮여 있었다. 창에는 똑같이 약간 더러운 원단의 무거운 커튼이 드리워져 있었고 옷장이 세면대 역할을 대신하고 있었다. 루이 필립 와조를 연상케 하는 커다란 옷장도 있었다. 벽지는 낡아서 퇴색했고 짙은 회색의 바탕 속에서 희미하게 갈색의 나뭇잎 무늬를 찾아볼 수 있었다. 그러나 필립에게는 고풍적인 것이 마음에 들었다.

이미 밤이 늦었지만 그는 흥분이 되어 도무지 잠을 이룰 수 없었다. 호텔을 나오자 큰길로 나와서 불빛 환한 곳으로 걸어갔다. 정거장이 있었다. 그 앞 광장에는 많은 아크 등이 휘황하게 빛나고, 여러 방향으로 통하는 노란 전차가 요란한 소리를 내고 있었다. 그는 너무 기뻐서 큰소리로 한바탕 웃기 시작했다. 주위에는 카페가 죽 늘어서 있었고 필립은 흡사 갈증난 사람처럼 군중들을 좀더 가까이 보고 싶은 것처럼 카페드 베르사이유의 테라스 의자에 앉았다. 갠날 밤이어서 다른 자리는 모두 만원이었다. 그는 호기심에 찬 눈으로 사람들의 무리를 바라보았다. 조그마한 가족의 일단이 있는가 하면 기묘한 모양의 모자를 쓰고 턱수염을 기르고 호들갑스럽게 큰소리로 떠들어대는 사나이의 무리도 있었다. 그의 옆에는 화가처럼 보이는 사나이 두 사람이 그들의 아내는 아닌 것 같아 보이는 여자를 데리고 앉아 있었고, 뒤에서는 무언가 큰소리로 미술에 대한 이야기를 하는 듯한 미국인들의 목소리가 들렸다. 그의 마음은 감동에 떨었다. 밤이 이슥하도록 앉아 있었기 때문에 퍽 피곤하기는 했으나 너무나 행복해서 일어설 마음이 없었다. 드디어 침대에 들었을 때도 눈은 점점 맑아져서 좀처럼 잠을 이룰 수가 없었다. 그는 파리의 온갖 소음에 가만히 귀를 기울이고 있었다.

다음날 차 시간 무렵에 그는 리오 드 벨포르로 가서 라스파이유 거리에서 쑥 들어간 작고 새로운 골목에 있는 미시즈 오터의 집을 찾아냈다. 서른 살 가량의 여인으로 시골 티가 풍기는 몸매를 일부러 숙녀 티로 꾸미고 있는 다소 시시해보이는 여인이었다. 그녀는 삼 년 동안이나 파리에서 공부하고 있었다는 것이었고 좀더 나중에 알게 된 바로는 남편과 이혼했다는 것이었다.

조그만 응접실에는 그녀가 그린 초상화가 두어 장 걸려 있었는데 필립의 미숙한 눈에는 아주 훌륭한 솜씨인 것처럼 보였다.

"저도 저렇게 훌륭하게 그릴 수 있을는지 걱정이군요."

"그럼요, 되고말고요." 그녀는 대답했으나 거기에는 자기 만족의 느낌도 약간 섞여 있었다. "물론 대번에 무엇이든지 다 그렇게 된다고는 할 수 없겠지만."

그녀는 매우 친절한 여자였다. 그에게 종이 끼우개, 도화지, 목탄 등을 사는 가게의 주소를 가르쳐주었다.

"내일 아침 아홉 시경에 나도 아미뜨라노에 갈 작정이에요. 당신도 그때에 나오시면 좋은 자리를 잡는 정도는 주선해드릴 수 있어요." 하고 그녀가 말했다.

그리고 앞으로는 어떻게 할 작정이냐고도 물었다. 사실을 말하자면 만사가 매우 막연한 생각뿐이었지만 그렇다고 그녀에게 그렇게 실토해버릴 수도 없을 것 같았다.

"맨 먼저 우선 데생부터 시작할까 합니다만."

"정말 좋은 생각이군요, 누구든지 처음에는 여러 가지를 한꺼번에 급히 서두르는 경향이 있어요. 나도 파리에 와서 처음 두 해 동안은 전혀 오일에는 손을 대보지도 않았답니다. 그렇게 한 결과가 바로 저 거예요." 하고 말하면서 피아노 위에 걸려 있는 어딘지 칙칙해보이는 유화인 어머니의 초상화를 힐끗 바라보았다.

"만일 내가 당신이라면 우선 무엇보다도 교우 선택에 주의하겠어요. 외국인들은 모두 빈틈이 없거든요. 무슨 일이 있어도 교제하지 않을 작정이죠."

이 충고에는 필립도 깊이 감사했다. 그러나 곰곰이 생각해보니 아무래도 석연치 못한 점도 있었다. 유독 자기만이 특별히 조심해야 한다는 것은 알 수 없는 일이었다.

"우리들은 영국에서나 조금도 다름없는 생활을 하고 있죠."

그때까지 거의 아무 말도 하지 않던 그녀의 어머니가 말했다.

"이리로 올 적에 살림살이를 모두 옮겨왔거든요."

필립은 방 안을 둘러보았다.

방 안은 어울리지 않게 큰 가구로 가득 차 있었고, 루이자 백모가 여름철에 곧잘 치던 것과 비슷한 흰 레이스 커튼이 창문에 쳐져 있었다. 피아노와 난로 위에도 리버티 인조견의 덮개가 씌워져 있었다. 미시즈 오터는 두리번거리는 그의 시선을 따르다가,

"해가 저물고 덧문을 닫아버리면 마치 영국으로 되돌아간 것 같은 느낌이 들어요."

"게다가 식사도 모두 영국식으로 하죠." 그녀의 어머니가 덧붙였다. "아침엔 우선 고기가 나오죠. 그리고 점심엔 디너식으로 하고——."

미시즈 오터의 집을 나온 필립은 그 길로 그림 재료를 사러 갔다. 이튿날 아침 아홉 시가 되자 그는 제법 자신있는 얼굴을 하고 학교에 갔다. 미시즈 오터는 벌써 나와 있다가 생글생글 웃으면서 다가왔다. 이 학교 학생들이 자기와 같은 신참자에게 어떤 취급을 할 것인가 하고 필립은 퍽 걱정되었다. 아틀리에에서는 새로 들어오는 사람이 심한 놀림감이 된다는 것을 많이 읽었기 때문이다. 그러나 미시즈 오터는 그에게 걱정하지 말라고 말했다.

"여기서는 그런 일은 설대로 없어요. 학생의 절반이 여자거든요. 이들이 전체적인 분위기를 만들고 있으니까요."

아틀리에는 넓고 아무런 장식도 없었다. 회색 벽에는 입상한 몇 가지의 습작품이 핀으로 꽂혀 있을 뿐이었다. 헐렁한 가운 비슷한 것을 몸에 걸친 여자 모델이 의자에 걸터앉아 있었고, 여남은 명의 남녀가

그 둘레에 모여서서 이야기를 하는 사람도 있고 아직 데생에 손질을 하고 있는 사람도 있다. 모델의 첫 휴식 시간이었다.

"처음에는 너무 어려운 것은 시작하지 않는 게 좋을 거예요." 미시즈 오터가 말했다. "여기쯤에다 이젤을 세우시죠. 아마 이런 자세가 가장 쉬울 거예요."

필립은 그녀가 일러준 대로 이젤을 세웠다. 그녀는 옆에 앉아 있는 젊은 여자에게 그를 소개해주었다.

"이분은 미스터 캐리, 이분은 미스 프라이스. 미스터 캐리는 그림 공부를 제대로 하는 것이 처음이라니까 처음엔 좀 가르쳐드리세요." 그리고 모델 쪽을 바라보고 생각난 듯, "자아, 포즈를." 하고 소리쳤다.

모델은 읽고 있던 신문 〈라 쁘띠뜨 레쀠블리끄〉를 집어던지고 귀찮은 듯이 가운을 벗고 모델대에 섰다. 두 다리로 단단히 버티고 양손은 머리 뒤에서 깍지를 꼈다.

"참, 멍청한 포즈구먼." 미스 프라이스가 말했다. "왜 모두들 저런 포즈를 택했을까?"

필립이 처음 들어왔을 때에는 아틀리에 안의 사람들이 그를 신기한 것처럼 흘끔흘끔 바라보았을 정도였으나 이젠 누구 하나 필립이 있다는 것 따위는 의식하지 않았다. 그는 아름다운 그림 용지를 펴놓고는 겸연쩍은 듯이 모델의 몸을 빤히 쳐다보았다. 어떻게 시작해야 좋을지 알 수가 없었던 것이다. 그는 여태껏 나체의 여인을 본 일이 없었다. 이것은 도저히 젊었다고는 할 수 없는 여자였고 유방은 형편없이 쭈그러졌고 윤기없는 금발이 모양없이 헝클어져서 앞 이마에 늘어져 있었고, 얼굴은 주근깨가 잔뜩 나 있었다. 그는 미스 프라이스의 그림을 흘끗 들여다보았다. 시작한 지 겨우 이틀째여서인지 무척 애를 먹고 있는 것 같고, 화면은 몇 번씩이나 지운 자리 때문에 엉망이었다. 필립의 눈에도 그 손발이 이상야릇하게 비틀려서 비뚤어져보였다.

"나도 저만큼은 그릴 것 같은데." 하고 그는 속으로 생각했다.

그는 먼저 머리부터 시작했다. 그리고 차차 아래쪽으로 그려내려가려고 생각했으나 왜 그런지 같은 머리라도 상상으로 그리기보다모델을 보고 그리기가 문제도 안 될 만큼 어렵다는 것을 비로소 알았다. 곧 막혀버리고 말았다. 어려운 부분에 이르렀을 때 그는 또 미스 프라이스를 슬쩍 들여다보았다. 그녀는 매우 불쾌한 표정으로 그리고 있었다. 너무나 열중해서 앞 이마에는 주름이 지고 눈에는 불안스러운 표정이 어리고 있었다. 아틀리에 안은 아주 무더웠기 때문에 땀방울이 송글송글 솟아나 있었다. 스물여섯 살의 처녀로 숱이 많은 황금색의 머리칼을 하고 있었다. 아름다운 머리이기는 했지만 그것을 아무렇게나 머리에서 뒤로 빗어넘겨서 솜씨없이 묶어놓았다. 살결은 묘하게 불건강함을 느끼게끔 창백했다. 뺨에는 핏기라고는 전혀 없었다. 옷차림은 전체가 몹시 불결해서 옷을 갈아입지도 않은 채 자버리는 것이 아닌가 하고 의심될 정도였다. 그러나 그녀는 무척 열심이었고 말이 없었다. 다음 휴식 시간이 되었을 때 그녀는 몇 걸음 물러서서 자기의 그림을 바라보았다. 그리고는 우울한 목소리로,

"왜 이렇게 안 되는지 모르겠구먼. 하지만 어떻게 조금 고쳐봐야지." 하고 중얼거리고는 필립을 바라보고, "당신 것은 어때요?" 하고 물었다.

"전혀 되지 않는데요." 하고 그는 슬픈 듯이 빙긋 웃었다.

그녀는 그의 그림을 보아주었다.

"이렇게 그리면 아무것도 안 돼요. 먼저 전체적인 구성을 생각해야 해요. 그러자면 우선 그 종이에다 대강 선을 그려야 하는 거예요."

그녀는 그렇게 말하고 재빠른 솜씨로 방법을 가르쳐주었다. 필립은 그녀의 열성적인 태도에는 감사했지만 너무나 여자다운 데가 없는 데에 반발을 느꼈다. 하지만 가르쳐준 요령에 대해서는 고맙게 생각하고 그는 다시 그리기 시작했다. 어느 틈엔지 사람이 늘어나 있었다. 일찍 오는 것은 언제나 여자들이었기 때문에 나중에 온 사람들은 대개가 남자였다. 아직 이른 계절에 비해서는 이만하면 아틀리에에 상당히 많이 모였다고 할 수 있었다. 조금 있다가 호리호리하고 검은 머리에 유난히 큰 코와 마치 말을 연상케 할 만큼 기다란 얼굴의 청년이 들어왔다. 그는 필립 곁에 앉더니 그 너머로 미스 프라이스에게

가볍게 머리를 끄덕여 인사했다.

"퍽 늦었군요. 방금 왔어요?"

"날씨가 너무 좋아서 말이죠. 바깥은 얼마나 아름다울까 하고 숫제 누운 채 상상만 할까 하고 생각했었죠."

필립은 저도 모르게 벙긋 웃어버렸다. 그러나 미스 프라이스는 그 말을 퍽 진지하게 받아들인 것 같았다.

"그건 좀 이상하잖아요? 역시 일어나서 마음껏 즐기는 편이 훨씬 나을 텐데요."

"유머리스트의 생활 방식이라는 것은 그게 다르단 말이거든." 하고 청년도 차분하게 받았다.

그는 별로 그리고 싶은 생각이 없는 것처럼 가만히 자신의 캔버스를 바라보고 있었다. 유화를 그리고 있었는데 모델의 포즈는 이미 전날에 스케치를 끝냈었다. 그는 필립에게로 고개를 돌렸다.

"최근에 영국에서 왔나?"

"네."

"어떻게 이 아미뜨라노에 오게 됐나?"

"여기밖에 아는 데가 없었으니까요."

"설마 여기서 조금이라도 도움이 될 것을 배우겠다는 생각으로 온 건 아니겠지?"

"아녜요. 여기는 파리에서도 제일 좋은 학교예요." 하고 미스 프라이스가 얼른 말참견을 했다. "예술이라는 것을 정말로 진지하게 생각하는 유일한 학교예요."

"그래요? 예술이란 게 그렇게 진지하게 생각해야 하는 걸까요?" 하고 그는 반문했다. 그러자 미스 프라이스는 조소하듯 어깨를 한 번 으쓱해보이는 것으로 대답을 대신했다. 그는 또 덧붙여 말했다.

"그런데 요컨대 문제는 말이지, 학교란 것이 모두 틀렸다는 말이야. 어차피 모두가 아카데미즘이란 말이거든. 이 학교가 다른 학교보다 덜 해롭다고 한다면 그것은 다만 여기의 교수들이 다른 데보다 무능하기 때문일 거야. 여기서는 아무것도 배우는 게 없으니까."

"그러면 당신은 왜 이 학교엘 나오죠?" 하고 이번에는 필립이 끼어들어서 반문했다.

"결국 나는 좋은 코스를 알지만 그걸 택하지 않는 거지. 미스 프라이스에게 물어보라고. 학식이 있으니까 그것을 라틴어로 기억하고 있을 거요."

"미스터 클러튼, 제발 당신들의 이야기에 나를 끼어넣지 말아요." 하고 그녀는 퉁명스럽게 대답했다. 그러나 그는 끄떡도 하지 않았다.

"그림을 잘 그리게 되는 유일한 방법은 자기의 아틀리에를 갖고 모델을 두고 다만 자기 자신이 끝까지 해내는 것, 그것뿐이란 말요."

"매우 간단한 방법일 것 같은데요." 하고 필립이 말했다.

"다만 선결 문제는 돈뿐이죠."

클러튼은 그렇게 말하고 그리기 시작했다. 필립은 곁눈으로 그를 흘끗 바라보았다. 그는 키가 매우 크고 형편없는 말라깽이였다. 큼직큼직한 뼈가 마치 몸에서 퉁겨져나온 것 같았고 특히 팔꿈치는 아주 뾰족해서 허름한 뒷저고리 소매에서 툭 튀어나온 것 같았다. 바지단은 다 낡아서 실이 풀렸고, 장화는 두짝 다 가죽 조각으로 볼품이 없이 기워져 있었다. 미스 프라이스가 일어나서 필립의 이젤 쪽으로 왔다.

"미스터 클러튼이 잠시 동안만 잠자코 있으면 제가 당신을 좀 도와드릴 텐데요."

"이 미스 프라이스란 사람은 말이요, 내가 유머가 있다고 해서 매우 싫어한단 말야." 똑바로 캔버스를 들여다보면서 클러튼이 끼어들었다. "게다가 내 천재성까지 미워한단 말요."

그는 매우 거만하게 말했으나 아무튼 볼품없이 커다란 코 탓으로 그저 우습게 들릴 뿐이었다. 필립은 웃어버릴밖에 도리가 없었다. 그러나 미스 프라이스는 검은 얼굴을 붉히며 화를 내었다.

"당신이야말로 자신의 재능을 비난하고 있잖아요?"

"그래요, 게다가 또 나에게 가장 무의미하고 가장 쓸데없는 못난 평을 늘어놓는 것도 나 자신이거든요."

미스 프라이스는 필립의 그림을 평하기 시작했다. 그녀는 예용해부니 구성이니 선이니 면이니 하고 그 밖에 필립이 알지도 못하는 일들에 대해 여러 가지로 능란하게 이야기해주었다. 그녀는 아틀리에에 나오기 시작한 지가 오래 되었기 때문에 교수들이 말하는 요점을 모조리 알고 있었다. 따라서 필립의 그림에 대해서도 얼마든지 결점을 지적할 수는 있었지만 그것을 어떻게 올바로 고칠 수 있는가에 대해서는 전혀 모르는 것이었다.

"여러 가지로 폐를 끼쳐서 대단히 죄송합니다."

"아녜요, 별것도 아닌걸요." 그녀는 거북한 듯이 새빨개져서 대답했다. "나도 처음 왔을 때엔 다른 사람이 그렇게 해줬거든요. 그래서 나도 누구에게나 이렇게 해드리는 거예요."

"미스 프라이스는 말요." 다시금 클러튼이 말참견을 했다. "아무래도 당신한테 박식하다는 것을 알리고 싶은 모양인데 그건 당신 개인의 어떤 매력 때문이 아니라 일종의 의무감에서 그러는 것이란 것을 나타내고 싶은 거란 말요."

미스 프라이스는 무서운 얼굴로 그를 노려보더니 자기 그림 쪽으로 가버렸다. 시계가 열두 시를 알리자 모델은 한시름 놓았다는 듯이 소리를 지르면서 스탠드에서 내려왔다.

미스 프라이스는 그림 도구를 집어넣었다.

"점심 먹으러 그라비에 식당으로 가는 사람도 있지만 나는 언제나 집에 가죠?" 하고 그녀는 클러튼을 힐끗 바라보면서 필립에게 말했다.

"원한다면 그라비에 식당으로 안내하죠." 클러튼이 필립에게 말했다.

필립은 그에게 사례하고 얼른 일어섰다. 입구에서 오터 부인이 오늘은 어땠느냐고 물었다.

"파니 프라이스가 가르쳐주던가요? 그 여자라면 될 거라고 생각했거든요. 그래서 당신을 거기에 앉혀드린 거죠. 성질이 무척 까다롭고 심술궂고 그림도 도무지 형편없지만 그림에 대해서는 퍽 잘 알고 있거든요. 도와줄 생각만 있으면 처음 온 사람에게는 아주 싹싹하게 잘하죠."

거리를 내려오면서 클러튼이 말했다.

"파니 프라이스는 아무래도 당신에게 특별한 관심이 있는 것 같더군, 조심하는 게 좋을 거요."

필립은 웃었다. 아마도 세상에서 이 여자만큼 특별한 관심 따위는 아예 품어주지 말았으면 할 여자는 또 없을 것이다. 이윽고 그들은 미술과 학생들이 곧잘 먹으러 온다는 조그마한 싸구려 식당으로 들어갔다. 벌써 서너 사람 손님이 있는 탁자로 가서 앉았다. 일 프랑으로 계란 하나 하고 고기 한 접시, 그리고 치즈와 조그마한 포도주 한 병을 살 수 있었다. 커피는 따로 사야 했다. 그들의 좌석은 테라스였다. 노란 전차가 끊임없이 종을 울리면서 거리를 오르내리고 있었다.

"그런데 당신 이름은?" 자리에 앉으면서 클러튼이 물었다.

"캐리라고 해요."

"내 친구 미스터 캐리를 소개하지." 하고 클러튼은 점잖게 말했다. "미스터 플라나간, 그리고 이분은 미스터 로슨이죠."

그들은 웃으면서 이야기를 계속했다. 실로 여러 가지 이야기를 더욱이 모두가 한꺼번에 이야기를 시작하는 것이었다. 다른 사람이 하는 이야기는 누구 한 사람 듣지 않았다. 모두 자기 말만 떠들어대었다. 여름에 다녀온 지방에 대한 이야기, 아틀리에와 여러 유파에 대한 이야기 등이 화제로 나왔다. 필립은 들어보지도 못한 모네, 마네, 르노와르, 피싸로, 드가 등과 같은 이름도 나왔다. 필립은 정신을 바짝 차리고 귀를 기울여 듣고 있었다. 자기만이 어쩐지 그 분위기에 어울리지 않는 것 같았으나 마음은 기쁨에 벅찼다. 꿈처럼 시간이 지나가버렸다. 클러튼이 일어서면서 말했다.

"오늘 밤에 이리로 나오겠나? 나는 여기에 오겠어. 이 라틴 구에서 가장 값싸고도 위병이 날 만큼 먹을 수 있는 데는 여기가 가장 좋은 데거든."

41

필립은 몽파르나스의 거리를 걸어보았다. 그곳은 지난 봄에 생 조르쥬 호텔의 결산서를 작성하러 왔을 때——라곤 해도 그 무렵의 생활은 생각만 해도 싫증이 났지만——그때에 본 파리하고는 전혀 달라서 오히려 상상 속에 그려오던 시골 거리 같은 데가 있었다. 오늘따라 이 지방에는 한가로운 공기가 감돌고 여느 때와 달리 사람의 마음을 꿈 속으로 끌어들이는 것 같은 시원한 밝음이 있었다. 말끔히 손질해놓은 가로수, 선명한 집들의 흰벽, 앞이 탁 트인 전망, 이런 것들이 형용할 수 없이 상쾌했다. 그의 마음은 이미 편안해져 있었다. 스쳐가는 사람들을 바라보면서 어슬렁어슬렁 거닐고 있었다. 폭이 넓은 새빨간 장식 띠를 두르고 헐렁헐렁한 바지를 입은 노동자, 세련되었으나 매우 더러워진 군복을 차려입은 군인들, 일반적으로 어디서나 볼 수 있는 평범한 광경이었으나 그것까지도 어딘지 세련된 멋이 있어보였다. 그는 이윽고 옵세르바뜨와르 거리로 빠져나왔다. 부드럽고 그러면서도 뛰어나게 멋있는 가로수 길이었다. 그는 기쁜 한숨을 내쉬었다. 뤽상부르 공원에도 가보았다. 어린이들이 장난치며 놀고 있었고, 긴 리본을 단 유모들이 짝을 지어서 느릿느릿 거닐고 있었다. 가방을 겨드랑이에 낀 바쁘게 걷는 사람들이며 야릇한 옷차림을 한 젊은 사람들이 지나가기도 했다. 짜임새있는 아름다운 풍경이었다. 이른바 자연 그 자체가 일정한 질서 위에서 다듬어지고 그것이 말할 수 없이 아름다움을 나타내고 있기 때문에 난잡하고 무질서한 자연은 그것만으로도 이미 야만으로 보였다. 필립의 마음은 황홀하게 취해 있었다. 책 속에서 수도 없이 읽었던 바로 그 장소에 자기가 서 있다는 그것만으로도 그의 마음은 설레었다. 이곳은 그에게 있어 이른바 고전적인 장소였다. 이를테면 그 옛날 노학자라고 할 만한 사람들이 꽃이 만발한 스파르타의 평야를 처음으로 바라보았을 때의 두려움과 기쁨을 그도 알 것같이 생각되었다.

정처없이 거닐다가 우연히 벤치에 앉아 있는 미스 프라이스를 만났다. 그는 약간 망설였다. 지금의 그의 마음으로서는 아무도 만나기 싫었고 게다가 그녀의 멋없는 촌스러움이 지금의 경우 주위가 주는 행복감과 너무나 조화되지 않게 생각되었기 때문이다. 그렇지만 어쩐지 상대는 모욕에 대해서는 민감한 여자 같았고 게다가 저편에서도 이미 알아차린 이상 역시 아는 체하는 것이 예의일 것이다.

"이런 데서 뭘 하고 계시죠?" 가까이 다가가자 그녀 쪽에서 먼저 말을 걸었다.

"완전히 기분이 좋아진 참이에요. 당신은 어때요?"

"전 매일 네 시에서 다섯 시 사이에는 으레 여기에 와요. 아침부터 밤까지 계속 일만 한댔자 어떻게 될 것은 아니겠고요."

"잠깐 앉아도 괜찮을까요?"

"좋을 대로."

"그렇게 말씀하시는 걸 보니 그다지 환영하시지 않는 것 같군요." 하고 그는 껄껄 웃었다.

"전 원래 빈 말을 할 줄 몰라요."

그는 허점을 찔린 형국이 되어 잠자코 담배에 불을 붙였다.

"클러튼이 제 그림에 대해서 또 무슨 말을 하던가요?" 하고 그녀는 느닷없이 물었다.

"아뇨, 별로."

"그 사람은 틀렸어요. 자기딴엔 천재처럼 생각하겠지만 모두 거짓말이에요. 첫째 너무 게으르단 말이에요. 천재란 요컨대 무한히 노력하는 능력이 아니겠어요? 끈기있게 노력하는 거, 그것뿐이에요. 한 번 결심한 이상은 누가 뭐래도 해치워야 한다고 생각해요."

오히려 이쪽이 놀랄 만큼 격한 감정으로 말을 했다. 검은 밀짚의 수병 모자를 쓰고 그다지 깨끗하지 않은 흰 블라우스에 갈색 스커트를 입고 있었다. 장갑도 끼지 않고 손목도 씻지 않았는지 더러웠다. 여자다운 매력 따위는 조금도 없었다. 이야기를 걸지 말 것을 잘못했다고 생각했을 정도였다. 그녀 쪽에서는 그가 있어주기를 바라는 건지 그것조차도 분간할 수가 없었다.

"제가 할 수 있는 일이라면 무엇이든지 다 해드리겠어요."

여태까지의 이야기와는 아무런 관계도 없는 그런 말을 불쑥 했다. "힘드시죠? 알만 해요."

"고맙습니다." 필립은 대답하고 곧 이어서, "어떨까요? 어디 이 근처에서 차라도 한 잔 하실까요?"

그녀는 얼른 그를 쳐다보자 이내 빨개졌다. 빨개지니까 그녀의 창

244

백한 살결이 마치 상한 딸기 크림처럼 이상야릇한 얼룩이 져보이는 것이었다.

"아뇨, 괜찮아요. 지금 무엇 때문에 차를 마셔요? 지금 방금 점심을 먹었는데요."

"그래도 시간 보내기엔 가장 적당하지 않겠습니까?"

"그렇게 지루하시다면 제게 신경 쓰실 것 없어요. 내버려두셔도 괜찮아요."

바로 그때 골덴 옷차림으로 헐렁헐렁한 바지를 입고 바스크풍의 모자를 쓴 두 사나이가 지나갔다. 젊은 주제에 수염까지 기르고 있었다.

"저 사람들도 역시 미술과 학생들입니까?" 필립이 물었다.

"마치 《보헤미안의 생활》 속에서 방금 빠져나온 사람들 같군요."

"미국인이에요." 미스 프라이스는 경멸하는 것처럼 말했다. "프랑스에서는 저런 옷차림은 벌써 삼십 년 전에 유행이 지나버린걸요. 그것을 태평양 연안에서 오는 미국인들은 파리에 오면 바로 그 다음날, 저런 옷을 사 입고서는 우선 사진을 찍어 달라는 거예요. 기껏해야 그것이 그네들의 예술이겠죠. 하지만 그네들은 그런 것은 아무렇지도 않은가 보죠. 워낙 돈이 많으니까요."

그러나 필립은 방금 지나간 미국인들의 대담할 만큼 화려한 옷차림이 어쩐지 마음에 들었다. 어딘지 낭만이 깃들어 있는 것 같아서였다.

"이젠 아틀리에로 가봐야겠어요." 하고 그는 말했다. "당신은 스케치 반에 안 나가세요?"

"그런 것은 아무것도 알지 못해요." 미스 프라이스의 이야기로는 매일 저녁 다섯 시와 여섯 시 사이에 모델이 오는데 오십 쌍띰만 내면 누구나 가서 그림을 그릴 수 있다는 것이었다. 날마다 모델이 바뀌기 때문에 그림 공부에 많은 도움이 된다고 했다.

"하지만 당신에겐 조금 이른 것 같군요. 좀더 기다리는 편이 좋을 듯해요."

"안 된다는 법이야 없겠지요. 별로 다른 할 일이 있는 것도 아니니까요."

두 사람은 일어나서 아틀리에로 갔다. 그녀의 태도로서는 함께 가는 편이 좋은지, 아니면 혼자 가기를 원하는지 도무지 알 수가 없었다. 어떻게 헤어져야 할지 모르는 채 그는 우물쭈물하면서 따라갔다. 그녀는 좀처럼 입을 열려고 하지 않았다. 무엇을 물어도 무뚝뚝하게 대답할 뿐이었다.

아틀리에 입구에는 커다란 접시를 든 사나이가 서 있었다. 입장하는 사람마다 반 프랑씩을 그 위에 놓고 들어갔다. 아틀리에 안은 아침보다도 더 사람들이 많았다. 영국인이나 미국인이 뽐내고 돌아다니는 일도 그다지 없었고 여자도 별로 많지 않았다. 이런 모임이야말로 바로 그가 기대했던 것이었다. 퍽 따뜻해서 공기는 이내 악취로 가득 차버렸다. 스탠드에 올라선 사람은 이번에는 회색 수염을 기른 노인이었다. 필립은 아침에 갓 배운 지식을 곧 써보았으나 역시 잘되지 않았다. 아무래도 생각한 것처럼 잘 그려지지 않는다는 것을 비로소 깨달았다. 옆에서 그리는 사람들을 부러운 듯이 몇 사람 들여다보았으나, 과연 자기 자신도 저렇게 목탄을 잘 쓸 수 있을는지 서글픈 생각이 들었다. 시간은 사정없이 흘러갔다. 방해가 되어서는 안되겠다고 생각하고 일부러 미스 프라이스에게 좀 떨어진 곳에 자리를 잡았었는데, 끝나고 그녀 앞을 지나오려니까 느닷없이 그녀 쪽에서 어땠느냐고 물어왔다.

"아무래도 역시 잘 안 되는군요." 하고 그는 웃으면서 대답했다.

"그럼 제 옆에 앉으실 걸 그랬네요. 조금쯤은 힌트를 드릴 수 있었을 텐데요? 자부심이 좀 지나치게 강한 건 아닐까요?"

"그렇지 않아요. 방해가 될 것 같아서요."

"전, 방해가 되면 된다고 분명히 말하는 사람이에요."

좀 기묘한 방법이긴 했지만 아무튼 가르쳐주려는 친절만은 알 수 있었다.

"그럼 내일은 꼭 부탁합니다."

"그렇게 하세요." 하고 그녀는 대답했다. 그대로 필립은 밖으로 나왔으나 저녁 식사때까지 어떻게 보내야 할까 하고 망설였다. 무언가 파리다운 풍취를 맛보고 싶었다. 그렇다, 압쌩뜨 주를 마시기로 하자. 물론 간판을 보고 찾을 수 있을 것이다. 필립은 천천히 정거장 쪽으로 걸어가다가 어떤 카페의 테라스에 앉아 주문했다. 마셔 보니 메스꺼운 느낌과 만족감이 서로 반반씩이었다. 혀에 닿는 맛은 참을 수 없었으나 정신적인 효과는 만족스러웠다. 머리 끝에서부터 발 끝까지 완전히 그림 그리는 학생이 되어버린 것 같았다. 얼마간 빈 속에 마셨기 때문에 얼마 되지 않아 기분이 매우 좋아졌다. 길 가는 사람들의 무리를 바라보니 모두가 형제처럼 보였다. 아무튼 행복했다. 그라비에에 왔을 때는 클러튼이 앉아 있는 탁자는 이미 만원이었으나 절룩거리면서 다가가는 필립을 보자 그쪽에서 먼저 아는 체를 했다. 그리고 여럿이서 자리를 마련해주었다. 저녁 식사는 형편없이 빈약해서 수프와 고기와 과일과 치즈에 포도주가 반 병뿐이었다. 그러나 필립에게는 음식 따위는 아무래도 좋았다. 그가 보고 있는 것은 식탁에 모여앉은 사람들 뿐이었다. 플라나간도 그 속에 끼어 있었다. 그는 미국인으로 사자 코에 키가 작고 언제나 웃고 있는 몹시 즐거워 보이는 얼굴의 청년이었다. 대담한 디자인의 허리띠 달린 재킷을 입고 목에는 파란 목도리를 감고 묘한 모양의 트위드 모자를 쓰고 있었다. 그 무렵 라틴 구를 휩쓸고 있는 것은 인상주의였다. 낡은 여러 유파에 대해서 그것이 승리를 얻게 된 것은 극히 최근의 일이었고, 따라서 아직도 까롤류 뒤랑이나 브게로와 같은 사람들이 마네와 드가와 같은 사람들과 대립적으로 평가되고 있었다. 이러한 신인들에 대한 이해는 뭐라고 해도 호의에서 우러난 역성이라는 느낌이 강했다. 영국인이나 미국인들 사이에서는 휘슬러의 인기가 단연 압도적이었고, 안목이 있는 사람들은 일본의 판화를 열심히 모으고 있었다. 지난 날의 대가들은 모조리 새로운 표준에 의해서 다시 평가되고 있었다. 수세기에 거쳐서 정형화되어 온 라파엘이 오늘날에 와서는 총명한 청년들의 조소의 대상이 되다시피 했다. 국립 미술관에 있는 벨라스케스의 〈필립 4세의 머리〉를 위해서는 라파엘의 작품 따위는 그대로 송두리째 다 주어도 아깝지 않다고 할 만큼 그들은 열성적이었다. 알고 보니 여기에서도 미술론이 한창 불꽃을 튀기고 있었다.

점심 시간에 만났던 로슨도 마침 그의 맞은편에 앉아 있었다. 붉은 머리에 주근깨투성이인 말라빠진 청년이었다. 멋있는 푸른 눈을 갖고 있었는데 필립이 자리에 앉자 뚫어지게 바라보다가 돌연 말하기 시작했다.

"라파엘이란 사람은 딴 사람의 그림을 모방하는 동안은 그래도 참을 수가 있었어. 뻬루지노나 피토리쬬의 그림을 그렸을 때만 해도 사실 매력적이었단 말이야. 그러나 자기 자신의 그림을 그리기 시작하자마자," 그는 참으로 경멸하는 것처럼 어깨를 으쓱하면서 "라파엘 이상의 아무것도 아니었다 그 말이야."

로슨의 어조가 너무나 격렬했기 때문에 필립은 어안이 벙벙해졌다. 다행히 플라나간이 참을 수 없다는 듯이 말참견을 해주었기 때문에 필립으로서는 별로 대답할 필요도 없었다.

"아아, 그림 따윈 집어치워버려! 모두 술이나 마시자, 진을!" 하고 플라나간이 외쳤다.

"플라나간, 자넨 간밤에 퍽 취했던 것 같던데." 하고 로슨이 말했다.

"그까짓게 다 뭐냔 말야! 오늘 밤에는 그 정도론 안 된단 말야. 생각을 좀 해보란 말야. 파리에 있으면서도 아침부터 저녁까지 그림밖에 모르다니 이게 될 말인가!" 그는 심한 서부 사투리로 떠들었다.

"이 보라구, 멋있다는 것은 인간이 산다는 것이란 말야." 하고 몸을 똑바로 세우고 주먹으로 쾅 하고 식탁을 쳤다. "흥, 미술 따윌랑 집어치우란 말이다!"

"자넨 말일세. 말을 하는 건 좋은데 아주 끈질기거든. 아주 넌더리가 나도록 끈질기단 말야." 클러튼의 말투는 신랄했다.

탁자에는 또 한 사람의 미국인이 있었다. 오늘 오후 뤽상부르 공원에서 본 청년들과 같은 화려한 옷차림이었고 검은 눈, 여위고 갸름한 얼굴의 어딘가 금욕적인 것을 연상케 하는 호남이었다. 그 유별난 복장을 마치 해적처럼 씩씩하고 시원스럽게 몸에 맞게 입고 있었다. 풍성한 검은 머리카락이 끊임없이 그의 눈 위로 흘러내리는 것을 그는 호들갑스러운 몸짓으로 머리를 뒤로 젖히며 힘껏 치켜올리곤 했다.

248

그 무렵 뤽상부르에 걸려 있던 마네의 〈올림피아〉에 관해서 이야기하기 시작했다.

"그 그림 앞에서 오늘은 한 시간이나 서 있었는데, 아무래도 그리 좋은 그림은 아니더군."

로슨은 나이프와 포크를 내려놓았다. 파란 두 눈이 갑자기 불빛을 뿜기 시작하고, 분노에 못 이겨서 숨찬 것처럼 헐떡이는 것 같았다. 그러나 자신의 감정을 극력 억제하고 있는 것같이 보였다.

"무식한 야만인의 본심이라는 건가? 과연 재미있는 말이군그래. 도대체 그 그림의 어디가 나쁘단 말이야?"

그러나 장본인인 그 미국인이 대답하기 전에 누군가 다른 사나이가 맹렬한 기세로 가로막고 나섰다.

"이봐, 그 그림의 육체의 묘사를 보고서도 좋지 않다고 할 수 있단 말인가!"

"그게 아니지. 과연 오른편 유방은 썩 잘 그려졌더군."

"뭐, 오른편 유방은 잘 그려졌다구? 듣고 보니 어이가 없군그래." 하고 로슨이 소리쳤다. "알아듣겠나? 그 그림 전체가 그야말로 기적이란 말이야."

그리고는 그 그림의 아름다움을 자세하게 설명하기 시작했다. 그러나 그라비에의 이 탁자에서 장황하게 늘어놓는 사람은 요컨대 자기 자신을 위해서 떠들어대고 있는 데 지나지 않는 것이었다. 따라서 아무도 들어주는 사람은 없다. 그러자 먼저 이야기했던 그 미국인이 분연히 가로막고 나섰다.

"그러나 당신도 그 그림의 머리가 잘 됐다고 하는 건 아니겠죠?"

머리끝까지 화가 치민 로슨이 이번에는 머리 부분에 대한 변호론을 벌이기 시작했다. 그러나 아까부터 기분이 좋아서 경멸에 찬 표정을 지으면서 잠자코 듣고 있던 클러튼이 끝내 말참견을 했다.

"이봐, 머리는 저 친구에게 줘버려. 우리에게 머리가 무슨 소용이 있단 말인가? 그런 것 때문에 그림의 가치가 변하는 게 아니야."

"알았어, 머리는 자네에게 줌세." 하고 로슨이 외쳤다. "자! 줄 테니까 그거나 갖고 뻗어버리게."

"그건 그렇다 치고 그 검은 선은 어떻게 생각하지?" 하고 미국인은 하마터면 수프 속에 잠길 뻔한 긴 머리카락을 휙 기세 좋게 젖히면서 큰소리를 지른다. "자연물의 윤곽에는 검은선 따위는 절대로 보이지 않거든요"

"오, 신이시여, 원컨대 이 독신(瀆神)자를 천상의 불길을 내리시어 태워버리실지어다." 하고 로슨이 말했다.

"도대체 무엇이 자연과 관계가 있다는 거지? 자연 속에 무엇이 있고 무엇이 없는지 그런 것을 누가 안단 말이요? 세상 사람들은 예술가의 눈을 통해서만 자연을 보게 된단 말요. 알겠소? 과거 수세기 동안 세상 사람의 눈에는 울타리를 뛰어넘는 말은 다리를 쭉 뻗는 것으로 보였었소. 그래서 말다리는 모두 뻗어 있는 것으로 되어 있었단 말요. 그림자에 색깔이 있다는 사실을 모네가 발견할 때까지는 사람들은 그림자가 검은 것이라고만 생각했어요. 덕분에 그림자는 검은 것이라고 정해져버렸단 말이오. 우리가 어떤 사물의 윤곽을 검은 선으로 그리기만 하면 세상 사람들은 으레 그 검은 선을 보게 될 것이고, 그렇게 되면 검은 선은 틀림없이 있다는 게 되지. 하지만 만약 우리가 풀을 붉게, 소를 푸르게 그려보란 말요. 이것도 세상 사람들은 붉은 풀, 푸른 소를 보게 되고, 자연히 풀은 빨강, 소는 파란 것이라고 그리게 되고 말 것이란 말요."

"아하 참, 쓸데없는 예술론은 집어치우라니까!" 하고 플라나간이 중얼댔다. "난 진이나 마시고 흠뻑 취하고 싶단 말이야."

그러나 로슨은 이런 방해 따위는 문제도 삼지 않았다.

"이봐, 바로 그 〈올림피아〉가 살롱에 전시되었을 때 졸라가 뭐라 했지? 속물들의 조소와 아카데믹하다는 못난이들과 더욱이 일반 대중의 욕지거리 속에서 뭐라고 했는지 아느냐 말요? 나는 머지않아 마네의 그림이 앵그르의 〈오달리스크〉와 루브르에 마주 걸리게 될 날이 올 것을 기대한다고 했단 말요. 더욱이 두 그림을 비교하는 데 있어서 결국 승리를 거둘 것은 〈오달리스크〉는 아닐 것이라고까지 하지 않았소? 두고 봐요, 틀림없이 저 그림은 루브르에 걸릴 테니까. 난 매일처럼 그날이 다가오는 것을 보고 있단 말요. 십 년만 더 있어보라구. 반드시 〈올림피아〉는 루브르에 걸릴 테니까."

"절대로 그럴 리는 없소." 미국인은 또다시 내려오는 머리를 귀찮다는 듯이 이번에는 두 손으로 긁어올리면서 말했다. "십 년만 지나 보시오. 그따위 그림은 모조리 잊혀지고 말 거요. 한때의 유행에 지나지 않는단 말이오. 결국 그림이라는 것은 말요, 저런 그림에서는 아무리 안간힘을 쓴대도 나오지 못하는 그 무엇, 그것이 없고서는 절대로 남을 수 없단 말요."

"그게 뭐란 말요?"

"위대한 예술이란 건 말일세, 무언가 도덕적인 요소가 없으면 결코 존재할 수 없는 거란 말이오."

"야! 놀랐는걸!" 로슨은 불처럼 화가 나서 소리 질렀다.

"그런 말씀 나올 줄 알았지. 이봐, 이 친구는 말일세, 그림에 도덕이 필요하다는군." 그리고 그는 갑자기 두 손을 마주 대고 기도라도 올리는 것처럼 높이 쳐들면서,

"오오, 콜럼버스여, 콜럼버스여, 그대가 미국 대륙을 발견했을 때 어쩌자고 그런 일을 저질렀단 말인가?"

"하지만 보란 말야, 러스킨은 이," 하고 플라나간은 말을 시작 했으나 다음 말을 잇기도 전에 클러튼이 나이프 손잡이로 쾅 하고 기세당당하게 탁자를 쳤다. 그리고 나서,

"여러분!" 하고 자못 엄숙한 목소리로 외쳤다.

그의 큼직한 코가 노여움으로 말미암아 뚜렷하게 주름져 있었다.

"지금이야말로 우리는 교양있는 사회에서는 그 이름을 다시 듣는다는 것은 예기치도 못했던 인물의 이름을 갑자기 듣게 되었소! 언론의 자유가 무엇보다도 존귀하다는 것은 말할 것도 없소. 그러나 우리는 마땅히 사회적 절도의 한계라는 것을 지키지 않으면 안 되는 것이오. 브게로를 논하는 것은 고사하고라도——브게로——어때, 이 여운이? 부지중에 우리로 하여금 웃음을 터뜨리게 하는 상쾌하기 이를 데 없는 치졸함이 있으니까 말이오. 그렇다고 혹시라도 J. 러스킨, G. F. 와트, E. B. 존스, 이런 작자들의 이름을 내세움으로써 우리의 순결한 입술을 더럽혀서는 안 된다는 말이오."

"러스킨이란 도대체 어떤 사람이오?" 플라나간이 불쑥 물었다.

"우리의 위대한 빅토리안 중의 한 사람이지. 다시 말해서 영국풍 스타일의 거장이었지."

"러스킨의 스타일은 요컨대 너덜너덜한 짙은 보랏빛의 헤진 헝겊투성이에 불과하단 말이오." 하고 로슨이 말했다. "게다가 도대체 '위대한 빅토리안'이라는 게 구역질이 난단 말요. 신문을 펼쳐놓고 위대한 빅토리안의 부보(訃報)에 접할 때마다 생각하오. 또 한 사람 줄어서 참 잘 되었다고 말요. 그들의 유일한 재능이란 오래 산다는 것 외에 더 있느냐 말이오. 무릇 예술가란 마흔 살 이상은 장수하지 말라는 것을 부탁하고 싶단 말요. 다시 말하면 그들은 마흔 살까지 최고의 일을 해버리고는 그 뒤는 이것을 되풀이하는 데 불과하다는 말이오. 키이츠, 셸리, 보닌튼, 바이런, 이와 같은 사람들이 모두 젊어서 죽었다는 것은 예술가에겐 최대의 행운이었다고 생각하오. 만약 스위버언이 그 유명한 〈시와 발라드〉 제 일 집을 낸 바로 그날 세상을 떠났다면 어떻겠어? 우리는 말할 수 없이 훌륭한 천재였다고 행각했을 게 아닌가 말이오."

이 말에는 모두 박수 갈채를 보냈다. 그도 그럴 것이 좌중에는 스물네 살 이상의 사람은 한 사람도 없었기 때문에 모두가 환성을 올리며 공명했다. 비로소 만장일치로 의견이 부합되었을 뿐만 아니라 또한 각자가 새로운 취향을 내세우기 시작했다. 차라리 아카데미 전 회원 마흔 명의 작품을 쌓아올려놓고 불을 지름으로써 위대한 빅토리안들은 만 사십 세를 기하여 이 불 속에 집어던지는 게 어떻겠는가 하는 사람까지 나왔다. 이 제안은 즉석에서 박수와 환호를 받게 되었다. 칼라일, 테니슨, 브라우닝은 물론 와트, 존스, 디킨스, 대커리 등 유명 작가들이 모조리 그 자리에서 불 속에 던져졌다. 글래드스톤, 존 부라이트, 코브덴 같은 빅토리아 왕조의 저명한 정치가들도 비운을 면할 수가 없었다. 조지 메러디드에 대해서만은 고려해보자는 의견이 나왔으나 매슈 아놀드, 에머슨에 이르러서는 아까운 생각도 없이 내던져졌다. 마지막으로 월터 페이터가 나왔다. "월터 페이터는 괜찮겠지." 하고 필립이 중얼거렸다.

로슨은 특유한 그 파란 눈으로 힐끗 그를 바라보더니 이윽고 고개를 끄덕여보였다.

"자네 말대로 그는 〈모나리자〉에 대한 유일한 변호자거든. 자넨 크론쇼를 아나? 그 사람은 직접 페이터를 알고 있다고 하던데?"

"누구죠, 크론쇼란?" 하고 필립이 되물었다.

"시인이지. 파리에 와 있어. 이봐, 리라에 안 가겠어?"

크로즈리 드 리라, 그들이 저녁식사 후에 자주 모이는 카페이름이었다. 매일 밤 아홉 시경부터 새벽 두 시 사이에 가면 으레 크론쇼가 거기에 나와 있었다. 그러나 플라나간에게는 이만하면 오늘 밤의 지적 회화(知的會話)는 충분하다고 생각되었는지 로슨의 제안이 나오자 필립 쪽을 향하여,

"체, 그보다도 차라리 여자들이 있는 데라도 가세나. 자, 게이테 몽파르나스로 가세! 마음껏 진을 들이켜보자구."

"난 역시 크론쇼를 만나러 가겠소. 술 생각은 없소." 하고 필립은 웃으면서 일어났다.

42

한참 동안 옥신각신하다가 결국 플라나간과 다른 두세 사람은 뮤직홀로 가기로 하고, 필립은 클러튼, 로슨과 함께 천천히 크로즈리 드 리라 쪽으로 걸어갔다.

"자넨 역시 게이테 몽파르나스에 갔어야 해. 파리에서도 가장 멋있는 곳 중의 하나거든. 나도 언제 꼭 한 번 그곳을 그려볼 생각이야."

필립은 헤이워드의 영향도 있어서 뮤직홀이라는 것을 별로 탐탁하게 여기지 않았다. 그러나 그가 파리에 왔을 때만 해도 뮤직홀은 예술의 가능성이 새로 싹트기 시작한 때였었다. 그 특수한 조명, 거무스레한 붉은색과 퇴색한 황금빛의 조화, 그리고 음영과 장식선의 암울함, 이러한 모든 것들이 잘 조화되어서 바야흐로 새로운 테마를 제공해주고 있었다. 라틴 구 일대의 아틀리에에는 거의 어디에나 이러한 뮤직홀의 한구석을 그린 스케치가 걸려 있었다. 작가들도 화가들

의 뒤를 따라서 급작스럽게 이런 종류의 잡된 예술에 그 예술적 가치를 인정하기 시작했다. 빨간 코를 붙인 코미디언들이 그 특수한 성격감(性格感)으로 인해서 거의 최대의 찬사를 받았고, 그런가 하면 최근 이십 년간은 아무에게도 인정받지 못하면서 노래를 불러온 뚱뚱한 여가수들이 마치 어느 누구의 추종도 허용치 않을 훌륭한 연기의 소유자로 뒤늦게 인정받게 되었다. 그뿐 아니라 곡마단의 개에게까지도 어떤 심미적 희열을 찾아보려고 하는 사람이 있는가 하면, 마술사나 자전거 곡예사에 이르기까지 그들의 특수성만으로 끝없는 찬사를 보내는 사람도 있었다. 이를테면 대중이라는 그 자체가 또 다른 영향에 의해서였기는 하지만 급작스럽게 호의적 대상이 되었다. 헤이워드와 같은 의견이지만 필립은 집단으로서의 인간에게는 차라리 일종의 경멸감을 갖고 있었다. 일부러 고독 속에 숨어서 속된 사람들의 광대 놀음에 대해서는 혐오감을 갖고 그저 방관하는 태도를 취하기까지 했다. 그러나 클러튼이나 로슨도 대중에 대해서만은 열정을 기울여서 이야기하곤 했다. 예를 들면 파리 시내 일원의 정기 시장에 모여 혼잡한 군중을 비롯하여 절반쯤은 아스틸렌 등불에 비쳐지고, 절반쯤은 어둠 속에 가려진 얼굴, 얼굴, 얼굴의 바다, 나아가서는 또 한결 높게 들려오는 나팔 소리며 휘파람 소리, 왁작거리는 도시의 소음 등에 싫증나는 일 없이 이야기하곤 했다. 그들이 내세우는 이러한 감정은 필립에게는 전혀 생소한 경험이었다. 그들은 또 크론쇼에 대해서도 이야기를 했다.

"자넨 그의 작품을 읽어본 일이 있나?"

"아뇨." 필립은 대답했다.

"그의 작품은 '옐로 북'에 나왔었는데."

화가들이 작가들에 대해서 곧잘 그렇듯이 그들은 크론쇼에 대해서도 그가 문외한이라는 이유에서는 경멸하고 또 어쨌든 예술을 하고 있다는 의미에선 관대했으며 더욱이 그들 자신이 별로 자신이 없는 언어 예술을 한다는 데 대해서는 남모르게 두려워하고 있었던 것이다.

"그 작자는 아주 훌륭한 사나이란 말야. 처음에는 자네가 실망할지도 모르겠지만 결국 취했을 때에만 그의 진짜 좋은 점이 나타나는 인간이란 말요."

"더욱이 곤란한 점은 말이지." 클러튼이 덧붙였다. "그가 취하는 데에는 상당한 시간이 걸린단 말이야."

카페에 도착하자 로슨이 안으로 들어가야 한다고 우겼다. 아직 가을이어서 그다지 춥다고 할 정도는 아니지만 크론쇼는 바깥 바람을 쐬는 것에 병적일 정도로 공포감을 가진 탓으로 아무리 따뜻한 날씨라도 실내에 앉곤 했다.

"이렇다 할 만한 사람은 한 사람도 빼지 않고 모조리 알더군. 그는 페이터나 오스카 와일드도 알고, 말라르메와 그 패거리들도 알아."

그들이 찾아간 장본인은 과연 가장 깊숙한 구석에 앉아 있었다. 옷을 입었는데 옷깃을 세우고 있었다. 게다가 그 위에 아직도 차가운 바람을 피하는 것처럼 앞이마까지 모자를 푹 눌러쓰고 있다. 뚱뚱하다고 할 정도는 아니었으나 건장한 몸집이었다. 둥근 얼굴에 코밑 수염을 기르고 있었고, 조그마한 눈은 오히려 우둔하게 보이기까지 했다. 체구에 비해서 머리가 너무 작아서 흡사 계란 위에 콩알을 얹어놓은 것처럼 불안정한 느낌이었다. 어떤 프랑스 사람과 도미노 놀이를 하고 있었으나 그들이 들어가자 가볍게 웃으면서 목례를 했다. 말은 하지 않았지만 그들을 위해서 자리를 양보하는 것처럼 탁상에 쌓인 조그만 잔들(이는 곧 그가 여태까지 마신 술잔의 수를 나타내는 것이었다)을 한쪽으로 밀어놓았다. 필립을 소개하자 가볍게 고개를 끄덕여보였으나 그대로 놀이를 계속했다. 필립의 불어 실력은 워낙 보잘것없는 것이었으나 그래도 크론쇼의 불어가 벌써 몇 해씩이나 파리 생활을 했다는데도 참으로 형편없다는 것쯤은 알 수 있었다.

마침내 승리를 뽐내는 듯 빙긋이 웃으면서 몸을 뒤로 젖히면서, "내가 이겼소." 하고 심한 액센트로 말하고 나서, "이봐, 보이!" 하고 큰소리로 보이를 불렀다. 그리고 천천히 필립 쪽으로 고개를 돌리며,

"그래 영국에서 왔다지요? 크리켓 시합을 구경한 일이 있소?" 하고 물었다.

너무나 뜻밖의 질문에 필립은 약간 당황했다.

"크론쇼 씨는 말야, 일류 크리켓 선수라면 한 사람도 빼놓지 않고 과거 이십 년간의 평균 득점까지 환히 아신다네." 하고 로슨이 빙글빙글 웃으면서 설명했다.

도미노 놀이의 상대를 하던 프랑스 사람은 다른 테이블의 친구에게로 옮겨가버렸다. 크론쇼는 그의 버릇대로 나른한 발음으로 켄트 주 팀과 랭카셔 주 팀과의 우열을 한바탕 늘어놓기 시작했다. 그가 최근에 본 양팀의 우승 결승전에 대한 이야기를 시작했는데, 주문(柱門)과 주문 사이의 진행 상황을 마치 눈으로 보는 것처럼 자상하게 들려주었다.

"파리에는 꼭 한 가지 이게 없어서 불편하단 말이오." 사환이 갖다 놓은 흑맥주를 단숨에 들이켜더니 그는 말을 이었다.

"자네는 크리켓의 묘미를 모르는구먼."

필립은 실망했다. 라틴 구에서 가장 고명한 인물의 한 사람을 크게 자랑해보려던 로슨도 자못 초조해지기 시작했다. 취하려고 마신 것은 옆에 놓여진 술잔의 수효로 보아서도 분명했지만 다만 오늘 밤만은 밤새워 가면서 마실 작정인 그는 특히 시간을 끌면서 마시고 있는 모양이었다. 이 기묘한 장면을 클러튼은 재미있다는 듯이 바라보고 있었다. 크론쇼가 크리켓에 정통한 체하는 것은 틀림없이 그의 의식적인 태도일 것이라고 그는 생각했기 때문이다. 남이 싫어하는 화제를 일부러 끄집어내서 애를 태우는 것이 그의 취미였기 때문이었다. 클러튼이 견디다 못 해 말참견을 했다.

"요즘 말라르메를 만나보셨나요?"

머릿속에서 짐짓 이 질문을 되새기는 것처럼 크론쇼는 상대방의 얼굴을 물끄러미 바라보았다. 그리고 대답하기 전에 술잔으로 탁자를 탕 치더니,

"내 위스기병 가져와." 하고 외쳤다. 그리고 다시금 필립을 돌아보고 "난 내 위스키를 한 병 내 몫으로 미리 갖다 뒀다네. 골무만한 잔에 오십 쌍띰씩 지불해야 하다니. 어디 견딜 수가 있어야지."

보이가 위스키 병을 가지고 오자 그는 갑자기 불빛에 비쳐보았다.

"이것 봐, 누가 내 술을 마셨구나. 보이, 누구야. 내 술을 멋대로 마

신 놈이, 응?"

"아닙니다. 아무도 안 마셨습니다."

"이것 봐, 내가 간밤에 표를 해뒀었단 말야. 자, 보라구."

"분명히 표시는 하셨습니다만 그 후에 또 마시지 않으셨습니까? 그런 식으로 마시면 아무리 표시를 해둬야 소용이 없지 않습니까?"

보이는 유쾌한 사람으로 누구 못지않게 크론쇼를 잘 이해하고 있었다. 크론쇼는 그를 한참 바라보다가,

"좋아, 그러고 보니 내 술을 마신 사람이 바로 나란 말이로군. 좋아, 자네가 그 말을 귀족 및 신사로서의 명예를 걸고 맹세한다면 좋아, 승인하지."

이러한 말을 문자 그대로 치졸한 프랑스어로 번역해서 말한 것이었으므로 무척 기묘한 것이 되어버렸다. 카운터에 서 있던 마담까지 웃기 시작했다.

"정말 재미있는 분이셔." 하고 그녀가 나직한 목소리로 중얼거렸다.

이 말이 크론쇼의 귀에 들리자 그는 천천히 양처럼 생긴 그의 눈을 마담에게로 돌리더니 몹시 거드름을 피우는 몸짓으로 키스를 던졌다. 중년 여성으로 체구가 건장하고 어딘가 주부 티가 흐르는 여자였으나 그녀는 자지러지듯 어깨를 움찔했다.

"여보 마담, 걱정하지 마시오." 하고 묘하게 서운한 것처럼 말했다.

"나도 이젠 사십오 세의 중년 여인에게 정 때문에 유혹될 나이는 이미 지났으니까 말이오."

그리고 손수 컵에다 위스키와 물을 타서 천천히 마시고 손등으로 입을 쓱 닦았다.

"여전히 잘 떠들어대더군."

로슨도 클러튼도 그것이 바로 전에 말라르메에 관한 질문에 대한 답이라는 것은 이내 알 수 있었다. 크론쇼는 매주 화요일 밤 말라르메가 문인이나 화가들을 모아놓고, 그 자리에서 오고가는 여러 가지 화제에 관해서 말할 수 없이 기막힌 웅변으로 이야기하고 또한 토론하는 모임에 곧잘 나가곤 했었기 때문이었다. 최근에도 또 거기에 갔

다 온 모양이었다.

"이야기는 곧잘 하더구먼. 그러나 이야기는 신통하지 않아요. 요컨대 내용이 없다고나 할까요, 예술이라는 것이 인생의 최대사 같은 말을 하더란 말이요."

"하지만 그렇지 않다면 우리는 무엇 때문에 이런 데에 있는 걸까요?" 하고 의심스럽다는 듯이 필립이 물었다.

"무엇 때문에 자네가 있는지 내가 알 게 뭔가? 내가 알 바 아닌 걸. 그런데 예술이라는 것은 이른바 사치란 말요. 인간의 최대 관심사는 역시 개체 유지와 종족 번식뿐이란 말요. 그래서 이 두 가지 본능이 충족되었을 때만이 사람은 작가니 화가니 시인이니 하는 사람들이 주는 오락에 빠져서 마음이 끌리게 되는 거지요."

여기서 그는 잠시 말을 끊고 한 잔 들이켰다. 크론쇼라는 사나이는 과거 이십 년 동안, 혀가 잘 돌아가서 술을 좋아하는 건지 아니면 목을 컬컬하게 해주기 때문에 이야기를 좋아하는 건지, 줄곧 생각해왔었다는 것이었다.

그는 다시 말문을 열자, "사실은 내가 어제 시를 하나 썼지." 하고 말했다.

그리고 부탁하지도 않았는데 그 시를 낭송하기 시작하였다. 몹시 느린 속도로, 집게손가락을 내밀어 장단을 맞추면서. 꽤 멋진 시 같았다. 그때 마침 젊은 여인이 한 사람 들어왔다. 빨간 입술에 양뺨의 선명한 살결도 자연 그대로의 속된 색이 아닌 것이 분명했다. 눈썹도 속눈썹도 새까맣게 칠하고 눈꺼풀은 짙은 파란색을 칠해서 그것이 눈꼬리의 세모진 곳까지 뻗쳐 있었다. 기묘하다면 기묘하기도 했으나 아무튼 재미있는 화장법이었다. 검은 머리를 귀에서 마드모아젤 끌레오 드 메로드에 의해 유명해진 머리형으로 빗고 있었다. 필립의 시선은 부시중에 그 여자에게로 쏠렸으나 순간 시의 낭송을 끝낸 크론쇼가 싱글싱글 웃으면서 그에게 말했다.

"듣지 않았지요?"

"아니, 내가 당신을 나무라자는 것이 아니오. 말하자면 당신은 아까 내가 한 말을 훌륭하게 입증해준 셈이란 말이오. 사랑 앞에서 예술따위가 무어란 말요? 당신이 저 젊은 여인의 매력을 느낄 수 있는 한 나는 도리어 좋은 시에 대한 무관심을 존경하고 찬양하고 싶을 정도란 말요."

그 여인은 그들이 앉아 있는 탁자 옆을 지나갔다. 그러자 그는 그 여인의 팔을 붙잡고,

"자아, 내 옆에 와서 앉으시오. 우리 어디 사랑의 신곡(新曲)을 한 번 같이 연주해볼까요?"

"귀찮게 굴지 말아요. 잠자코 있어요!" 하면서 그녀는 그를 밀어젖히고 걸어갔다.

그는 가볍게 손을 휘두르면서 다시 계속했다. "예술이란 건 결국에 가선 단순히 도피에 지나지 않소. 영리한 놈들이 먹을것과 여자에 만족했을 때 느끼게 되는 생의 권태를 얼버무리기 위해서 발명한 거요."

크론쇼는 다시 또 잔을 채웠다. 그리고 지껄이기 시작했다. 듣기 좋은 목소리였다. 말도 세심하게 선택되어 있고 더욱이 놀랍도록 재치있는 지혜와 실없는 소리를 섞어가며 조롱하는가 하면 금새 농담을 하는 체하면서 더없이 귀중한 조언을 주고 있는 것이었다. 그림에 대한 문학에 대한 그리고 또 인생에 대한 것을 그는 이야기했다. 경건한가 하면 음란하기도 하고, 명랑하고 상쾌한가 하면 어느새 애상에 젖었다. 이윽고 완전히 취해버리자 시의 낭독이 시작되었다——자작시가 나오는가 하면 밀튼의 시가 튀어나오고, 다시 자작시로 되돌아가는가 하면 어느 틈에 셸리, 다시 자작, 다시 크리스토퍼 말로의 시, 이러한 순서로——자꾸자꾸 계속되는 것이었다. 드디어 로슨은 지쳐서 집으로 가려고 자리에서 일어섰다.

"나도 가겠어." 하고 필립도 말했다.

그러나 입을 다문 채 한 마디도 말이 없던 클러튼만은 남아서 빈정대는 웃음을 띠면서 크론쇼의 수다스러운 잔소리에 귀를 귀울이고 있었다. 로슨은 필립을 그의 호텔까지 바래다주고는 거기서 작별 인사를 하고 돌아갔다. 필립은 잠자리에 들었으나 좀처럼 잠을 이룰 수가 없었다. 그에게 제기된 여러 가지 관념이 머릿속에서 뒤끓었다.

그는 무섭게 흥분하고 있었다. 몸 속에 무언가 커다란 힘이 솟아오르는 것 같았다. 이렇게 강한 자신이 솟아오른 일은 여태까지 없었던 것이었다.

"나는 꼭 위대한 화가가 될 거야. 확실하게 내 몸 속에 느껴진다." 그는 마음속에서 되풀이했다.

다시 또 하나의 생각이 떠올랐을 때에는 그는 몸속에 유쾌한 전율이 지나가는 것을 느꼈다.

"그러나 나에겐 천재적인 것이 있다." 하고 입 밖에 내지는 못했다.

확실히 그는 취해 있었다. 그러나 겨우 맥주 한 컵 마셨을 뿐이므로 취기가 있었다 하더라도 그것은 술보다도 더 위험한 어떤 흥분제의 자극을 받은 탓이라고밖에 생각할 수 없었다.

43

아미뜨라노에서는 화요일과 금요일 오전에 교수들이 와서 학생들의 작품을 비평해주기로 되어 있었다. 그 당시 프랑스에서는 남의 초상화를 그리거나 돈 많은 미국인을 후원자로 갖지 않고서는 돈벌이는 거의 할 수 없었다.

따라서 상당히 유명한 화가들까지도 한 주일에 한 번씩 이런 종류의 수많은 미술학교 어느 구석에서든 기꺼이 두 시간을 보내어 수입을 보태고 있었다. 화요일에는 미셸 롤랭이 아미뜨라노에 나오는 날이었다. 그는 흰 턱수염에 안색이 좋은 초로의 사나이였다.

그는 정부의 명령으로 장식화를 몇 장인가 그리고 있었으나 그것들은 모두 그가 가르치고 있는 미술 학생들 간에서는 조소거리가 되어 있었다. 그는 바로 유명한 앵그르의 제자로 예술의 진보에 있어서는 완전히 장님이나 한가지였다. 마네, 드가, 모네, 시슬리와 같은 광대들에 대해서는 무척 화를 내고 있었지만 교수로서는 다시없는 적격자로서 참으로 훌륭한 선생이었다. 교수법은 탁월했고 학생들에게는 정중했으며 적당히 칭찬할 줄도 알았다. 이와는 반대로, 금요일에 나오는 프와네 교수는 사귀기 어려운 사람이었다. 치열이 고르지 못해서 흉했고 더러운 잿빛 수염과 험한 눈초리는 보기에도 까다로워 보이는 주름투성이의 키가 작은 사람이었다. 게다가 그의 말소리는 높았고 말투는 빈정대는 듯 심술궂었다. 그의 그림은 뤽상부르 미술관에도 팔렸고 스물다섯 살 때에 이미 앞날이 크게 기대되었다. 그러나 그의 재능은 개성보다는 젊음에 있었던 것처럼 그 후 이십 년 동안의 일이란 모두 일찍 명성을 떨치게 한 젊은 시절의 풍경화를 되풀이해서 그리는 데 지나지 않았다. 남들이 그의 그림의 제자리걸음을 비난하면 그는 으레, "꼬로를 보란 말야. 시종 한 가지 그림밖엔 그리지 않았어. 나도 이것으로 족하지 않는가?"라고 대답하는 것이었다.

그는 누구든지간에 다른 화가의 성공을 모조리 시기했고 특히 인상파 화가들에 대해서는 특별한 개인적인 증오심을 가지고 있었다. 그 까닭은 그 자신의 실패는 대중이라는 불결한 동물을 매혹시킨 이른바 광적인 유행의 탓이라고 믿고 있었기 때문이었다. 인상파를 싫어하는 미셸 롤랭은 인상파란 협잡꾼이라고 부를 정도로 온건한 말로 비난하고 경멸하는 것으로 그쳤으나 이와 반대로 프와네 교수는 입에 담을 수도 없는 욕지거리를 퍼부었다. 음탕하다든가 추악하다는 독설이 오히려 비교적 부드러운 편이었다. 그네들의 사생활을 공격하는 것을 무척 즐겨서 어떤 때는 빈정거리는 냉소로, 또 어떤 때는 그야말로 신을 모독하는 추잡하고 구체적인 사생활까지 들추어내면서 그들의 출생이며 부부관계에 관해서 공격했다. 더욱이 그의 비열한 욕설을 강조하기 위해서는 특히 동양적인 비유나 과장을 이용하곤 했다. 현재 작품을 보아주고 있는 학생들에 대해서도 결코 경멸과 욕설을 삼가거나 하지 않았다. 따라서 그들은 그를 미워하기도 했고 두려워하기도 했다. 여학생들은 잔인할 정도의 빈정거림을 받고는 곧잘 울기까지 했는데, 그것이 또한 그의 냉소를 부채질하는 것이었다. 그의 공격으로 심한 괴로움을 받은 학생들이 가끔 항의를 하기도 했으나 그는 여전히 해고되지는 않았다. 왜냐하면 그는 틀림없이 미술 교수로서는 파리에서 일류였기 때문이었다. 그러나 때로는 현재는 이 학교의 경영자인 왕년의 모델이 감히 충고를 할 때도 있었지만, 너무나도 맹렬한 기세로 그가 반박을 하는 바람에 항의한 보람도 없이 거꾸로 이편에서 정신없이 사과하는 꼴이 되어버렸다.

필립이 처음으로 접촉하게 된 것은 그 프와네 교수였다. 필립이 아틀리에에 도착했을 때 그는 이미 나와 있었다. 그는 프랑스어를 모르는 학생들을 위하여 통역을 시키기 위해서 서무주임인 미시즈 오터를 데리고 이 이젤에서 저 이젤로 돌아다니는 것이었다. 파니 프라이스는 필립 옆에 앉아서 열심히 그리고 있었다. 그녀의 얼굴은 흥분되어서 창백했고 몇 번이나 손을 멈추고는 두 손의 땀을 블라우스로 닦곤 했다. 근심이 되어서 손바닥이 달았기 때문이다. 갑자기 그녀는 근심스러운 듯한 얼굴을 들고 필립 쪽을 보았다. 화난 얼굴을 하고 불안을 애써 감추려는 듯이,

"어때요, 괜찮을까요?" 하고 그림 쪽을 턱으로 가리키면서 물었다.

필립은 일어나서 그림을 바라보았다. 그리고 놀라지 않을 수 없었다. 도대체 이 여자에게는 눈이 있는 걸까? 도무지 데생이고 무어고 되어 있지 않았다.

"글쎄요, 나도 이 그림의 절반만큼이라도 그릴 수 있었으면 좋겠군요."

"그야 좀 무리죠. 당신은 겨우 지금 들어왔잖아요? 그런데 나만큼 그리려고 한다는 것은 좀 욕심이 과한 것 같아요. 그래도 나는 여기 와서 벌써 이 년이나 되었는걸요."

필립은 파니 프라이스라는 여자에게는 손을 들어버리고 말았다. 아무튼 그녀의 자부심은 이만저만한 것이 아니었다. 아틀리에에서도 모든 사람이 그녀를 싫어하고 있다는 사실은 필립도 이미 알고 있었는데 사실 그것두 무리는 아니었다. 일부러 남의 마음을 상하게 하는 말을 함부로 하거나 행동했기 때문이었다.

"나는 프와네 교수 일로 해서 미시즈 오터에게 싫은 소리를 해주었어요. 지난 두 주일 동안 전혀 내 그림을 봐주지 않는걸요. 미시즈 오터가 서무 주임이고 해서 그 여자 곁에서만 반 시간씩이나 보지 뭐예요. 나도 남들처럼 돈을 내고 있어요. 내 돈이라고 다른 사람들

돈하고 다를 건 없잖아요? 아무튼 알 수가 없어요. 나만 다른 사람들처럼 봐주지 않는 까닭을 말예요."

그리고 다시 한 번 목탄을 집어들었으나 그대로 신음하는 소리를 내면서 도로 내려놓았다.

"이 이상 더 어떻게도 할 수가 없어. 신경만 곤두서서."

그녀는 프와네 쪽을 보았다. 그는 미시즈 오터와 함께 걸어오는 참이었다. 미시즈 오터는 원래는 극히 유순하고 평범하고 그러면서도 독선적인 여자인데 무척 거드름을 피우는 것 같은 표정을 짓고 있었다. 프와네 교수는 루드 챌리스라는 단정치 못한 조그마한 영국 여자의 이젤 앞에 앉았다. 지친 듯한 그러면서도 묘하게 정열적인 아름답고 까만 눈의 금욕과 육욕을 동시에 연상케 하는 것 같은 야윈 얼굴, 낡은 상아빛 같은 살결——그 시절, 번 존스의 영향을 받아서 첼시 근방의 젊은 여자들이 다투어서 애써 다듬던 몸맵시였디.

프와네 교수의 기분은 매우 좋은 것 같았다. 별로 말은 하지 않았지만 대뜸 그녀의 목탄을 받아 쥐고 재빠른 솜씨로 그녀의 그림의 잘못된 곳을 지적하고 있었다. 그가 일어났을 때 미스 챌리스는 기쁜 듯이 얼굴을 빛내고 있었다. 다음은 클러튼의 차례였다. 필립은 차차 마음이 들뜨고 겁이 났다. 미시즈 오터가 잘 이야기해줄 테니 근심 말라고 약속은 해주었다. 다만 그것만을 믿고 있었다. 그래도 그의 신경은 몹시 날카로워졌다. 프와네 교수는 묵묵히 엄지손가락을 물어뜯으면서 클러튼의 그림 앞에서 잠깐 발을 멈추었다. 그리고 얼빠진 사람처럼 서 있다가 캔버스 위에 물어뜯은 살껍질 조각을 내뱉는 것이었다.

"이건 아주 훌륭한 선이군." 하고 마음에 드는 곳을 엄지로 가리키면서 겨우 입을 열었다.

"자네도 이젠 제법 그릴 수 있게 된 것 같군."

클러튼은 대답하지 않았다. 버릇처럼 남의 비평 따위에는 아예 상관하지도 않겠다는 것 같은 빈정대는 표정을 지으면서 교수의 얼굴을 올려다보았다. 교수는 다시 말했다.

"딴은 자네에게는 약간의 재능 비슷한 것은 있는 것 같아."

클러튼을 좋아하지 않는 미시즈 오터는 픽 하고 입술을 오므렸다. 과연 그의 그림에는 별로 잘못된 곳은 찾아낼 수가 없었다. 프와네 교수는 앉아서 자세한 기술적인 비평을 하기 시작했다. 미시즈 오터는 서 있는 것이 싫증이 나버렸다.

클러튼은 한 마디도 대답하지 않고 그저 가끔 고개를 끄덕여 보이기만 했으나 프와네는 자기의 비평과 그 이유를 하나하나 그가 이해하고 있다고 짐작하고 퍽 만족스러운 것 같았다. 대개의 학생들은 비평을 그저 듣기만 하고 그것을 조금도 이해하지 못하는 것이 분명했기 때문이었다.

그는 조금 후에 일어나서 필립에게로 왔다.

"이 학생은 온 지 겨우 이틀밖에 안 되었어요." 다급하게 미시즈 오터가 설명했다.

"그림 공부를 시작한 것도 처음이고 아직 정식으로 공부한 적도 전혀 없다는군요."

"알아요." 하고 프와네 고수는 짤막하게 대답하고 그대로 지나가버렸다. 그때 미시즈 오터는 미스 프라이스를 가리키며 낮은 목소리로 그에게 일깨워주었다.

"이 여자예요, 아까 말씀드린 것은."

프와네 교수는 마치 싫은 동물을 바라보는 것처럼 미스 프라이스를 보았다. 목소리는 한층 더 드높았다.

"자넨 내가 자네를 충분히 돌봐주지 않는다고 생각하는 모양인데. 미시즈 오터에게 불평을 했다면서? 그럼 자, 보여줘요, 내게서 평을 받고 싶다고 단단히 별렀다는 작품을!"

파니 프라이스의 얼굴빛이 대번에 싹 변해버렸다. 건강치 못해 보이는 피부 밑에서 피빛이 갑자기 보랏빛으로 변하는 것이 보이는 것 같았다. 그녀는 잠자코 이번 주일 첫날부터 그리기 시작한 그림을 손가락으로 가리켰다. 프와네는 앉았다.

"아하 딴은, 그런데 어떻게 말해주면 좋겠나? 이 그림이 잘 되었다고 말해주었으면 좋겠나? 하지만 그렇게는 못 하겠는걸. 잘 그렸다고 해주었으면 싶은가? 어림도 없단 말야. 어디고 취할 점이라고 있다고 말해주면 좋겠나? 전혀 없는걸. 그러면 어디가 나쁜지 그걸 지적해주었으면 좋겠다는건가? 이건 모조리 나빠. 도대체 되어 먹질 않았단 말야. 그럼 어떻게 하면 되는지 그것이 듣고 싶다는 거겠지? 숫제 찢어버리는 게 나아. 어때, 이젠 만족했나?"

미스 프라이스는 새파랗게 질려 있었다. 더욱이 미시즈 오터 앞에서 그러한 말을 들었기 때문에 그녀는 안절부절할 수가 없는 것이다. 프랑스에는 꽤 오래 살아서 프랑스어는 충분히 알 터인데도 불구하고 지금은 거의 한 마디도 입 밖에 낼 수가 없는 형편이었다.

"이처럼 심하게 대하실 까닭은 없다고 생각해요. 제 사례금만 특별히 다른 사람들 것보다 나쁘다는 이유는 없을 거고 말예요. 가르쳐주십사고 돈을 내고 있는 거 아니겠어요?

"뭐라고 하는 거지? 응? 뭐라는 거야?" 하고 프와네가 미시즈 오터를 돌아보며 물었다.

그러나 어지간한 미시즈 오터도 이 통역에는 주저했다. 그러나 미스 프라이스가 액센트가 강한 불어로 다시 한 번 되풀이해서 말해버렸다.

"저는요, 어디까지나 가르쳐주십사 하고 돈을 내는 겁니다."

순간, 그의 두 눈은 분노로 번들거렸다. 그의 목소리는 한층 더 거칠어졌으며 주먹을 불끈 쥐고 흔들어대면서 외쳤다.

"안됐지만 난 이젠 자네를 가르칠 수는 없어. 차라리 낙타를 가르치는 편이 낫겠단 말야." 하고 말하고는 미시즈 오터를 돌아보고 말했다. "물어봐 줘, 이 여자는 재미로 그림을 공부하는 건지 혹은 장래 돈벌이라도 하려고 하는 건지."

"저는 물론 화가로서 먹고 살 작정이에요." 하고 미스 프라이스가 말했다.

"그렇다면 이것만은 일러주는 것이 내 의무일 것 같군. 이건 전혀 시간 낭비야. 재능이 없다는 것만이라면 그렇게 큰 문제도 아니야. 요즘 재능이란 건 그렇게 거리를 이리저리 굴러 다니는 게 아니니까 말야. 그러나 자네에겐 그림을 아는 마음이나 소질은 털끝만치도 없단 말야. 여기에 온 지 몇 해나 되었지. 다섯 살 난 어린애라도 두

세 번만 배우면 자네보다는 훨씬 잘 그릴 거야. 한 가지만 말해주지. 이런 가망없는 일은 포기하란 말이야. 생계를 유지하려면 차라리 가정부가 되는 편이 화가보다는 훨씬 돈을 벌 수 있을 테니까 말야. 자, 보라구."

그렇게 말하면서 그는 목탄 한 개를 집어들었다. 그러나 그것은 종이에 눌러 대자마자 뚝 하고 부러졌다. 그는 쳇, 하고 혀를 찼으나 그대로 부러진 목탄으로 쫙쫙 선을 그어갔다. 그는 빠르게 선을 그어가면서도 입으로는 여전히 맹렬하게 독설을 퍼부었다.

"보란 말야, 이 팔이 좌우가 서로 길이가 다르지 않아? 그리고 무릎을 좀 보란 말야, 무슨 무릎이 이 모양이야. 알겠어? 다섯 살 난 어린애라도 이 정도는 그릴 거야. 이건 다리를 갖고 서 있는 게 아니군그래. 게다가 이 발목은 뭔가?"

한 마디 한 마디 할 때마다 홧김에 목탄이 북북 잘못된 곳을 지적해나갔다. 불쌍하게도 파니 프라이스가 그 시간과 열성으로 그린 그림은 알아볼 수도 없게 되어버렸고 도화지 위에는 마구 그어진 선과 얼룩의 혼란뿐이었다. 마침내 프와네 교수는 목탄을 내동댕이치면서 벌떡 일어났다.

"자네는 내가 하라는 대로 하도록 하게. 양재 공부나 하라구." 하고는 시계를 들여다보고, "정각 열두 시구먼. 자, 여러분, 다음 주에 또 봅시다."

미스 프라이스는 천천히 그림 도구를 챙기기 시작했다. 필립은 위로의 말이라도 해주려고 딴 사람들이 다 나갈 때까지 남아서 기다렸다. 그러나 그로서는,

"정말 안됐군요. 그렇게 심한 사람이 있을까요?" 하는 정도의 말밖에 생각이 나지 않았다.

그리자 그녀는 몹시 화난 얼굴로 그에게 덤벼들었다.

"그따위 소릴 하시려고 여태 기다렸어요? 당신에게 동정을 받고 싶을 때엔 내가 먼저 부탁하겠어요. 제발 어서 나가주세요."

그녀는 그의 앞을 빠르게 지나서 아틀리에를 나가버렸다. 필립은 절름발이 다리를 끌고 그라비에 식당으로 점심을 먹으러 나갔다.

“잘 됐군.” 필립이 아까 일어난 이야기를 식당에서 했을 때 로슨이 말했다. “참으로 심술궂은 게으름뱅이 여자거든.”

원래 로슨은 몹시 비평에 민감했고 평을 듣는 것이 싫어서 프와네가 오는 날은 아예 아틀리에에 나가지 않는 것이었다.

“난 내 그림에 대해서 남에게 이러니저러니 말을 듣기가 아주 싫단 말야. 알겠나? 잘 되고 못 되고는 자신이 알아.”

“뭘 자네는 나쁘게 말하는 소리만이 듣기 싫어서 그러는 거지.” 하고 클러튼이 냉담하게 받아넘겼다.

오후에 필립은 뤽상부르에 가서 그림을 구경하려고 공원을 지나가는데 예의 파니 프라이스가 또 벤치에 앉아 있는 것을 보았다. 기껏 위로의 말을 해주었는데, 그에 대하여 그녀가 쏘아 붙인 그 예의에 벗어난 행동에는 그도 불쾌했기 때문에 필립은 못 본 체하며 지나가 버리려고 했다. 그러나 얼른 몸을 일으켜서 다가온 것은 그녀 편이었다.

“모르는 체 하실 작정이에요?”

“천만의 말씀을. 아마 당신은 말을 건네는 것을 싫어하실 거라고 생각했기 때문이죠.”

“어디 가시는 길이에요?”

“마네의 그림을 좀 구경할까 해서요. 무척 평판이 좋은 것 같더군요.”

“저하고 같이 가는 것이 싫으세요. 뤽상부르라면 내가 잘 알고 있거든요. 그 밖에도 한둘 좋은 것을 가르쳐드릴 수 있을 거예요.”

직접 사과를 하기가 쑥스러워서 대신 이런 말을 하는구나 하고 생각되었다.

“친절을 베풀어주어서 고맙군요. 좋습니다.”

“혼자 가고 싶으면 그렇다고 말씀하세요.” 하고 다소 불안스럽다는 눈치로 말했다.

“아닙니다. 좋다니까요.”

두 사람은 미술관 쪽으로 걸어갔다. 까이유보뜨의 작품이 수집 진열되어 있어서 그제야 비로소 회화과 학생들은 인상파 화가들의 작품을 마음껏 검토할 수 있게 된 것이었다. 여태까지는 다만 라피트 거리에 있는 화상(畵商) 뒤랑 뤼엘의 화랑(화가에 대한 노골적인 우월감을 나타내는 영국 화상과는 달리 파리에서는 아무리 초라한 미술 학생에게도 원하기만 하면 어떤 그림이든지 소원대로 보여주었다)이나 아니면 그의 자택에서(화요일이면 입장권을 얻기가 별로 어렵지 않았고, 거기서 세계적으로 유명한 그림을 얼마든지 볼 수 있었다) 볼 수밖에 없었다. 미스 프라이스는 곧장 마네의 〈올림피아〉 앞으로 그를 안내했다. 그는 숨을 죽이고 놀라는 시선으로 묵묵히 바라보았다.

"어때요, 마음에 드세요?" 하고 그녀가 물었다.

"글쎄요, 잘은 모르지만." 하고 그는 힘없이 대답했다.

"난 단언해도 좋아요. 이 미술관 안에서 휘슬러의 〈어머니의 상〉을 제외하고는 이 그림이 단연 최고의 걸작이에요."

그녀는 잠깐 동안은 천천히 보도록 해주었으나 이윽고 이번에는 그를 정거장 풍경을 그린 그림 앞으로 데리고 갔다.

"이것이 바로 모네의 작품이에요. 쌩 라자를 정거장이죠."

"하지만 선로는 평행이 아니군요."

"그런 거야 아무러면 어때요?" 하고 그녀는 무뚝뚝하게 말했다.

필립은 스스로 부끄러워졌다. 파니 프라이스라는 여인은 아틀리에에서 주고받는 잔소리들을 하나도 빼지 않고 들어두었다가, 그것을 남에게 태연히 아는 체하고 자랑하는 그런 부류의 여자였다. 계속해서 그는 그림의 설명을 늘어놓기 시작했다. 시건방진 말투이긴 했지만 그렇다고 해서 전연 통찰력이 없는 것도 아니었다. 작가가 의도한 바를, 그리고 감상자로서는 어디를 보아야 하는지 등을 쭉 이야기해주었다. 엄지손가락을 마주 움직이면서 설명했다. 필립에게는 모두가 새로운 지식뿐이기 때문에 일단 심취해서 듣기는 했으나 한편으로는 매우 난처한 생각도 들었다. 여태까지 숭배해온 화가로서는 와츠가 아니면 번 존스 정도였기 때문이었다. 전자의 아름다운 색채, 후자의 심미적인 기교, 이러한 것들이 완전히 그의 심미감을 만족시켜주었던 것이다. 그들이 즐겨 내세우는 막연한 이상주의, 또 그들이 선택하는 화제에 숨겨진 다분히 철학적인 사상, 그러한 것들이 그가 러스킨을 열심히 읽은 결과로 얻은 예술의 기능과 멋지게 일치했기 때문이었다. 그러나 지금 여기에서는 전혀 다른 성질의 것이 존재하고 있었다. 그리고 이러한 작품을 냉정히 관찰하는 것은 결코 보다 맑고 보다 높은 인생으로 인도하는 그러한 것은 아니었다. 그는 당황하고 있었다.

드디어 그는 말했다. "현재의 제 마음은 완전히 마비돼버린 것 같습니다. 이 이상은 머리에 들어가지 않아요. 안 되겠어요, 밖으로 나가서 좀 앉아서 쉽시다."

"그러세요, 그림이란 것은 한꺼번에 너무 많이 보지 않는 편이 좋아요."

밖으로 나오자 그는 우선 그녀의 수고에 대해서 깍듯이 사례했다.

"웬걸요, 괜찮아요. 제가 좋아서 한 짓인데요." 하고 그녀는 조금 무뚝뚝하게 대답했으나, "괜찮으시다면 내일은 루브르 박물관에 안 가시겠어요? 가는 도중에 뒤랑 뤼엘 상점에도 데려다 드리겠어요."

"정말 너무나 감사합니다."

"남들은 모두 그렇게 말하지만 당신만큼은 절 그렇게 나쁜 여자라고 생각하지 말아주세요, 네?"

"제가 왜 그렇게 생각하겠어요?"

그는 희미하게 웃었다.

"모두들 절 아틀리에에서 쫓아내려고 해요. 하지만 누가 나가 주나요? 저는요, 있고 싶을 때까지는 있어 줄 작정이에요. 오늘 아침 일만 해도 모두가 미시즈 오터가 만들어낸 일이었거든요. 저는 알고 있어요. 그 여자는 전부터 절 미워하고 있어요. 그런 일이 일어나면 아무리 저라도 물러날 줄 아는 모양이죠? 아마 틀림없이 제가 없어져 주기를 바라고 있을 거예요. 제가 그 여자 자신의 일을 여러 가지 많이 알고 있거든요. 결국 그 여자는 그게 근심인 거예요."

그녀는 무언가 뒤얽힌 복잡한 이야기를 길게 늘어놓기 시작했다. 곁에서 보기엔 아무렇지도 않은 얼굴을 꾸미고 있지만 알고 보면 미시즈 오터라는 여자는 참으로 가장 평범하고 보잘것없는 여자이고 게다가 불미스러운 정사마저 있다는 것이었다. 그리고는 또 오늘 아침에 프와네 교수가 칭찬했던 루드 챌리스의 소문을 이야기하기 시작했다.

"그 여자는 말이죠, 아틀리에의 아무 남자하고나 관계하고 있어요. 매춘부나 다름없어요. 게다가 불결하기 이를 데 없단 말이에요. 한 달에 한 번밖에 목욕을 안 한대요. 정말이에요, 난 알아요."

듣고 있는 필립은 마음이 불쾌했다. 미스 챌리스에 관해서 여러 가지 소문이 있는 것은 이미 들어서 알고 있었다. 그러나 모친과 함께 살고 있는 미시즈 오터가 몸가짐이 단정치 않다는 것은 생각만 해도 어처구니없는 일이었다. 현재 자기와 나란히 걷고 있는 이 여인이 이토록 악의에 찬 거짓말을 함부로 한다고 생각하니 그는 두려워졌다.

"그네들이 무어라고 하든 전 아무렇지도 않아요. 여태까지처럼 그대로 해나갈 뿐이니까요. 그만두느니 차라리 죽어버리는 편이 나아요. 저는요, 학교 내에서는 가장 놀림감이었지만 나중에는 그 중에서 단 하나밖에 없는 천재였다는 그런 따위의 인간은 되고 싶지 않아요. 내 흥미는 예술뿐이에요. 예술을 위해서라면 기꺼이 한 평생을 바쳐도 괜찮아요. 중요한 것은 어디까지나 중간에서 꺾이지 않고 끝까지 해나가는 것, 그것뿐이에요."

아무튼 이 여자는 자신의 평가대로 자신을 인정해주지 않는 사람에 대해서는 누구를 막론하고 무언가 좋지 않은 동기를 억지로 만들어내고야 마는 것이었다. 클러튼도 마음에 안 든다고 말했다. 그러한 남자에게 진정한 재능 따위가 있을 리가 없다. 그저 겉보기에만 나타나 있는 경박한 것뿐으로 제아무리 분해서 발을 굴러보았자 초상화 한 장도 제대로 못 그릴 위인이라고 했다. 그리고 로슨에 대해서는,

"제일 보기 싫은 건 그 빨강머리에 주근깨투성이 녀석이에요! 프와네가 무서워서 그림도 못 내놓거든요. 요컨대 난 절대로 질려서 겁내거나 하지 않지요. 안 그래요? 프와네가 말한 것이 다 뭐난 말이에요. 어쨌든 난 진정한 예술가란 말이에요."

두 사람은 마침내 프라이스의 집 가까이까지 와 있었다. 필립은 그녀와 헤어지면서 후유 하고 한숨을 내쉬었다.

44

그러면서도 미스 프라이스 쪽에서 다음 일요일에는 그녀가 루브르에 안내하겠다고 했을 때 그는 고맙다고 해버렸다. 그녀는 우선 〈모나리자〉를 보여주었다. 솔직히 말해서 그는 적이 실망했다. 그러나 세상에는 유명한 이 그림에 대해서 월터 페이터가 한층 더 미화하였다고 해도 괜찮을 보석과도 같은 아름다운 말들을 거의 암송할 수 있을 만큼 충분히 읽어왔으므로 그는 그대로 미스 프라이스에게 되풀이해보았다.

"그런 건 모두 문학이에요." 하며 그녀는 사뭇 경멸하는 것처럼 대답했다. "그따윈 깨끗이 잊어버려야 해요."

다음에는 그에게 렘브란트의 그림 몇 개를 보여주고 매우 적절한 평을 여러 가지 해주었다. 그녀는 〈에마우의 사도들〉이라는 그림 앞에 섰다.

"이 그림의 아름다움을 이해하게 되면 당신도 다소 그림을 알게 될 거예요." 하며 퍽 의젓한 태도였다.

그 다음에는 앵그르의 〈오달리스크〉와 〈샘〉을 보여주었다. 프라이스라는 여인은 참으로 독선적인 안내자여서 그가 보고 싶어하는 작품은 보여주지 않고, 그녀가 감탄하고 있는 작품은 싫다고 해도 고집을 부려가면서까지 감탄하도록 강요하려고 했다. 그림 공부에 대해서만은 확실히 목숨을 내건 열성적인 태도였다. 마침 뛸르리 궁전이 햇살을 받아서 마치 라파엘의 그림처럼 밝고 우아하게 보이는 대진열실의 창문 앞을 지날 때 부지중에 필립이 큰소리를 질렀다.

"얼마나 훌륭한 경치입니까? 잠깐 쉬었다 가십시다."

그러나 그녀의 대답은 천연덕스러웠다. "그렇군요. 좋기는 하지만 우리는 그림을 보러 왔는걸요."

상쾌한 가을 대기 속에서 필립은 매우 기분이 좋았다. 한낮이 가까워서 그 넓은 루브르 궁전의 마당에 서 있으려니까, 그도 또한 플라나간처럼 예술이고 뭐고 다 집어치워라, 하고 크게 떠들어대고 싶었다.

"이 근처에 있는 브르 미슈 식당에 들러서 간단한 식사라도 같이 하지 않으시겠어요?" 하고 필립이 권해보았다.

미스 프라이스는 그 순간 의아스러운 표정으로 그를 쳐다보았다.

"전 집에 준비가 다 돼 있어요."

"어때요, 그런 것쯤 괜찮잖아요. 내일 잡수시고 오늘은 제가 한턱 내게 해주십시오."

"왜 그렇게 하고 싶죠?"

"기쁘기 때문이에요." 하고 그는 웃으면서 대답했다.

그들은 세느 강을 건넜다. 쌩 미셸 거리의 한 모퉁이에 식당이 한 집 있었다.

"들어가십시다."

"싫어요, 이렇게 비싸보이는 집은 싫어요."

그렇게 말하고 그녀는 혼자서 먼저 횡하니 걸어가버렸기 때문에 필립도 하는 수 없이 따라갈 수밖에 없었다. 대여섯칸 더 가자 이번에는 좀더 작은 식당이 있고 차일을 쳐놓은 한쪽에서는 이미 여남은 명의 손님이 점심을 먹고 있었다. 유리창에는 흰 글씨로 커다랗게 '포도주를 곁들인 점심 식사 1. 25프랑' 이라고 씌어 있었다.

"여기라면 훨씬 싸군요. 게다가 나쁘지 않지 않아요?"

두 사람은 빈 자리에 앉아서 식단표 맨 처음에 있는 오믈렛을 주문하고 기다렸다. 필립은 통행인들을 즐거운 듯이 바라보았다. 어쩐지 그네들에게 은근히 마음이 끌리는 것이었다. 몸은 비록 피로했지만 매우 행복했다.

"저기 가는 저 작업복을 입은 남자 좀 보세요. 멋있지요?" 하고 말하면서 그는 미스 프라이스의 눈치를 슬쩍 보았다. 그러나 놀랍게도 그녀는 지나가는 사람 따위는 아랑곳하지 않고 가만히 앞에 놓인 접시를 들여다보면서 커다란 눈물이 두 방울 뺨을 흘러내리고 있었다.

"왜 그러시죠?" 하고 부지중 소리를 크게 했다.

"아무 말도 말아주세요. 안 그러면 전 당장 일어나서 가버리겠어요."

그는 매우 당황했다. 그러나 다행하게도 마침 그때 주문했던 오믈렛이 나왔다. 그는 그것을 절반씩 나누어서 함께 먹기 시작했다. 그는 되도록 신경을 써서 무관한 말만 하려고 애를 썼고, 그녀도 일단은 상냥하려고 애쓰는 것 같았다. 그런데도 점심은 그다지 유쾌하지 못했다. 필립은 원래가 까다로운 성질이어서 미스 프라이스의 식사하는 모습을 보고 있기만 해도 그의 식욕은 달아나고 말았다. 소리를 내며 마치 굶주린 듯이 마구 먹어대는 그녀의 모습이 마치 동물원의 야수와 흡사했다. 한 접시를 먹어치울 때마다 한 방울의 고기 수프도 헛되이 하기가 아까운 것처럼 빵조각으로 접시가 하얗게 빛날 때까지 닦아서 먹었다.

카망벨 치즈가 식탁에 나왔는데, 껍질은 말할 나위도 없고 나오는 것마다 하나도 남기지 않고 깨끗이 먹어치우는 데는 기분을 잡치지 않을 수 없었다. 아무리 굶주렸다 하더라도 이 이상 더 흉할 수는 없을 것 같았다.

미스 프라이스는 도무지 알 수 없는 여자였다. 오늘 사이 좋게 헤어졌다고 해서 내일 샐쭉하거나 무뚝뚝하지 않으리라고는 보증할 수 없는 그런 여자였다, 그러나 그녀에게서 그는 여러 가지로 배우는 바가 적지 않았다. 자기는 제대로 그리지 못하지만 남에게 가르쳐야 할 것은 참으로 잘 알고 있어서 그녀가 끊임없이 말해주는 충고는 적지 않게 도움이 되는 것이 있었다. 미시즈 오터로부터 도움을 받았고 때로는 미스 챌리스도 비평해주었다. 로슨의 잔소리, 클러튼의 작품, 이 모든 것에서도 필립은 여러 가지를 배웠다. 그러나 파니 프라이스는 필립이 그녀 이외의 다른 사람드로부터 조언을 받는 것에는 절대로 불만이어서 가령 그가 딴 사람하고 이야기하고 난 후에 그녀에게 조언이라도 구할라치면 참으로 난폭한 말투로 보기 좋게 거절하는 것이었다. 로슨이나 클러튼이나 플라나간과 같은 다른 친구들은 그녀의 일로 곧잘 그를 놀려주었다.

"자네 조심해야 하네. 아무래도 자네를 좋아하는 눈치란 말야."

"쓸데없는 소리 말아요." 하고 필립은 웃었다.

미스 프라이스가 연애를 한다는 것은 생각만 해도 어처구니없는 일이었다. 그렇게 못생긴 주제에, 그 더러운 머리, 그 불결한 손, 헐어 빠진 옷자락은 너덜너덜했고 갈아입을 줄 모르는 갈색 옷, 이런 것들을 생각만 해도 소름이 끼칠 지경이었다. 매우 어려운 생활을 하는 것이라고 짐작은 되지만 어려운 살림이라면 모두 어려운 것이다. 몸을 깨끗이 하는 것쯤은 가능할 것이고 실과 바늘만 있으면 스커트쯤은 곧 손질할 수도 있는 일이 아니겠는가.

필립은 자기와 사귀게 된 사람들의 인상을 일단 정리해보았다. 이제는 아득한 옛날처럼 생각되기는 하지만 지금은 그도 하이델베르크 시절처럼 어린 아이는 아니었다. 인간에 대한 좀더 어른다운 관심도 생겨나기 시작했고 비판력도 있고 분석 검토하는 흥미도 가지게 되었다. 클러튼과는 초대면 이후로 벌써 삼개월 동안 거의 매일처럼 만나고 있는데도 그에 관한 지식은 처음보다 조금도 진보하지 않았다. 아틀리에에서의 인상은 대체로 말해 유능하다는 편이고, 앞으로 무언가 할 것이라는 정도는 당연히 모두들 생각하고 있었고 본인도 또한 그렇게 생각하는 듯했다. 그러나 무엇을 할 것인가에 대해서는 그도 남들도 별로 알지 못했다. 아미뜨라노에 오기 전에는 여러 곳의 아틀리에——줄리앙에도 미술회에도 맥퍼슨에도 두루 다닌 모양이다. 다만 어느 곳보다도 아미뜨라노가 길었다. 그것은 멋대로 내버려두고 별로 귀찮게 간섭을 하지 않기 때문이었다. 남에게 자기의 작품을 보이는 것이 질색이어서 다른 학생들과는 달리 남에게 충고를 하는 일도 없거니와 자기도 받으려 하지 않았다. 샹빠뉴 거리 일번지에 있는 그의 조그마한 화실——그것은 그의 작업장이자 침실이기도 했지만——에는 그가 출품할 마음만 있으면 당장에라도 이름을 날릴 만한 훌륭한 그림이 얼마든지 있다는 소문이었다. 여간해서는 모델을 채용할 수 없기 때문에 오로지 정물화만 그리고 있었는데, 그 중에 쟁반에 담은 사과를 그린 것 따위는 참으로 훌륭한 걸작이라고 로슨은 노상 말하곤 했다. 대단히 까다로운 성질이어서 아무튼 자기로서도 잘 알 수 없는 것을 그리고 있다는 것이었으며 자기의 작품 전체에 대해서 끊임없이 불만을 갖고 있었다. 물론 자기가 그린 인물의 팔이라든가 한쪽 다리라든가 나아가서는 정물화 속의 컵이라든가 찻잔이라든가 일부분만을 마음에 드는 일도 있는 모양이어서 그 부분만을 오려내서 보관하지만 마음에 안 드는 나머지 부분은 그대로 찢어버리는 것이었다. 따라서 가끔 남들이 그의 작품을 보여달라고 청할 때에는 으레 보여줄 그림이 한 장도 없다고 매번 거절하곤 했지만 사실 거짓말은 아니었다. 한번은 부르따뉴에서 전혀 이름도 없는 무명의 화가로, 한때는 증권 브로커 노릇도 했었고 중년이 되어서 별안간 화가로 전환해버렸다는 괴상한 남자를 만난 일이 있는데 그의 작품에서도 깊은 영향을 받고 있었다. 그리고 예의 인상파하고도 등을 돌려버리고 다만 그림을 그린다는 것뿐만 아니라 오히려 그의 독자적인 사물의 관찰력을 고생해가면서 모색하고 있는 것이었다. 필립은 어쨌든 그에게는 무언가 독창적인 것을 느끼고 있었다.

그들이 언제나 식사를 하는 그라비에에서나, 밤에 베르사이유나 클로즈리 드 리라 같은 장소에서도 클러튼은 거의 입을 다물고 묵묵히 말이 없었다. 여윈 얼굴에 빈정대는 듯한 야릇한 웃음을 짓고 잠자코 앉아 있다가 가끔 경구에 대한 말을 간결하게 한 마디 해주어야 할 것 같은 기회가 왔을 때에만 입을 여는 것이었다. 남을 신랄하게 조롱하는 것을 매우 좋아해서 용케 그런 대상이 될 것 같은 인물이 좌중에 끼어 있을 때에만 유달리 원기가 왕성했다. 화제는 거의 그림 이야기뿐이었다. 그나마 자신이 상대할 가치가 있다고 인정하는 특정한 한두 사람 외에는 절대로 상대하지 않았다. 필립은 때로 과연 그에게 무엇이 들어 있는 인물일까, 하고 의심해본 일이 있었다. 그의 과묵, 초췌한 얼굴, 신랄한 풍자, 그러한 것들은 확실히 강한 개성을 생각하게 하는 것 같았으나 동시에 또 그것은 단순히 아무것도 아닌 것을 감추기 위한 교묘한 가면에 불과한 것이었는지도 알 수 없는 일이었다.

한편 로슨과는 곧 친해졌다. 흥미의 범위가 넓기 때문에 친구로서는 재미있는 사나이였다. 학생들 중에서는 누구보다도 독서가여서 수입은 아주 적은 주제에 책을 사는 것을 무척 좋아했다. 게다가 또 힘들게 얻은 책을 남에게 기꺼이 빌려주기도 잘 해서 필립은 덕택에 프로베르, 발자크, 베들레르, 엘레디아, 빌리에 드 릴라당 등의 작가들을 알게 되었다. 함께 연극을 보러 가기도 하고 때로는 오페라 꼬미끄 극장의 인원 제한없이 마구 밀어넣는 싸구려 좌석에 들어간 적도 있었다. 바로 이웃에 오데옹 극장이 있기 때문에 필립도 이내 그와 함께 루이 십사 세 시대의 비극 시인과 그들의 낭랑한 영웅시격(詩格)에 흠뻑 열을 올리게 되었다. 테에브 거리에는 〈꽁세르 루즈〉가 있어 칠십오 쌍띰만 내면 훌륭한 음악을 감상할 수도 있었고, 게다가 약간의 술이 나올 때도 있었다. 좌석은 좋지 못했고 매우 복잡하고 실내 공기는 값싼 담배 연기로 숨을 쉴 수 없을 지경이었지만 젊은 그들의 정열로는 그런 것쯤은 문제도 되지 않았다. 때로는 〈발뷰리에〉로 춤을 추러갈 때도 있었다. 그럴 때는 플라나간도 함께였다. 그가 곧잘 흥분해서 큰소리로 소란을 피우는 것이 우스워서 두 사람은 허리를 잡고 웃어댔다. 그는 또 댄스의 명수여서 들어간 지 십 분도 채 못 되어서 벌써 그 자리에서 새로 사귄 여점원과 어울려서 춤을 추었다.

그들의 한결같은 염원은 어떻게 해서든지 애인을 한 사람씩 갖는 것이었다. 이른바 그것은 파리에서 공부하는 학생들의 하나의 부속품이었다. 애인이 생기면 그만큼 동료들 사이에서는 인정을 받게 되어 있었다. 아무튼 자랑할 수가 있는 것이었다. 그러나 다만 문제는 그들 거의가 자기 혼자 살아가기도 어려운 형편이었기 때문에 말로는 프랑스 여자는 영리하니까 둘이 사는 것이나 혼자 사는 것이나 돈 들기론 마찬가지라고 하지만, 그러나 그렇게 생각해주는 젊은 여인을 만나기는 힘드는 일이었다. 그러므로 대개는 자기들보다 좀더 유명한 화가들의 보호를 받는 여자들을 부러워하기도 하고 욕설을 퍼붓는 것으로 만족할 수밖에 없었다. 이러한 일이 파리에서도 무척 힘들다는 것은 실로 놀라운 것이었다. 가끔 로슨도 젊은 여자와 가까워져서 데이트를 약속할 때가 있었다. 그런 날이면 하루종일 내내 정신없이 기뻐서 만나는 사람에게마다 그 여자의 이야기를 자세하게 미주알고주알 들려주곤 했다. 그러나 약속 시간에는 으레 바람맞기가 일쑤였다. 그는 밤늦게야 잔뜩 화가 나서 그라비에에 나타나서는,

"제기랄, 또 틀렸어! 난 왜 이렇게 인기가 없을까? 프랑스어가 시

원찮은 탓일까? 아니면 이 빨강머리 때문인가? 일 년이나 파리에서 살면서도 변변한 계집 하나 잡을 수 없다니 좀 심하단 말야, 이건." 하고 큰소리로 소란을 피우는 것이다.

"그건 자네 기술이 부족해서 그럴 거야." 하고 플라나간이 대꾸했다.

그는 자랑거리가 대단히 많았다. 물론 그들은 그 말을 모조리 다 믿는 것은 아니었지만 그렇다고 모두가 거짓말만은 아니라는 것도 확실한 증거가 있었다. 다만 그는 결코 여자와의 관계를 오래 계속하기를 원하지 않았다. 그는 파리에 온 지 아직 이 년밖에 되지 않았다. 그는 가족들을 설득해서 대학에 가는 대신 그림 공부를 하려고 와 있긴 했지만 기한이 지나면 시애틀에 돌아가서 부친의 직업을 이어받게 되어 있었다. 그러니까 말하자면 그 동안에 되도록 재미를 톡톡히 보자는 것이 그의 본심이고 그러기 위해서는 연애에 있어서도 계속적인 것보다는 변화있는 면을 찾을 수밖에 없는 것이었다.

"그럼, 도대체 어떻게 해서 잡는단 말인가?"

"그런 것쯤은 아무것도 아니지." 하고 플라나간은 대답했다. "별안간 부딪쳐가는 거야. 오히려 귀찮기로는 손을 끊을 때야. 거기에는 좀 수단이 필요하지. 그 점이 기술이거든."

다만 필립만은 그림에 관한 일, 독서에 관한 일, 연극, 기타의 대화를 주의 깊게 들어야 하는 일 등으로도 힘에 겨워서 도저히 여자 교제 따위에 마음을 쓸 겨를이 없었다. 좀더 프랑스어를 잘 하게 되기라도 하면 혹은 그런 겨를이 생길지도 모르는 일이라고 생각했다.

미스 윌킨슨을 만난 지도 어느덧 일 년 이상이 지났다. 파리에 처음 도착했을 당시에는 너무나 바빠서 블랙스테이블을 떠나기 바로 전에 받은 그녀의 편지 답장도 낼 겨를이 없었다. 그 후에도 또 한 통 왔으나 기껏해야 원망하는 내용일 것이라고 생각되자 그 무렵에는 도무지 그럴 만한 마음도 못 되었기 때문에 나중에 읽을 셈으로 내버려두었다. 그리고는 그만 까맣게 잊어버렸다가 문득 발견한 것은 한 달이나 지나서 양말을 찾으려고 서랍을 뒤질 때였다. 피봉이 뜯기지도 않은 편지를 들여다보고는 그는 어쩔 줄을 몰라했다. 미스

윌킨슨이 얼마나 괴로워했을까 생각하니 정말 너무했구나 하는 마음
이 들었다. 그럼 이제는 그녀의 감정이 괴롭다 못해 다소 누그러졌을
것이고 더욱이 최악의 시기는 지나버렸을 것이라고 생각했다. 아무
튼 여자란 종종 지나치게 과장된 표현을 한다고도 생각되었다. 같은
말이라도 남자가 사용하는 경우와는 큰 차이가 있다. 별뜻이 없는 것
이 보통인 것이다. 게다가 어떤 일이 있더라도 다시는 만나지 않을
것을 단단히 결심했을 것이다. 퍽 오랫동안 편지를 보내지 않았기 때
문에 지금 새삼스럽게 쓸 마음도 없었고 해서 숫제 읽지 않기로 작
정했다.

'아마 이 이상 그녀도 편지를 보내지 않을 테지.' 하고 은근히 생
각했다. '자기도 이미 그것으로 끝장이 났다고 생각할 수밖에 없을
걸. 요컨대 나이가 너무 많아. 마치 내 어머니같잖아. 그런 것쯤은 당
연히 그쪽에서도 알아주어야 해.' 하고 그는 혼자 중얼거렸다.

그러면서도 두어 시간 동안은 조금 불쾌했다. 자기만에는 물론 정
당하다고 생각하지만 역시 전체적으로 생각하면 꺼림칙하기도 했다.
그러나 그 후로는 미스 윌킨슨에게서도 아무런 소식이 없었고 또 그
가 걱정하던 것처럼 그녀가 갑자기 파리에 나타나서 그가 친구들의
놀림감이 되는 일도 일어나지 않았다. 그는 곧 그녀의 일을 깨끗이
잊어버리고 말았다.

또 그 무렵에는 그가 믿어오던 신들을 이제는 완전히 잊어버리고
말았다. 그가 인상파의 작품을 처음 보았을 때의 놀라움도 지금은 분
명히 찬양으로 바뀌었다. 얼마 되지 않아 그는 마네나 모네나 드가의
뛰어난 점을 다른 친구들과 마찬가지로 칭찬하게 되었다. 앵그르의
〈오달리스크〉나 마네의 〈올림피아〉의 복제판을 사들여서 면도할
적마다 그들의 미를 비교하여 볼 수 있도록 세면대 위에 나란히 놓
아두었다. 이제는 모네 이전에는 풍경화는 존재하지 않았다는 것을
뚜렷하게 알게 되었고 렘브란트의 〈에마우의 사도들〉이나 벨라스케
즈의 〈벼룩에게 코를 물린 여인〉 앞에 설 때는 참다운 의미의 스릴
을 맛보았다. 〈벼룩에게 코를 물린 여인〉이란 물론 원 제목은 아니
었다. 그러나 그라비에에서는 그림 속의 여인의, 어떤 의미에서는 오

히려 불쾌한 특징임에도 불구하고 그림 자체의 미를 강조하기 위해서 특히 이러한 이름으로 부르고 있었던 것이다. 러스킨이나 번 존스, 와츠 등과 함께 파리에 왔을 무렵에 썼던 모자도 하얀 물방울 무늬 파란 넥타이도 말끔히 내버리고, 지금은 넓은 차양이 달린 소프트 모자에 커다란 검은색의 보헤미안 넥타이를 매고 낭만적인 망토를 의기양양하게 걸치고 다녔다. 몽파르나스 거리를 마치 태어날 때부터 낯익은 고장이기라도 한 듯이 활보하고 고행하는 것처럼 참으면서 얼굴 한 번 찡그리지 않고 압쌩뜨 주(酒)를 마시는 것도 익혔다. 머리도 자라는 대로 내버려두었다. 다만 수염을 기르지 못했는데 이유는 '자연'이 그에게 냉정했고, 애석하게도 청춘 불멸의 동경에 대해서 조금도 고려조차 해주지 않았다는 이유 때문이었다.

45

얼마 뒤에 필립은 주위 친구들을 움직이고 있는 정신은 바로 크론쇼라는 것을 깨닫게 되었다. 로슨이 그의 역설(逆說)을 내세우는 것도 그로부터의 영향이었고 말끝마다 개성, 개성하고 시끄러울 만큼 말하는 클러튼까지도 결국은 그가 알지 못하는 사이에 크론쇼라는 나이가 앞선 친구에게서 배운 말로 이야기하는 것이었다. 식탁에서 그들이 서로 주고받는 사상도 따지고 보면 그의 사상이었고, 그들은 그의 권위를 좇아서 판단하였다. 딴은 그들이 그의 약점을 비웃기도 하고 그의 악덕을 서글퍼하기도 했었지만 사실은 그렇게 함으로써 무의식적으로 그를 존경한다는 사실에 대해 이른바 화풀이를 하고 있는 것이다.

"물론 크론쇼란 사람은 아무것도 제대로 할 수 없을 거야." 하고 그들은 말한다. "어쩔 수 없는 친구란 말야." 그러나 그들은 그의 천재를 알아보는 것은 자기들 뿐이라고 자부하고 있었다. 그리고 청년답게 중년들의 어리석은 행동을 이러쿵저러쿵 경멸해서 그들 친구들끼리는 오히려 가볍게 내려다보는 것 같은 태도마저 보였지만 그러나 동료들의 자랑으로서 우러러보는 것도 잊지 않았다. 크론쇼는 결코 그라비에에는 나오지 않았다. 지난 사 년간을 그는 께 드 그랑 오귀스땅에 있는 낡은 건물의 7층에서 어떤 여인과 동거하고 있었다. 그 여자를 본 일이 있는 것은 로슨뿐이었다. 그 불결함이나 난잡함을 로슨은 참으로 재미있다는 듯이 이야기하곤 했다.

"게다가 그놈의 냄새는 어찌나 지독한지, 코도 뭐도 모두 떨어질 지경이더군."

"좀 그만하게, 식사시간에 그런 더러운 소리는 삼가게." 하고 견디다 못 한 좌중의 한 사람이 항의했다.

그래도 그는 별안간 코를 쿡 찌른 그 악취에 대한 이야기를 아주 자세하게 설명했을 뿐 아니라 더욱이 그의 특유한 리얼리즘의 버릇으로 자기를 위해 문을 열어준 여자의 육체까지도 무척 즐거운 듯이 상세히 묘사해 보이는 것이었다. 그의 말에 의하면 문제의 그 여인은 아직 무척 젊고 피부는 검고 뚱뚱한 아직 소녀 티를 벗지 못한 여자였으나, 검은 머리는 당장이라도 흘러내릴 것처럼 보였다고 했다. 단정하지 못한 블라우스를 입고 코르셋은 입지 않았다. 빨간 뺨, 육감적으로 큰 입, 반짝반짝 빛나는 욕정적인 눈, 얼핏 보고 연상되는 것은 프란쯔 할스가 그린 루브르에 전시되어 있는 〈집시의 여인〉이었다. 방자하고 천했으며 재미있다면 그렇기도 했으나 소름이 끼칠 것 같은 여인이었다. 성질이 비뚤어지고 겁쟁이고 땟국이 흐르는 어린 아이가 마룻바닥에서 놀고 있었다. 이 여자가 이 근처에서도 가장 보잘것없는 놈팡이와 짜고 크론쇼를 속이고 있다는 것은 이미 다 알려진 사실이었다. 그런 만큼 날카로운 지성과 미에 대한 정열의 소유자인 크론쇼가 어째서 그런 하찮은 여자와 함께 살고 있는가 하는 의문은 카페의 탁상담론에서 그의 예지를 흡수하고 있던 순정 청년들에게는 전혀 수수께끼 같은 일이었다. 그러나 당사자인 크론쇼는 그 여자의 조잡하고 더러운 말솜씨가 도리어 마음에 드는 모양으로 빈민굴 냄새를 풍기는 그녀의 말솜씨를 태연하게 이야기하곤 하는 것이었다. 그는 곧잘 익살스러운 말로 그녀를 '우리 집 문지기 아가씨'라고 불렀다. 그의 생활은 그야말로 몹시 가난했고, 그림 전람회가 있을 때마다 한두 영자 신문에 기사를 써서 생계를 이어나갈 정도의 돈을 벌기도 하고 그 밖에 얼마 안 되는 번역 일을 맡아 하기도 했다. 한때는 파리에서 발간되는 영자신문의 편집을 맡아본 일도 있었는데 술이 과해서 파면되었다. 오뗄 드루오의 그림의 판매 상황이나 뮤직홀의 르뷔 기사 등을 쓰는 일을 얻을 때도 가끔 있었다. 그러나 워낙 파리에서의 생활이 몸에 젖었기 때문에 불결과 과로의 생활고에도 불구하고 지금 새삼스럽게 그러한 생활을 바꾸어보려고 하지 않는 것이다. 그는 내내 파리에 있었다. 그의 친지들이 모조리 어딘가로 가버리는 여름철에도 그만은 홀로 파리에 남아서 쌩 미셸 거리에서 일 마일 이내의 장소에 있기만 하면 마음이 편안해진다는 것이다. 그러면서도 기묘한 것은 그가 말하는 프랑스어는 조금도 합격 점수를 넘은 일이 없다. 그리고 라 벨 자르디니에르에서 맞춘 초라한 양복을 입고 한 눈으로 알아볼 수 있는 영국인다운 모습을 어디까지나 지니고 있었다.

백오십 년쯤 전의 사회——좌담의 재능이 상류 사회로의 홀륭한 여권이었고, 술주정 같은 건 조금도 지장이 없었던 그러한 세상이었다면 혹은 출세했을지도 알 수 없는 그런 사람이었던 것이다.

"난 말이야, 꼭 십팔 세기에 태어났어야 할 사람이야." 하고 자기 자신도 그렇게 중얼거렸다.

"내게 필요한 건 패트런이란 말이오. 먼저 예약자를 받아가지고 시집을 내거든, 그리고 그것을 어떤 귀족한테 바치는 거야. 나의 소원은 어떤 백작 부인의 애견 푸들을 노래한 카플렛(押韻對聯詩)을 쓰는 일이란 말요. 내 마음은 시녀들의 사랑이나 감독들의 대화를 얼마나 진정으로 동경하고 있는지 모른단 말이오."

그리고 그 유명한 낭만파 시인 롤라의 말을 읊조리곤 했다.

"나는 왔노라, 이미 세월이 지나 너무도 늙어버린 이 세상에."

그는 처음 만나는 사람을 좋아했다. 따라서 몇 마디 좌담이 될 만한 말은 하되 그의 독백을 방해할 만큼은 지껄이지 않는다는 극히 어려운 일을 무난히 해내는 필립을 보자 곧 그의 마음에 들어버렸다. 필립 쪽에서도 완전히 그에게 매혹되어버렸다. 기실 크론쇼의 이야기에는 새로운 것이라곤 거의 없다는 사실을 그는 아직 깨닫지 못했던 것이다. 좌담할 때의 크론쇼에게는 알 수 없는 매력이 있었다. 아름답고도 낭랑한 목소리의 소유자로, 말하는 태도에는 확실히 젊은 사람들을 견딜 수 없게 하는 그 무엇인가가 있었다. 그가 말하는 것에는 하나하나가 뭔지 듣는 사람으로 하여금 생각하게 하는 것이 있어서 돌아오는 도중에 로슨과 필립은 곧잘 크론쇼가 한 말에 관해서 몇 번씩이나 서로의 호텔 사이를 왕복하면서 토론을 한 일도 있었다. 아직 젊은 탓으로 무엇이든지 빨리 결과를 알고 싶어하는 필립에게는 바로 그 크론쇼의 시가 너무나 기대했던 바와 어긋난 데 대해서 조금 실망했다. 단행본으로 출판된 적은 한 번도 없었고 대부분 잡지에 발표되었을 뿐이었다. 여러 모로 부탁한 결과 그는 가까스로 〈옐로 북〉이나 〈토요 평론〉, 기타 잡지에 실려 있는 것을 오려낸 것을 한 묶음 가져다주었으나 놀랍게도 그 대부분의 시가 헨리가 아니면 스윈번을 연상케 하는 것들 뿐인 것이다. 크론쇼의 독특한 맛을 내기 위해서는 어차피 직접 그에게 멋있는 낭독을 해달랠 도리밖에 없었다. 필립이 실망한 것을 로슨에게 이야기했더니 로슨이 또 그것을 경솔하게도 그대로 크론쇼에게 전하고 말았다. 그 다음 어느날, 필립이 클로즈리 드 리라에 갔더니 크론쇼는 빙글빙글 웃으면서 그의 곁으로 다가와서 말했다.

"내 시가 과히 마음에 안 들었다면서?"

필립은 몹시 난처해졌다.

"전 잘 모릅니다만 썩 재미있게 읽었는데요."

"뭐, 조금도 내게 신경 쓸 필요는 없소." 하고 그는 살집이 좋은 팔을 한 번 내두르고 대답했다. "나 자신도 별로 내가 쓴 시를 그렇게 잘됐다고 과대평가하지는 않으니까 말요. 인생이란 어떤 의미에선 살기 위해서 있는 거요. 그런 것을 쓰기 위해서 있는 것이 아니오. 내 목적은 제공해주는 여러 가지 경험을 찾아내서 삶의 순간 순간으로부터 그것이 제공해주는 정서를 빼앗는 일이란 말요. 내 창작이라는 것은 말하자면 이 생에서 쾌락을 흡수한다는 것보다는 오히려 생존에 쾌락을 더하여주기 위한 아름다운 몸단장 정도로밖에는 생각하고 있지 않소. 후세에 남느냐고? 후세에 남겨 뭣하게요."

필립은 가볍게 미소지었다. 이 중년의 예술가도 실제로 그가 만들어내고 있는 것은 어디까지나 불쌍한 서투른 화가의 그림과 조금도 다름이 없다는 것이 너무나 명백했기 때문이었다. 크론쇼는 찬찬히 그의 얼굴을 바라보면서 술잔을 채웠다. 그리고는 보이를 담배 사러 보냈다.

"자네는 내가 이런 식으로 말하는 게 무척 재미있는 모양이구면. 딴은 자네는 내가 가난한 생활을 하면서 하찮은 여인과 동거 생활까지 하고, 그 여인이 미용사나 카페의 보이들과 한패가 되어서 나를 속이고 있다는 것도 알고 있겠지. 게다가 또 나는 영국 사람들을 위해서 보잘것없는 책을 번역하기도 하고, 그런가 하면 악평을 할 만한 가치도 없는 형편없는 그림에 대한 기사를 쓰기도 한다네. 그러나 자네에게 꼭 한 가지 물어보겠는데 도대체 인생의 의미란 뭔가?"

"글쎄요, 제겐 무척 어려운 질문이군요. 그건 오히려 선생님께 대답을 듣고 싶은 문제입니다."

"안 돼, 결국 자네 자신이 발견하는 게 아니면 아무 뜻도 없으니까. 그런데 자네는 뭣 때문에 이 세상에 태어났다고 생각하지?"

그런 문제는 아직껏 생각해본 일도 없었기 때문에 필립은 잠시 생각해보다가 대답했다.

"잘은 모르겠지만 역시 자기의 의무를 다하고, 되도록 자신의 능력을 살리고, 나아가 타인에게 해를 끼치지 않도록 하는 것이 아닐까요?"

"결국 말하자면 남이 그렇게 했으면 싶은 일은 나 역시 남에게 그와같이 하라는 것인가?"

"그렇겠죠."

"그것은 예수의 말씀이야."

"아뇨, 그런 뜻이 아닙니다." 필립은 조금 화가 나서 대꾸했다. "그것은 예수하고는 아무 관계도 없는 말입니다. 오히려 그건 보편적이고 추상적인 도덕률이 아닐까요?"

"하지만 그런 보편적 추상적 도덕률이란 존재하지 않는 법일세."

"그렇다면 말이죠, 가령 당신께서 술에 취하셔서 돌아가실 때 지갑을 놓고 갔는데, 제가 그것을 주웠다고 합시다. 이런 경우에 왜 내가 그것을 당신에게 돌려드리게 되는 걸까요?"

"인간이 죄를 범하면 지옥이 무서울 게고 좋은 일을 하면 천당에 가게 될 것이라는 그것 때문일 거야."

"하지만 전 그 두 가지를 모두 믿지 않습니다."

"그야 그럴지도 모르지, 딴은 칸트가 절대 무상 명제를 생각해냈을 때에는 그 역시 천당과 지옥을 믿지 않았었지. 하기야 자넨 신조 같은 것은 잊어버렸겠지만 그 신조에 기반을 둔 윤리는 여전히 믿고 있는 셈이란 말이오. 어떻게 보든지 자넨 역시 엄연한 크리스천이란 말일세. 만약 천상에 하느님이 계시기만 한다면 자네에게 은혜를 베푸실 게 확실하이. 전능하신 하느님이란 교회에서 떠드는 그런 바보 천치가 아니란 말이야. 자네가 신의 계율을 지키기만 하면 자네가 신을 믿든 안 믿든 그런 것은 하느님께선 앞으로도 개의치 않으실 것일세."

"그렇지만 당신께서도 만약 제가 지갑을 두고 간다면 꼭 제게 돌려주시겠지요?"

"그러나 그건 보편 추상의 도덕률에서 하는 짓이 아니라 어디까지나 경찰이 무서워서일걸세."

"하지만 경찰이 알 턱이 없지 않습니까?"

"우리네 선조들은 너무나 오랫동안 문명 사회에서 살아왔기 때문에 경찰에 대한 공포라는 것이 뼈에 사무친 셈이지. 그러나 우리 집 문지기 아가씨라면 아마 조금도 주저하지 않을걸. 이렇게 말하면 자넨 또 그 여자가 범죄인의 한 사람이기 때문이라고 하겠지. 그러나 절대로 그렇지는 않아. 다만 일반 사람이 갖고 있는 선입관이라는 것이 그 여자에게는 전혀 없다는 것뿐이야."

"하지만 그렇다면 염치도 덕성도 선도 미풍 양속도 모조리 없어져 버리지 않겠습니까?"

"자넨 무언가 죄를 범한 일이 있겠지?"

"글쎄요, 잘은 모르지만 저지르고 있겠죠."

"자네는 비국교파 목사와 같은 말투로 말하고 있군. 이래봬도 난 지금까지 한 번도 죄 같은 건 지은 일이 없지." 옷깃을 세운 초라한 외투를 걸치고, 모자를 깊숙이 눌러쓰고, 살진 얼굴을 벌겋게 하고 연방 조그만 눈을 번쩍이고 있는 크론쇼의 모습은 형용할 수 없이 희극적으로 보였다. 그러나 필립의 태도는 매우 진지하였다.

"그럼 당신께선 후회하실 말한 일은 한 번도 하신 적이 없으시단 말씀인가요?"

"자기가 이미 해온 모든 일이 그렇게 하지 않을 수 없었다면 후회해보았자 무슨 소용이 있을까?" 그는 오히려 역습으로 나왔다.

"하지만 그렇게 되면 운명론이나 마찬가지가 아니겠어요?"

"다시 말해서 인간들은 의지만은 자유롭다는 환각이 너무나 강하게 뿌리박고 있지. 그렇기 때문에 나도 일단 그걸 인정하고 있지. 그리고 마치 자신이 자유인인 것처럼 행동하고 있는 셈이지. 그러나 일단 일을 저질러놓고 나서 생각해보면 말일세, 요컨대 그것은 이 우주의 영겁의 과거에서부터 내려오는 쌓이고 쌓인 모든 힘이 나에게 덤벼들어서 그렇게 하도록 만들었다는 것에 지나지 않아. 그것을 막는다는 것은 도저히 불가능한 일이야. 말하자면 전혀 불가피한 행위란 말이지. 그러니까 그것이 선이라고 해서 공을 내세울 수도 없거니와 악이라고 해서 비난받을 이유도 없는 거야."

"아무래도 머리가 좀 이상해졌습니다." 필립이 말했다.

"자아, 위스키를 마시게나." 크론쇼는 병을 내주면서 말했다.

"머리를 깨끗이 하려면 이것이 제일이거든. 인간은 언제까지나 맥주만 마시고 있으면 바보 천치가 되기 꼭 알맞지."

필립은 머리를 저어서 사양했다. 크론쇼는 뒤를 이었다.

"자네는 다른 건 다 좋은데 술을 안 마시는 모양이군. 술을 안 마시면 첫째 대화의 흥이 깨지거든. 그런데 내가 선이라고 하고 악이라고 하는 것은……" 아까 하던 말을 다시 시작하는구나 하고 필립은 속으로 생각했다. "알겠나? 단지 세속적인 의미로 사용하는 것뿐이란 말이야. 의미 따위는 전혀 생각하고 있지 않아. 인간의 행위를 나쁘다고 생각하는 것은 난 딱 질색이야. 선이라는 말이나 악이라는 말은 내게 있어서는 모두가 무의미하기 때문에 난 그것을 칭찬하지도 간혹 비난하지도 않는단 말야. 다만 있는 그대로를 받아들일 뿐이야. 나 자신이 만물이 척도요, 나 자신이 세계의 중심인 것이야."

"그러나 한 사람이나 두 사람쯤은 다른 인간도 이 세상에 존재하고 있는 게 아닙니까."

"아냐, 난 다만 자신을 위해서 말하고 있는 것뿐이야. 그야 물론 다른 인간도 있겠지만 그것을 인정하는 것은 다만 내활동에 제약을 가하는 존재로서만이야. 그러한 인간들을 에워싸고 좀더 큰 세계가 돌고 있는 셈이겠지만 요컨대 각자가 각자를 위해서 제각기 우주의 중심을 이루고 있는 것이야. 그들에 대한 내 권리는 다만 내 힘이 미치는 범위 내에 한정되어 있단 말이야. 내 자신의 능력만이 내가 해도 좋다는 것의 한계가 될 것이고, 따라서 할 수 있는 일이라면 무엇을 하든 무방하는 말이겠지. 인간에게는 군거성(群居性)이라는 게 있어. 그렇기 때문에 사회를 이루고 살고 있는 셈이지만. 그런데 그 사회를 결합하도록 하는 것은 도대체 뭣인가? 힘이야. 무기라는 힘, 즉 경찰인데 거기에다 세론이란 힘, 다시 말하면 미시즈 그런디(세평이란 뜻)가 바로 그것이야. 한편에는 사회가 있는 반면 또 한편에는 개인이라는 것이 있지. 어느 편도 다 제각기 자기 보존을 위해서 투쟁하고 있는 유기체야. 힘과 힘의 대결일세. 그리고 나는 그런 관계 속에서 홀로 서서 사회라는 것을 받아들이지 않으면 안 되는 것이야. 그렇다곤 하지만 싫다는 것은 아니야. 왜냐하면 사회란 내가 세금을 내는 대상(代償)으로서, 나라는 약한 인간을 나보다 강한 자의 횡포로부터 지켜주고 있는 셈이기 때문이지. 그러나 내가 법칙을 따르는 것은 그렇게 하는 도리밖에 없기 때문이지 내가 법의 정당성을 승인해서 그런 것은 아니야. 조금도 옳다고는 생각하지 않소. 다만 힘을 인정할 뿐이란 말야. 그러니까 생명과 재산을 보호해주는 경찰관의 월급을 우리네가 지불해주고, 또 징병제가 시행되는 나라에 살고 있다면 우리네의 집과 토지를 침입자로부터 지켜주는 군대에 복무하기만 하면 이미 아무런 빚도 사회에 대해서는 없을 거야. 그리고 저편에서 힘으로 나오면 나는 그에 못지 않은 교활함을 갖고 대항하겠어. 사회는 다만 자기 보존을 위해서 여러 가지 법률을 제정하고 있을 뿐이야. 그러니까 만약 그 법률을 범하기만 하면 난 감금이 아니면 사형에 처해진단 말이야. 결국 사회는 그만한 힘을 가졌기 때문에 그것 자체가 정의라는 것이 되지. 내가 법을 어겼다면 그에 대한 국가의 보복을 달게 받을 거야. 다만 그것을 결코 형벌이라고 생각하지 않을 뿐 아니라 또 어떤 잘못을 저질렀기 때문에 죄가 되었다고도 결코 느끼지 않을 거야. 사회라는 것은 명예니 재산이니 항간의 좋은 평판이니 하는 것을 끌어내어 사회에 봉사하도록 나를 유혹하기까지 하지. 그러나 나는 세평에 대해서는 마이동풍이야. 명예나 존경이나 금전 없이도 나는 얼마든지 잘 살아나갈 수 있으니까."

"그러나 사람들이 모두 당신과 같은 생각을 하는 날에는 만사가 엉망이 되지 않겠어요?"

"딴 사람에 대해선 난 모르겠네. 내가 생각하는 것은 내 자신의 일뿐이야. 다만 고마운 것은 세상 사람들은 어떠한 보상에 끌려서 직접 간접으로 내게 유리한 일을 해준다는 것이지. 그것을 좋도록 이용할 뿐이야."

"그렇지만 그것은 지나치게 자기 중심적인 생각이라고 생각되는데요."

"그렇다면 자네는 인간이 이기적 동기 이외의 다른 어떤 동기에 의해서 움직이는 것이라고 생각하나?"

"전 그렇게 생각하죠."

"절대로 그렇지는 않을 거야. 자네도 이제 나이를 좀더 먹으면 알게 될 거야. 아무튼 이 세상을 어떻게 살아나갈 수 있는 것으로 하기 위하여서는 우선 필요한 것은 어떻게도 할 수 없는 인간의 이기성, 이것을 우선 인정하는 일이지. 자네는 타인에게 무사무욕을 요구하고 있을 테지만 그것은 터무니없는 요구야. 즉 그들의 욕망을 자네의 욕망을 위해서 희생해달라고 하는 거나 마찬가지지. 누가 그런 짓을 하겠나. 만약 자네가 이 세상에선 결국 사람은 모두 자기 자신만을 위해서 움직인다는 사실을 인정하게 되면 자네의 남에 대한 기대도 훨씬 적어질 거야. 그렇게 되면 그들에게 실망을 할 일도 없어질 것이고, 그들을 보는 자네의 눈도 한결 너그러워지겠지. 인간이 이 인생에서 추구하는 것은 단 한 가지, 결국 쾌락뿐이야."

"아닙니다, 절대로 그렇지 않아요." 하고 필립은 큰소리로 외쳤다.

크론쇼는 픽 하고 웃었다.

"자넨 내가 예수교 편에서 보면 매우 나쁜 의미로 해석할 만한 언사를 썼대서 마치 겁먹은 망아지처럼 펄쩍 뛰는군그래. 자네는 가치라는 것에 계층을 구분하고 있어. 그리고 쾌락이라는 것은 자네의 사닥다리로선 맨 밑바닥에 속한단 말이지. 의무다, 사랑이다, 진실이다, 하고 조그마한 자기 만족에 몸을 떨고 있는 거야. 쾌락이라고 하면 감각적인 것이라고밖에는 자네는 생각하지 않는단 말야. 자네가 지금 믿고 있는 그러한 도덕이라는 것을 만들어낸 가련한 노예들은 자기들에게 얻어지지 않을 만족은 모조리 경멸하기로 한 것이야. 쾌락이라는 낱말 대신에 만약 내가 행복이라는 말을 썼다면 자네는 틀림없이 그다지 크게 놀라지 않았을 거야. 그 말의 어감이 훨씬 좋거든. 결국 자네의 정신이 에피큐러스의 돼지 우리에서 나와서 에피큐러스의 정원에라도 들어간 것 같은 마음이 될걸세. 그러나 난 어디까지나 쾌락이라는 말을 그대로 쓰겠어. 왜냐하면 인간이 희구해 마지않는 운명조차 그것이기 때문이야. 진정한 의미로서의 행복 따위는 찾지 않는단 말야. 자네가 내세우는 여러 가지 도덕이라는 것은 그것을 실천할 경우, 그 밑바닥에 숨어 있는 것은 결국 모두 쾌감이란 말이야. 사람이 어떤 일을 한다, 이것은 자기에게 있어서 기분이 좋으니까 하게 되는 거지. 다만 어쩌다가 그것이 이따금 남에게도 좋았을 경우에만 도덕적이라고 할 수 있지. 예를 들면 남에게 동정을 베푸는 것에 쾌감을 느끼면 사람은 자선심을 일으키게 되지. 남을 돕는 데 쾌감을 느끼면 친절을 베푼단 말이야. 사회를 위해서 노력하는 데에 쾌감을 느끼면 공공심이 솟아나게 마련이야. 그러나 자네가 거지에게 이 펜스의 동전을 적선하는 것이 결국 자네 자신의 쾌감을 위해서 하는 것이나 마찬가지로 내가 이렇게 한 잔 한 잔 위스키 소다의 잔을 비우는 것도 본격적으로 내 자신의 쾌감을 얻기 위해서 한다는 데엔 조금도 변함이 없단 말이야. 다만 나는 말이야, 자네보다는 더 정직한 사람이니까 나 자신의 쾌락에 대해서 스스로 박수를 보내거나 또 자네가 칭찬할 것을 요구하거나 그런 짓을 않을 뿐이지.”

“하지만 사람이란 때로 자기가 원하는 일을 하지 않고 반대로 원치 않는 일을 하게 되는 경우도 있다는 것을 모르십니까?”

“그런 건 난 모르겠네. 도대체 자네의 질문은 엉터리 같은 데가 있어. 자네가 말하는 의미는 사람은 때로 바로 눈 앞의 쾌락보다는 오히려 바로 눈 앞의 고통을 택하는 경우도 있다는 그런 뜻이겠지. 자네의 그 이의도 그렇거니와 그 이의 자체가 참으로 어리석기 짝이 없단 말야. 그야 인간이란 바로 눈 앞의 쾌락보다도 바로 눈 앞의 고통을 선택하는 경우도 있다는 것은 잘 알고 있소. 그러나 요컨대 그것은 미래에 있어서의 보다 큰 쾌락을 기대하고 있는 데에 불과해. 물론 쾌락이 환영에 지나지 않는 경우도 종종 있지. 그러나 그들의 계산이 잘못 되었다 해서 반드시 법칙이 잘못되었다고 할 수는 없는 거야. 자네는 내가 말하는 의미를 아직 잘 모르는 듯한 표정인데 그것은 아직도 자네가 쾌락이란 단순한 감각이라는 생각을 버리지 못하기 때문이지. 그러나 여보게, 사람이 조국을 위해서 죽는다는 것은 결국 그렇게 하는 것이 좋으니까 죽는 거야. 마치 양배추 절임이 좋으니까 먹는다는 것과 똑같은 원리지. 이것이 이 세상에 살고 있는 모든 생존자의 법도일세. 그러나 사람들이 쾌락보다 고통을 더 좋아했다면 인류는 이미 아득한 옛날에 멸망해버렸을 거야.”

“하지만 당신 말씀이 모두 사실이라면 이 세상의 온갖 것들은 도대체 무엇 때문에 있단 말입니까? 당신 말씀처럼 의무도 선도 미도 모조리 없애버린다고 하면 도대체 우리들은 왜 이 세상에 태어나는 겁니까?”

“마침 잘됐군, 바로 그 회답에 가장 알맞은 동방의 현자가 나타나셨군.” 하고 크론쇼가 가볍게 웃었다.

바로 그때 카페의 문을 열고 찬바람과 함께 들어선 두 사람의 사나이를 그는 가리켜 보였다. 싸구려 융단을 팔러다니는 레반트인들로 제각기 보따리를 하나씩 안고 있었다. 때마침 일요일 밤이어서 카페는 몹시 혼잡했다. 그들은 탁자 사이를 걸어다니며 물건을 팔았으나 담배연기가 자욱하고 후덥지근한 공기 속에 그것은 무언가 신비스런 느낌을 불어넣어주는 것 같았다. 두 사람 다 너저분한 양복을 입었고, 엷은 외투는 닳아빠졌지만 머리에만은 회교풍의 술 달린 모자를 쓰고 있었다. 얼굴은 추위로 흙빛이 되어 있었다. 그 중 한 사람은 검은 수염을 기른 중년 남자였고, 또 한 사람은 얼굴에 심한 곰보 자국이 있고 애꾸눈인 열여덟 살의 젊은이였다. 그들은 크론쇼와 필립 곁을 지나갔다.

"알라는 위대하시고 마호멧은 그 예언자이니라." 하고 사뭇 장중한 어조로 크론쇼가 외쳤다.

그 중년 남자는 늘 얻어맞기만 하는 개처럼 비굴한 웃음을 히죽히죽 웃으면서 다가왔다. 문 쪽으로 곁눈질을 슬쩍 하더니 남의 눈에 띄지 않도록 재빠르게 춘화도를 내어보였다.

"여보 아저씨, 댁이 바로 알렉산드리아의 상인 마즈르에드딘이오? 아니면 그 물건은 먼 바그다드에서 가져온 것이오? 그리고 저편에 있는 애꾸눈의 젊은이, 그대는 세헤라자데가 왕을 위해서 이야기했다는 이야기의 주인공, 그 세 사람의 왕 중의 한 사람이라도 된단 말이오?"

크론쇼의 말은 한 마디도 알아듣지 못하면서 그 남자의 태도는 더욱더 아첨하는 것같이 되어갔다. 그리고는 마치 마술사처럼 백단(白檀) 상자를 꺼내어 보여주었다.

"아니 아니, 그보다도 동방의 나라에서 짜내는 값진 비단이나 보여주구려." 하고 크론쇼가 말했다. "어디 내가 한 마디 도덕적인 것을 덧붙여서 금상 첨화격으로 이야기를 만들어보기로 하지." 레반트 사람은 황색과 적색으로 된 극히 속된 기괴한 식탁보를 펼쳐 보였다.

"손님 삼십오 프랑입니다."

"이봐요 아저씨, 이 천은 사마르칸드의 직공이 짠 것이 아니고 이 색깔은 보카라에서 염색한 것도 아니잖소?"

"이십오 프랑." 행상인은 비굴하고 아첨 섞인 웃음을 지었다.

"이 세계의 맨 끝에서 이 천이 만들어졌고 버밍엄이야말로 내가 출생한 곳이란 말이오."

"십오 프랑." 하고 수염 난 사나이는 점점 더 굽실거렸다.

"귀찮군, 가버리란 말야." 크론쇼가 외쳤다. "그대의 외할머니의 묘지를 노새들이 밟아버리기를……."

문득 웃음을 멈춘 레반트인은 물건을 거두어 가지고 딴 테이블로 가버렸다. 크론쇼는 필립을 보면서,

"자네는 크리뉴 박물관에 가본 일이 있는가? 한 번 가보도록 하게. 거기엔 참으로 훌륭한 양탄자의 수집품이 전시되어 있는데, 그 무늬의 복잡한 아름다움에는 자네도 틀림없이 감탄하지 않을 수 없을 거야. 그것들에서 자네는 동양의 신비와 관능적인 아름다움과 해피즈의 장미와 오말의 술잔을 보게 될걸세. 그리고 그러는 동안에 자네에게도 보다 더 깊은 뜻이 이해될걸세. 자네는 조금 전에 인생의 의의가 무엇이냐고 물었잖나? 그러니 차라리 거기에 가서 저 페르시아의 양탄자 구경을 하고 오게. 그러는 동안에 반드시 그에 대한 해답을 얻게 될 테니까."

"무척 어려운 말씀을 하시는군요."

"술에 좀 취했을 뿐이네." 하고 크론쇼는 대답했다.

46

파리에서의 생활은 필립이 생각했던 것처럼 돈이 적게 드는 것이 아니어서 이월 경에는 가지고 온 돈을 대부분 다 써버렸다. 그러나 이제 와서 백부에게 울고 매달리는 것은 그의 자존심이 용납하지 않았고, 그렇다고 백모에게 그의 곤란한 사정을 알리고 싶지도 않았다. 왜냐하면 백모가 이것을 알게 되면 자기의 주머니에서 어떻게라도 마련해서 다소라도 보내주려고 애쓸 것이 틀림없었고, 또 가진 돈도 거의 없다는 것을 그는 알고 있었기 때문이었다. 이제 석 달만 지나면 법률상의 성년이 될 것이므로 그렇게 되면 그는 얼마 되지 않지만 그 자신의 재산을 소유하게 될 것이다. 그래서 그는 부친으로부터 물려받은 약간의 패물을 몇 개 팔아서 그때까지 그럭저럭 견디어 나갔다.

마침 그 무렵 라스파이유 거리로 나가는 골목에 조그마한 아틀리

에가 하나 비어 있는 것을 로슨이 함께 빌려 쓰자고 필립에게 제의했다. 매우 값이 헐했다. 따로 방 하나가 붙어 있어서 침실로 쓸 수 있었다. 필립은 매일 아침 학교에 나갈 것이므로 그 동안에는 로슨이 혼자서 아틀리에를 편히 독점할 수도 있을 것이다. 로슨은 여러 학교를 이리저리 다녀본 결과 결국은 일을 혼자서 할 수밖에 없다는 결론에 도달하고 한 주일에 사흘만 모델을 빌리자고 제안했다. 처음에 필립은 비용 때문에 주저했으나 이것을 둘이서 다시 계산해보았다. 아무튼 그들은 자신들의 아틀리에 갖기를 한결같이 열망했기 때문에 될 수 있는 대로 자세하고 구체적으로 계산을 했는데 비용은 호텔에 드는 것보다 별로 더 들 것 같지는 않았다. 집세라든가 관리인에게 청소와 세탁을 부탁하자면 비용은 다소 더 들게 되겠지만 그대신 아침 식사를 스스로 만들게 되므로 결국 절약이 되는 것이었다. 한두 해 전만 해도 필립은 절름발이에 대해서 지나치게 민감해서 다른 사람과 한 방에서 같이 지내는 것을 거절했었지만 그러한 불구에 대한 병적인 생각은 점점 덜해져 갔다. 파리에서는 그러한 것쯤은 그에게 대수로운 것이 아니었다. 물론 그 자신은 그것을 잊어버리지 않았지만, 다른 사람들이 그것을 끊임없이 주의해보고 있다는 생각만은 아주 없어지고 말았다.

마침내 그들은 새집으로 옮겼다. 침대 두 개와 세면대와 의자를 두서너 개 사서 난생 처음으로 자기 물건을 소유하는 대견스러운 기쁨을 맛보았다. 그들은 두 사람 다 너무나 흥분해서 말하자면 처음으로 그들이 말하는 내 집의 침대에 누운 날 밤에는 새벽 세 시까지 자지도 않고 이야기를 계속했다. 다음날 아침에는 잠옷 바람으로 불을 피우기도 하고 커피를 끓이기도 하면서 어쩌나 즐거웠던지 필립은 열한 시 가까이 되어서야 겨우 아미뜨라노에 나갔을 정도였다. 그는 한없이 마음이 즐거웠다. 파니 프라이스를 보자 머리를 끄덕이고 인사를 했다.

"어떻게 지내십니까?" 하고 그는 유쾌한 듯이 물었다.

"그게 당신하고 무슨 상관이 있다는 거죠?" 하고 그녀가 물었다.

필립은 절로 웃음이 나왔다.

"너무 그렇게 심술 사나운 말씀을 하시는 게 아닙니다. 전 다만 인사를 드리고 싶어서 그러는 것뿐입니다."

"하지만 나는 당신의 인사 같은 건 받고 싶지 않은걸요."

"그럼 당신은 저하고도 싸우고 싶습니까?" 필립은 조용하게 말했다. "그러니까 여태까지 당신하고 이야기하는 사람이 거의 없지 않아요?"

"그런 걸 당신이 알 필요가 있을까요?"

"그야 그렇습니다만."

파니 프라이스라는 여자는 왜 이렇게도 불쾌한 말만 하는지 그는 이상하게 생각하면서 그림을 그리기 시작했다. 결국 그가 도달한 결론은 아주 싫은 여자라는 것이었다. 아틀리에의 모두가 그녀를 싫어했다. 만약 조금이라도 살뜰하게 말을 걸어주면 그것은 다만 그녀의 독설이 두려웠기 때문이었다. 왜냐하면 상대방이 앞에 있건 없건 아무튼 태연하게 심한 험담을 하는 여자였기 때문이다. 그러나 그즈음 필립은 퍽 마음이 즐거웠기 때문에 그러한 미스 프라이스에 대해서도 나쁜 감정을 갖고 싶지 않았다. 그래서 이따금 그녀의 좋지 못한 기분을 풀어주는 데 성공했던 방법을 이번에도 꺼내보았다.

"잠깐 제 그림을 보아주시지 않겠어요? 엉망이 되어버렸어요."

"고마워요. 모처럼의 부탁이지만 나는 더 중요한 일이 있어서 시간이 아쉬운걸요."

필립은 깜짝 놀라서 눈이 휘둥그래졌다. 왜냐하면 그녀가 어떤 일이 있어도 가장 먼저 해주는 일은 남에게 충고를 해주는 일이기 때문이었다. 나지막하고 분명하게 노여움을 품은 날카로운 목소리로 그녀는 재빠르게 말을 이었다.

"이젠 로슨이 학교에 안 나오니까 내 충고라도 받아보겠다는 말이군요? 홍, 참 고맙군요. 하지만 다른 사람보고 도와달라고 해보는 게 어때요? 나는 다른 사람들이 하다가 남긴 찌꺼기 노릇은 딱 질색이란 말이에요."

로슨에게는 교사적 본능 같은 것이 있었다. 무엇이든지 새로이 무언가를 발견하면 곧 그것을 남에게도 가르쳐주고 싶어했다. 더욱이 즐거워서 가르치는 것이기 때문에 그에 의하여 얻은 바가 많았다. 필립은 별로 깊은 생각도 없이 자기도 모르는 사이에 그의 옆에 앉는 것이 습관처럼 되었었다. 하나 파니 프라이스가 질투에 마음을 태우면서 그가 다른 사람들로부터 가르침을 받는 것을 노여움에 찬 눈으로 바라보았으리라고는 꿈에도 생각하지 않았다.

“흥, 아는 사람이 없었을 때에는 나라도 좋겠다고 참아주셨군요.” 하고 점점 그녀는 신랄해졌다. “그 대신 다른 사람들을 사귀게 되니까 나 같은 사람은 헌 장갑처럼 내버렸단 말이죠? 그래요. 꼭 헌 장갑 내버리듯이 말이에요.”

그 헌 장갑처럼이란 진부한 비유를 의기양양해서 한 번 더 되풀이했다.

“흥, 그래도 좋단 말이에요. 아무렇지도 않아요. 그렇지만 이젠 두 번 다시 바보 취급을 당하는 것은 질색이란 말이에요.”

그녀가 말하는 것에도 다소의 진실은 있었다. 그런 만큼 필립도 화가 벌컥 치밀어서 생각나는 대로 말해버렸다.

“쳇, 그만두시오. 나는 또 당신이 내게 충고해주기를 아주 좋아하는 줄 알았기 때문에 부탁해본 것뿐이오.”

그녀는 숨을 할딱거리는가 싶더니 갑자기 몹시 분한 듯이 그를 노려보았다. 그러자 금새 눈물이 후두둑 뺨을 흘러내렸다. 형용할 수 없이 추하고 고약한 표정이었다. 그녀의 이러한 새로운 태도가 무엇을 의미하는지 알지 못한 채 필립은 다시금 자기 일을 시작했다. 언짢은 말을 해서 불안하고 양심의 가책을 받기도 했지만, 그렇다고 해서 그녀의 곁에 가서 괴롭혀서 미안하다고 사과를 하면 도리어 이거 잘 되었다고 그녀가 좀더 심하게 반박해올까봐 두려웠기 때문이었다. 그 후 이삼 주일 동안은 그녀는 아무 말도 하지 않았다. 그리고 필립도 그녀가 자기를 상대하지 않게 된 당시의 불쾌감이 사라지자 차차 이러한 귀찮은 친구 교제에서 해방된 것 같아서 오히려 후련할 정도였다. 그를 마치 자기의 밑의 사람처럼 취급하던 그녀의 태도에 그는 적이 난처했던 것이었다. 아무튼 굉장한 여자였다. 그녀는 매일 여덟 시에는 반드시 아틀리에에 나와서 모델이 포즈를 잡으면 곧 그

294

리기 시작했다. 아무에게도 말을 거는 일이 없어 부지런히 붓을 놀리면서 몇 시간씩이나 그녀의 솜씨로는 어떻게 할 수도 없는 곤란과 싸우면서 시계가 열두 시를 칠 때까지 어김없이 남아 있었다. 그녀의 그림은 아무리 보아도 네댓 달만 공부하면 몸에 익힐 수 있는 극히 평범한 기법조차도 전혀 되어 있지 않은 것이었다. 매일 똑같이 보기 흉한 갈색 옷을 입은 채였는데 그 옷에는 지난번 비 올 때에 묻은 진흙이 그대로 옷자락에 말라붙어 있었고, 필립이 맨 처음 만났을 때에 보았던 헤어진 곳이 아직도 그대로 있었다.

그러던 어느 날, 그녀가 그의 곁으로 다가오더니 얼굴을 붉히고 할 말이 있는데 나중에 만날 수 있겠느냐고 물었다.

"물론 좋습니다."

하고 필립은 웃으면서 대답했다.

"그럼 열두 시가 되면 남아서 기다리죠."

그날 오전의 과업이 끝나자 그는 그녀 곁으로 갔다.

"저하고 좀 걷지 않겠어요?" 하며 그녀는 우물쭈물하면서 얼굴을 돌리고 말았다.

"좋습니다."

두 사람은 이삼 분 동안 말없이 걸었다.

"당신 언젠가 제게 말씀하신 것 기억하고 계세요?" 하고 미스 프라이스가 느닷없이 물었다.

"우리 입씨름은 그만둡시다. 무의미한 것이니까요."

그녀는 재빠르게 괴로운 것처럼 숨을 들이켰다.

"나도 당신과 말다툼 같은 것 하고 싶지 않아요. 파리에서 친구라고는 나는 당신뿐이었는걸요. 그것도 나는 당신이 어쩌면 나를 좋아하는 게 아닌가 하고 생각하기까지 했어요. 결국 우리들 두 사람 사이에는 무언가 서로 통하는 것이 있는 것처럼 느꼈어요. 그래서 나도 왜 그런지 당신이라는 사람에게 마음이 끌렸단 말이에요. 제 말 알아들으시겠지요. 당신의 그 불편한 다리에 대해서 말이에요."

필립의 얼굴은 새빨개졌다. 그리고 본능적으로 다리를 절룩거리지 않으려고 애썼다. 누구를 막론하고 그는 자기의 불구에 대해서 이야기하는 사람은 모두 싫어했다. 그는 파니 프라이스의 말이 무슨 뜻인가를 잘 알 수 있었다. 그녀는 못생기고 볼품이 없었다. 한편 필립이 불구라는 데서 거기에 어떤 종류의 공감이라도 느낀 것일까? 그는 와락 화가 치밀었지만 그것을 입 밖에 내는 것만은 간신히 참았다.

"당신은 내 마음을 기쁘게 해주려고 저의 지도를 부탁한 것뿐이라고 했지요? 어때요, 내 그림은? 전혀 틀려먹었다고 생각하나요?"

"당신 그림이라고 해봤자 아미뜨라노에서 본 것뿐이잖소. 그것만으로 판단하기는 매우 어렵군요."

"그래서 말이에요, 사실은 좀더 다른 작품들을 보러 오셨으면 하고 생각했던 참이에요. 아직껏 다른 사람에게는 보아달라고 말한 적이 없었지만 당신에게만은 보여드리고 싶어요."

"감사하군요. 저도 꼭 보고 싶습니다."

"우리 집은 여기서 무척 가까워요. 십 분쯤이면 되요." 하고 그녀는 변명이라도 하는 것처럼 말했다.

"아, 좋습니다."

두 사람은 큰 길을 걸어가다가 샛길로 빠져서 다시 일층이 싸구려 상점으로 되어 있는 더 초라한 골목으로 들어가서 걸음을 멈추었다. 그녀는 계단을 몇 개씩이나 올라가서 잠겼던 문을 열었다. 두 사람은 경사진 천장과 조그마한 창문이 있는 조그만 다락방으로 들어갔다. 창문은 닫혀 있었고 방 안은 곰팡이 냄새가 풍기고 있었다. 날씨가 꽤 쌀쌀한 데도 불도 피워 있지 않고 불을 피웠던 흔적 같은 것도 없었다. 침대의 잠자리도 아침에 일어난 그대로였다. 의자 한 개와 세면대 구실도 하는 선반 하나, 그리고 값싼 이젤 하나가 가구의 전부였다. 어쨌든 아주 누추한 데다가 어수선하고 불결하고 난잡하기 이를 데 없는 광경이었다. 화구와 화필이 흩어져 있는 벽난로 위에는 컵 하나와 더러운 접시가 한 개, 그리고 주전자가 하나 얹혀져 있다.

"거기 서 계세요, 잘 보이도록 의자 위에 올려놓을 테니까요."

그리고 십팔 인치와 십이 인치 가량의 조그마한 캔버스를 스무 개나 보여주었다. 하나씩 차례로 의자 위에 세워놓고는 그의 얼굴을 찬

찬히 살펴보았다. 그는 한 장씩 볼 적마다 머리를 가볍게 끄덕였다.

"어때요, 마음에 드세요?" 잠시 후에 근심스러운 듯이 그녀가 물었다.

"우선 한번 쭉 보고 나서 나중에 이야기합시다."

그는 마음을 가라앉히고 있던 참이었다. 어쨌든 놀라지 않을 수 없었다. 무어라고 해야 좋을지 도무지 알 수가 없었다. 단순히 잘못 그렸다든가 혹은 색채 감각이 없는 사람이 서투른 솜씨로 색을 칠했다는 그런 정도가 아니었다. 전혀 명암이라는 것을 나타내려는 노력조차도 보이지 않았거니와 원근법도 기괴하다고밖에는 할 수가 없었다. 정말 다섯 살 난 어린애의 그림 같았다. 다섯 살의 어린애라면 차라리 좀더 순진성이라도 있었을 것이고 적어도 눈으로 본 그대로를 그리려는 의도라도 있었을 것이다. 그런데 이 그림은 다만 통속화의 기억만을 소중하게 간직한 철저한 통속적 정신의 표현이었다.

필립은 언제나 그녀가 모네나 다른 인상파에 대하여 한결같이 정열적으로 이야기하던 것을 생각해냈으나 여기 있는 그림들은 왕립 미술관의 가장 나쁜 전통만을 이어받은 것들이었다.

"자, 이것이 전부예요." 하고 마침내 그녀가 말했다.

필립이라 할지라도 남 못지않게 거짓말을 할 줄 안다. 하지만 차마 뻔한 터무니없는 거짓말을 늘어놓을 수는 없었다. 그러므로,

"모두 훌륭하군요." 이렇게 대답했을 때는 필립은 온통 얼굴이 새빨개졌다.

몹시 건강이 나빠보이는 그녀의 양볼에는 희미하게 핏기가 돌았고 그녀는 조금 웃었다.

"감탄하지 않을 것이라면 칭찬하지 않아도 괜찮아요. 아시겠어요? 나는 사실대로 듣고 싶은 거예요."

"그렇지만 나는 참말로 그렇게 생각하고 있는걸요."

"그런데 뭐 비평할 말은 없어요? 당신도 다른 사람처럼 좋아하지 않는 점이 있었을 게 틀림없으니까요."

필립은 도저히 견딜 수 없다는 표정으로 다시 한 번 죽 훑어보았다. 문득 낡은 다리가 있고, 덩굴 풀이 얽힌 오막살이와 나무들이 우

거진 둑이 그려져 있는 소위 아름다운 전형적인 아마추어 풍경화가 눈에 띄었기 때문에,

"물론 나는 그런 것에 대해서는 아무것도 아는 게 없지만 이 그림의 색조는 좀 어떨까요?"

미스 프라이스의 얼굴이 별안간 흐려지면서 그 그림을 집어들었다고 생각하자 재빨리 뒤집어놓았다.

"어머나, 너무해요. 당신은 하필 이 그림을 지적해서 비웃으실까요? 그것은 내가 그린 것 중에서 가장 좋은 줄 알고 있는 거예요. 색조도 훌륭하다고 생각해요. 색조란 것은 가르치려고 해도 가르칠 수 없는 거란 말예요. 색조를 이해하는 사람은 이해하고, 이해 못하는 사람은 이해 못할 거예요."

"모두가 참으로 훌륭하다고 생각합니다." 하고 필립은 다시 한 번 말했다.

그녀는 만족한 듯이 그 그림들을 바라보았다.

"그래요, 저도 제 그림이 그렇게 부끄러울 정도라고 생각하지 않아요."

필립은 시계를 들여다보았다.

"아, 시간이 퍽 늦었군요. 나가서 점심을 함께 드시지요."

"제 점심은 집에 준비되어 있어요."

그러나 별로 점심 준비가 되어 있는 것 같지 않았다. 그러나 아마 필립이 돌아가고 나면 관리인이 가져다주겠지 하고 생각되었기 때문에 적당히 물러나오고 싶었다. 방 안의 곰팡이 냄새 때문에 골치가 아팠다.

47

삼월이 되자 파리 미술 전람회에 출품하려고 모두들 흥분하고 있었다. 클러튼은 그 나름대로의 신념으로 출품작은 한 점도 준비하지 않았을 뿐 아니라 로슨이 내놓은 두 개의 초상화를 몹시 경멸하고 있었다. 실상 그것들은 그림 공부하는 학생의 습작 티가 드러난 것으

로 그저 모델의 얼굴을 있는 그대로 꾸밈없이 옮긴 것에 지나지 않았으나 그래도 분명히 어떤 힘은 나타나 있었다. 한편 클러튼은 완벽함을 추구하는 그로서는 조금이라도 망설여지는 작품은 도무지 참을 수 없다는 식이어서 로슨에 대해서도 자기의 아틀리에 밖으로 내갈 수도 없는 졸작을 겁도 없이 출품한다는 것은 창피를 몰라도 분수가 있지, 하고 바른말을 하며 어깨를 으쓱 추켜올리는 것이었다. 따라서 뒤에 그 두 점이 모두 입선되었을 때에도 그의 경멸에는 변함이 없었다. 플라나간도 출품은 했으나 낙선하고 말았다. 미시즈 오터는 〈어머니 초상〉이라는 극히 평범하기는 하지만 솜씨있게 그려진 별로 나무랄 곳이 없는 작품을 출품하여 퍽 좋은 장소에 걸리게 되었다.

하이델베르크에서 작별한 이래 아직 만나보지 못했던 헤이워드가 파리에 와서 며칠간 머무르게 되어서 때마침 로슨의 입선을 축하하기 위해서 열린 파티에도 참석했다. 헤이워드를 부디 다시 한 번 만나기를 열망하던 필립은 무척 애타게 기다렸으나 막상 그를 만나보자 의외로 실망을 했다. 용모까지도 퍽 변해 있었다. 아름다웠던 머리는 빛을 잃었고, 그 잘났던 모습도 변하기 쉬운 세상이라 색향을 잃고 어쩐지 시든 것처럼 느껴졌다. 푸른 눈은 그 전보다 한결 더 파래지고 그의 얼굴에는 어딘지 흐린 그늘까지 나타나 있었다. 그러면서도 헤이워드는 정신 연령은 조금도 변함이 없었던 것처럼 열여덟 살 때의 필립을 감동케 했던 그의 교양도 스물한 살의 필립에게서는 오히려 가벼운 경멸을 살 뿐이었다. 필립 자신은 꽤 많이 달라져서 예술이나 인생이나 문학에 관한 자신의 낡은 견해에 대해서는 분명히 경멸의 눈으로 보고 있었던 만큼 옛날 그대로의 생각을 갖고 있는 사람에 대하여는 도무지 참을 수가 없었던 것이다. 별로 헤이워드의 앞에서 특별히 자기의 그런 생각을 펼쳐보일 생각은 전혀 없었으나, 이곳 저곳의 화랑을 안내하고 다니는 동안에 실인즉 그 자신도 극히 최근에야 갖게 된 혁신적인 견해를 헤이워드 앞에 도도하게 늘어놓는 것이었다. 마네의 〈올림피아〉 앞에서 그는 매우 연극적인 흉내를 내면서,

"나는 이 그림 하나만 있으면 옛날의 대가들을 모조리 기꺼이 주어버려도 좋아. 다만 벨라스케스와 렘브란트나 페르메르만은 예외지만 말야."

"페르메르라니? 누군가?" 헤이워드가 물었다.

"아니 페르메르를 모른단 말인가? 그렇다면 이건 야단인데? 한시바삐 알아야겠네. 그는 현대 화가와 같은 그림을 그린 유일한 옛날 화가일세."

필립은 헤이워드와 뤽상부르 미술관에서 나와서 루브르 미술관으로 서둘러 갔다.

"하지만 여기에도 볼 만한 그림이 아직 많지 않은가?" 하고 무엇이든지 많이 보아두고 싶은 여행자 특유의 심정으로 헤이워드가 말했다.

"아아 신통한 게 없어. 그런 정도는 베데커라도 가지고 다니면서 나중에 자네 혼자서 구경오면 돼."

루브르 미술관에 오자 필립은 다짜고짜 그를 대화랑으로 데리고 갔다.

"조콘다를 한 번 보고 싶은데."

헤이워드가 말했다.

"아, 그건 한낱 문학에 지나지 않는 거야."

마지막으로 조그마한 방에 들어가서 필립은 페르메르 반델프 작 〈레이스 직공〉 앞에 섰다.

"자! 보라구, 이거야, 이것이 루브르에서 가장 훌륭한 그림이야. 요컨대 완전한 마네란 말야."

그는 엄지손가락을 내저으면서 이 매력있는 작품에 대해서 유창하게 설명했다. 아틀리에에서만 통용하는 말을 굉장히 효과있게 이용한 것이다.

"그러나 내게는 어쩐지 그렇게 훌륭한 그림이라고 생각되지 않는걸." 헤이워드가 말했다.

"물론 이것은 화가들의 그림이거든. 문외한 눈에는 그렇게 대수로운 그림으로는 보이지 않을 것이라는 것도 나는 알아."

"무슨 눈이라고?"

"문외한 눈이란 말이야."

무릇 예술 애호가라는 사람들이 대개 그러하듯이 헤이워드도 제법 공정하려고 무척 애쓰고 있었다. 그는 자기를 주장하지 않는 사람에게는 매우 독단적이었던 대신에 자기 주장이 뚜렷한 상대에게는 반대로 무척 조심성 있게 대했다. 따라서 그는 필립의 분명한 확신에 부딪치자 완전히 눌려버렸다. 그래서 그림을 올바르게 판단하는 자는 화가 자신이라는 그들의 교만한 주장도 결코 부당한 것이 아니라는 필립이 미처 말하지 않은 주장까지 무조건 승인하고 있는 것이다.

이삼 일 후에 필립과 로슨이 함께 마련한 파티가 열렸다. 크론쇼도 특별히 그들과 식사를 하기로 했고, 미스 챌리스도 와서 요리를 맡아 해주겠다고 자청했다. 챌리스는 같은 여성에게는 전혀 흥미를 갖고 있지 않은 여자였다. 그녀를 생각해서 다른 여자들을 초청하려는 제안에는 그녀 자신이 반대했다. 클러튼과 플라나간, 포터, 그 밖의 두 사람, 이것이 파티의 전원이었다. 의자도 탁자도 아무것도 없었기 때문에 모델 대를 테이블 대용으로 쓰고 손님들은 여행 가방 위에 앉든가 그것이 싫으면 마룻바닥에 그냥 앉았다. 메뉴에는 미스 챌리스가 손수 요리한 수프에다가 구운 양 다리 고기, 이것은 바로 근처에서 따근따근하고 먹음직하게 구워서 배달해달라고 했다(감자는 미스 챌리스가 미리 요리해두었으며 아틀리에에는 그녀가 기름에 볶은 당근 냄새가 가득 풍기고 있었다. 당근 볶음은 그녀가 가장 자랑하는 요리였다). 그리고 다음에는 배 구이로서 이것은 크론쇼가 손수 사다가 만들었다. 그리고 맨 끝에는 엄청나게 큰 브리 치즈, 이것이 창가에 놓여 있어서 향긋한 그 냄새가 방 안에 잔뜩 차려진 딴 요리에까지 형용할 수 없는 향기를 더해주고 있었다. 크론쇼가 상좌에 앉는답시고 트렁크 위에 걸터앉아서 터키의 대관(大官)처럼 다리를 꼬고 그를 둘러싼 젊은이들을 벙글벙글하고 유쾌하게 바라보고 있었다. 습관이라는 것은 무서운 것이어서 조그만 아틀리에는 스토브 불로 화끈거릴 만큼 더웠는데도, 여전히 그는 외투 깃을 세우고 중산모를 쓰고 앉아 있었다. 그의 앞에 키안티 주의 큰 병이 네 개, 위스키 병을 가운데 두고 좌우로 두 병씩 나란히 서 있는 것을 그는 만족한 듯이 바라보고 있었다. 마치 그것은 개미 허리의 호리호리한 코카시아 미인을 비만한 환관(宦官) 네 사람이 호위하고 있는 것 같은 모습이라고 그는 말했다. 헤이워드도 다른 사람들의 마음을 거북하게 하지 않으려는 생각인지 트위드 양복에 트리니티홀 넥타이의 가벼운 차림이었다. 그의 옷차림은 어쩐지 기괴할 만큼 영국적이었다. 좌중의 사람들은 모두 그에게 세심하고 은근하게 대해주었다. 수프를 드는 동안에도 화제는 주로 날씨에 관한 것이라든가 정치 정세에 관한 것 뿐이었다. 양 다리 고기를 기다리는 동안에 잠깐 이야기가 중단되고 미스 챌리스가 담배를 붙여 물었다. 그리고는 갑자기,

"라푼젤, 라푼젤, 그대의 머리를 풀어 헤칠지어다." 하고 외쳤다.

우아한 손이 살짝 움직이자 리본이 풀어지고 금발이 어깨까지 늘어져 내려왔다. 그리고 그녀는 머리를 좌우로 흔들었다.

"이렇게 내려뜨리는 편이 훨씬 편하거든요."

다갈색의 커다란 눈, 야위고 금욕적인 얼굴, 창백하리만큼 흰 살결, 널찍한 이마, 바로 그것은 번 존스의 그림 속에서 빠져나온 것처럼 보였다. 길고 아름다운 손가락은 니코틴이 짙게 배어 있었다. 어딘가 모르게 켄싱튼의 하이 스트리트를 연상케 하는 낭만적인 풍정이 감돌고 있었다. 방자한 탐미주의자이기는 했지만 밑바탕은 어디까지나 친절하고 성품이 좋은 그런 여자로 허식을 부리는 것은 표면만의 포즈에 불과했다.

바로 이때 노크 소리가 들리고 뜻밖에 모든 사람들이 한꺼번에 환성을 올리고, 미스 챌리스도 얼른 자리에서 일어나서 문쪽으로 걸어가서 문을 열었다. 그리고 양 다리를 받아들자 마치 은쟁반에 얹어놓은 세례 요한의 머리를 받드는 것처럼 높이 쳐들어보였다. 그리고는 담배를 입에 문 채 마치 제주(祭主)에게 매어달리는 것 같은 조심스러운 걸음걸이로 모두가 있는 쪽으로 다가왔다.

"여어, 헤로디어스의 딸이여!" 하고 크론쇼가 힘껏 외쳤다.

양 고기는 삽시간에 거뜬히 먹어치웠다. 안색이 이토록 좋지 못한 여자가 이렇게 왕성한 식욕의 소유자라는 것은 보기만 해도 즐거운

일이었다. 클러튼과 포터가 그녀를 가운데 끼고 양편에 앉아 있었는데, 서로가 수줍음을 타서 곤란할 상대가 아니라는 것만은 누구나 다 잘 알고 있었다. 그녀는 대개의 남성들에게 여섯 주간쯤 되면 싫증을 느끼게 되는 그런 여자였다. 다만 그 뒤에도 자기의 발 밑에 꿇어앉아 그들의 젊은 마음을 바쳤던 일이 있는 사나이에 대해서는 어떻게 다루어야 하는가를 잘 알고 있어서 사랑이 식고, 이미 사랑을 느끼지 않는 그런 사나이에게도 결코 악의를 갖지 않았다. 때때로 그녀는 우울한 시선으로 로슨을 바라보았다. 배 구이 요리는 대성공이었다. 첫째로 브랜디 덕분이기도 했지만 또 한편으로는 미스 챌리스가 치즈와 함께 먹으라고 자꾸만 말했기 때문이었다.

"도무지 전 잘 모르겠네요. 정말 맛이 있는지 아니면 속이 느끼해서 구역질이 날 지경인지 분간이 잘 안 되는군요." 이상야릇한 음식을 배불리 먹고 난 뒤에 그녀가 말했다.

그러자 곧 이어서 커피와 꼬냑이 나왔기 때문에 요행히 버릇없는 돌발사는 일어나지 않았고, 모두들 즐거운 기분으로 담배를 피우기 시작했다. 무엇이든지 이른바 예술적인 것이 아니면 할 수 없다는 미스 챌리스는 크론쇼와 나란히 앉아서는 제법 우아한 포즈를 취하고 멋진 머리를 가볍게 그의 어깨 위에 얹어놓았다. 그녀는 꿈꾸는 것 같은 눈동자로 물끄러미 시간이란 어두운 심연을 지켜보는 것 같은 모습이었다. 그리고 이따금 생각난 것처럼 깊은 생각에 잠긴 것 같은 눈으로 오래도록 로슨을 바라보고 깊은 한숨을 짓는 것이었다.

여름철이 다가오자 젊은이들의 마음이 들뜨기 시작했다. 높고 푸른 하늘이 바다로의 유혹을 소곤거렸고 플라타너스 잎사귀 그늘을 스치는 산들바람은 그들의 마음을 전원으로 이끌어갔다. 모두들 파리를 떠날 계획들을 세웠다. 가지고 갈 캔버스의 크기를 의논하기도 하고 스케치용 화판을 듬뿍 많이 준비하기도 했다. 부르따뉴 지방의 여러 지명을 들고 그 장단점을 토론하기도 했다. 플라나간과 포터는 콩카르노에 가버렸다. 미시즈 오터 모녀는 단순 명쾌한 것을 좋아하는 본능에서 퐁타방으로 갔다. 필립과 로슨은 퐁텐블로 숲으로 가기로 했다. 다행하게도 미스 챌리스가 모레에 대단히 좋은 호텔을 알고 있다고 했다. 거기라면 화제는 얼마든지 있다는 것이었고 파리에서도 가까웠다. 필립이나 로슨으로서는 차비까지도 신경을 안 쓸 수 없기 때문에 아무래도 쉬운 문제가 아니었다. 루드 챌리스도 근간 그리로 오겠다는 것이었다. 그래서 로슨은 이왕이면 밖에서 그녀의 초상화를 그려보고 싶다고 생각하고 있었다. 그 무렵 살롱에는 햇볕이 쏟아지는 정원에서 깜박거리며 햇빛을 담뿍 받은 푸른 잎새가 얼굴에 반사되어 있는 그러한 초상화가 무척 많이 걸려 있었다. 클러튼에게도 같이 가자고 권해보았으나 그는 여름 한 철은 혼자 지낸다는 것이었다. 그는 마침 세잔느를 발견한 때였으므로 자꾸만 프로방스에 가고 싶어했다. 더운 하늘의 남빛이 마치 당장 땀방울처럼 되어 떨어질 것 같은 깊은 하늘, 뽀얗게 먼지 덮인 넓은 길, 타는 듯한 햇볕으로 퇴색해버린 푸르스름한 지붕, 너무나 더워서 잿빛으로 보이는 올리브의 나무숲, 이러한 것들을 그는 보고 싶은 것이었다.

두 사람이 드디어 출발하려는 전날, 아침 과업이 끝나자 필립은 도구를 챙기면서 파니 프라이스에게 말했다.

"우린 내일 떠나기로 했어요." 하고 즐거운 듯이 말했다.

"떠나다니? 어디로요?" 하고 재빠르게 그녀가 반문했다.

"당신은 아무데도 안 가는 게 아니에요?" 어느새 그녀의 표정은 흐려져 있었다.

"여름 동안은 떠나기로 했어요. 당신은?"

"전 파리에 남아 있을 테예요. 당신도 남아 있는 줄 알았는데요. 전 또 재미있는 것을 기대하고 있었는데……." 그렇게 말하고 잠깐 말을 끊자 어깨를 흠칫하고 추슬러보였다.

"하지만 파리는 더워서 못 견딜 거예요. 당신의 건강에도 안 좋을 테고요."

"저의 건강에 나쁘다니 제법 친절한 체하시네요. 어떻든 어디로 가시는 거죠, 당신은?"

"모레로요."

"챌리스도 갈 작정이라군요. 설마 함께 하시는 건 아니겠죠?"

"로슨과 함께 가는 거예요. 챌리스도 간다고 하더군요. 그러나 우리들은 같이 가기로 한 것은 아니에요."

그녀는 나직한 신음 소리를 내더니 커다란 얼굴이 점점 시뻘개졌다.

"어쩌면, 추잡해요! 당신만은 그런 사람이 아닌 줄 알았어요. 정말 당신 한 사람뿐이에요. 그 여자는 말예요, 클러튼하고도 포터, 플라나간하고도 아니 저 늙은 프와네하고도 관계를 했단 말예요. 그러니까 그 선생이 그 여자의 뒤를 돌봐주는 게 아니냔 말예요. 그런 여자가 이번에 당신과 두 사람까지, 어유 구역질이 날 것 같아요."

"그런 쓸데없는 말씀을! 그 여잔 그래도 좋은 사람 아닙니까? 모두들 마치 남자 친구처럼 교제하고 있어요."

"아아 그만두세요. 듣고 싶지 않아요."

"첫째로 당신에게 무슨 상관이 있지요? 어디서 내가 여름을 지나든 조금도 당신이 알 바 아니에요."

"그래도 전 무척 기대했지 뭐예요."

그녀는 숨을 삼키고 거의 혼잣말처럼 중얼거렸다. "당신에게 떠나실 만큼 돈이 있는 줄은 까맣게 몰랐군요. 모두들 없어지게 될 거니까 그림도 함께 그리고 여러 가지 구경도 함께 갈 수 있을 거라고 잔뜩 기대했었는데." 그러나 또다시 루드 챌리스의 일이 생각나자 "더러운 화냥년! 말하는 것도 더러워!" 하고 버럭 고함을 질렀다.

그는 실망한 마음으로 그 여자를 바라보았다. 젊은 여자와의 연애 따위는 생각한 적도 없었다. 언제나 불구라는 데 대해서 너무나 마음을 썼기 때문에 여자 앞에 나서기만 하면 어색해지고 실수를 저지르기가 일쑤였다. 그러나 그렇다 하더라도 지금 눈 앞에 있는 이 여자가 흥분하는 모습은 아무리 보아도 사랑이라고밖에는 볼 수가 없었다. 눈 앞에는 갈아입을 줄 모르는 갈색 옷을 입고 얼굴 위까지 머리를 늘어뜨리고 초췌하고 너절한 파니 프라이스가 서 있었다. 그리고 뺨에는 분노의 눈물이 방울방울 흘러내리고 있는 것이다. 그녀는 화가 나서 뾰로통하고 있었다. 필립은 흘끗 문께를 쳐다보았다. 누구라도 들어와서 적당히 이 자리를 얼버무려주지 않을까 하고 본능적으로 그는 기대하고 있었던 것이다.

"이거 정말 미안하군요." 하고 그는 말했다.

"이제 보니 결국 당신도 다른 사람들과 마찬가지군요. 받을 것은 모조리 받아들이고 고맙다는 인사 한 마디 없으니까 말예요. 당신이 아는 건 모두 제가 가르쳐드린 것 아니겠어요? 저 외에 당신을 돌봐주려고 한 사람이 또 있었다고 생각하세요? 이를테면 프와네만 해도 그렇죠. 그 선생이 어디 한 번이라도 당신을 거들떠보기나 했어요? 그리고 이 말만은 해둬야겠어요. 당신은 여기선 천 년 만 년 공부해보았자 틀렸어요. 당신에겐 재능이란 것이 없는걸요. 창의성이란 게 전혀 없단 말이에요, 저뿐이 아니에요, 모두들 다 그렇게 말하던 걸요. 아무리 오래 살아봤댔자 화가 되기는 틀렸다고요."

"하지만 그것도 당신이 알 바 아니죠, 그렇죠?" 하고 필립도 시뻘개져서 말했다.

"어머나, 당신은 내가 화가 나서 그런 소리를 하는 줄 아시나 보죠? 클러튼이든 로슨이든 챌리스이든 누구라도 닥치는 대로 물어보라니까요. 틀렸어요, 틀렸다니까요. 전혀 재능이란 게 없는걸요."

필립은 어깨를 한 번 추슬러보이고 밖으로 나가버렸다. 그 등 뒤에서 여전히 그녀의 목소리가 들려왔다.

"안 돼요, 틀렸어요, 틀렸다니까요."

그 무렵의 모레는 퐁텐블로의 숲 변두리에 있는 길이 하나밖에 없는 옛 도시였다. 그리고 '에뀌 도르'는 아직도 왕조 시대의 낡아 빠진 모습으로 남아 있는 호텔이었고 굽이쳐 흐르는 로앙 강변에 자리잡고 있었다. 미스 챌리스는 그 강을 내려다보고 그 오래된 다리나 다리 위문(衛門)의 아름다운 경치 등을 바라보기에 좋은 조그마한 테라스가 달린 방 하나를 빌렸다. 그들은 저녁 식사가 끝나면 이 방에 모여서 커피를 마시기도 하고 담배를 피우기도 하고 예술을 이야기하기도 하면서 밤을 지새웠다. 조금 떨어진 곳에 좁은 운하가 한 줄기 강으로 흘러들고 있었고, 그 운하의 양편에는 포플라 가로수가 쭉 늘어서 있었다. 하루 일이 끝나면 그들은 곧잘 이 둑을 산책하곤 했다. 낮에는 종일 그림을 그렸다. 그들이 속하는 세대의 청년들 대부분과 마찬가지로 그들도 역시 그림과 같은 아름다움을 병적일 만큼 두려워해서, 누구나 알 수 있는 이 도시의 아름다움에는 더욱이 등을 돌리고 그러한 그네들이 경멸하고 있던 아름답지 않은 것만을 화제로 골랐다. 시슬리도 모네도 이 포플라 가로수가 있는 운하의 풍경을 그리고 있다. 무엇보다도 전형적인 이 프랑스 풍의 풍경은 확실히 그들도 그려보고 싶었으나 이른바 그 틀에 박힌 아름다움을 두려워해서 애써 이것을 피하도록 하고 있는 것이었다. 챌리스는 여자의 그림이라면 무조건 경멸하는 로슨까지도 경탄할 정도로 훌륭한 솜씨를 갖고 있었으나 그녀가 새로 시작한 풍경화는 특히 나무들의 꼭대기를 깡그리 잘라버림으로써 상투적인 보통 그림과는 다르게 그려보려고 했다. 그녀와 마찬가지로 로슨도 이번 그림에서는 전경에 일부러 푸른 무늬에 초콜릿의 광고판을 집어넣음으로써 그 초콜릿 상자에 대한 혐오감을 강조하려는 매우 독특한 구사를 하고 있었다.

필립도 겨우 유화를 그리기 시작했다.

처음으로 유화 재료를 사용했을 때에는 그의 마음은 기뻐서 떨렸다. 아침에 로슨과 함께 조그마한 물감통을 옆에 끼고 호텔을 나와서 그와 나란히 앉아서 스케치 판에다 그림을 그렸다. 몹시 흡족한 것까지는 좋았으나 자신이 그리는 그림이 한낱 단순한 모사에 불과하다는 것을 알지는 못했다. 결국 로슨의 영향이 너무나도 강해서 모두 로슨의 눈을 통해 사물을 보고 있는 폭이었다. 로슨은 매우 화려하지 않은 색조로 그림을 그렸다. 에머럴드빛의 풀은 두 사람의 눈에는 마치 거무칙칙한 빌로드처럼 보였고, 한편 밝은 하늘은 그들의 붓을 통해서는 음울한 군청색이 되어 있었다. 칠월 한 달은 내내 좋은 날씨가 계속되었다. 더위도 대단히 심했다. 필립의 심장은 심한 더위에 지쳐서 맥이 풀려버렸다. 일은 도무지 손에 잡히지 않았고 마음은 하늘의 구름처럼 솟고 싶은 생각으로 가득 찼다. 아침 나절은 곧잘 운하변의 포플라 나무 그늘에서 보내곤 했는데 대여섯 줄쯤 책을 읽고 나면 다음은 반 시간이나 몽상에 잠기곤 하는 형편이다. 때로는 덜커덕거리는 고물 자전거를 빌어다가 숲으로 가는 먼지 긴 길을 달려보기도 하고 숲의 빈 터에 뒹굴어보기도 했다. 머릿속은 낭만적인 몽상으로 가득 했고 빈틈없이 들어선 거대한 수목 사이를 와또의 그림에서 금방 튀어나온 듯한 화려한 미인들이 저마다 잘 생긴 미남들에게 그야말로 즐겁게 보호를 받으면서 함께 거닐고 있었다. 저마다 끝없이 즐거운 얘기들을 소곤거리면서 걸어오곤 했는데, 그러면서도 무언가 막연한 불안감에 싸인 것같이 보이기도 했다.

호텔에는 그들 외에 뚱뚱한 중년의 프랑스 여인이 들어 있을 뿐이었다. 걸걸하고 난잡한 웃음소리를 내는 소위 라블레의 작품에 나오는 여자 같았다. 낮에는 강가에서 좀처럼 물리지도 않는 고기를 잡는다고 끈기있게 낚싯줄을 드리우고 있었다. 필립은 그녀에게로 가서 이야기를 하곤 했으나 이야기를 하는 동안에 그 시절엔 미시즈 와렌에 의해서 별안간 유명해진 바로 그런 종류의 직업에 종사했던 여인 중의 한 사람이라는 것을 이내 짐작할 수 있었다. 지금은 상당히 재산을 모아서 이렇게 조용한 부르주아적 생활을 하고 있는 것이었다. 그녀는 가끔 필립에게 지독한 이야기를 해주곤 했다.

"뭐니뭐니해도 세빌리아에 가보아야 해요." 약간 엉터리 영어로 그녀는 이야기했다. "세계에서 제일 예쁜 여인들은 그곳에 가야만 있을 테니까."

말을 하면서도 연방 난잡한 눈짓을 하고는 혼자서 고개를 끄덕거리곤 했다. 군턱이 져서 턱이 셋이나 되고 불룩하고 커다란 배가 소리도 없이 웃는 웃음을 따라 흔들거리곤 했다.

더욱 더위가 심해져서 밤에는 거의 잠도 제대로 이룰 수가 없었다. 더위는 마치 어떤 물체이기나 한 것처럼 나무 그늘을 배회하며 떠나지 않았다. 그들은 별이 총총한 밤하늘 밑을 떠나기 싫었다. 시간이 흐르는 것도 모르고 언제까지나 루드 챌리스의 방 테라스에 묵묵히 바위처럼 앉아 있었다. 이제는 지껄이기에도 지쳐버려서 다만 얼근히 취한 것처럼 적막 속에 잠겨 있는 것이었다. 꼼짝도 하지 않고 강물 소리에 귀를 기울이고 있었다. 교회의 종소리가 한 시를 알리고 두 시를 알리고 때론 세 시를 알릴 때 비로소 침실로 가곤 했다. 별안간 필립은 로슨과 챌리스가 사랑하는 사이라는 것을 알게 되었다. 그녀가 남자를 보는 눈길이나 또 그가 그녀에게 하는 태도에서 알아낸 것이었고 실제로 그들과 함께 있노라면 공기 그 자체까지도 묘하게 숨이 막힐 것처럼 그들을 둘러싸고, 전기와도 같은 것이 흘러나오는 것을 느꼈다. 충격이라고 해도 될 만한 사실이었다. 필립은 미스 챌리스를 퍽 좋은 사람이라고 생각했었고, 함께 이야기하는 것은 좋아했지만 그 이상 깊은 관계로 진행된다는 생각은 꿈에도 갖지 않았다. 어느 일요일 세 사람은 차를 준비해가지고 숲으로 갔다. 마침 알맞게 우거진 빈 터에 오자 미스 챌리스는 목가적인 취미에서 하는 것이라고 짐작되기는 했지만 갑자기 구두도 양말도 모두 벗어버리겠다고 말했다. 과연 재미있는 착상임에는 틀림없었지만 꼴사나운 건 그녀의 발이 약간 큰 듯했고 더욱이 두 발의 셋째발가락에 커다란 못이 박혀 있었다. 그런 만큼 필립은 어쩐지 그것이 우스꽝스럽게 여겨졌다. 그러나 그녀의 인상은 완전히 달라졌다. 그 큰 눈, 올리브빛의 살결은 무척 부드럽고 여자다운 광채를 띠었고, 지금까지 그녀가 이렇게 매혹적인 여인이었다는 사실을 알지 못했다니 자신도 어지간히 멍청하다고 생각되었다. 그리고 자신의 눈 앞에 이렇게 좋은 여자가 있었다는 사실을 깨닫지 못했던 자신에 대해서 그녀는 가벼운 경멸까지 느끼고 있는 것 같다는 것과 또 로슨은 로슨대로 제법 우월감 같은 것을 과시하는 듯한 모습까지도 그는 보는 것 같았다. 그는 로슨이 오히려 부러웠고, 그 자신에 대해서가 아니라 그의 연애에 대해서는 질투마저 느꼈다. 자기도 그와 같은 기분이 될 수 있다면 얼마나 행복할까 하고 생각했다. 이대로 유쾌하지 않고 즐겁지 않게 지나버리면 여자가 모조리 자기를 그냥 스쳐가버리는 것은 아닌가 하는 불안감에 사로잡혔다. 몸도 마음도 격정의 포로가 되어보고 싶었다. 억센 물결에 발이 휩쓸려서 어디인지도 모르고 다만 억센 물결을 따라 흘러가는 것 같은 몸이 되어보고 싶었다. 비로소 미스 챌리스와 로슨은 자기와는 좀 틀린 다른 사람처럼 생각되어서 그들과 함께 있으면 언제나 그의 마음은 불안해지고 동요했다. 그는 자기 자신이 더할 수 없이 한심하게 느껴졌다. 인생은 결코 자기가 하고자 하는 것을 줄 것 같지 않았고, 그리고 자신은 무언가 헛되이 인생을 낭비하고 있는 것 같은 불안감에 휩싸이기도 했다.

그 뚱뚱한 프랑스 여자는 이내 두 사람의 관계를 알아차리고 아주 솔직하고 노골적으로 필립에게 이야기를 해주었다.

"그래 도대체 당신에겐." 하고 남자의 정욕을 미끼로 하여 살진 여자답게 대범한 것 같은 웃음을 띠면서 말했다. "좋은 여자가 없나요?"

"아직 없습니다." 필립은 얼굴이 빨개지면서 대답했다.

"그렇다면 왜 만들지 않죠? 당신 나이면 넉넉할 나이가 아녜요?"

그는 어깨를 으쓱했다. 베들레르의 시집을 끼고 밖으로 나갔다. 흥분해 있었기 때문에 읽으려 해도 도무지 읽을 수가 없었다. 그는 플라나간에게 배워서 어쩌다 한 번씩 드나들었던 창녀와의 일들을 생각해보았다. 남몰래 찾아갔던 막다른 골목안의 집, 유트리트 빌로드 천을 두른 응접실, 짙은 화장을 한 직업적인 창녀의 교태, 생각만 해도 소름이 끼쳤다. 그는 풀밭에 드러누워 마치 잠에서 깨어난 사나운 맹수처럼 마음껏 팔다리를 쭉 뻗었다. 잔물결 치는 강물이며, 미풍에 나부끼는 포플라나무, 높디높은 푸른 하늘, 이 모든 것이 못 견디게 그의 마음을 뒤흔들었다. 그는 지금 정말로 사랑을 하고 있는 것이다. 따뜻한 그의 입술의 촉감이 그의 입술에 닿고 부드러운 손길이 살그머니 목덜미 주위에 움직이는 것을 마치 꿈결같이 느끼고 있었다. 그는 루드 첼리스에게 안겨 있는 자신의 모습을 상상했다. 그녀의 검은 눈을 그리고 그 고운 살결을 생각해보았다. 그리고 이토록 아름다운 사랑의 모험을 함부로 놓쳐버렸다고 생각하자 울고 싶은 심정이었다. 로슨이 한 일이라면 어째서 자기는 해서는 안 되겠는가? 그러나 그러한 감정도 결국은 그녀가 눈 앞에 있지 않을 때, 이를테면 한밤중 말똥말똥 눈이 맑아져 잠을 못 이룰 때라든가 운하 가에서 하는 일 없이 꿈을 뒤쫓는다든가 그러한 때이었다. 일단 그녀와 마주앉게 되면 그러한 마음은 흔적도 없이 사라지고 말았다. 그녀를 껴안아보고 싶다거나 하는 마음도 생기지 않거니와 그녀에게 키스를 하는 장면 같은 것은 상상할 수도 없는 무감각한 심정이 되곤 했다. 참으로 이상야릇한 노릇이었다.

떨어져 있으면 아름답게 생각되고 다만 크고 서글서글한 두 눈, 하얇게 떠오르는 흰 크림 빛의 얼굴만이 눈 앞에 떠올랐으나 막상 만나보면 단지 쓸데없이 평평한 가슴이며 조금 벌레먹은 이 같은 것만이 눈에 띄게 되는 것이다. 발가락의 못도 잊혀지지 않았다. 자신도 알 수 없는 신기한 일이었다. 도대체 자기라는 사람은 언제나 상대가 없을 때에만 연애를 하고, 적당한 기회가 닥쳐오면 그렇지 않아도 미운 것을 한층 더 밉게 느낀다는 그러한 기형적인 사물의 관찰법 때문에, 결코 즐길 수 없는 인간인 것은 아닐까! 이윽고 날씨의 변화가 긴 여름이 끝난 것을 뚜렷하게 알리므로 모두들 다시 파리로 돌아왔으나 그는 그다지 서운하지 않았다.

48

필립이 아미뜨라노에 다시 나가보니, 파니 프라이스는 이미 거기에 없었다. 자기 로커의 열쇠도 도로 반환해버렸다고 했다. 미시즈 오터에게 어떻게 됐는지 아느냐고 물었더니 그녀는 다만 어깨를 으쓱해 보일 뿐으로 아마 영국으로 건너가버렸을 것이라고 애매하게 대답했다. 필립은 적이 마음이 놓였다. 그녀의 괴팍한 성미 때문에 그는 무던히도 괴로움을 받았기 때문이었다. 더구나 그녀가 그의 그림에 대해서 충고를 하리라고 우길 뿐만 아니라, 자기의 가르침대로 따르지 않으면 모욕한다고 하며 노발대발하는 것이었다. 그도 언제까지나 처음처럼 재주가 없지는 않다고 생각하는 걸 그녀는 도무지 이해하려 하지 않았다. 그는 얼마 되지 않아서 그녀에 대한 것을 잊어버리고 말았다. 지금은 유화 공부에 재미를 붙여서 온 정신을 거기에 쏟았다. 내년에는 살롱에 출품할 만한 착실한 작품이라도 그리고 싶다고 생각했다. 로슨은 미스 챌리스의 초상화를 그리고 있었다. 매우 그리기 좋은 여자여서, 지금까지 그녀의 매력에 희생이 되어온 많은 청년들은 모두 그녀의 초상화를 남겼다. 타고난 게으른 성미여서 모델로서는 거의 흠잡을 것 없이 알맞은 여자였다. 더군다나 때로는 유익한 비평을 할 수 있을 만한 예술적 지식도 갖고 있었다. 예술에 대한 그녀의 정열은 오로지 예술가의 생활을 하고 싶다는 데 쏠렸었

기 때문에 자신의 작품 생활을 어느 정도 소홀히 하는 것쯤은 태연
했다. 아틀리에 안의 훈훈한 온기, 함부로 마냥 담배를 피울 수 있는
기회, 이런 것들이 그녀는 너무나 좋았던 것이다. 그리고 나직하고
즐거운 목소리로 예술에의 사랑을 이야기하고 또 사랑의 예술을 이
야기하는 것이었다. 그녀에게 있어서는 이 두 가지의 사랑이 그다지
뚜렷한 구별은 없었던 것이다.

로슨은 며칠씩이나 계속해서 나중에는 제대로 서지도 못할 만큼
정력을 쏟아가며 그림을 그리더니, 무슨 생각에서인지 별안간 캔버
스를 뭉개버리고 말았다. 모델이 루드 챌리스 이외의 인간이었다면
기진맥진해버렸을 것이다. 마침내 그는 어떻게도 할 수 없는 난처한
입장에 이르고 만 것이었다.

"이렇게 되면 새 캔버스에 다시 시작하는 수밖엔 없어." 하고 그는
말했다. "내가 그리려는 것이 무엇인가를 잘 알았어. 이젠 시간이 많
이 걸리지는 않을 거야."

마침 그때 필립도 그 자리에 같이 있었는데 미스 챌리스가 그에게
말을 걸어왔다.

"당신은 왜 안 그리세요? 미스터 로슨의 그림을 보세요. 도움이 많
이 되실 거예요."

연인들을 부를 때면 으레 그들의 성을 부르는 것이 바로 미스 챌
리스의 매력적인 점이었다.

"로슨만 괜찮다면 저도 한번 멋있게 그려보고 싶은데요."

"괜찮아. 내 걱정 말아."

그가 초상화를 그려보는 것은 이것이 처음이었다. 그런 만큼 속으
로 은근히 걱정스럽기도 했지만, 한편 얼마쯤은 긍지를 갖고 그리기
시작했다. 로슨의 옆에 자리를 잡고서 그가 그리는 것을 보아가면서
그려나갔다. 로슨이 보여주는 그림도 상당히 도움이 되었지만, 그와
미스 챌리스가 충분하게 이야기해주는 충고도 크게 도움이 되었다.
로슨은 간신히 그림을 완성하자 클러튼을 초청해서 비평을 부탁했
다. 클러튼은 막 파리에 돌아온 참이었다. 마드리드에 있는 벨라스케
스가 보고 싶어서 프로방스에서 스페인으로 건너갔었고, 거기서 또

톨레도까지 갔었다. 톨레도에 약 석 달 동안 머물면서 젊은 친구들에게는 처음 듣는 이름을 알아가지고 돌아왔다. 바로 엘 그레꼬란 이름의 화가로, 그 그림은 톨레도가 아니면 볼 수 없는 것 같았으나 그에 대하여 여러 가지 유익한 이야기를 동료들에게 들려주었다.

"아아, 그 화가라면 나도 알고 있어." 하고 로슨이 말했다. "말하자면 오래된 화가지. 취할 점을 말한다면 근대인 못지않게 졸렬한 그림을 그렸다는 것일 거야."

클러튼은 입을 굳게 다물고 대꾸하려 하지 않았다. 그러나 입 언저리에는 사뭇 빈정대는 듯한 표정이 되면서 잠자코 로슨의 얼굴을 보고 있었다.

"스페인에서 가져온 작품을 좀 보여주시겠어요?" 필립이 청했다.

"스페인에선 한 장도 제대로 그리지 못했지. 눈코 뜰 새 없이 바빴거든."

"그럼 무얼하고 지냈단 말이오?"

"여러 가지를 생각해봤지. 나는 이미 인상파하고는 작별을 해야겠어. 앞으로 오륙 년만 지나보라구, 빈약하고 피상적이어서 보잘것 없는 작품이 되고 말 거라구 생각해. 지금까지 배워온 것은 깨끗이 청산해버리고 처음부터 다시 시작해볼까 생각해. 돌아오자마자 여태까지의 작품을 모두 찢어버리고 말았거든. 지금 내 아틀리에엔 이젤, 물감, 그 밖에 아무것도 그리지 않은 캔버스가 대여섯 장 있을 뿐 아무것도 없네."

"그럼 앞으로 어떻게 하실 작정이란 말요?"

"아직 몰라. 하고 싶은 일이 이제 겨우 막연하게 생각나기 시작했을 뿐인걸."

들릴까말까하는 작은 소리에 전신의 신경을 다 쏟아가며 귀를 기울이듯, 띄엄띄엄 가끔 가다 한 마디씩 말하는 품이 매우 이상야릇했다. 자신에게도 잘 이해가 되지 않지만 어두움 속에서 나갈 곳을 찾아 헤매는 사람처럼 무엇인가 신비한 힘이 그의 속에 있는 것 같았다. 로슨은 부탁은 했지만 그의 비평이 두려워졌다. 그래서 그가 들을 것같이 생각되는 비난에 대해서는 미리 클러튼의 의견을 경멸해버린다는 이른바 허세를 부리는 것으로써 적당히 체면을 세우려고 하는 것이었다. 그러나 그렇게 생각은 하면서도 다른 사람은 그만 두고라도 클러튼에게 칭찬을 받는 것만큼 기쁜 일이 없다는 것쯤도 잘 알고 있었다. 클러튼은 한참 동안 말없이 초상화를 바라보고 있다가 돌연 시선을 돌려서 마침 이젤에 얹혀 있던 필립의 그림을 힐끗 보더니,

"이건 또 뭐지?" 하고 물었다.

"저도 초상화를 한 장 그려봤지요."

"흥, 여전히 원숭이 흉내로구먼." 그는 혼잣말처럼 중얼거렸다. 그리고 다시금 로슨의 캔버스 쪽을 보았다. 필립은 얼굴이 새빨개졌으나 아무 말도 하지 않았다.

"자, 어때?" 로슨이 참다 못해 물었다. "모델 위치는 썩 잘 잡았어. 그림도 이만하면 잘 됐는걸."

"색조는 이래도 괜찮을까?"

"아아, 괜찮은데."

로슨은 기쁜 듯이 미소를 지었다. 그는 마치 물에 빠진 강아지처럼 옷 속에서 덜덜 떨고 있었다.

"자네 마음에 들었다니 기쁘기 한이 없네."

"내 마음에 들다니. 천만에, 이건 참으로 형편없는 그림이라고 생각해."

순간 로슨의 얼굴은 대뜸 어두워지고 어이가 없다는 듯이 한참 동안 클러튼을 멍하니 바라보고 있었다. 도대체 어떤 의미일까? 도무지 알 수가 없었다. 클러튼이라는 사나이는 원래 말재주가 없는 사람이어서 말을 할 때에는 무척 힘이 들어보였다. 그의 말은 조리없이 뒤죽박죽이 되기 일쑤고 번거롭기만 했다. 그러나 필립은 그의 두서없는 말 가운데서 언제나 주제가 되어 있는 문구는 잘 알고 있었다. 원래 독서라고는 전혀 하지 않는 클러튼이기 때문에 여하간 그 문구도 처음에는 크론쇼로부터 들은 것일 게 뻔했다. 들었을 당시에는 이렇다 할 감명도 없이 다만 기억에 남아 있을 뿐이었으나 그것이 나중에야 별안간 어떤 새로운 계시처럼 생각되었을 것이다. 그의 말이란

이런 것이었다. 뛰어난 화가에게는 두 가지 커다란 목적이 있다. 하나는 인간의 형태를 그리는 일이요, 또 하나는 인간의 영혼이 지향하는 바를 그리는 것이라는 것이었다. 그러나 인상파는 지나치게 다른 문제에 사로잡혀 있는 것 같다. 딴은 그들은 훌륭하게 인간을 그렸다. 그러나 영혼이 지향하는 바에 관해서는 십팔 세기의 영국 초상화가들이나 별로 다를 바가 없고 거의 무관심에 가까웠다.

"그러나 그렇게 한다는 것은 문학이 되는 거란 말야." 하고 로슨이 말참견을 했다. "나는 마네처럼 인간을 그릴 수 있으면 되는 거야. 영혼의 지향하는 바라니 뭐 말라죽은건가?"

"하기야 자네가 마네 특유의 특징으로 그를 능가할 수만 있다면야 그것도 좋겠지. 하지만 자네로선 발 밑에도 못 갈 것 같네그려. 이보라구, 엊그제의 음식만을 먹고 영양을 섭취하려고 해도 그것은 무리한 말일세. 가보면 지면은 이미 바싹 말라붙어버렸을 터이니 한 번 후퇴하는 수밖에는 도리가 없는 거지. 아직도 초상화라는 것에서 내가 알지 못했던 그 무엇인가를 찾아낼 수 있을 거라고 생각한 것도 그레꼬의 그림을 보았을 때 생각했다네."

"그렇다면 러스킨으로 되돌아가는 꼴밖에 더 되나?" 하고 로슨이 외쳤다.

"당치도 않는 말일세. 이보라구, 그가 주장한 것은 도덕이니 윤리니 하는 것이었어. 내 생각은 도덕이란 건 뭐 말라죽은 거냐 이 말이야. 낡아빠진 윤리고 뭐고간에 그런 설교는 문제도 되지 않아. 문제는 정열과 감정인 거야. 인간과 그 영혼의 끈질긴 지향, 이런 것들을 일류의 초상화가들은 모두 그리고 있어. 렘브란토를 보게나. 엘 그레꼬를 봐도 알 수 있지 않겠나. 다만 이류 화가들만이 민간인을 그릴 뿐이야. 골짜기의 은방울꽃은 향기가 없더라도 아름답겠지만 향기가 있다면 한층 더 아름다울 걸세. 저 그림을 보게." 하고 로슨의 그림을 가리키면서, "과연 잘 그려졌고 모델도 올바르게 잡았네. 그러나 상투적인 수법에 지나지 않거든. 말하자면 그 여자는 이가 들끓는 게으른 여자라는 것을 알아볼 수 있도록 그린 점이라든가 자세도 잡아야 한단 말일세. 정확성, 그것도 물론 중요한 일이야. 그런데 엘 그레꼬는 팔 피트나 되는 사람을 그리고 있네. 그렇게 그리지 않으면 나오지 않는 그 무엇인가를 그는 표현하려고 하는 것일세.”

“쳇! 엘 그레꼬가 다 뭐란 말야!” 하고 로슨이 대꾸했다. “그의 작품을 보고 싶어해도 그림 한 폭 얻어볼 수 없는 그런 화가를 자꾸만 듣기 싫게 말한댔자 의미가 없는걸.”

클러튼은 어깨를 움츠려보이면서 잠자코 담배를 피우다가 이내 돌아가버렸다. 로슨과 필립은 서로 얼굴을 마주 쳐다보았다.

“그가 하는 말에도 일리는 있는 것 같아.” 하고 필립이 넌지시 입을 열었다.

로슨은 시무룩하게 화난 얼굴로 자기의 그림을 들여다보고 있었다.

“관찰한 그대로를 그리지 않고서 어떻게 영혼의 지향을 표현할 수 있단 말야.”

이 무렵 필립에게는 새로운 친구 한 사람이 생겼다. 매주 월요일 아침에는 그 주의 모델을 선발하기 때문에 많은 모델 후보가 학교에 모여들었다. 어느 월요일, 분명히 직업적인 모델은 아닌 것 같은 청년이 선발되었다. 필립은 그 청년의 태도를 보자 마음이 끌렸다. 모델 대에 올라서자 그는 두 발을 굳건히 디디고 우뚝 서서, 주먹을 꽉 쥐고 머리는 늠름하게 쳐들고 전면을 바라보았다. 그것이 한층 더 그의 멋진 보습을 돋보이게 했다. 몸 전체에 지방이라고는 찾아볼 수가 없었고 근육이라는 근육은 무쇠처럼 울퉁불퉁하게 튀어나와 있었다. 보기 좋은 머리를 짧게 깎아올렸고 턱에는 짧은 수염을 기르고 크고 검은 눈과 짙은 눈썹을 하고 있었다. 여러 시간 계속되는 포즈를 조금도 피로한 기색을 보이지 않고 계속하고 있었다. 그의 태도에는 부끄러움과 굳은 결의의 두 감정이 뒤섞여 있었다. 격렬한 정력적인 풍보가 갑자기 필립의 낭만적인 상상력을 자극했다. 일이 끝나고 옷을 입자마자 그는 남루한 옷을 걸친 왕처럼 보였다. 그는 전혀 말이 없었으나, 하루 이틀 지나자 미시즈 오터의 말에 의하면 그 모델은 스페인 사람이고 모델로 서는 것은 이번이 처음이라는 것이다.

“아마 밥도 먹을 수 없이 퍽 곤란한 모양이죠?” 하고 필립이 물었다.

"하지만 그 옷을 보셨어요? 아주 단정하던데요."

마침 그때 같은 아미뜨라노에 다니고 있는 미국인 포터가 필립에게 자기는 두어 달 가량 이탈리아에 다녀올 테니 그 동안 자기 아틀리에를 쓰지 않겠느냐고 했다. 필립은 기뻐했다. 로슨의 위압적인 충고에 적지않게 싫증을 느꼈던 필립은 될 수 있으면 혼자 따로 있고 싶다고 생각하던 참이었다.

일주일이 끝나자 그는 그 모델에게로 가서 그림을 못다 그렸다는 구실로 언젠가 그의 아틀리에에 와서 모델이 되어주지 않겠냐고 부탁해보았다.

"저는 직업적인 모델이 아닙니다. 그리고 다음 주엔 또 다른 일이 있으니까요." 하고 그 스페인 사람은 대답했다.

"그럼 어쨌든 와서 저와 함께 점심이나 함께 들면서 이야기나 하십시다." 하고 말했다. 상대편이 그래도 주저하는 눈치를 보이자 웃으면서,

"점심을 함께 먹는 것쯤 상관 없으실 텐데요." 하고 덧붙여 말했다.

어깨를 으쓱하고 움츠려보이면서 청년은 승낙했다. 그리고 두 사람은 밀크 홀로 갔다. 그 스페인 사람은 유창했으나 알아듣기 힘든 프랑스어로 말했다. 필립은 그의 말을 알아들으려고 무척 애를 썼다. 본래 그는 작가였다는 것이다. 소설 공부를 하려고 파리에 왔는데 지금은 별로 밑천이 안 드는 일이라면 무슨 일이고 닥치는 대로 일을 해서 끼니를 잇고 있는 실정이라고 했다. 스페인어의 개인교수도 했고 주로 사무 서류였지만 번역 일을 하기도 했다. 그리고 결국엔 그의 훌륭한 육체까지 팔아서 돈을 만들 수밖에 없을 만큼 쪼들리고 있었다. 모델은 수입이 나쁘지 않았다. 현재 한 주일 동안에 번 돈으로 다음 두 주일은 넉넉히 생활을 할 수가 있다는 것이었다. 필립은 어이가 없어서 멍하니 듣고 있었지만 그는 하루에 이 프랑만 있으면 유유히 생활해나갈 수가 있다는 것이었다. 그러나 자신의 몸을 팔아서까지 돈을 벌어야 한다는 데에는 자존심이 견딜 수 없는 것 같았

다. 그리고 모델이란 직업은 굶주린다는 구실이라도 없는 한 용납할 수 없는 타락이라고도 그는 말했다. 필립은 그 사람의 몸 전체가 필요한 것이 아니라 다만 그의 얼굴만이 필요했다. 내년의 미술 전시회에 내놓을 그의 초상화가 그리고 싶다는 것을 설명했다.

"하지만 그렇다면 왜 하필 나를 그리고 싶어하는 거죠?" 하고 그 스페인 사람은 따졌다.

필립은 그의 얼굴에 흥미를 느꼈고 아마 틀림없이 좋은 초상화가 될 것같이 생각되었기 때문이라고 대답했다.

"그렇지만 저에겐 시간이 없습니다. 단 일 분이라도 글 쓰는 시간을 빼앗기는 것이 아까운 겁니다."

"하지만 오후 한때만이면 됩니다. 아침엔 학교에서 그리니까요. 아무튼 법률 문서를 번역하시는 것보다는 내 모델이 되어주시는 편이 훨씬 낫겠다고 생각되는데요."

옛날의 라틴 구에서는 세계 여러 나라의 학생들이 사이좋게 함께 생활했었다고 전해지고 있다. 그러나 그런 것은 아득한 옛날 일이었고 지금은 국적을 달리하는 사람들은 마치 동양의 도시처럼 제각기 따로 따로 살고 있었다. 줄리앙 미술 학교에서도 보자르에서도 외국인들과 친숙하게 지내는 프랑스 학생은 본국인들로부터 냉담한 눈초리를 받게 마련이었다. 따라서 파리에 거주하고 있으면서 영국인의 몸으로 파리 시민에 관한 일을 극히 표면적인 일이라면 몰라도 그 이상으로 깊이 알아내기란 매우 곤란한 일이었다. 사실 파리에 오 년씩이나 살아왔다는 회화과 학생들도 대개의 경우 기껏해야 가게에서 물건을 사는 데 소용될 정도의 프랑스어밖에는 하지 못했기 때문에 마치 런던의 사우스 켄싱튼에서 일하는 것과 조금도 다름없는 영국인 생활을 지속하고 있는 셈이었다.

남달리 낭만을 좋아하는 필립은 이 스페인인과의 접촉을 환영했다. 상대방이 싫어하는 것을 온갖 설득력을 다 동원해서 간신히 승낙케 했다.

"그렇다면 이렇게 하기로 합시다." 하고 그 스페인 청년은 드디어 말했다. "모델은 되어드리겠지만 그것은 돈을 바라서가 아니라 내가 좋아서 자진해서 모델이 된 것으로 하지요."

필립은 돈을 받으라고 열심히 권해봤지만 그는 끝내 들어주지 않았다. 결국은 다음 일요일 오후 한 시에 오기로 결정지었다. 그는 필립에게 '미구엘 아프리아'라고 박힌 명함 한 장을 주었다. 미구엘은 날짜를 정해놓고 모델로 오게 되었다. 그는 돈을 받는 것은 거절했지만 이따금씩 필립에게서 오십 프랑씩 빌어가곤 했다. 이렇게 되고 보니 오히려 정식으로 지불하는 모델료보다 필립에게는 더 비싸게 들었지만 상대방 청년에겐 타락한 돈벌이를 하는 것은 아니라는 만족감을 주는 결과가 되어버렸다. 필립은 그의 국적이 스페인이라는 개념으로 그를 멋대로 로맨스의 대표자라고 미리 단정하고는 세빌리아에 대해서 그라나다에 대해서 혹은 벨라스케스와 칼데론에 관한 것을 연방 물어보았다. 그러나 미구엘로서는 조국에 대한 칭찬이 견딜 수 없는 일이었다. 대부분의 스페인 사람들이 그러하듯이 그에게 있어서는 프랑스만이 지성인을 위한 유일한 나라이고 그리고 파리야말로 세계의 중심지였던 것이다.

"스페인은 멸망했소. 작가도 없고 예술도 없어요. 아무것도 없단 말입니다." 하고 그는 외쳤다.

스페인 민족 특유의 드높은 어조와 과장된 듯한 화술로 그는 조금씩 자신의 야심에 대해서 이야기하기 시작했다. 그는 소설을 써서 이름을 높여보려 한다는 것이었다. 졸라의 영향을 받고 있어서 앞으로 쓸 소설의 무대를 파리에 두기로 했다는 것이었다. 줄거리에 대해서도 자세히 이야기해주었다. 필립에게는 매우 미숙하고 그저 유치하게 들리기만 했고 그 중에서 그 유치하기 짝이 없는 잡스러움을 그 자신은 이것이 바로 인생이요, 이것이 소설이요, 하고 외치기는 하지만——그것은 다만 쓸데없는 에피소드에 불과한 얘기를 한층 더 돋보이게 하는 것뿐이었다. 그러나 그는 이미 지난 이 년 동안에 걸쳐서 거의 믿어지지 않을 정도의 빈곤을 견디어냈고, 그를 파리로 유혹한 인생의 향락조차 거부하고 다만 예술을 위한 단 한 가지 신념만으로 정신을 쏟는다면 무엇이고 안 되겠는가 하는 결심만은 대단했다. 그 노력은 참으로 영웅적이었다.

“하지만 어째서 스페인을 무대로 해서 쓰지 않소? 그편이 훨씬 재미있을 것이고, 또 그 생활 자체를 잘 알고 있지 않소?” 하고 필립이 외쳤다.

“아니오, 파리만이 소설을 쓸 가치가 있소. 파리는 인생이니까요.”

하루는 그가 원고의 일부를 가지고 왔었는데, 형편없는 프랑스어로 씌어져 있어서 번역하는 동안에 필립은 그 내용을 거의 읽어주기도 했다. 도무지 말도 할 수 없는 엉터리 작품이었다. 필립은 매우 난처해져서 그리던 그림을 물끄러미 바라보았다. 그 넓은 앞이마도 그 속이 텅 비어 있는 셈이었다. 정열에 불타는 저 눈도 사실은 누구나 다 알고 있는 평범하고도 진부한 것밖에는 보고 있지 않은 눈이다. 필립은 자신의 그림에 만족하지 않았다. 모델 시간이 끝나면 대개 언제나 자기가 애써 그린 그림을 지워버리곤 했다. 흔히 영혼을 표현하는 것도 중요하지만 인간 그 자체가 이토록 심한 모순덩어리라면 도대체 이건 어떻게 되는 것일까? 그는 미구엘이 좋았다. 그의 이 장대한 고투(苦鬪)도 모조리 헛된 것인가 하고 생각하면 슬퍼졌다. 생각해보면 그는 다만 재능이라는 것만을 제외한다면 훌륭한 작가가 될 수 있는 모든 자질을 갖추고 있는 것이다. 필립은 다시 한 번 자신의 그림을 바라보았다. 조금이라도 그 속에 장래성이 있는 것일까? 아니면 쓸데없이 인생을 낭비하고 있을 뿐인가? 어떻게 하면 그것을 알 수 있는 것일까? 굳게 밀고 나가는 확실한 의지만으로는 어떻게 되지 않을 것이고 또한 자신도 그것은 무의미하다는 것을 잘 알았다. 그는 불현듯 파니 프라이스를 생각했다. 그녀는 자신의 능력에 대해서는 무서우리만큼 자신을 가졌었고 의지력도 대단했었다.

“나는 나 자신이 정말로 그림에 소질이 없다는 것을 아는 날이면 오히려 깨끗이 붓을 꺾어버리겠소.” 하고 필립이 말했다.

“시시한 이류 화가가 되어보았자 소용이 없으니까요.”

그리고 얼마 지나지 않은 어느 날 아침 그가 막 밖으로 나가려 할 때 관리인이 편지가 와 있다고 그에게 알려주었다. 편지라면 루이자 백모나 가끔 헤이워드에게서 올 뿐이었다. 그러나 이 편지는 전혀 본 일이 없는 필적이었다. 다음과 같은 사연이 적혀 있었다.

이 편지 받으시는 즉시 꼭 좀 와주세요. 이 이상 더 참을 수가 없어요. 당신이 꼭 와주세요. 딴 사람이 제 몸에 손을 댈 것을 생각하면 견딜 수가 없답니다. 저의 소유물은 모두 당신에게 드리겠어요.

파니 프라이스

추신 : 지난 사흘 동안 아무것도 먹지 않았어요.

필립은 갑지기 불안으로 가슴이 꽉 찼다. 그 길로 곧장 서둘러서 그녀의 거처로 달려갔다. 파리에 남아 있었다는 것마저도 너무나 뜻밖이었다. 벌써 몇 달이나 서로 만나지 못했었고 아득한 옛날에 영국으로 돌아가버린 줄만 알고 있었다. 그녀의 집에 닿자마자 우선 관리인에게 그녀가 집에 있느냐고 물어보았다.

"아마 방에 있을 테지요. 요 며칠 동안 전혀 밖에 나가는 것을 못 봤으니까요."

필립은 황급히 계단을 뛰어올라가서 문을 두드렸다. 그러나 안에선 아무런 응답이 없었다. 큰소리로 이름을 불러보았다. 문은 잠겨 있었고 들여다보니 열쇠 구멍에 열쇠가 꽂혀 있는 채였다.

"오오, 설마 쓸데없는 일을 저지른 것은 아닐까?" 하고 그는 부지중에 큰소리로 외쳤다.

그는 다시 아래층으로 뛰어내려가서 관리인에게 그녀가 확실히 방에 있다는 것을 알리고, 편지를 받아보았는데 아무래도 걱정스럽다고 말했다. 다시 문을 부수고 들어가보면 어떻겠느냐고 물어보기까지 했다. 처음에는 기분이 언짢아서 들은 체 만 체 하던 관리인도 이 말을 듣고는 몹시 놀랐다. 그렇다고 자기 혼자서는 가택 침입의 책임을 질 수 없으니까 경관을 부르러 가자고 했다. 두 사람은 함께 경찰서에 갔다가 자물쇠 직공 한 사람을 데리고 돌아왔다. 말을 들어보니 미스 프라이스는 최근 석 달 동안의 방세도 아직 지불하지 않았으며, 새해에는 이 건물의 오랜 전통처럼 되어 있는 관리인에 대한 다만 조그만 선물도 그녀에게선 아직 받지 못했다는 것이었다. 네 사람이 함께 계단을 올라가서 다시 한 번 노크해보았다. 여전히 아무런 반응이 없다. 자물쇠 직공이 자물쇠를 열자 간신히 모두들 안으로 들어갈 수 있었다. 순간 필립은 으악 비명을 지르고 본능적으로 양손으로 눈을 가렸다. 불행한 그 여인은 목을 매달고 축 늘어져 있었다. 이 방의 전 주인이 침대의 커튼을 달려고 박아놓은 천장의 못에 끈을 매달고 일부러 조그마한 자기의 침대를 치워놓고는 의자 위에 서서 목을 맨 모양이었다. 의자는 마룻바닥에 뒹굴고 있었다. 넷이서 끈을 끊고 시체를 내려놓았다. 몸은 이미 싸늘하게 식어 있었다.

<h2 style="text-align:center">49</h2>

필립이 여러 곳에서 얻어들은 이야기에 의하면 무서운 일들이었다. 곧잘 여학생들이 입을 모아 하는 말로는 파니 프라이스는 절대로 그들과 함께 어울려서 식당에서 식사를 하지 않았다는 것이었다. 그것도 이유는 명백했다. 심한 궁핍에 몰려 있었기 때문이었다. 필립은 그가 처음 파리에 왔을 때에 함께 점심 식사를 하던 일, 그래서 그때 아귀처럼 먹던 그녀의 식욕에 그가 견딜 수 없는 불쾌감을 느꼈던 일들을 생각해냈다. 그러나 지금 생각하면 너무나 배가 고팠기 때문에 그렇게 먹었을 것이었다. 그녀가 어떤 것을 먹고 있었는지 관리인이 그에게 이야기해주었다. 그의 말에 의하면 매일 우유를 한 병씩 자기 몫으로 들여놓고는 빵 한 덩어리를 손수 사와서 점심때 학교에서 돌아오면 빵 반 조각과 우유 한 병을 먹고 나머지는 저녁 식사로 먹었다는 것이었다. 거의 하루도 빼놓지 않고 그녀는 그렇게 했다는 것이다. 얼마나 괴로웠겠는가? 필립은 가슴이 아팠다. 그 누구에게도 자기의 빈곤을 한번도 나타낸 적은 없었으나 사실은 돈이 점점 없어져 끝내는 아틀리에에도 나오지 못하고 말았던 것은 명확했다. 조그마한 방 안에 가구라고 할 만한 것은 거의 눈에 띄지 않았고 옷도 언제나 입고 다니던 갈색 양복밖에는 없었다. 알려야 할 친구의 주소라도 없을까 하고 짐을 뒤지다가 뜻밖에도 필립의 이름을 스무 번쯤 나란히 써 놓은 종이 한 장을 발견했다. 무어라고 형용할 수 없는 야릇한 심정이었다. 그렇다면 역시 자기를 사랑한 것이 사실이란 말인가? 그는 새삼스럽게 천장의 못에 매어달렸던 그 갈색 옷을 입은 빼

빼마른 그녀의 모습을 생각해내고 온몸에 소름이 쪽 끼치는 것을 느꼈다. 정말 자기를 사랑했다면 어째서 자기가 도와주겠다고 생각했을 때에 그녀는 거절했단 말인가? 자기 힘으로 할 수 있는 데까지는 기꺼이 도와주었을 텐데. 그녀로서는 특별한 감정으로 그를 바라보고 있었는데, 여지없이 그것을 짓밟듯 무시해왔다고 생각하자 그의 가슴은 쑤시는 것 같았다. 그리고 '딴 사람의 손이 제 몸에 닿을 생각을 하면 견딜 수가 없어요.' 했던 편지 문구가 귓전에 올려오는 듯해서 한없이 불쌍했다. 문자 그대로 그녀는 굶어 죽은 것이었다. 필립은 끝내 '오빠 앨버트로부터'라고 씌어진 편지 한 장을 찾아낼 수가 있었다. 서비튼 지방의 어느 여행지에서 낸 불과 이삼 주일 전의 편지였는데, 내용은 오 파운드를 빌려달라는 사연에 대한 거절의 편지였다. 오빠라는 사람에게는 처자가 딸려 있는 모양이었고 돈을 빌려줄 여유가 없다는 것이었다. 그것보다는 차라리 런던으로 돌아와서 일자리라도 구하는 편이 어떻겠느냐는 권고의 글이었다. 필립은 즉시 이 앨버트 프라이스라는 사람에게 전보를 쳤더니, 이내 회답이 왔다.

'애도의 마음 금할 수 없음. 떠나기 어려운 사정인데 꼭 가야겠는지. 프라이스.'

필립은 간단하게 그 자리에서 급히 오라고 다시 쳤다. 그랬더니 다음 날 아침, 낯선 사나이가 아틀리에로 찾아왔다.

필립이 문을 열자,

"프라이스란 사람이올시다." 하고 그 사람은 말했다.

검은 양복을 입고 중절모에 띠를 두르고, 몹시 기운이 없어보이고, 무뚝뚝한 점은 어딘가 미스 프라이스를 닮은 데가 있었다. 코 밑에는 수염을 조금 길렀고 심한 런던 사투리를 쓰고 있었다. 필립은 그를 맞아들였다. 그녀의 죽음에 디한 자초지종과 그에 대해서 그가 해온 일 등을 이야기하고 있는 동안에 그 사나이는 흘긋흘긋 곁눈질을 해가면서 방 안을 두리번거렸다.

"시체는 안 봐도 되겠죠?" 하고 오빠가 말했다. "신경이 약한 편이어서 조그마한 일이라도 정신을 잃어버리곤 해서요."

그러고는 매우 친숙하게 이야기하기 시작했다. 생업은 고무상인이고 집에는 아내와 아이가 셋이 있다고 했다. 미스 프라이스는 원래 가정교사를 하고 있었는데, 오빠가 보기에는 파리 같은 데에 오지 말고 왜 그 일을 계속하지 않았는지 도무지 이유를 알 수가 없었다고 했다.

"파리란 곳은 젊은 여자가 갈 곳이 못 된다고 나도 집 사람도 무척 말렸죠. 그림 같은 것을 공부해서 돈벌이가 되겠습니까? 전혀 그런 일을 본 적이 없습니다."

누이동생과 잘 마음이 맞지 않았다는 것은 그의 태도로 보아 너무나 분명했다. 그리고 그녀의 자살은 오빠에게 준 마지막 괴로움이라고 해서 화가 난 모양이었다. 특히 가난에 쫓겨서 자살했다는 것이 못마땅한 눈치였다. 그렇게 되면 무언가 한집안 가족들이 잘못했다는 것이 될 것 같기 때문이었다. 그러나 다시 곰곰이 생각하면 사이가 좋지 않았던 다른 이유가 좀더 있었는지도 모른다는 생각이 문득 들었다.

"저어, 혹시 어떤 남성과 친숙하게 지낸 일은 없었을까요? 뭐니뭐니해도 이곳은 파리니까요. 제가 말씀드리는 뜻을 아시겠지만 그렇다 하더라도 좀더 잘하고 살 수 있었을 텐데 말입니다."

필립은 어느새 얼굴이 새빨개지고 자신의 약한 마음이 몹시 원망스러웠다. 프라이스의 조그맣고 날카로운 눈이 당신이 수상쩍군그래, 그렇게 말하는 것처럼 보였다.

"댁의 누이동생만은 절대로 그런 일이 없었다고 믿는데요. 원인은 어디까지나 굶주림 때문이에요." 필립은 불쾌한 어조로 잘라 말했다.

"아하, 예에. 그러나 그것은 가족의 한 사람으로서는 매우 고통스럽군요. 그렇다면 편지라도 한 장 보냈으면 됐을 것을 용돈쯤은 보내 줄 수 있었으니까요."

그러나 필립은 그 돈을 꾸어주지 못하겠다는 편지를 보고 비로소 오빠의 주소를 알았던 것을 생각했다. 필립은 그저 어깨를 한 번 움츠려보였을 뿐 아무 말도 하지 않았다. 지금 새삼스럽게 그런 말을 해야 소용없는 일이었다. 필립은 이 조그마한 남자가 점점 비겁해보이고 싫어져서 한시바삐 돌아가주었으면 싶었다. 다행히 상대도 빨리 볼일을 끝내고 런던으로 돌아가고 싶은 눈치였다. 두 사람은 파니가 살던 조그만 방으로 가보았다. 미스 프라이스의 오빠는 누이동생의 그림과 가구들을 보자, "전 그림에 대해선 잘 모르겠습니다만 이것도 얼마간 돈이 될까요?"

"한푼도 되지 않아요."

"가구는 십 실링도 되기 힘들겠죠."

앨버트 프라이스는 프랑스어를 전혀 몰랐기 때문에 필립이 모든 일을 도맡아 볼 수밖에 없었다. 그렇다고는 하지만 시체를 땅에 묻는 일만도 이토록 수속이 복잡한가 하고 생각하자 그는 어이가 없었다. 이편에서 서류를 받는가 하면 또 저편에서 서명을 받아야 했고 관청에도 자주 드나들어야 했다. 수속을 밟는 데 아침부터 밤까지 꼬박 사흘이 걸렸다. 가까스로 수속을 마치고 오빠와 둘이서 영구차 뒤를 따라 몽파르나스 묘지로 향했다.

"격식을 차려서 할 만큼은 해주고 싶습니다. 그렇다고 쓸데없이 돈을 낭비할 필요는 없죠." 하고 앨버트 프라이스는 말했다.

냉랭하고 몹시 흐린 아침, 극히 간소한 장례는 말할 수 없을 만큼 쓸쓸하기 짝이 없었다. 그녀와 함께 아틀리에에서 그림 공부를 하던 옛 동료 대여섯 명, 로슨, 클러튼, 플라나간, 그리고 미시즈 오터는 서무 주임이라는 의무감에서, 미스 첼리스는 동정하는 마음으로 각각 참석해주었다. 모두가 생전에 고인을 싫어했던 사람들 뿐이었다. 어느 쪽을 보아도 묘석뿐이었고 극히 간단하고 빈약한 것이 있는가 하면 쓸데없이 수선스럽고 속되고 보기 흉한 것들도 있었다. 수많은 묘지를 바라보자 필립은 온몸에 소름이 끼쳤다. 어쩌면 이렇게 불결하고 한심스러울 수가 있겠는가! 묘지를 나오자 앨버트 프라이스는 필립에게 식사라도 함께 하자고 했다. 필립은 그가 지겹도록 싫은 데다가 피곤하기도 했다. 해진 갈색 옷을 입고 천장의 못에 목을 매달고 죽어 있던 파니 프라이스의 꿈을 꾸느라고 잠을 제대로 이루지 못했던 것이다. 그렇다고 그럴싸한 구실을 찾기는 어려웠다.

"어디든 제대로 맛있는 점심을 먹을 수 있는 곳에 안내해주시죠.

이런 일은 아무래도 신경을 피곤하게 하는 일이라서요."

"이 근처에선 글쎄요, 라브뉘 식당이 아마 그 중 나을 겁니다."

앨버트 프라이스는 융단 의자에 앉아 마음을 놓았다는 듯이 한숨을 내쉬었다. 그러고는 푸짐한 점심과 포도주를 한 병 주문했다.

"간신히 일이 끝나게 돼서 다행입니다." 하고 그가 말했다. 그러고는 두서너 가지 매우 기분 나쁜 질문을 해오는 것이었다. 어쩐지 파리에서의 화가들의 생활에 대해서 알고 싶은 모양이었다. 그 자신은 일단 한심스러운 일이라고 생각하면서도, 실은 상상으로밖에 알지 못하는 화가들의 난잡한 생활에 대해서 좀더 자세한 이야기가 매우 궁금한 모양이었다. 교활하게 눈짓을 하기도 하고 까닭이 있는 것처럼 킬킬 웃기도 하면서 좀더 재미있는 이야기가 얼마든지 있을 텐데, 다 알고 있단 말야, 하는 것 같은 표정을 짓는 것이었다. 사실 그는 근본부터 세속인이어서 이 방면에도 다소 짐작하는 바가 없지 않았다. 그는 필립에게 템플 바에서 런던 증권거래소 근처에 이르기까지, 이름도 유명한 몽마르트의 명소 등, 그곳들을 가본 적이 있느냐고 물었다. 자기는 될 수 있으면 물랭루즈쯤엔 가본 적이 있다고 말해주고 싶었다. 점심은 매우 고급이었고 술도 좋았다. 뱃속의 소화도 잘 되자 앨버트 프라이스는 점점 배짱이 커지는 모양이었다.

"브랜디를 조금만 어떨까요?" 커피가 나오자 그는 말했다.

"뭘요, 좀 비싼들 대수겠소?"

그리고 두 손을 비비면서 말을 이었다.

"이봐요, 난 오늘 밤 여기서 묵고 내일 떠날까 하는데요. 어떻소, 하룻밤 함께 어울려주시겠소?"

"오늘 밤 몽마르트에 안내해달라는 말씀이신가요? 그거라면 딱 질색인걸요." 하고 필립이 대답했다.

"아하 과연, 안 좋겠지요?"

대답이 너무나 진지했기 때문에 필립은 간지러울 지경이었다.

"게다가 신경이 약한 사람은 더욱 안 좋지요." 하고 필립은 웃지도 않고 차갑게 쏘아주었다.

결국 앨버트 프라이스는 네 시 차로 런던으로 돌아가는 게 좋겠다고 결정해버렸다. 그리고 곧 필립에게 작별인사를 했다.

"자아, 그럼 실례하오. 하지만 근간 파리에는 다시 한 번 오겠소. 그때는 또 당신을 찾기로 하겠소. 마음껏 한 번 놀아봅시다그려."

그날 오후는 아무리 해도 마음을 가라앉힐 수가 없고 왠지 일을 할 마음이 생기지 않았다, 그래서 버스를 타고 세느 강을 건너서 뒤랑 뤼엘 화점(畵店)에 새로운 그림이라도 나오지 않았나 하고 보러 갔다. 그러고 나서 길을 하릴없이 걸어보았다. 바람이 불어서 몹시 추웠다. 사람들은 외투를 껴입고 총총걸음으로 지나갔다. 조금이라도 추위를 막으려고 몸을 움츠리고 얼굴은 모두가 지친 것처럼 굳어져 있었다. 저 새하얀 묘석에 둘러싸인 모파르나스 묘지의 땅 밑은 무척 차가울 것이다. 필립은 심한 고독감에 사로잡혀서 야릇하게 향수를 느꼈다. 한없이 말상대가 그리웠다. 지금쯤 코론쇼는 일에 몰두하고 있을 것이고, 클러튼은 절대로 방문객을 좋아하지 않는 성미였다. 때마침 로슨은 루드 챌리스의 초상화를 다시 한 장 그리기 시작했기 때문에 그 역시 방해하는 걸 좋아하지 않을 것이다. 결국 플라나간을 찾기로 했다. 그도 그림을 그리고 있었으나 필립이 찾아가자 그리던 일을 그만두고 기꺼이 말상대가 되어주었다. 미국인들은 누구보다도 돈이 많은 편이어서 아틀리에는 따뜻하고 상쾌했다. 그는 자리에서 일어나서 차 준비를 시작했다. 필립은 살롱에 출품하겠다는 두 폭의 초상화를 바라보았다.

"나 같은 사람이 출품을 하겠다니, 건방진 것인지는 모르겠지만 상관 있소? 하여튼 내보려고 해. 어때, 괜찮을까?"

"생각한 것보다는 좋아보이는데." 하고 필립이 대답했다.

두 장 모두 기교면에서는 놀라울 만큼 잘 된 작품이었다. 모든 어려운 점을 익숙한 솜씨로 살짝 얼버무려놓았다 해도 좋을 만했다. 그리고 사실 채색에 있어서는 놀라울 만큼, 아니 차라리 매혹적이라고 할 만큼 선명했다. 플라나간은 특출한 지식도 기술도 없이, 다만 일생을 화필을 가지고 살아왔다는 그런 사람들의, 익숙하기는 하나 예술적 가치나 품위는 없는 그러한 솜씨만으로 그리고 있었다.

"어쨌든 자네 그림을 삼십 초 이상 바라보지 못하게라도 된다면 자네도 대단한 화가라고 할 텐데 말요." 하고 필립은 웃으면서 말했다.

아무튼 이 젊은 사람들에게는 지나친 겉치레의 말로 서로를 칭찬하는 나쁜 버릇만은 없었다.

"그런데 미국에서는 말일세, 실제로 삼십 초 이상 그림을 바라보고 있을 시간적 여유란 없다네." 하고 플라나간도 웃으면서 맞장구를 쳤다. 플라나간이라는 사람은 퍽 머리가 산만한 사나이였지만 말할 수 없이 살뜰한 아름다운 마음의 소유자였다. 동료 중의 누가 앓기라도 하면 그는 마치 간호사가 무색할 만큼 뒷바라지를 잘 해주었다. 그의 명랑성은 약보다는 효과가 좋았다. 미국인의 대부분이 그러하듯이 그도 역시 영국인처럼 감상적인 것을 두려워해서 강하게 감정을 억제하는 일은 없었다. 감정을 노골적으로 표시하는 것을 별로 이상하다고는 생각하지 않기 때문에 금방 인정이 넘치는 동정을 베푸는 것이었지만 그것이 곤란한 처지에 있을 때의 친구들에게는 다시 없이 고마운 것이었다. 그는 이번 사건으로 필립이 충격을 받은 것을 알고 있었다. 그런 만큼 덜렁대기는 했지만 진심으로 필립을 위로하려고 했다. 그는 화제가 언제나 영국 사람들의 웃음거리가 되곤 하는 것을 알면서도, 그는 소위 아메리카니즘을 한층 과시하면서 매우 기분 좋게 재미있고 괴상한 이야깃거리를 거의 숨쉴 사이도 없이 마구 떠벌리는 것이었다. 조금 뒤에 두 사람은 저녁 식사를 하러 나갔다가 게 떼 몽파르나스 쪽으로 갔다. 플라나간의 단골 주점이었다. 밤이 으슥할 무렵이 되자 그는 매우 기분이 좋았다. 술을 많이 마시기는 했지만 그가 취한 원인은 알콜보다도 오히려 그 자신의 명랑한 성격이었다. 그는 뷜리에 댄스 홀로 가자고 했다. 필립도 지칠 대로 치쳐서 당장은 잠도 이룰 것 같지 않았기 때문에 선뜻 동의했다. 그들은 춤이 잘 보이도록 바닥에서 한 단 높여진 단상에 자리를 잡고, 도이치 맥주를 마셨다. 이윽고 플라나간은 사람들 속에서 친구의 모습을 발견하자 별안간 커다란 소리를 지르면서 칸막이를 펄쩍 뛰어넘어서 그들이 춤추고 있는 쪽으로 뛰어갔다. 필립은 사람들을 가만히 바라보고 있었다. 뷜리에는 일급 댄스 홀은 아니었다. 마침 목요일 밤이어서 홀은 몹시 붐비고 있었다. 여러 대학의 학생들도 많이 와 있었지만 대부분은 상점의 사무원이나 점원들이었다. 기성품의 트위드 양복이라든가 기묘한 모양의 연미복이라든가 소프트 모자라든가 하는 모두 평복 차림이었다. 그들은 모자를 쓰고 들어오기는 했는데 둘 곳이 머리 위밖에는 없기 때문에 모자를 쓴 채 춤을 추고 있었다. 여자들 중에는 하녀 같은 여인이 있는가 하면 짙은 화장의 좋지 않은 여자들도 섞여 있었다. 그러나 점원들이 대부분이었다. 강 건너의 유행을 흉내내고 있기는 했지만 모두 싸구려여서 빈약한 복장들이었다. 짙은 화장을 한 여인들은 그 무렵 유행했던 뮤직 홀 전속의 예능인이나 댄서들의 흉내를 그대로 내서 눈은 시꺼멓게 칠하고 뺨에는 밉살스러울만큼 빨갛게 연지를 바르고 있었다. 홀은 나직하게 매달린 커다란 백열등으로 조명이 되었고 그것이 또 얼굴의 음영을 한층 더 강하게 드러나보이게 했고 색깔은 점점 더 우중충해보였다. 어디까지나 지저분한 광경이었다. 필립은 난간에 몸을 기대고 물끄러미 바라보고 있었다. 이미 음악 소리는 귀에 들리지 않았다. 형언할 수 없이 굉장한 춤이었다. 모든 사람들이 춤에 열중해서 거의 말도 하지 않았다. 그저 천천히 방 안을 돌아가면서 춤을 추고 있을 뿐이었다. 방 안 공기는 무더웠고 사람들의 얼굴은 땀에 젖어 번들거렸다. 세상에 대한 경의라고나 할까 평상시에는 얼굴에 뒤집어쓰고 있던 경계심을 완전히 벗어 팽개쳐버린 것이다. 그렇게 필립에게는 생각되었다. 지금이야말로 그들의 있는 그대로의 모습을 볼 수 있는 것이다. 그러한 방심, 무경계의 순간에 있어서는 모두가 어쩌면 기묘하게 동물 같아 보이는 것일까? 어떤 사람은 여우처럼, 어떤 사람은 늑대처럼, 또 어떤 사람은 마치 염소처럼 길고 얼빠진 얼굴을 하고 있다. 모두가 평소의 건강하지 못한 생활과 좋지 못한 음식 때문에 혈색이 좋지 않은 피부빛을 하고 있다. 그들의 얼굴은 비천한 흥미로 빛을 잃고, 조그마한 눈은 교활하게 움직이고 있다. 그들의 얼굴에는 거의 고귀한 멋이라고는 찾아볼 수 없었다. 그들 모두에게 있어서 인생이란 그저 하찮은 관심과 불길한 사상의 긴 연속에 지나지 않는 것 같았다. 공기는 땀냄새 섞인 사람들의 열기로 숨이 막힐 것 같았다. 그러한 환경 속에서도 그들은 무언가 몸속에서 솟구치는 어떤 신비한 힘에라도 쫓기는 것처럼 다만 미친 것같이 스텝을 밟고 있는 것이었다. 모두가 그저 맹렬한 향략에 쫓기고 있다고밖에는 생각되지 않았다. 필사적으로 이 황량하고 적막한 인생으로부터 도피하려고 애쓰는 것같기도 했다. 언젠가 크론쇼가 이야기한 일이 있었다. 인간 행동의 유일한 동기라고 한 그 쾌락에의 욕정이 격하면 격할수록 요긴한 쾌락은 사라져버리는 것 같았다. 어째서 그런지도 모르는 채 다만 아무 힘도 없이 심한 바람에 휩쓸리고 있는 것 같았다. 그들의 머리 위에는 아득하게 높이 운명이 솟아 있고 발 밑에는 마치 영원한 암흑이 입을 벌리고 서 있기라도 한 것처럼 그들은 그저 계속해서 춤추고 있는 것이다. 그들의 침묵은 무언가 막연한 공포를 느끼게 했다. 인생의 공포가 그들의 언어 능력을 송두리째 빼앗아버리고, 마음속의 절규가 그대로 그들의 목구멍에서 말살되어버린 것 같았다. 눈은 볼썽사납게 움푹 패이고, 모습마저도 변해보이는 동물적인 욕망이나 냉혹함, 비루한 표정, 더욱 나쁜 것은 거의 백치에 가까운 표정임에도 불구하고 더욱 열심히 쳐다보고 움직이지 않는 그들의 시선의 괴로움이 그들 모두를 무서우리만큼 슬픈 군중으로 만들고 있는 것에 필립은 견딜 수 없는 혐오를 느끼면서도 가슴은 찢어질 듯한 연민으로 몹시 울렁였다.

그는 휴대품 보관소에서 외투를 찾아 얼어붙은 것 같은 밤추위 속으로 나갔다.

<h2 style="text-align:center">50</h2>

그 불행한 사건을 필립은 아무래도 쉽사리 잊을 수가 없었다. 무엇보다 마음이 아팠던 것은 파니의 노력이 허무했다는 사실이었다. 그녀만큼 노력한 사람도 없었을 것이고 또 그녀만큼 성실한 인간도 없었을 것이다. 그녀는 진심으로 자신을 믿고 있었다. 그 자신을 믿는다는 것이 한푼의 값어치도 없으리란 것은 너무나 명확한 일이었고, 그런 것은 그의 친구 누구나가 다 가지고 있었다. 미구엘 아프리아

따위도 그 중의 한 사람이었다. 그리고 필립은 그 스페인 청년의 영웅적인 노력과 그가 지금 쓰고 있는 보잘것없는 작품과의 사이의 너무나도 심한 대조에 놀라는 것이었다. 필립은 이 불행한 학교 생활에서 어느새 자기 분석이라는 능력을 발달시키고 있었다. 그리고 이 좋지 못한 버릇은 마치 아편을 빠는 것과 흡사해서 어느 틈엔가 완전히 상습화되어버려서 자기의 감정을 해부하는 데 있어서는 일종의 독특한 날카로움을 갖고 있었다. 같은 예술에의 감동에서도 자기는 아무래도 딴 사람과 다르다고 그렇게 생각하지 않을 수가 없었다. 이를테면 로슨이라면 훌륭한 한 폭의 그림을 보면 곧 직접적으로 감동할 것이다. 그의 감상은 말하자면 직감적 감상이다. 플라나간까지도 필립에게 있어서는 머리로 오래 생각하지 않으면 알 수 없는 것을 즉각적으로 느낄 수가 있다. 그런데 필립의 경우는 어디까지나 지적 감상이었다. 만약 그에게도 예술가 기질(그는 이러한 어휘를 싫어했지만 달리 대신할 만한 어휘가 없기 때문이다)이라는 것이 있다면 그들처럼 좀더 정서적이며 직감적으로 미를 느낄 수 있어야 할 것이었다. 그렇게 생각하기 시작하자 과연 자기에게는 다만 사물을 정확하게 옮겨놓는다는 피상적인 손재주 그 이상의 것이 있다는 것인가? 손재주라는 것은 사실 문제가 되지 않았다. 기술적인 재주를 경멸하는 것쯤은 그도 이미 배우고 있었다. 중요한 사실은 어디까지나 그림으로써 느끼는 것이었다. 로슨의 그림에는 아무튼 이것이 자기의 본성이라는 뚜렷한 신념을 가지고 있는 일면이 있다. 모든 영향에 민감한 미술학생다운 모방성은 있었지만 그러나 그것을 꿰뚫는 개성도 있었다. 필립은 자기 자신이 그린 루드 챌리스의 초상을 다시 한 번 바라보았다. 석 달이 지난 지금 와서 자세히 생각하니 하나에서 열까지 로슨의 흉내를 낸 데 지나지 않았다. 소질이 없는 것이다. 그의 그림은 다만 머리만으로 그리고 있었다. 적어도 그림다운 그림이라면 역시 마음으로 그리지 않으면 안 된다. 그는 새삼스럽게 깨닫지 않을 수가 없었다.

돈만 해도 이제는 별로 남아 있지 않았다. 기껏해야 천육백 파운드밖에 되지 않았다. 앞으로는 극도로 절약해야 했다. 최소한 앞으로

십 년 동안은 돈을 벌 가망성이 전혀 없어보였다. 미술사를 읽어본다면 한평생 돈 한푼 못 번 화가들도 얼마든지 있었다. 빈곤한 생활은 각오해야 할 일이었다. 그럼 그렇다치고 무언가 후세에까지 남을 만한 걸작을 그리게 되어야만 의미가 있을 것인데 아무리 고쳐 생각해도 그의 경우는 도저히 이류 이상의 화가가 될 가망은 없을 것 같은 무서운 불안감까지 들었다. 과연 이러한 것들을 위해서 청춘을 바치고, 인생의 모든 즐거움을 내동댕이치고, 그리고 수많은 생애의 가치를 모두 희생해버릴 만한 의미가 있을 것인가? 그는 파리에 거주하는 수많은 외국인 화가들에 대하여 그들의 생활이 극히 범위가 좁고 간신히 한 구석을 유지하는 존재라는 것을 알고 있었다. 그들 중에는 이십 년 동안이나 명성을 얻기 위하여 몸부림치고 더욱이 마지막에 가선 절망하며 뒷골목 너절한 거리에서 술로 신세를 망쳐버린 사람도 있었다. 뜻밖에 파니의 자살이 여러 가지 기억을 되살려주었고, 또 어느 누가 절망에서 빠져나가기 위해서 취한 마지막 수단에 대하여 여러 가지 무서운 이야기도 들었다. 그는 갑자기 언젠가 프와네 교수가 파니에게 말한 경멸에 찬 충고를 생각해냈다. 만약 그녀가 그 충고를 고스란히 받아들여서 그런 어쩔 수 없는 노력을 체념해버렸다면 그녀를 위해서도 얼마나 좋았을 것인가?

필립은 미구엘 아프리아의 초상화를 그려서 살롱에 출품하기로 했다. 플라나간도 두 점 내놓겠다고 했다. 필립은 플라나간에게는 지고 싶지 않았다. 아무튼 그는 정성을 다해서 그렸고 자기 딴에는 좋은 점이 없지도 않다고 생각했다. 어디라고 꼬집어 말할 수는 없지만 자기가 보아도 확실히 어딘가 잘못된 점이 있긴 했다. 그러나 그림을 직접 보지 않고 있으면 반대로 자신까지 생겨나서 전혀 가망이 없을 것 같지도 않았다. 그는 그 그림을 살롱에 출품하기는 했으나 낙선했다. 그러나 그다지 낙담하지는 않았다. 왜냐하면 어차피 안 될 것이라고 열심히 자신에게 타일러두었기 때문이었지만 이삼 일 후에 별안간 플라나간이 뛰어들면서, 두 폭 중에 하나가 입선했다고 그와 로슨에게 알렸다. 필립은 아연해서 멍한 표정으로 축하의 말을 했는데 당사자인 플라나간은 어쩔 줄 모르고 기뻐했기 때문에 필립이 자기도 모르게 빈정거리는 의미 깊은 말투 따위를 전혀 알아차리지 못하는 것 같았다. 그러나 워낙 눈치가 빠른 로슨은 그 말을 재빨리 알아듣고 야릇한 표정으로 힐끔 필립을 쳐다보았다. 로슨의 그림도 입선이 확정되었고, 그 사실은 이미 이삼 일 전에 듣고 있었기 때문에 어쩐지 필립의 태도가 불쾌했었던 것이었다. 그러나 플라나간이 돌아간 뒤 필립이 느닷없이 한 질문에는 그도 다시 한 번 놀라지 않을 수가 없었다.

"만약 자네가 내 입장 같다면 말일세, 깨끗하게 단념할까?"

"그건 또 무슨 말이지?"

"요컨대 이류 화가 따위나 될 의미가 있겠는가 하는걸세. 알겠나? 이를테면 의사가 된다든가 실업가가 된다든가 다른 직업이라면 이류가 되어도 조금도 상관없을 거야. 돈을 벌어서 먹고 살 수가 있을 테니까 말야. 그러나 이류 화가가 되어서 무엇에 쓰겠느냐 말야."

로슨은 필립을 좋아했다. 그런 만큼 아무래도 낙선했기 때문에 무척 괴로워하는 것이라고 생각하자 대뜸 그를 위로해주기 시작했다. 살롱이 나중에 유명해진 그림을 얼마든지 낙선시켰다는 것은 이미 누구나 다 알고 있는 사실이고 자네는 이제 겨우 첫 출품이 아니잖는가. 한두 번 낙선할 것쯤은 각오해야 할 일이다. 플라나간이 입선한 이유는 알 만하다. 그의 그림은 화려하기만 해서 천하기 짝이 없는 것이지만 다만 싫증이 난 심사 위원들의 눈에 뜨일 만한 그런 점은 있다고 했다. 그러나 그의 말을 듣고 있던 필립은 더 이상 견디어낼 수가 없었다. 자기가 그런 하잘것없는 문제로 이토록 고민하는 것이라고 로슨까지도 생각하는 것이란 말인가? 그의 낙담은 좀더 깊은 자신의 재능에 대한 의심 때문에 생기는 것인데도 끝내 그것을 못 알아주는 것일까? 그것을 생각하자 한심하기 짝이 없었다.

최근 클러튼은 그라비에에서 함께 식사를 하던 친구들과는 소식도 없이 대개는 혼자서 생활했다. 그것을 가리켜 플라나간은 그가 연애를 하기 때문이라고 했지만 그의 경건한 표정을 보면 도무지 연애 때문으로는 생각되지 않았다. 그래서 필립은 생각했다. 그가 친한 벗들로부터 헤어져 있는 것은 그의 머리에 움트기 시작한 새로운 생각을 좀더 뚜렷하게 하려는 생각에서일 것이라고. 그러나 마침 그날 저녁, 딴 친구들이 모두 연극 구경을 가버리고 필립 혼자 식당에 남아 있으려니까 클러튼이 훌쩍 들어와서 저녁을 주문했다. 두 사람은 이야기를 시작했다. 그리고 그가 여느 때보다 한결 능변이고 또 놀랍게도 그의 버릇처럼 빈정대는 태도가 엿보이지 않는 것을 보자 대번에 필립은 그의 기분 좋은 것을 이용하기로 했다.

"미안하지만 제 그림을 좀 봐주시지 않으시겠소? 솔직한 당신의 의견이 듣고 싶은데요."

"모처럼의 부탁이지만 거절하겠어."

"왜요?" 필립은 낯을 붉히면서 물었다.

이러한 부탁은 학생들 사이에서는 늘 있는 일로서 거절할 수는 없는 것이었다. 그러나 클러튼은 어깨를 한 번 움츠렸다.

"사람들이 곧잘 그림을 비평해달라고 하지만 사실은 칭찬이 받고 싶어서 그러는걸세. 게다가 남에게 비평 따위를 받아서 무엇에 쓰겠나? 자네 그림이 잘 됐건 못 됐건 그게 무슨 상관이란 말인가?"

"그렇지만 내겐 중대한 문제거든요."

"아냐, 절대로 틀려. 무엇 때문에 그림을 그리나? 유일한 이유는 그리지 않고는 못 배기니까 그리는걸세. 말하자면 일종의 본능이란 말일세. 그 점은 육체상의 여러 본능과 조금도 다를 게 없단 말일세. 다만 이것은 그것을 갖고 있는 인간이 비교적 적다는 것뿐이지. 모두 자기 자신을 위해서 그리고 있네. 그렇지 않으면 자살이라도 할 수밖에는 도리가 없을걸세. 알겠나? 생각해보게. 몇 년이나 걸렸는지 모르지만 캔버스 위에다 무언가를 표현하려고 애를 쓰지. 문자 그대로 심혈을 기울여서 말일세. 그런데 그 결과는 어떤가? 십중팔구는 살롱에서 딱지를 맞지. 가령 입선이 됐다 쳐도 무엇이 되겠나? 기껏해야 사람들이 자나가다가 십 초쯤 들여다봐줄 정도뿐이지. 별수 있겠나? 운이 좋아서 어떤 돈 많은 녀석이 사다가 벽에 걸어줄지도 모르지. 그리곤 조금도 봐주지도 않을걸세. 그런 점에서는 식당의 테이블과 마찬가지일세. 비평이라는 게 예술가와 무슨 관계가 있단 말인가? 객관적으로 판단한다구 할지도 모르지만 바로 그놈의 객관이란 것은 예술가와는 아무런 관계도 없는 거란 말일세.”

　말하고 싶은 것을 가만히 종합하는 것처럼 클러튼은 양손으로 눈을 가렸다.

　“화가라는 것은 눈으로 보는 사물에서 일종의 독특한 감동을 받게 마련일세. 그러면 그것을 어떻게 해서든지 표현하지 않고는 못 배기는 것일세. 더욱이 까닭은 알 수 없지만 선과 색에 의해서 그 감정을 표현할 수밖에 없는걸세. 그런 점에선 음악가와 마찬가지지. 이를테면 한두 줄 읽어나가면 어떤 특정한 음의 결합이 저절로 머리에 떠오르게 마련이거든. 왜 이러저러한 말이 이러저러한 음의 결합을 통해서 생겨나오는지 그것은 자기도 알지 못하는걸세. 다만 결과가 그렇게 될 뿐인걸세. 그렇지, 비평이라는 게 얼마나 무의미한 건지 또하나 이유를 말해줌세. 위대한 화가라는 것은 말일세, 그가 본 대로의 자연을 세상을 향해서 강요하는 거지. 그런데 다음 세대가 되면 또 다른 화가가 별다르게 세상을 관찰하게 마련이거든. 그런데 세상 사람들이라는 것은 그 화가를 표준해서 그를 판단하는 것이 아니라 그의 선행자들을 기준 삼아서 그를 판단하는 법이거든. 그러니까 이를테면 바르비종 파는 우리들의 선조들에게 어떠한 일정한 방법으로 나무를 보도록 가르쳤지. 그런데 모네가 나타나서 전혀 다른 수법으로 나무를 그리게 되자 사람들은 말한단 말일세. 나무는 그런 것이 아니라고 말일세. 애초에 나무라는 것은 화가가 그것을 어떻게 보느냐, 그것 한 가지에 따라서 결정된다는 것 따위는 전혀 생각한 일도 없었으니까 말일세. 우리들은 말일세, 내부로부터 외부를 향해서 그림을 그리는데 가끔 우리들이 보는 대로를 세상에 강요할 수가 있다면 세상에선 위대한 화가라고 부르게 되고 그렇지 못하면 무조건 무시하고 말걸세. 그러나 중요한 사실은 우리들은 절대로 변하지 않는 그대로라는 것일세. 위대하거나 쓰잘것없는 것이나 그런 것은 아무런 의미도 없는 것일세. 일단 제작이 끝난 뒤에 일어나는 것 따위는 일체 무의미한 것일세. 따라서 흡수할 수 있는 한의 것은 이미 제작 중에 모조리 흡수하고 있는 것일세.”

　여기서 잠깐 호흡을 끊자 그는 굉장한 식욕으로 앞에 놓인 음식을 순식간에 먹어치웠다. 필립은 값싼 시가를 피우면서 가만히 상대방을 관찰하고 있었다. 흡사 조각가의 끌로 힘차게 저항하는 암석에서 조각된 것 같은 머리와 말갈기와 똑같이 보이는 검은 머리카락, 큼직한 코, 견고한 광대뼈, 이러한 것들은 그가 강한 힘의 인간이라는 것을 생각케 했다. 그럼에도 불구하고 필립은 이 얼굴 모습도 역시 어딘가 묘하게 허약한 것을 숨기고 있는 가면은 아닌가 하고 슬며시 의심해보았다.

그가 절대로 남에게 자신의 작품을 보이지 않는 것도 단순한 허영심에 지나지 않는 것인지도 모르는 일이었다. 남에게 비평을 받을 것을 생각하면 견딜 수가 없었고 따라서 살롱에서 낙선될 위험 따위는 도저히 저지를 생각이 없었다. 아무튼 선배로서의 위치를 고스란히 유지하고 싶은 생각에서 적어도 자기의 자신을 잃어버릴지도 모르는 남의 작품과 비교한다든가 하는 그러한 모험을 하는 것은 질색이었는지도 몰랐다. 필립과 친밀히 사귀게 된 일 년 반 동안에도 그는 더욱더 신랄해지고 까다로워졌다. 자신이 한가운데 나서서 남들과 경쟁하는 것을 싫어하는 주제에 남들이 쉽게 성공하는 것을 보면 몹시 분한 모양이었다. 특히 로슨에게 대해서는 참을 수 없는 모양으로 필립이 처음 알았을 때와 같은 친교는 이미 두 사람 사이에는 없어져 버리고 말았다.

"로슨, 그저 그 정도는 괜찮겠지." 하고 사뭇 경멸하는 것처럼 클러튼은 내뱉었다. "언젠가는 영국에 돌아가면 유행 초상 화가가 되어서 연간 일만 파운드는 벌어들이겠지. 그리고 사십 이전에 잘하면 왕립 미술원회원이 될걸세. 그 다음은 기껏해야 귀족이나 신자들의 초상화를 그려주는 정도로 돼 버리겠지!"

그렇게 말하면 필립도 장래 생각을 조금은 하고 있었다. 이십 년 후의 클러튼, 빈정거리고 고독하고 일반 시민인 이름없는 클러튼, 여하간 다 여전히 파리에 남아 있겠지. 그에게는 이미 파리의 생활이 뼛속에 배어들어 있는 것이다. 그 독설로 보잘것없는 동인회의 독재자가 되어버려서 변함없이 그 자신과 세상을 상대로 투쟁을 계속하면서 결국은 이루지도 못할 완성을 위해서 더욱더 정열을 태울 뿐일 것이다. 거의 작품은 아무것도 제대로 남기지 못하고 끝내는 술에 빠져버릴 것이다.

요즘 필립은 어차피 인생은 한 번뿐이고 그렇다면 그것을 멋지게 살아나가는 것이 가장 좋은 것이 아닐까 하고 그런 생각에 사로잡힐 때가 있다. 물론 돈벌이라든가 명성을 얻는 것을 성공이라고 생각하고 있었던 것은 아니었다. 성공이란 무엇인지 자기 스스로도 아직 잘 알지 못했지만 아마도 가능한 대로 풍부한 인생 체험을 할 것, 그리고 자신의 능력을 충분히 발휘한다는 그러한 정도의 것이 아니겠는가? 하여간 클러튼의 그 숙명이 보이는 일생이 실패했다는 것은 명확했다. 클러튼과 같은 생활 속에 무엇인가 만약 의미가 있다고 한다면 그것은 단 하나 불멸의 작품을 그려내는 것 이외는 없다. 그는 문득 크론쇼가 언젠가 말했던 이상한 페르시아 양탄자의 비유를 생각해냈다. 그것을 생각해본 적은 여러 번 있었다. 그러나 크론쇼는 반수 반인신과 같은 성격으로 좀처럼 명확하게 그 의미를 말해주려고 하지 않았다. 자기 스스로 발견하는 것이 아니면 무의미하다고 그는 언제나 같은 말을 되풀이하곤 했다. 이후에도 계속해서 그림 공부를 하는 데 대해서 필립의 결심이 흔들리기 시작한 것은 이왕 시작한 바에야 성공해서 일생을 보내고 싶다는 소원이 있었기 때문이었다. 그러나 또다시 클러튼이 말문을 열었다.

"자넨 언젠가 내가 부르따뉴에서 만난 사나이의 이야기를 했던 것을 지금도 기억하고 있나? 일전에 파리에서 또 만났다네. 타이티 섬으로 막 떠나버렸네만 한푼도 없는 빈털터리가 되어버렸다는군. 전에는 제법 발이 넓은 실업가, 아 그렇지, 영국에서 말하는 주식 중개인이었단 말일세. 그에겐 처자도 있었고 가족도 있었다네. 수입도 적지 않았던 모양이더군. 그런데 그것들을 모두 팽개쳐버리고 화가가 되었다지 않나. 집을 뛰쳐나와서 부르따뉴에 살면서 그림을 그리기 시작했단 말일세. 돈 같은 게 한푼인들 있을 리가 없지. 그저 간신히 굶어 죽지 않을 정도였단 말일세."

"그럼 부인과 자녀들은 어떻게 됐나요?"

"내버리다시피 했겠지 뭐. 죽든지 말든지 마음대로 하라는 거였겠지."

"그건 정말 비겁한데요?"

"뭘, 자네가 신사가 되고 싶거든 화가를 집어치우는 도리밖엔 없네. 서로가 이처럼 모순된 일은 없을 테니까 말일세. 노모를 부양하기 위해서 하는 수 없이 그림을 그린다는 친구가 있다는 말을 가끔 듣지만——딴은 훌륭한 효자겠지. 그러나 그것은 조금도 형편없는 그림을 그리는 변명은 되지 못한단 말일세. 그저 단순한 장사치에 지나지 않아. 진정한 예술가라면 단연코 모친을 양로원으로 보낼걸세. 난 아내가 해산을 하다가 죽었다는 어떤 작가를 여기에서 알았네. 아내를 무척 사랑해서 미친 사람처럼 슬퍼하더군. 그러나 임종의 병상에 붙어 앉아서 아내의 죽음을 지켜보고 있을 때에는 깨닫고 보니까 아내의 모습, 아내의 말, 그리고 자신의 감정까지 참으로 정성껏 마음속에 기록하고 있었음을 알았다네. 신사가 할 짓이었을까, 이것이?"

"하지만 그 화가란 사람은 훌륭한가요?"

"아니, 아직 틀렸어. 그는 피사로 비슷한 그림을 좀 그리긴 하지만 아직 뚜렷이 자기 자신을 붙잡지는 못하고 있지. 그러나 색채 감각도 있고 장식적인 감각도 있다네. 그러나 그런 것은 아무래도 좋단 말일세. 어디까지나 문제는 감정일세. 그런데 그는 그것을 가지고 있단 말일세. 아내나 아이들에겐 참으로 심한 짓을 했지. 참으로 심했지. 자기를 도와준 은인——그렇다네, 친구들의 도움으로 가까스로 굶어 죽을 것을 면한 것이 한두 번이 아니었다네만——그러한 은혜 입은 사람들에게 대하는 태도란 완전히 비인간적이었단 말일세. 그러나 단 한 가지 그는 위대한 예술가란 말일세."

필립은 다만 이 세상이 주는 정서를 어떻게 해서든지 캔버스 위에 나타내고 싶다는 집념만으로 가정도 돈도 안락도 사랑도 명예도 의무도 모조리 희생해버렸다는 사나이에 대해서 여러 가지로 생각해보았다. 딴은 멋진 일임에는 틀림없었다. 그러나 필립에게는 도저히 그럴 용기는 없었다.

크론쇼와는 지난 한 주일 동안 한 번도 만나지 못한 것을 깨달았다. 그래서 클러튼이 가버리자 그는 틀림없이 크론쇼가 있을 것이라고 여겨지는 카페로 어슬렁어슬렁 걸어갔다. 파리에 와서 처음 몇 개월 동안은 크론쇼의 말이라면 마치 복음처럼 신봉했었다. 그러나 필립은 현실적인 성격이었다. 얼마 되지 않아서 실행이 따르지 않는 이론에 대해서는 오히려 견디지를 못했다. 크론쇼의 보잘것없는 시고(詩稿)는 도무지 그것으로는 그 불결하기 짝이 없는 일생에 대한 만족할 만한 결과라고는 생각할 수 없었다. 필립은 그의 출신층인 중류 계급의 본능이라고도 할 만한 것에서 아무리 해도 빠져나올 수가 없었다. 궁핍, 그리고 크론쇼가 겨우 입에 풀칠을 하기 위해서 궁여지책으로 하고 있는 잡일, 너절한 다락방과 카페의 탁자 사이를 왔다갔다하는 정도의 단조로운 생활, 그러한 것들은 필립의 고상한 취미와는 명백히 사리가 맞지 않았다. 무엇보다도 사물을 날카롭게 꿰뚫어 볼 수 있는 크론쇼는 필립이 그의 생활을 인정하지 않는 것을 알아채고 때로는 반농담의 그러나 대개는 실로 날카로운 조롱을 섞어서 그의 속물 근성을 신랄하게 공격하곤 했다.

"요컨대 자넨 장사치란 말일세. 자네라는 인간은 인생을 콘설 공채(영국의 국채를 말함)에 투자해놓고, 안전하게 삼부 이자나 받아먹자는 것이란 말일세. 거기 비하면 난 낭비가란 말일세. 자본 그 자체를 먹어 없애자는걸세. 내 심장이 마지막 고동을 칠 때 그와 동시에 마지막 한 푼을 다 써버리자는 것일세."

이 비유는 필립의 머리에 충격을 주었다. 왜냐하면 이 한 마디를 입 밖에 낸 당사자는 자못 낭만적인 태도를 취한 체 할지 모르지만 듣는 편인 필립으로서는 지금 당장엔 생각나지 않지만 당연히 좀더 말하고 싶은 말이 있을 법하다고 본능적으로 믿는 그의 주장에 명확하게 비난을 띤 말투였기 때문이었다.

그러나 그런 것도 오늘 저녁엔 그대로 접어두고 좀더 자기 자신에 관한 이야기가 하고 싶었던 것이다. 다행히 밤도 이슥했고 크론쇼의 테이블 위에 쌓인 접시 무더기는 어쨌든 모두 술일 것이 뻔하지만 제법 높아 보였고 이른바 그가 차츰 세상 만사에 대해서 독자적인 의견을 토론할 수 있는 준비는 이미 마련되어 있다는 것을 짐작하게 됐다.

"의견을 좀 들어보고 싶은데요." 돌연히 필립은 말을 꺼냈다.

"어차피 써먹지는 않을 것 아닌가 응?"

필립은 뜻대로 되지 않아 초조하다는 듯이 어깨를 한 번 움츠렸다.

"아무래도 전 화가로서는 도저히 성공할 것 같지 않아요. 이류 화가 따위가 되어봐야 별 수도 없겠고 차라리 그만둘까 하고 생각하는데요."

"그만두면 될 것 아닌가?"

필립은 순간 망설였다.

"아무래도 제 생각 같아선 생활, 그 자체가 더 좋을 것 같은 생각이 드는 겁니다."

평온하고 둥그런 크론쇼의 얼굴이 싹 변했다. 입 언저리가 별안간 축 처지고 양 눈은 멍하니 눈구멍 속으로 푹 꺼져가버렸다. 이상스러울 만큼 등이 굽고 갑자기 나이를 먹은 것처럼 보였다. 그리고 카페 안을 한 바퀴 빙 둘러보고,

"이 생활이 말인가?" 하고 소리쳤다. 목소리까지 떨리고 있었다.

"이런 생활을 빠져나갈 수만 있다면 한 시간이라도 빨리 떠나는걸세."

필립은 아연해져서 그의 얼굴을 바라보았다. 그러나 감정 앞에서는 언제나 소심한 그는 순간적으로 눈을 내리깔았다. 이, 지금 눈 앞에 보고 있는 것도 명백히 또 하나의 실패의 비극인 것이다. 침묵이 흘렀다. 크론쇼도 또한 자신의 일생을 생각해내고 있을 것이라고 필립은 생각했다. 찬란하고 희망에 불타던 청춘, 그리고 그 빛이 점점 사라져가던 실망의 가지가지, 단조롭고 비참한 현재의 쾌락, 나아가서는 닥쳐올 암담한 장래, 아마도 이러한 것들을 차례차례로 생각하고 있을 것이 뻔했다. 필립의 시선이 테이블 위에 쌓인 접시더미로 옮겨갔고 크론쇼의 시선도 또한 같은 것을 보고 있는 게 틀림없었다.

51

또 두 달이 지났다.

이러한 문제를 깊이 생각하고 있는 동안에 필립에게는 아무래도 진정한 화가라든가 작가라든가 음악가 같은 예술가 중에서는 무언가 모든 것을 던져버리고 그 일에 몰두하도록 하는 힘이 작용하기 때문에 인생을 예술의 희생물로 하는 것도 부득이한 일이 아니겠는가 하고 생각하게 됐다. 자기 자신으로서도 잘 알 수 없는 어떤 힘에 사로잡혀서 결국은 그 힘의 악령과 같은 환영에 현혹되어 인생 그 자체는 무참하게도 손가락 사이로 헛되이 새어버리는 것이 된다.

그러나 필립으로서는 인생이란 모방하는 것보다는 우선 살아야 하는 것이라는 생각이 들었다. 그리고 가지가지의 경험을 찾고 그것이 주는 온갖 감동을 인생의 순간순간으로부터 뜯어내고 싶다고 생각했다. 드디어 그는 어떤 행동을 실행한 다음 모든 것을 그 결과에 따르기로 결심했다. 더욱이 일단 결심한 이상은 결심이 흔들리기 전에 실행으로 옮기기로 했다. 다행히 다음날 아침은 프와네 교수가 나올 차례였기 때문에 그는 자기가 더 이상 그림 공부를 계속하는 의의가 있는지 어떤지 단도직입적으로 물어보리라고 생각했다. 언젠가 프와네 교수가 파니 프라이스에게 주었던 그 가혹한 충고를 하루도 잊지 않았다. 참으로 올바른 충고였다고 해도 좋은 것이었다. 파니 프라이스의 일이 그에게는 아무리 해도 잊혀지지 않았다. 그녀가 없어지고부터는 아틀리에까지도 이상스럽게 허전한 것 같았고 이따금 그림을 그리는 여자가 문득 무엇인가 하는 것을 보거나 말소리를 들으면 갑자기 그는 파니 프라이스를 생각해내고는 섬짓해졌다. 그녀의 존재는 살았을 때보다도 죽어버리고 난 요즘에 와서 한층 더 절실하게 느껴졌다. 밤에도 가끔 꿈을 꾸고는 무서워서 고함을 지르고 잠을 깨곤 했다. 그녀가 견디었을 고통을 생각하면 마음이 괴로워서 안절부절 못했다.

필립은 프와네 교수가 학원에 나오는 날이면 언제나 오데사 거리에 있는 조그만 식당에서 점심 식사를 한다는 것을 알고 있었다. 그래서 다급하게 점심 식사를 마치고, 그 식당 앞에 가서 선생이 나오기를 기다렸다. 사람의 왕래가 많은 거리를 필립은 왔다갔다하다가 한참 후에 드디어 프와네 교수가 약간 머리를 숙인 채 걸어오고 있는 것을 보았다. 그 순간 그는 몹시 겁을 먹었지만 마음을 다잡고 다가섰다.

"저 교수님, 잠깐 말씀을 드리고 싶습니다만."

프와네 교수는 그를 힐끔 쳐다보고 알아보기는 한 것 같았으나 조금도 웃는 표정을 보이지 않았다.

"말해보게."

"네, 전 이 년 가까이 선생님의 지도를 받아왔습니다만 솔직히 제게 있는 그대로를 말씀해주셨으면 합니다. 앞으로도 그림 공부를 계속할 만한 소질이 있는지 어떤지 말씀입니다."

필립의 목소리는 조금 떨리고 있었다. 프와네 교수는 얼굴을 들지도 않고 자꾸만 걸어갔다. 필립은 그의 얼굴을 뚫어지게 바라보았으나 아무런 표정도 보이지 않는다.

"자네가 질문하는 의도를 잘 모르겠는데."

"저어, 전 대단히 가난합니다. 그러니까 만약 재능이 없다면 깨끗이 단념하고 무엇이든지 다른 일을 해볼까 하고도 생각합니다만."

"재능이 있는지 없는지를 자신이 모른단 말인가?"

"제 친구들은 모두들 자신들은 재능이 있다고 생각하고 있지만 그 중에는 잘못 생각하고 있는 사람도 있다는 것을 아니까 말입니다."

빈정거리는 듯한 프와네 교수 입가에 미소 비슷한 것이 번졌다고 생각하자,

"자네 집은 이 근처인가?"

필립은 그의 아틀리에가 있는 곳을 말했다. 프와네 교수는 획 돌아섰다.

"그럼 함께 가세. 자네 그림을 보여주게나."

"지금 당장 말씀이십니까?" 하고 필립이 소리쳤다.

"왜? 안 되겠나?"

필립으로서는 그 이상 할 말이 없었다. 교수와 나란히 서서 묵묵히 걷기 시작했다. 괴로울 만큼 가슴이 뻐근했다. 설마 지금 당장 보자고 할 줄은 꿈에도 생각하지 못했다. 조금쯤은 마음의 준비를 할 여유도 있어야 했기 때문에, 그로서는 언제든지 한 번 와서 봐달라고 부탁을 해보거나 아니면 그림을 선생의 아틀리에로 가지고 가도 좋을는지를 물을 작정이었던 것이다. 필립은 걱정이 되어서 덜덜 떨리기까지 했다. 그러면서도 마음속으로는 프와네 교수가 그림을 보아주고 그리고 좀처럼 보기 힘든 미소를 띠면서 필립의 손을 잡으며, "응, 좋아. 계속하도록 하게. 자네에게는 재능이 있네. 아주 훌륭한 재능이 있네." 하고 말해주기를 바라고 있었다. 상상만 해도 가슴이 뿌듯했다. 참으로 마음 든든한 것이다. 얼마나 기쁜 일인가? 그렇게만 되면 용기가 새롭게 솟아나서 계속할 수 있는 것이다. 결국 나갈 수가 있다고만 한다면 도중의 어려움이나 실망, 궁핍 따위는 아무것도 아니다. 자기 딴에는 공부도 무척 애써가며 해왔다고 생각된다. 만약 그 공부가 모조리 헛일이었다고 한다면 이 얼마나 참혹한 일이겠는가! 그러나 그러고 보니 언젠가 파니 프라이스가 그와 똑같은 말을 했던 것을 생각해내고 부지중 흠칫 놀랐다. 이윽고 두 사람은 그의 집에 이르렀다. 필립은 완전히 불안에 쫓기고 있었다. 될 수만 있다면 숫제 이대로 돌아가주었으면 싶을 정도였다. 역시 진실은 알고 싶지 않다. 집 안에 들어서자 관리인이 편지 한 통을 그에게 전해 주었다. 흘끗 봉투를 보니 틀림없는 백부의 필적이었다. 프와네 교수는 그의 뒤를 따라서 계단을 올라왔다. 필립은 어떻게 말을 해야 좋을지 알지 못했다. 프와네 교수도 아무 말이 없었다. 아무 말도 없이 살롱에서 낙선한 그림을 선생 앞에 세웠다. 선생은 가볍게 고개를 끄덕여 보일 뿐 여전히 아무 말도 없다. 뒤이어 그는 루드 챌리스를 모델로 한 두 장의 초상화를 다음엔 모레에서 그린 풍경화 두서너 장, 그리고 스케치 몇 장을 보였다.

"겨우 이것뿐입니다." 잠시 후에 그는 야릇하게 흥분된 웃음소리를 내면서 말했다.

프와네 교수는 천천히 담배를 말아서 불을 붙였다.

"자넨 몹시 돈에 궁색하다지 않았나?" 하고 마침내 그가 입을 열었다.

"네, 그렇습니다." 대답을 하면서도 필립은 갑자기 심장 근처에 섬뜩한 것을 느꼈다. "먹고 살기에도 충분치 못합니다."

"항상 먹고 사는 일로 걱정해야 할 만큼 인생이 고달픈 것은 없지. 난 금전을 멸시한다는 인간에 대해서는 대단히 경멸할 뿐이네. 그런 녀석은 위선자가 아니면 바보 천치든가 둘 중 하나겠지. 돈이란 이른바 육감 같은 거야. 이것이 없으면 나머지 오감도 도저히 온전히 기능을 발휘하지 못하는 법일세. 적당한 수입이라는 것이 없으면 인생의 가능성의 절반이 우선 막히고 마는 셈이 될 것이네. 다만 깨달아야 할 것은 벌어들이는 일 실링에 대해서 절대로 일 실링 이상을 지불해서는 안 된다는 것일세. 자네도 들었겠지만 빈곤이야말로 예술가에 대한 최고의 자극이라는 둥 하는 녀석들이 있지만 그런 녀석들은 아직 빈곤의 고통을 진정으로 겪어보지 못한 녀석들일 것이 뻔하네. 빈곤이 얼마나 사람을 천박하게 만드는가를 아직 모르는 수작들이지. 빈곤이라는 것은 사람을 한없이 비열하게 만들고 그 날개를 잘라버리고, 마치 암처럼 혼을 마구 먹어 들어가는 것일세. 그렇다고 큰 부자가 될 것을 바라는 것은 아니네. 다만 인간으로서의 체면을 유지하고 걱정없이 일을 할 수 있고 너그럽고 대범하고 도량 넓게, 그리고 독립된 인간으로서 살아나갈 수 있을 만큼의 돈만 있으면 된단 말일세. 작가건 화가건 간에 난 예술만을 의지하고 먹고 사는 인간들을 진정으로 불쌍하다고 생각하네."

필립은 내보였던 그림을 조용히 걷어치워버렸다.

"그렇게 말씀하시면 아무래도 전 별로 가망이 없는 것으로 여겨집니다만."

프와네는 가볍게 어깨를 움츠렸다.

"자네는 손 재주는 웬만큼 있네. 꾸준히 노력하면 웬만한 화가가 못 될 것도 없겠지. 하기야 자네보다 못한 화가도 얼마든지 있지. 그러나 지금까지 보여준 그림으로썬 재능을 인정하기가 어렵네. 있는 것은 단지 노력과 총명이 있을 뿐이네. 솔직히 말해서 평범한 화가 이상이 되기는 힘들걸세.”

필립은 다만 조용히 대답할 밖에는 도리가 없었다.

“수고를 끼쳐드려서 죄송합니다. 무어라고 감사의 말씀을 드려야 할지 모르겠습니다.”

프와네 교수는 자리에서 일어나 나가려다가 문득 마음이라도 변한 것처럼 그 자리에 멈추어 서서 필립의 어깨에 손을 얹었다.

“하지만 말일세, 만약 자네가 내 의견을 듣고 싶다면 말해주겠네. 용기를 내서 다른 일을 해보도록 하는 거야. 좀 심한 말 같지만 이 말만은 해두겠네. 결국 내가 자네 나이만 했을 때 만약 누군가 내게 이런 충고를 해준 사람이 있었더라면 나는 얼마나 고마웠을까 싶단 말일세. 그리고 틀림없이 그 충고를 따랐을걸세.”

필립은 어리둥절해서 선생의 얼굴을 올려다보았다. 프와네는 억지로 입술만으로 미소를 지었으나 그의 눈은 여전히 엄하고 슬픈 듯한 표정을 띠고 있었다.

“이미 때가 늦은 다음에 자신의 평범함을 깨닫는다는 것은 너무 참혹한 일일세. 안 그런가? 그렇게 되면 조금도 마음이 좋아지지 않지.”

이 마지막 말을 마치자 그는 가볍게 웃고 재빠르게 방을 나가버렸다.

필립은 기계적으로 백부에게서 온 편지를 집어들었다. 백부의 필적을 보았을 때부터 그의 마음은 불안했었다. 왜냐하면 편지를 보내는 사람은 언제나 루이자 백모였고, 그 백모는 벌써 석 달 전부터 병석에 누워 있었기 때문이다. 그 동안 한 번 문병하러 귀국하겠다고 말했으나 백모로부터는 공부에 방해가 되면 안 될 테니 오지 않아도 좋다고 말해왔었다. 자기 때문에 그의 공부에 방해가 되게 하고 싶지 않았기 때문이었을 것이다. 그리고 팔월까지 기다리겠으니 팔월에는 꼭 돌아와서 적어도 이삼 주일은 목사관에서 지내도록 하라고도 씌어 있었다. 만약 병세가 악화되었다면 그를 만나지 않고 죽는다는 것은 견딜 수 없는 일일 터이므로 당연히 통지를 해올 것임에 틀림없었다. 만약 백부가 편지를 썼다고 하면 병세가 위독해서 백모가 펜대

를 잡을 수가 없기 때문일 것이 틀림없다. 그는 편지를 뜯었다. 다음
과 같은 사연이 씌어 있었다.

　필립 보아라.
　오늘 아침 일찍 너의 백모가 돌아가신 것을 네게 알린다. 급작스레
당하기는 했으나 임종은 매우 평온했다. 워낙 급하게 당한 일이어서
너를 부를 겨를조차 없었구나. 백모는 이미 세상을 하직할 마음의 준
비가 충분했기 때문에 부활에 대한 확신과 주 예수 그리스도의 뜻에
일체 복종함으로써 영원히 안식하셨다. 고인은 장례 때에 네가 참석
할 것을 간절히 소망했으니 되도록 빨리 귀국하기 바란다. 당연하겠
지만 나 혼자뿐이어서 매우 바빠놔서 정신을 차릴 수 없는 형편이니
나를 도와주기 바란다. 진심으로 부탁한다. 이만.
　　　　　　　　　　　　　　　　　　　백부 윌리엄 캐리

52

　이튿날, 필립은 블랙스테이블에 도착했다. 어머니가 돌아가신 후
집안에서 초상이 나기는 이번이 처음이었다. 백모의 죽음은 그에게
커다란 충격이었지만 또 한편 일종의 기묘한 불안도 주었다. 필립이
자신의 죽음에 대해 생각해보기는 이것이 처음이었다. 또, 사십 년간
줄곧 백부와 함께 살면서 그를 사랑하며 일체 그의 뒤를 돌보아 주
던 백모가 돌아가신 후, 과연 백부의 생활이 어떻게 돼 갈 것인지 기
약할 수도 없었다. 그에게는 백부가 모든 희망을 다 잃어버리고 캄캄
한 암흑 속을 헤매고 있을 것 같은 느낌이 들었다. 그는 그런 백부와
대면하기가 부척 두려웠고, 그렇다고 무슨 적절한 말로 위로를 해보
았자 소용도 없을 것 같았다. 그는 백부에게 할 몇 마디 적당한 말을
미리 외어두었다. 그는 뒷문으로 해서 목사관으로 들어가 그 길로 식
당에 갔다. 마침 백부는 신문을 읽고 있었다.
　"기차가 연착했구나."

백부는 얼굴을 들었다.

가슴이 메어지도록 침통해 있을 것으로 짐작했다. 필립에게는 백부의 아무렇지도 않은 듯한 이 말이 퍽 놀라웠다. 감정을 억제하고 평온한 얼굴로 백부는 읽고 있던 신문을 그에게 주었다.

"블랙스테이블 타임스에 짧기는 하지만 너의 큰어머니에 대해서 잘 쓴 기사가 실렸다." 하고 그는 말했다.

필립은 기계적으로 읽어보았다.

"이층에 올라가서 너의 큰어머니 만나보겠니?"

필립은 고개를 끄덕이고 백부와 함께 이층으로 올라갔다. 루이자 백모는 꽃에 둘러싸인 채 커다란 침대 한복판에 누워 있었다.

"기도라도 한 마디 올려야 하잖겠니?"

백부는 말하면서 무릎을 꿇었다. 필립도 그렇게 하는 것이 도리일 것 같아서 백부를 따라 무릎을 꿇었다. 그는 백모의 시들고 작은 얼굴을 바라다보았다. 그의 가슴에는 오직 한 가지 생각밖에 없었다. 이 얼마나 헛된 인생이었는가!

일 분쯤 후 백부가 기침을 하며 자리에서 일어섰다. 그리고 침대가에 놓인 화환을 가리키면서 언제나 교회에서 말하는 그런 어투로 나직이 말했다.

"이것이 바로 향사(鄕士) 댁에서 보내온 것이다."

그것은 어디까지나 성직자로서의 침착하고 평정해보이는 태도였다.

"이제 차 준비가 되었겠구나."

두 사람은 계단을 내려와 다시 식당으로 들어갔다. 닫혀진 덧문이 왠지 모르게 서글픈 분위기를 더했다. 백부는 생전에 백모가 늘 격식에 맞추어 차를 따르던 식탁 끝에 앉았다. 두 사람은 먹는 것이 제대로 목구멍을 넘어갈 것 같지 않다고 생각했었는데 백부의 식욕이 보통때와 조금도 다름이 없는 것을 보고 그도 왕성한 식욕으로 차를 마셨다. 한참 동안 두 사람은 말이 없었다. 필립은 적당히 슬픈 표정을 지어보이며 케이크를 먹기 시작했다.

"내가 목사보를 지내던 시절과는 세상이 많이 달라졌구나." 하고 백부는 말을 꺼냈다.

"내가 젊었을 땐 문상을 오는 사람들에게 반드시 검은 장갑과 모자에 두를 검은 빛깔의 비단 조각을 주었단다. 네 큰어머니는 그것을 모아가지고 옷을 만들곤 했지. 네 큰어머니 말이 상갓집을 열두 번만 돌게 되면 새 옷 한 벌이 생긴다고 했단다."

그리고 백부는 화환을 보내온 사람들에 관해 말하기 시작했다. 이미 스물넷이나 도착해 있었다. "펀 지구의 목사 부인, 미시즈 롤링슨이 세상을 떠났을 때는 서른둘이나 들어왔었지. 그러나 내일도 꽤 많이 들어올 테고 장례식은 열한 시에 목사관을 출발하도록 되어 있으니 롤링슨 부인을 이겨 내기는 문제 아닐 테지. 루이자는 생전에 롤링슨 부인을 좋아하지 않았거든." 백부는 이런 식으로 말을 이어갔다.

"장례식은 내가 직접 맡아 하겠다. 네 큰어머니에게 장례는 딴 사람에게 맡기지 않겠다고 약속했으니까."

그렇게 말하면서 백부가 두 개째 케이크에 손을 대었을 때 그는 왈칵 불쾌한 기분이 들어서 못마땅한 표정으로 백부를 바라보았다. 이런 날 아무리 그렇다고 게걸스럽게 먹는다는 것은 너무하다는 생각이 들었다.

"메어리 앤은 케이크 하난 잘 만들거든. 이젠 이 정도 만드는 사람도 그리 흔치 않을 텐데."

"메어리 앤은 저의 집에 돌아가지 않겠죠?"

필립은 깜짝 놀라 물었다.

그 여자는 필립이 철이 든 후부터 쭉 목사관에서 일해왔다. 필립의 생일날은 하루도 빠지지 않고 대수롭진 않았지만 늘 정성어린 선물을 마련해주었다. 그녀만은 정말 좋았다.

"집으로 보내야지. 독신녀를 어떻게 두니?" 백부가 대답했다.

"그렇지만 이제 나이도 마흔이나 되었지 않아요, 큰아버지."

"그쯤 됐을 테지. 그런데 요즘은 다소 귀찮게 구는구먼. 뭣이든지 자기 마음대로 해치우려 하니 탈이란 말이야. 이번이 꼭 좋은 기회니 그만두게 할 작정이다."

348

"하기야 다시없을 좋은 기회긴 합니다만."
그러고는 필립이 담배를 꺼내자 백부가 가로막으며 주의를 했다.
"장례식이 끝날 때까지는 안 된다." 하고 백부는 조용히 꾸짖었다.
"알겠습니다."
"아직 큰어머니 유해가 이층에 있는데 집 안에서 담배를 피운다는
건 근신하는 태도가 못 돼."
장례가 끝난 후 은행의 지배인으로 교구 역원을 맡아보던 조사이
어 그레이브스가 저녁 식사를 같이 하려고 목사관으로 돌아왔다. 덧
문을 활짝 열고 필립은 자기도 모르게 안도의 숨을 내쉬었다. 집 안
에 유해를 두고 있을 때는 왠지 모르게 마음이 가라앉지 않았다. 생
전에 그토록 필립에게 친절히 대해주던 백모였지만 싸늘한 시체가
되어 이층에 누워 있는 것을 보자 뭔지 살아남은 사람들에게 불길한
느낌을 주는 듯한 기분이었다. 생각이 거기에 미치자 필립은 등골이
오싹해졌다. 필립은 일이 분간 식당에서 조사이어 그레이브스와 단
둘이 남게 되었다.
"앞으로 당분간 여기 남아 있겠지. 이대로 백부를 혼자 계시게 할
수야 있겠나."
"장래에 대한 별다른 예정이 없으니 큰아버님 생각이 그러시다면
전 남아 있어도 좋습니다만."
아내를 잃은 백부를 위로도 할 겸 그레이브스는 식사를 하면서 최
근에 웨즐리 교파의 교회가 반이나 타버렸던 화재 이야기를 꺼냈다.
"소문엔 화재 보험에 들지 않은 모양이더군요."
그는 가벼운 웃음을 띠며 말했다.
"이러나 저러나 마찬가지겠지." 백부가 대수롭지 않다는 듯 대답했
다. "복구 기금쯤 곧 모여. 비국교회 사람들은 기부를 잘 하니까."
"홀덴한테서도 화환이 와 있는 모양이던데요."
홀덴이라는 사람은 비국교파 목사로 캐리 씨와는 그들을 위해 순
교한 그리스도에의 의리상 서로가 거리에서 마주치면 눈인사 정도는
해도 말은 안 하는 사이였다.
"하여튼 대단했어." 백부가 말했다. "화환이 마흔한 개. 그 중에서

당신 것이 제일 눈에 띄더군요. 필립과 함께 칭찬을 했죠."

"뭐 대수롭지도 않은 걸 가지고 그러시오." 하고 그레이브스는 대답했지만 그러나 사실 그의 화환이 다른 누구의 것보다도 컸던 것을 그 자신도 만족한 기분으로 바라보았던 것이다. 사실 그의 화환이 제일 돋보였다. 두 사람의 화제는 이내 장례식에 온 사람들에게 옮겨졌다. 상점들은 장례식 때문에 문을 닫았다. 그레이브스가 호주머니에서 '캐리 씨 현부인 장례로 오후 한 시까지 임시 휴업함.'이라고 인쇄된 종이를 꺼내보이면서, "이게 바로 내 착상이었죠." 하고 생색을 내며 말했다.

"아니 모두가 본인의 망처로 해서 가게를 닫았으니 고인도 지하에서 흡족해 할 거요."

필립은 저녁 식사를 마쳤다. 메어리 앤이 오늘만은 일요일과 다름없이 영계 구이와 구즈베리 파이를 만들어주었다.

"묘석에 대해선 아직 생각을 않으셨겠죠?" 그레이브스 씨가 물었다.

"아니오. 마음속에 결정을 해뒀어요. 장식이 전연 없는 돌로 만든 십자가로 할까 해요. 집사람은 원래 거추장스런 것을 싫어했으니까."

"그야 십자가가 제일 좋지요. 그리고 묘석에 새길 성구도 생각해봐야 할 걸요. 이렇게 쓰면 어떨까요, '주와 더불어 있는 자는 많은 복을 받으리라' 하고 말예요."

백부의 입이 삐죽 나왔다. 무엇이든지 혼자서 결정해버리려는 태도가 어디까지나 비스마르크다웠기 때문이다. 그는 그 성구는 싫었다. 어딘지 모르게 남편에 대한 비난의 냄새가 풍겼다.

"그건 안 돼요. 졸렬해. 차라리 '주님이 주시고 주님이 거두시다.' 하는 편이 낫지 않을까."

"그럴까요? 난 평소 그 구절은 마음에 안 들어서."

백부가 달갑지 않게 대답하자 그레이브스 역시 지지 않고 상처한 본인에겐 다소 위압적이라 생각될 어조로 대답했다. 상처를 한 남편이 자기의 죽은 처의 묘비에 새길 비문하나 마음대로 선택하지 못한다면 너무 지나친 처사가 아닐 수 없다. 그 화제는 일단 거기서 중단

되고, 다음은 교구의 사무를 논의하기 시작했다. 참다 못해 필립은 정원으로 나가 담배를 피웠다. 벤치에 앉자 별안간 그는 미친 듯이 웃기 시작했다.

사오 일이 지나 백부는 앞으로 이삼 주일 동안 블랙스테이블에 가 있지 않겠느냐고 말을 꺼냈다.

"네, 전 아주 좋습니다만."

"구월에 파리에 돌아가면 되겠지."

필립은 확실한 대답을 하지 않았다. 프와네 교수의 말을 그 후 여러 차례 깊이 생각해보았지만 별 결론을 얻지 못하였기 때문에 자신의 장래 문제에 대해서 언급하고 싶지 않았다. 아무리 애써보아야 일류 화가는 되기 어려울 것이고 그림 공부를 그만두는 것이 오히려 기쁘기도 했지만 그것은 자기 혼자 생각일 뿐이고, 남에게는 자신의 패배로 인정되는 결과밖에 되지 않았는데 그러나 패배를 입 밖에 내서 말하기는 난처했다. 필립은 고집 센 일면이 없지 않았다. 예를 들면 어떤 방면에 재능이 전연 없다고 생각하면 억지로라도 그 방면을 탐구하고 싶어하는 그런 면이 있었다. 친구들의 조소를 산다는 것은 견딜 수 없는 일이었다. 그 일만 생각해도 그림 공부를 그만두기란 여간 힘드는 일이 아니었다. 그러나 환경의 변화는 돌연 그에게 전혀 다른 생각을 하게 했다. 많은 사람들이 그런 것처럼 그도 역시 도버 해협을 건너자 지금까지 그토록 중대하게 여겨지던 일들이 이상스럽게 우스꽝스럽게 보이기까지 했다. 그렇게도 훌륭하고 버리기 어려웠던 생활이 이제는 다만 유치하게 생각되는 것이었다. 그들이 일과처럼 드나드는 카페, 맛없기로 이름난 식당, 그 밖에 그들이 영위하고 있는 생활 방법들이 일시에 보잘것없는 것으로 여겨져 견디지 못할 만큼 싫어졌다. 이제는 친구들이 뭐라 해도 상관이 없을 것 같았다. 크론쇼의 마구 휘둘러대는 독특한 괴변, 미시즈 오터의 눈에 보이는 허영, 루드 챌리스의 끈덕진 애착, 로슨과 클러튼의 보기 흉한 대립——이런 모든 것이 구역질이 날 정도로 더럽고 아니꼬웠다. 필립은 편지를 써서 로슨에게 짐을 보내달라고 부탁했다. 한 주일 후에 짐이 도착했다. 캔버스 보따리를 풀고 나자 이제는 냉정히 자신의 작품을 검토해볼 마음의 여유가 생기게 되었다. 사실 그대로를 냉철하게 바라볼 수 있게 되었다. 백부는 그의 그림을 보고 싶어했다. 필립이 파리에 가고 싶어했을 때 그렇게 완강히 반대했던 그가 지금에 와서는 관대하게 인정해주려는 태도를 취했다. 회화과 학생들의 생활에 상당히 관심을 가지고 필립에게 마구 질문을 퍼부었다. 필립이 화가라는 사실을 자랑삼고 있는 듯했다. 손님이 올 때면 으레 그에게 말을 시키곤 했다. 백부는 필립이 보여준 모델의 데생을 열심히 바라보고 있었다. 그러고 나서 다시 미구엘 아프리아의 초상화를 보여 주었다. 그랬더니, "왜 하필 이런 남자를 그렸니?" 하고 묻는 것이었다.

"마침 모델이 필요했는데 이 사람 얼굴에 흥미를 느꼈지요."

"앞으로 별 할 일도 없는데 어디 날 한 번 그려다오."

"모델 노릇이 그리 쉽지 않은데요."

"괜찮아."

"그럼 생각해보겠습니다."

필립은 백부의 허영심이 우스꽝스러웠다. 초상을 그리게 하고 싶은 심정은 너무나 뻔했다. 더욱이 무료로 그리게 되니 구미가 당기는 것도 무리가 아니었다. 며칠이나 계속 그런 이야기를 비쳤다. 첫번에는 왜 그림을 안 그리고 빈둥빈둥 놀기만 하느냐고 힐난하듯 했고, 언제 그림을 시작하겠느냐고 독촉하듯 하더니 나중에는 만나는 사람에게마다 필립이 자기의 초상화를 그리게 된다고 수다를 떨었다. 이윽고 충돌의 시기가 닥쳐오고 말았다. 아침 식사가 끝나자 백부가 말을 건네왔다.

"오늘 아침부터 슬슬 시작해보면 어떨까?"

필립은 읽기 시작한 책을 놓고 의자 등에 기댔다.

"전 이제 그림은 안 그리겠어요."

"그건 또 왜?" 백부는 놀라 물었다.

"이류 화가가 될 바에야 깨끗이 단념해버리는 게 좋을 것 같아서요. 저로선 그 이상의 화가가 될 것 같지 않습니다. 사실대로 말씀드려서."

"이건 또 무슨 말도 되지 않는 소리냐. 파리에 가기 전에는 천재적인 소질이 있다고 자신만만했지 않니?"

"제가 잘못 생각했었습니다."

"하지만 그때는 네 자신이 마침내 긍지를 가지고 할 수 있는 직업을 찾았다고 사실은 나도 기뻐했는데. 네겐 인내심이 부족한 것 같구나."

필립은 이번의 결심이 얼마나 영웅적이었나를 알아주지 않는 백부를 불만스럽게 생각했다.

"우물을 파도 한 우물을 파라는 말이 있지." 하고 백부는 계속했다. 필립은 무엇보다 이 격언이 싫었다. 아무런 취할 점이 없어보였다. 그가 계리사 견습 일을 그만둘 때도 백부와의 토론 속에 이 격언이 자주 인용되곤 했다. 백부의 머릿속에도 그 당시의 기억이 생생하게 되살아난 것 같았다.

"너도 이젠 어린애가 아니다. 이젠 자리를 잡을 때도 되지 않았니. 처음엔 계리사가 되겠다더니 집어치우고, 화가가 되겠다더니 이제 와선 그것까지도 못하겠다, 대체 이래서야……."

이것은 다시 정확하게 말해서 어떤 성격상의 결함일까, 그것을 생각하기 위해 백부는 잠시 잠잠했다. 그러자 필립이 제격에 맞는 결론을 맺어주었다.

"결단성이 없고 무능력하며 의지가 약하다 그 말씀이죠."

백부는 얼른 조카의 얼굴을 쳐다보았다. 놀리는 것이 아닌가 의심이 들었기 때문이었다. 그러나 필립의 얼굴은 어디까지나 진담이었고, 번쩍이는 눈동자가 몹시 백부의 마음에 못마땅했다. 좀더 심각하지 않으면 안 된다. 그러니 이편에서 먼저 따끔하게 한 마디 해둘 필요가 있다고 그는 생각했다.

"나도 이젠 너의 돈 문제에 대해서는 일체 상관하지 않겠다. 너도 그만하면 어른이 다 됐다고 생각하니까. 한 가지 강조하고 싶은 것은 돈이란 언제까지나 있는 게 아니다. 더구나 너같이 불행한 신세가 되고 보면 생계를 유지하기가 그리 쉽지 않을 테니까."

요즘 와서 필립은 자기에게 화를 내는 사람들은 만사를 제쳐놓고, 자기의 병신 다리에 관해 으레 한 마디씩 언급한다는 사실을 알고 있었다. 더욱이 거의 누구나가 이 유혹을 이겨내지 못한다는 것은 필립에게는 이 사실 하나만으로도 인간 전체에 대한 그의 평가를 결정짓기에 충분했다. 그러나 일종의 자기 수양으로 이러한 모욕적 언사를 들을 때도 눈 한번 깜짝하지 않는 수련은 되어 있어, 어린 시절에 그렇게 수치스러웠던 그 감정도 이젠 자제할 수 있는 단계에 도달해 있었다.

"옳은 말씀이십니다. 지금 말씀대로 돈 문제는 백부님과 하등 관계 없는 일입니다. 그리고 저도 이젠 독립된 인간이구요."

"이 말은 분명히 해두어야겠다. 네가 그림 공부를 하겠다고 했을 때 한사코 반대했던 사람은 나다. 지금 와서 보면 결국 내 말이 옳았다는 것밖에 안 되는구나."

"글쎄요. 그건 어찌 됐든 제 생각엔 타인의 올바른 충고로 정당한 일을 하기보다는 차라리 자신이 과오를 범함으로써 얻는 이점이 더 많은 것이라는 신념을 가지고 있습니다. 하여튼 전 스스로 자신의 운명을 시험해본 셈입니다. 이제는 슬슬 결정을 내려볼까 생각합니다만."

"어떻게?"

이 질문에 대한 해답은 필립에게도 아직 준비가 되어 있지 않았다. 어떠한 결론도 아직 못 내리고 있었다. 그저 몇 가지의 직업을 막연하게 생각하고 있을 뿐이었다.

"역시 네게 제일 알맞은 직업은 너의 아버지 뒤를 이어서 의사가 되는 게 좋겠구나."

"이건 우연의 일치겠는데 저도 그러려고 생각중입니다."

많은 직업 중에서 그는 의사를 생각해보았다.

의사라는 직업은 비교적 자유로운 직업인 데다가 전에 경험한 사무소 근무만은 어떤 일이 있더라도 다시는 하고 싶지 않다는 생각이 굳어져갔다. 백부에게 한 말은 이러한 생각들이 우연히 입 밖에 나왔음에 불과했다. 이렇게 우연한 계기로 결정짓는 것도 전혀 무의미하지만은 않을 것 같아 그대로 가을에는 부친이 근무했던 병원에 들어가기로 했다.

"그렇다면 파리에서의 이 년 간은 허송세월을 한 셈이구나."

"글쎄요. 저로선 재미있었던 이 년간이라 유익한 점도 있었습니다."

"그건 또 무슨 소리지?"

필립은 잠시 멈칫했다. 따져 보면 그 대답 속에는 백부를 약간 비꼬는 어조가 없지 않았다.

"지금까지 전연 보지 못한 관찰력도 늘게 되었고, 또 지금까지처럼 단지 나무나 집을 관찰하는 데 그치지 않고, 그러한 것들이 하늘을 배경삼고 있다는 새로운 사실도 알게 됐습니다. 그리고 그림자 자체도 전부가 검은 색깔뿐이 아니고, 저마다 독특한 색을 지니고 있다는 사실도 알게 됐습니다."

"그래, 그 소리를 하는 네 자신은 똑똑한 사람으로 자처하는 모양이구나. 하지만 절실한 문제를 경박하게 다루는 그 태도는 덜 돼 있다 그말이야."

<h2 style="text-align:center">53</h2>

캐리 씨는 읽고 있던 신문을 쥐고 서재로 들어가버렸다. 필립은 여태껏 백부가 앉아 있던 의자로 옮겨 창 너머로 억수같이 퍼붓는 빗줄기를 물끄러미 바라보고 있었다. 이렇게 불순한 날씨에도 멀리 지평선까지 뻗어 있는 파란 밭이랑을 바라보고 있으려니까 왠지 모르게 마음 한 구석이 차분히 가라앉는 느낌이었다. 지금까지 한 번도 깨닫지 못한 뭔가 절실한 아름다움이 풍경 속에는 있었다. 이 년, 뜻밖의 이 년간의 프랑스 생활이 그의 눈을 고향의 전원의 아름다움에 눈뜨게 한 것이다.

그는 미소를 띠며 백부의 말을 되새겨보았다. 그의 사고 방식이 강박하고 건방지다는 말은 그에게는 오히려 다행이었다. 그제야 그는 일찍 부모를 여읜 것이 얼마나 큰 손실이었는가를 깨닫게 되었다. 그것이 바로 그의 인생이 딴 사람과 다른 시발점이요, 나아가서는 딴 사람과 다른 관찰을 하게 하는 장애가 되고 만 것이었다. 자식에 대한 부모의 사랑은 문자 그대로 유일무이한 깨끗하고 무사한 감정이다. 그는 부모 이외의 사람의 손에서 비교적 순조롭게 자라온 편이기는 했으나 그러면서도 관인, 관용한 대우를 받은 일은 거의 없었다. 그는 자제력을 자랑삼아 왔으나 엄격히 따져보면 동료들의 조소로 강요당한 결과에 불과했다. 사람들은 그를 냉소적이다, 냉담하다고들 한다. 어느 틈에 냉정한 태도와 어떤 일이 있더라도 희노애락의 감정을 내색하지 않는 습성이 몸에 배고 말았다. 지금 와서는 감정을 나타낼 수 없는 버릇이 되고 말았다. 사람들은 그를 가리켜 감정이 없다고들 한다. 그러나 그 자신은 감정에 쉽게 지배되는 사람이라는 것을 잘 알고 있었다. 남이 베푸는 하잘것없는 친절에도 잘 감동되어 말을 하다가는 떨리는 자기 목소리가 폭로될까봐 두려워서 굳게 입을 다물고 지낸 일이 허다했다. 학교 시절에 겪었던 고통스러웠던 생활도 용케 참아왔다. 굴욕감이며 웃음거리가 안 되려고 애를 쓰며 실수를 않기 위해 병적으로 마음을 졸이던 불안감, 이러한 지난 일들이 생생하게 머릿속에서 되살아났다. 학교를 갓 나와서 세상과 부딪쳤을 때 느낀 그 고독감이며, 그의 다감했던 상상력에 비친 것과 현실의 현격한 차이로 말미암아 생겨난 환멸과 실망, 이러한 모든 것이 뇌리에 떠올랐다. 그럼에도 불구하고 그는 자기 자신을 곁에서 관찰하여 미소를 머금고 혼자 즐기는 여유있는 생활을 하는 사람이기도 했다.

"그래, 내게 만일 경박함과 건방짐이 없었더라면 난 벌써 옛날에 목을 매어 죽고 말았을지도 모른다." 하고 그는 자위하듯 혼잣말을 했다.

그는 백부가 파리에서 대체 무엇을 배웠느냐고 묻던 말에 그가 한 대답을 다시 한 번 되새겨보았다. 백부에게 말했던 그 이상의 공부를 한 것만은 사실이었다. 크론쇼와 나누었던 대화가 쉽게 그의 머릿속을 떠나지 않았다. 대수롭지 않았던 그의 말 한 마디가 왠지 머리에 박혀 불현듯 생각나곤 했다.

"이 사람아, 추상적인 도덕률이란 건 있을 수 없단 말일세." 하고 크론쇼는 말했다.

필립이 기독교의 신앙을 버렸을 때 마치 그의 두 어깨에서는 무거운 짐이 내려진 기분이었다. 기독교리에서는 사람의 행위 하나하나가 그대로 영원한 영혼의 행복에 대하여 무한한 중대성을 지니고 있다고 한다. 그렇다면 사람들이 일거수 일투족에 대해서도 중대한 책임을 져야 한다는 결론이 된다. 그러한 책임을 한꺼번에 내동댕이치는 순간 그는 생생한 자유를 경험할 수 있었다. 그러나 돌이켜보면 지금에 와서는 그것이 크나큰 착각이었다. 그가 자라나던 과정에서 얻은 신앙을 저버리고 말았을 때 그는 신앙의 일부분인 도덕만은 그대로 남겨두고 만 셈이었다. 그리하여 이번에는 그것마저 송두리째 없애버리려고 마음먹었다. 다시는 일체의 선입감에 의해 동요되지 않으리라. 자기 스스로가 행위의 법칙을 발견하려고 결정을 내린 이상 일체의 미덕과 악덕, 선악에 관한 일체의 기성 법칙을 파기해야 했다. 도대체 법칙이라는 것이 필요한 것인지 아닌지, 그것부터도 아리송했다. 이것이 바로 그가 목마르게 찾던 사실의 하나이기도 했다. 근거가 있어보이는 것은 분명히 어린 시절부터 그렇게 교육을 받아왔기 때문에 그렇게 보이는 데 불과한 것이다. 책도 꽤 읽었지만 아무 소용이 없었다. 왜냐하면 그것들은 모두 기독교적 도덕에 바탕을 둔 것이고, 이미 그것을 믿지 않는다고 강조하는 저자 자신도 아무것도 아닌, 결국은 산상의 수훈에 따른 윤리 체계를 만들지 않으면 안심을 못했던 것이다. 너는 다른 모든 사람과 똑같이 행동하지 않으면 안 된다! 이런 것을 알기 위해 책을 읽는다는 것은 시간 낭비밖에 안 되는 것이다. 필립은 그 자신이 어떻게 행동해야 할지 그것이 알고 싶었다. 주위 사람들의 의견에 영향받는 행동은 절대 삼가리라고 단단히 결심했다. 그러나 그러는 동안에도 계속 살아나가지 않으면 안 된다. 그래서 일종의 행동 이론이 설 때까지 잠정적 법칙을 세우기로 했다.

"원하는 바에 따라 행동하라. 단 항시 길모퉁이에 순경이 서 있는 것을 명심하라."

그가 파리에서 얻은 가장 큰 수확은 정신의 완전한 자유, 그것이었다. 그는 마침내 자기가 절대적인 자유인이 되었다는 것을 발견했다.

지금까지 그는 꽤 많은 철학책들을 대강대강 읽어왔는데 앞으로 몇 개월의 여가를 기꺼운 마음으로 기대했다. 닥치는 대로 마구 읽기 시작했다. 어떤 새로운 체계에 접할 때마다 그의 마음은 가벼운 흥분에 떨렸다. 그 모든 곳에서 뭔가 행동의 기준이 될 지침을 발견하기를 기대했다. 마치 미지의 나라를 찾아다니는 여행자와도 같은 심정이었다. 가면 갈수록 그것은 점점 마음을 사로잡았다. 마치 사람들이 문학책이라도 읽을 때처럼 오직 정서적으로만 읽어갔던 것이다. 그가 막연하게밖에 느껴오지 않던 일들이 멋진 말로 잘 표현되어 있는 것을 읽을 때에는 뛸 듯이 기뻤다. 그의 마음의 움직임은 구상적이어서 추상적인 영역에 들어설 때면 적잖이 곤란해질 때가 있었다. 그러나 설사 그 논리적 추리를 따를 순 없다고 하더라도 알지 못하는 세계의 주변을 생생히 굽이쳐 흐르는 사상의 복잡한 내용을 뒤따른다는 것은 형용하기 어려운 환희가 되고도 남음이 있었다. 그에게 말 한마디 건네주지 않는 위대한 철학가가 있나 하면, 때로는 그와 마음을 털어놓고 시원스럽게 이야기하는 그런 철학가도 있었다. 다시 말해서 마치 중앙 아프리카를 탐험하는 탐험가와 같았다. 갑자기 한없이 넓은 고원으로 나온다. 하늘을 찌르듯 높은 나무들이 늘어서 있는가 하면 끝없이 눈 앞에 펼쳐지는 목장이 있다. 그럴 때면 영국의 공원으로 되돌아온 것 같은 착각을 느낄 때도 있었다. 그는 토머스 홉스의 강인한 양식을 즐겼다. 스피노자는 오히려 두려웠다. 이토록 고귀하고 이토록 근접하기 어려운 엄숙한 정신에 접해보기는 처음이었다. 그가 그토록 심취해 마지않던 저 로댕의 '청동 시대'를 연상시켰다. 다음은 흄이었다. 이 매력적인 철학가의 회의론에는 묘하게 친근감을 자극하는 것이 있었다. 아무리 복잡한 사상도 가장 단순하게 음악적으로 리드미컬하게 표현할 수 있는 그 명쾌하고 활달한 스타일은 얼마나 그를 즐겁게 했는가. 그는 줄곧 즐거운 미소를 띠고 마치 소설이라도 읽듯이 열심히 읽었다. 그러나 이들 어느 것에서도 그가 찾고 있던 가장 중요한 것은 발견할 수가 없었다.

어딘가에서 그는 사람은 날 때부터 플라톤파든가 아리스토텔레스파든가, 스토아파든가 에피큐어리언파 등 어느 것으로 결정돼 있게 마련이라는 주장을 읽은 일이 있다. 조지 헨리루이스의 일생은 철학이라는 것이 얼마나 허망한가를 얘기하는데 불과하고 또 이것이야말로 철학자의 사상이라는 것은 결국은 철학자 그 사람과 떨어질 수 없는 관계에 있다는 것을 증명하고 있었다. 따라서 이것만 알면 그 사람이 말하는 철학은 대개 추측할 수 있다는 것이었다. 즉, 이렇게 생각하니까 이렇게 행동한다기보다 오히려 이러이러한 인간이니까 이렇게 생각한다는 것과 비슷한 것이다. 따라서 그것은 진리와는 하등의 관계가 없는 것일 뿐더러 진리 그 자체가 처음부터 존재치 않는다는 것이다. 사람들은 각자가 철학자이며, 과거의 어떤 위대한 철학자들이 쌓아올린 복잡한 체계도 결국은 그 저자 자신에게밖에 의미가 없다는 것이다.

그러고 보면 가장 중요한 것은 먼저 나란 무엇인가를 아는 것이고 그것만 알면 사상 체계는 저절로 나오는 것이다. 필립은 자기가 발견해야 할 것이 먼저 세 가지가 있다고 생각했다. 첫째는 그와 그가 살고 있는 세계와의 관계, 둘째는 그와 그가 그 속에서 생활하고 있는 사람들과의 관계, 셋째는 그와 그 자신과의 관계, 이 세 가지였다. 그는 정성을 들여 연구 계획을 세웠다.

외국 생활이 좋다고 하는 이유는 그 나라의 풍속이나 습관에 접촉하고, 그것을 또한 밖에서 관찰하여 그들이 굳게 믿고 행하는 일에는 그렇게 해야 할 필연성이 전연 없다는 사실을 아는 데 있었다. 그것은 우리에게는 확실한 이치처럼 보여지는 신념도 외국인들 눈에는 불합리한 것으로밖에 보이지 않는다는 사실을 깨달을 수 있을 것이다. 독일에서의 일 년간, 파리에서의 이 년간, 그의 해외 생활은 필립의 사상을 회의적인 사상의 구렁텅이로 빠뜨리고 말았다. 그는 오히려 기꺼이 이것을 용납하고, 안도감 같은 것을 느꼈다. 거기에는 선도 없었고 그렇다고 해서 악도 없었다. 사물이란 어떤 목적을 위해 적응할 뿐이다. 그는 《종의 기원》이란 책을 읽었다. 그 책은 그가 고민하던 많은 문제에 대한 설명을 해주고 있었다. 그는 마치 한 사람의 탐험가와도 같았다. 이렇게 추리해나갈 때, 일정한 자연의 모습이 나타날 것이라는 단정을 내려놓고, 큰 하천을 따라 올라가면, 과연 거기에는 예측했던 지류와 비옥하고 인구 밀도가 조밀한 평야와 그 너머로는 산맥이 놓여 있었다. 어떤 위대한 발견이 이루어졌을 때 왜 이것을 그때에는 인정하지 않았나 하는 아쉬움은 나중에야 알게 되는 법인데, 그러나 설사 그 진리를 인정한 것도 의외로 대수롭지 않은 것이 많은 법이다. 처음으로 《종의 기원》을 읽는 독자들은 그들의 이성으로서는 이것을 인정하게 될 것이다. 그러나 중대한 행동 기준인 감정에는 아무 영향도 주지 못했던 것이다. 필립은 이 위대한 책이 출판된 지 한 세대 후에 이 세상에 태어났다. 따라서 이 책을 읽었던 같은 시대 사람들의 전율과 같은 대부분의 감정은 이미 그 당시의 시대 감정으로 사라져버렸고, 따라서 그는 오히려 홀가분한 기분으로 그것을 인정할 수가 있었다. 그의 마음은 생존 경쟁이라는 커다란 사실에 감동받았고, 이 책이 보여주는 윤리적 법칙은 그가 이미 가지고 있던 것과 완전히 같은 것같이 느껴졌다. 힘만이 정의라고 그는 혼잣말로 중얼거렸다. 한편으로는 자신의 성장과 보존의 법칙을 지닌 유기체인 사회가 있는가 하면 다른 한편으로는 개체가 엄연히 존재하고 있다. 사회에 이익이 되는 행위를 미덕이라 부르고 그렇지 못한 행위를 악덕이라 부른다. 선이고 악이고 모두가 필경에는 그 이상의 아무것도 아니다. 죄라는 관념은 적어도 자유로운 인간이라면 해탈해야 할 성질의 선입관과 같은 것이다. 개인과의 투쟁에 있어서 사회는 세 가지의 무기를 가진다——법률, 여론, 양심이 그것이다. 어느 의미에서는 술책만이 강자에게 대항할 수 있는 유일한 무기이다. 죄라는 것은 발견됨으로써 죄가 된다는 통설은 잘 한 말이다. 그러나 양심이라는 것은 마치 성중의 배반자와도 같은 것이다. 각 사람의 가슴속에서 사회를 위해서 싸우고, 개인으로 하여금 스스로 사회의 희생물로 만들고, 적의 승리를 촉진하게 하는 것이다. 국가라는 유기체와 자의식을 가진 개인, 이 양자가 화목하게 손을 잡는 일은 전혀 불가능하며, 전자는 개인을 다만 자체의 목적에 이용할 뿐이고, 만일 방해가 되면 유린해버리고, 충실하게 봉사하면 훈장이니 연금이니 명예니 하는 따위의 상을 베푸는 것이다. 한편 후자는 독립인이 될 경우에만 강하고, 다만 편의상에서 국가 속을 재치있게 빠져나가는

데 지나지 않는 것이다. 모종의 이익을 위해서 금전이나 봉사를 하는 일은 있어도 꼭 의무를 느끼지는 않는다. 정확히 말해서 상 같은 건 관심도 없고 다만 혼자 있기를 원한다. 즉 혼자 떠돌아다니는 여행자가 쿠크의 회수권을 이용하기는 하나 번잡한 일이 생략된다는 이점으로 질질 끌려다니다 관광단 풍경을 도리어 가벼운 경멸의 눈으로 바라다보고 있는 것과 같다. 자유인의 행동에는 악이 없다. 힘만 있으면 하고 싶은 일은 무엇이든지 다 해낼 수 있다. 힘만이 도덕의 유인한 척도가 되는 것이다. 국가의 법률을 인정하기는 한다. 그리고 법을 범한 것을 뉘우칠 줄은 모른다. 그러나 형벌은 마땅히 받으며 원한은 전혀 품지 않는다. 힘은 사회만이 지니고 있는 것이다.

그러나 일단 개인에게 정(正)도 사(邪)도 없다는 결론에 도달하면 양심은 완전히 힘을 잃게 되는 것으로 필립은 생각하였다. 마침내 그는 환성을 올리며 양심의 목덜미를 잡아 가슴 밖으로 던져버렸다. 왜 이 세계가 존재하며 무엇 때문에 사람은 이 세상에 태어났는가 하는 문제는 여전히 알 수 없는 채로 그의 가슴속에 남아 있었다. 틀림없이 뭔가 이유가 있을 것 같았다. 그는 크론쇼가 전에 이야기한 일이 있는 페르시아 양탄자의 비유를 상기했다. 그것은 분명히 이런 수수께끼에 대한 대답으로 주어진 것으로, 오직 크론쇼는 스스로 발견한 것이 아니면 하등의 해답이 못 된다고 수수께끼와 같은 말을 한 것이다.

"대체 무슨 뜻으로 그런 말을 했을까?" 필립은 빙그레 웃었다.

이렇게 해서 구월도 다 간 마지막 날에 그는 천육백 파운드의 돈과 불편한 다리를 끌고 이러한 새로운 인생을 실천에 옮기고자 불타는 열의를 안고 세 번째의 인생을 새 출발하려고 다시금 런던으로 떠났던 것이다.

54

필립이 공인 계리사 견습 계약을 하기 위해 받은 시험이 그대로 의과대학에 들어가는 자격도 되었다. 그는 성(聖) 누가 의학교를 택했는데 이유는 그의 아버지가 역시 이 학교의 학생이었었기 때문이다. 여름 학기가 끝나기 전인 어느 날 그는 상경하여 그 학교의 학생 주임이라는 사람과 만났다. 그에게서 하숙집의 일람표를 하나 얻어 가지고 허술한 집에 하숙을 정했다. 병원까지 걸어서 이 분이라는 무척 편리한 장소였기 때문이다.

"시체 해부를 어느 부분부터 할지를 정해야 해요. 다리부터 시작하는 편이 좋을 것 같소. 대부분 그렇게들 하는 것 같으니까. 좀 쉬운 모양이죠." 하고 그가 말해주었다.

첫 강의는 열한 시부터 시작되는 해부학이었다. 그래서 그는 열 시 반쯤 설레는 가슴을 달래고 발을 절름거리며 한길을 건너 의학교 쪽으로 걸어갔다. 현관 바로 안에 강의 시간표와 축구 시합 일정표, 그 외 여러 가지 포스터가 붙어 있었다. 그는 될수록 마음을 안정시키려는 생각도 없이 멍하니 그것을 쳐다보았다. 젊은 학생들이 연방 들어와서는 우편함에 꽂힌 편지를 찾고, 뭔가 서로 이야기를 주고받으며 학생 도서실이 있는 지하실로 내려갔다. 그러다 보니까 대여섯 명의 학생들이 얼떨떨한 표정으로 그 주변을 빙빙 돌고 있었다. 대개 자기와 같은 신입생인 것 같았다. 게시판을 다 훑어보고 정신을 차려보니 유리문이 있었는데 그건 아마 표본 진열실인 듯했다. 강의 시간까지는 이십 분은 넉넉히 남아 있었으므로 그는 안으로 들어가보았다. 병리학 표본의 진열실이었다. 얼마 후 열여덟이 될까말까한 청년 한 사람이 그에게로 오더니,

"실례지만 일 학년입니까?"

"그렇습니다." 필립은 대답했다.

"강의실을 아십니까? 열한 시가 다 돼 가는데요."

"그럼, 같이 찾아봅시다."

두 사람은 표본 진열실을 나와 어둡고 긴, 그리고 벽을 진하고 연한 두 가지 붉은 색으로 칠한 복도로 나왔다. 많은 학생들이 걸어가고 있는 것을 보니 틀림없이 이쪽인 것 같았다. '해부학 교실'이라는 팻말이 붙은 문쪽으로 갔다. 들어가보니 이미 상당수의 학생들이 모여 있었다. 좌석은 계단식으로 되어 있었는데, 필립이 들어간 바로

그때 조수 한 사람이 들어와 계단식 교실 제일 아래 테이블 위에 물을 가득 담은 컵을 놓고 그리고 골반 하나와 좌우 대퇴골 둘을 가지고 왔다. 그 후에도 계속 학생들이 들어와 열한 시 정각에는 교실이 가득 찼다. 학생 수는 약 육십 명 정도였다. 대개 필립보다 젊고, 어딘지 어려보이는 듯한 열여덟 전후의 청년들이었는데 나이가 많아 보이는 사람도 몇 명 있었다. 한 사람은 키가 크고, 붉은 수염을 더부룩이 기렀으며 거의 서른은 돼보였다. 또 한 사람은 검은 머리에 키가 작은 학생으로 한두 살 그보다 적어보였다. 안경을 끼고 턱수염이 희끗희끗한 사람도 있었다. 강사가 들어왔다. 미스터 카메론이라는 콧날이 곧은 호남이었다. 이름을 쭉 부르고 나서 짧은 훈시를 했다. 흔하지 않은 고운 음성으로 곧잘 말을 골라 쓰는 버릇이 있는 모양으로 어쩐지 그러한 주의 깊은 언어의 배합에 의식적인 기쁨을 느끼고 있는 것 같았다. 그런 목소리로 사야 할 참고서의 이름을 한 두 개 대고 또 해골은 꼭 하나 사두도록 권고했다. 그는 해부학에 대해 정열을 가지고 설명했다. 외과 공부에는 꼭 해두지 않으면 안 된다. 또 해부학을 알아두면 미술의 감상에도 많은 도움이 된다고 말했다. 필립은 열심히 귀를 기울였다. 나중에 안 사실이지만 미스터 카메론은 왕립 미술 학원의 학생들에게도 강의를 하고 있다는 것이었다. 전에는 도쿄 대학의 강사로 일본에 오래 머무른 일도 있다고 한다. 미의 감상에 대해서는 대단한 자신을 가지고 있는 것 같았다.

"제군들은 앞으로 여러 가지 진력나는 공부를 해야 할 거요." 그는 기분이 좋은 듯 빙글빙글 웃으며 말했다. "그런 것은 마지막 시험이 끝나기가 무섭게 다 잊어버릴지도 모르오. 하지만 해부학만은 배우지 않고 지내기보다는 배워서 잊는 편이 나을 거요."

그는 탁자 위에 놓인 골반을 들고 설명하기 시작했다. 썩 능숙한 그리고 명석한 강의였다.

강의가 끝나자 아까 병리학 표본실에서 말을 걸고 강의실에서도 옆자리에 앉아 있던 그 청년이 해부 실습실에 가보자고 제안해왔다. 두 사람은 다시 복도로 나와 조수에게 장소를 물어 찾아갔다. 한 발짝 발을 들여놓자마자 필립은 아까 복도에서부터 맡았던 사뭇 코를 찌르는 냄새의 정체를 알았다. 그는 파이프에 불을 붙였다. 조수가 가볍게 웃으며 말했다.

"곧 익숙해집니다. 난 전혀 못 느껴요."

그는 필립의 이름을 묻고 게시판 위의 이름표를 보았다.

"당신은 다리군——4번."

필립은 또 한 사람의 이름이 자기와 같은 괄호 속에 있는 것을 발견했다.

"저건 무슨 뜻입니까?"

"요즘은 워낙 시체가 부족해서요. 하나를 둘이서 하는 겁니다."

해부실은 복도와 같은 색으로 칠한 커다란 방이었다. 벽 같은 위쪽은 훨씬 진한 붉은 색으로 칠하고 아래 부분은 어두운 붉은 색의 테라코타로 되어 있었다. 방의 양쪽 긴 벽을 따라 고기를 담은 접시처럼 골이 파인 철판이 일정한 간격을 두고 벽에서 직각으로 나와 있고, 그 위에 하나씩 시체가 놓여 있었다. 대부분이 남자였다. 방부제에 잠겨 있었기 때문에 모두 꺼멓게 변색되고 피부는 꼭 가죽처럼 보였다. 차마 눈 뜨고 볼 수 없을 정도로 비틀어져 있었다. 조수가 필립을 철판 중의 하나로 데려다주었다. 학생 한 사람이 옆에 서 있다.

"이름이 캐린가?" 하고 물었다.

"그래."

"아, 그럼 우리 둘이서 이 다리를 맡은 모양인데 남자라 다행이군."

"모두 남자 쪽이 좋은 모양이군." 조수가 말했다. "여자는 대개 지방질이 너무 많이 껴 있거든."

필립은 시체를 내려다보았다. 팔과 다리가 여윌 대로 여위어 형체고 뭐고 아무것도 없었다. 늑골이 무섭게 튀어나와 있고 피부가 팽팽하게 불어 있는 것 같았다. 마흔다섯 살쯤 되어보이는 남자로 지저분한 잿빛 수염이 나 있고, 머리에는 군데군데 퇴색한 머리칼이 남아 있었다. 아래 턱은 축 처져 있었다. 이것이 인간이었다고는 도저히 생각할 수 없었다. 그런데도 그것들이 쭉 누워 있는 것은 무섭고 어쩌고 그런 간단한 말로 표현할 수가 없었다.

"난 두 시부터 시작할까 생각했는데." 하고 상대방 학생이 말했다.

"그렇게 하지. 나도 그 시간에 올게."

필요한 해부 기구는 어제 이미 사두었고 궤짝도 하나 자기 앞으로 정해놓았다. 함께 온 아까 그 소년을 보니까 얼굴이 창백해져 있었다.

"기분이 나빠?" 필립이 물었다.

"시체를 아직 본 일이 없어서."

두 사람은 복도를 지나서 학교 문 앞까지 왔다. 필립은 파니 프라이스를 생각했다. 시체를 본 건 그때가 처음이었다. 그리고 그때 받은 뭐라고 표현할 수 없는 충격이 생각났다. 산 자와 죽은 자 간에는 무한한 거리가 있다. 도저히 같은 인간이라고 생각되지 않는다. 조금 전까지 지껄이고 움직이고 먹고 웃었을 것이라고 생각하자 말할 수 없는 이상한 생각이 들었다. 어쨌든 시체란 것은 무서운 것이다. 그들이 산 자에게 앙갚음을 한다는 것도 어쩐지 알 것 같았다. "뭘 좀 먹지 않겠어?" 새로운 친구가 말했다. 두 사람은 지하로 내려갔다. 거기에는 레스토랑 식의 어두운 방이 있고 거기에서 학생들은 상점에서 사는 것과 똑같은 탄산 빵을 먹을 수 있었다. 먹는 동안에(필립은 버터 바른 빵과 코코아 한 잔을 주문했다) 그는 그 소년의 이름이 던스포드라는 것을 알았다. 아름다운 푸른 눈 곱슬거리는 까만 머리를 한 얼굴이 하얀 청년이었다. 팔과 다리가 큼직하고 말과 행동이 의젓했다. 그는 최근에 클리프튼에서 왔다고 했다.

"종합 과정을 밟을 작정이야?" 하고 필립에게 물었다.

"응, 면허만은 될수록 빨리 따고 싶어."

"나도 그래. 하지만 그 뒤에 또 하나 F. R. C. S(왕립 외과 의사회의 급비생 시험을 말함)도 치러 보고 싶어. 외과 지망이니까."

대부분의 학생들은 외과와 내과의 종합 과정을 밟았지만 그 중에 특히 야심이 많고 향학열이 강한 학생은 그 위에 또 런던 대학의 학위를 받을 수 있게끔 장기 코스를 택했다. 필립이 성 누가 병원 부속 의과대학에 입학했을 때는 마침 학제 개혁이 있은 직후여서 1892년 가을 이전에 등록을 마친 사람은 사 년으로 졸업할 수 있었지만 그렇지 않은 사람들은 오 년 코스로 돼 있었다. 던스포드는 장래에 대한 계획이 제대로 서 있는 모양으로 필립에게 일반적인 이수 순서를 말해주었다. '제일회 종합 과정' 시험은 생물과 해부와 화학의 셋이다. 물론 그것은 하나하나 따로 받아도 좋다. 대부분의 학생들은 입학 후 석 달 만에 생물 학점을 취득하는 것 같다. 생물학은 최근 필수 과목으로 정해졌는데 그다지 깊은 지식은 필요없다는 그런 내용이었다.

필립은 해부 시간에 양복 소매를 보호하는 커버를 잊고 사오지 않았기 때문에 그것을 사가지고 실습실에 돌아와보니까 몇 분 늦었고, 이미 실습을 시작한 학생도 적지 않았다. 필립의 짝도 시간을 꼭 맞추어 시작해서 열심히 피부 신경을 해부하고 있었다. 마찬가지로 다른 두 사람이 또 다른 쪽 다리를 하고 있고, 그 밖에 팔을 째고 있는 사람도 있었다.

"먼저 시작해서 미안한데."

"아, 괜찮아. 어서 해."

말하면서 필립은 교과서를 손에 들고 바로 그 부분의 해부도가 있는 페이지를 열고 관찰해야 할 곳을 들여다보았다.

"자네 무척 잘 하는군그래." 필립이 말했다.

"응, 예비과정에서 해부는 꽤 많이 했거든. 물론 동물 해부지만."

해부를 하면서 여러 가지 이야기를 했다. 반은 해부에 관한 이야기였지만 반은 축구 시즌에 대한 예상과 실험 교수와 강의에 대한 이야기도 했다. 필립은 자신이 딴 학생들에 비해 무척 연장자 같은 기분이 들었다. 주위의 학생들은 모두가 젊고 어린 학생들 뿐이었다. 무엇보다 연령이라는 것은 세월보다는 오히려 지식의 문제인 것 같았다. 예를 들어 실습 상대인 활발한 뉴슨 같은 청년은 해부에 관해서는 박사였다. 다소 허풍이 없는 것은 아니었지만 그는 필립에게 하고 있는 일을 정말 자세히 설명해주었다. 필립은 자신의 지식은 깊이 감추고 끝까지 그의 말을 잘 들어주었다. 그리고 그가 해부 나이프와 핀셋을 잡고 드디어 해부를 시작하자 상대는 빤히 지켜보았다.

"굉장히 말랐군." 하고 뉴슨은 손을 닦으며 말했다.

"이 사람 한 달은 아무것도 못 먹은 모양인데."

"왜 죽었을까?" 하고 필립이 중얼거렸다.

"글쎄, 하지만 나이 먹은 사람이면 대개 굶어 죽지 않았을까. 어어, 자네, 그 동맥 자르면 안 돼."

"그 말이 옳아." 다른 편 다리를 해부하고 있던 한 친구가 소리쳤다. "하지만 이 바보 친군, 동맥이 제 자리에 없는데."

"하지만 동맥이 제 자리에 있는 사람은 별로 없어, 다시 말해서 정상적인 사람은 사실상 거의 없다는 얘기지. 그래서 정상이란 말을 쓰는 거야." 하고 뉴슨이 대답했다.

"그런 말 하지마. 잘못하면 손을 베겠어." 필립은 말했다.

"손을 베면 말이야." 뉴슨이 사뭇 모든 것을 다 안다는 얼굴로 말했다. "곧 소독해야 해. 이런 치는 정말 조심하지 않으면 안 돼. 작년이었던가. 아주 조금, 바늘 끝만큼 상처가 났던 친구가 있었어. 신경도 쓰지 않고 내버려두었는데 패혈증이 됐잖아."

"그래 나았나?"

"아니, 틀렸어. 일주일 만에 죽었어. 시체 안치실로 찾아가 마지막 작별 인사를 해줬지."

그럭저럭 차를 마실 시간이 됐을 때는 필립은 허리가 쑤셔왔고, 게다가 점심 식사가 너무 간단했기 때문에 곧 일어나 나갔다. 양손에는 아침 복도에서 처음으로 맡았던 그 일종의 독특한 냄새가 달라붙어 있었다. 핫 케이크의 맛에까지 그것이 있는 것처럼 느껴졌다.

"뭐, 곧 익숙해질 거야. 그 해부실에 그 냄새가 없으면 서운해질 때가 오게 돼." 뉴슨이 말했다.

"이 정도로 식욕까지 없어진다면 곤란한데." 필립은 핫 케이크를 다 먹은 다음 과자 한 접시를 또 먹으며 말했다.

55

의학생 생활에 대한 필립의 생각은 일반 세상 사람들과 마찬가지로 대개 19세기 중엽에 찰스 디킨스가 묘사한 그것에 근거를 두고 있었다. 그러나 그는 곧 밥 소여 같은 사람은 과거에는 존재했을지 모르지만 현대에는 결코 의학생이라고 할 수 없다는 것을 알았다.

의사를 지망하는 사람 중에도 여러 가지 인종이 있었다. 따라서 그 중에는 게으르고 그러면서도 장래를 전혀 생각하지 않는 사람도 있었다. 의사란 한가로운 직업이라고만 생각해서 이 년 동안을 빈둥거리며 지내다가 돈이 떨어지거나 또는 부모들이 성이 나서 더 이상 학비를 대주지 못하겠다고 거절해서 마지못해 병원을 등지는 친구도 있었다. 그런가 하면 어떤 사람은 시험이 너무나 어려워 낙제에 낙제를 거듭하다가 끝내는 의기소침하여 일종의 공포증에라도 걸렸는지 그 무시무시한 종합 위원회 건물에 들어서기가 무섭게 기껏 외었던 지식까지 몽땅 잊어버리는 사람도 있었다. 그들은 유급되어 젊은 학생들의 악의없는 경멸의 대상이 되고, 그 중에는 겨우 약학부 시험에 통과하는 사람도 있었지만 그렇지도 못한 사람은 무자격 조수가 되어 고용주가 임의로 하는 불안정한 자리나 겨우 맡았다. 그들의 운명은 가난과 술, 그리고 마지막에는 될 대로 되라는 식이었다. 그러나 대부분의 의학생들은 부지런히 공부하는 중류층 출신의 청년들로 자기네 집에서처럼 상당한 생활을 할 수 있을 만큼 보내오는 돈도 충분했다. 그리고 대부분은 의사의 자제들로 벌써 어느 정도 직업적 태도가 몸에 배어 있었다. 그들은 전도도 확실했다. 면허를 따면 곧 병원 근무를 지망한다. 그리고 얼마동안 근무하다가 그 동안에 선의 (船醫)로서 적어도 한 번쯤은 동양에 다녀온다. 나중에는 아버지의 직업을 이어받아 일생 지방의 개업의로 끝나는 것이다. 그 중의 한두 사람은 특히 뛰어나 매년 성적이 우수한 학생에게 주는 여러 가지 상과 징학금을 받고 차례차례 병원 근무를 미친 다음, 나중에는 간부로 하리 거리에 진료소를 갖고 어느 전문 분야의 대가가 된다. 돈을 벌고 지위도 높아지고, 덤으로 작위의 칭호도 받게 되는 것이다. 의사라는 직업은 어떤 연령에 시작해도 먹고 살 수 있는 돈을 충분히 벌 수 있다고들 생각하는 것 같았다. 필립의 동기생 중에도 벌써 청년 시대가 지난 사람이 서넛은 있었다. 한 사람은 해군에 있었는데

풍문에 의하면 술 때문에 면직을 당한 모양으로 나이는 삼십, 얼굴이 붉고 무뚝뚝한 데다 유난히 목소리가 굵은 사람이었다. 또 한 사람은 아내가 있고 아이가 둘이나 있었는데 변호사의 위약으로 가진 돈을 몽땅 잃었다고 한다. 마치 세상이 너무 무거워 못 견디겠다는 듯 언제나 허리를 고양이 등처럼 약간 굽히고 학교 생활도 묵묵히 하고 있었다. 그러나 워낙 나이 때문에 외는 데는 적잖이 고통을 받고 있는 것 같았다. 감정의 움직임도 둔해서 열심히 노력하고 있는 것이 보기에 딱할 지경이었다. 필립은 조그만 하숙방에 자리를 잡았다. 책을 정리하고 가지고 있는 모든 그림이며 스케치를 벽에 걸었다. 응접실이 있는 이층에는 그리피스라는 오학년 학생이 살고 있었다. 그러나 필립은 그와 거의 만난 일이 없었다. 그것은 주로 그가 병원에 근무하고 있기 때문이고 한편으로는 옥스퍼드 출신이었기 때문이다. 그런 대학을 나온 학생들은 대개 자기들끼리만 모였다. 젊으니까 무리도 아니겠지만 그들은 여러 가지 일로 자기들처럼 혜택을 받지 못한 학생들에게 열등감을 맛보게 하려고 했고, 그 때문에 다른 학생들은 떠들지 않고 여유있는 그들의 거만함에 강한 불만을 품고 있었다. 그리피스는 숱이 많은 빨간 곱슬머리에 푸른 눈, 그리고 흰 살결에 붉은 입술을 가진 키가 큰 청년이었다. 언제나 활기있고 명랑해서 누구에게나 호감을 사는 행복한 청년 중의 한 사람이었다. 그는 피아노도 웬만큼 치고 우스운 노래를 곧잘 재미있게 불렀다. 저녁마다 방에서 필립이 혼자 책을 읽고 있느라면 위층에서는 그리피스의 친구들이 큰소리로 떠들고 웃는 소리가 들렸다. 그는 곧잘 파리의 아틀리에에서 로슨과 플라나간, 그리고 클러튼 같은 친구들과 함께 예술이며 도덕 또는 현재의 연애 사건에서부터 미래의 명성에 이르기까지 가지가지 즐거운 이야기를 주고받던 방을 회상했다. 그리고 뭔가 가슴이 아파오는 것을 느꼈다. 비장한 제스처를 하기는 쉽지만 그 결과를 견디어나가기는 어렵다는 것을 깨달았다. 무엇보다도 나쁜 것은 학과가 지루해 견딜 수 없는 것이었다. 실험 교수들로부터 질문당하는 일은 이제 없어졌으나 강의를 듣고 있어도 주의는 자꾸 산만해지기만 했다. 해부학이라는 것도 정말 형편없는 학문으로 그냥 무턱대고

많은 것을 외기만 했다. 해부 그것 자체도 지루했다. 교과서의 해부
도나 병리학 표본실에 있는 표본만 보면 훨씬 간단히 알 수 있는 것
도 괜히 수고스럽게 해부까지 해서 신경이며 동맥을 드러낸다는 것
도 정말 쓸데없는 일로만 여겨졌다.

때때로 우연한 기회에 친구는 생겼지만 친한 치구는 사귀지 못했
다. 친구라곤 해도 특별히 그들과 이야기할 것이 아무것도 없었기 때
문이다. 그들이 하는 일에 그도 애써 관심을 보이려고 하면 그들은
그가 보호자인 체한다고 생각했다. 그렇다고 해서 그는 남이야 어떻
게 생각하든 자기만 좋으면 개의치 않고 마구 이야기를 늘어놓는 그
런 성질의 인간도 아니었다. 언젠가도 어떤 친구가 그가 파리에서 미
술 공부를 했다는 소리를 듣고 그 방면이라면 자기도 취미가 있다고
그와 미술에 대한 토론을 하려고 한 일이 있었다. 그러나 원래 필립
이라는 사람은 다른 의견에는 절대 못 참는 성질인데다 더구나 상대
방의 생각이 너무나도 통속적이라는 것을 안 다음부터는 그가 묻는
말에 그냥 대답만 하게 되었다. 그도 역시 자기의 평판이 좋기를 바
랐다. 그러나 그렇다고 해서 그들에게 일부러 기분을 맞추어주고 싶
지는 않았다. 퉁명스런 대답을 들을까봐 정다운 말 한 마디 하지 못
했고, 결국 옛날부터의 버릇인 사람을 싫어하고 말없이 냉담한 그늘
속으로 숨어버린 셈이었다. 말하자면 지난날의 학교 시절과 똑같은
경험을 다시 맛본 것이다. 다만 여기에서는 의학생 생활의 자유라는
것 때문에 대개는 혼자 있을 수가 있었다.

별로 그의 쪽에서 노력한 건 아니었지만 필립은 그 얼굴이 하얀
청년, 학기초에 알게 된 던스포드와 친하게 되었다. 물론 던스포드
쪽에서도 그와 친하게 된 것은 단지 서로가 처음으로 알게 된 사이
라는 것, 그것뿐인 것 같았디.

런던에는 별로 친구가 없는 모양으로 두 사람은 곧잘 토요일밤이
면 뮤직 홀의 싸구려 좌석이나 극장의 입석을 찾아가곤 했다. 그는
머리는 좀 나빴지만 성격이 원만하고 결코 화내는 법이 없었다. 너무
나 추상적인 얘기만 하기 때문에 필립이 웃으면 그도 따라 싱글싱글
웃었는데 그의 웃는 표정은 무척 좋았다. 필립은 적당히 상대를 놀리

고 있었지만 그는 필립에게 호의를 가지고 있었다. 필립은 그의 그 솔직성과 또 재미있고 감수성이 강한 성질이 싫지 않았다. 필립이 스스로 결여되어 있다고 절실하게 느끼고 있는 인간적인 매력이라는 것을 던스포드는 확실히 가지고 있었던 것이다. 두 사람은 곧잘 의사당 거리에 있는 음식점에 차를 마시러 갔다. 거기에 있는 여급 한 사람을 던스포드가 몹시 좋아하고 있었기 때문이다. 물론 필립은 조금도 매력을 느끼지 않았다. 허리가 가늘고 마치 남자애 같은 가슴에 귀가 크고 여윈 여자였다.

"파리 같으면 저런 여잔 거들떠보지도 않을 거야."

필립은 경멸하듯 말했다.

"하지만 얼굴이 멋진데."

"얼굴 같은 게 무슨 소용이 있어."

하긴, 그녀는 이목구비가 잘 정돈된 얼굴, 파란 눈에 이마가 넓어 자세히 보면 레이튼 경, 알마 타디마, 그리고 수많은 빅토리아 왕조 화가들이 마치 그 무렵 희랍 미인의 전형처럼 생각하고 있던 그런 형태의 여인이었다. 머리 숱이 꽤 많은 모양으로 그것을 일종의 독특한 모양으로 묶고 앞이마는 소위 알렉산드라식으로 짧게 잘라 내렸다. 그녀는 빈혈증이 심한 모양으로 얇은 입술에는 혈색이 없고 살결은 엷은 녹색으로 곱다면 곱다고 할 수도 있었으나 혈색이라고는 조금도 없었다. 그러나 이마는 정말 아름다웠다. 그리고 손이 거칠어지지 않도록 무척 애를 쓰는 모양으로 작은 손은 희고 가늘었다. 그러나 그녀는 여급 일이 몹시 싫은 듯했다.

던스포드는 여자에게는 무척 수줍음을 타서 그녀와는 도무지 얘기를 나누지 못했다. 그렇기 때문에 필립에게 계속 응원을 청했다.

"핑계만 만들어주면 돼. 다음은 나 혼자 할 테니까."

필립은 그를 위해 한두 마디 말을 걸어보았지만 여자는 그냥 짤막짤막 대답할 뿐이었다. 완전히 이쪽을 꿰뚫어 보고 있는 것 같았다. 두 사람 다 아직 어린애고 그녀에게는 어차피 학생에 지나지 않았던 것이다. 그런 자는 그녀에게는 아무 소용도 없다. 그런데 던스포드도 알았지만 아무리 보아도 독일사람 같은 머리가 연한 갈색이고 더부룩하게 수염을 기른 남자 한 사람이 오면 꼭 그 여자한테서 특별히 친절한 대접을 받는다는 것을 알게 되었다. 두 사람은 서너 번 재촉을 하고 나서야 겨우 그녀에게 두 사람이 마실 차를 주문할 수 있었다. 다시 말해서 그녀는 알지 못하는 손님에게는 무척 쌀쌀하고 도도했으며 또 친한 친구와 이야기라도 할 때는 다른 손님의 급한 독촉 같은 건 완전히 무시해버렸다. 다과를 주문하는 여자 손님에게는 무척 퉁명스러운 대답을 하고 그러면서도 용케 지배인에게 불평을 하지 않게 하는 비결만은 알고 있었다. 어느날 던스포드가 그녀의 이름이 밀드레드라고 말했다. 다른 여급들이 그렇게 부르는 것을 들었다는 것이다.

"무슨 여자 이름이 그렇게 나빠." 필립은 말했다.

"왜 좋은 이름 아냐."

"멋은 꽤 내려고 했군."

마침 그날은 예의 그 독일 사람이 와 있지 않았다. 그녀가 홍차를 가지고 오자 필립은 웃으며 말했다.

"오늘은 당신의 그분이 오지 않았군요."

"그게 무슨 소리예요?" 여전히 쌀쌀한 목소리였다.

"그 수염이 누런 양반 말이오. 이제는 딴 곳으로 옮긴 모양이지."

"쓸데없는 참견 마세요. 누구신지 모르지만 그만두셨으면 좋겠어." 그녀도 지지 않았다.

그리고 그대로 돌아가버리자 일이 분 동안 달리 주문할 손님도 없었기 때문에 의자에 걸터앉아 손님이 놓고 간 석간을 읽기 시작했다.

"에이, 이 바보 친구야, 화나게 하면 안 되잖아." 던스포드가 말했다.

"나야 그 여자의 마음이 어떻게 변하든 일 게 뭐야."

그러나 그렇게 말은 했지만 역시 불쾌했다. 이쪽은 퍽 친절하게 대했는데 그녀 쪽에서 화를 낸 것만은 확실했다. 그래도 뭔가 대화의 길을 열어보려고 계산서를 청할 때 다시 한 번 말을 걸어보았다. 웃는 얼굴로,

"그럼 말도 못 걸겠군요?"

"저는요, 손님한테서 주문을 받아가지고 심부름만 해주면 그만이에요. 손님들과 잡담할 의무도 없고, 또 얘기하고 싶지도 않아요."

그리고 청구액을 기입한 전표를 앞에 놓자 다시 아까의 자리로 돌아갔다. 필립은 화가 나 얼굴이 새빨개졌다.

"캐리, 자네도 어쩔 수 없군." 밖으로 나오자 던스포드가 말했다.

"버릇없는 여자야. 저런 가게엔 두 번 다시 안 갈 테야."

던스포드에게 한 그의 발언의 영향력은 꽤 컸던 모양으로 그는 드디어 차 마시는 찻집까지 바꾸고 말았다. 던스포드는 곧 딴 여자를 발견하여 그 여자와 놀게 되었다. 그러나 그렇다고 해서 그 여자가 필립에게 한 말대답이 괴로운 기억에서 잊혀진 건 아니었다. 그녀가 친절하게 대답했더라면 필립은 그녀를 완전히 잊었을지도 몰랐다. 그러나 그것은 아무리 보아도 그녀가 그를 싫어한 것이 분명했다. 사실은 그녀가 한 태도는 남자의 체면에 관계되는 문제였다. 어떻게든 보복을 해주지 않고는 견딜 수 없었다. 그는 자기가 그렇게 옹졸한 감정에 사로잡혀 있다고 생각하자 더욱 참을 수 없는 심정이었다. 며칠간은 굳은 결심으로 절대로 안 간다고 버텨보았지만 그러나 감정의 변화에는 어쩔 수 없었다. 그렇게 되자 이번에는 그녀를 만나는 것쯤 어떠랴 하는 생각이 들었다. 만나면 오히려 잊어버릴지도 모른다.

어느 날 오후였다. 필립은 잠깐 약속이 있다는 핑계로(왜냐하면 스스로도 그 약한 것이 부끄러웠기 때문이다) 마침내 던스포드를 남겨두고 혼자 두 번 다시 발을 들여놓지 않겠다고 맹세했던 그 상점으로 들어갔다. 들어가자 곧 그녀의 모습이 보였기 때문에 그는 곧장 그녀의 담당 테이블에 가 앉았다. 한 주일간 소식이 없었던 것에 대해 여자 쪽에서 뭔가 말을 걸어오지 않을까 기다려보았지만 여자는 주문은 받으러 왔으나 그 외는 말 한 마디 하지 않았다. 다른 손님에게도, "우리 집엔 처음 오셨군요." 하고 말하는 것을 들은 일이 없었다.

하여튼 낯이 익다는 기색은 조금도 보이지 않았다. 정말 잊어버렸는가 미심쩍어 그는 여자가 홍차를 가져왔을 때, "전에 같이 왔던 내 친구 오늘 밤에도 왔었어요?" 하고 시험삼아 물었다.

"아뇨, 요즘 통 뵐 수 없어요."

그것을 계기로 뭔가 이야기를 시작하려 했지만, 그렇게 되자 또 묘하게 신경질이 되어 얼핏 할 말이 머리에 떠오르지 않았다. 여자 쪽에서도 기다리지 않고 곧장 가버리고 말았다. 결국 말 한 마디 할 기회도 없이 계산서를 청하게 되었는데 그때 그는 다시 말을 걸었다.

"날씨가 나쁘지요, 그렇죠?"

이런 말까지 해야 되다니 정말 화가 났다. 왜 이렇게 초조해하는 걸까, 자신도 확실히 알 수 없었다.

"날씨가 어떻든 제겐 상관없는 일이에요. 어차피 저는 온종일 이 안에만 있어야 하니까요."

묘하게 귀에 거슬리는 사람을 깔보는 말투였다. 날카로운 말이 입까지 튀어나왔으나 그는 가슴을 누르고 참았다. '

'정말 아주 건방진 말이라도 해줬으면 좋겠는데.' 그는 화가 머리 끝까지 치밀어 혼자 생각했다. '그러면 당장 지배인한테 얘기해 해고당할 텐데. 그렇게 되면 정말 속이 시원하겠다.'

56

필립은 도저히 그녀를 잊을 수가 없었다. 스스로도 어이가 없어 웃음이 나왔다. 그런 빈혈증 여급 따위가 무슨 말을 하든 그토록 신경을 쓰는 것이 바보같이만 여겨졌다. 그런데도 그는 뭔가 세게 한 대 맞은 느낌이었다. 물론 알고 있는 것은 던스포드 한 사람뿐이고 그도 또한 지금쯤은 다 잊어버렸을 게 틀림없었지만, 그런데도 필립에게는 그 부끄러움을 어떻게든 씻지 않으면 가슴이 가라앉지 않을 것 같았다. 어떻게 하면 좋을까 여러 가지로 궁리해보았다. 그리고 일단 매일같이 찾아가보기로 결심했다. 그의 쪽에서 먼저 불쾌한 인상을 준 것만은 틀림없었다. 그렇다면 그런 인상쯤 지워버릴 자신이 있었다. 하여튼 감정이 예민한 사람의 기분을 상하게 할 말은 일체 하지 않도록 하자. 그러나 사실 그대로 해봤지만 효과는 완전히 제로였다.

들어가서 ‘안녕’ 하고 말하니까 여자 쪽에서도 그대로 대답했다. 그러나 어떤 때는 혹시 여자가 먼저 그런 인사를 하지 않을까 생각하고 아무 말도 하지 않으면 그녀도 역시 한 마디도 하지 않았다. 그는 자기도 모르게 마음속에서 어떤 말을 중얼거렸다. 그것은 때때로 그녀에게 하는 말이었지만 점잖은 사람 앞에서는 별로 입에 올리지 않는 어떤 말이었다. 그러나 겉만은 아무렇지 않은 얼굴로 차를 주문했다. 그리고 다시 말을 걸까 보냐고 언제나 하는 ‘안녕’ 소리도 안 하고 찻집에서 나와버렸다. 두 번 다시 찾아오지 않을 작정이었지만, 그러나 다음 날이 되어 차 시간이 가까워오면 딴 일을 생각하려고 해보았지만 스스로 자기의 마음을 어찌할 도리가 없었다. 마침내 단념한 채 그는 중얼거렸다.

“뭐, 가고 싶으면 가면 될 거 아냐.”

갈까 말까 하느라고 시간을 오래 잡아 먹어 찻집에 닿았을 때는 일곱 시가 가까웠다.

“전 이젠 오시지 않나보다 생각하고 있었어요.” 그가 앉자 그녀가 말했다.

그는 갑자기 가슴이 뛰는 것을 느꼈다. 그리고 얼굴이 새빨개졌다.

“좀 일이 있어서 못 왔어요.”

“사람의 몸뚱이를 자르고 그러셨죠?”

“뭐 그런 일이 아니에요.”

“당신 학생이죠?”

“그래요.”

그러나 그것으로 그녀의 호기심은 만족한 모양이었다. 휙 저쪽으로 가버렸다. 시간도 늦고 당번 테이블에는 손님이 아무도 없었기 때문에 그녀는 열심히 소설책을 읽었다. 아직 육 펜스짜리 싸구려 소설이 나오기 전이기 때문에 그 대신 그 근방의 삼류 문사들이 주문대로 마구 써갈기는 싸구려 소설들이 교양이 얕은 대중을 상대로 마구 팔리고 있었다. 필립은 기분이 좋았다. 어쨌든 여자 쪽에서 먼저 말을 걸어온 것이다. 이제 곧 내 차례가 올 것이다. 그때야말로 마음껏 쏘아줘야지. 가슴 가득히 있는 대로 모욕을 주면 얼마나 기분이 좋을까. 그는 여자의 얼굴을 보았다. 이제 보니 확실히 옆얼굴만은 아름다운 여자였다. 이런 계급의 영국 처녀 중에서 곧잘 이런 숨막힐 듯 완벽한 미모를 발견하는 수가 있는데 생각해보면 참으로 이상했다. 그러나 그것은 또 대리석처럼 차가운 얼굴이기도 했다. 하지만 약간 푸른기가 도는 고운 살결은 어딘가 불건강한 인상마저 풍겼다. 여급들은 모두 똑같이 무늬없는 검은 옷에 하얀 앞치마, 그리고 소매에 하얀 단을 대고 머리에는 조그만 모자를 쓰고 있었다. 필립은 호주머니에 있던 종이 조각에 엎드리듯하고 책을 읽고 있는 여자의 모습 (한 자 한 자를 입속에서 웅얼거리며 읽고 있었다)을 스케치했다. 그리고 돌아올 때 그대로 테이블 위에 놓고 나왔다. 그것은 참으로 뜻밖의 묘안이었다. 왜냐하면 이튿날 필립이 찻집에 가자 여자는 웃으며, "어쩌면 당신은 그림을 그릴 줄 아시는군요. 몰랐어요." 하고 말했다.

"사실은 파리에서 이 년간 그림 공부를 했습니다."

"어젯밤 두고 가신 그 그림 말예요. 지배인한테 보여드렸어요. 그랬더니 무척 놀라시던데요. 그 그림 저예요?"

"아, 그럼요."

그녀가 그의 차를 가지러 가자 또 다른 여자가 와서 말했다.

"미스 로저스를 그린 그 그림 저도 봤어요. 닮았어요. 아주 똑같아요."

그는 처음으로 그녀의 이름을 들었다. 계산을 치를 때 그녀가 다가오자 시험삼아 그 이름을 불러보았다.

"어머! 제 이름을 알고 계시는군요." 하고 말했다.

"당신 친구 저 사람이 말하는 걸 들었어요. 조금 전에 내 그림 때문에 무슨 얘기를 하러 왔을 때."

"재도 한 장 그려줬으면 좋겠대요. 하지만 그려주면 안 돼요. 그려주기 시작하면 한이 없어요. 모두 그려달래겠다고 하거든요." 그리고 곧 그 말에 이어 이번에는 깜짝 놀랄 소리를 불쑥 했다.

"늘 같이 오시던 그 젊은 분 어떻게 되셨어요? 다른 데로 가셨나요?"

“허, 기억하고 있어요?”

“아주 예쁜 분이었어요.”

필립은 정말 기묘한 느낌이 되었다. 자기 스스로도 잘 알 수 없는 감정이었다. 사실 던스포드는 멋지게 고대한 머리, 혈색이 좋은 얼굴, 그리고 언제나 아름다운 미소를 띠고 있었다. 그의 그러한 장점들을 필립은 부럽게 생각하며 떠올렸다.

“아아, 그래요. 그 친구 요새 연애하느라고.” 그는 픽 웃으며 말했다.

돌아오는 길에 필립은 다시 한 번 오늘의 대화를 남김없이 되풀이해보았다. 확실히 그녀는 그에게 친절했다. 기회가 있으면 더 완전한 그림을 그려주겠다고 말해보자. 그러면 틀림없이 좋아하겠지. 재미있는 얼굴인데다 옆얼굴은 정말 좋다. 그리고 그 빈혈증 같은 얼굴빛마저 뭐라 말할 수 없이 매력이 있었다. 무엇을 닮았을까? 처음에는 완두콩 수프를 연상했지만 이내 그것은 화가 나서 지워버리고, 노란 장미의 꽃잎, 그것도 꽃잎이 활짝 피기 전에 마구 뜯어 내버렸을 때의 그 꽃잎의 색깔을 마음에 그려보았다. 그녀에 대한 나쁜 감정은 어느새 없어져 있었다.

“이제 보니 별로 나쁘지 않은 여자인데.” 그는 혼자 중얼거렸다.

그 여자의 말에 기분을 상하다니 정말 바보 같은 이야기였다. 분명히 그의 편이 나빴다. 여자 쪽에서는 이쪽 기분을 상하게 할 생각은 애초 없었던 것이다. 그 자신이 초면의 사람에게 좋은 인상을 주지 못할 것쯤은 알고 있어야 했을 것이었다. 여자는 자기의 그림 솜씨가 좋다고 찬사를 아끼지 않았다. 그의 재능을 알게 된 후부터는 전보다 더 많은 흥미로 그를 보는 것 같았다. 그 다음 날 그는 마음이 안정이 되지 않아 견딜 수가 없었다. 낮에도 갈까 했지만 생각해보니까 그때쯤은 손님이 너무 많아 그녀도 그와 얘기할 틈이 없을 것 같았다. 던스포드와 같이 차를 마시는 습관도 없어졌기 때문에 정확히 네 시 반이 되자(그것도 몇 번이나 시계를 보았던가) 혼자 찻집에 나타났다.

밀드레드는 그의 쪽으로 등을 돌리고 있었다. 그리고 두 주일 전까지만 해도 매일같이 보이다가 그 후 통 모습을 나타내지 않은 예의 독일 사람과 마주앉아 이야기를 하고 있었다. 그의 이야기를 들으면서 계속 뭔가 웃고 있다. 필립은 그녀의 웃음소리가 소름이 끼치도록 저속한 데 놀랐다. 그는 그녀의 이름을 불렀으나 들은 체도 하지 않았다. 다시 불러보았으나 여전히 거들떠보지도 않았다. 그는 그만 화가 치밀어 단장으로 테이블을 소리나게 두드렸다. 그제서야 그녀는 샐쭉한 얼굴로 그에게로 왔다.

"아, 안녕하시오."

"굉장히 서두르시는군요."

그녀는 전에 그가 여러 번 본 일이 있는 그 거만한 태도로 필립을 내려다보았다.

"아니, 그냥 어떻게 됐느냐고 물었을 뿐이오."

"주문만 해주시면 뭐든지 원하는 대로 갖다드려요. 당신과 밤새도록 이야기하고 있을 수는 없으니까요."

"그럼 홍차하고 토스트." 필립은 용건만 짧게 대답했다. 생각하면 생각할수록 화가 치밀었다. 마침 스타 지를 가지고 있었기 때문에 그녀가 홍차를 가지고 왔을 때에도 열심히 그것만을 읽었다.

"계산서를 주시오. 그러면 당신에게 용건이 없을 테니." 그는 쏘아붙이듯 말했다.

그녀는 전표에 기입해서 테이블 위에 놓자 다시 그 독일 사람한테로 돌아갔다. 그리고 잠시 후 눈을 빛내며 그에게 뭔가 얘기했다. 그 남자는 독일인 특유의 둥근 머리와 몹시 안색이 나쁜 중키의 사나이였다. 더부룩하고 빳빳한 수염을 기르고 있었는데 연미복에 회색 바지를 입고 굵다란 금 시계줄을 번쩍거리고 있었다. 필립은 다른 여급들이 자기와 두 사람을 번갈아 쳐다보며 뭔가 의미있는 시선을 교환한 것처럼 느꼈다. 틀림없이 나를 비웃는 거다. 그렇게 생각하자 전신의 피가 부글부글 끓는 것 같았다. 어쩌면 저런 여자가 있을까. 그는 마음속으로 생각했다. 가장 좋은 방법은 두 번 다시 이 상점에 오지 않는 것이다. 그것은 알고 있다. 그러나 그렇다고 해도 자기가 졌다고 생각하면 견딜 수가 없었다. 그래서 어떻게든 너 같은 건 경멸하고 있다는 것을 꼭 보여주고 싶었다. 거기에서 그는 한 방법을 생각해내었다. 즉 이튿날은 일부러 다른 테이블에 앉아 다른 여급에게 차를 주문했다. 독일 사람은 그날도 와 있고 그녀는 그와 애기하고 있었다. 필립 같은 건 눈에도 보이지 않는 것 같았다. 필립은 상점을 나올 때 일부러 그녀와 부딪칠 순간을 골랐다. 그리고 옆으로 스쳐지나갈 때 마치 전혀 알지 못하는 사람을 보듯 그녀를 보았다. 그는 이렇게 사나흘 동안이나 되풀이해보았다. 그의 생각으로는 그녀가 자기에게 곧 무슨 말이라도 걸지 않을까 하는 계산이었다. 예를 들어 왜 자기 테이블에 오지 않게 되었느냐는 것쯤 물을 수도 있었다. 그렇게 되면 그때야말로 뱃속에 있는 모든 것을 증오를 가지고 퍼부어주리라. 그는 그 말까지도 마음속에 준비해두었다. 그런 일로 마음을 쓴다는 것이 우습기도 했지만 어떻게 자기 마음을 붙잡을 수가 없었다. 밀드레드는 또 한 번 필립을 굴복시킨 셈이었다. 그 독일 사람은 또 한동안 모습을 나타내지 않게 되었지만 필립은 여전히 다른 테이블에 가 앉았다. 그러나 그녀는 여전히 본 체도 하지 않았다. 갑자기 그는 자기가 하는 일에 대하여 그녀가 전혀 무관심하다는 것을 깨달았다. 세상이 끝날 때까지 계속해본들 아무 소용이 없을 것 같았다.

"하지만 이쪽에는 다른 수가 있는걸." 그는 혼자 끄덕였다. 그리고 그 이튿날은 다시 먼저 자리로 돌아갔다. 그녀가 다가와서 한 주일 동안 냉정하게 대했던 것은 마치 아무 일도 아니라는 것처럼 그의 쪽에서 먼저 저녁 인사를 했다. 그의 얼굴은 평온했지만 두근거리는 가슴의 고동만은 도저히 어쩔 수가 없었다. 마침 그 무렵은 뮤지컬 코미디가 한창 사람들의 인기를 끌고 있는 때였기 때문에 밀드레드에게도 보러가자고 하면 반드시 좋아할 것이라고 생각했던 것이다.

"저, 이보세요" 그는 단도직입적으로 말을 꺼냈다. "하루 저녁 우리 같이 저녁 식사나 하지 않겠소? 끝난 뒤에 〈뉴욕의 미인〉이나 구경하러 갑시다. 뭣하면 무대 바로 옆 자리를 두 개 마련해놓아도 좋고."

그는 그녀의 마음을 끌기 위해 일부러 나중 말을 덧붙였다. 보나마나 이런 여자들이 구경을 간다면 싸구려 극장이 틀림없을 것이다. 설사 누군가 남자가 데리고 간대도 이층 입석 이상은 아닐 것이 뻔했기 때문이다. 그런데 밀드레드는 표정 하나 변하지 않았다.

"가도 좋아요"

"그럼 언제로 할까?"

"전 목요일날 일찍 끝나요."

약속은 되었다. 밀드레드는 헌힐에서 숙모와 같이 살고 있었다. 연극은 여덟 시에 시작되니까 일곱 시까지는 저녁을 마쳐야 했다. "그럼 빅토리아 역 이등 대합실에서 만날까요?" 그녀가 제안했다. 물론 즐거워하는 기색은 조금도 없었다. 마치 은혜라도 베풀고 있는 듯한 태도였다. 왠지 모르게 필립은 불쾌했다.

57

필립은 여자가 말한 시간보다도 삼십 분이나 일찍 빅토리아 역에 가 이등 대합실에서 기다렸다. 그러나 여자는 오지 않았다. 슬슬 걱정이 되기 시작하여 그는 플랫폼으로 나가 교외열차가 도착하는 것을 열심히 지켜보았다. 약속 시간이 이미 지났지만 여전히 여자의 모습은 보이지 않았다. 그는 초조해졌다. 다른 대합실로 들어가 거기에 있는 사람들을 보았다. 갑자기 심장이 뚝 그쳤다.

"뭐야 여기 있었군. 난 또 오지 않을 줄 알았지."

"이렇게 사람을 기다리게 해놓고 그런 말이 나오세요. 그냥 돌아갈까 생각하던 참이에요."

"하지만 당신이 이등 대합실이라고 하지 않았소?"

"그런 말 하지 않았어요 일등 대합실도 얼마든지 앉을 수 있는데 왜 구태여 이등 대합실까지 가겠어요. 안 그래요?" 필립은 자기가 틀렸다고는 도저히 생각할 수 없었지만 아무말도 하지 않고 나와 마차를 탔다.

"식사 어디서 할 거예요?" 그녀가 물었다.

"아델파이를 생각했는데, 당신 생각엔 어때?"

"아무 데라도 좋아요."

정말 불쾌하기 짝이 없는 대답이었다. 기다리게 해서 속이 비뚤어진 모양으로 필립이 아무리 말을 걸어도 제대로 상대를 하려 하지 않았다. 그녀는 품질이 낮은 검은 외투를 걸치고 털실로 짠 숄을 머리에서부터 둘러쓰고 있었다. 이윽고 두 사람은 식당에 도착하여 테이블을 마주하고 앉았다. 밀드레드는 만족한 듯 주위를 둘러보았다. 탁상 위 램프에 씌운 붉은 갓, 금색 찬란한 여러 가지 장식품들, 커다란 거울 등, 이런 것들이 방 안을 무척 화려하게 보이게 했다.

"저 여긴 처음이에요."

말하면서 그녀는 필립에게 방긋 웃었다. 그녀는 외투를 벗었다. 보니까 목 둘레를 사각으로 판 새파란 드레스를 입고 머리도 여느 때보다 한결 공들여 빗었다. 필립은 샴페인을 주문했었는데 그것이 나오자 그녀는 눈을 동그랗게 떴다.

"굉장한 낭비군요."

"왜요. 샴페인을 주문했다고요?" 그는 자기도 모르게 반문했다. 마치 샴페인 외의 술은 절대로 마시지 않는 것처럼.

"난 당신이 극장에 가자고 해서 놀랐어요. 정말이에요."

대화는 그다지 쉽사리 진전되지 않았다. 밀드레드는 할 이야기가 별로 없는 것 같았다. 필립은 자기가 과히 재미있는 이야기 상대가 못 된다는 것을 깨닫자 더욱 초조해졌다. 그녀는 다른 손님을 보면서 그의 말은 그냥 귓전으로 듣고, 그에 대해서는 눈곱만치도 생각하지 않는 것 같았다. 필립은 한두 마디 농담도 해보았지만 그녀는 그것을 아주 정색으로 받아들였다. 오직 한 번 그녀의 눈이 빛난 일이 있었는데 그건 그가 상점에 있는 다른 여급들의 이야기를 했을 때였다. 그녀는 여지배인이 무척 싫은 듯 그 여자의 부정과 사생활 같은 것을 꼬치꼬치 말해주었다.

"그 여자만은 정말 무슨 일이 있어도 못 참겠어요. 게다가 그 뻐기는 꼴이라니 가끔 난 모두 폭로해버릴까 생각하는 때가 있어요. 그 여자는 아무것도 모르는 줄 알겠지만 난 다 알고 있어요."

"그게 뭐예요. 안다는 게?"

"그 여자 말예요. 가끔 주말이 되면 남자와 함께 이스트본에 가곤

해요. 난 다 알고 있어요. 우리 상점에 있는 애 말인데요. 그 애 언니
가 남편하고 거기 갔다가 만났다지 뭐예요. 저 그 여자하고 같은 집
에 하숙한 일도 있었어요. 그때도 그 여자 결혼 반지를 끼고 있지 않
겠어요? 하지만 그녀가 결혼하지 않은 것쯤 난 다 알고 있어요.”

필립은 여자의 잔에 샴페인을 따라주었다. 샴페인이라도 좀 마시
면 상냥해지지 않을까 생각했기 때문이다. 모처럼의 밀회다. 어떻게
잘 좀 해보고 싶었다. 보니까 여자는 나이프를 마치 펜대를 잡듯 움
켜잡고 술잔을 들 때는 새끼손가락을 쏙 내밀곤 했다. 그는 화제를
여러모로 바꾸어보았지만 상대의 입은 여전히 무뚝뚝하기만 했다.
그런데 그녀는 그 독일인과 이야기할 때는 그가 열 마디를 하면 그
녀는 스무 마디나 했고 가끔가다가 소리를 내어 웃기까지 했다. 그것
을 생각하자 무척 불쾌했다. 식사를 마치자 그들은 극장으로 갔다.
교양을 자랑하는 필립인 만큼 뮤지컬 코미디 같은 것은 경멸하고 있
었다. 대사도 천하거니와 음악도 무척 평범해서 그런 것은 아무래도
프랑스 쪽이 훨씬 윗길이 아닌가 생각했다. 그러나 밀드레드는 아주
재미있는 모양으로 배가 아플 정도로 웃어댔고, 때때로 우스워 참을
수가 없다는 표정으로 힐끔힐끔 그를 쳐다보기도 하였다. 그러고는
마치 도취한 사람처럼 박수를 치는 것이었다.

“벌써 일곱 번째 봐요.” 제 일 막이 끝나자 그녀는 말했다.

“그렇지만 일곱 번을 더 봐도 좋겠어요.” 그녀는 주위의 입석에 있
는 여자들에게 무척 관심을 가져 화장을 짙게 한 여인이며 가발을
한 여자들을 일일이 손가락으로 가리켰다.

“웨스트 엔드(런던의 최상류 부
유층이 사는 곳) 여자들은 정말 몰취미하군요. 어떻게 저런
짓을 하죠. 나는 남의 머리칼이라곤 한 오리도 없어요.” 그녀는 자기
의 머리를 매만지며 말했다.

그녀가 칭찬하는 여자는 하나도 없었다. 이야기를 하면 반드시 그
건 흠을 잡기 위해서였다. 그걸 생각하자 필립은 걱정이 되었다. 내
일이 되면 이 여자는 틀림없이 상점에 있는 여자들에게 그가 가자고
해서 놀러가긴 했지만 그렇게 지루한 남자는 처음 보았다고 지껄일
것이 틀림없었기 때문이다. 정말 싫은 여자였지만 그러면서도 왠지

모르게 그 여자와 같이 있고 싶었다. 돌아오는 길에 그는 물어보았다.

"재미있었어요?"

"그럼요."

"언제 다시 한 번 가주겠어요?"

"네, 좋아요."

결국 이런 말 밖에는 들을 수가 없었다. 그녀의 쌀쌀한 것을 생각하자 그는 못 견딜 정도로 기분이 상했다.

"당신 말로는 가도 그만 안 가도 그만이라는 것 같군요."

"그럼요, 연극 구경 가는 데 남자 없어 못 가겠어요? 당신이 안 청해주셔도 청해줄 사람은 얼마든지 있으니까요."

필립은 입을 다물고 말았다. 이윽고 정거장에 당도하자 출구로 나갔다.

"전 통근차를 타겠어요."

"밤도 늦고 하니 괜찮다면 집까지 바래다주고 싶은데."

"그래요, 그게 좋을 것 같으면 그렇게 하세요."

여자를 위해 편도를 하나, 그리고 자기를 위해서는 왕복을 끊었다.

"당신은 정말 서비스가 좋군요. 그것만은 말해두죠." 그가 객차의 문을 열어주자 그녀는 말했다.

딴 손님들도 자꾸 밀려드는데 그는 기뻐해야 할지 슬퍼해야 할지 알 수 없었다. 이제는 더 얘기도 나오지 않았다. 두 사람은 헌힐에서 차를 내리고 그는 그녀의 하숙집 모퉁이까지 배웅해주었다.

"자, 여기서 작별 인사를 해야겠군요." 손을 내밀며 그녀가 말했다. "집 앞까지는 안 오시는 게 좋아요. 세상 사람들의 입이 무서우니까요. 공연히 이러쿵저러쿵 떠드는 건 듣기 싫어요."

작별 인사를 하기가 무섭게 그녀는 가버렸다. 캄캄한 어둠 속에 그녀의 하얀 숄만이 보였다. 혹시 뒤돌아보지나 않을까 하고 은근히 기대해보았지만 그녀는 그것마저 하지 않았다. 들어가는 집을 보아두었다가 그는 그 집 가까이로 가보았다. 평범한 누런 벽돌로 지은 아담한 집인데 그 근처의 집과 조금도 다름이 없었다. 한참 동안 그냥 서성대고 있노라니까 이윽고 맨 위층의 불이 꺼졌다. 필립은 천천히 역을 향해 온 길을 돌아갔다. 뭐라 말할 수 없이 초라한 밤이었다. 초조하고 불안하고 비참하기까지 한 야릇한 심정이었다.

자리에 누워서도 흰 털실 숄을 쓰고 객차 한 구석에 앉아 있는 그녀의 모습이 보이는 것 같았다. 다음 만날 때까지의 시간을 어떻게 보내야 좋을지 알 수 없었다. 그 섬세한 야윈 얼굴, 그리고 그 푸른 기가 도는 살결이 문득문득 떠올랐다. 그녀와 함께 있어도 별로 행복하진 않았지만 그러나 헤어지고 나니 더욱 쓸쓸했다. 그녀의 옆에 앉아 그녀의 얼굴을 바라보고 그 몸을 만져보고 그리고, 그러고 나서는 ……그런 상상이 끊임없이 일어나 눈은 아주 말똥말똥해지고 말았다 ……그 입술이 엷은 창백한 입가에 키스하고 싶었다. 마침내 본심이 드러나고 만 것이다. 아아, 마침내 그 여자를 사랑하고 있다. 믿을 수 없는 일이었다.

그는 곧잘 사랑을 하고 있는 자신을 공상할 때가 있다. 그럴 경우엔 언제나 마음에 떠오르는 한 장면이 있었다. 어떤 무도회에 그가 들어간다. 그의 눈은 뭔가 이야기를 주고받고 있는 몇 사람의 남녀 위에 떨어진다. 그러자 그 중의 한 여자가 우연히 뒤를 돌아본다. 여자의 시선이 그의 시선과 만난다. 순간 그는 숨이 막힐 듯이 놀란다. 여자도 똑같이 놀란다는 것을 그는 그것이 왠지 알게 된다. 그는 돌처럼 빳빳이 서 있었다. 여자는 키가 크고 검은 머리에 그리고 어두운 밤 같은 눈을 한 미인이었다. 새하얀 드레스를 입고 새카만 머리에는 몇 개의 다이아가 빛나고 있다. 두 사람은 주위의 다른 사람들을 다 잊어버리고 서로 은밀히 바라보고 서 있다. 그는 곧장 그녀를 향해 나가간다. 그녀도 약간 그의 쪽으로 몸을 움직인다. 두 사람에게는 이미 정식 소개따위는 필요없다고 느껴진다. 그가 먼저 입을 연다.

"아아, 이 세상에 태어나서 쭉 당신만을 찾아다녔습니다."

"드디어 오셨군요, 당신도." 그녀는 속삭이듯 말한다.

"저와 춤추지 않으시겠습니까?" 앞으로 내민 그의 양팔에 여자는 몸을 내던지듯이 안겨온다. 그리고 두 사람은 춤을 추는 것이었다.

그런 땐 언제나 필립도 절름발이가 아니었다. 뭐라 표현할 수 없는 그녀의 멋진 춤.

"당신처럼 춤을 잘 추시는 분은 생전 처음이에요."

여자는 그날 밤의 예정을 모조리 취소하고 끝까지 그와 춤을 춘다.

"당신을 기다린 보람이 있군요."

"언젠가는 꼭 만나리라고 굳게 믿고 있었어요."

홀 안의 남녀가 모두 두 사람을 지켜보고 있다. 하지만 그게 어떻단 말인가. 그들은 이제 사랑을 숨기려고 하지 않았다. 마지막에 두 사람은 정원으로 나온다. 그 여자 어깨에 외투를 걸쳐주고 기다리고 있는 마차에 태운다. 파리로 떠나는 마지막 열차와 마침 시간이 맞는다. 별이 빛나는 조용한 밤에 미지의 나라로 달리는 것이다.

그는 언제나 하는 이 공상을 다시 한 번 머릿속에 그려보았다. 자기가 밀드레드 로저스와 연애를 하고 있다니 도저히 믿어지지 않았다. 첫째, 그 이름부터가 싫었다. 미인이라고 할 수도 없었다. 그리고 그 바싹마른 몸매가 무엇보다 싫었다. 오늘 밤 처음 안 것이지만 이브닝 드레스 밑으로 늑골이 확실히 튀어나보였다. 그녀의 얼굴을 하나하나 뜯어보았다. 입이 싫었다. 불건강해보이는 얼굴색도 왜 그런지 불쾌했다. 하여튼 무척 평범한 여자였다. 멋도 아무것도 없었다. 유치한 소리만 자꾸 하는 것을 보면 그대로 속이 텅 비었다는 증거였다. 뮤지컬 코미디에서 웃길 때마다 킬킬대며 웃던 그녀의 그 천박한 웃음소리, 그리고 글라스를 입에 가져갈 때마다 일부러 쭉 내밀던 기다란 손가락도 생각났다. 말하는 거며 동작, 행동 일체가 묘하게 고상한 체하려는 것이 더욱 싫었다. 그리고 그 답답한 태도, 몇 번이나 뺨따귀를 갈겨주고 싶었는지 몰랐다. 그런데 돌연, 이유는 스스로도 알 수 없었지만(혹은 그 갈겨주고 싶다고 생각한 것 때문이었는지 아니면 그 작은 귀나 뭐가 문득 생각한 것 때문인지) 마음이 끌리는 것을 느꼈다. 격한 연정이 끓어오르는 것이었다. 그 여윈 호리호리한 몸을 두 팔로 껴안고 그 핏기없는 얼굴에 키스하고 싶었다. 그 약간 파리한 뺨도 살짝 손 끝으로 대보고 싶었다. 그녀가 한없이 사랑스러웠다. 그는 지금까지 사랑이란 사람의 마음을 황홀하게 해주고 온 세상이 봄날처럼 화창하게 보이는 것으로 생각하고 그러한 환희에 찬 행복감을 동경해왔었다. 그러나 그것은 행복이 아니라 이제까지 알지 못했던 영혼의 굶주림이요, 가슴 아픈 그리움이요, 쓰디쓴 괴로움이었다. 언제부터 이러한 심정이 되었는지 곰곰이 생각해보았다. 그러나 알 수가 없었다. 다만 그가 기억하는 것은 처음 두어 차례를 빼놓고는 그 찻집에 들어갈 때마다 희미하게 가슴이 쓰리던 일뿐이었다. 그리고 그녀가 자기에게 말할 때면 이상하게도 가슴이 뻐근해지는 것을 느꼈다. 그녀가 가버리면 쓸쓸했고 그녀가 그에게로 오면 절망을 느꼈다.

그는 침대 속에서 강아지처럼 몸을 폈다. 이 끝없는 영혼의 고통을 나는 대체 어떻게 견디어나가려는 것일까. 그런 것을 그는 생각했다.

58

이튿날 아침은 일찍 잠이 깼다. 제일 먼저 생각난 것은 밀드레드였다. 문득 빅토리아 역에서 기다렸다가 그녀의 찻집까지 같이 걸어가보리라는 생각이 들었다. 서둘러 수염을 깎고 양복을 걸치자 그는 곧장 버스를 타고 역으로 향했다. 여덟 시 이십 분에 도착해서 들어오는 기차를 지켜보았다. 그렇게 이른 시간인데도 회사원과 점원들이 떼를 지어 차에서 쏟아져나와 플랫폼을 빠져나갔다. 모두가 바쁜 걸음으로 걸어갔다. 쌍쌍이 있는가 하면 처녀들이 떼를 지어 걸어가기도 하고 대개는 혼자였다. 아침 햇볕을 받아 사람들의 얼굴은 이상하게 하얗고 추해보였다. 어떻게 보면 멍하니 넋을 잃은 듯한 표정들이었다. 젊은이들은 역시 경쾌한 걸음으로 플랫폼을 지나가고 그렇지 못한 사람들은 마치 기계로 조종을 당하는 듯 천천히 걸어갔다. 얼굴도 모두 불안한 듯 찡그리고 딱딱하게 굳어 있었다.

밀드레드의 모습을 발견하자 그는 곧장 그녀에게로 다가갔다.

"안녕하세요? 어젯밤 그 뒤에 어떻게 됐는지 만나 물어보고 싶어서요."

그녀는 헐렁한 외투에 맥고 모자를 쓰고 있었다. 그가 나타나 난처

386

해하는 것을 한눈에 알 수 있었다.

"네, 아주 잘 잤어요. 그런데 전 그렇게 꾸물거릴 시간 없어요."

"빅토리아 거리까지만 같이 걸어가고 싶은데, 어때요?"

"하지만 벌써 꽤 늦은걸요. 빨리 걸어가지 않으면 안 돼요." 그녀는 필립의 저는 발을 내려다보며 대답했다.

그는 얼굴이 빨개졌다.

"아, 제가 실례했군요. 붙잡진 않을 테니까."

"좋도록 하세요."

여자는 가버렸다. 그는 맥이 쑥 빠져 아침을 먹으러 집으로 돌아왔다. 어쩌면 그런 여자가 있을까. 그런 여자에게 마음을 뺏기다니 바보 중의 바보라는 것을 스스로도 잘 알 수 있었다. 그녀는 그를 손톱만치도 생각하지 않았다. 그의 불구를 싫어하고 있는 것이 틀림없었다. 오늘 오후에 무슨 일이 있어도 차를 마시러 가나 봐라, 하고 그는 단단히 결심했다. 그러나 자기 혐오에 못 이기면서도 그는 그 시간이 되자 다시 나가지 않고는 못 견디었다. 들어가자 여자는 가볍게 고개를 끄덕이고 웃었다.

"아침에 짜증을 내서 미안했어요. 누가 오실 줄 알았어야죠. 정말 놀랐어요."

"아니 뭐 괜찮아요. 그런 것쯤."

그는 갑자기 무거운 짐을 부려놓은 것 같았다. 단 한마디의 부드러운 말로 그의 마음은 벌써 감사로 가득 찼다.

"왜 좀 앉으시죠. 지금은 손님도 별로 없는 것 같은데."

"괜찮으시다면."

그는 그녀를 바라보았다. 그러나 할 말은 하나도 떠오르지를 않았다. 뭔가 재미있는 말을 해서 그녀를 붙잡아놓으려고 열심히 머리를 짜냈다. 그녀가 자기에게 얼마나 소중한 사람인가, 그것을 알려주고 싶었다. 그러나 정말 사랑하고 있으면서도 일단 말로 설득을 하려고 들자 어떻게 해야 할지 통 알 수 없었다.

"저, 그 턱수염이 멋진 친구는 어떻게 됐어요? 요즘 통 볼 수 없으니."

"버밍검으로 돌아갔어요. 장사하는 분인데 가끔 런던에 들러요."
"그 사람 당신을 좋아하는 모양이죠?"
"그런 건 그분한테 물어보면 알 게 아녜요." 그녀는 웃으며 대답했다. "또 설사 그렇더라도 당신하고 무슨 상관이에요?"
지독한 말이 목구멍까지 치밀었지만 그는 겨우 자기를 억제하는 방법을 배워갔다. 그래서 결국 입 밖으로 뱉은 말은,
"왜 당신은 그런 투로 말을 하죠?" 했을 뿐이었다.
그녀는 여전히 냉정한 눈초리로 그를 쳐다보았다.
"당신은 나를 너무 얕보는 것 같군요."
"당연하잖아요."
"지나치군요."
말하면서 그는 전표를 뺏었다. 그것을 보자 그녀는,
"당신이라는 사람 정말 성미가 급하군요. 금방 그렇게 화를 내고."
그는 웃으며 호소하듯 그녀의 얼굴을 바라보았다.
"저 부탁이 하나 있는데 들어주겠소?"
"사정에 따라서요."
"오늘 밤 역까지 함께 가주겠소?"
"좋아요."
차를 다 마시자 그는 찻집을 나와 하숙집으로 돌아왔다. 그러나 찻집문을 닫을 여덟 시가 되자 그는 문 밖에서 기다리고 있었다.
"당신은 정말 이상한 분이군요." 여자는 나오자 말했다. "정말 모르겠어요."
"그렇게 어렵지도 않을 텐데." 그도 퉁명스럽게 대답했다.
"당신 기다리는 거, 누구 찻집 여자들이 보지 않았어요?"
"글쎄, 모르죠. 아무러면 어때요?"
"딴 사람들이 웃으니까 그렇죠. 사람들이 모두 당신이 제게 홀딱 반했다고 해요."
"무슨 상관이야."
"어머, 또 시비조이시네요."
역에서 차표를 사가지고 그는 집까지 같이 가겠다고 제안했다.

"당신 어쩌면 꼭 시간이 남아돌아가 처치 못하는 사람 같군요."

"그야 내 자유 아니오, 어떻게 쓰든."

그들은 또다시 말다툼을 할 뻔했다. 사실은 그녀를 사랑하고 있는 자신이 밉기만 했다. 사사건건 그를 무안하게 하는 굴욕감을 참아갈수록 그녀에 대한 미움도 더해갈 뿐이었다. 그러나 그날 밤만은 그녀는 마음을 털어놓고 마구 지껄여댔다. 양친은 모두 세상을 떠나고 찻집에 나가는 것은 호구지책 때문이 아니라는 것을 이야기했다.

"우리 작은어머니는 내가 찻집에 나가는 것을 싫어해요. 집에 있어도 남 부럽지 않은 호사는 할 수 있으니까요. 그러니까 제가 생계 때문에 찻집에 나간다곤 생각하지 마세요. 알았죠?"

모두가 거짓말이란 것은 필립도 알고 있었다. 그녀와 같은 직업의 여성은 묘하게 허식을 부리려 하고 생계 때문에 일한다는 굴욕감을 면해보려고 변명 비슷한 거짓말을 곧잘 한다는 것을 그는 잘 알고 있었던 것이다.

"게다가 친척들은 모두 부자들. 뿐이에요."

필립은 피식 웃었다. 그것을 재빨리 보자 여자는,

"왜 웃어요? 제가 거짓말이라도 하는 줄 아세요?"

"아니야, 그런 게 아니야."

그녀는 의심스러운 눈초리로 그를 바라보았다. 그러나 곧 다시 어린 시절의 호강을 이 남자에게 좀더 이야기해야겠다고 생각한 모양이었다.

"우리 아버지는요, 언제나 이륜 마차를 가지고 있었고 하인도 세 사람이나 있었어요. 쿡에다 식모에다 임시 고용한 하인이 한 사람. 늘 예쁜 장미꽃을 키워서 문 앞을 지나가는 사람들이 곧잘 걸음을 멈추고 누구네 집이냐고 묻곤 했어요. 아주 예쁜 장미였어요. 전 정말 그 찻집의 계집애들과는 상종하기 싫어요. 지금까지 상종한 사람들과는 너무나 다르거든요. 그런 걸 생각하면 어떤 땐 정말로 그만두고 싶을 때가 있어요. 그렇다고 해서 뭐 지금 하고 있는 일이 싫어서가 아니에요. 그렇게 생각하면 곤란하지만 아무튼 문제는 거기 있는 사람들이에요."

두 사람은 마주 앉아 있었다. 그는 그녀의 말에 일일이 끄덕이며 무척 행복해했다. 그녀의 단순성이 재미있었다. 그리고 다소 엄숙한 기분이 되었다. 여자의 볼은 약간 붉게 물들어 있었다. 저 턱 끝에 키스할 수 있다면 얼마나 좋을까 하고 생각했다.

"당신이 찻집에 처음 들어왔을 때 전 척 보고 빈틈없는 신사라는 것을 알았어요. 당신 아버지는 의사나 변호사나 뭐 그런 직업이셨죠?"

"의사였어요."

"그런 자유업을 가진 사람들은 어디에서 만나도 곧 알 수 있어요. 뭔가 그런 냄새가 나거든요. 왠지 모르지만 하여튼 금방 알 수 있어요."

그들은 역을 나와 함께 걸었다.

"다시 한 번 연극 구경에 같이 가지 않겠소?"

"네, 좋아요."

"가고 싶다거나 싫다거나 좀더 분명히 해보세요."

"왜요?"

"아니오, 뭐 됐어요. 그것보다 날짜를 정합시다. 토요일 밤이 어때요?"

"좋아요."

그 외 여러 가지 의논을 하는 동안에 정신을 차려보니까 벌써 그녀의 집 앞 길목까지 와 있었다. 그녀는 손을 내밀었다. 그는 지그시 그 손을 잡았다.

"이제부터는 당신을 꼭 밀드레드라고 부르고 싶은데."

"마음대로 하세요."

"그 대신 당신도 날 필립이라고 불러주지 않겠소?"

"글쎄요, 잊지 않으면 그렇게 부르죠. 하지만 미스터 캐리라고 부르는 것이 더 자연스러운 것 같은데요."

그는 여자의 몸을 가볍게 끌어당기려 했다. 그러나 여자는 휙 몸을 젖히며,

"뭘 하는 거예요, 당신?"

"이별의 키스, 응, 안 돼?" 그는 속삭이듯 말했다.

"아이 뻔뻔스러워!"

그녀는 손을 홱 빼자 쏜살같이 집으로 달려가버렸다.

필립은 토요일 밤 입장권을 샀다. 그날은 그녀가 일찍 파하는 날이 아니라서 집에 돌아가 옷을 갈아입고 올 틈이 없었다. 그래서 그녀는 아침에 옷을 가지고 나와 찻집에서 갈아입을 작정이었다. 다행히 여지배인이 기분이 좋으면 일곱 시에는 돌아가도 좋다고 허락해줄지도 모른다. 필립은 일곱 시 십오 분부터 밖에서 기다리기로 약속이 돼 있었다. 그는 가슴이 뻐근할 정도로 기대를 가지고 그날을 기다렸다. 극장에서 집으로 돌아가는 도중 마차 속에서 어쩌면 그녀가 키스쯤은 허락할는지 모른다. 마차 안은 여자의 허리를 안기는 무척 편리하게 되어 있다(그런 점이 요즘의 택시보다는 훨씬 편리했다). 그 즐거움만으로도 하룻밤의 낭비쯤은 충분히 본전을 빼고도 남는 계산이 된다.

그러나 토요일 오후 다시 한 번 확인을 해두기 위해 찻집에 들렀을 때 그 콧수염의 붉은 신사가 찻집에서 막 나오는 것과 부딪쳤다. 그는 이미 그의 이름이 밀러이고 영국에 귀화한 독일인이라는 것도 알고 있었다. 이름도 영국식으로 바꿨고 영국에서는 꽤 오래 산 것 같았다. 그가 이야기하는 것을 필립도 들은 적이 있는데 몹시 유창한 영어이긴 했지만 아직 완전한 토박이 영어는 아니었다. 그가 밀드레드와 좋아 지내고 있는 것은 필립도 알고 있었다. 그런만큼 필립은 몹시 질투를 느끼고 있었다. 그나마 그녀의 쌀쌀한 성격을 다행으로 생각했다(그렇지 않았다면 그야말로 고민거리였을 테니까). 뜨거운 연애 같은 건 도저히 할 수 없는 여자이고 보면 그의 신세도 어느땐가는 자기와 똑같은 꼴이 될 것이 틀림없었기 때문이다. 그러나 오늘은 가슴이 덜컥 내려앉았다. 왜냐하면 문득 머리를 스친 것은 어쩌면 그의 출현으로 그토록 오래 기다린 밀회가 허사가 될지도 모른다고 염려했기 때문이다. 그는 가슴이 꽉 막히는 기분으로 찻집에 들어갔다. 밀드레드가 와 차 주문을 받아갔지만 곧 다시 돌아와,

"저, 정말 미안하지만 오늘 저녁엔 못 나갈 것 같아요."

"왜 그렇죠?"

"그렇게 무서운 얼굴 하지 마세요." 그녀는 웃었다. "그건 제 잘못이 아니에요. 작은어머니가 어젯밤부터 몹시 불편한데 오늘은 일하는 하녀도 마침 쉬는 날이고 해서 제가 가서 함께 있어줘야 해요. 앓는 사람을 혼자 둘 수는 없잖아요?"

"아 그럼 좋소. 그 대신 집까지 데려다주겠소."

"하지만 당신 극장표 사셨잖아요. 그냥 버리는 거 아까워요."

그는 주머니에서 극장표를 꺼내어 일부러 짝짝 찢어버렸다.

"왜 그런 짓을 하세요?"

"난 말이오, 그런 시시한 뮤지컬 코미디 같은 거 절대로 혼자 안 봐요. 당신을 위해서 샀던 거요."

"어머 당신, 그게 정말이에요? 하지만 저 집까지 바래다주는 건 절대로 싫어요."

"어디 딴 데 약속이 있어요?"

"어머, 그게 무슨 소리예요? 당신도 딴 남자와 마찬가지로 역시 자기 생각만 하는 분이군요. 작은어머니가 편찮으신 게 제 탓은 아니잖아요?"

그녀는 계산서를 얼른 써주고는 가버렸다. 필립은 여자를 거의 몰랐다. 여자를 아는 사람이라면 빤히 들여다보이는 거짓말을 할지라도 가만히 들어주어야 한다는 것쯤은 알았을 것이다.

필립은 그 찻집 밖에 지켜서서 밀드레드가 그 독일인과 함께 나가는가 어떤가를 살펴보기로 결심했다. 그는 사실을 확인하지 않고는 견디지 못할 만큼 괴로운 심정이었다. 일곱 시가 되자 그는 찻집 밖 맞은편 보도에 서서 밀러를 찾아보았으나 보이지 않았다. 십 분쯤 지났을 때 그녀가 나왔다. 언젠가 샤프즈베리 극상에 살 때 입었던 외투와 숄을 걸치고 있었다. 집으로 돌아가는 길이 아니라는 것은 한눈에 알 수 있었다. 그는 몸을 피하기도 전에 그녀에게 들키고 말았다. 밀드레드는 약간 놀란 듯했으나 곧 가까이 다가왔다.

"이런 데서 뭘 하고 계시는 거예요?"

"산보하고 있소!"

"아이, 비겁해! 나를 미행하고 있군요. 신사인 줄 알았는데 실망했어요."

"신사가 뭐 당신 같은 여자한테 흥미를 가질 줄 알아?" 볼멘 소리로 그는 대답했다.

그의 속에 있는 어떤 짓궂은 배짱이 드디어 사태를 악화시킨 것이다. 네가 나에게 상처를 주면 나도 그만큼 주겠다는 생각이었다.

"내가 가기 싫으면 안 가는 것은 내 자유예요. 꼭 당신과 함께 가야 할 의무는 없잖아요. 똑똑히 말해두지만 난 집으로 가는 길이에요. 미행한다든지 하는 비겁한 일은 삼가해주세요."

"당신 오늘 밀러하고 만났지?"

"쓸데없는 참견 마세요. 안 만났어요. 또 오해하고 있군요."

"하지만 난 오늘 오후에 만났는걸. 내가 들어갈 때 마침 찻집에서 나오던데."

"설사 그렇다면 또 어떻다는 거죠. 내가 원한다면 그이와 함께 갈 수도 있잖아요? 당신이 무슨 참견이에요."

"그 사람이 당신을 기다리게 한 거로군."

"홍, 당신 같은 사람이 기다려주는 것보다는 차라리 내가 그 사람을 기다리겠어요. 잘 기억해두세요. 그리고 어서 댁에 돌아가셔서 당신 일이나 걱정하세요."

그의 마음은 갑자기 분노에서 절망으로 변했다. 입을 열었을 때는 목소리가 떨려나왔다.

"밀드레드, 제발 그런 지독한 말은 하지 말아줘. 나는 당신을 좋아하고 있어. 정말 좋아하고 있어. 진정으로 사랑하고 있단 말이야. 응, 생각을 돌려주지 않겠어? 내가 오늘 저녁을 얼마나 기다렸는지 알아? 그 사람은 오지 않을 거야. 그 사람은 당신을 조금도 생각하지 않고 있어. 식사를 같이 해줘, 응? 표는 다시 사서 어디든지 당신이 원하는 데로 갑시다."

"싫다고 했잖아요. 그래봐도 소용 없어요. 한 번 결심한 이상 난 그대로 지키는 여자예요."

그는 그녀를 힐끗 쳐다보았다. 괴로움으로 가슴이 터질 것 같았다.

사람들이 보도에 서 있는 그들 곁을 바쁜 걸음으로 지나쳐가고 역마차와 합승이 덜커덕거리며 지나갔다. 그는 그녀의 눈이 끊임없이 사람들의 그림자를 쫓는 것을 보았다. 사람들 속에서 밀러의 모습을 놓치지 않으려고 애쓰는 것 같았다.

"나도 이제 더 이상 참을 수 없어." 그는 울부짖듯 말했다.

"너무 지독한 모욕이야. 이제 가면 다시는 오지 않을 거야. 오늘 밤 같이 안 가주면 다시는 나를 못 볼 거야."

"그런다고 제가 뭐 쩔쩔맬 줄 아세요. 당신은 정말 째째한 남자군요. 도리어 시원해요. 제가 할 말은 그것뿐이에요."

"그럼 잘 가시오."

인사를 하고 그는 절름절름하며 천천히 걸어갔다. 혹시 뒤에서 부르지나 않을까 기대하면서 다음 가로등 기둥까지 와서 그는 어깨 너머로 뒤를 돌아보았다. 어쩌면 손짓으로 자기를 불러줄지도 모른다고 생각했기 때문이다. 그러면 모든 것을 잊고 방금 그가 받은 굴욕도 기꺼이 참을 텐데——그러나 그 여자는 저쪽으로 돌아선 채 그 같은 건 전혀 신경도 쓰지 않았다. 그와 손을 끊은 것을 정말 속시원하게 생각하는 것 같았다.

59

그날 밤 필립은 정말 비참했다. 하숙집 아주머니한테는 돌아오지 않겠다고 해두었기 때문에 먹을 것이라고는 아무것도 없었다. 식당에 가서 저녁 식사를 할 수밖에 도리가 없었다. 그리고 방으로 돌아와보니까 위층의 그리피스가 파티를 하고 있는지 떠들썩한 웃음소리가 그의 불행을 한층 참을 수 없는 것으로 만들었다. 뮤직 홀에 가보았지만 토요일 밤이라 입석밖에 없었다. 삼십 분쯤 지루하게 서 있다가 다리가 피로해 집으로 돌아왔다. 책을 읽으려 해도 머릿속에 들어오지 않았다. 그러면서도 해야 할 공부는 잔뜩 있었다. 생물학 시험이 두 주일 앞으로 박두해온 것이다. 별로 어려운 건 아니었지만 요즘 워낙 강의를 듣지 않아 모르는 것이 많다는 것을 스스로도 잘 알고 있었다. 기껏 구두 시험 정도일 테니 두 주일 안으로는 어떻게 잘 되어갈 것도 같았다. 머리에는 자신이 있었다. 책을 내려놓자 그는 항상 머리를 차지하고 있는 문제에 대해 다시 한 번 잘 생각해보기로 했다. 그날 밤 행동에 대해 그는 몹시 후회했다. 왜 하필이면 식사를 같이 해야 한다느니 다시는 안 만난다느니 하는 그런 말을 했을까. 더 말할 것 없이 그녀는 거절을 하고 말 텐데. 그녀의 자존심을 생각해주어야 했다. 다시 말해서 그건 배수의 진을 친 거나 다름없었다. 그렇다고 그 여자도 지금쯤 고민하고 있다면야 그대로 참을 수도 있겠지만 그녀가 자기를 조금도 생각지 않고 있다는 것은 너무나 명백한 사실이었다. 자기가 그토록 바보가 아니었다면 겉으로나마 그녀의 사연을 듣는 체했어야 했다. 실망을 감출 만한 의지력과 감정을 억제하는 자제심을 지녔어야 옳았다. 왜 그 따위 여자를 좋아하게 되었는지 정말 모를 일이었다. 사랑하는 사람이 곧잘 상대방을 미화한다는 것은 그도 책에서 읽어 잘 알고 있다. 그러나 밀드레드의 경우는 그는 생긴 그대로를 보고 있었다. 재미도 없거니와 영리하지도 않았다. 정말 하잘것없는 마음을 지닌 여자였다. 천박한 성격, 그것은 그가 가장 싫어하는 성질이었다. 부드러움도 없거니와 고상한 점도 없었다. 그녀 자신도 말했지만 그녀는 넘어져도 그냥은 안 일어나는 여자였다. 그녀가 감탄하며 하는 얘기는 언제나 마음 좋은 사람을 멋지게 속여 곤란하게 만들었다는 얘기뿐이었다. 사람을 멋지게 속이기만 하면 그녀는 만족했다. 그녀의 그 고상한 체하는 태도, 그리고 또 식사할 때의 그 태도, 그것만 생각하면 그는 저절로 웃음이 터져나왔다. 품위없는 말을 쓰지 않으려 했고, 부족한 어휘이기는 했지만 고상한 말을 일부러 골라서 쓰려 했다. 고상하지 못한 어투를 찾아내는 데는 묘하게 예민했다. 절대 바지라는 말을 쓰지 않고 하의라는 말을 즐겨 썼다. 코를 남 앞에서 푸는 것을 실례라고 생각하는 모양으로 그럴 때면 큰 잘못이나 저지르는 것 같은 태도를 취했다. 그녀는 빈혈증이 꽤 심한지 그로 인한 소화불량증으로 고생하고 있었다. 밋밋한 가슴, 작은 궁둥이, 그는 정말 보기도 싫었다. 머리를 천하게 빗는 것도 마음에 들지 않았다. 그따위 여자를 사랑하고 있는 자신이 정말 싫어 견딜 수 없었다.

그러나 결국은 도저히 어쩔 수 없다는 결론에 도달했다. 학교 시절, 때때로 엄청나게 큰 애들에게 붙잡혔을 때와 똑같은 기분이었다. 일단은 자기보다 강한 힘과 싸우지만 그 속에는 그가 힘에 부쳐 완전히 압도당하는——마치 마비라도 된 것처럼 손발에서 힘이 쑥 빠지는 기분을 그는 곧잘 느꼈다——기분을 스스로도 도저히 어쩔 수 없었다. 말하자면 죽어버린 것 같은 느낌이었는데 그와 똑같은 무력감을 그는 지금 느끼고 있었다. 그는 지금까지 한 번도 경험한 일이 없는 격정으로 그녀를 사랑하고 있었다. 용모나 성격의 결점은 이제는 문제가 안 되었다. 그러한 결점마저 그에게는 사랑스러운 매력으로만 보였다. 적어도 그런 것은 그에게는 아무것도 아니었다. 자기와는 아무런 관계도 없는 것으로 생각되었다. 자기의 의지에 위배되고 이해에 역행해서 움직이는 뭔가 불가사의한 힘의 포로가 된 것 같았다. 자유를 갈구하는 마음이 강한 인간인만큼 자유를 빼앗는 이 쇠사슬에 대한 증오도 강했다. 그러나 온 몸과 마음을 다 바쳐 태울 사랑을 원해온 자신을 생각할 때 이것은 참으로 우스운 일이 아닐 수 없다. 이제는 그러한 사랑에 빠진 자신을 무섭게 저주했다. 사랑이 싹튼 동기를 돌이켜보았다. 만일 던스포드하고 그 찻집에 가지만 않았어도 이런 일은 일어나지도 않았을 것이다. 모두 자기가 나빴기 때문이다. 바보 같은 허영심만 없었어도 그런 천한 여자한테 끌리는 일은 절대로 없었을 것이다.

그러나 어쨌든 오늘 밤의 일로 모든 것은 끝난 셈이다. 수치심과 남의 눈을 안중에 두지 않는 한 그는 두 번 다시 찾아가지 않을 것이다. 마음의 응어리였던 그 사랑도 어떻게든 빨리 처리하고 싶었다. 생각하기도 지긋지긋한 지독한 모욕이었다. 이제 그런 여자는 생각하지 말기로 하자. 세월이 흐르면 괴로운 심정도 차츰 가라앉겠지. 그는 지난 날의 일들을 회상했다. 에밀리 윌킨슨도 파니 프라이스도 자기 때문에 지금의 자기와 똑같은 고통을 경험했을까. 그는 깊은 회한에 잠겼다.

"아니, 그때는 나도 잘 몰랐어." 그는 혼자 중얼거렸다.

그는 거의 잠을 자지 못했다. 다음 날은 일요일이었기 때문에 그는 생물학 공부를 했다. 책을 앞에 놓고 주의를 집중하기 위해 소리를 내어 읽었지만 무엇 하나 기억할 수 없었다. 마음은 끊임없이 밀드레드에게로 달려가고 그녀와 다툰 말 한 마디 한 마디를 그대로 되풀이하고 있었다. 그때마다 억지로 책에 정신을 쏟으려고 애쓰지 않으면 안 되었다. 그는 마침내 산책을 나갔다. 템즈 강 남쪽 거리는 보통날도 더럽지만 그래도 사람의 왕래가 많아 더럽긴 해도 어딘지 모르게 활기가 넘치고 있었다. 그러나 일요일이 되면 거리에는 상점 문도 닫히고 달리는 차도 없어 조용한 것이 정말 말할 수 없이 쓸쓸했다. 필립에게는 하루가 한없이 지루하게 생각되었다. 다음 날 월요일이 되자 그는 새로운 결심으로 인생을 출발하기로 했다. 크리스마스가 되었으므로 대부분의 학생들은 겨울 학기의 중간에 있는 짧은 방학을 이용하여 시골로 내려갔다. 그러나 필립은 블랙스테이블로 내려오라는 백부의 초대도 거절했다. 시험이 곧 닥쳐온다는 것이 구실이었지만 사실은 런던과 밀드레드를 떠나고 싶지 않았던 것이다. 그 동안 공부를 소홀히 했기 때문에 석 달 치를 두 주일 만에 몽땅 외야 했다. 그는 정신을 차려서 공부에 몰두했다. 밀드레드도 하루하루 그럭저럭 잊게 되는 것 같았다. 그는 자기의 의지력을 축하했다. 그가 받는 고통도 이제는 전과 같은 고민이 아니고 말에서 떨어진 사람이 뼈는 부러진 곳이 없으나 전신에 타박상을 입은 것 같은 그런 아픔이었다. 그리하여 그는 지난 몇 주일 동안의 자신을 호기심을 가지고 돌아볼 여유도 생기게 되었다. 그는 흥미있게 자기의 감정을 분석해보았다. 스스로 생각해봐도 자기 자신이 좀 우스웠다. 그리고 한 가지 깨달은 것은 그런 경우에 인간에게 있어 사상이라는 것이 얼마나 무력한가 하는 것이었다. 처음 생각해냈을 때 무척 만족했던 인생 철학도 아무 소용이 없었다. 이래서는 정말 큰일이었다.

그러나 그러면서도 때때로 거리 같은 데서 밀드레드와 비슷한 여자의 모습을 발견하면 그는 깜짝 놀라곤 했다. 그러면 심장이 금새 멎는 것 같았고 정신없이 쫓아가보지만 그때마다 다른 여자였다. 학생들이 시골에서 돌아왔다. 그는 던스포드와 만나 딴 찻집으로 차를 마시러 갔다. 낯익은 여급의 제복도 이제는 비참한 심정만 더할 뿐 그는 거의 말도 할 수 없었다. 혹시 그녀는 같은 회사의 딴 찻집으로 직장을 옮겼는지도 모르겠다는 생각이 들었다. 그렇다면 이런 곳에서 뜻하지 않게 마주칠지도 모른다. 이런 생각은 그를 당황하게 만들었다. 그래서 던스포드가 자기에 대해 무엇을 눈치채지나 않을까 하고 두렵기까지 했다. 무슨 말을 해야 좋을는지도 알 수 없었다. 그는 던스포드가 하는 말을 열심히 듣는 체했으나 마음은 미칠 지경이었다. 제발 말을 그만 좀 하라고 고함을 지르고 싶은 것을 겨우 참았다.

마침내 시험날이 왔다. 필립은 자기 차례가 왔을 때 자신만만하게 시험관 앞으로 나갔다. 서너 가지 질문에 대답했다. 그 다음에는 여러 가지 표본류를 제시했다. 그는 강의에는 거의 나가지 않았기 때문에 책에서 외지 못한 것을 질문당하자 금세 당황해버렸다. 어떻게든 필사적으로 속여보려 했지만 시험관은 좀처럼 끌려들어오지 않았다. 십 분은 금세 지났다. 굳이 귀찮게 캐어 물어보지 않았다. 물론 합격한 줄 알았다. 그러나 다음 날 문에 나붙은 성적 발표를 보니까 놀랍게도 합격자 명단 속에 그의 번호가 없었다. 깜짝 놀라 세 번이나 다시 명단을 읽어보았다. 던스포드도 와 있었다.

"자넨 안 됐나. 딱하게 됐는걸."

그는 조금 전에 필립한테서 번호를 들어 알고 있었던 것이다. 필립은 그의 기쁜 얼굴을 보고 그는 합격했다는 것을 알았다.

"괜찮아." 필립은 말했다. "아무튼 자네라도 됐으니 다행이네. 난 또 칠월에 치르지 뭐."

그는 되도록 태연한 얼굴을 지었다. 강변 길을 걸어 돌아올 때는 그는 일부러 아무것도 아닌 이야기만 지껄였다. 사람 좋은 넌스포드는 몇 번이고 낙제의 원인에 대해 말하라고 했지만 그는 기를 쓰고 끝내 쓸데없는 얘기만 했다. 그러나 물론 정신적인 고통은 심했다. 유쾌한 친구이긴 했지만 머리가 둔하다고 평가해온 던스포드까지 합격했다는 그 사실이 그의 실패를 더욱 마음 아프게 했다. 원래 두뇌에는 자신이 있었다. 그런 만큼 이렇게 되고 나자, 혹시 자기 평가에 무슨 잘못이 있었던 것이 아닌가 하고 그는 절망적으로 자문했다. 겨울 학기 삼 개월 동안에 시월에 들어온 학생들은 제각기 몇 개의 그룹으로 나뉘어지고, 그 중 누가 수재이고 누가 머리가 좋으며 누가 노력가이고 누가 건달이라는 것을 벌써 다 알고 있었다. 그가 낙제했다는 것을 듣고도 놀란 것은 결국 그 자신만이라는 것도 알고 있었다. 차를 마실 시간이 되었다. 지금쯤 학교 지하실에서는 많은 학생들이 모여 차를 마시고 있을 것이다. 합격한 친구들은 기뻐하고 있을 것이고, 그를 싫어하는 친구들은 만족한 듯 그의 얼굴을 볼는지도 모른다. 한편 낙제한 친구들은 그들 또한 자기가 동정을 받기 위해 의외로 위로를 해줄는지도 모른다. 본능적으로 그가 생각한 것은 하여튼 일주일간은 절대로 병원에 가까이 가지 말것, 그러면 자연히 이 이야기는 모두의 머리에서 사라져버리리라. 그러나 거기에는 또 가는 것이 싫다고 생각하면 할수록 오히려 반대로 가게 되는 것이다. 뭔가 일부러 자기를 괴롭혀 보고 싶은 심정이었던 것이다. '좋을 대로 해라. 그대신 골목길을 돌아가면 거기 순경이 있다는 것을 잊지 말아라' 하는 그 평생의 처세훈도 모두 잊어비리고 말았다. 아니 처세훈은 그대로 지켜나가고 있었는지 모르지만 다만 그의 마음속에 뭔가 병적인 것이 있어서 그것이 줄곧 자학이라는 것에 야릇한 쾌감을 느끼게 하는 것 같았다.

그러나 드디어 자신이 과한 그런 시련을 이기고 소란스런 끽연실의 잡담을 뒤로 하여 어두운 밤하늘 밑으로 나오자 그는 뭐라 표현할 수 없는 고독감에 사로잡혔다. 스스로도 자기가 형편없는 바보처럼 느껴졌다. 뭔가 빨리 위로의 말을 듣고 싶었다. 밀드레드를 만나보고 싶은 유혹을 참기 어려웠다. 그러나 그녀에게서 위로의 말을 듣기는 어려울 것이라고 생각하자 마음은 더욱 괴롭기만 했다. 말은 하지 않아도 좋으니까 그냥 한 번 얼굴이라도 보고 싶었다. 뭐니뭐니 해도 그녀는 결국 여급이다. 서비스만은 하지 않을 수 없을 것이다. 세상에서 좋아하는 여자는 그 여자 하나뿐이다. 이것만은 이제 와서 새삼 자기를 속여봤자 아무 소용이 없다. 아무 일도 없었던 것처럼 어슬렁어슬렁 나가는 것이 체면 문제라는 것도 그는 잘 알고 있었다.

그러나 이제 자존심 같은 건 뭐 별로 남아 있지도 않았다. 확실히 그렇다고 단정할 수는 없었지만 그는 지금도 매일같이 그 여자한테서 혹시 편지나 오지 않을까 기다리고 있었던 것이다. 병원으로 보내면 전해진다는 것을 그녀도 알고 있는 처지다.

물론 편지는 오지 않았다. 그녀 쪽에서는 재회를 문제로도 삼지 않는다는 것이 명확했다.

"어떻게 해서든지 얼굴이나 보자." 그는 혼자 중얼거렸다.

한시바삐 만나고 싶어 걷는 것이 어쩐지 답답한 생각이 들어 그는 얼른 마차에 뛰어올랐다. 원래 그는 절약가로 웬만하면 마차 같은 건 타지 않는 성미였다. 그러나 찻집 앞에서 그는 이삼 분 망설였다. 혹시 나가지나 않았나 하는 생각에 두근거리는 가슴을 안고 얼른 안으로 들어갔다. 그녀는 있었다. 자리에 앉자 여자가 다가왔다.

"홍차와 핫 케이크."

제대로 말도 나오지 않았다. 순간 이대로 울어버리는 게 아닌가 생각했다.

"당신이 죽은 줄 알았어요."

여자는 웃고 있었다. 웃고 있다! 필립이 끊임없이 생각해온 저 최후의 장면 같은 것은 깡그리 잊어버린 것 같았다.

"만나고 싶으면 당신이 편지라도 보낼 줄 알았는데."

"무척 바빠서요. 편지 같은 거 쓸 생각도 못 했어요."

아무튼 그녀는 상냥한 말이라곤 도저히 할 수 없는 모양이다. 하고 많은 여자 중에서 하필이면 이런 여자를 생각하게 되었을까. 그는 자기의 운명을 무섭게 저주했다. 여자는 차를 가지러 갔다. 그리고 잠시 후에 가지고 오자, "잠깐 여기 앉아도 괜찮을까요?" 하며 필립을 쳐다보았다.

"아, 좋아요."

"대체 어디 갔었어요, 그 후?"

"런던에 있었소."

"전 또 휴가로 고향에 가신 줄 알았죠. 그럼 왜 오시지 않았어요?"

필립은 그리움에 지친 눈으로 그녀를 바라보았다.

"왜 잊었나요? 나는 당신과는 다시 만나지 않는다고 하지 않았어요?"

"그럼 지금은 누구를 만나고 있죠?" 보니까 그녀는 어떻게 해서든지 그에게 굴욕의 쓴 잔을 마시게 하려고 하는 것 같았다. 그러나 그는 그녀가 어떤 여자라는 것을 잘 알고 있었다. 되는 대로 지껄여서 사람의 기분을 상하게는 하지만 속마음은 그럴 생각이 전혀 없었다. 그는 대답하지 않았다.

"그런 식으로 저를 미워하고, 비겁해요. 당신만은 어느 모로 보나 훌륭한 신사인 줄 알았는데."

"그런 심한 말은 이제 그만 해요, 응, 밀드레드. 그러면 이 이상 못 참아요."

"이상한 분이네요. 당신은 정말 모르겠어요."

"뭐, 간단하죠. 어쩌면 나 같은 바보가 이 세상에 또 있을라구. 당신 같은 여자를 진심으로 사랑했으니까 말이오. 당신은 나를 손톱만큼도 안 생각해주는데."

"전 또 당신이 신사라면 그 이튿날엔 사과하러 오실 줄 알았죠."

어디까지나 뻔뻔스러운 여자였다. 그는 그녀의 목을 바라보면서 들고 있던 핫 케이크용 칼로 그녀의 목을 푹 찌르고 싶은 욕망을 느꼈다. 해부학을 공부했으니까 목 동맥을 정통으로 찌를 자신은 있었다. 그러면서 동시에 그 핏기없이 여윈 얼굴에 가득 키스를 퍼붓고 싶은 충동도 느꼈다.

"아아, 당신을 내가 얼마나 좋아하고 있는지 알아줬으면 좋겠군."

"하지만 당신 아직 사과하지 않았어요."

그는 얼굴이 새파래졌다. 이 여자는 그때 자기가 나빴다고는 조금도 생각하지 않는다. 그러니까 지금도 그에게 사과하기를 요구하고 있다. 그에게도 자존심은 있었다. 순간, 에잇 더러운 계집 죽어버려라, 하고 고함치고 싶은 충동을 느꼈다. 그러나 용기가 없었다. 문자 그대로 사랑의 포로였다. 그 여자만 만날 수 있다면 어떤 수치를 참아도 좋다고까지 생각했다.

"밀드레드, 내가 나빴소. 사과하지. 미안해요." 이렇게 말하기까지는 무척 고통스러웠다. 하여튼 대단한 결심이 필요했다.

"그렇게까지 말씀하시면 저도 말하겠어요. 사실은요, 그날 밤 전 역시 당신하고 같이 가는 게 좋을 뻔했어요. 그 밀러라는 남자, 전 신사인 줄만 알았거든요. 그런데 그건 제 잘못 생각이었어요. 그래서 곧 손을 끊어버리고 말았지만." 필립은 숨을 훅 내쉬었다.

"밀드레드, 오늘 밤 같이 나가지 않겠소? 어디 가서 식사나 합시다."

"그럴 수 없어요. 작은어머니께서 기다리고 계세요."

"전보를 치면 될 거 아뇨. 찻집에 일이 생겼다고 말이오. 제발 같이 가줘요. 오랫동안 만나지 못했잖소. 당신과 얘기하고 싶소."

그녀는 자기의 옷을 힐끗 보았다.

"그런 건 신경 쓸 것도 없어요. 옷 같은 거 신경 안 써도 될 만한 곳으로 가면 돼요. 그러고 나서 다음에 뮤직 홀로 갑시다. 빨리 대답해줘요. 그러면 정말 기쁘겠어."

여자는 잠깐 망설였다. 그는 비굴할 만큼 애원하는 눈초리로 그녀의 얼굴을 바라보았다.

"그럼 가도 좋아요. 저도 실상 어디 가본 지가 퍽 오래 됐어요."

그는 그녀의 손을 붙잡고 마구 키스를 퍼붓고 싶은 격렬한 충동을 겨우 참았다.

60

두 사람은 소호에서 식사를 했다. 필립은 기뻐 어쩔 줄을 몰랐다. 그것은 그 주변에 흔히 있는 값싼 식당, 다시 말해서 겉모양은 번지르르하나 돈이 없는 친구늘이 마음놓고, 성제적이라는 생각에서 안심하고 먹을 수 있는 그런 싸구려 식당과는 달랐다. 루앙 출신의 사람 좋은 남자와 그 부인이 경영하고 있는 쓸쓸한 식당으로 필립이 전에 우연한 기회에 발견한 곳이었다. 언제나 한가운데 날고기 비프스테이크 쟁반을 놓고 양옆에 생야채 쟁반을 늘어놓은 진열장이 묘하게 그의 흥미를 끌었던 것이다. 불어만을 하고 있는 식당에 자기딴에는 영어 공부를 하려고 하는 텁수룩한 프랑스 웨이터 한 사람과 지저분한 웨이터가 또 한 사람 있었고, 오는 손님도 대개는 밤거리의 여자가 두서너 명, 어엿한 전용 냅킨을 두고 쓰는 부부가 두세 쌍, 그 밖에 급하게 들어와서 식사만을 간단히 하고 가는 묘한 남자가 오륙 명, 이런 식으로 대개 정해져 있었다.

두 사람은 전용 테이블을 차지할 수 있었다. 필립은 웨이터를 보내서 옆 술집에서 버건디를 주문해오고, 야채가 든 진한 수프와 진열장에 내놓은 감자가 든 비프스테이크와 벗나무 술을 친 오믈렛을 먹었다. 음식에도 또 집에도 뭔가 낭만적인 분위기가 감돌고 있었다. 처음 얼마동안은 밀드레드는 별로 기분이 내키지 않는지, "전 이런 외국인 상점은 별로 좋아하지 않아요. 첫째 이 지저분한 요리라니, 속에 무엇이 들어 있는지 알 게 뭐예요." 하고 말했으나 어느새 기분이 좋아진 것 같았다.

"저 이 집이 마음에 들었어요. 탁자에 팔꿈치를 올려놓아도 좋고 신경이 쓰이지 않아 좋아요."

반백의 머리를 길게 늘이고 턱에는 듬성듬성 수염을 기른 키 큰 남자가 들어왔다. 구멍난 외투를 걸치고 차양이 넓은 소프트 모자를 쓰고 있었다. 먼저도 본 일이 있는 모양으로 필립을 보자 가볍게 고개를 끄덕였다.

"저 사람 꼭 무정부주의자 같네요." 밀드레드가 말했다.

"그래, 그래요. 유럽에서도 제일 위험한 인물로 쳐요. 대륙에 있는 감옥이란 감옥엔 전부 한 번씩 들어갔다 나왔죠. 누구보다 사람을 많이 죽인 경험이 있는 주머니에 항상 폭탄을 넣어 가지고 다니는 남자예요. 그러니까 물론 만나서 얘기하려면 약간 위험하죠. 어쨌든 반대쪽 놈만 만나면 그것을 탕 하고 테이블 위에 올려놓는다니까."

여자는 겁이 난 듯 눈을 크게 뜨고 그 남자를 보았으나 이윽고 의심스러운 듯 힐끗 필립의 얼굴을 돌아보았다. 그의 눈은 웃고 있었다. 여자는 가볍게 찌푸리며,

"저를 놀리셨군요."

그는 자기도 모르게 환성을 질렀다. 행복했다.

그러나 밀드레드는 놀림을 받는 것은 질색이었다.

"거짓말을 해놓고 무엇이 그렇게 재미있어서 웃으세요."

"어어, 그렇게 화내지 말아요."

그는 테이블 위에 놓인 여자의 손을 가볍게 쥐었다.

"당신은 귀엽군. 당신이 걸어간 땅이라면 난 엎드려 키스해도 좋소."

약간 푸른 기가 도는 핏기없는 여자의 혈색이 그에게는 견딜 수 없이 좋았고, 얇고 하얀 입술도 뭐라 표현할 수 없이 매력적이었다. 빈혈증 때문에 언제나 숨이 가빴고 그 탓인지 입을 약간 벌리고 있었다. 그것이 또 얼굴의 매력을 한층 두드러지게 하는 것 같았다.

"나에게도 어딘가 조금은 좋은 점이 없소?"

"그럼요. 싫어하면 누가 이런 데 와요. 그렇잖아요? 당신은 어느 모로 보나 신사예요. 그 점은 말할 수 있어요."

식사가 끝나자 커피를 마셨다. 필립은 절약 같은 것은 어딘가로 팽개쳐버리고 삼 펜스짜리 시가를 피워 물었다.

"이렇게 마주 앉아 당신의 얼굴을 보는 것이 내게 얼마나 큰 즐거움인가 당신은 모를 거요. 내가 얼마나 당신을 생각했는지 알아요. 한 번 만나고 싶어서 난 죽을 지경이었었소."

밀드레드는 가볍게 웃으며 살짝 얼굴을 붉혔다. 그날은 식사 후면 언제나 괴로워하는 소화불량증도 없었다. 필립에게도 신기할 정도로 부드럽게 대하고 보통때 볼 수 없는 다정한 눈으로 쳐다보아 그는 아주 기분이 황홀했다. 이대로 이 여자에게 빠지는 것이 얼마나 미친 짓인가 하는 것은 그도 본능적으로 잘 알고 있었다. 그 여자를 가장 잘 다루는 것은 그냥 가볍게 사귀는 것. 만일 그의 가슴에 용솟음치는 미친 듯한 정염을 그녀에게 보였다가는 큰일이다. 그러한 허점을 보이기만 하면 그것을 약점 잡아서 더욱 강한 태도로 나올 것이 뻔하기 때문이다. 그러나 지금은 그 분별을 가릴 단계가 못 되었다. 그 여자와 헤어진 후로 받은 마음의 고통, 자신의 마음과 싸웠던 일이며, 감정을 극복하려고 노력하여 한 번은 성공의 단계에까지 갔으나 끝내는 감정이 조금도 수그러들지 않았다는 일 등, 그간에 겪은 일의 자초지종을 그녀에게 털어놓고야 말았다. 그러나 자기는 한 번도 진정으로 잊어보려고 생각한 일이 없다. 더구나 사랑하기 때문에 마음의 고통쯤은 아무것도 아니었다는 말까지 늘어놓았다. 말하자면 자랑스럽게 모든 약점을 다 털어놓고 만 셈이었다.

이 기분 좋은 식당에 이대로 언제까지나 앉아 있는 것이 필립에게는 무엇보다 즐거웠다. 그러나 밀드레드는 연극을 보러 가고 싶어했다. 어디까지나 침착하지 못한 여자로 어디서든 잠깐만 있으면 곧 다시 다른 곳으로 가고 싶어했다. 그러나 그는 여자를 싫증나게 하고 싶지는 않았다.

"어디 극장에라도 갈까요?"

동시에 그는 이 여자가 티끌만큼이라도 자기를 좋아하고 있다면 여기에 그냥 머물러 있자고 말해주지나 않을까 하는 희미한 기대를 걸어보았다. 그러나,

"네, 이왕 가려면 이제부터 슬슬 가봐야 하지 않을까 생각하고 있었어요."

"그럼, 갑시다."

연극이 끝나기를 그는 초조하게 기다렸다. 다음 순서는 정해져 있었다. 마차에 올라타자 그는 마치 우연히 그렇게 된 것처럼 여자의 허리에 팔을 감았다. 그러나 순간 그는 비명을 지르고 황급히 팔을 뺐다. 무엇인가에 찔렸던 것이다. 여자는 소리를 내고 웃었다.

"거 보세요, 쓸데없는 데에 손을 대니까 그렇잖아요. 남자들이 내 허리에 손을 대면 나는 금방 알아요. 언제든지 그 편에 당하죠."

"그럼 이번에는 좀더 조심해서 할까."

그리고 다시 한 번 허리를 안았다. 여자는 조금도 반항하지 않았다.

"아아, 기분 좋다." 그는 행복한 듯 한숨을 쉬었다.

"그래요, 당신만 행복하면 되죠." 즉시 아니꼬운 말투로 대답했다.

마차는 세인트 제임스가를 지나 하이드 공원으로 들어갔다. 필립은 재빨리 여자에게 키스했다. 웬일인지 그녀가 무서웠다. 있는 용기를 다 내어 겨우 했다. 여자는 아무 말 없이 그에게 입술을 내밀었

다. 싫어하는 것 같지도 않고, 그렇다고 자진해서 하려는 기색도 아
니었다.

"아아, 얼마나 이때를 기다렸는지 알아." 그는 나직이 속삭였다.

또다시 입술을 요구하자 그녀는 이번엔 얼굴을 휙 돌리고, "한 번
이면 그만이에요."

어쩌면 또 한 번 기회가 있지 않을까 생각하고 그는 헌힐까지 마
차를 타고 갔다. 여자의 집 근처 길까지 왔을 때 그는,

"다시 한 번 응, 안 돼?"

여자는 그의 얼굴을 빠안히 쳐다보았다. 그리고 힐끗 길쪽을 쳐다
보고 사람의 기척이 없는 것을 확인하자,

"네, 좋아요."

그는 여자를 껴안고 불 같은 키스를 해주었다. 그러나 여자는 이내
그를 밀치고,

"바보같이, 모자가 다 망가지지 않아요. 당신 참 형편없이 서투르
군요."

61

그 후부터는 매일 그녀와 만났다. 점심 식사도 그녀 찻집에서 하려
고 했지만 그녀가 말렸다. 찻집 여자들의 소문거리가 된다는 것이었
다. 할 수 없이 차만 마시는 것으로 참기로 했다. 그러나 언제나 근
처에서 만나 같이 역까지 걸어갔다. 그리고 한 주일에 한두 번은 꼭
같이 식사를 했다. 금팔찌며, 장갑이며, 손수건이며, 그 외 여러 가지
선물도 주었다. 그에게 전혀 어울리지 않는 낭비를 했지만 그것은 어
쩔 수 없었다. 조금이라도 애정을 나타내는 것은 물건을 받았을 때뿐
이었다. 무슨 물건이든지 물건 값을 잘 알고 있어서 그녀의 감사는
아주 정확히 늘 그 물건 값과 정비례했다. 그러나 그것도 할 수 없었
다. 그녀가 키스라도 요구하면 그는 완전히 흥분하여 어떤 수단으로
그 키스를 할 수 있었는지 그런 것은 조금도 문제로 삼지 않았다. 일
요일에는 그녀가 집에서 쓸쓸히 지내고 있다는 것을 알았다. 그래서

아침 일찍 헌힐로 나가 한적한 길에서 여자와 만나 함께 교회로 갔다.

"저 교회에 가는 것을 옛날부터 좋아해요. 아주 아름답지 않아요?"

그리고 그녀는 점심 식사하러 집으로 돌아가고, 그는 호텔에서 형식적인 식사를 하곤 하였다. 그리고 오후에는 둘이서 브록웰 공원을 거닐었다. 두 사람은 이야기할 것은 별로 없었지만, 여자에게 지루한 생각을 줄까 두려워(여자는 쉽게 싫증내는 성미였다) 필립은 필사적으로 머리를 짜내어 끊임없이 새로운 화제를 생각해내었다. 이런 산보가 두 사람을 즐겁게 해주지 못한다는 사실을 그는 잘 알고 있었다. 그렇다고 여자와 헤어지기는 더욱 괴로운 일이었다. 필사적인 노력으로 시간을 연장하려 했는데, 끝내는 여자를 싫증나게 하여 화를 내게 하는 것이 고작이었다. 여자가 애정이 없는 것은 너무나 확실했다. 이성으로는 여자에게 바랄 것이 없다는 것이 명백한데도 애정을 여자에게 강요하며 구하고 있는 실정이었다. 차가운 여자였다. 따지고 보면 그도 그녀에게 사랑을 요구할 자격이 아무것도 없었지만 바라지 않을 수도 없는 노릇이었다. 게다가 차츰 친해짐에 따라 점점 그도 감정을 도저히 억제할 수 없이 되었다. 화가 나서 결국 지독한 말을 하곤 했다. 곧잘 싸움도 했다. 그러면 그녀는 한참을 말도 잘하지 않았다. 그럴 때 번번이 지는 것은 그여서 결국 그녀 앞에 무릎을 꿇는 꼴이 되었다. 너무 줏대가 없는 것에 스스로도 화가 났다. 찻집 같은 데서도 그녀가 누군가 다른 남자와 얘기하는 것을 보면 질투를 참을 수 없어 자기도 자기를 잘 알 수 없이 흥분했다. 어떤 때는 가끔 여자에게 모욕을 주고는 그대로 밖으로 나오는 때도 있었다. 그러나 그런 때도 나중에는 화가 나기도 하고 후회가 되기도 해서 몸을 뒤척이며 한밤내 잠 한숨 이루지 못했다. 그리고 이튿날이 되면 또다시 나가 용서를 비는 형편이었다.

"화를 내지 마. 나는 당신이 좋아서 못 견딜 지경이야. 나도 도저히 어쩔 수 없어."

"당신 금방 후회하게 될 거예요." 그녀는 대답했다.

그는 여자 집에 가보고 싶었다. 그것으로 한층 가까워지면 그녀가

찾집에서 이럭저럭 사귀는 뜨내기 손님과는 다르게 취급해주지 않을
까 생각했기 때문이다. 그러나 그녀는 절대로 허락해주지 않았다.

"작은어머니가 이상하게 생각하세요."

거절하는 것이 단지 숙모에게 보이기 싫다는 그 이유에서만일까
생각도 해보았다. 그녀는 자기 숙모를 의사라든가, 하여튼 그런 신사
직업(그녀가 좋은 사람이란 것은 틀림없는 모양이다)을 가졌던 사람
의 미망인이라고 했지만 단순히 좋은 사람이라고만 해서는 아무래도
'위대하다'는 것까지는 못 미치는 것을 무척 마음에 걸려 하는 것
같았다. 그러나 필립의 추측으로는 어떤 소상인의 미망인에 지나지
않을 것이라고 생각되었다. 밀드레드가 지독한 속물이라는 것은 알
고 있다. 그리고 그의 경우 숙모가 어떤 여자이든간에 그런 것은 조
금도 상관없다는 의사를 어떻게 하면 그녀에게 납득시킬 수 있을까
그것도 문제였다.

그녀와의 가장 큰 싸움은 어느 날 밤 식사 중에 일어났다. 어떤 남
자가 그녀에게 극장에 가자고 유혹했다고 말을 했기 때문이었다. 순
식간에 그는 새파래지고 표정은 험악하게 굳어졌다.

"설마 가진 않겠지?"

"어마, 왜 안 가요? 그분 아주 훌륭한 신사 같던데요."

"안 돼. 내가 데리고 가지. 어디든 당신 원하는 데로."

"하지만 그건 달라요. 당신하고만 늘 같이 다닐 수는 없잖아요. 게
다가 그분이 제게 좋은 날을 정하랬어요. 그러니까 어느 날 하룻밤
당신하고 같이 안 나가는 날 갈 작정이에요. 당신이야 어차피 마찬가
지 아녜요?"

"이봐요, 당신이 조금이라도 나를 생각한다면, 다시 말해서 감사하
는 마음이 있다면 그런 것은 꿈에도 생각할 수 없을 텐데."

"감사하다고요? 그게 무슨 말이에요? 아, 그 당신이 준 선물 말하
는 거예요? 그거라면 저 모조리 돌려주겠어요. 그까짓 것 필요도 없
어요."

그녀의 목소리는 어느새 가끔 듣는 그 말투가 돼 있었다.

"첫째, 당신하고만 다니면 무슨 재미예요. 맨날 내가 좋지? 좋지?

그런 말만 하잖아요. 나중에는 정말 지긋지긋해져요.”

그런 말만 계속하는 것이 사실 어떻다는 것을 그도 잘 알고 있었지만 달리 어쩔 수도 없었다.

“네, 좋아요. 좋고말고요.” 그녀의 대답은 언제나 이런 식이었다.

“그것뿐이야? 나는 정말 마음으로부터 당신을 사랑하고 있는데!”

“전 좀 달라요. 당신처럼 큰소리는 치지 않거든요.”

“단 한 마디 말로 내가 얼마나 행복해질 수 있는지 알아주었으면 좋겠구먼!”

그러나 어떤 때는 좀더 분명히 말할 때도 있다. 예를 들어 그가 “나를 좋아해?” 하고 물으면 여자는, “아아, 그런 얘기 이젠 좀 그만 했으면 좋겠어요.” 하고 대답하는 것이었다. 그는 머쓱해져 입을 다물고 만다. 어쩌면 이렇게 무감각한 여자가 있을까.

지금도 그는 대답했다.

“아아, 그래 그런 식으로 생각한다면 그럼 나하고는 그냥 만나기만 했다 그런 말인가?”

“그래요. 특별히 좋아서 만난 게 아녜요. 이것만은 분명히 알아두세요. 억지로 오라고 하니까 오는 거예요.”

그는 자존심이 몹시 상했으며 흥분해서 대답했다.

“그럼 난 뭐 당신의 밥값이며 극장값이나 치르는 인간이란 말인가. 그것도 달리 할 사람이 없을 때만 말이지. 그러니까 다른 사람만 나타나면 나 같은 건 지옥에 가도 좋다 이거지. 고마워. 이제 그런 식으로 이용당하는 데는 진저리가 났어.”

“나는 아무한테도 그런 소리를 들을 의무는 없어요. 이따위 시시한 식사를 어떻게 고마워하는가 당장 보여드리죠.”

여자는 일어나 스웨터를 걸치자 휙 나가버렸다. 필립은 그대로 앉아 있었다. 내가 움직일까 보냐고, 그는 생각했다. 그러나 십 분이 지나자 그는 마차에 뛰어올라 뒤를 쫓았다. 어차피 역까지 합승으로 갈 게 뻔했다. 그러면 도착하는 시간은 거의 같겠지. 그는 플랫폼에서 그녀를 발견했다. 그러나 일부러 그녀의 눈을 피해 같은 열차를 타고 헌힐까지 갔다. 집이 가까워지고 그녀가 도망할 수 없을 때까지 말을 거지 않으리라 생각했다.

그녀가 사람의 왕래가 빈번하고 밝은 큰길에서 골목으로 접어들자마자 그는 바싹 따라갔다.

"밀드레드." 그는 이름을 조용히 불렀다.

그러나 여자는 그 빠른 걸음을 멈추지도 않았고 뒤를 돌아보지도 않았으며 대답도 하지 않았다. 다시 한 번 이름을 불러보았다. 그제서야 그녀는 걸음을 멈추고 뒤를 돌아보았다.

"무슨 용건이에요? 당신이 역전에서 왔다갔다하는 것을 다 보고 있었어요. 왜 그렇게 귀찮게 구시죠?"

"네가 나빴소. 화해합시다. 응!"

"도대체 당신 성미부터가 싫어요. 질투가 남보다 심하고 생각만 해도 지긋지긋해요. 당신 같은 사람은 제 마음속에 있지도 않고 과거에도 그랬지만 앞으로도 당신 생각을 하지 않을 거예요. 당신하고는 이제 완전히 남이에요."

그러고는 그대로 휙 가버렸다. 뒤떨어지지 않으려고 그는 걸음을 재촉하지 않으면 안 되었다.

"하여튼 당신은 나를 너무 생각하지 않는군. 보통때 같으면야 누구하고든 다정하게 지내도 상관이 없소. 하지만 당신을 사랑하고 있는 나 같은 사람도 있고 한데, 이건 정말 너무 지독하군. 조금은 나를 생각해주었으면 좋겠다는 거지. 좋아해주지 않아도 좋아요. 할 수 없는 일이니까. 하지만 내가 사랑할 수 있게만 해줘. 그것만이 소원이야."

그녀는 여전히 입을 꽉 다문 채 걸어갔다. 그녀의 집까지 이제 사오백 야드밖에 남지 않았다고 생각하자 그의 마음은 괴로웠다. 앞뒤 가리지 않고 그는 사랑하느니, 섭섭하느니 하는 소리를 마구 지껄여댔다.

"이번만 용서해줘. 그러면 다음부터는 두 번 다시 화나게 하지 않을 테니까. 누구든 좋은 사람하고 나가도 좋아. 그리고 달리 약속이 없을 때만 나하고 만나도 좋아."

여자는 다시 한 번 발걸음을 멈추었다. 언제나 헤어지는 모퉁이까지 왔기 때문이다.

"자, 이제 돌아가세요. 문까지 따라오는 건 싫어요."

"안 돼. 용서해준다고 말할 때까지 난 따라갈 테야."

"아, 정말 못 참겠어. 지긋지긋하다고 하지 않아요?"

그는 잠시 주저했다. 왜냐하면 어떤 말을 하면 그녀의 마음이 움직인다는 것을 본능적으로 잘 알고 있었기 때문이다. 그러나 그는 그말만은 하기가 무척 싫었다.

"당신 그건 너무 지독한 소리야. 나도 여러 가지 괴로움을 참고 있어. 절름발이라는 것이 어떤 것인지 당신은 모를 거야. 그야 물론 당신은 내가 싫겠지. 좋아할 데가 없으니까."

"필립, 난 그런 뜻으로 한 소리가 아니에요." 여자는 대답했다. 그 목소리는 어느새 동정어린 말투로 변해 있었다.

"그런 게 아니에요. 알아주시겠죠."

자아, 이제부터 연극이다. 그는 낮게 쉰 듯한 목소리로,

"하지만 내겐 꼭 그렇게만 느껴져."

그녀는 그의 손을 잡고 얼굴을 뚫어져라 쳐다보았다. 눈에는 눈물이 가득 괴어 있었다.

"그런 거 전 조금도 마음에 둔 일이 없어요. 저 약속해요. 좋아요. 그런 게 마음에 걸린 건 처음 하루 이틀뿐이었어요."

그는 비장할 정도로 입을 꽉 다물고 서 있었다. 가슴이 가득해서 견딜 수 없는 것같이 보이고 싶었던 것이다.

"나 정말은 당신이 좋아요. 하지만 당신이라는 사람이 나를 너무 못살게 굴어요. 자, 우리 화해해요, 네?"

말하면서 살짝 입술을 대었다. 그는 안심한 듯 숨을 쉬며 키스를 했다.

"자. 이것으로 우리 먼저대로 행복하죠."

"응, 그래."

거기에서 작별을 하자 그녀는 급히 발걸음을 재촉해 가버렸다. 다음 날, 그는 옷에 다는 작은 시계가 달린 브로치를 사줘 그녀를 아주 기쁘게 해주었다. 전부터 그녀가 몹시 가지고 싶어 하던 물건이었다.

그러나 삼사 일이 지난 어느 날, 그녀는 차를 가져다 놓더니,

"당신 저번 밤 약속 기억하시죠? 어떻게 지키시겠어요?"

"응, 지키지."

그녀가 하는 말의 뜻은 잘 알았다.

그는 각오를 하고 다음 말을 기다렸다.

"저 먼저 약속한 그 사람하고 오늘 밤 같이 갔다 올 참이에요."

"좋아, 잘 다녀와요."

"괜찮아요, 당신?"

이렇게 되면 그도 놀랄 만큼 태연해지게 마련이다.

"그야 물론 싫지." 하고 빙그레 웃고, "하지만 이제는 싫은 소리는 하지 않기로 했으니까."

여자는 벌써 나가는 데만 정신이 팔려 이 말은 그냥 되는 대로 지껄이는 소리였다. 도대체 이건 나를 괴롭히려고 하는 배짱에서일까 아니면, 그냥 단순히 무신경한 때문일까를 필립은 알 수 없었다. 그 때까지는 그녀의 냉혹성에 대해서는 언제나 어차피 바보이니까 하고 대범하게 보아왔지만, 그러나 이제는 그녀가 어떤 경우에 다른 사람에게 상처를 주는가 하는 것도 모르는 여자라는 것이 뚜렷해졌다.

'상상력도 없거니와 유머도 모르는 여자와 연애한다는 것은 무미 건조한 일이야.' 그는 여자의 말을 들으면서 생각했다.

그러나 결국 그것이 없다는 것이 그를 위해서는 좋은 구실이 되었다. 만일 그것조차 모르고 있었다면 그녀에게서 받는 이 고통을 도저히 용서할 수 없을 것이었기 때문이다.

"티바리 극장에 자리를 잡아놨대요. 그분이 좋은 곳을 말하라고 해서 제가 골랐어요. 그리고 카페 로얄에서 식사를 한대요. 그분 얘기로는 런던에서도 제일 비싼 음식점이라나요."

"흥, 어디로 보나 신사라고." 하는 말이 가슴까지 올라왔으나 이를 악물고 입 밖에 내는 것만은 참았다.

필립도 티바리에 가서 밀드레드가 그 상대라고 한 사나이를 보았다. 머리가 반들반들한 청년으로 세련된 것이 어느 모로 보나 회사의 외교원 같았다. 나란히 무대 바로 앞 두 번째 줄에 앉아 있었다.

밀드레드는 타조 털이 달린 챙이 넓은 부인용 모자를 쓰고 있었는데 그게 또 무척 잘 어울렸다. 필립도 잘 알고 있는 그 조용한 미소를 띠고 여자는 열심히 남자의 말에 귀를 기울이고 있었다. 그녀를 웃기려면 꽤 어려운 연극이 필요하다고 알고 있었는데 여자는 무척 재미있는 표정이었다. 저 형편없는 녀석이 그녀에게는 꼭 어울리는 모양이라고 그는 내뱉듯 혼자 생각했다. 어차피 자신이 머리가 좀 모자라는 여자니까 저렇게 떠들썩한 인간이 좋은 거겠지. 필립은 토론을 퍽 좋아했지만 남과 얘기할 때 말 재주는 전혀 없었다. 친구 중에 어떤 놈, 예를 들어 로슨 같은 놈도 그 중의 하나지만 그들이 곧잘 하는 바보 같은 농담에는 정말 감탄할 뿐이었다. 그리고 그럴수록 자기는 열등감 때문에 완전히 위축되고 말았다. 밀드레드라는 여자는 남자라면 누구나 축구와 경마의 이야기를 하는 것으로 정해놓고 있었다. 그런데 그는 어느 것도 잘 알지 못했다. 이 말만 하면 반드시 웃음이 나옴직한 농담을 한 마디도 알지 못했다.

즉 활자화된 것만이 필립을 유일하게 지켜주고 있었던 것인데 요즘은 뒤늦게 다소나마 재미있는 인간이 되려고 〈스포츠 타임스〉를 열심히 읽고 있었다.

62

온몸을 태울 것 같은 번민에 필립이 빠져 있는 것은 기분이 좋아서가 아니었다. 인간 세상의 모든 것이 결국은 덧없는 것이라고 한다면 이것도 언젠가는 없어질 것이 틀림없다고 그는 생각하고 있었다. 그날을 그는 얼마나 목을 빼고 기다렸던가, 사랑이란 다시 말해서 그의 심장의 기생충, 그의 피를 빨아먹고 그 저주스런 생명을 유지해나가는 것이다. 그의 전 존재를 빨아먹어버려 사랑 이외의 것에는 일체 흥미를 가질 수 없게 했다. 전에는 세인트 제임스 공원의 그 아름다움이 항상 즐거움이었고, 곧잘 벤치에 앉아 하늘에 그림처럼 퍼지는 나뭇가지들을 보고 있었다. 그것은 일종의 환희와 비슷했다. 그리고는 선창이 있고 배가 떠 있는 아름다운 템즈 강의 그 아름다운 풍경

에서는 뭐라 말할 수 없는 마법 같은 신비감을 느꼈었는데 이제 와
서는 그런 것들도 모두 무의미하게 되었다. 밀드레드와 떨어져 있으
면 마음 따분하고 불안해지기만 했다. 불현듯 그림 구경이라도 해서
슬픔을 잊어보려고 국립 미술관에 들어가 보아도 어느 관광객이나
다름없이 그냥 지나버릴 뿐 어느 그림이고 감동을 주는 것이 없었다.
지난 날 그토록 사랑했던 것들을 다시 사랑해볼 기회가 올지도 의심
스러웠다. 전에는 독서가 가장 즐거웠으나 지금은 모든 책도 무의미
한 존재가 되어버렸다. 여가가 있다면 병원의 클럽 끽연실에서 하염
없이 잡지를 들추어보는 정도였다. 이런 사랑은 고문이나 다름없었
다. 자신의 노예 상태를 그는 몸부림치도록 싫어했다. 그는 죄수와
같이 자유를 희구하고 있었다.

어떤 날 아침에는 눈을 뜨고 아무것도 못 느끼는 때도 있었다. 마
음은 하늘을 날 듯 상쾌하였다. 이제는 자유다. 이제 사랑 같은 건
하지 않는다고 생각했기 때문이다. 그러나 얼마 후 정신이 똑똑히 들
며 고통이 마음 깊숙이 가라앉아 조금도 낫지 않았다는 것을 깨닫게
된다. 미친 듯 밀드레드를 사모하면서도 한편으론 경멸하고 있었다.
그는 혼자 생각했다. 사랑하면서 동시에 미워하는 것보다 이 세상에
서 더 큰 고통이 있을까 하고.

원래 필립이란 사람은 언제나 자신의 감정 속 깊이 파고들어서 자
신이 처해 있는 상태를 여러 모로 생각하는 성미였지만 이러한 경우
에는 밀드레드를 정부로 만드는 것밖에 이 굴욕적 감정을 치유하는
방법이 없다는 결론에 도달하였다. 그가 고민하고 있는 것은 따지고
보면 성에 대한 갈망 바로 그것이었다. 따라서 그것만 충족시켜주면
그를 휘감고 있는 견디기 어려운 이 쇠사슬에서 자유의 몸이 될 수
도 있는 것이다. 이 점에 있어서는 밀드레드가 전연 그를 상대하지
않고 있다는 것을 그는 잘 알고 있었다. 그가 정열적으로 키스를 할
때면 그녀는 본능적인 혐오로 몸을 빼기가 일쑤였다. 관능적인 점이
전혀 없었다. 어떤 때는 파리에서 겪은 아슬아슬한 정사를 말해줌으
로써 질투심을 자극해주어도 그녀에게는 들으나마나한 이야기였다.
한두 번은 찻집에서 일부러 딴 좌석에 앉아 당번 여급하고 시시덕거

려도 보았으나 밀드레드는 전혀 무관심했다. 어느 모로 보나 일부러 꾸미는 태도 같지는 않았다.

"그래 아무렇지 않았소? 오늘 당신 좌석에 앉지 못했는데."

한번은 역까지 가는 도중에 넌지시 속을 떠본 일이 있다. "당신 테이블이 붐비는 것 같아서."

물론 그것은 거짓말이었다. 그러나 그녀는 별로 부정도 하지 않았다. 어차피 그가 버린대도 여자 쪽에서는 별로 문제로 삼지도 않을 것은 잘 알고 있었지만, 그러나 나무라는 기색이라도 보여주었으면 얼마나 좋겠는가. 오히려 나무라주는 편이 그에게는 위안이 될 것 같았다.

"그래요. 매일같이 같은 테이블에만 앉기보다는 그편이 나을 거예요. 때론 딴 여자의 테이블에 앉아주시는 것도 좋은 일이죠, 뭐."

그러나 생각할수록 여자 쪽에서 완전히 자기의 소유물이 되어주는 것 이외에는 해방의 길이 있을 것 같지 않다는 것을 확신하게 되었다. 그러고 보면 그는 그 옛날 이야기에 나오는 마술의 힘으로 추한 꼴이 된 기사가 다시 원래의 모습을 찾기 위해 약을 찾아 헤매는 것과 똑같았다. 희망은 단 한 길밖에 없었다. 밀드레드는 늘 파리 구경을 하고 싶어했다. 영국인의 대부분이 그런 것처럼 그녀에게도 파리는 유행과 향락의 중심이었다. 그 여자도 최신 유행품을 런던의 거의 반값으로 살 수 있는 루브르 백화점에 관해서는 익히 들어서 알고 있었다. 그녀의 친구 한 사람은 신혼 여행 때 파리에 갔는데 온종일을 루브르에서 지냈다고 한다. 두 사람이 물랭주즈인가 어딘가에 체류했을 때는 하루도 새벽 여섯 시 전에 침실에 들어가본 적이 없다는 말을 하더라고 여자가 말했다. 만일 여자가 자신의 욕망에만 응해준다면, 그것이 설사 파리행이 이루어지는 보상으로 억지로 하는 것일지라도 무방하리라는 생각이 들었다. 그의 욕망이 충족되는 것이라면 조건은 아무래도 좋았다. 마약이라도 먹여볼까 하는 쑥스러운 연극 같은 공상도 해보았다. 여자를 흥분시켜볼 생각으로 술을 권해본 적이 있었지만 공교롭게도 술은 입에도 대지 않았다. 보기에 좋다고 즐겨 샴페인을 주문시켜놓고서는 고작해야 반 컵 이상은 마시지 않았다. 커다란 컵에다 가득 술을 따르고는 입 한 번 대지 않은 채 남기기가 일쑤였다.

“이래야 웨이터들이 당신의 인품을 알아보는 법이에요.” 하고 여자는 말했다.

필립은 여자의 태도가 유달리 친근해보이는 어느 날 말을 꺼내보았다. 삼월 말에는 해부학 시험이 있고, 그 다음 한 주일은 부활절, 그때는 밀드레드도 사흘간 휴가를 얻을 수 있었다.

“이봐요, 그때 둘이서 파리로 갑시다. 안 가겠소? 재미있을 거요.” 하고 그는 불쑥 말을 꺼냈다.

“갈 수 있겠어요? 돈이 많이 들 텐데요.”

이것만은 그도 다시 생각해보았다. 적어도 이십오 파운드는 들게 될 것이다. 그에게는 큰 돈이었다. 그러나 그 여자를 위해서는 지갑 밑바닥을 탈탈 털어도 괜찮을 것 같았다.

“그런 거 아무러면 어때요. 안 가겠어요?”

“하지만 그 다음엔? 그게 듣고 싶어요. 결혼도 안 한 남자하고 어떻게 같이 갈 수 있겠어요. 그러니까 그런 제안을 안 하시는 게 좋을 거예요.”

“그런 거 아무래도 상관 없잖아요.”

그는 평화의 거리의 눈부신 광경을 얘기하고 폴리 베르제르의 호화로움을 설명해주었다. 루브르와 봉 마르세 백화점에 대해서도 설명했다. 카바레 뒤 네앙과 아베이 기타 외국인들이 즐겨 가는 장소에 대한 얘기도 했다. 그는 그 자신이 사실은 멸시하고 있는 파리의 일면을 번드레한 색채로 그려가며 들려주었다. 그리고 꼭 같이 가자고 열심히 설득했다.

“말로는 곧잘 절 사랑한다 하시지만 정말 사랑하신다면 왜 결혼하자고 않으시죠? 그런 소리 한 번도 못 들어봤어요.”

“이제까지 하고 싶어도 못 했어요. 아직 일학년이고 앞으로 육 년 동안은 한 푼도 벌어들이지 못할 테니까.”

“아니 제가 당신을 나무라는 것은 아니에요. 당신이 무릎을 꿇고 애원한다고 해도 전 결혼하지 않을 테니까요.”

사실 결혼에 대해서 많이 생각해보았다. 그러나 막상 그 문제를 고려해볼 때면 으레 꽁무니를 빼고 말았다. 파리에 있었을 때 그는 결혼이란 결국 속물들이 만들어낸 우스꽝스러운 제도에 불과하다는 결론에 도달했다. 더욱이 그러한 영구적인 결합은 그에게 파멸을 가져다줄지도 모른다는 생각도 들었다. 말하자면 중류 계급적 본능으로 그러한 여급 따위 여자와 결혼한다는 것은 천만의 말씀이라는 심정이 굳게 박혀 있었다. 그런 여자를 아내로 맞아들이거나 하는 날이면 어엿한 의사가 될 리도 만무하겠고, 남은 금액도 의사 자격을 딸 때까지 지탱하기 어려운 처지였다. 어린 아이는 이럭저럭 안 낳게 할 수도 있겠지만 여편네 한 사람 먹여 살린다는 것도 지금의 그이 처지로서는 어려운 일같이 보였다. 그는 불현듯 저속하고 행실 나쁜 여자에게 얽매여 살던 크론쇼 생각을 하자 온 몸에 소름이 끼치는 것을 느꼈다. 머리만 점잖은 체하고 마음은 천한 밀드레드 같은 여자가 장차 어떻게 될 것인가 눈에 보이는 것 같았다. 따라서 결혼만은 절대로 안 될 말이었다. 그러나 이러한 결심도 결국에는 이성의 문제로, 그의 감정은 어떻게 해서든지 그 여자를 내것으로 만들고 말겠다는 방향으로 내닫고 있었다. 결혼을 해야 내것이 된다면 결혼인들 사양하겠는가. 장래의 걱정은 장래에 가서 하면 될 것이 아닌가. 설혹 불행하게 끝맺는 한이 있더라도 무슨 상관이란 말인가. 원래 필립은 한번 어떤 것을 생각하면 그 일의 끝장을 보고 마는 성미였다. 그 밖의 일은 눈에 보이지 않았다. 더구나 자기가 하고 싶은 일은 그대로 정당한 것이라고 믿는 점에 있어서는 조금도 남에게 빠지지 않았다. 지금까지 결혼 반대의 이유로 생각해온 분별있는 논거는 차례차례 자신이 스스로 팽개치고 말았다. 하루하루 날을 거듭함에 따라 연모의 정은 더해갈 뿐이고, 충족되지 못한 연정은 분노와 원한으로 변모해가고 말았다.

'제기랄, 결혼이라도 해보자. 그땐 내가 받아온 고통을 모조리 한꺼번에 보상하고 말 테니, 두고 보란 말이야.'

그는 혼자 그런 생각을 했다.

드디어 고뇌를 이기지 못한 그는 어느 날 밤, 조그마한 그 소호 식당에서(요즈음은 오는 도수가 잦아졌다) 식사를 끝내자 먼저 말을 끄집어냈다.

"요전 번 당신의 말 대체 무슨 뜻인지, 설사 내가 결혼을 신청한대도 싫다 그 말인가?"

"네, 그래요. 그러면 안 되나요?"

"그러나 이젠 당신 없인 살 수 없게 됐소. 한시도 떨어지지 않고 당신과 같이 있고 싶소. 내 마음을 이겨내보려고 무척 애도 써보았지만 어디 마음대로 돼야지. 나하고 결혼합시다."

소설 따위를 주워 읽은 여자라서 이러한 신청을 처리하는데는 조금도 어색하지가 않았다.

"정말 고맙게 생각해요, 필립. 뼈에 사무치게 고마워요."

"쓸데없는 소리는 말아요. 결혼해주죠?" 그는 재차 물었다.

"하지만 우리들이 결혼하면 행복해질 것 같아요?"

"아니, 하지만 그게 어떻다는 거요?"

자기도 모르게 억지를 쓰는 듯한 말투였다. 놀란 사람은 바로 그녀였다.

"이상한 사람 다 보겠네요. 그런데 왜 결혼하자는 거죠? 먼젓번에 도저히 할 수 없다고 말씀하셨잖았어요?"

"아마 남은 돈이 천사백 파운드쯤 될 거요. 혼자 사나 둘이 사나 생활비는 별 차가 없어요. 어떻게든 면허를 따서 병원의 의무 근무를 마칠 때까지 이것으로 살면 그 다음엔 조수 자리도 얻을 수 있을 거고."

"그럼 육 년 동안은 한 푼도 못 번단 말이에요? 그때까진 일주일에 고작 사 파운드로 살아야 한다는 얘기군요? 그렇잖아요?"

"삼 파운드 조금 더 될 거요. 수입료도 내고 해야 하니까."

"그럼 조수가 되면 얼마나 받아요?"

"주급 삼 파운드."

"그럼 그만큼 공부를 하고, 많지도 못한 유산을 써가며 나중에는 겨우 삼 파운드밖에 수입이 안 된단 말씀이세요? 그러면 현재 제 수입이나 다름없게요?"

　그는 잠시 침묵을 지켰다.

　"그럼 결혼은 싫단 말이오?" 목소리가 어느새 거칠었다.

　"당신을 위한 나의 이 애정은 아무것도 아니란 말이오?"

　"이런 일에는 자기 생각도 해봐야 하지 않겠어요? 결혼도 좋지만 지금의 상태보다 조금도 나아지지 않을 바에야 결혼은 해서 뭘 하겠어요. 아무 뜻도 없지 않아요."

　"만일 사랑만 있다면 그런 건 하나도 문제가 안 될 텐데."

　"하긴 그럴지도 모르죠."

　그는 다시 입을 다물었다. 바싹 마른 목을 축이기 위해 그는 포도주 한 잔을 들이켰다.

　"저기 나가는 저 여자 좀 보세요. 바로 저 모피 외투는 브릭스튼의 봉 마르셰에서 산 것이에요. 전번에 갔을 때 진열장에 걸려 있었어요."

　필립은 고소를 금치 못하였다.

　"왜 웃으세요? 정말이에요. 그때 작은어머니한테 말씀드렸어요. 저렇게 진열장에 내놓은 것은 절대로 안 사겠다고요. 남들이 얼마에 샀는지 모두 값을 알거든요."

　"나로선 도저히 당신이란 사람을 이해할 수가 없군. 이 모양으로 사람을 불행하게 만들어놓구선 금세 또 생판 다른 소리를 하고 있으니 말이야."

　"당신이야말로 싫어요." 여자는 무척 불만스러운 듯 말했다. "저라구 그 외투가 눈에 뜨이지 않을 리가 없잖아요. 그리고 작은어머니한테……."

　"당신이 작은어머니께 무슨 말을 했건 내가 알 게 뭐야." 그는 참을 수 없어 여자의 말을 가로막았다.

　"제게 말할 땐 그런 나쁜 말은 삼가세요. 그런 말을 제가 싫어하는 거 알고 있잖아요."

　필립은 가볍게 웃었지만 눈은 이상하게 빛나고 있었다. 잠시 침묵이 흘렀다. 그는 잔뜩 화가 나서 여자를 쏘아보았다. 미워했다. 경멸했다. 그러면서도 사랑스러웠다.

"아아, 내가 조금이라도 현명한 사람이라면 당신 같은 사람은 두 번 다시 만나지 않는 건데." 마침내 그는 말문을 열었다. "당신은 잘 모르겠지만 당신 같은 여자를 좋아하게 되다니 나야말로 바보요!"

"정말 지독한 소리를 하시는군요." 여자는 몹시 불쾌한 듯이 불쑥 말했다.

"그렇지!" 하고 그는 웃기 시작했다. "자, 파빌리언 극장에나 갑시다."

"바로 그런 점이 이상하다는 거예요. 엉뚱한 데 가서 킬킬거리고 웃고, 내가 당신을 그렇게 불쾌하게 했다면 왜 또 저보고 파빌리언 극장엔 가자고 하세요. 전 언제든지 집으로 곧장 가겠어요."

"말하자면 당신과 떨어져 있기보다는 함께 있는 편이 낫다는 단순한 이유뿐이오."

"절 어떻게 생각하고 계시는지 똑바로 말해주세요."

필립은 소리를 내어 웃었다.

"내가 말을 하게 되면 당신은 두 번 다시는 말을 하려 들지 않을 거요."

完譯版 世界 名作100選

1 누구를 위하여 종을 울리나	E. 헤밍웨이	25 백 경			허먼 멜빌
2 폭풍의 언덕	에밀리 브론테	26 죄와 벌			도스토예프스키
3 그리스 로마신화	T. 불핀치	27 28 안나 카레니나 Ⅰ Ⅱ			톨스토이
4 보바리 부인	플로베리	29 닥터 지바고			보라스파스테르나크
5 인간 조건	A. 말로	30 31 카라마조프가의 형제 Ⅰ Ⅱ			도스토예프스키
6 생의 한가운데	루이제 린저	32 마지막 잎새			O. 헨리
7 분노의 포도	존 스타인 백	33 채털리부인의 사랑			D.H. 로렌스
8 제인 에어	샤일럿 브론테	34 파우스트			괴 테
9 25時	게오르규	35 데카메론			보카치오
10 무기여 잘 있거라	E. 헤밍웨이	36 에덴의 동쪽			존 스타인 백
11 성	프란시스 카프카	37 신 곡			단 테
12 변신/심판	프란시스 카프카	38 39 40 장 크리스토프 Ⅰ Ⅱ Ⅲ			R. 롤랑
13 지와 사랑	H. 헤세	41 마 음			나쓰메 소세키
14 15 인간의 굴레 Ⅰ Ⅱ	S. 모옴	42 전원교향곡·배덕자·좁은문			A. 지드
16 적과 흑	스탕달	43 44 45 레 미제라블			빅토르 위고
17 테 스	T. 하디	46 여자의 일생·목걸이			모파상
18 부 활	톨스토이	47 빙 점 48 (속)빙 점			미우라 아야꼬
19 20 바람과 함께 사라지다 Ⅰ Ⅱ	마가렛 미첼	49 크눌프·데미안			H. 헤세
21 개선문	레마르크	50 페스트·이방인			A. 카뮈
22 23 24 전쟁과 평화 Ⅰ Ⅱ Ⅲ	톨스토이	51 52 53 대 지 Ⅰ Ⅱ Ⅲ			펄 벅

일신서적출판사

121-110 서울 마포구 신수동 177-3호
공급처 : ☎ 703-3001~6, FAX : 703-3009

完譯版　世界 名作100選

번호	제목	저자	번호	제목	저자
54	안네의 일기	안네 프랑크	83	오만과 편견	제인 오스틴
55	달과 6펜스	서머셋 모음	84	설 국	가와바타야스나리
56	나 나	에밀 졸라	85	일리아드	호메로스
57	목로주점	에밀 졸라	86	오디세이아	호메로스
58	골짜기의 백합(外)	오노레드 발자크	87	실락원	J. 밀턴
59 60	마의 산 Ⅰ Ⅱ	도스토예프스키	88	나의 라임오렌지나무	바스콘셀로스
61 62	악 령 Ⅰ Ⅱ	도스토예프스키	89	서부전선 이상없다	E.레마르크
63 64	백 치 Ⅰ Ⅱ	도스토예프스키	90	주홍글씨	A. 호돈
65 66	돈키호테 Ⅰ Ⅱ	세르반테스	91 92 93	아라비안 나이트	
67	미 성 년	도스토예프스키	94	말테의 수기(外)	R.M. 릴케
68 69 70	몽테크리스토백작 Ⅰ Ⅱ Ⅲ	알렉상드르 뒤마	95	춘 희	알렉상드르 뒤마
71	인간의 대지(外)	생텍쥐페리	96	사랑의 기술	에리히 프롬
72 73	양철북 Ⅰ Ⅱ	G. 그라스	97	타인의 피	시몬느 보브와르
74 75	삼총사 Ⅰ Ⅱ	알렉상드르 뒤마	98	전락·추방과 왕국	A. 카뮈
76	크리스마스 캐럴	찰스 디킨스	99	첫사랑·아버지와 아들	
77	수레바퀴 밑에서(外)	헤르만 헤세	100	아Q정전·광인일기	루 쉰
78	세익스피어의 4대 비극	세익스피어	101 102	아메리카의 비극	드라이저
79 80	쿠오 바디스 Ⅰ Ⅱ	셍키에비지	103	어머니	고리키
81	동물농장·1984년	조지 오웰	104		
82	도리안 그레이의 초상	오스카 와일드	105 106	암병동 Ⅰ Ⅱ	솔제니친

일신서적출판사

121-110 서울 마포구 신수동 177-3호

공급처 : ☎ 703-3001～6, FAX : 703-3009

인간의 굴레 I

- 저 자 / S ・ 몸
- 역 자 / 김 선 영
- 발행자 / 남 용
- 발행소 / 一信書籍出版社

주 소 : ①②①-①①⓪
　　　서울 마포구 신수동 177-3
등 록 : 1969. 9. 12. (No. 10-70)
전 화 : 703-3001~6
FAX : 703-3009

© ILSIN PUBLISHING Co. 1990.

ISBN 89-366-0264-0　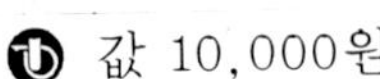 값 10,000원